# 개과천선

# 개과천선

초판 1쇄 찍은 날 | 2018년 7월 05일
초판 1쇄 펴낸 날 | 2018년 7월 12일

지은이 | 윤재희
펴낸이 | 서경석

편 집 책 임 | 조윤희
편      집 | 이은주
            이예진
디 자 인 | 고성희

펴 낸 곳 | 도서출판 청어람
등록번호 | 제387-1999-000006호
등록일자 | 1999. 5. 31
어람번호 | 제5-472호

주소 | 경기도 부천시 부일로 483번길 40 서경B/D 3F
       (우) 14640
전화 | 032-656-4452 팩스 | 032-656-4453
http://www.chungeoram.com
E—mail | chungeorambook@daum.net

ISBN 979-11-04-91762-2  03810

I

Chungeoram romance novel

# 개과천선

윤재희 장편소설

도서출판
청어람

# 목차

작가 후기

# 1장.
## 사람은 쉽게 변하지 않는다

"구 선생, 그 이야기 들었어?"

슬슬 관리실 문을 열 준비를 하던 여을의 손이 멈칫했다. '그' 이야기라니? 그녀는 소문에 매우 취약한 편이었다. 고등학생 때부터 제 안위가 급급했던지라 더더욱.

눈을 끔뻑거리던 그녀가 고개를 갸웃했다. 지방검찰청에서 돌고 있는 이야기나, 소문 같은 게 뭐 있겠나. 대체적으로 검사 커플이라든가, 아니면 검사와 변호사 사이에 있는 커플이라든가. 그 정도뿐이다. 늘 그렇듯 연애사 이야기이겠지, 생각하며 그녀가 픽 웃었다.

"뭐, 김 검 드디어 여자친구랑 화해했대요?"

"화해했대? 김 검이?"

"아니에요?"

여을이 멈칫하며 물었다. 이 선생이 이내 흥미가 뚝 떨어지는 얼굴로 손을 휙 한 번 저었다.

"김 검 연애 얘기가 뭐 특별한 일이라고. 그런 거 아니야."

"그럼요?"

사십대 후반의 이 선생이 시시한 얼굴로 고개를 저었다.

"오늘 위에서 새 검사 온대."

"위에서요?"

위에 있던 검사가 지방으로 발령받는 경우는 거의 좌천이다. 지방검찰청 기록관리실에서 일한 지 오래된 여을이 본 지방 발령은 대체적으로 그랬다.

높으신 분한테 찍혔나 보네. 그녀가 얼핏 지나가듯 그런 생각을 했다. 얇고 길게, 오래 사는 것이 소망인 여을의 입장에서 좌천된 사람은 엮이면 안 되는 케이스에 속했다.

대체적으로 귀찮은 성격의 사람일 게 분명하기 때문이었다.

"근데 말이 좋아 지방 발령이지, 사실 좌천이지, 뭐."

이 선생이 의자에 털썩 앉았다. 기록실 문 여는 시간이 출근 시간대와 겹쳐서 그런지 양복을 입고 출근하는 사람들도 많이 보였다.

저들 중 어느 누군가이겠거니, 하고 여을은 가볍게 생각했다. 이름이나 얼굴을 알면 피해 다닐 텐데. 도서실 문을 활짝 연 뒤 이 선생 옆에 앉았다.

"되게 높으신 분한테 찍혔대. 이번에 김 검이랑 같이 일한다고 하던데?"

"그래요?"

그렇다면 금융법 쪽이군. 김 검과 붙어 다닌다 생각하면 오다 가다 볼 확률이 또 커졌다. 김 검의 경우 기록실에 사주 오는 편이기도 했으니까. 여을이 벌써부터 귀찮다는 얼굴을 했다.

"되게 정의감 넘치는 쪽인가 봐. 위에서 하지 말라는 사건 계속 밀어붙이다 찍혀서 내려온 거라고 하더라."

"......"

"오늘부터 온다고 하던데."

"......근데 이 선생님은 어떻게 그렇게 잘 알아요?"

"뭐가?"

조용한 기록실 안에 여을의 목소리가 윙윙 울렸다.

"오늘 처음 오는 검사님이라면서요? 근데 되게 잘 아시는 거 같아서요."

"김 검이랑 시시덕거리다가 알게 된 거지, 뭐."

이 선생이 사랑스럽게 눈을 찡긋했다.

"정의감 넘치고, 되게 괜찮은 사람이래. 뭐라더라, 위에 있을 때도 평판은 대체적으로 좋았다고."

"그렇게 능력 좋은 사람이 어쩌다가 눈 밖에 나서는."

검찰이란 조직이 자신들끼리의 결속력이 강한 집단이다 보니 어지간하지 않고서야 봐준다. 그런데도 눈 밖에 났다는 건 건드리면 안 될 사람을 건드렸다는 말과도 같았다.

여을 본인과는 다른 의미로 피곤한 인생을 사는 사람이다. 그녀가 타의에 의해 피곤하고 지친 삶을 살아왔다면, 새로 오는 검사는 자의에 의해 피곤해지는 타입이다.

무엇하러 그렇게 아등바등 사는지 모르겠다. 이왕이면 가늘고 길게 사는 게 좋을 텐데. 여을이 속으로 작게 중얼거렸다.

"게다가 남자래."

"그렇군요."

여을이 관심 없다는 투로 대답했다. 여을이 좀체 관심을 보이지 않자, 이 선생이 그녀에게 가까이 다가가며 말했다.

"미혼이래."

한 번 잘해보라는 의미다. 그 속내가 빤히 보이는 말에 여을이 어이없다는 듯, 혹은 재밌다는 듯 픽 웃었다. 이 선생은 검찰청에서 일하는 남자들과 자신과 못 엮어서 안달인 듯했다.

여전히 대꾸가 없자, 이 선생이 숨을 한 번 크게 들이켰다. 미혼 남성, 검사란 연타에 흔들리지 않는다면 막타는 조금 크게 다가갈 거다.

"게다가 잘생겼대."

여을이 그제야 이 선생을 바라봤다. 그녀가 흥미가 생겼다고 판단한 모양인지 이 선생이 부랴부랴 말을 이었다.

"잘생기기까지 했대. 구 선생, 그런 남자 만나기 어렵다? 미혼에, 검사에, 잘생겼고, 하물며 정의감까지 넘친다는데."

"보통 세상에 완벽한 남자들은 자기 남자가 아니라잖아요."

"구 선생."

이 선생이 답답하다는 듯 대답했다.

"그렇게 완벽한 남자를 여자들이 가만히 내버려 두겠어요? 미혼인 거 보면 잊지 못할 첫사랑이 있거나, 남자 좋아하겠죠."

여을의 말에 이 선생이 심통 난 얼굴로 의자에 몸을 기댔다. 의자가 삐그덕 소리를 내며 조금 휘어졌다.

"그리고 저 남자한테 관심 없어요."

도대체 왜! 이 선생이 답답한 듯 여을을 쳐다봤다.

검사에 비할 바는 아니지만, 이쪽도 공무원이다. 하물며 철밥통으로 검찰청 기록관리실의 기록연구원, 나이도 결혼적령기에,

얼굴도 예쁘다.

많이 배운 데다, 하물며 똑 부러지기까지 했다. 요즘 제일가는 신붓감은 공무원이라던데 여을이 딱 거기에 부합하는 인물이었다.

"이 선생님 무슨 생각하는지 다 보여요."

아까운데 왜 좋은 사람을 안 만나냐는 눈빛이다. 이 선생님은 다 좋은데 때때로 남자를 많이 만나보라며 등을 떠미는 게 문제였다.

결혼은 굳이 하지 않아도 된다. 그런데 연애는 많이 해봐야 하지 않겠느냐. 이대로 있다가 결혼하게 되면 그 사람이 첫 남자일 텐데 아깝지도 않느냐.

"도대체 왜 남자를……."

잊을 만하면 나오는 말들이다. 그리고 곧이어 이 말이 나올 게 분명했던지라 여을이 자리에서 슬쩍 일어났다.

"저 커피 사 올 생각인데 이 선생님도 드시겠어요?"

"어어."

도망가는 거군. 단번에 눈치챈 이 선생이 혀를 끌 찼다.

"라떼 맞죠?"

이 선생이 대답도 없이 고개만 끄덕였다. 여을이 지갑을 챙기고 카디건을 여몄다. 날이 따뜻할 거라 해서 카디건을 입었는데, 아직 그러기에는 추운 날씨다.

아니면 청사 안이 쌀쌀한 건가. 따뜻한 곳에 있다가 나오니 더 그랬다. 그녀가 몸을 한 번 떨고는 빠르게 1층으로 내려갔다.

도대체 왜 남자를 안 만나는 거냐고. 그에 대한 답은 확실했다. 저와 만날 남자는 함께 지옥구덩이에 들어올 남자였다. 빚만

내고 다니는 아버지를 뒀는데 어떻게 같이 죽자고 끌고 가겠나.

"어? 구 선생님."

살갑게 아는 척하는 목소리에 그녀가 고개를 돌렸다. 어딘지 모르게 퀭한 얼굴의 김 검에 그녀가 어! 하고 소리를 냈다.

"여긴 어쩐 일이에요? 커피 잘 안 마시잖아요."

커피 대신 카페인 음료를 주구장창 마시는 김 검이 커피 테라스에 있으니 조금 놀라울 일이다.

"아, 오늘 새로 오는 검사님이 계시는데 그분 마중하러요."

"위에서 발령받고 온다던 그분?"

여을이 아는 척을 하자 김 검이 노골적으로 놀란 얼굴을 했다.

"어떻게 아셨어요?"

"이 선생님한테 말했잖아요. 이 선생님이 나한테 말 안 할 거라 생각했어요?"

"역시 청사 내 소식통."

김 검이 박수를 짝짝 쳤다. 말은 소식통이지만, 한 마디로 입이 가볍다는 거다. 그녀가 킥킥 웃으며 라떼와 아메리카노를 주문했다.

먼저 나온 아메리카노를 김 검이 홀짝였다. 역시 쌉쌀한 맛이 자신과 맞지 않는지 한 모금 마시고 웩 하는 얼굴을 했다.

"그럼 그것도 아시겠네요?"

"뭐가요."

큰 비밀 이야기라도 하는 것처럼 김 검이 목소리를 확 낮췄다.

"좌천돼서 부산 온 거잖아요."

"아……. 뭐, 대체적으로 지방 발령이면 그렇게 생각하죠."

"디케이 건설 건드렸다가 나가리 됐단 얘기는 들으셨어요?"

'디케이 건설'이라는 말에 여을이 움찔했다. 그 조폭 태생의 기업. 그녀의 표정이 순식간에 굳어졌다.

그 조폭 태생이 이렇게 근 십여 년 만에 건설회사 중 으뜸으로 변모할 줄이야 어찌 알았겠나. 디케이 건설하면 떠오르는 사람이 한 명 더 있었다.

'윤유제.'

그녀가 숨을 한 번 크게 들이마셨다. 명치께가 살살 아픈 느낌이다.

"구 선생님?"

"예?"

"안색 엄청 안 좋아요."

김 검이 걱정스레 물었다. 괜찮다는 듯 그녀가 손짓을 했다.

디케이 건설까지 건드렸다면 어지간하게 겁이 없는 모양이다. 조폭 태생들이 어디 가지 않을 터이니, 검사가 자기들을 건드리는 걸 알았으면 집까지 찾아가서 협박하고 그랬을 텐데.

이 선생이 한 말을 들었을 때는 인생 피곤하게 사는 검사인가 보다란 생각이 먼저 들었었다. 그런데 디케이 건설을 건드렸다고 하니, 이번에는 조금 새롭게 다가왔다.

그쪽에 악감정을 갖고 있어서 더 그런 걸지도 모른다.

"그래서요?"

"나가리 된 거죠, 뭐. 되게 이것저것 많이 하신 분이라 하더라고요."

"뭘 많이 해요?"

"원래 금융법이 주 업무라서 저랑 같이 일할 예정인데."

"네."

"조폭들도 많이 잡아들이고, 뭐, 하신 것들 중에 대표적으로는 틈틈이 소년형사로 잡혀 온 애들 있잖아요. 그런 애들 상담도 해주고, 진로도 잡아주고."

"……."

"첨에 디케이 건드렸을 때 어지간해서는 봐주려고 했대요. 근데 하도 끝도 없이 파고드니까 결국엔."

김 검이 자기 목을 긋는 시늉을 했다.

"쫙 된 거죠."

"그래서…… 그럼 그 검사분이 담당하던 사건은 어떻게 됐는데요?"

"기소유예 된 걸로 아는데요."

아무 말도 없던 여을은 손에 쥐고 있던 진동벨이 위이잉 시끄럽게 울리자 자리에서 일어났다.

김 검 역시 손목에 찬 시계를 한 번 확인하고는 따라 일어났다. 곧 있으면 소문으로만 듣던 그 검사가 오는 모양이다.

"잘생긴 미혼 검사래요."

"이 선생님한테 들었어요. 그렇잖아도 이 선생님이 잘해볼 생각 없느냐고 막 닦달해서 도망 나온 찰나였고요."

"하하."

그럴 줄 알았단 듯 김 검의 웃음소리가 들렸다.

"여튼 저런 얘기 들어서 되게 인상 좋은 분일 줄 알았는데."

"알았는데?"

여을이 앵무새처럼 뒷말을 따라했다.

"부산으로 발령받았단 얘기 듣고 나서 차장검사님이랑 저랑 셋이서 인사하는 자리 가졌거든요. 바로 어제 같이 저녁 먹었잖아요."

"네."

"근데 좀 서울깍쟁이 같은 느낌이었어요. 살짝 까칠하던데."

여을은, 서울 태생의 자신 앞에서 서울깍쟁이라고 말하는 이유는 뭘까, 생각했다. 여기서 지낸 지 오래돼서 그녀가 서울에서 왔다는 것도 잊은 모양이다.

"아, 그래도 실제로 보니까 진짜, 엄청, 더 잘생겼어요. 무슨 능력치 올인 된 것도 아니고. 하물며 목소리도 좋다니까요."

김 검이 부럽다는 듯 앓았다.

"말도 그 자리에서 나눠봤겠네요?"

"네. 곧 있으면 오시니까 한 번 인사 나누실래요?"

"그래도 돼요?"

"뭐, 어때요. 오다가다 계속 볼 사이고. 기록실 가면 또 볼 사이인데 어색한 것보다 낫죠."

그렇게 따지면 할 말은 없지만, 괜히 엮이면 이 선생님이 또 귀찮게 굴 듯했다. 여을이 떨떠름하게 고개를 끄덕였다.

뭐랄까, 궁금하다는 마음과 궁금하지 않다는 마음이 뒤섞였다. 엮이면 귀찮을 거 같은 반면에, 디케이 건설을 건드린 용기 있고 정의감 넘치는 사람이 누군지 궁금하기도 했고.

"아, 저기 오신다."

김 검이 문 쪽을 손가락으로 가리켰다. 받은 커피에 홀더를 씌운 여을이 느릿하게 몸을 돌렸다.

"윤 검사님, 여기요!"

"김 검사님?"

양복 입은 남자가 로비로 들어왔다. 얼핏 익숙한 목소리였다.

윤 검사……. 그녀가 작게 중얼거렸다.

머리를 시원하게 뒤로 넘긴 남자가 그녀의 시야에 콕 하고 박혔다. 김 검 쪽으로 다가오던 남자가 똑같이 여을을 발견하고는 멈칫했다.

"윤 검사님 오셨어요? 아, 이쪽은 기록관리실 선생님이세요. 구…….."

"구여을?"

윤유제다.

머릿속에 그 이름 석 자가 박히자마자 그녀는 양 손에 들고 있던 커피를 놓쳐 버렸다.

"구 선생님!"

"아, 뜨거……!"

입고 있는 검은 슬랙스는 물론이거니와 신고 있던 로퍼 위에도 주르륵 흘러내렸다.

"아으……."

"저기 죄송한데 찬물 묻힌 수건 좀 주세요."

빠르게 움직인 건 유제 쪽이었다. 그는 테라스에 있던 카페 직원에게 찬물을 적신 손수건을 받고서는 그녀의 허벅지 위에 올렸다.

무릎을 굽히고 허리를 숙인 유제가 그녀를 올려다봤다. 불편하지도 않은가. 그런 생각이 들다가, 어째서 이 남자가 왜 제 눈앞에 있는 거지? 란 생각도 들었다.

고등학생 때와 비교해서 조금 더 성숙해지고, 무거워진 목소리다. 그녀가 두 손으로 눈을 꾹꾹 눌렀다.

"괜찮아, 여을아?"

나직하게 부르는 목소리에 그녀가 마른침을 삼켰다.

"네가……."

여을이 작게 중얼거렸다. 그녀의 말을 듣기 위함인지 그가 귀를 쫑긋 움직였다.

"네가, 어떻게 여기에 있어?"

"……."

"하물며 어떻게……."

네가 검사야.

유제는 그녀가 무슨 생각을 하고 있는지 알겠다는 얼굴이다. 그 역시 자신이 고등학생이었을 때만 해도 검사가 될 거란 생각을 못 했다.

성적은 전교 꼴등인 데다, 출석률도 형편없었고, 하물며 아버지가 사채업을 하는 조폭이었다. 싫어도 똑같이 아버지가 깔아놓은 레일을 따를 거라 생각했다.

"저기 윤 검사님……?"

옆에서 김 검의 목소리가 들렸다. 어쩐지 두 사람의 분위기가 심상치 않은 게 알고 지낸 사이인 모양이다.

게다가 여을은 얼굴까지 하얗게 질렸다. 늘 침착한 여을이었기에 이런 모습이 더 색다르게 다가왔다. 보통의 사이라면 이런 반응이 아닐 텐데, 과거에 혹시 사귀었나? 김 검이 잠시 그렇게 생각했다.

"김 검사님, 미안한데."

유제가 느릿하게 시선을 김 검 쪽으로 돌렸다.

"잠깐, 자리 좀 비켜줄래요? 나중에 내가 올라갈게요."

억센 부산 사투리만 듣다가 이렇게 나긋한 서울말은 오랜만이었다. 그런데 나긋한 어투에서도 느껴지는 압박감에 김 검이 저도 모르게 고개를 크게 끄덕였다.

"화상 입을 수도 있으니까, 일단 화장실부터 가자."

"……."

"계속 이렇게 있을 거야?"

그가 그녀의 팔을 잡아 이끌었다. 힘없이 화장실 안으로 등 떠밀려 들어간 그녀가 빠르게 머리를 굴렸다.

윤유제다.

그 시절, 그 순간의……. 자신이 가장 못났던 그 모습을 본 윤유제. 그리고 가장 치욕스러운 모습을 보았던 윤유제.

다리에 느껴졌던 후끈거림은 사라진 지 오래였다. 차가운 물에 손만 대충 씻어낸 그녀가 화장실 밖으로 나갔다. 바로 앞에서 기다리고 있던 유제가 몸을 똑바로 세웠다.

"여을아."

"네가 어떻게 여기에 있어?"

"……."

"디케이 건설 건드린 게 너였어? 사람들이 말하기로는, 막, 네가 정의감 넘치는 그런 검사라던데. 맞아?"

"……."

"어떻게 네가."

안다. 과거의 자신이 얼마나 개차반이었는지. 특히 구여을의 마지막 기억 속 윤유제는 더 그랬을 거다.

"네가 이렇게 반응하는 이유 알아."

그가 진중한 목소리로 말했다.

"그런데 오랜만에 만난 사람끼리 인사가 잘못된 거 같은데."

중저음의 듣기 좋은 목소리가 다시 한 번 그녀의 이름을 불렀다. 오늘 새로 오는 검사가 정말 좋은 사람이라던 김 검의 목소리가 여을의 머릿속에서 재생됐다.

"오랜만이다."

여을은 입술을 꾹 다물었다. 그러고는 피곤한 듯 두 손으로 얼굴을 문질렀다.

"많이, 보고 싶었어."

윤유제의 목소리가 퍽 절절했다.

이 얼굴을 다시 보게 될 거란 생각은 단 한 번도 해본 적이 없었다. 지끈거리는 머리에, 여을은 제 손을 잡고 있는 유제의 손을 팩 떨쳐 내고는 옆을 스쳐 지나갔다.

제 아비를 쏙 빼닮아서 법정에서 만나도 피의자로 볼 줄 알았다. 그런데 검사라니. 연좌제가 없다고 해도 그 나물에 그 밥이고, 콩 심은 데 콩 난다고 했다.

"여을아."

유제가 급히 그녀의 이름을 부르며 앞을 막아섰다.

"잠깐 얘기 좀 하자."

"할 얘기 없어."

맨 마지막으로 봤던 게 제 인생 중 가장 최악인 기억이었다. 여을이 피곤한 듯, 한 손으로 머리카락을 쓸어 넘겼다.

"오다가다 이렇게 볼 일 없었으면 좋겠다."

"……."

"너한테도 좋을 거 없잖아."

디케이 건설 회장 아들이라고 말하고 다녀봤자, 득 될 거 하나도 없다. 사람들 입에 오르락내리락하는 걸 싫어하는 윤유제였기에 더더욱.

조금 더 남자다워진 유제의 얼굴을 보던 여을이 이내 그의 시선을 피했다. 전 남자친구도 아닌데 이렇게까지 보기 껄끄러워해야 할 이유가 있나. 그런데도 불편한 이유는 그가 그녀의 가정사 모든 걸 알고 있는 사람이었기 때문이다. 서로가 서로의 치부를 알고 있기 때문에 더 엮여봤자 좋을 거 하나 없었다.

"그러니까 이렇게 알은체하지 않았으면 좋겠어."

여을이 다시 한 번 그의 옆을 지나쳤다. 유제는 더 이상 그녀를 잡지 않았다. 잡지 못한 것도 맞았고.

여을은 뒤에서 빤히 느껴지는 유제의 시선을 모르는 척하며 기록실 안으로 들어갔다. 기록실 문이 열린 지 꽤 되었지만, 안에 있는 사람이라고는 이 선생님뿐이었다.

"어, 구 선생 왔어?"

의자에 편하게 앉아 있던 이 선생이 빈손인 여을을 보며 고개를 갸웃했다.

"커피 사 온다며? 왜 빈손이야? 그리고……."

이내 허벅지 쪽을 봤다. 여을이 안으로 들어오니 커피 향이 훅 퍼졌다.

"바지는 왜 그래? 커피라도 쏟았어?"

머릿속에 윤유제로 가득 찼던 여을이 퍼뜩 정신을 차렸다.

"아, 죄송해요. 커피 쏟는 바람에……. 다시 사 올게요."

"어휴, 뭘 다시 사 와."

다시 로비로 내려가려는 여을의 손목을 이 선생이 빠르게 낚아챘다.

"그냥 앉아 있어. 커피는 어쩌다가 쏟은 건데?"

"조금 놀라는 바람에……."

여을이 꽤 어설픈 웃음을 흘렸다. 의자에 앉자 삐그덕 거리는 낡은 소리가 났다. 나가는 문 쪽을 보던 이 선생의 입에서 어, 하고 짧은 감탄사가 터져 나왔다.

"새로 왔다는 검사, 저 사람인가 보네."

동시에 여을의 몸이 움찔했다.

"오~ 말로만 듣던 것보다 훨씬 더 잘생겼는데."

이 선생이 보기 드물게 감탄까지 내뱉었다. 슬쩍 기록실로 향하던 유제의 시선에 이 선생이 흠칫하다 냉큼 여을의 옆에 앉았다.

"저 외모로 검사라니, 완전 복권 아니야?"

"뭐어."

그녀가 맹숭맹숭하게 대답했다. 어머니 쪽을 닮았으니까. 십여 년 전쯤에 유제의 집에서 얼핏 봤던 그의 어머니를 떠올렸다. 술집이 아니었는데도 짙은 화장을 하고 있던 사람이었다.

그 정도의 미모를 가졌기에 윤 회장이 유제의 모친에게 눈길을 줬었겠지. 그녀가 짧게 아랫입술을 물었다. 진한 화장과 향수 냄새까지 났던 게 어제 일처럼 생경했다. 이목구비 자체는 모친을 닮았으니 외모 하나는 잘났었다.

태생이 회장님들 뒤 닦아주던 조폭 출신이라고는 해도, 지금은 건실한 기업인 척하는 디케이 회장의 외아들이다. 이게 검찰청 내에 소문으로 퍼지면 또 얼마나 대단한 영향력을 발휘할지 모르겠다.

여을은 유제와 엮이고 싶지 않았던 것과는 별개로 그가 도대체 어쩌다가 디케이 건설을 건드리게 됐는지는 궁금했다. 스멀스

멀 핸드폰을 꺼낸 여을이 인터넷 검색창에 '디케이 건설 윤유제'라고 검색했다.

"뭐야, 관심 없는 척하더니 그거 다 내숭이었어?"

능글맞게 물어보는 이 선생에 여을은 아무 말도 하지 않았다. 검색을 하니 주르륵 나오는 건 디케이 건설 회장의 얼굴과, 윤유제의 얼굴이었다.

김 검의 말이 맞긴 맞았는지 결국 기소유예로 확정되었다는 기사까지 눈에 들어왔다.

"대단하네."

감탄 어린 이 선생의 목소리가 들렸다. 여러모로 대단한 놈이긴 하네. 그녀가 속으로 짧게 중얼거렸다.

밑바닥에서부터 올라와 여기까지 찍었다는 점도 대단했고, 제 아버지를 기소했다는 점도 대단했다.

"그러게요."

고등학생 때는 한낱 양아치에 불과하던 놈이 이렇게 백팔십 도 달라져서 나타날 줄이야.

그녀의 입술 끝이 비뚜름하게 올라갔다.


"여기가 앞으로 쓰실 사무실입니다."

김 검이 방문을 활짝 열었다. 유제가 오자마자 바로 쓸 수 있도록 깔끔하게 정돈된 상태였다. 유제는 손에 들고 있던 가방을 책상 위에 내려놓았다.

"윤 검 왔다며?"

그때 문이 열리고 차장검사가 들어서자 김 검과 유제가 바로 고개를 숙였다.

"이야, 검찰청 내 엘리트랑 일할 줄은 생각도 못했는데."

"아닙니다."

2차장검사가 사람 좋게 웃으며 유제의 어깨를 툭툭 쳤다. 위에서도 들은 이야기가 많다 보니 기대가 큰 듯했다.

"힘들거나 불편한 게 있으면 바로 김 검한테 말하면 되고."

"예."

김 검이 어설프게 웃으면서 고개를 끄덕였다. 시원하게 한 번 웃을 법도 한데, 유제는 표정 변화조차 없었다. 낯가리는 건가. 서울깍쟁이라서 그런 건가. 김 검의 머릿속에 이런저런 생각이 들었다. 가만 생각해 보면 서울 출신인 여을도 맨 처음 만났을 때는 유제와 비슷한 스타일이었다.

"앞으로 잘 부탁하지."

"저도 잘 부탁드립니다."

"약속 없으면 오늘 점심 어때?"

"점심 말고 오늘 저녁은 어떠십니까?"

"뭐, 나도 점심보다 저녁 쪽이 훨씬 낫지. 그럼 오늘 같이."

차장이 손목을 살짝 꺾는 제스처를 취했다. 술도 같이 한잔하자는 의미에 유제가 어렴풋이 웃으며 고개를 끄덕였다.

"그럼 오늘 저녁에 보지."

"예."

"김 검, 윤 검사 많이 도와주고."

"네."

김 검이 고개를 크게 끄덕였다. 여기서 막내가 자신이었기 때문에 어쩔 수가 없었다. 한 쪽은 차장검사고, 한 쪽은 서울에서 온 엘리트 검사다. 저 역시 어디서 꿇리는 편은 아니라고 생각했는데 두 사람 사이에 있으니 졸지에 쭈구리가 된 느낌을 지울 수가 없었다.

차장검사가 웃으면서 나가자, 유제가 허리를 펴고는 주위를 둘러봤다. 서울에서 쓰던 집무실과 큰 차이는 없는 듯했다.

"들으신 것처럼, 궁금한 거 있으면 저한테 물어보시면 됩니다."

김 검이 어색하게 웃으며 말하자, 유제의 시선이 그에게 콕 하고 박혔다. 선의로 한 말이겠지만, 유제에게는 그 말이 꽤 웃기게 다가왔다. 자신이 무슨 전학 온 초등학생도 아니고. 어른인데 어련히 알아서 하지 않겠나 싶어 별다른 대꾸 없이 고개만 끄덕이고 외투도 벗었다.

갑갑하던 느낌이 한결 가셨다.

"근데…….""

유제가 나가지 않고 여전히 제 집무실에 있는 김 검을 쳐다봤다.

"그, 구 선생님하고 아는 사이세요?"

느닷없는 질문이었지만, 김 검의 눈동자는 호기심으로 반짝거렸다. 일을 하려는 찰나에 일어난 일이지만 유제는 자연스럽게 손깍지를 끼고 턱을 괴었다.

"혹시 동창이세요?"

여을을 부르는 유제의 모습과, 그를 본 그녀의 반응을 보면 동창인 거 같지는 않았다. 아무리 봐도 최소 썸을 타는 단계였고, 많이 보면 결혼 직전까지 갔던 커플이라는 추측이 되었다.

연애를 했던 관계가 아니고서야 두 사람 다 그런 반응일 리가 없다. 매번 살벌한 이야기만 오가던 검찰청에 다른 의미로 흥미진진한 분위기가 흐를 것만 같았다.

"김 검사님."

묵직한 목소리가 들렸다. 흔들림 없던 유제의 얼굴에 살짝 변화가 생겼다. 양 입술 끝이 살짝 올라간 게 김 검의 눈에 들어왔다.

"여기서 내 사생활까지 얘기해야 합니까?"

"아, 아니요. 죄, 죄송합니다! 그럼 이만 가보겠습니다!"

김 검은 허리를 크게 꾸벅 숙이고는 누구보다 빠른 속도로 집무실을 빠져나왔다. 그 뒷모습을 보던 유제가 픽 웃고는 넥타이를 느슨하게 고쳐 맨 뒤 일할 준비를 하나둘씩 하기 시작했다.

좋게 말해서 동창이냐고 물어봤지만, 속내는 혹시 사귀었느냐고 질문하고 싶었겠지. 유제가 손가락 사이에 끼운 볼펜을 빙그르르 돌렸다.

아무 사이도 아니었다. 사귀던 사이도 아니었고, 친구라고 하기에도 미묘한 그런 관계. 자신의 짝사랑이었고, 여을은 그걸 끝까지 모르겠지.

십여 년 만에 본 구여을은 추억 속 그대로였다.

"구 선생, 밥 안 먹어?"

"안 먹을래요."

여을이 피곤하다는 듯 책상에 엎드렸다. 오늘 하루 종일 약에 취한 닭처럼 비틀거리는 여을이 이상했다. 평소라면 시간 맞춰서 점심을 먹으러 나갔을 여을이었다.

"그럼 혼자 먹으러 간다?"

"네."

이 선생은 여전히 엎드린 채 손을 몇 번 흔드는 여을의 모습을 뒤로한 채 기록실을 나섰다. 때마침 계단에서 내려오던 김 검에 이 선생이 손을 들었다.

"엘리베이터는 어쩌고 계단으로 내려와?"

그 물음에 김 검이 짧게 웃었다.

"기다리는 게 답답해서요. 근데 오늘 구 선생님이랑 같이 안 드세요?"

"구 선생이랑? 구 선생 오늘 안 먹는다는데?"

"까비."

김 검이 손가락끼리 맞부딪치며 소리를 딱 하고 냈다. 아깝다는 소리에 이 선생이 고개를 갸웃했다.

"뭐가? 뭔 일이라도 있어?"

"아뇨, 구 선생님요."

김 검이 주위를 휙휙 둘러보았다. 보이지 않는 윤유제의 그림자에 목소리를 확 낮췄다.

"윤 검사님이랑 썸씽이 있었던 거 같아요."

"윤 검사님? 그 새로 온?"

"어휴, 서울깍쟁이라 그런가 어찌나 까칠한지. 완전 사포인 줄."

어린 나이에 검사가 돼서 그런지 조금 철딱서니가 없는 편인 김 검이 혀를 내둘렀다. 무서워서 무슨 말을 꺼내지도 못하겠다니까요, 라며 김 검이 구시렁거렸지만 이 선생의 귀에는 그게 들어오지 않았다.

"근데 구 선생은 아무 말도 없던데? 새로 온 검사랑 썸씽이 있어 보인다는 건 뭐야."

여을은, 새로 온 검사랑 마주쳤다는 이야기도 안 하고, 그와 알고 지낸 사이라는 말도 없었다. 로비에서 다시 기록실로 올라왔을 때 여을이 한 거라고는 디케이 건설과 윤유제를 검색한 것뿐이었다.

"그게, 로비에서 윤 검사님이랑 구 선생님 만났거든요. 완전 딱! 드라마처럼."

"근데?"

"윤 검사님이 구 선생님 보자마자."

김 검이 큼큼. 하고 목을 가다듬었다. 이내 오늘 오전의 윤유제를 따라 하기라도 하듯, 버터 백 개는 먹은 듯한 눈빛을 했다.

"구여을……?"

한 편의 모노드라마를 다 찍었는지, 그가 빠르게 태세 전환을 하며 말했다.

"이랬다니까요."

"어머, 어머."

이 선생이 김 검의 어깨를 퍽퍽 두드렸다. 얼핏 봤을 때도 잘생긴 얼굴이었는데 그 얼굴로 저런 눈빛을 보낸다면 어떤 여자가 넘어가지 않겠는가.

"내가 볼 땐, 최소 결혼까지 약속했던……. 헙."

계단에서 올라오던 유제와 눈이 딱 마주친 김 검이 입을 다물었다.

"왜 말을 하다……. 어머나."

역시 유제를 발견한 이 선생이 입을 꾹 다물었다. 자세히 보니 더 잘생긴 얼굴이다. 넓은 어깨하며, 진한 이목구비하며.

"유, 윤 검사님은 식사하러 안 가세요……?"

"생각 없습니다."

여전히 딱딱한 말투다. 유제의 시선이 저를 뚫어져라 보고 있던 이 선생에게 닿았다. 김 검이 짧게 감탄하더니 소개했다.

"이쪽은 오전에 로비에서 보신 구 선생님이랑 같이 일하시는 이 선생님이세요."

"그럼 역시 기록실에서 일하십니까?"

세상에. 목소리도 웬만한 성우 뺨치게 좋다. 이쯤 되니 여을과 무슨 사이였는지 궁금해졌다. 이 선생이 고개를 끄덕였다.

"네. 필요한 기록물 있으면 저한테 말씀하시면 됩니다."

"아, 네……."

그러다가 유제의 손에 있는 작은 쇼핑백에 시선을 뒀다.

"도시락 싸오셨나 봐요?"

"……."

이번에는 유제가 아무 말도 하지 않았다. 상대가 여성이기 때문인 건지, 아니면 여을과 같이 일하는 기록연구사라는 점 때문인지 김 검보다는 부드럽게 대했다.

"신경 안 쓰셔도 됩니다. 점심 맛있게 드세요."

"네. 다음에 윤 검사님도 같이 먹어요."

얼굴 보는 것만으로도 배가 부를 거 같았다. 법원이나 검찰청에서 봐왔던 이들 중에서 얼굴이 빛이 나는 이는 유제가 처음이었다.

이 선생이 유제에게서 시선을 떼지 못한 채 겨우 계단으로 발을 내디디려는 찰나였다.

"아, 잠깐만요."

유제가 급하게 이 선생을 붙잡았다.

"네?"

"……구 선생님은 점심 같이 안 드십니까?"

"아아."

이 선생의 시선이 구내식당으로 향하다, 유제를 향했다. 김 검의 말처럼 과거 무슨 썸씽이 있었던 게 확실한 모양이다.

"구 선생은 점심 생각이 없대서요. 상태도 별로 안 좋은지 자더라고요."

"알려주셔서 감사합니다."

유제가 꾸벅 인사했다. 자기 집무실로 향할 줄 알았던 유제가 향한 곳은 기록관리실이었다. 그 모습을 보며 김 검과 이 선생이 '역시…….'라는 말을 짧게 중얼거렸다.


유제는 기록관리실 문을 조심스럽게 열었다. 빠르게 여을을 찾기 위해서 그가 주위를 두리번거렸다.

커다란 모니터 뒤에 엎드린 여을의 모습이 눈에 들어오자, 그가 넥타이를 똑바로 고쳐 매고는 조심스럽게 그녀의 앞으로 다가갔다. 그는 엎드린 그녀의 곁에 서서 한참을 망설였다.

깨워야 할까, 아니면 자게 내버려 둬야 할까.

"이 선생님, 저 신경 쓰지 마시고 식사하러 가세요……."

엎드린 채로 여을이 중얼거렸다. 잠에 취한 목소리가 아닌, 또렷한 목소리다. 잠을 자려는 게 아니라 그저 엎드린 채 눈만 감고 있다는 걸 알아챈 유제가 숨을 한 번 크게 들이마셨다.

똑똑.

그리고 책상을 가볍게 두드렸다.

"으……."

엎드려 있던 여을이 목을 푹 숙인 채 두 손으로 얼굴을 꾹 눌렀다. 윤유제를 본 것만으로도 이렇게 정신이 나갈 줄은 몰랐는데.

게다가 평소와 달리 자신을 깨우는 이 선생에 그녀가 고개를 들었다.

"왜 그러세……."

눈앞에 있는 상대는 안경을 쓴 이 선생이 아니라 윤유제였다.

"무슨 일이야."

"이거."

유제가 손에 들린 쇼핑백을 책상 위에 올려두었다. 뭐냐는 여을의 눈짓에 유제가 바짝 긴장한 얼굴로 대답했다.

"옷이야."

"……."

"커피, 나 때문에 쏟은 거 같아서."

"……."

"점심은 안 먹어?"

후우, 여을의 큰 한숨소리가 들렸다. 그녀의 하얀 손이 책상 위에 있는 쇼핑백을 유제 쪽으로 다시 밀었다.

"필요 없어. 너 때문에 쏟은 게 아니라, 그냥 내 실수야."

"……."

"이렇게 아는 척하는 거 불편해. 너만 보면……."

그때 기억이 떠오른다. 여을이 더 이상 말하고 싶지 않은 듯 숨을 내쉬었다.

"어쩌다가 부산 오게 된 건지도 모르겠고, 내가 여기 있는 거 알았다는 생각은 더 안 하고."

"여을아."

"그런데 너랑 아는 척……."

"사과하고 싶었어."

여을이 멈칫했다.

"그때 내 마음대로 너 휘두른 거 사과하고 싶었어. 어렸다고는 해도, 내가 네 동의 없이……."

"그게 뭐라고."

여을이 어이가 없다는 듯 웃었다. 그래, 열아홉의 구여을은 그 순간의 입맞춤이 굉장히 크게 느껴졌다. 술집에 있었던 걸 들켰기 때문에 더 수치스러웠다.

돈 때문에 몸도 파는 애라고 생각할까 봐, 무섭기도 무서웠다. 그리고 유제의 선의로 인한 행동에 가시 돋친 말만 했던 자신도 싫었다.

룸에 들어갈 뻔했던 그녀를 유제가 빼내와 준 건 열아홉의 그가 자신을 좋아했기 때문이고, 다른 마음 없이 온전히 선의로 이루어진 일이라는 걸 그녀는 누구보다 잘 알고 있었다.

"네가 큰 오해할까 봐 하는 말인데, 그때 네가 입 맞췄던 것 때문에 이러는 거 아니야."

여을은 시선을 피하지 않았다.

"지금 내 나이에 그게 뭐 대수라고. 안 그래?"

동의를 구하듯 물었지만 유제는 아무런 말도 하지 않았다.

"그거랑 관계없이, 난 그냥 네가 안 보고 싶은 거야."

"……."

"널 보면 그냥 그 순간의 내가 떠올라."

몸에 달라붙는 원색의 미니 드레스를 입고, 높은 하이힐을 신고 있던 그 순간의 자신이.

"그래서 싫어."

여을은 지긋지긋하다는 듯 고개를 살짝 저었다.

"그러니까 내 말은."

여을이 숨을 한 번 크게 들이마시고는 그가 줬던 쇼핑백을 들어 그쪽으로 내밀었다. 어서 빨리 가져가라는 신호였지만, 유제는 받지 않고 그녀를 보기만 했다.

"괜찮다고."

그리고 더 이상 연관되고 싶지도 않았다.

"고등학생끼리 한 입술 박치기가 뭐라고 아직까지 기억하고 있겠어."

"……."

"혀를 섞은 것도 아니고, 너랑 내가 잔 것도 아니고, 그냥 입술 박치기였을 뿐인데."

어쩐지 모르게 윤유제의 입술 끝이 슬쩍 올라간 느낌이었다. 제 표정을 자세히 살피려는 얼굴에 그녀가 저도 모르게 흠칫했다.

"아닌 거 같은데?"

"뭐?"

"너한테 사과하려고 한 부분, 그 부분 아니었는데."

"……."

"고등학생 때 했던 입술 박치기가 아직까지 신경 쓰였나 봐?"

어쩐지 짓궂은 어투에 그녀가 인상을 찡그렸다. 받을 생각이 없어 보이는 유제의 품에 탁! 하고 소리 나게끔 억지로 쇼핑백을 안겨주자 그가 픽 하고 웃었다.

웃어? 웃음이 나와? 제 생각을 알 리가 없으니 이렇게 웃는 건가 싶었다. 유제의 그런 반응에 절로 인상이 찌푸려지며, 기록실 안에 언짢은 여을의 목소리가 울렸다.

"그럼 뭐가 사과하고 싶어서 온 건데."

"그때 아버지가 너 끌고 가게 만든 거."

생각지도 못한 말에 여을의 몸이 움찔했다.

"내가 아버지랑 다를 바 없이 네게 말한 것."

십여 년 전의 일이 생생한 건 비단 여을뿐만이 아니었다. 그건 유제 역시 마찬가지였다. 그날의 일은 그에게도 생생했다.

자신을 보던 구여을의 놀란 눈빛이, 경악과 혐오감으로 뒤덮인 눈빛이. 가장 들키고 싶지 않은 사람에게 제 모든 것이 까발려졌다는 사실은, 그에게 있어 제일 수치스러운 부분이었다.

"억지로 술집에 끌고 가게 한 거 미안해."

그건 유제가 사과해야 할 부분이 아니었다. 여을의 아버지가 진 사채 빚 때문이었고, 아버지는 도망가고 없는 상태였다. 어쩌면 모든 게 다 제 아버지 때문이었다.

그가 그녀에게 미안한 것은 그 외에도 더 있었다.

열아홉, 그렇게 관계가 단절되기 전 허락도 없이 그녀에게 입을 맞췄던 일도 그러했고, 자신이 그렇게나 싫어하는 윤 회장과 똑같이 굴었다는 점도 미안했다.

"넌 괜찮다고 했지만."

그가 한숨을 쉬며 연하게 웃었다. 웃을 상황이 아니라는 걸 아는데도, 이렇게 다시 만나게 되어서, 한마디 말이라도 걸 수 있게 되어서 기뻤다.

"네가 말한 그 일도 미안해. 그게 늘 마음에 걸렸어."

자신이 찾아갈까 봐 걱정했던지, 여을은 이미 하던 아르바이트도 전부 그만둔 후였다. 집 주변을 서성거리기도 해봤지만, 제 생각을 읽기라도 한 것처럼 여을은 집 밖으로 한 발자국도 나오지 않았었다.

여을은 아무 말도 하지 않은 채 유제를 가만히 바라보기만 했다.

"네가 뭐 때문에 날 피하는지 알아."

피한 게 사실이었기에 여을은 아무 말도 하지 않았다. 여을이 마른침만 꼴깍 삼켰다. 더 이상 윤유제의 눈을 똑바로 볼 자신이 없었다.

여전히 윤유제를 보면 열아홉의 그 순간이 떠오르기 때문이다.

"이런 말 하면 변명처럼 느껴지겠지만, 나도 마찬가지야."

그 말이 자신을 피하고 싶다는 의미인 건지, 그에게도 그 순간이 최악의 기억으로 남아 있다는 뜻인 건지 모르겠다.

"나도 마찬가지로 그때가 떠올라서 싫어."

구여을의 앞에 서면 벌거벗은 채로 선 기분이었다. 자신이 가장 감추고 싶어 했던 걸 그 순간에 전부 들켰기 때문이다.

예를 들어, 그녀가 혐오하는 조폭의 자식이라든가 아니면 어느 막장 드라마처럼 술집 여자의 아들이라는 것들 말이다. 가장 몰랐으면 했던 사람에게 치부를 들켰다는 그 절망감.

"너한테 제일 최악이었던 모습 보여준 거라서."

그런데 왜……. 그 말이 입안에서 빙빙 맴돌았다. 서로를 보면 똑같이 수치스러웠던 기억이 떠오른다. 그렇다면 피하는 게 맞앉다.

최대한 엮이지 않기 위해서, 최대한 부딪치지 않으려 노력해야
했다. 처음은 서로 놀랐기 때문에 그렇다 쳐도…….

"그런데도 불구하고 내가 알은체를 하는 이유는."

유제가 살짝 웃었다.

"보고 싶으니까."

마주쳤을 때의 수치스러움보다, 보고 싶은 마음이 더 크니까.

"그래, 커피는 네 실수라고 하자."

왜? 그녀가 묻기도 전에 그가 말을 덧붙였다. 개운한 얼굴을
하며 쇼핑백을 다시 그녀의 손에 쥐어주었다.

"이건 내가 너한테 주는 재회 선물인 걸로 하고."

계속 이 자리에 있어봤자 여을이 불편해 여길 걸 알았기 때문
에 그가 걸음을 돌렸다.

"아."

그러다 뭔가 떠올랐는지 다시 몸을 빙그르르 돌렸다. 쇼핑백
을 안은 채로, 어리벙벙한 얼굴을 하고 있는 여을이 보였다.

"끼니는 거르지 말고."

유제는 문득 여을이 편의점 야간 아르바이트 할 때 폐기 직전
의 도시락과 삼각김밥으로 끼니를 때우려, 허겁지겁 까먹던 모습
이 기억났다.

"유통기한 지난 도시락 같은 거 챙겨 먹지 말고."

유제는 더 이상 여을에게 말을 붙이지도 않았고, 억지로 기록
실에 남으려고도 하지 않았다.

별다른 말 없이 기록실을 나가는 유제의 뒷모습을 보다 여을
이 자리에 풀썩 앉았다. 여전히 손에 쥐고 있는 쇼핑백을 조심스

럽게 열었다.

지금 여을이 입고 있는 검은색 슬랙스와 별반 다르지 않은 바지였다. 그녀가 마른세수를 하며 머리를 넘겼다.

"에너지바?"

게다가 덤으로 있는 에너지바에 그녀가 픽 웃었다. 생각해 보면 고등학교 시절 때 이런 비슷한 일이 있었던 거 같은데. 문득 느껴지는 기시감에 그녀가 어렴풋이 웃었다.

그때 술집에서 유제와 마주치는 일만 없었더라면, 어쩌면 좋은 친구로 남아 있었겠지. 말도 안 되는 가정이었지만. 먹을 생각이 별로 없는 에너지바를 그녀가 쇼핑백에 넣고, 책상 아래로 쭉 밀었다.

"구 선생~"

기록실 문을 열고 들어오는 이 선생에 그녀가 고개를 들었다.

"식사 다 하셨어요?"

"어어. 김 검한테 다 들었어."

무슨 이야기를 다 들었는지 충분히 예상 가능했다. 김 검은 이 선생을 보고 청사 내 소식통이라고 말을 했지만, 여을은 오히려 김 검에게 그런 수식어를 붙여주고 싶었다.

그렇게 입이 가벼워서 어떻게 검사가 된 건지 모르겠다. 여을이 모르는 척 시치미를 떼자 이 선생이 옆구리를 쿡 찔렀다.

"아는 사이 맞지? 무슨 사이야?"

"아무 사이 아니에요."

딱히 사이라고 할 것도 없다.

"아까 전에 윤 검사님이 기록실에서 나오는 거 다 봤거든? 손에 들려 있던 쇼핑백 받았지?"

"……자기 때문에 커피 쏟은 거 같아서 미안하다고 챙겨준 거 뿐이에요."

"처음 만났는데 말이지?"

"……."

"보통은 세탁비를 주는데 옷까지 다시 사다주면서 말이지?"

이 선생이 의자에 털썩 주저앉았다. 등받이에 쭉 기댄 채 몇 번 몸을 움직일 때 물었다.

"윤 검사님 고등학생 때부터 그렇게 다정다감한 편이었나?"

"아뇨, 고등학교 때는 완전 생……."

생양아치나 다름없었다, 라고 말하려던 여을이 입술을 꾹 다물었다. 옆에서 웃음기 가득한 눈빛으로 보고 있는 이 선생에 그녀가 모르는 척 시치미를 뚝 떼고는 자리에서 일어났다.

"저, 요깃거리 할 거 좀 사올게요."

계속 있다가는 이 선생님 페이스에 말릴 게 분명했다. 기록실을 빠져나온 여을은 곧장 로비에 있는 카페로 갔다. 점심시간이 끝날 무렵이기 때문에 사람이 꽤 많은 편이었다. 여을은 아침나절에 쏟아 마시지 못했던 커피 한 잔과 샌드위치 하나를 구매했다.

"구 선생님, 샌드위치 드시게요?"

스무디를 홀짝 거리고 있는 김 검을 보며 그녀가 흠칫했다.

"샌드위치로 배가 차겠어요?"

양이 적은데. 김 검이 고개를 한 번 갸웃했다. 머뭇거리던 그녀가 김 검을 불렀다.

"김 검사님."

"예?"

"이거요."

김 검은 여을이 음료와 샌드위치를 내밀자 움찔했다. 여을이 이미 점심을 먹고 온 자신에게 왜 샌드위치와 커피를 주는 건지 모르겠다.

"어…… 구 선생님, 저 이미 여자친구가 있는……."

"이거 윤 검사님한테 좀 갖다 주세요."

"네?"

오전에만 해도 그렇게 어색하던 기류였는데? 하물며 여을은 유제를 피하려고 하는 느낌이었다. 서울깍쟁이같이 새침한 얼굴의 여을이 다시 한 번 입술을 열었다.

"제가 전해줬다는 얘긴 하지 마시고요."

"구 선생님 드시려고 산 거 아니에요?"

"제 건 또 사면 돼요."

평소라면 신경도 안 썼겠지만, 제 옷을 대신 사다준다고 점심을 못 먹은 거라면 미안하니까. 윤유제에게는 빚 같은 걸 지고 싶지 않은 알량한 자존심 때문이다.

영 이상한 눈빛을 하고 있는 김 검이 고개를 끄덕이며 조심스럽게 커피와 샌드위치를 받았다. 김 검이 제 것과 유제가 마실 커피가 담긴 음료 캐리어를 들고 집무실로 걸어가는 모습을 보면서 여을이 작게 중얼거렸다.

"이 선생님한테도 말하지 말라고 할 걸 그랬나."

하지만, 이 선생님에게 그런다고 말 안 할 김 검이 아니긴 하지. 그녀가 쭈뼛한 얼굴로 뒷목을 쓸었다.

집무실을 향해 올라가던 김 검이 슬쩍 뒤를 돌아봤다. 다시 샌드위치와 커피를 주문하고 있는 여을이 눈에 들어왔다.

"……역시."

뭔가 썸씽이 있긴 있었단 말이지. 흥미진진한 얼굴의 김 검이 고개를 한 번 끄덕이고는 부랴부랴 엘리베이터에 올라탔다.

김 검은 이미 까칠한 유제의 성격을 파악했으므로 그와 단둘이 있는 상황이 불편했다. 하지만 잠시 손에 든 커피와 샌드위치를 내려다본 그는 큼큼, 헛기침을 하고는 노크를 한 뒤 문을 슬쩍 열었다.

점심시간인데도 일할 준비를 하고 있는 유제에 김 검이 저도 모르게 혀를 내둘렀다.

"윤 검사님."

서류를 보고 있던 유제가 고개를 들었다.

"그 점심 못 드신 거 같아서요. 이것 좀 드시라고 들고 왔습니다."

"아……. 고마워요."

유제가 김 검의 품에 있는 커피와 샌드위치를 보고는 고개를 끄덕였다.

"신경 써주는 건 고마운데, 이렇게까지 안 해줘도 됩니다."

그냥 고마우면 고마운 걸로 끝내면 되지 뒷말이 많다. 샌드위치와 커피를 검사실 안에 있는 테이블에 올리면서 김 검이 대꾸했다.

"구 선생님이 전해달라고 하셨어요."

콰당. 유제가 거의 나자빠질 듯 삐끗하며 자리에서 일어났다. 김 검을 상대할 때만 해도 느릿느릿하던 유제가 벌떡 일어나서는 빠르게 테이블에 있는 샌드위치와 커피를 챙겼다.

"그, 구 선생한테 고맙다고……. 아뇨, 제가 고맙다고 인사하겠습니다."

여태까지와는 달리 허둥지둥하는 모습에 김 검이 하하 하고 웃으며 대답했다.

"그러면 안 되는데."

"네?"

"이거, 구 선생님이 자기가 줬다고 말하지 말라고 했거든요."

"……."

"근데 누가 줬는지는 아셔야 할 거 같아서요."

얼떨떨한 얼굴의 유제를 향해 김 검이 히죽 웃었다.

"그럼 맛있게 드세요."

유제의 얼굴을 보니 감이 확실히 잡혔다. 김 검은, 여을이 유제의 첫사랑쯤 되는 모양이라고 확신하는 얼굴이었다.


"바로 퇴근?"

"영화 보러 가요."

"혼자?"

"네."

"윤 검사님이랑 같이 안 가고?"

"이 선생님."

놀리는 기색이 다분한 목소리에 여을이 새침한 얼굴을 했다. 이 선생이 어깨를 한 번 으쓱이고는 킬킬 웃었다.

"아무 사이 아닌 건 확실하잖아."

여을의 손에 들린 하얀 쇼핑백이 그 증거였다. 게다가 말실수도 할 뻔했고.

"전 남자친구?"

"그런 거 아니에요."

애초에 그런 사이가 아예 아니다. 두 사람이 약속이라도 한 것처럼 기록실을 나오며 엘리베이터 버튼을 꾹 눌렀다. 타이밍 좋게 내려온 엘리베이터의 문이 열리자 출근했을 때와 별반 다르지 않게 깔끔한 얼굴의 유제가 서 있었다.

"윤 검사님, 퇴근하세요?"

엘리베이터에 먼저 발을 내디딘 이 선생이 먼저 살갑게 말을 붙이자 유제가 고개를 끄덕였다.

"차장검사님이랑 저녁 약속이 잡혀서요."

아아. 오늘은 첫 출근이라고 다른 검사들에 비해 일찍 퇴근하는 모양이다. 유제와 여을의 시선이 한 번 딱 마주쳤다. 이내 그녀가 입고 있는 바지에 시선이 갔는데, 여전히 갈아입지 않은 듯 커피 자국이 남아 있는 채였다.

샌드위치 잘 먹었다고 해야 하나. 유제가 잠깐 망설이면서 이마를 긁적였다. 여을 혼자 있으면 말을 붙이기가 쉬울 텐데, 이 선생까지 있으니 조금 어려웠다.

"적응하신다고 힘드시겠어요."

"아뇨, 김 검이 도와줘서 괜찮았습니다."

"그래요?"

이 선생이 속으로 음흉하게 웃었다. 정작 김 검은 유제가 까칠하다고 작게 구시렁거리기 일쑤였다. 힐긋 여을을 향해 곁눈질을 하는 걸 보니 말을 붙이고 싶어서 안달이 난 얼굴이다.

"뭐, 궁금한 거는 따로 없으세요? 지방 발령 처음이실 거 같은데."

"별다를 거 있겠습니까."

서울이나 부산이나 사람 사는 곳이 다 거기서 거기지.

"두 분도 퇴근하시나 봐요?"

"전 퇴근이고, 구 선생은 영화 보러 간다고 하더라고요."

"아…….."

옆에서 말을 붙이고 싶어 하는 이 선생을 여을은 부러 모르는
척했다. 손에 쥔 핸드폰이 시끄럽게 윙윙 울릴 때였다.

"아, 잠깐만요."

그녀가 걸음을 멈추고 핸드폰 화면을 확인했다. 화면에 가득
찬 글자는 저장되지 않은 번호였다.

스팸전환가? 엘리베이터에서 여을의 핸드폰을 보고 있던 유제
가 제일 먼저 한 생각이었다. 그리고 그 번호를 보고 딱딱하게 굳
은 여을의 모습에 흠칫했다.

스팸전화가 아닐까란 생각 위로 크게 가위표를 쳤다. 딱딱하
게 굳은 여을의 얼굴에 그가 무슨 일이냐고 퍽 걱정스레 물어보
려는 찰나였다.

"전화 계속 울리는데, 안 받아?"

"스팸전화라서요."

그 말이 끝나자 로비에 도착한 엘리베이터 문이 열렸다.

그녀가 홀더를 한 번 누르고 클러치 안으로 핸드폰을 욱여넣었
다. 굳은 표정을 보면 평범한 전화는 아니었던 거 같은데……. 그
가 퍽 걱정스럽게 여을을 보는데도 그녀는 평소와 별다르지 않는
얼굴을 했다.

"전 영화 시간 때문에 먼저 가볼게요."

"아, 그래."

"그럼."

이 선생에게 인사를 한 번 하고, 유제에게도 눈짓으로 대충 인사한 여율이 빠르게 청사를 빠져나갔다.

"전 남친인가?"

이 선생이 작게 중얼거렸다.

전 남친, 이라는 단어에 유제는 귀가 퍼뜩 뜨이는 느낌이었다.

"……구 선생님 전 남친이요?"

유제가 얼핏 되묻자, 이 선생이 어색하게 웃으며 손을 저었다.

"아, 아니, 아니. 아마 아닐 거예요. 저, 정작 본인은 연애에 관심 없어 했고, 이쪽으로 와서는 누구 만난다는 얘기 같은 거 한 적 없거든요."

"……."

"저도 잘 모르는 부분이고……."

"그렇습니까?"

유제가 작게 중얼거렸다.

"그냥 전 남친인가 싶어서……. 하, 하하……."

딱딱하게 굳은 유제의 표정에 이 선생은 자신의 입을 찰싹찰싹 때리고 싶은 마음이 들었다. 전, 전 남친으로 추정되는 사람 앞에서 전 남친 이야기를 꺼내다니 정말 눈치 없는 짓이었다.

"그, 그럼 저도 이만 가볼게요. 내일 봬요, 윤 검사님."

억지로 방긋 웃고는 후다닥 청사 밖으로 빠져나갔다. 로비에 멀거니 서 있던 유제가 조금 혼란스러운 얼굴을 했다.

그래, 구여을 정도 되는 여자가 연애를 안 했을 리 없지. 연애를 안 하고 싶다 하더라도 주위에서 가만 두지 않았을 거다.

"전 남자친구…… 라고."

핸드폰 화면을 보고 그렇게 표정을 굳힐 정도면 어지간한 사람

일 거다. 사실 가장 먼저 떠오른 건 여을의 전 남자친구가 아니라 그녀의 친아버지였다.

설마, 혹은 또? 라는 생각이 머릿속을 잠식했다. 만일, 진짜 아버지라면 고등학생인 딸을 버리고 잠적한 사람이 무슨 염치가 있어서 다시 연락을 하는 건지 모르겠다.

말도 안 될 일이기도 하고. 유제가 지끈거리는 머리를 꾹 눌렀다.

"윤 검, 많이 기다렸나?"

뒤에서 들리는 차장검사 목소리에 그가 빠르게 표정을 고쳤다.

"아닙니다."

그렇다고 자신이 나서서 물어볼 수도 없는 노릇이었다

## 2장.
### 잊지 못할 첫사랑

    여을과 재회했다는 게 큰 임팩트로 다가온 모양이다. 유제는 눈앞에 차장검사를 두고도 자꾸 여을의 폰 화면을 채우던 저장되지 않은 번호가 떠올랐다.

"윤 검사."

"예."

정신이 다른 곳에 있는 것과 별개로 그의 반응은 착실했다. 이상하다는 듯 보는 차장검사에 그가 시치미를 뚝 뗐다.

"첫날은 어땠고?"

"좋았습니다. 김 검도 이것저것 신경 써주고요."

"그래, 그렇다면 다행이네."

살짝 목이 마른 느낌이라 앞에 있는 맥주를 한 모금 마셨다. 빤히 쳐다보는 차장검사의 눈빛에 유제가 약간 의뭉스럽다는 듯 웃었다.

"지내는 집은 괜찮고? 윤 검 정도면 괜찮은 집 들어가서 살 수 있을 텐데."

"법원에서 가깝고 최대한 빨리 들어갈 수 있는 집을 찾다 보니 그렇게 됐습니다."

그가 어설프게 웃으며 대답했다. 직업이 직업이다 보니, 제때 퇴근하는 건 물론이거니와 잘 챙겨 먹을 자신도 없었다. 그런 그에게 있어 집은 그저 '잠만 자는 곳'에 불과했다. 그건 고등학생 때부터 쭉 이어왔던 생활이었다.

집에서 먹는 밥이라든가, 아니면 고즈넉하게 보내는 시간이라든가, 가족끼리의 유대감 같은 건 그에게 존재하지 않는 것이나 마찬가지였다. 단 한 순간도 느껴본 적이 없었다. 그러니 지금 얻은 곳은 낡았지만, 잠자기에는 무리가 없는 집이다. 천장이 있고, 침대가 있고, 이불이 있으니까.

"여자친구 보고 싶어서 어쩐담."

차장검사가 분위기를 가볍게 할 요량으로 툭 던진 농담이었다. 여태까지 차분하게 대답하던 유제가 '쿨럭' 작은 기침을 내뱉고 고개를 저었다.

"없습니다, 여자친구."

"없어? 어째서?"

보통 사법연수원 같은 곳에서 많이 연애를 하던데. 말을 꺼낸 차장검사 본인도 그랬었고.

"바쁜데 연애할 시간이 어디 있겠습니까."

"무슨 세상 다 산 늙은이 같은 말투야."

어디 부족한 것도 아닌데. 풍문으로 들리는 이야기로는, 여기 저기서 다리도 놔주려고 했었지만 유제 쪽에서 전부 거절한다고 했었다.

정말 일이랑 결혼할 생각으로 거절을 하는 건지, 그것도 아니면……. 차장검사가 유제를 힐끔 봤다. 사법연수원 때부터 유제는 자신의 주변 이야기를 안 하는 걸로 유명하다고 했었다.

처음에는 그걸로 약점이 잡힐까 봐, 그러는 건가 싶다가도 '개천에서 용이 난' 케이스이기 때문에 그런 건가 싶기도 했다. 쟁쟁한 집안들 사이에 있는 개천에서 용이 난 케이스는 흠집과 비슷했고, 또한 그게 바로 약점으로 이어지기도 했으니까.

"듣기로 부산은 자네가 오고 싶다고 했다면서?"

"네."

생각을 알 수 없는 얼굴을 한 유제를 보며, 그때 어찌 된 일인지 모르겠지만, 검찰청 내부에서도 최대한 봐주려고 했던 점이 신기했다. 그저 개천에서 용이 난 케이스에게 이럴 거 같지는 않고, 어마어마한 스폰서라도 뒀나. 내심 생각한 차장검사가 젓가락을 내려놓았다. 왜 부산에 오려고 했느냐는 눈빛에 유제가 짤막하게 대답했다.

"솔직하게 말해도 괜찮겠습니까?"

"물론."

숨길 게 뭐 있다고. 들고 있던 젓가락을 조심스럽게 내려놓은 유제가 차장검사를 똑바로 바라봤다.

만약 부산에 구여울이 있다는 걸 알았더라면, 사심 섞인 마음으로 신청했겠지만 그녀가 있을 줄은 생각도 못했다. 유제가 부산에 온 이유는 단 한 가지밖에 없었다. 이 말을 들으면 차장검사가 어떤 얼굴을 할지 대충 상상이 갔다.

"디케이 건설 때문에 왔습니다."

음식을 먹다가 사레가 들려 켁, 콜록, 한참을 헛기침하던 차장이 휴지를 몇 장 뽑아서는 입가를 대충 닦아냈다.

"디케이 건설?"

"네."

"자네가 뭐 때문에 부산에 오게 됐는지 기억이 안 나나?"

연수원 내 성적도 다섯 손가락 안에 들던 이가 학습능력이 없는 것도 아닐 테다. 유제의 말이 아무 대책도 없이 덤비겠다는 뜻으로 들려서 그가 조금 걱정스레 물었다.

"디케이 건설 건드려서 여기까지 온 거 아니야."

"네."

"자네……."

차장검사가 뒷목을 쓸었다. 걱정이 되는 부분은 그 부분이 아니었다.

"위에서 조사했으면 디케이가 어떻게 컸는지 알 거 아닌가."

"압니다."

조폭 출신이 대기업이 된 거다. 자칫 재수 없다가는 칼 맞을지도 모른다는 얼굴이었다.

"첫날인 오늘 말하기는 좀 그렇지만."

"네."

"자칫 잘못했다가는……."

"칼 맞을지도 모른다고요?"

여태까지 표정 변화가 없던 유제의 얼굴 위로 옅은 미소가 떠올랐다. 웃어? 미친 건가. 차장은 진심으로 그렇게 생각했다.

조폭이 그럴듯한 기업이 됐다고 해서, 그 썩은 내가 어디 가는 게 아니다. 제 뜻대로 되지 않으면 회칼 들고 겁박한다는 건 꽤 유명한 소문이었으며, 동시에 사실이기도 했다.

다들 쉬쉬하고 있는 것뿐이지.

"걱정 안 하셔도 됩니다."

"어떻게 걱정을 안 해."

제 밑에 있는 이가 칼 맞을 수도 있는데 어떻게 만사태평일 수 있을까. 그러나 유제는 어딘가 믿는 구석이라도 있는 모양인지 당당한 얼굴이다.

"정말로 걱정하지 않으셔도 됩니다."

어째 골 때리는 놈이 왔다고 생각하며 차장이 이마를 짚었다.

여을은 보려고 했던 영화는 결국 못 봤다. 오랜만에 문화생활을 할까 싶어서 갔는데 내내 울리는 전화 때문에 신경이 쓰여서 도중에 나올 수밖에 없었다.

아파트 근처 편의점에 들어간 그녀가 냉장고 앞에 섰다. 오늘 같은 날은 술이지. 윤유제에 아버지에, 술 당기는 이유도 가지각색이다. 바구니에 잔뜩 맥주 캔을 넣고, 팩 소주도 여러 개 담았다.

"어서 오세요!"

편의점 문이 열리는 소리가 들리더니 아르바이트생이 소리 높여 인사했다. 그러거나 말거나 여을은 바구니 한가득 넣은 맥주 캔과 팩 소주를 보면서 잠시 고민했다.

다 마시는 게 가능하긴 할까. 차라리 소주는 한 병만 사는 게 나으려나. 팩 소주들을 다시 집어넣고, 소주는 한 병만 챙긴 뒤

계산대에 올려놓는 찰나였다.

"어?"

"어."

같이 계산대에 올라오는 숙취해소 음료를 볼 때였다.

"여을아?"

제 이름을 부르는 익숙한 목소리에 그녀가 고개를 퍼뜩 들었다. 검찰청에서 봤던 얼굴이 또 왜 여기 등장하고 있는 건지 모르겠다.

그녀가 단번에 미간을 찌푸리는 반면에, 상대는 이렇게 보는 게 반갑다는 얼굴이다. 여을이 부러 모르는 체하며 고개를 팩 돌렸다.

"계산해 주세요."

"어…… 네."

눈치를 보고 있던 아르바이트생이 빠르게 바코드를 찍을 때였다. 옆에서 빤히 바라보는 시선에 여을이 불편한 기색으로 고개를 돌렸다.

"뭘 그렇게 보는데."

"아니, 그냥."

신기했다. 그의 마지막 기억 속 구여을은 교복을 입고 단정한 얼굴로 공부를 가르쳐 주는 모습이었는데. 이렇게 술을 사는 모습을 보는 날이 오게 될 줄이야.

먼저 계산을 마친 여을이 빠르게 편의점을 벗어났다. 한 손에 묵직하게 들리는 술 봉투에 그녀가 인상을 찡그렸다. 게다가 다시 한 번 클러치 안에서 진동소리가 윙윙 울리자 그녀가 멈칫했다.

편의점 안에서 힐끔힐끔 여을을 보던 유제는 계산이 끝나자마자 후다닥 편의점을 뛰쳐나왔다. 그러자 핸드폰을 붙잡은 채 전화를 받지 않고 있는 여을의 뒷모습이 눈에 들어왔다. 뒤에서 보이는 발신자는 여전히 저장되지 않았던, 엘리베이터에서 봤던 그 번호였다.

"안 받으려고?"

뒤에서 들리는 유제의 목소리에 그녀가 핸드폰을 꽉 쥐었다. 순간 철렁하는 가슴을 붙잡고는 여을은 걸음을 돌렸다.

"신경 꺼."

뚜벅뚜벅 걸어가는 뒷모습을 보며, 유제도 천천히 걸어가기 시작했다. 유제는 여을의 손에 들린, 술만 한가득인 흰 봉투를 보았다.

무슨 술을 얼마나 샀는지 가로등만 있는 어두운 길에서도 훤히 보였다. 술은 어지간하게 샀으면서 안주를 할 건 어째 하나도 없는지.

"왜 따라와?"

결국 걸음을 멈춘 여을이 눈을 매섭게 뜨고는 뒤를 돌아보자 유제가 흠칫했다.

"따라가는 거 아닌데."

"따라오고 있잖아."

"나도 저 아파트가 집이라서."

유제가 가리키는 방향에 보이는 태영 아파트에 그녀가 인상을 와작 찡그렸다. 같은 직장에, 같은 아파트라니. 엮여도 뭘 또 이렇게 엮이는지. 여을이 노골적으로 싫은 얼굴을 했다.

전화를 받지 않는 여을에게, '스팸번호'에게서 문자가 왔다.

〈여을아, 전화 좀 받아라. 이야기 좀 하자.〉

핸드폰 화면을 빤히 쳐다보던 그녀가 쌓여 있는 부재중 통화를 확인했다. 겹겹이 쌓인 옷처럼 쌓인 문자메시지 함과 통화 목록을 보던 그녀가 음성메시지 함으로 들어갔다.

"그럼 먼저 가."

여을이 걸어왔던 길을 그대로 되돌아 편의점 쪽으로 가며 핸드폰을 만지작거렸다.

아니나 다를까, 남겨져 있는 음성메시지 함에 그녀가 한숨을 쉬었다. 핸드폰을 귀에 갖다 대자 들리는 건 아버지의 목소리였다.

[아빠가 지금 전화가 잘리기 직전이라서 그런데…….]

[구여을, 전화 좀 받아라. 아빠가 할 이야기가 있어서 그래.]

[여을아, 아빠가 이제 돈 얘기 안 할 테니까 전화라도…….]

음성메시지 세 개를 전부 들은 여을이 속으로 욕을 중얼거렸다. 매번 돈 이야기를 꺼내지 않는다 해놓고서는 종래에 가서는 결국 돈 이야기를 입에 담은 사람이 바로 아비라는 작자였다.

한 번 속지, 두 번은 더 이상 속지 않을 생각이었다. 여을은 맞은편에 서서 자신을 멀거니 보는 유제에게 말했다.

"안 가?"

여을은 편의점 바로 앞에 있는 야외 테이블 위에 들고 있던 봉투를 올린 뒤 의자에 털썩 앉았다. 말없이 다시 편의점에 들어갔다 나온 유제가 테이블 위로 작은 과자 하나를 올렸다.

"그냥 마시면 심심하니까."

여을은, 자연스럽게 의자를 빼고 맞은편에 앉는 유제를 무시하고는 맥주를 꺼내 벌컥벌컥 들이켰다. 이미 한잔하고 온 모양인지 그에게서 술 냄새가 살짝 났다.

게다가 손에 들린 숙취해소 음료까지. 생긴 것만 보면 궤짝으로 마셔도 멀쩡할 거 같은 놈이 뭘 그런 거를 다 챙기는 건지. 목울대를 몇 번 크게 움직여 맥주를 시원하게 들이켠 여을이 대뜸 물었다.

"어쩌다가 여기까지 온 건데."

"지방 발령이지."

그제야 그녀가 관심을 가져주는 게 기쁜 모양인지 유제가 순순히 대답했다. 어려운 이야기도 아니고.

"디케이 건설 이야기는 또 뭐고."

"뭐어."

청 내에서 유일하게 제 가정사를 알고 있는 상대가 여을이었다. 그러니 어설픈 변명 따위 통하지 않으리라. 멋쩍게 이마를 살짝 긁적이던 유제가 어설프게 웃었다.

"벌집 쑤셔서."

"그래서 쫓겨난 거고?"

"쫓겨난 게 아니라 제 발로 나온 거지."

"어째서?"

"아버지한테 갚을 빚 다 갚았고, 내 할 일 하다가 표적에 디케이가 걸린 거고."

이내 그가 변명처럼 덧붙였다.

"표적 수사는 아니었어."

빤히 보던 그녀의 입에서 나온 질문은 다른 부분이었다.

"갚을 빚?"

자식이 부모에게 갚을 빚이란 게 있나. 윤 사장에 빚진 사람이라고는 제 아버지뿐일 줄 알았는데.

그 부분에 대해서는 말하고 싶지 않은 유제는 어깨를 가볍게 으쓱였다. 그녀는 꽤 신기하다는 눈빛으로 유제를 흘겨보다가 봉투에서 맥주 한 캔을 꺼내 그에게 내밀었다. 맞은편에 앉아 있는 그를 두고 혼자 마시려니 뻘쭘했기 때문이었다.

"맨날 전교 꼴등만 도맡아 하던 놈이 검사 돼서 나타날 줄은 생각도 못했어."

"열심히 했으니까."

맥주의 차가운 감촉이 손에서 느껴졌다. 따기만 했을 뿐 손에 들려 있는 맥주를 멍하니 보던 유제가 고개를 들어 여을이 생각지도 못한 것을 물어왔다.

"고등학생 때 네가 했던 말 기억해?"

한 말이 하도 많아서 특별히 어떤 걸 얘기하는지 모르겠는 여을이었다.

"나중에 크면 공무원인 남자 만나겠다고 했잖아."

"그랬나."

"그랬지. 그때 내가 너 좋아해서 다 기억하고 있었거든."

스치듯 지나가는 말이었다. 뜻밖에 고백에 여을이 놀라서 쳐다보니 유제는 별다른 표정 변화가 없었다. 그는 그저 그녀가 했던 것처럼 맥주를 시원하게 들이켰다.

고작 맥주 한 캔에 취하기라도 한 걸까. 아니면 자신이 취해서 이상한 말을 들은 건가 싶은 여을이 눈을 큼지막하게 뜬 채로 유제를 쳐다봤다.

"뭐라 했더라, 아버지처럼 사업병 걸린 남자는 싫다고 했었지."

"맞아."

그제야 기억이 나는 말이다. 그랬었다.

"월급 꼬박꼬박 받아서 알뜰하게 쓰는 남자도 좋아한다 했고. 잘릴 걱정 없는 남자도 좋다고 했어."

내가 고등학교 때 저 녀석한테 별말을 다 했구나. 여을이 속으로 혀를 한 번 찼다. 자주 마주치는 시간이 길어지다 보니까 별의별 말을 다 한 모양이다.

"마음대로 회사 그만두는 남자도 싫다고 했고."

"……그걸 어떻게 다 기억하고 있어?"

"말했잖아."

유제가 맥주 한 캔을 어루만지다가 다시 한 번 한 모금 들이켰다. 묵직했던 캔이 이제 손에서 가볍게 느껴졌다.

"그때 너 좋아했다고."

"취했니?"

고작 맥주 한 캔에?

차장검사와 저녁을 먹으면서 술을 조금 마시긴 했지만 취한 정도까지는 아니었는데, 진심으로 취했냐고 물어보는 여을의 말에 그가 픽 웃었다.

유제는 목을 꽉 조이고 있던 넥타이를 느슨하게 풀면서, 의자 등받이에 편하게 몸을 기댔다. 그러자 여을의 얼굴이 눈에 더 잘 들어왔다.

"아니."

"근데 왜 이래?"

"이 말 할 기회도 없이 헤어졌으니까."

하필이면 말하려고 했던 날 들킬 줄은 생각도 못했으니까. 겨울밤만 좋다고 생각했었는데, 봄의 느지막한 밤도 좋았다. 훈훈한 기운이 감도는 바람도, 사람이 많이 지나다니지 않는 아파트 단지도. 아니, 무엇보다도 눈앞에 있는 사람이 여을이어서 그런 걸지도 모른다.

"네 덕분에 거기서 빠져나왔다고 해도 틀린 말도 아니고."

어떻게 보면 사람 노릇하면서, 평범한 사람들 속에서 살아가게 된 것도 여을 덕분이었다. 유제 인생의 모든 터닝 포인트는 구여 을이었다.

고등학교 때 여을과의 만남이 첫 번째였고, 두 번째는 지금 다시 그녀와 재회한 것.

"네 덕분에 배운 것도 많았으니까."

여을은 만약이라는 건 정말 쓸잘데기 없는 일이라 여기던 사람이었는데……. 그런 그녀가 만약에라는 생각을 했다. 유제와 마주쳤을 때, 그가 윤 사장의 아들이라는 걸 몰랐더라면 괜찮았을까 하는 생각들.

"……별걸 다 기억한다, 정말."

가슴 한구석이 잔잔하게 떨리는 걸 부러 모르는 척했다. 더 이상 할 말이 없어 그녀 역시 맥주 한 캔을 전부 비워냈다.

그 일이 있기 전에, 윤유제가 자신을 좋아한다고 말했더라면 이야기가 좀 달라졌을까. 부질없는 가정들을 계속해서 해보았다. 자기만족 같은 걸 말이다.

"여을아."

유제가 느릿하게 그녀의 이름을 불렀다. 꼭 고등학교 시절로 돌아간 듯했다. 아무도 없던 교실에 윤유제와 단둘이 남아 있던 그 순간으로.

생각해 보면 그때 그 시절이, 그때 그 순간이 길지 않은 제 삶

속에서 가장 아름다운 순간이었고, 동시에 가장 풋풋하던 때였다.

그리고 이렇게 윤유제와 다시 만나서 그때 그 시절을 아름답다고 여기게 될 줄은 생각도 못했다. 적어도 이전까지는 지금이 가장 낫다고 생각했으니까.

"구여을."

"……."

"여을아."

듣기 좋게 불러주는 이름에 그녀가 고개를 들었다.

"나 진짜 열심히 살았어."

묵직한 목소리가 메아리처럼 울렸다. 아파트와 빌라만이 모여 있는 곳이었기 때문에 사람들의 시끄러운 소음 같은 것 없이 유제의 목소리만 잘 들렸다.

"너한테 떳떳하게 다시 나타나고 싶어서."

주점 안에 서 있던 여을의 모습과, 그때 아버지의 부하들이 제게 도련님, 하고 불렀을 때가 유제의 머릿속을 스쳐 지나갔다.

"그래서 진짜 개같이 열심히 살았어."

의자에 느슨하게 기대 있던 유제가 자세를 고쳐 바로 앉았다.

"그러니까, 한 번만."

조폭 아들도, 조폭 태생의 기업의 외아들도 아닌 그냥 윤유제로.

"한 번만, 다시 날 제대로 봐주면 안 돼?"

살짝 피었던 벚꽃 잎이 유제의 머리 위로 툭 떨어졌다. 부는 바람에 흔들리는 건 긴 머리카락뿐만이 아니었다. 빤히 보고 있자 유제가 진지하게 말을 마저 이었다.

"디케이랑 별개로, 우리 아버지랑 상관없이 고등학생 때처럼."

그는 고등학생 때부터 많은 소문을 몰고 다녔었다. 전학을 왔다는 부분 때문에 그랬고, 시험은 늘 일자로 줄 세워 찍고 자는데다가 수업 시간에는 자기 일쑤였다. 때때로는 고등학생이 했다고 하기엔 험한 쌈박질까지 일삼았다.

그랬기 때문에 그는 늘 가십거리의 주인공이었다. 강제전학이 아니라 사실은 유급이다, 한 살이 더 많다, 아버지가 조폭이다, 부잣집 아들이다 등 별의별 소문이 있었다. 물론 개중에는 진실에 가까운 소문이 있기도 했다.

반면 그 소문에 둔감한 사람은 다름 아닌 여을이었다. 여을은 그런 가십에는 관심이 없다는 얼굴로 유제를 대했고, 그 이야기들을 듣고 나서도 소문은 소문일 뿐이라는 말도 했었다.

"윤유제 하나로만 봐줘."

"……."

"나도 널 그냥 구여을로 볼게."

유제는 긴장을 감추기 위해 캔을 잡고 있는 손에 힘을 줬다. 침묵을 지키던 여을이 입술을 달싹였다.

"물어봤었잖아, 그때."

"뭐?"

"그때 한창 너 조폭 아들이라는 소문 돌 때 내가 물어봤었지. 그 소문 맞느냐고. 근데 네가 뭐랬어?"

과거의 일을 기억하고 있는 건 비단 유제뿐만이 아니다. 여을도 마찬가지였다. 유제가 여을의 모든 걸 기억하고 있다면, 여을은 유제가 했던 모든 말을 기억했다.

"네가 아니라고 했잖아. 맞는 소문 아무것도 없다고."

"……."

"그랬는데 내가 그때 술집에서 너 봤을 때 얼마나 쪽팔렸는지 알아? 네가 나보고 그랬었잖아. 네가 왜 여기 있느냐고. 근데 그거 내가 하고 싶은 말이었어."

단 한 번도 여자들이 있는 술집에서 윤유제를 볼 줄은 몰랐다. 그가 왜 그 자리에 있는지, 머리를 빠르게 굴려도 답은 떨어지지 않았다. 적어도 그 술집 마담이라는 여자가 유제에게 '도련님'이라고 부르기 전까지 말이다. 항간에 떠돌던 소문이 사실이었던 거다.

그래, 그 모든 소문들이 사실이었다는 건 전부 둘째치고.

"너한테 감정적으로 대했던 것도 맞아. 네가 날 도와주려고 했었던 것도 알아."

여을은 유제가 절 도와주려고 했던 것도, 그날 이후로 그에게 상처를 준 자신의 잘못도 알았다.

술집에 있던 여을을 발견한 유제가 가장 먼저 한 행동은 바로 그녀의 손목을 잡는 것이었다. 데리고 나가려고 했지만 그건 힘들다고 말리는 술집 경호원들에, 유제는 룸 하나를 전부 빌리고 그녀 혼자만 있게 했다.

"내가 말했잖아. 널 보면 그냥 그 순간의 내가 떠오른다고. 내 행색이, 날 보던 네 얼굴이 떠올라. 그래서 불편해."

누군가 억지로 머리를 물속으로 집어넣는 것 같은 고통이다.

"네가 잘못한 게 아무것도 없는데 왜 불편한데."

"나도……."

그녀가 마른세수를 했다. 어쩌다가 13년이 지난 지금에 와서 케케묵은 감정을 꺼내고 있는 건지 모르겠다.

"······마찬가지였으니까."

여을이 힘없이 어깨를 축 늘어뜨렸다. '많이'라는 수식어가 붙을 만큼인지는 모르겠지만, 좋아했었다. 호감이 있었다. 그것만은 확실했다.

지금의 구여을이 그때로 돌아간다면, 유제에게 조금 다르게 말할 수 있었을까. 학교에서 알은체를 하던 유제를 무시하지 않고, 아무렇지 않게 제 심정을 털어낼 수 있었을까.

작은 과거가 눈앞에 지나간다. 바람이 서늘한 가을날, 교복을 입고 있는 그와 그녀가.

"앞으로 네 공부 안 봐줘."

여을은 유제가 놀란 눈으로 자신을 보던 게 떠올랐다. 문득 여을은 울고 싶어졌다. 자신의 말은 잘 벼려진 화살촉과도 같았다.

"네가 네 아버지처럼 나한테 굴지 내가 어떻게 알아?"
"야, 구여을."
"거기에 있던 거 약점 잡아서 나한테 협박하고, 나한테 뭘 요구할지 알고 내가 너랑 단둘이 남는데?"

그럴 녀석이 아니라는 걸 교내에서 저가 제일 잘 알았는데도 치기 어린 마음에 그리 말했다.

생양아치 같던 녀석이 나름 성실하단 것도 알았고, 자신이 늦게까지 아르바이트를 하는 날은 데리러 오기도 했었다. 수업 시간에 엎어져 잠만 자던 녀석이 어느 순간부터 일어나서 졸지 않으려고 노력도 했었다.

"다 과거 얘기지만."

딱 잘라 말하는 여을에 유제가 남은 맥주 캔을 잡았다.

"서로 밑바닥이란 밑바닥은 전부 보여준 거네."

묵직했던 목소리가 가볍게 변했다. 뭐? 되묻기도 전에 그가 얄궂게 웃으며 말을 이었다.

"네가 창피하던 모습을 내가 봤고, 내가 가장 쪽팔렸던 순간을 네가 봤으니까. 피장파장 아니야?"

"그럼 내가 너 도와준 대가는 있어야 할 거 아니야? 도움받을 때는 가만히 있다가 이러는 거 되게 비겁하지 않냐?"

자신이 했던 말이 느릿하게 재생됐다. 어떻게 그렇게 못됐을 수가 있을까. 만약 과거의 자신을 본다면 뒤통수를 냅다 갈겼을 거다. 유제가 숨을 짧게 들이켰다.

"피장파장으로 쉽게 끝나?"

"계속 붙잡고 있으면 달라지는 게 없잖아."

그가 자리에서 일어나서 여전히 앉아 있는 여을을 내려다보았다. 살짝 말아 쥐었던 손에 힘이 풀리자, 여을에게 닿고 싶다는 생각이 가장 먼저 들었다.

"더 이상 떨어질 데도 없으니까, 이제 플러스 될 일만 남았다는 말이잖아."

더 마이너스 될 일이 없다는 점이 안도라면 안도였다.

"그 자리에 계속 있고 싶으면 계속 있어."

"……."

"나 혼자라도 가면 되는 거잖아."

고등학생 때의 유제는 좀체 웃지 않았었다. 그런데 오늘은 그의 웃는 얼굴을 몇 번이나 봤는지 모르겠다. 과거의 그와 현재의 그가 얼마나 달라졌는지 여을은 그 누구보다 잘 알 수 있었다.

"물론, 너도 같이 오면 더 빨라지겠지만."

그리고 13년이란 시간이 지난 것만큼 과거의 그보다 더 유들유들해져 있었다.

"계속 마실 거야?"

여을 역시 더 이상 마실 생각이 없기에 자리에서 일어났다. 테이블 위에 있던 술 봉투를 집어 들고 걸음을 내딛던 유제가 비틀거리자 여을이 빠르게 그의 옷자락을 잡아당겼다.

"왜 이래?"

놀란 여을이 유제를 바라봤다. 유제 역시 자신이 넘어질 뻔한 걸 알았는지 놀란 눈치였다.

"취했지?"

"······아니?"

반 박자 느리게 대답하는 게 맞는 모양이다. 그녀가 헛웃음을 터뜨렸다. 비틀거리는 걸 보면 취한 게 분명한데 얼굴색은 오늘 처음 봤을 때와 변한 게 없었다. 키나, 덩치나 얼굴로 보면 해 뜰 때까지 마셔도 아무렇지 않을 거 같은 녀석인데. 의외의 모습에 신선하기까지 했다. 여을이 잡고 있던 유제의 옷자락을 탁 놓으면서 손을 내렸다.

여을이 술 봉투를 향해 손을 내밀자, 유제는 아무렇지 않게 그 위에 자신의 손을 올렸다. 놀란 여을이 손을 슥 뺐다.

"뭐 하는 거야?"

"아니, 난 네가 손 내밀길래."

"그 봉투 내놓으란 거야."

여을이 봉투를 휙 뺏어갔다. 두 캔이 빠졌을 뿐인데 봉투는 훨씬 더 가벼워졌다. 같이 걷고 싶지 않아도 동행할 수밖에 없는 상황이라 어색한 침묵이 계속해서 둘 사이에 맴돌고 있었다.

"부산에 온 지 꽤 됐지?"

"어."

"그동안 뭐 하고 지냈어?"

"……보통 이런 이야기 하기 전에 만나는 사람 있는지부터 물어봐야 하는 거 아닌가?"

"없잖아."

그의 입술 끝이 살짝 올라갔다. 그 말 한마디에 여을의 입가가 꿈틀거렸다.

"김 검이랑 이 선생님이 너랑 나 엮는 거 들어보면 없는 걸로 추측되는데."

정답이었기에 그녀가 침묵을 지켰다. 아파트 엘리베이터에 올라탄 그녀가 익숙하게 6층 버튼을 꾹 누르고, 유제가 7층 버튼을 눌렀다.

같은 아파트, 같은 동, 같은 라인일 줄이야. 계속해서 엮이는 것에 그나마 이웃사촌은 아니라서 다행이란 생각이 들었다. 엘리베이터가 6층에서 띵 소리를 내며 멈추고 그녀가 인사 한 마디 없이 내릴 때였다.

"구여을."

엘리베이터가 멈춘 채로 말을 붙이는 유제에 그녀가 고개를 갸웃했다.

"샌드위치 고맙다. 잘 먹었어."

그 한 마디가 끝인 건지 엘리베이터 문이 스르륵 닫히기 시작했다.

"……김 검, 이 촉새 자식."

닫힌 문을 보면서 그녀가 낭패 어린 목소리로 중얼거렸다.

이사를 온 지 얼마 되지 않는 데다가, 집에 뭔가를 들이는 걸 싫어하는 유제의 성격은 그의 집 거실에서 그대로 드러났다.

그 흔한 소파나 티브이도 없는 집이었다. 역시 텅텅 비어 있는 냉장고에서 생수병 하나를 꺼낸 그가 익숙하게 핸드폰을 챙겼다.

제일 먼저 한 일은 날씨 확인이었고, 그 다음으로 경제, 사회면 기사를 읽는 중이었다. 디케이 건설 윤 회장의 상태가 악화되었다는 기사였다.

"악화라."

제 아버지의 기사에도 별 감흥 없이 그가 스크롤을 쭉쭉 내리려는 찰나였다. 김 비서의 번호가 화면을 가득 채웠다.

아침 댓바람부터 전화에 그가 한숨을 내쉬며 핸드폰을 귀에 갖다 댔다.

"네."

[도련님.]

도련님은 뭔가 십대처럼 풋풋한 애들이 들을 법한 호칭이라 유제가 징그러운 얼굴을 했다. 곧 있으면 삼십대 중반이 되는 자신에게 도련님이라는 호칭은 정말 어울리지 않는 거였다.

"그 도련님이란 호칭 좀 어떻게 할 수 없습니까?"

[도련님을 도련님이라 하지, 뭐라고 하겠습니까.]

유제만큼이나 딱딱한 어투였다. 그가 손에 들고 있던 물을 한 번에 다 마시고는 출근 준비를 하기 시작했다.

[기사 보셨습니까?]

"네."

유제는 신발장 근처에 걸려 있는 거울에 자신의 상태를 한 번 확인했다. 멀쩡하고, 단정한 모습이다. 구두를 대충 구겨 신고 있는데 김 비서가 계속해서 떠들어댔다.

[회장님 상태 나빠지셨다고 난 기사 말하는 겁니다.]

"지금 확인했습니다."

들어가면 보이는 게 죄다 그 기사다. 하나같이 검찰 소환을 피하기 위한 방책이라는 말이 대부분이었다. 제대로 매지 않았던 넥타이를 다시 고쳐 매면서 김 비서의 말을 계속해서 들었다.

[연락 한 통 없으셔서 회장님께서 섭섭해하십니다.]

제 아버지가? 유제가 아는 윤 회장은 그럴 인물이 전혀 아니다. 그가 헛웃음을 터뜨렸다. 휠체어 타고 들어가는 기사 사진을 보긴 했으나, 지금 어떤 모습으로 병실에 있을지 눈에 선했다.

"제가 윤 회장님을 잘 아는데, 그러실 분 아닙니다."

그가 구두를 마저 신고 집을 나섰다. 엘리베이터 버튼을 꾹 누르자 1층에 있던 엘리베이터가 느릿하게 올라왔다.

"병실에서 호화 생활하시면서 좋은 음식 드시고 계실 거 눈에 선하고요. 김 비서님도 이런 쓸데없는 전화 안 하시는 편이 좋을 겁니다."

자신이 한 말이 맞는 모양인지 수화기 너머에서 이렇다 할 답이 들리지가 않았다.

"이참에 잘됐네요. 이왕이면 병실에서 못 나오게 하세요."

[도련님.]

탓하는 어투였다.

"나쁜 짓 못 하도록 감시하시고요."

지난번에는 증거 불충분으로 결국 넘어갔지만, 다음에 걸리면 정말 악착같이 물어뜯을 거다. 단 한 순간도 제대로 된 부모 노릇을 하지 않던 윤 회장이 지금에 와서야 아버지 노릇을 하겠다는 게 웃겼다.

김 비서가 자신을 부르는 게 애타게 느껴졌지만, 그는 아랑곳하지 않고 전화를 뚝 끊었다. 그는 엘리베이터에 올라타 1층을 꾹 눌렀다.

엘리베이터가 6층에서 멈추자 그가 흠칫했다. 출근 시간이 같을 테니, 타는 사람은 아마도 여을일 것이었다.

"좋은 아침."

아니나 다를까, 열리는 엘리베이터 문 사이로 보이는 여을에 그가 익숙하게 인사를 건넸다.

"윤 회장님 기사 봤어."

"봤구나."

"어제 밤부터 실시간으로 올라와서 모르는 게 어렵더라."

"어떻게 보면 잘됐지."

"……."

"근데 아버지는 찾았어?"

"돌아가셨어."

꼭 정해놓은 것처럼 한 말이다. 여을이 망설임도 없이 내뱉는 말에 그가 직업병처럼 그녀의 얼굴을 바라봤다. 이게 거짓말인지, 아니면 진실인지 알기 위해 눈을 갸름하게 떴지만 기색은 읽을 수가 없었다.

어차피 안 보고 사는 사람이고, 잠적 비슷하게 했기 때문에 괜찮겠지. 그녀가 속으로 자신을 다스렸다.

이 부분은 별반 꺼내고 싶지 않은 내용이었기 때문에 그녀가 급히 화제를 돌렸다.

"서울 곧 올라갈 거지?"

"아니?"

"어째서?"

"부산에서 할 일도 있고."

엘리베이터가 1층에 멈추자 여을이 먼저 내리고, 그 뒤를 유제가 따랐다.

"그리고 너도 있는데 굳이 올라갈 이유는 없지."

사람 심장 철렁하는 말을 아무렇지 않게 한다. 그것도 엄청 태평한 얼굴로, 일상을 이야기하는 것처럼. 먼저 아파트 현관을 나서는 유제의 뒷모습을 보며 그녀가 헛웃음을 내뱉을 때였다.

"차 같이 타고 갈래?"

여을이 유제를 빤히 바라보며 똑 부러지게 대답했다.

"싫어."

"유감이네."

싫다고 말할 걸 알았기 때문에 유제는 순순히 물러났다.


"김 검사님."

"구 선생님? 안녕하세요."

"안녕 못 할 거 같은데요."

"네?"

여을의 입술 양 끝이 올라갔다. 어딘지 모르게 뒷골이 서늘해지는 미소지만 우울한 김 검의 눈에는 그런 게 보이지 않았다.

"무슨 일이신데요?"

낯빛이 하얗게 질린 김 검에 여을이 고개를 갸웃했다. 샌드위치 건 때문에 닦달하려고 했지만, 그럴 수가 없었다. 어제 퇴근을 못해서 이런 얼굴인가.

한 발 다가갔던 여을이 다시 뒤로 물러서며 김 검의 옆에 섰다.

"무슨 일 있어요?"

"구 선생님……."

앳된 얼굴에 눈물이 그렁그렁 맺히기 시작한다. 도대체 왜 이래. 제일 싫어하는 것 중 하나가 울며불며 징징거리는 소리이기 때문에 그녀가 저도 모르게 몸을 뒤로 뺐다.

"오늘 저녁에 시간, 되세요……?"

보통 때 같으면 칼같이 안 된다고 거절했을 텐데 김 검의 얼굴을 보니 그 말이 차마 나오지 않았다.

되레 김 검이 가까이 다가오자 여을이 뒷걸음질을 쳤다. 복도 벽에 등이 붙고, 더 이상 도망갈 곳이 사라지자 김 검이 그녀의 손을 탁 잡았다.

"오늘 시간 좀 내주시면 안 돼요?"

저야 제시간에 퇴근이 가능하지만, 검사인 김 검 쪽은 빠른 퇴근이 힘들 텐데. 여을은, 눈물 한가득 맺힌 시선으로 저를 바라보는 김 검을 거절하기 어려워 난처했다.

그때 손목에 다른 사람의 손이 느껴지고, 부담스러울 정도로 여을에게 가까이 다가왔던 김 검이 누군가에 의해 제지되었다.

"부담스럽게 뭐 하는 겁니까? ……김 검, 울어요?"

고작 말 한 마디 했다고? 이쪽은 곱게 자란 도련님인가. 유제가 어이없다는 듯 물어보자 김 검의 시선이 다시 여을에게 향했다.

"구 선생님, 진짜 오늘 시간 되시죠?"

"네. 되긴 되는데……. 무슨 일 때문에 그러시는데요?"

"상담 드리고 싶은 게 있어서요."

훌쩍거리는 데다, 상담이라니. 대충 감이 잡힌다. 매번 여자친구랑 투닥거리더니, 분명 이번에도 연애 상담이겠지. 매번 똑같은 일로 연애 상담을 하던 김 검이었기에 여을이 벌써부터 지친 얼굴을 했다.

반면, 오늘 밤 김 검과 여을 두 사람만 다정하게 만날 거라는 생각에 유제가 몸을 움찔했다.

"그 자리에 저도 참석해도 됩니까?"

"예?"

훌쩍거리던 얼굴이 조금 싫다는 기색으로 변했다.

"싫습니까?"

설마? 그렇게 물어보는데 대놓고 싫다고 말할 용기가 있는 사람이 어디 있는지 모르겠다. 직업이 검사면서 이렇게 주는 위압감은 어디 조폭 집단의 2인자 정도 되는 듯했다. 결국 싫지만, 싫다고 말할 수 없는 얼굴로 김 검이 고개를 끄덕였다. 어차피 자신이 갖고 있는 고민은 윤 검사에게 하등 상관없는 고민일 거다.

여을은 어쩐지 시무룩한 김 검을 달래주기 위해 그의 등을 토닥였다.

"그, 울지는 말고요."

"저 오늘 진짜 급해요. 퇴근하시고 꼭 저랑 만나주셔야 해요?"

"아니, 상관은 없는데."

그녀가 뒷목을 쓸었다. 자신보다는 이 선생님이 연애 상담에 더 적합할 거 같은데. 연애를 아예 안 해본 건 아니지만, 그렇다고 해서 좋은 연애를 했다고 말하기도 뭣한 인생이다.

김 검은 여전히 시무룩한 얼굴을 하곤 위층으로 올라갔다. 그걸 영 못마땅하다는 듯이 보던 유제가 꽤 살벌한 목소리로 물었다.

"쟤."

"쟤?"

김 검, 김 검, 꼬박꼬박 부르다가 호칭이 이상해졌다. 어딘가 모르게 언짢다는 얼굴이라 그녀가 고개를 끄덕였다. 김 검에 이어 유제에게도 붙잡히자 복도에는 이제 두 사람만 남아버렸다.

"너한테 관심 있는 거 아니야?"

"풉!"

참지 못한 그녀가 웃음을 터뜨렸다. 어제 맥주 한 캔에 비틀거리는 모습도 의외였는데, 이렇게 노골적으로 물어보는 것도 굉장히 의외였다. 정작 유제는 한껏 진지한 얼굴로 그녀에게 물었다.

"수작 부리는 거 같은데."

그녀가 어이없다는 듯 몸을 팩 돌리며 대꾸했다.

"쓸데없는 데 신경 쓰지 말고."

애써 아무렇지 않은 척 굴며 그녀가 기록실로 걸음을 돌렸다.

"김 검이랑 얘기 잘 했어?"

그녀가 기록실에 들어가자마자 살가운 이 선생의 목소리가 들렸다.

"무슨 좋은 일이라도 있었어?"

이 선생이 의아한 듯 물었다.

"어째 웃는 얼굴이네?"

여을이 두 손으로 자신의 볼을 꾹 눌렀다. 저도 모르게 올라갔던 입꼬리도 내렸다. 그렇지 않은 척, 아무렇지 않은 척 시미치를 뚝 뗀 여을이 컴퓨터 앞에 앉았다.

"아닌데요."

솔직하지 못하긴. 이 선생이 샐쭉 웃었다.

기록 관리 및 보존 작업 중에 기록실 문이 잇달아 열렸다. 또 누구지. 문을 열고 빼꼼 보이는 얼굴은 다름 아니라 김 검 쪽 계장이었다.

"무슨 일이세요?"

"미성년자 성매매 판결문들 좀 몰아서 보내주십사 해서 왔습니다."

미성년자 성매매 판결문. 검찰청 내부 기록관리실에 있다 보면 이런저런 사건 이야기를 많이 듣게 되고, 많이 읽게 된다.

세상에 여럿 더러운 놈들이 있다지만, 그중 여을이 가장 용납할 수 없는 범죄가 그쪽이었다. 말만 들어봐도 대충 어떤 일인지 감이 잡히는지라 이 선생이 혀를 끌끌 찼다.

"그런 놈들은 한 십년 치 받으면 좋을 텐데."

여을이 혀를 차면서 프로그램을 두드렸다. 미성년자 성매매라니, 악질 중 악질이다. 성을 판 피해자도 팔고 싶어서 판 게 아닐 거다. 분명히 싫은데 억지로 끌려갔겠지. 그게 인신매매에 가까운 납치였든, 아니면 자신처럼 부모가 조폭들한테 사채를 썼든 간에. 기록실 안으로 들어온 계장이 책장에 꽂혀 있는 보고서들을 손으로 훑으면서 대답했다.

"그건 힘들걸요."

"왜요?"

"성매매 알선한 게 미성년자라서요. 끽해야 3년일 거 같은데."

"네에?!"

"무슨 어린 것들 하는 짓이 조폭 뺨 치냐."

이 선생이 질린 얼굴로 고개를 가로저었다. 여을 역시 어처구니없는지 작업을 하다 말고 헛웃음을 터뜨렸다.

"김 검도 고생하겠네."

옆에서 이 선생이 다른 의미로 혀를 쯧쯧 찼다. 그렇잖아도 유약한 편에 속하는 김 검이 잘 견딜 수 있을지 모르겠다. 그런 이 선생의 생각을 알아챘는지 계장이 시선을 멀리 두며 웃었다.

"그렇게 성장하는 거죠, 뭐."

검사기는 하지만, 아직 햇병아리에 속하는 편이라 잘할지 모르겠다. 여을이 표정을 와작 구기면서 대답했다. 근처에 있던 프린터에서 문서가 출력되는 소리가 났다.

"게다가 오늘 컨디션이 안 좋은지 하루 종일 시무룩한 상태거든요. 상태도 말이 아닌데 오늘은 피의자들이 청사까지는 안 와서 다행이고."

계장이 한숨을 푹 내쉬었다. 오늘 상태로 피의자 신분의 미성년자들을 보면 말릴 게 분명했다.

"저도 좀 듬-직한 검사님 밑에서 일하고 싶은데."

언제까지 햇병아리들이랑 같이 일해야 하냐며, 계장이 투덜거렸다.

"그거 김 검이 들으면 삐친다에 한 표."

"너무 적게 주시네요. 전 삼십 표 정도는 줄 수 있을 거 같은데."

이 선생의 말에 여을이 대수롭지 않은 목소리로 덧붙였다.

"비밀로 해주세요. 오늘 같은 날 걸리면 진짜 아작이니까."

계장이 부탁한다는 듯 눈을 찡긋하자, 두 사람이 약속이라도 하듯 고개를 끄덕였다. 자료 출력이 끝나자 여을이 계장에게 서류 묶음을 내밀었다.

"여기요. 5년 전부터 시작해서 올해 것까지 뽑았어요."

"고-오맙습니다."

문을 탁, 닫고 나가는 소리에 여을이 다시 화면을 바라봤다.

"그러고 보니까 오늘 김 검이 퇴근하고 시간 좀 내줄 수 있냐고 물어보던데요?"

"김 검이?"

"네. 오늘 상태 안 좋은 거 보니까 대충 감은 잡히긴 하는데."

또 별 볼 일 없는 연애 이야기라는 게 눈에 선했다. 남의 연애사만큼 흥미로운 것도 없으나, 또 그만큼 지루한 것도 없다. 매번 똑같은 일로 싸우고, 화해하고 또 똑같은 일로 싸우고. 연애를 안 한 지 꽤 오래돼서 그런지 그쪽 방면의 공감 능력 세포가 뚝뚝 떨어진 거 같았다.

여을이 오늘 날짜로 딱 30년이 되는 기록물들을 국가기록원으로 송부할 준비를 하면서 대답했다.

"또 쓰잘데기 없는 연애 얘기겠지만."

김 검이 들었으면 노골적으로 상처받았을 말이다. 자리에서 일어난 여을을 빤히 올려다보던 이 선생이 대답했다.

"그거 김 검이 들었으면 운다에 삼십 표야, 구 선생."

"솔직히 그렇지 않나요? 그렇게 맨날 싸울 거면 차라리 헤어지는 쪽이 둘 다 좋을 텐데."

"인생사가 내 맘대로 안 되는 것처럼, 내 맘이 어찌 내 맘대로 되나."

조용한 기록실에 이 선생의 껄껄거리는 웃음소리만이 시원하게 울렸다.

"애초에 그런 부분은 이성적으로 생각할 수 없는 거잖아. 안 그래?"

여을이 살짝 납득하지 못한다는 얼굴을 했다. 공감이 안 되는 걸 보니 요새 정말 공감 능력이 뚝뚝 떨어지고 있기는 한 모양이다.

"그리고 싸우면서 맞춰가는 거지."

애초에 화가 나면 일을 회피하는 성격의 여을은 공감하지 못하는 부분이었다.

◇

이 선생이 눈짓으로 여을에게 물었다. 곁눈질로 윤 검사를 가리키면서 '왜?' 하고 입술을 둥글게 만다.

그 물음이, 도대체 왜 윤 검사가 이 자리에 낀 건가, 라는 의미라는 걸 아는 그녀가 어깨를 으쓱였다. 오고 싶어서 왔다는데 뭐 어쩌겠나.

게다가 윤유제가 오면 환영할 줄 알았던 이 선생은 생각보다 불편한 얼굴이었다. 아니, 불편하다기보다는 안절부절못하는 얼굴이다.

"김 검, 취했다."

반쯤 취한 얼굴로 해롱해롱하고 있는 김 검의 옆구리를 이 선생이 쿡 찔렀다. 여을을 비롯해서 이 선생, 김 검. 이 세 명의 조합이었더라면 아무 말 하지 않았겠지만 발령받아서 온 지 얼마 되지 않은 유제도 있다 보니 눈치를 절로 살필 수밖에 없었다.

"제가, 산다니까요! 제가, 마시겠다는데 이 선생님이 왜 그러세요!"

소주병을 붙잡고 우는 김 검에 여을이 맥주잔을 만지다 한 모금 마셨다. 정작 자리에 있는 유제는 별 관심이 없는 얼굴이었다.

관심도 없고, 그렇다고 카운슬링을 해주는 것도 아니고 가만히 자리만 지키고 있는 유제를 보면서 한숨을 내쉬었다.

"아니……. 들어봐요, 구 선생님, 이 선생님……."

"어이구, 코 흐르는 거 봐라, 봐."

울면서 코 흘리는 모습에 이 선생이 혀를 끌끌 찼다.

"제가, 검사 된 지 얼마 되지도 않았고……. 모아둔 돈이 없어서, 흐으, 결혼을 미루자고 한 게 잘못된 건가요? 예……?"

"여자친구 입장에서는 불안해할 수도 있지."

"정말 그대로 말했습니까?"

이런 자리는 난생처음인 윤유제에게서 직업병이 드러났다. 증인과 피의자를 취조하는 눈빛에 김 검이 저도 모르게 딸꾹질을 끅! 했다. 시선을 피하는 걸 보니, 뒷이야기가 더 있는 모양이다.

"여자친구한테 한 이야기 그대로 해봐. 네 입장에서 좋을 말만 하지 말고."

이 선생도 뒤에 이야기가 더 있다는 걸 직감한 모양이다. 그 말에 소맥을 말아 원샷을 한 김 검이 소리쳤다.

"나 돈 없다, 검사 된 지 얼마 되지도 않았다, 우리 엄마가 나 검사 만든다고 얼마나 고생한 줄 아냐, 나 우리 엄마한테 효도 조금 하고 결혼하고 싶다, 엄마가 사주팔자를 봐 왔는데 너랑 난 결혼을 늦게 하는 게 좋다고 했다! 그렇게 말했슾다!"

원인이 이거로군. 여을이 질린다는 얼굴로 고개를 절레절레 저었다.

검사라는 호칭에, 검사라고 불리는 남자가 울고 있는 데다 소란스럽기까지 하니 횟집에 있던 몇몇 사람들이 힐끔힐끔 그들이 있는 테이블을 쳐다봤다.

도대체 무슨 이야기를 하는 걸까, 저들은 뭐 때문에 궁금해하는 얼굴일까. 그런 기색이다. 여을은 이 자리에서 도망가고 싶다는 생각을 했다.

"김 검."

유제가 퍽 진중한 목소리로 김 검을 불렀다. 히끅히끅 거리고 있는 김 검이 고개를 들어 여전히 무표정한 유제를 바라봤다.

"마마보이입니까?"

"푸흡!"

동시에 맥주를 마시고 있던 이 선생의 입에서 술이 뿜어져 나왔다.

와, 검찰청 내에서 연애 세포 다 죽은 사람은 여을만 있는 줄 알았는데 새로운 인물이 또 나타났다. 게다가 배려 없이 노골적으로 한 말이라서 더 놀랍다. 물론 김 검 같은 타입은 이렇게 딱 잘라내는 말이 있어야 정신 차리겠지만. 이 선생이 물수건으로 입가를 닦아냈다.

"마마보이라뇨!"

술에 취한 김 검이 답지 않게 버럭했다. 싸우는 건가? 사람들의 시선이 다시 한 번 그들이 앉은 테이블에 쏠렸다.

"마마보이가 아니라, 효심이 깊은 겁니다!"

뭐라는 건지. 여을이 피곤한 얼굴로 손목시계를 봤다. 이 자리를 빨리 끝내고 싶은 마음만 한가득이었다.

"근데 윤 검사님 틀린 말 한 건 아니에요. 김 검사님 여자친구랑 헤어지기 싫으면 더더욱이요."

"구 선생님까지……. 상담을 해줄 거면 상냥하게 말해달라구요……."

그리고 또 훌쩍인다. 여을은 김 검의 여자친구가 여태까지 용케 이런 남자랑 사귀었다는 생각을 했다. 진정한 사랑이었네. 자신 같으면 하루도 못 만나고 헤어지자고 할 거 같은데.

"윤 검사님처럼 잘난 사람은 저 같은 사람 마음 모를 거예요. 저처럼, 막 사랑에, 어, 사랑의 아픔 같은 거 모르시는 분이잖아요!"

"모른다고 누가 그럽니까?"

유제가 어이없다는 듯 되물었다.

"알아요?"

"……."

"막 그 사람이 생각나서 잠 못 이루고, 하루 종일 전화하고 싶고, 보고 있어도 보고 싶은 그런 마음 알아요?"

"압니다."

유제에게 첫사랑이 그런 존재였다. 참 지독한 열병이었고, 동시에 지독한 첫사랑이었다. 김 검의 연애 이야기 따위보다 유제의 연애 이야기에 더 흥미가 생긴 이 선생이 물었다.

"지금 만나는 여자친구분 얘기에요?"

"아뇨."

"여자친구 없으신 거 맞죠?"

"네."

"능력도 좋으신 분이 왜 없으실까."

정말 궁금한 듯 이 선생이 중얼거렸다. 정말 남자를 좋아하는 건가, 아니면 여을의 말처럼 잊지 못할 첫사랑이 있는 건가.

그 의문을 해결하기 위해 유제가 짤막하게 대답했다.

"잊지 못할 사람이 있어서요."

"······."

"다른 사람 만나보려고 해도, 그 사람이 자꾸 눈에 밟혀서요."

그 상대가 자신이라는 걸 직감한 여을이 클러치와 핸드폰을 챙기고는 자리에서 일어났다. 유제의 감정은 그녀가 생각한 것 이상으로 무거웠다. 어떤 반응을 해야 할지 모를 정도로.

"저 김 검 술 깨는 약 좀 사 올게요."

이어서 유제가 자리에서 일어나 그녀의 뒤를 따랐다.

"윤 검사님, 어디 가세요요······!"

"김 검, 김 검! 정신 차려!"

그가 여기까지 따라온 건 순전히 여을이 함께하는 자리였기 때문이었다.

"저것 봐라! 윤 검사님 내 얘기 관심도 없었죠?! 내 얘기 들어 줄 생각은 요만큼도 없었······! 읍읍!"

술병을 붙잡고 말하는 김 검의 입을 이 선생이 틀어막았다.

두 사람의 목소리를 못 들은 척한 유제가 여을의 뒤를 따랐다. 바닷가 근처라서 그런지 산책 중인 연인들도 많이 보이고, 친구들끼리 놀러 나온 이들도 보였다.

파도 소리를 음악 삼아 유제가 여을을 따라갔다. 김 검의 말처럼, 유제는 그의 연애 이야기에는 조금도 관심이 없었다. 오로지 여을 때문에 참석한 자리였을 뿐.

"이렇게 좋을 줄 알았으면 진작 내려올걸 그랬네."

뒤를 따라오던 유제가 냉큼 여을의 옆을 낚아챘다. 힐긋, 자신을 올려다보는 여을을 보면서 마저 말을 이었다.

"부산이 이렇게 좋을 줄은 몰랐거든."

"너도 술 깨는 약 사다줄까?"

술 깨라는 의미였다.

"많이 안 마셔서 멀쩡한데."

별로 믿겨지지는 않지만. 그녀가 혀를 한 번 차면서 편의점 안에 들어갔다가 술 깨는 약을 사고 나왔다.

날이 풀리기 시작하는 봄이라고 해도, 바닷가 근처라서 그런지 조금 쌀쌀했다. 어중간하게 취해서 그런지 춥기도 하고. 여을은 집으로 돌아갈 때는 택시를 타고 가야겠다고 생각했다.

"여기."

유제가 입고 있던 외투를 벗어서 그녀에게 내밀었다. 추운 걸어떻게 알았는지 모르겠다.

"……내가 방금 춥다고 말했어?"

"아니. 근데 너 추우면 코부터 훔치더라. 입어."

"……."

"난 술 마셔서 그런지 별로 안 춥네."

불과 1분 전까지 많이 안 마셨다고 해놓고선. 그 선의에 짤막하게 고맙다는 인사를 하고 건네받으려는 찰나였다.

뒤에서 오토바이 한 대가 부우웅 소리를 내며 험악한 기세로 여을을 향해 돌진해 오고 있었다. 놀라서 몸이 굳은 여을을 유제가 빠르게 잡아당겼다. 오토바이는 여을의 손에 들려 있던 클러치를 눈 깜짝할 새에 빼앗아 저만치 달아나 버렸다.

"운전을 무슨……!"

그대로 유제의 품에 풀썩 안긴 그녀가 멈칫했다. 좋은 향기가 났다. 빠르게 정신을 차린 그녀가 사라진 오토바이의 뒤편을 바라봤다.

"내 클러치!"

이미 도망가고 난 오토바이를 보면서 그녀가 머리를 짚었다.

"괜찮아?"

"난 괜찮은데 클러치를, 아, 일단 신고부터."

여을이 입고 있는 카디건 주머니에 손을 집어넣었다. 지갑이고, 핸드폰이고 아무것도 느껴지지 않는다. 텅텅 비어 있는 주머니에 그녀가 앓는 소리를 내며 눈을 질끈 감았다.

"클러치 안에 핸드폰 있어."

"부산 바1208."

"뭐?"

태평하게 말을 잇는 유제에 그녀가 어리둥절한 얼굴을 했다. 그가 손에 들고 있던 외투를 여을의 어깨 위에 걸쳤다.

덕분에 추위는 가셨지만, 정신머리는 아직도 가출한 상태였다. 불행은 넝쿨째 굴러온다더니 딱 그 꼴이다. 지갑과 핸드폰뿐만이 아니라 집 열쇠도 클러치 안에 있었다.

진즉에 도어락으로 바꿀걸. 그거 몇 푼 한다고 안 바꾸다가 일이 이렇게 꼬이게 된 건지. 그녀가 한숨을 내쉬며 마른세수를 했다.

"번호판 외웠어. 경찰서부터 가자."

여을의 어깨에 걸쳐진 외투를 단단히 동여맨 그가 그녀의 손을 잡아 이끌었다.

"그새 외웠어?"

"어쩌다 보니까."

고시 공부하면서 생긴 버릇이었고, 일을 하면서 더 심해진 습관이다.

"이 근처에 파출소 어딨어?"

"좀 더 나가야지 있는데."

"어지간히도 간 큰 놈이네."

검사 앞에서 소매치기할 생각을 다 하다니. 물론 소매치기범은 그걸 몰라서 그렇겠지만. 다시 식당으로 들어갈 생각도 없이, 두 사람이 바닷가 근처에 위치한 파출소로 빠르게 향했다.

"클러치 안에 뭐 있는데?"

"지갑이랑 핸드폰이랑 그리고……."

"그리고?"

"집 열쇠."

파출소로 걸어가던 유제의 걸음이 우뚝 멈춰 섰다. 유제는 손으로 얼굴을 가리고 있는 여을을 바라보았다.

"집 열쇠?"

"도어락으로 진작 바꿀걸."

소매치기당한 바로 직후보다 더 미묘해진 분위기다. 멀뚱히 자신을 보는 유제에 그녀가 움찔했다.

"왜?"

"잠은 어디서 자, 그럼?"

"그, 이 선생님한테 부탁……. 아."

순간 친정 부모님이 계신 본가로 갈 예정이라던 이 선생의 말이 떠올랐다.

"일단, 그건 추후 문제니까 신경 쓰지 마."

그녀가 빠른 걸음으로 파출소 문을 열고 들어갔다. 시각이 시각이다 보니, 이미 파출소 안에는 취객들 몇 명이 널브러져 있었다.

이런 일로 파출소에 들어오게 될 줄은 생각도 못했는데. 아버지 가출 때문에 잠깐 파출소에 온 게 끝이었다. 젊은 남녀 두 사람이 들어오자 파출소에 앉아 있던 순경이 자리에서 일어났다.

"어쩐 일로 오셨어요?"

"소매치기를 당해서요."

"클러치를 소매치기당했거든요. 번호판은 부산 바1208이고요."

"네."

유제가 안으로 성큼 들어갔다.

"클러치 안에 지갑이랑 핸드폰이랑, 집 열쇠 다 있거든요. 찾을 수 있을까요?"

"찾도록 노력은 해보겠습니다. 우선 카드부터 중지하시는 게 좋을 거 같은데요."

"아, 네."

습관처럼 핸드폰을 뒤지던 그녀가 멈칫했다. 맞다, 핸드폰도 클러치에 있었지. 핸드폰 하나 없어졌다고 21세기에서 순식간에 20세기로 떨어진 느낌이 들었다.

"어?"

멈칫하는 목소리에 유제와 여을의 시선이 동시에 순경에게로 쏠렸다.

"왜 그러세요?"

"번호판이 부산 바1208 맞죠?"

"네."

괜히 불길한 느낌이 들었다.

"그 오토바이 도난신고당한 오토바이로 뜨네요."

순경이 난처한 듯 웃고 있었다.

"그럼 못 찾는 겁니까?"

"못 찾는다기보다는 찾을 때까지 시간이 좀 걸릴지도 모른다는 말이죠."

순경이 달래듯이 말했다. 이 골 아픈 사건에 여을이 손등으로 이마를 짚었다. 오토바이를 그렇게 속력 내서 타는 걸 보면 사지도 멀쩡한 놈 같던데, 멀쩡히 일해서 돈 벌 생각은 안 하고.

"머리야……."

"우선 여기에 연락처 적어주시겠어요? 찾는 대로 바로 연락드리겠습니다."

"제가 핸드폰도 같이 잃어버려서요."

"그럼 되는 대로 남자친구분 번호라도 적어주실래요?"

"……네?"

"네, 그럼 그럴게요."

지금 누가 누구 남자친구라는 얘기지. 여을이 잠깐 얼이 빠져 있을 때 유제가 눈치 빠르게 그의 주소와 연락처를 적었다. 하물며 검찰청 내 전화까지.

그녀가 어이없다는 듯 헛웃음을 흘리는데도 불구하고, 유제와 순경은 손발이 척척 맞게 알아서 진행하고 있었다.

"지갑에 현금 많으세요?"

"만원 몇 장 있고…… 나머지는 다 카드여서요."

내일 날 밝자마자 은행부터 가야겠네. 그녀가 앓는 소리를 냈다. 순경이 너무 걱정하지 말라는 듯 다정하게 웃었다.

"잡히는 대로 그럼 남자친구분께 연락드리겠습니다."

"하, 하하……. 네."

졸지에 윤유제가 제 남자친구가 됐다. 큰일을 겪은 것치고는 처리가 너무 쉽게 끝났다. 여을은 급하게 파출소를 들어갈 때랑은 다르게 힘 빠진 걸음으로 나섰다.

"너무 걱정하지 마. 금방 잡겠지."

"어……. 그래도 고마워."

그녀가 힐긋 유제를 보며 대답했다. 숙취해소 음료는 땅에 떨어져서 깨진 지 오래였다.

"오토바이 번호판이라도 알아서 다행이었네."

"뭐."

고맙다는 말을 들으려고 한 행동은 아니었기에 유제는 괜히 쑥스러워져 눈을 돌렸다. 카드라도 있으면 근처 모텔에서 잠만 자고 출근하면 되었을 텐데. 그녀가 뒷목을 한 번 쓸었다. 신의 농간이라도 되는 것처럼 두 사람은 자꾸만 얽혔다.

어쩌지……. 그녀의 입에서 걱정스러운 목소리가 흘러나왔다.

그게 비단 클러치 때문이 아니라는 걸 그는 쉽게 알 수 있었다.

지금 코앞에 닥친 걱정은 오늘 하룻밤을 어떻게 보내느냐, 이거겠지. 유제보다 부산 발령을 일찍 받았다고는 해도 여을 역시 이곳에서 알고 지내는 사람은 별로 없을 거다.

과거 구여을의 성격을 보아 나서서 친구를 만들 타입은 아니기에 더더욱.

"우리 집에서 잘래?"

휙! 여을의 고개가 빠르게 유제 쪽으로 돌려졌다. 유제가 주먹을 한 번 꽉 쥐었다가 폈다. 긴장되는 건 그 역시 마찬가지였지만 아무렇지 않은 척 덤덤하게 대꾸했다.

"뭐?"

"잘 곳 없잖아. 아니야?"

심중을 떠보기라도 하듯 여을이 눈을 가름하게 떴다. 도둑이 제 발 저린다고 유제가 변명처럼 말을 이었다.

"순수한 의도야. 순수한 의도."

그의 입에서 바람 빠진 웃음소리 비슷한 게 흘러나왔다.

"공백기가 있긴 하지만 우리가 아예 모르는 사이도 아니고, 게다가 뭐, 아파트도 같은 라인이고."

"……."

"정말이라니까?"

"……누가 뭐래?"

사실 빈말로나마 순수한 의도라고 할 수는 없었다. 여을이 빠른 걸음으로 걸어 나가자 유제가 후다닥 그녀의 옆을 꿰찼다.

"잠은 어떡하려……."

"네가 괜찮다면."

고개를 푹 숙인 채 그녀가 조용히 중얼거렸다.

"하루만…… 신세 좀 질게."

여을 역시 도움받는 입장에서 이렇게 뻣뻣하게 구는 게 별로란 건 안다. 이렇게 행동하고 싶지 않은데 자꾸 뻗대는 것처럼 나오는 말과 행동에 여을이 후다닥 앞으로 걸어갔다.

아래로 단정하게 묶은 여을의 머리카락이 퉁, 퉁 뛰는 게 보였다. 유제는 따라갈 생각도 하지 못하고 넋을 놓고 보기만 했다.

두 손으로 마른세수를 하다 머리를 쓸어 넘긴 유제의 입에서 웃음이 흘러나왔다.

"허."

참으려고 해도 비죽 나오는 웃음에 유제가 손으로 입을 가렸다. 포커페이스, 포커페이스.

"미치겠네."

귀여워도 너무 귀엽다.

조금 경쾌해진 걸음으로 유제가 여을의 뒤를 쫓았다. 그녀가 아무리 앞서 나가도 유제가 몇 번 걷는 것만으로 폭은 금세 좁혀졌다. 둘은 어느새 술집 앞에 다다랐다.

"어휴, 구 선생! 왜 전화를 안 받아! 전화를 몇 통이나 했는지 알아?"

완전 떡이 된 김 검을 질질 끌고 나온 이 선생이 닦달했다.

"김 검! 정신 차려!"

가만히 보고 있던 유제가 손을 들어 김 검의 팔뚝을 꽈악 잡았다. 남자치고는 왜소한 편에 속하는 김 검의 팔이 커다란 유제의 손에 한 번에 들어왔다.

"아, 악! 아악! 아, 아파! 아파요!"

"정신 듭니까?"

"에……."

해롱거리는 눈빛의 김 검이 그제야 정신이 든 모양이다. 살짝 비틀거리긴 하지만 이 선생님의 도움 없이 설 수 있는 정도가 되었다. 김 검이 추운지 몸을 부르르 떨다 말고 물었다.

"근데 왜 윤 검사님 외투를 구 선생님이 입고 계세요?"

혀 한 번 꼬부라지지 않고 똑바로 물어본다. 김 검, 저거 술 안 취한 거 아니야? 여을이 속으로 혀를 쯧 하고 찼다. 이 선생님의 시선도 여을에게 닿았다.

"근데 다들 어떻게 가실 겁니까?"

순간, 유제가 화제를 아무렇지 않게 돌렸다.

"전 본가가 여기서 가까워서요. 그냥 걸어가면 되고……. 근데 구 선생, 클러치는 어디 갔어?"

참 일찍도 물어봐 주는 이 선생에 그녀가 힘없게 웃었다.

"소매치기당했어요."

"뭐어?!"

"진짜요?"

술이 확 깬 모양인지 김 검이 퍼뜩 물었다.

"네. 편의점 나오는데 소매치기를 당하는 바람에……."

"클러치 안에 뭐 많지 않았어?"

"핸드폰이랑 지갑이요. 나머지는 딱히 없으니까, 걱정 안 하셔도 돼요."

"그 소매치기 누군지는 모르겠지만 간땡이 부었네요. 걸리면 반 죽음이겠네."

물론 여을의 손에 말고 윤 검사의 손에. 단단히 벼르고 있는 것처럼 보이는 눈빛에 김 검이 추위가 아닌, 두려움에 몸을 부르르 떨었다.

언놈인지 몰라도 미리 명복을 빌었다.

"그럼 다들 내일 뵐게요."

"어어, 그래. 조심해서 들어가."

이 선생이 같이 가는 여을과 유제를 보다 고개를 갸웃했다. 뭔가 이상한데, 뭐가 이상한지 잘 모를 때였다.

"근데 왜 윤 검사님이 구 선생님이랑 같이 가요?"

쓸데없이 기민하게 눈치챈 김 검의 목소리에 이 선생이 "그러게." 하고 짧게 대답했다.


"잠깐만."

도어락을 푼 유제가 먼저 후다닥 뛰어갔다. 다행히 집 안 꼴이 난장판은 아니다. 짐을 다 푼 게 아니라서 이삿짐 박스가 덩그러니 남아 있는 걸 제외하면 그럭저럭 여을에게 보여줄 만한 풍경이었다.

"들어와."

유제는 조금 흐트러진 머리카락을 만지작거리면서 현관문을 열었다. 여을은 머뭇거리는 걸음으로 들어왔다. 자신의 집과 똑같은 구조지만, 이사 온 지 얼마 되지 않아 서늘한 공기가 느껴졌다.

"그, 지낼 방은, 저기서 자면 돼. 저기 침대 있거든."

그가 안방을 가리켰다.

"침대는 네가 써야지. 그리고 주인 방 뺏는 손님이 어딨어."

여을은 로퍼를 벗고 안으로 들어왔다. 텔레비전도, 소파도 없는 거실을 보다가, 부엌을 쳐다봤다. 냉장고는 있어서 다행이라고 해야 하나. 찬장 속 얼마 없는 그릇들을 바라보며 그녀가 입고 있던 외투를 벗었다.

"어째 옛날이랑 다른 게 없네. 그때도 집이 이 모양, 이 꼴이더니."

옛날 옛적 기억을 끄집어냈다. 유제가 민망한지 큼, 헛기침을 내뱉었다.

"이사 온 지 얼마 안 돼서, 좀 허전한 거지. 곧 채워 넣을 거야."

흐응, 그녀가 짤막한 비음을 내뱉었다.

"갈아입을 옷 줄게. 잠깐만."

유제가 안방 말고 다른 방으로 들어가더니 트레이닝복에 티셔츠 한 장을 내밀었다. 사이즈가 안 맞을 게 분명하지만, 급한 대로 이거라도 입고 자야 했다.

그녀가 고맙다는 의미로 받아들고는, 그가 가리킨 안방으로 들어갔다. 그곳 역시 아직 펼치지 않은 이삿짐 박스가 몇 개 있었고, 아무것도 꽂혀 있지 않은 책장이 보였다.

옷을 전부 갈아입은 그녀가 얼굴만 빼꼼 내밀며 물었다.

"저 방에서 자면 안 될까?"

"거기 안 치워서 못 잘 텐데."

"박스 대충 밀고 자면 돼."

"그냥 안방에서 자. 그런 데서 자면 더 신경 쓰이니까."

그가 무슨 소리를 하냐는 얼굴로 손을 뻗더니, 주르륵 내려갈 뻔한 여을의 트레이닝복 바지를 끌어올려 주었다. 그러는 바람에 안방 문이 좀 더 열리자 휑한 집 안에서 유일하게 사람 사는 훈훈한 공기가 맴도는 듯했다.

"편하게 있어."

유제가 두 손으로 여을의 어깨를 꾹 누르며 앉히자 여을이 몸이 풀썩, 침대 매트리스 위로 앉아졌다.

"거실에서 자면 돼."

"바닥에서 자게 되잖아."

"그럼 침대에서 같이 자려고?"

물어보는 말에 여을이 움찔했다.

"나야 좋지만."

아직도 옷을 갈아입지 않은 유제가 어깨를 으쓱였다. 아무 말도 하지 않는 걸 보니, 거절이다. 어쩐지 하룻밤 재워주는 걸로 자신이 갑질을 하는 것처럼 느껴졌다.

"미안, 농담이 지나쳤어."

"그래, 좋아."

"뭐?"

"나한테 손댈 거 아니잖아. 그럼 침대에서 같이 자자."

심장이 벌렁벌렁 뛰기는 했지만, 괜찮겠지. 그녀가 매트리스에 누운 채 몸을 벽 쪽으로 옮겼다.

"뭐 해, 안 눕고."

여을이 눈짓으로 신호를 보내자 유제가 한 손으로 눈을 가렸다. 구여을 때문에 오늘 롤러코스터 타는 느낌이다.

"좋아, 그럼 이렇게 하자. 안방 바닥에서 자면 되지? 그럼 너도 불편하진 않을 거 아냐."

유제가 대충 이불을 펼쳤다. 조금 얇기는 했지만, 이 정도로도 충분하다는 생각이 들었다. 눈짓으로 이제 됐지? 하고 묻는다.

누워 있던 여을이 굼벵이처럼 몸을 일으켰다. 하나로 질끈 묶었던 머리카락이 부스스하게 떨어지자 유제가 손을 뻗어 머리끈을 풀어 내렸다.

"고등학생 때, 너 우리 집에 온 거 기억난다."

공부 봐준다고 초대했는데, 정작 초대하지 않은 손님도 함께 왔었다. 유제는 제 모친의 얼굴을 떠올렸다. 진하게 화장한 얼굴과 몸에 달라붙는 옷, 그리고 진한 향수.

좋게 봐줘도 선입견처럼 가지는 평범한 엄마의 모습은 아니었다. 그 모습에도 여을은 별 내색하지 않고 인사를 했다.

"안녕하세요, 유제 친구 구여을이라고 합니다."

내색하지 않았던 점이 고마웠고, 동시에 민망했다.

"사실 너한테 쪽팔린 거 되게 많아."

"……."

"어머니 모습 들켰을 때도 진짜 쪽팔렸고."

멋쩍은지, 아니면 아직도 그 이야기를 꺼내면 얼굴이 후끈거리는 건지 유제가 뒷목을 쓸며 시선을 피했다.

"억지로 입 맞췄을 때도 쪽팔렸고, 그런 말 내뱉었을 때도 쪽팔렸어."

"주점에서 빼와준 것치고 이 정도면 싼값 아니야?"

보고 배운 게 윤 회장의 모습뿐이라 말도 그 따위로 내뱉었다. 울음을 꾹 참고 자신을 보던 여을의 얼굴을 보고 나서야 저가 얼마나 못난 짓을 했는지 알 수 있었다.

"진짜 못난 모습만 보여서."

"나도 마찬가지 아닌가."


"개새끼. 조폭 아들 아니랄까 봐 하는 짓이 어쩜 그렇게 쓰레기야."


뺨도 때리고, 못난 말도 했다. 그렇게 윤유제와의 관계가 단절됐다. 그렇게 되면 속이 시원할 줄 알았는데……. 우습게도 그녀는 집으로 돌아오는 길에 주저앉아 펑펑 울었다.

유제가 종종 데리러 왔던 아르바이트는 그만뒀고, 머뭇거리며 제게 다가오려던 그를 일부러 피했다.

참 저다운 행동이었다.

여을이 피식 웃으면서 침대에 걸터앉았다. 유제는 여전히 서 있는 채였다. 다리 아프지도 않나. 그녀가 짧게 생각했다.

"우리 아버지 빚보증 선 거 알게 된 순간 우리 엄만 나 버리고 나갔고."

"원망 같은 거 안 해?"

"엄마 원망보다는 아버지 원망."

그녀가 다리를 쭉 폈다. 헐렁헐렁한 옷을 다시 한 번 끌어 올렸다.

"사업병 걸려서 사채 쓴 우리 아버지도 있었는데. 그게 뭐."

그녀가 안심하라는 듯 픽 웃자 유제가 멈칫했다.

"어떻게 보면 동병상련이네. 안 그래?"

여을이 올려다보면서 웃었다.

여을의 그 미소에 유제가 잠시 멈칫했다. 사실 흑심이 아예 없었다고 한다면 거짓말이겠지만 그게 그런 의미의 흑심은 아니었다.

이런 기회가 아니면 여을이 옆을 내어주지 않을 거 같은 불안감으로 한 말이었다. 그런데 막상 한집에 있고, 방이라는 작은 공간 안에 함께 있으니 손을 뻗고 싶었다.

동시에 만지고 싶었다.

"정말 다른데."

여을이 덤덤하게 대꾸했다.

"정말 비슷하다."

혼자 모든 걸 견뎌야 하는 점도, 부모님 이야기도, 연을 끊고 살아가는 점도. 어떻게 시간이 지날수록 더 닮아가기만 하는 건지.

"그럼 그것도 닮았으려나."

유제가 물었다.

"잊지 못할 사랑이 있다는 거."

여을이 흠칫했다. 술자리에서 내뱉었던 그 말이 자신을 가리킨다는 걸 그 누구보다 잘 알았다. 그녀를 내려다보던 유제가 허리를 굽히고 시선을 맞추었다.

"그것도, 닮았어?"

윤유제를 보면 여러 가지의 감정이 든다. 못났던 모습, 닮았기 때문에 느끼는 동정심, 고등학교 때 가졌던 풋풋한 감정. 그 감정 때문인지, 잊지 못할 첫사랑이란 존재 때문인지 유제만은 자신의 외로움을 알아줄 거 같았다.

그녀가 저도 모르게 손을 뻗어 유제의 옷깃을 잡아당겼다. 힘없이 그녀 쪽으로 이끌려 오는 유제의 놀란 얼굴을 마지막으로 두 사람의 입술이 맞닿았다.

그랬기에 이 외로움을 해소하고 싶었다.

"애초에 그런 부분은 이성적으로 생각할 수 없는 거잖아. 안 그래?"

이 선생님이 말하던 게 이런 걸까. 지금 자신의 뇌에 있는 이성이 전부 마비된 느낌이다. 오로지 감각에만 의존한 채 행동하고 있었다. 유제의 따뜻한 입술이 여실히 느껴졌다. 미쳤지, 내가 왜 이러지. 그렇게 생각하면서도 여을은 입술을 떨어뜨리지 않았다.

제 첫사랑이기 때문에 그런 걸까. 아무리 못난 모습을 보여줬어도 첫사랑이라는 그 이유 단 하나만으로도 이러는 걸까.

여을이 조심스럽게 유제의 아랫입술을 물자 그의 몸이 눈에 띄게 굳었다. 여을이 파르르 떨리던 눈꺼풀을 살포시 들어 올렸다.

유제의 콧대가 보이고 이마가 제 이마에 닿았다.

"먼저 시작한 건 너야."

고등학생 때보다 훨씬 더 낮아진 목소리였다. 이미 반쯤은 각오하고 한 행동이었다.

그 한 마디가 신호탄으로 유제의 큰 손이 여을의 볼을 감싸 쥐었다. 촉, 촉, 가볍게 닿았다가 떨어지기를 몇 번 그러다 말고 말캉한 혀가 그녀의 안으로 들어왔다.

"음……."

여을은 분위기를 타듯 자연스럽게 그의 목에 팔을 둘렀다. 둘의 몸이 한층 더 밀착됐다. 고등학생 때 그가 억지로 했던 입술 박치기와는 다른 농밀한 입맞춤이었다.

두 사람의 혀가 부드럽게 얽혔다. 발끝이 곱아드는 느낌이 들고, 아랫배가 간질거리기도 했다.

풀썩, 여을의 등에 푹신한 매트리스가 느껴졌다.

그녀의 앞에서는 억지로 참고 있었던 게 풀리는 느낌이 들었다. 마냥 부드럽고 달콤한 입맞춤이 아니었다. 아랫입술을 살짝 물자 느껴지는 통증에 짧은 비명이 터졌다.

"아야."

"미안, 아팠어?"

유제는 제 입술이 꼭 치료제라도 되는 것처럼 그녀의 아랫입술에 다시 한 번 촉, 촉, 촉 가볍게 맞췄다.

"으음……."

간질거린다. 유제가 그녀의 목덜미에 잘근잘근 물었다.

"유제야, 조금만, 살살……."

그를 부르는 호칭은 늘 같았다. 조금 화가 난 듯한 윤유제, 혹은 너, 네가, 따위의 말들. 입맞춤보다 다정하게 이름을 불러주는 게 그의 이성을 끊어지게 만들고 말았다.

도대체 어느 영화에서 첫사랑을 쌍년이라고 말한 건지 모르겠다. 그의 첫사랑은 여전히 예뻤고, 사랑스럽고, 보드라웠다.

강아지가 주인에게 애정 표현을 하듯 그가 그녀에게 볼을 부비었다.

"여을아, 너무 좋아……."

귓불을 입술로 물던 그가 작게 속삭였다. 좋다는 고백 한 마디가 꼭 유혹처럼 느껴졌다.

"네가, 좋아서……."

어쩔 줄 모르겠다.

터지기 일보 직전의 풍선인 듯, 바다 저 깊숙한 곳에서 결국 마지막 숨을 뱉어내는 것처럼, 그런 마음으로 뱉어낼 수밖에 없었다. 이렇게 여을을 다시 만날 수 있고, 다시 만질 수 있고, 다시 대화를 할 수 있고, 다시 이름을 부를 수 있다는 게 너무 놀라웠다.

여을과 헤어진 그 긴 시간 동안 어떻게 혼자서 견뎌왔던 걸까. 그게 너무 놀랍다.

유제가 저를 꼭 안자 여을이 자신도 모르게 손을 뻗었다. 그리고 그의 등을 느릿하게 쓸었다. 그래, 이런 감정은 자연스러운 거다.

그녀는 그가 싫지 않았으니까. 싫었던 건 자신의 모든 상황뿐이었다.

하늘에서 내려오는 동아줄을 잡는 고전 동화 속 남매처럼, 저를 안고 있는 그의 팔에 힘이 단단히 들어갔다.

"그냥."

여을의 한숨 섞인 목소리가 유제의 귓가에 느릿하게 울렸다. 입맞춤 때문인지 그녀의 목소리가 살짝 낮아진 듯했다.

"여기서 자."

맨날 혼자 지내다가 사람의 온기를 알게 되니, 여을 역시 이 온기를 놓치고 싶지 않았다. 그의 크고 너른 품은 따뜻했다.

그녀가 그의 몸에 파고들듯이 들어갔다. 그러고는 두 팔로 그의 어깨를 감싸 안았다.

"여기서 같이 자자."

여을과 유제에게는 온기를 나눠줄 누군가가 필요했다.

그리고 서로가 서로에게 온기를 나눠주는 사람이 되었으면 좋겠다고, 그러기를 바란다고 여을은 눈을 감으며 생각했다.

3장.
신부산파 소년

"야, 잠깐만!"

빠른 걸음으로 청사 안으로 들어가는 여을의 손목을 유제가 잡았다. 어제의 일이 한낱 신기루인 것처럼, 평소와 다를 거 없는 구여을로 돌아온 채였다.

"갑자기 왜 이래."

평소 같으면 클러치로 얼굴을 가렸겠지만, 지금은 손으로 얼굴을 가릴 수가 없었다.

"어제 싫었어?"

싫었던 게 아니다. 그 절절한 고백을 듣고 마음 흔들리지 않을 여자가 과연 어디 있겠나. 근데 그냥 너무 창피해서 그런 거다.

"사람들 보니까, 일단 놔."

"일단 얘기부터 해. 왜 도망치듯이 나온 건데."

유제는 여을의 손을 놓고 도망치지 못하게끔 앞을 가로막았다. 윤유제와 엮이면 쪽팔릴 짓만 하는 거 같았다. 창피함과 후회 그 어느 경계선에 있는 여을이 눈을 질끈 감았다가 대답했다.

"내가 지금 너무 창피해서 그렇거든?"

"그러니까, 뭐가?"

도대체 뭐가 창피하다는 이야기인 건지 모르겠다. 어리둥절한 얼굴의 유제에 여을이 숨을 한 번 크게 들이마셨다.

눈을 떴을 때, 윤유제가 바로 옆에 있는 게 실감이 안 났다. 오랜만에 나눈 사람의 온기도 어색했다. 그와 동시에 어색한 것과 별개로 행복했다. 익숙해졌던 외로움 사이로 누군가 파고들었던 게, 유제로 인해서 더 이상 외롭지 않다는 생각이 들어버린 게.

"일단 내가 좀 진정되고 나면, 그때 다시 이야기 하자. 너도 출근은 해야 될 거 아니야."

그녀가 빠르게 유제의 옆을 지나쳤다. 그가 집요한 부분은 딱 두 가지였다. 하나는 그가 맡은 일적인 부분에 대해서, 또 다른 하나는 구여을에 대해서.

여을의 뒤를 빠르게 쫓던 그가 그녀의 앞을 다시 한 번 가로막았다. 지금 회사 내에서 뭐 하냐는 눈짓에도 그는 아랑곳하지 않고 물었다.

"별로였어?"

"야!"

너무 노골적인 물음에 여을이 저도 모르게 목소리를 높였다가 꾹 눌렀다.

"여기 청사 안인 거 몰라?"

그녀가 눈치를 주듯 속삭이며 말했다. 솔직하게 말하자면 별로는 아니었다. 너무 좋아서 또 하고 싶어지지는 않을까 싶은 게 걱정이라면 걱정이다.

"그럼 피하는 이유가 뭔데."

제 말과 행동이 안 맞아서, 유제의 얼굴을 보기가 민망해서 그렇다. 이걸 또 제 입으로 구구절절 말해야 하나 싶어서 그녀가 화장기 없는 얼굴을 쓸었다.

유제가 퍽 진지하게 물었다.

"너 혹시……."

또 무슨 소리를 할 건가 싶어 그녀가 곁눈질을 했다.

"내 몸이 목적이었어?"

"뭐?"

"한 번 먹었다고 버리는 거야?"

"말을 해도……!"

그녀가 손을 들어 유제의 팔을 퍽 쳤다. 그녀가 세게 때려봤자 얼마나 아프겠냐마는, 그가 엄살 어린 얼굴을 했다.

"그런 거 아니야. 말했잖아. 조금 진정되고 나면 내가 다시 말한다고."

"나는 오래 못 기다려."

유제가 여을을 따라 목소리를 낮추고 작게 속삭였다. 아예 시작하지 않은 것과 한 번 경험한 걸 참는 건 전혀 다른 문제였다.

"우리 그럼 사……."

"둘이서 뭘 그렇게 속닥속닥해?"

갑자기 사이를 훅 끼어드는 이 선생의 목소리에 두 사람이 모두 흠칫했다.

"사이 되게 좋네. 무슨 얘기해요? 나도 좀 끼워주지."

여을이 순간 철렁 내려앉은 가슴을 꾹 잡았다.

"기척 좀 내세요."

"참나."

이 선생이 어이없다는 듯 말했다.

"그럼 뭐, 올라올 때, 나 올라갑니다! 놀라지 마세요! 이러고 올라오나?"

그건 또 맞는 말이라 여을이 입술을 꾹 다물었다. 이 선생이 올라온 이상 더 이상 둘만의 이야기는 불가능하다고 생각된 모양인지 유제가 걸음을 옮겼다.

"나중에 피하지 마."

유제가 경고하듯 말했다. 집도 가까워서 피했다가는 한시라도 사람을 가만 안 둘 거 같은 불길한 예감이 들었다.

그가 자기 집무실이 있는 위층으로 올라가고 뒷모습이 보이지 않고 나서야 이 선생이 말했다.

"여을 씨, 그렇게 안 봤는데 능력있다아~?"

뒷말이 길게 늘어졌다. 이번에는 다른 이유로 가슴이 철렁했다. 여을이 말을 더듬거리면서 '뭐, 뭐가요?' 하고 되묻자 옆에 선이 선생이 방금 두 사람이 그랬던 것처럼 목소리를 훅 낮추었다.

"윤 검사님한테 관심 없다고 했으면서. 어제 둘이 따로 2차 갔지?"

"아니에요!"

그녀가 펄쩍 뛰었다.

"에이, 거짓말."

익숙한 손길로 기록실 문을 열며 이 선생은 다시 어제의 일을 떠올렸다. 윤 검사에 대한 여을의 말은 죄다 거짓말에 변명이다. 애초에 유제가 어제 여을의 뒤를 따라 나갔을 때부터 알아봤다.

윤 검사의 '잊지 못할 첫사랑'이 구여을인 것은 분명했고, 그런 그의 말에 움찔했던 그녀의 모습이 아직도 눈앞에서 생생했다.

아무 사이 아니라고 해놓고서는 그러기는. 이 선생의 눈빛이 조금 음흉해졌다.

"관심 없다 해놓고서는 말이야."

"진짜 그런 거 아니에요."

"그럼 어제 집에는 왜 안 들어갔는데?"

"네?"

"어제랑 오늘이랑 입은 옷 똑같은데."

이 선생이 손을 뻗어 여을의 잔머리를 부드럽게 넘겨줬다. 늘 연하게 화장을 하던 여을이었지만, 오늘은 화장도 별반 하지 않았다. 게다가 얼핏 나는 윤 검의 향수 냄새까지.

2차가 술집이 되었던, 호텔이 되었던 어찌 되었던 간에 여을과 유제가 어젯밤 함께 있었던 건 확실했다.

화장기 없는 얼굴과 더불어 바뀌지 않는 옷이 명백한 물적 증거였다.

"별로였나 보네? 윤 검 많이 노력해야겠다."

"그런 거 아니고, 윤유젠 더 노력 안 해도……."

"윤유제?"

또 말렸다. 그녀가 두 손으로 얼굴을 가렸다. 낭패다. 이제 숨기는 게 오히려 꼴사나워질 거다. 그녀가 한숨처럼 말했다.

"그냥 신세 좀 졌어요. 어제 그, 소매치기당한 것 때문에……."

"신세?"

"네……. 클러치 안에 뭐가 많아가지고요. 실은 고등학교 동창이라서 도움 좀 받은 거고."

그녀가 대충 진실과 거짓을 섞어 거짓말을 했다.

"클러치 안에 집 열쇠도 있어서, 윤 검사님한테 돈을 좀 빌린 거뿐이에요."

"그게 뭐야."

"별거 없었다고 말씀드렸잖아요."

이 선생은 노골적으로 재미가 식은 얼굴이 됐다. 고작 하루만에 십년 치 기력은 다 쓴 느낌이다. 그녀가 살짝 아픈 허리를 툭툭 두드렸다.

"그럼 지갑은 어떻게 됐어?"

"일단 현금은 못 받는다고 봐야 될 거 같고……. 소매치기한 놈이."

여을이 이를 으득 갈았다. 소매치기만 당하지 않았어도 그런 불상사는 생기지 않았을 텐데.

"제 카드를 마음대로 썼더라고요."

"정말?"

"네. 기름 넣고, 밥 먹고, 아주 자기 멋대로 쓰는 덕택에 금방 잡힐 거 같아요."

"그러게. 카드 쓰면 금방 잡힐 텐데."

"어디 부족한 놈이든가, 아니면 세상물정 모르는 어린놈이든 가."

여을이 풀썩 앉으며 대답했다.

"둘 중에 하나겠죠."


똑똑. 기록실 문을 두드리는 소리에 눈을 꾹꾹 누르던 여을이 고개를 들었다. 오늘 자료를 받아가기로 했던 직원인가 싶어 그녀가 책상 한편에 밀어놨던 서류를 꺼내 들었다.

"어머, 윤 검사님?"

켁. 윤유제의 이름에 그녀가 시선을 슥 피했다. 어련히 알아서 찾아갈 텐데 굳이 찾아온 이유는 또 모르겠다.

어차피 윗집, 아랫집이란 관계 때문에 도망 못 가는 것도 이미 알면서. 문이 열리고 보이는 유제의 시선이 여을에게 콕 하고 박혔다.

"무슨 일이세요? 필요한 자료 있어요?"

"구 선생님한테 볼일 있어서요."

이 선생의 시선이 주르륵 여을에게 닿았다. 그저 평소와 똑같이 절 쳐다보는 거뿐인데 제 발이 저린 여을은 이 선생의 눈빛이 꼭 음흉하게 느껴졌다.

"저한테…… 무슨 일이신데요?"

여을이 한숨을 뒤로 삼키며 물었다.

"정시 퇴근 가능합니까?"

여을이 시계를 힐끔 봤다. 곧 있으면 퇴근 시간이긴 한데 아직 할 일이 조금 남아 있기는 했다. 매도 먼저 맞는 편이 낫지만, 이왕이면 뒤로 미루고 싶었다.

"퇴근하고 나면 경찰서 좀 같이 가야 할 거 같은데요."

"네?"

웬 경찰서? 기록실에서 사는 여을이 경찰서 갈 일이 뭐가 있겠나 싶을 때였다. 벽에 기댄 유제가 슬쩍 웃었다.

"소매치기범 잡혔답니다."

그녀가 자리에서 벌떡 일어났다.

"잡혔어요?"

"연락 와서요."

마음 급한 여을이 이 선생을 보다 유제를 보았다. 저가 먼저 퇴근하면 제 할 일을 이 선생이 하게 된다.

그런 여을의 생각을 읽은 모양인지 이 선생이 사람 좋게 웃었다.

"어차피 얼마 남은 것도 없으니까 먼저 퇴근해."

"고맙습니다, 이 선생님."

꾸벅 인사한 여을이 가벼운 카디건을 챙기고는 부랴부랴 기록실을 나섰다.

"빨리 잡혀서 다행이지?"

"그러게."

도대체 어떤 간 큰 놈인지. 그녀가 빠른 걸음으로 청사를 빠져나왔다. 유제가 자신의 차에 타라는 신호를 보내자 그녀가 잠시 머뭇거렸다.

차에 타면 또 둘만 있게 되는데. 그녀가 살짝 고민하다가 결국 조수석에 앉고는 안전벨트를 고쳐 맸다. 지금 더운 밥, 식은 밥 가릴 때가 아니니까.

차에 시동을 걸고, 그가 부드럽게 액셀을 밟았다. 쿵짝이 잘 맞게 여을은 내비게이션에 주소를 입력하고 있었다.

"그래서 생각은 해봤고?"

"……."

"창피함은 좀 가셨나?"

유제가 여전히 운전에 집중하면서 물었다. 아무렇지 않게 혹 치고 들어오는 물음에 그녀가 끙 앓는 소리를 냈다.

그래, 단둘이 남았는데 이 이야기가 안 나오는 게 이상하지.

여을이 모르는 척 차창 너머를 바라보았다. 건물들이 휙휙 움직인다.

"근데 정말 빨리 잡혔네. 경찰들 대단하다."

"넌 지금 말 돌리고 있고."

피의자를 심문하는 말투다. 괜히 오싹해지는 목소리에 여을의 입에서 무거운 한숨이 떨어졌다. 여기서 제대로 대답하지 않는다면, 해결이 될 때까지 집요하게 물어볼 게 분명했다.

애초에 청사에 있던 직원들도 신경 쓰지 않고 자신을 붙잡았던 윤유제가 쉽게 떨어질 거란 생각은 하지 않았다.

남녀가 어두운 한 방에 있었고, 마음이 맞아서 한 건데…… 말만 들어보면 자신이 유제를 한 번 하고 버린 느낌이다.

"미안."

"사과할 거까지는 없는데. 난 그냥 네가 마음이 바뀐 이유를 물어본 거고."

"말하면 상처받을지도 모르는데?"

"해."

그녀가 머뭇머뭇 거리다가 입술을 달싹였다.

"내가 외로워서."

여을이 한 템포 쉬고 난 뒤 말을 덧붙였다.

"외로워서 무심결에 그랬어. 그래서, 내가 너 이용한 느낌이라서 창피해서 피했어."

언행불일치인 것도 부끄러웠고. 처음 만났을 때만 해도 아는 척하지 말라고 했는데, 저가 나서서 손을 뻗어서 키스를 한 거니까 더 그랬다.

신호에 걸려서 차가 멈춰 섰다. 조금 충격받은 유제의 얼굴에 다시 한 번 양심이 콕콕 찔렸다. 그래서 말하기 싫었는데, 말하라고 닦달할 건 또 뭐람. 말해도 된다고 했으면서. 그녀의 마음에 변명이 빙빙 맴돌았다.

"그래도 난 좋았어."

"……."

"계속 하고 싶을 정도로."

목덜미가 후끈거리는 말이다. 말을 돌려서 하는 법이 없는 윤유제는 직설적으로 계속 이야기했다. 자신이 말과 행동이 달랐다면, 그의 말과 행동은 꼭 도덕책에 나오는 것처럼 똑같았다.

그리고 열심히 살았다는 말을 증명하듯, 남부끄럽지 않은 직업도 가졌다. 그건 떳떳하게 제 앞에 다시 나타나고 싶었다는 말과 일맥상통했다. 유제의 말과 행동의 목적지는 구여을, 바로 자신이라는 걸 알았기에 더 신중하게 생각해야 했다.

제 행동이, 자신의 가정사가, 배경 등 모든 게 그에게 많은 영향을 끼칠 게 분명했으니까.

"그래서 한 번 했으니까, 외로운 것도 사라졌으니까 버리려고?"

"표현이 좀 그런데."

"지금 상황이 그렇잖아. 아니, 솔직히 내 심정으론……."

[목적지에 도착했습니다.]

분위기에 맞지 않게 내비게이션이 대뜸 대화에 끼어들었다. 오전에는 이 선생이 대화를 자르더니, 이번에는 내비게이션인가. 어째 주변이 도와주지를 않는다.

차를 경찰서 앞에 세워두자마자 약속이라도 한 것처럼 여을이 후다닥 뛰어내렸다. 도망갈 의지가 충만한 그녀를 보니 관계에서도 사법이 적용되었으면 좋겠다는 생각이 들었다. 그게 적용이 됐다면, 그는 검사의 입장에서 '피의자가 도주 우려의 위험이 있다'는 이유로 기소했을 게 분명하니까.

"미치겠네."

자신이 부담스러운 건가. 유제가 짤막하게 그런 생각을 해보다가 뒤따라 차에서 내렸다.

"같이 가."

두 사람이 경찰서 문을 퍽! 소리가 나게끔 열었다. 험악하게 생긴 아저씨들을 비롯해서 멀쩡하게 생긴 남녀도 있고, 얼굴이 밤 탱이가 된 사람들도 몇몇 있었다.

여을이 빠르게 경찰서 안을 두리번거리고 있을 때, 유제가 근처 순경에게 물었다.

"소매치기 잡혔다고 해서 왔는데."

"아, 따라오세요."

순경이 상냥하게 웃으면서 자리를 안내하자 그곳에는 피곤한 얼굴의 형사가 자리에 앉아 있고, 그 옆으로 얼굴이 까진 남자가 눈에 들어왔다.

"소매치기범 잡았다고 해서 왔는데요."

앉아 있는 상처투성이 남자에게는 신경도 쓰지 않은 채 여을이 대답했다.

"오셨어요?"

"네. 소매치기범은……."

"일단 이놈이 들고 다니던 클러치는 이건데 맞으시고요?"

여을이 고작 하루 새에 너덜너덜해진 클러치를 보며 고개를 끄덕였다. 클러치 지퍼를 쭉 열고 아무리 안을 뒤적거려도 지갑이 보이지 않았다. 미치겠네.

"그래서 소매치기범은 어디 있습니까?"

옆을 지키던 유제가 물어보자, 형사가 의자에 앉아 있는 남자의 귀를 아프지 않게 잡아당겼다.

"여기 있네요. 이놈입니다, 이놈."

"아! 아파요!"

"아프라고 잡아당기는 거다, 이놈아. 너 도대체 언제까지 사고 치고 다닐래?"

두 쌍의 눈동자가 소매치기범이라는 남자에게 닿았다. 입가에는 피딱지가 앉았고, 눈가에는 얼핏 멍이 있었다. 형사가 때린 건가? 그런 생각을 뒤로한 채 여을이 남자의 얼굴을 꼼꼼하게 살폈다.

몇 살이지. 이십대 초반? 스물? 스물하나? 한눈에 봐도 젊은 남성이었다. 동네 건달인가. 순순히 귀를 내주고 있던 남자가 몸을 팩 뺐다.

"아프다고!"

"너 인마, 언제까지 이렇게 살래? 학교도 안 다니고, 동네 조폭 짓이나 하고 다니고!"

소매치기범의 얼굴이 불만으로 가득 찼다.

"너 몇 번이나 여기 왔는지 알아?"

"그럼 깜빵에 집어넣으시던가. 아, 근데 제가 미성년자네요."

그러면서 얄밉게 히죽 웃어 보인다.

"미성년자?"


"어디 부족한 놈이든가, 아니면 세상 물정 모르는 어린놈이든

가. 둘 중에 하나겠죠."

이 선생에게 이렇게 말하기는 했지만, 어려도 너무 어린데? 여을이 노골적으로 놀란 얼굴을 했다. 앉아 있던 남학생이 여을을 향해 뭐요, 하고 건방진 작태로 대꾸했다.

"내 오토바이 훔쳐 간 새끼가 언 새끼고!"

경찰서 안에 사투리가 섞인 걸쭉한 욕설이 들려왔다. 중년의 나이지만 관리를 착실히 했는지 듬직한 몸에, 빡빡 민 머리, 매섭게 치켜 올라간 눈매까지.

한눈에 봐도 인상 더러운 남자였다.

"오토바이 분실자시죠? 여기로 오시면 됩니다!"

"언 새낍니까? 남의 오토바이 훔친 새끼! 당신이요?"

남자의 분노가 멀쩡히 서 있던 유제를 향했다. 말끔한 양복차림에 단정한 생김새의 유제가 그럴 거 같지는 않은지 의아한 얼굴을 했다.

"멀쩡하게 생긴 양반이 말이야, 남의 오토바이 훔치고 그러면 안 되지! 내처럼 착실하게 살 생각을 해야지!"

난데없이 덤터기를 쓰게 된 유제가 어이없다는 듯 웃었다.

"제가 오토바이 훔친 사람으로 보입니까?"

"엥? 아니요?"

유제가 몸을 슬쩍 뒤로 빼며 의자에 앉아 있는 남학생을 가리켰다.

"얜니다."

여을은 어쩐지 웃음이 터질 것만 같았다. 남자의 시선이 앉아 있는 범인에게 향했다.

"이 새끼, 이거…… 새파랗게 어린 새끼가 남의 오토바이나 도둑질하고!"

남자가 당장에라도 범인의 멱살을 잡을 것처럼 손을 뻗자 유제가 막아섰다.

"우선 진정하세요."

"안 비키요? 마! 오토바이 어쨌어!"

소리를 버럭 지르는데도 남학생은 뻔뻔했다. 보고 있던 형사가 결국 남학생의 머리를 꾹 눌렀다.

"최민석, 죄송하다고 말 안 해?"

"죄송합니다."

"아후, 됐고. 마, 니 내 오토바이 어쨌냐고."

"없는데."

얜 왜 이렇게 뻔뻔하고 말이 짧을까. 내일이 없는 것처럼 굴고 있는 최민석이라는 남자애를 보면서 여을이 깊게 생각했다.

"오토바이가 부서졌더라고요. 사고 내는 바람에 붙잡힌 거기도 하고요."

"카드에 있는 돈 네가 썼지?"

"네."

제 동생이 이렇게 굴었으면 머리라도 한 대 쥐어박았을 텐데. 남의 집 귀한 자식이라 쥐어박지도 못하겠다.

콩 심은 데 콩 난 결과가 이런 걸까, 아니면 애 혼자만 유별난 걸까. 고민하던 여을이 고개를 돌렸다. 미성년자랑 이야기를 해 봤자 풀리는 게 없다.

"보호자한테 연락 안 하셨어요?"

"아, 그게."

"저 부모 없는데요."

"꼬라지 봐라, 봐."

오토바이 주인이 혀를 끌끌 찼다.

"갚을 돈은?"

여을이 차분하게 물었다. 소매치기로 밥 사 먹은 미성년자한테 돈이 어디 있겠냐마는 싶었다.

"없어요. 걍 입 아프게 이 말, 저 말 하지 말고 빵에 넣어요. 아, 미성년자라서 힘들다고 했지."

"애비, 애미 없이 자랐다는 말 안 들으려고 쌔가 빠지게 노력해도 모자랄 판에, 뭐? 빵? 빠앙? 이놈의 새끼가 빵이 어디 마트서 살 수 있는 처먹는 빵인 줄 아나."

오토바이 주인의 욕설이 걸쭉하다. 일이 왜 이렇게 꼬이냐. 그러니까 범인은 돈이 없고, 부모도 없다.

"학교는 다닐 거 아니에요. 담임 선생님 안 오세요?"

그녀가 유제를 흘끗 봤다. 그녀의 기억 속에 의하면, 고등학교 시절 윤유제가 사고 치면 제일 먼저 그에게 간 사람은 담임이었다.

담임선생님으로 보이는 사람을 찾으려고 경찰서 안을 두리번거렸다. 딱히 선생님 분위기를 풍기는 사람은 없었다.

"학교 안 다니는데요."

"얌마, 너 합의해 달라고 빌어야 할 판에 지금 이따위로……."

"그러니까 법대로 하라고요. 저 아저씨 말처럼."

"그래, 네 말대로 법대로 하자, 해. 싹싹 빌어도 모자랄 판에."

아수라장이라고 해도 이상하지 않을 경찰서 안이었다. 골 때린다, 진짜. 클러치 안을 다시 한 번 뒤적거리다 안쪽 깊숙한 곳에 처박혀 있는 지갑을 발견했다.

현금이 그대로 있을 거라는 기대는 하지도 않았다. 그래도 현금을 제외하면 지갑은 그대로 있었다. 집 열쇠도 있고, 마지막으로 핸드폰까지.

그녀가 핸드폰 기록을 뒤적거렸다. 카드를 쓸 때마다 온 문자를 보면서 혀를 끌 찼다. 그 다음 통화 목록을 뒤지려는 찰나였다.

"그래."

유제의 명쾌한 목소리가 옆에서 들렸다. 상황 판단을 다 했는지 꼬고 있던 팔을 풀었다.

"네가 법 좋아하는 거 같으니까 법대로 하자."

"참나, 미성년자 상대로 그럴 수 있으면 그래보시든가."

소년이 비웃음을 비죽 흘렸다. 형사 역시 스리슬쩍 말을 붙였다.

"여자친구 일이라 화나신 건 알겠는데, 법대로라는 게 이 말처럼 쉬운 게 아니거든요."

"그래요?"

"네. 쟤가 미성년자이기도 하고……. 검사한테도 말을 해야 하고……."

"그럼 저한테 넘기세요."

"네?"

유제가 외투 주머니에서 청사 내 사원증을 꺼내 들었다. '지방검찰청 윤유제'라는 글자에 형사가 저도 모르게 눈을 비볐다.

호기롭게 굴며 앉아 있던 놈 역시 놀라긴 마찬가지였는지 눈이 동그랗게 커졌다. 소매치기한 상대가 하필이면 검사일 줄은 몰랐다는 얼굴이다. 한 마디로 '엿 됐다'라는 얼굴이다.

"앞으로 저한테 넘기시면 됩니다. 내일 바로 저한테 보내주시죠."

유제가 힐긋 민석을 보았다.

"우리 자주 보겠네."

"아니, 아니, 그럼 진짜 검사……?"

"예."

유제의 말을 뒤로하고 핸드폰을 뒤적거리던 여을이 움찔했다.

"야."

퍽 서늘한 목소리였다. 처음에 자신을 부르는 줄 알고 유제가 몸을 돌리자, 조금 화난 얼굴의 여을이 대뜸 민석에게 물었다.

"너 내 전화 썼니?"

"예?"

"내 전화 썼냐고 묻잖아."

"……좀 썼긴 썼는데, 왜요."

"온 전화도 받았어?"

"미쳤다고 전화를 받아요."

그렇게 말하는 것치고는 통화 목록에 스팸 번호와 통화한 기록이 있었다.

"너……!"

도대체 아버지와 무슨 이야기를 한 건지 모르겠다. 여을이 유제를 보다, 민석의 앞으로 핸드폰 화면을 들이밀었다.

"이 사람이랑 무슨 얘기 나눴어?"

"아, 안 받았다니까!"

"받은 걸로 나오잖아! 너 설마 여기 어디라고 말했어?"

"난 모르는 일이라고, 이 아줌마가 돌았나!"

민석이 벌떡 일어나면서 여을을 향해 위협적으로 굴자 유제가 바로 나섰다.

"안 앉아?"

저보다 머리 한 개 정도는 더 큰 유제에 민석이 작게 욕설을 지껄이고는 의자에 털썩 앉았다. 그러더니 이내 손을 한 번 휙휙 저었다.

"어휴, 맘대로 하세요들. 나도 밖보다는 경찰서 안이 훨씬 더 맘이 편하니까."

이미 망한 인생인데 여기서 더 망한다고 해도 상관없다. 민석이 만사가 귀찮고 지친다는 듯 손을 휘저었다. 여을은 어째 맨 처음 윤유제를 봤을 때가 떠올랐다.

어제 이후로 더 이상 전화가 오지 않은 아버지에 불안감이 뭉실뭉실 올라왔다. 그래, 경상도 사투리를 쓰는 지역이 부산뿐이겠나. 괜찮을 거다. 그녀가 그렇게 스스로를 달랬다.

이 미성년자 때문에 골도 아프고. 뭐랄까, 자신의 평화로운 일상이 와장창 깨지는 느낌이다. 그녀가 민석을 향해 비뚜름하게 대꾸했다.

"너, 나랑도 자주 보겠다?"

그 한마디만 하고 여을이 빠른 걸음으로 경찰서를 나섰다. 제 뒤에서 빠른 걸음으로 쫓아온 유제가 냉큼 그녀의 앞을 가로막았다.

"구여을."

"왜."

"혹시 협박받고 있어?"

왜 갑자기 이런 질문이 나오는 건지 모르겠다. 그녀가 아리송한 얼굴을 하고 있자, 유제가 다시 한 번 물었다.

"아니면, 아버지가 네 이름으로 돈 빌리신 거야?"

"그만해."

순식간에 정신이 퍼뜩 들었다. 유제가 옆에 있다면 제 외로움이 해소될지 모른다고 생각했다. 그녀는 이제 혼자인 게 너무 힘들었으니까. 누군가의 어깨에 기대고 싶었고, 누군가의 품에 안기고 싶었다. 혼자인 삶, 그리고 혼자서 쫓기듯이 바쁘게 살아온 삶은 이제 지긋지긋했다.

핸드폰이 없었던 고작 하루 동안, 그 짧은 시간 만에 이렇게 풀릴 줄은 몰랐다.

"아버지가 살아생전 진 빚을 내가 어떻게 알아."

독립을 했으니, 정말 괜찮을 거라고 생각했다. 아버지와 더 이상 엮이고 싶지 않아 잠적을 했으니 제 발목을 잡지 않을 거라고 생각했었다. 그리고 이제 그게 전부 허황된 생각이라는 걸 알게 됐다. 유제에게 자신이 어떤 존재인지 알기 때문에 더더욱 그랬다.

"그냥 우리 하루 잔 걸로 끝내면 안 될까?"

유제를 좋아한다는 그 이유 하나만으로, 그가 자신을 좋아한다는 그 이유 하나만으로 시작하기에는 걸리는 게 너무 많았다.

그녀가 울 거 같은 얼굴로 중얼거렸다.

"이쪽 자료를 보면……. 김 검사님?"

자료를 들고 설명하는 데도 집중을 못하는 김 검에 여을이 손을 허리에 짚었다.

"김 검사님!"

"깜짝아!"

"듣고 있어요?"

"아? 예, 예."

김 검은 다시 여을이 스캔을 해온 기록물을 빤히 쳐다봤다. 말은 듣고 있다고 했지만, 기록물을 보니 하나도 모르겠다.

"……죄송한데 다시 말씀해 주시면 안 돼요?"

여을이 노골적으로 한숨을 내쉬면서 기록물을 대조했다.

"국가기록원에 문서 요청해서 찾아보니까, 이게 등기부상으로 보면 소유 관계 변동이 없거든요. 보시면 1952년 이후로는 부동산으로 연관된 적이 없어요."

"……."

"그래서 생각해 본 건데, 부동산 사기 같거든요. 일단 여기 조선총독부 자료랑."

그녀가 서류를 하나 가리킨 뒤, 다음 문서를 가리켰다.

"조선총독부에서 발행한 토지 서류요."

"……와, 꼼꼼하게도 짠 사기네요."

"근데 오늘 왜 이렇게 정신 나가 있어요? 윤 검사님한테 술주정 부린 거 때문에?"

"윤 검사님은 저 신경도 안 쓰던데. 그게 아니라 오늘 성매매로 기소된 십대들 오거든요."

김 검이 우는소리를 했다.

"요새 애들 무섭다구요."

도대체 이런 성격으로 어떻게 검사가 된 걸까. 그저 신기할 따름이었다. 여을이 어이없다는 듯 웃었다.

"무서울 이유가 뭐가 있어요? 검사잖아요."

"구 선생님, 생각을 해보세요. 십대 때 법이 뭐 무섭겠습니까?"

김 검이 퍽 진지한 얼굴로 대답했다. 그녀가 기록실로 다시 돌아갈 준비를 하자, 김 검이 자리에서 따라 일어났다.

"법보다 가까운 주먹인 거죠."

그러면서 꽉 쥔 주먹을 보인다. 하긴 십대 애들이 두려워하는 건 어른의 훈계나 법적인 책임이 아니라 그 나이 또래의 선배다.

뭔가 납득이 가는 듯 안 가는 듯한 얼굴로 그녀가 고개를 끄덕였다. 그렇다고 해서 이렇게 겁먹을 필요는 또 없는 거 같은데. 계장님이 말한 '듬직한 검사님 밑에서 일하고 싶다.'라는 말이 느릿하게 재생됐다.

십대 일진 애들한테도 이렇게 겁을 먹으면, 나중에 조폭 출신들은 어떻게 상대하려고. 그녀가 혀를 쯧쯧 차면서 집무실 문을 열었다.

"지금 한 명씩 따로따로 이야기 듣고 있죠?"

"예. 화장실 갔다 오겠답니다. 어휴우. 할 일도 많고, 스트레스도 받고. 아주 미쳐 버리겠어요."

그렇지 않아도 김 검은 당이 떨어진다는 생각이 들어 근처 편의점에라도 다녀올 요량이었다. 두 사람이 집무실을 나서자 눈에 딱 들어온 건 유제의 얼굴과 더불어 통통 부은 남학생의 얼굴이었다.

유제와 여을의 시선이 허공에서 딱 마주쳤다. 먼저 피한 건 여을이 아닌, 오히려 유제 쪽이었다. 당연한 반응인데도, 여을은 괜히 심장이 쿵 하고 떨어지는 느낌이 들었다.

"들어가."

"아, 알았어요. 밀지 좀 마요."

어제보다는 순순한 말투의 민석이었다. 유제와 민석이 집무실 안으로 들어가자 김 검이 고개를 갸웃했다.

"어째 윤 검사님 기분 안 좋아 보이는데. 뭐 아는 거 있으세요?"

"글쎄요. 잘 모르겠는데."

그녀가 아무렇지 않은 척 대답했다.

"최민석 아니에요, 쟤?"

"깜짝아!"

뒤에서 들리는 남학생 목소리에 김 검의 입에서 다시 비명 같은 목소리가 흘러나왔다.

"최민석, 저 새끼가 여기에 왜 있지?"

"아는 사이야?"

물어본 건 김 검 쪽이 아닌 여을이었다. 눈앞의 남학생은 교복을 입고 있는 것으로 보아 학교에 다니고 있었고, 민석은 학교를 자퇴한 걸로 들었다.

담배 냄새. 김 검이 검지로 코를 막았다. 화장실 간다고 보내줬더니, 담배만 줄줄이 피고 온 모양이다. 향수를 뿌려도 사라지지 않을 담배 냄새에 김 검이 인상을 찡그렸다.

"아는 사인데요?"

"어떻게 아는데?"

"같은 고등학교 출신이요."

남학생이 퍽 껄렁껄렁하게 대답했다. 두 사람의 시선이 제게 박히니까 철딱서니 없게 신난 기분이 들었는지 남학생이 구구절절 떠들었다.

"쟤가 좀 막 나가는 인생이었거든요. 좀도둑질도 하고, 공부는 안 하고."

제 얼굴에 침 뱉는 소리를 한다고 여을이 생각했다.

"그래서?"

남학생이 주위를 한 번 슥 둘러보더니 조용히 물었다.

"신부산파라고 알아요?"

신부산파? 대충 조폭 집단 이름인 건 알지만……. 다른 의미로 귀에 익은 이름이다. 조폭을 혐오하는 그녀에게 익숙한 집단이라면 분명 기사나 판결문에서 봤다는 이야기다.

어디서 본 거지. 빠르게 머리를 굴렸지만, 퍼뜩 떠오르지는 않았다.

"쟤가 신부산파 들어갔다는 소문이 자자했거든요."

"그래?"

"예."

그러면서 또 다시 껄렁하게 고개를 끄덕인다. 조폭 집단에 들어갔다는 것치고는 정말 보잘 것 없는 일을 하고 있었다. 오토바이 절도에, 소매치기라니. 조폭이 할 만한 일은 아닌 거 같았다. 민석이 한 일은 정말 말 그대로 '엇나가는 불량 청소년'이 할 법한 일이었다.

"하튼, 거기가 좀 떠오르는 곳이라 애들끼리 저 새끼 팔자 폈다고."

"허, 참. 팔자를 펴?"

들다 못한 김 검이 꿀밤을 한 대 먹였다.

"아, 왜 때려요!"

"조폭 되는 게 잘도 팔자 피는 길이다. 성실하게 살아갈 생각을 안 하고."

"내가 뭐 틀린 말 했나. 최민석처럼 쥐뿔도 없는 새끼는 조폭 돼서 한 자리 차지하는 게 인생 피는 길이에요."

그녀는 가만히 남학생이 하는 이야기를 들었다. 괜히 말을 잘랐다가는 들을 정보도 못 듣는다는 생각을 했기 때문이다. 남학생은 여을이 제 이야기에 집중한다는 생각에 신나서 더 떠들기 시작했다.

"최민석이 부모가 있어, 집에 돈이 많아, 성적이 좋아, 쥐뿔도 없거든요?"

"……신부산파에 들어갔다고 했지?"

"예? 예."

그녀가 엄지손톱을 잘근잘근 물었다.

"무슨 일 한다는 얘기는 없고?"

"별반 들은 얘기는 없어요. 그냥 뭐, 가게 같은 데 들어가서 돈 회수하고 그러겠죠."

"……."

"와, 근데 신부산파라니. 대박이다. 거기 요새 막 뜨기 시작한 곳인데."

더 이상 들을 필요도 없다고 생각한 여을이 기록실로 걸어갔다. 신부산파, 신부산파. 이름을 몇 번이고 중얼거렸다.

기록실 안에 들어가자마자 그녀가 판결문을 뒤적거렸다. 신부산파를 시작으로 돌린 기사와 판결문은 대체로 조폭 개입 기업형 성매매 업소 이야기였다.

"……이게 아닌데."

작게 중얼거리는 여을의 말을 들었는지 이 선생이 대뜸 물었다.

"뭐가?"

"찾는 판결문이 있는데, 그게 어떤 거였는지 기억이 안 나서요."

성매매 관련은 아니었던 거 같은데. 뇌물 수수였나. 그녀가 인상을 찌푸렸다.

"신부산파? 여기 저번에 뇌물 수수로 붙잡혔던 거 같은데."

"뇌물 수수요?"

"공직자한테 돈 준 걸로 기억하거든."

이 선생이 시큰둥하게 대답했다. 여을이 이마를 몇 번 툭툭 두드렸다. 게다가 다른 기사에서는 시공사 대표를 협박했다는 이야기도 몇 개 있었다.

시공사 대표를 보다, 협박을 사주한 사람의 이름이 눈에 들어왔다. 그녀가 어이없다는 웃음을 흘렸다.

"디케이……?"

"뭐라고?"

이 선생의 목소리는 들리지 않았다.

협박을 사주한 다른 사람이 디케이 부사장이라는 내용을 보며 그녀가 숨을 들이켰다.


졸지에 검찰청 내부까지 들어오게 된 민석이 주위를 둘러보았다.

"거기 앉아."

게다가 눈앞에 있는 사람은 거짓말이 아니라, 진짜 검사다. 협박용으로 한 말인 줄 알았는데. 민석이 머뭇거리다가 자리에 앉았다.

유제가 답답한 마음에 목을 죄고 있던 넥타이를 빠르게 풀어헤쳤다. 애초에 이런 모습을 보며 누가 검사라고 생각하겠는가. 꼭 풍기는 위압감이 검사보다는 조폭에 가까웠다.

"내가 할 일이 많아서 너 하나 붙잡고 있기는 힘들 거 같거든."

여을에게는 그리 시건방을 떨던 민석이 지금은 말이 없다. 역시 누울 자리를 보고 다리 뻗는다고 딱 그 꼴이었다. 유제는 앞에 있는 테이블 위에 민석에 대한 자료를 툭 올려놨다.

"그러니까 빨리, 빨리 진행하자."

말만 부드러울 뿐이지, 어투는 살벌했다. 서울말들은 나긋하던 거 같은데. 민석이 끙 앓는 소리를 내고 있자, 유제가 앞에 털썩 앉았다.

기본 정보부터 시작해서, 학교에서 친구랑 사고 쳐서 신고당한 기록들, 편의점에서 물건 훔치다가 걸린 거, 조폭 행세하다가 형사들한테 붙잡혔던 것까지.

"잡범이구나, 너."

"잡범이요?"

무섭다는 이야기는 들었어도 잡범 취급은 또 처음이다. 허! 민석이 헛웃음을 크게 내뱉었다. 고등학생일 때는 조폭들 사이에서 자랐고, 사법고시를 치고 난 뒤에는 검사로 살아온 유제에게 민석은 말 그대로 잡범이었다.

"저 어디 가서 잡범 취급……."

"전적이 화려해서, 네 말처럼 구치소 가는 것도 어렵진 않겠다. 내가 할 것도 없겠네."

그가 읽고 있던 서류를 탁 내려놓았다.

"구, 치소요?"

"왜? 미성년자라서 못 갈 줄 알았나 보지?"

"……"

그래서 이러는 게 아니다. 민석이 마른침을 꼴깍 삼켰다. 지금이라도 싹싹 빌까? 아니다, 그냥 구치소에 들어갈까? 형님들이 저를 찾기 위해 일대를 쥐 잡듯이 뒤지고 있으면 어쩌지. 별의별 생각들이 다 들었다.

특히 구치소로 들어가게 되면 여태까지 피해 다닌 게 말짱 도루묵이다. 아무래도 구치소 쪽이 부딪칠 확률이 많았고, 소문이 퍼질 확률도 컸다.

"지, 지금이라도 합의하면 어떻게든 될까요?"

"여을이랑 어떻게 합의하려고."

"여을이요?"

"네가 소매치기한 클러치 주인."

"아니, 뭐, 사과하면 받아줄 거 같은……."

"구여을이 순진하게 생겨서 쉽게 보는 거 같은데."

유제가 손깍지를 끼고 턱을 괸 채 빙긋 웃었다. 구여을이 마음 약해서 쉽게 용서하는 사람 같았으면 자신이 지금 이렇게까지 고생하지도 않을 거다.

"걔 독하다."

그 얼굴로……? 영 못 미덥다는 듯한 민석의 얼굴에 유제가 어깨를 으쓱였다.

"네가 여을이한테 싹싹 빌었다 치면, 오토바이 주인한테는 어떻게 하려고?"

"거기도 어떻게 빌면……."

"합의할 거면 합의금이 있어야 하는데, 너 돈 없다며."

사람 참 할 말 없게 만든다. 민석이 표정을 와작 구겼다.

"아, 진짜! 반성하고 있으면 봐주든가, 도와줘야 할 거 아니에요? 나 미성년자라고요, 그쪽 검사 아녜요?"

"애초에 소매치기를 하지 말았어야지. 네가 네 입으로 감빵 가도 상관없다며."

"돈이 없으니까 그랬죠."

"그럼 걸리지를 말든가."

저게 검사로 할 말이야. 민석이 다시 한 번 얼굴을 종잇장처럼 구겼다.

"아, 미치고 팔짝 뛰겠네! 진짜!"

미성년자인 게 뭐 대수라고. 유제가 팔을 꼬았다. 다리를 쩍 벌리고 있던 민석이 신경질적으로 또 내뱉었다.

"근데 저 화장실 좀 다녀오면 안 돼요?"

멀뚱히 민석을 보던 유제가 한숨을 내쉬며 집무실 문을 열었다. 바깥에서 일하고 있는 계장이 고개를 들었다.

"필요한 거 있으세요?"

"계장님."

"예?"

"얘랑 화장실 좀 같이 가주세요."

민석의 머릿속을 다 읽은 모양인지 유제가 비뚜름하게 웃었다.

"도망 못 가게요."

똑똑. 문 두드리는 소리에 유제가 서류를 아무렇지 않게 넘겼다.

"들어오세요."

당연히 최민석 그 아이이겠거니 생각하며 고개도 들지 않은 채 말을 내뱉었다. 문이 달칵 열리는 소리에 그가 옅은 한숨처럼 다시 입을 열었다.

"변비라도 있⋯⋯."

"바빠?"

들리는 여을의 목소리에 유제가 몸을 벌떡 일으켰다. 하룻밤 잔 걸로 끝내자고 말했던 여을이 바로 눈앞에 있자 그가 놀란 얼굴을 했다. 조금 민망해하는 그녀의 기색에 유제가 아랫입술을 한 번 물었다.

"잔 걸로 끝내자고 한 사람이 찾아오니까 좀 새롭네."

꽁해 있는 게 눈에 훤히 보였다.

"찾아올 수밖에 없었어."

여전히 무표정한 얼굴이다. 사실 고등학교 때도 여을의 웃는 얼굴 한 번 보는 데 공을 엄청나게 들였었다. 전교 등수 올렸을 때 본 미소가 전부였지만 말이다.

그런 여을을 상대로 싹싹 빌면 괜찮지 않겠냐고 말하던 최민석의 무지가 부러울 정도였다. 더 좋아하는 쪽이 약자라고, 유제는 이 관계에서 완벽한 약자였다.

이렇게 찾아와 준 것만으로도 좋았으니까. 유제가 실룩 올라가려는 입꼬리를 진정시킬 때였다.

"최민석 어딨어?"

"화장실 간다고."

작은 게 아니라 큰 거 때문에 간 거였나. 큰 거여도 이렇게 오래 변기에 앉아 있으면 순식간에 치질에 걸리겠다 싶을 정도였다.

"네가 알아야 할 게 있어서. 걔 조폭 출신이래."

"뭐?"

평범한 불량 청소년이 아니라는 말이었다.

"신부산파 소속이었는데, 어떻게 된 일인지 모르겠지만 지금은 나온 거 같고."

"……."

"그래서 신부산파가 뭐 하는 곳인가 싶었는데."

그녀가 품 안에 한가득 안고 있던 판결문과 기사 내용을 탁! 소리가 나게끔 올려두었다. 가장 먼저 보이는 건 성매매 글이었다.

"최신순대로 했어. 몇 장 넘겨봐."

유제가 그녀를 힐끔 보다가 기사와 판결문을 넘겼다. 시공사 대표를 협박했다는 기사였다. 또 한 장 뒤로 넘기자, 그 다음 보이는 건 판결문이었다.

판결문을 쭉 읽어 내려갈 때, '디케이'라는 세 글자가 눈에 들어왔다. 실룩 올라갔던 입꼬리가 금방 내려갔다. 빠른 속도로 서류를 읽어 내려가는 유제가 또 몇 장을 넘겼다.

"둘이 엮인 거 같지 않아?"

"이거……."

"김 검 담당 애들한테 물어보면 더 많이 들을 수 있을 거야. 풍문이겠지만."

"……보여주는 이유가 뭐야."

"네가 부산까지 온 이유가 디케이 때문이라며."

"……."

"도와준 건데, 오지랖이야?"

그래도 윤유제가 윤 회장의 '아들'이기 때문에 숨길 마음은 전혀 없었다. 세상에는 부모 같지 않은 부모도 많은 법이다. 그리고 어차피 언제라도 알게 될 거, 지금 알려주는 게 더 나았다. 하물며 디케이 때문에 온 사람에게 숨겨봤자였다.

"필요한 거 있으면 말해. 기사랑 판결문 뽑아다 줄 테니까."

"고마워."

제가 해야 할 일을 하는 것뿐이다. 여을이 가볍게 어깨를 으쓱이며 빙긋 웃었다. 사실 찾아오지 않아도 됐지만, 민석과 집무실에 들어가던 딱딱한 얼굴이 신경 쓰여서 올 수밖에 없었다.

물론 들고 온 자료들은 그의 심경을 더 복잡하게 만들 만한 것들이지만. 그녀가 몸을 돌리려는 찰나에 유제가 기록물들을 내려놓으며 말했다.

"부탁이 있어."

"뭔데?"

여을이 몸을 돌려 물었다.

"일순간의 감정에 휘둘렸다는 거 이해해. 이해 못해도, 이해하지, 뭐. 사람이 늘 자기 생각대로 되는 건 아니니까."

유제가 하는 말과 이 선생이 하는 말이 겹쳐 들렸다. 누군가를 좋아한다는 감정은 이해할 수 없는 것도 이해하게 만드는 힘이 있었다.

"대신에 외로워지면 나한테 제일 먼저 오는 거."

"……."

"뭐든 내줄 테니까."

그게 자신의 어깨가 되었든, 품이 되었든, 아니면 그날처럼 한 순간의 잠자리가 되었든. 퍽 가볍게 들릴 만한 말이었다.

그런데도 여을은 유제가 이런 말을 하는 이유를 알 수 있었다. 그녀가 저를 어떻게 생각할지 몰라도, 붙잡고 싶다는 의미였다. 그 절절한 감정에 대한 무게가 무겁다.

자신이 그만큼 돌려줘야 한다는 생각도 들었다. 만약 자신이 돌려주는 게 적으면 어쩌지, 제 마음의 크기에 만족할까. 아무 말도 하지 않고 바라보는 여을에게 유제가 말을 한마디 덧붙였다.

"가벼워 보인다고 생각할지도 모르겠지만."

"그런 생각 안 했어."

오히려 진중하다고 생각했으면 몰라도.

"다행이다."

그가 빙그레 웃었다. 억지로 내리려고 했던 입술 끝을 결국 올리고 말았다.

"그리고…… 가볍게 봐도 상관없고. 너한테만 가벼운 거니까."

네 마음이 그렇게 무겁다면, 조금만 기다려 달라고 하고 싶다. 조금만 기다린다면, 그 마음에 꼭 보답하겠다고. 그리 말하고 싶었다. 그런데 그 말 역시 여을에게는 너무 무거웠다.

"검사님!"

허겁지겁 방 안으로 들어오는 계장에 그녀가 저도 모르게 헉! 했다.

"무슨 일이에요?"

"도, 도망쳤어요!"

"예?"

"그, 그놈 화장실 창문으로 도망쳤어요! 어떡하죠? 혀, 형사들한테 지금 당장 연락을…… 죄송합니다!"

유약해 보이는 계장님이 고개를 푹 숙였다. 조금 예상 가능했던 상황이라 유제가 한숨을 내쉬었다. 어쩜 이렇게 하나같이 수가 똑같은지.

"너무 걱정 마세요. 제가 하겠습니다."

"어, 떻게요?"

"생각이 다 있습니다. 놀라신 거 같으니까 우선 쉬고 계세요."

"하지만……."

"제가 알아서 하겠습니다."

도대체 어떻게! 하물며 형사한테는 연락도 하지 말라고 했으면서! 유제가 놀란 계장의 등을 부드럽게 밀고는 집무실 문을 탁 닫았다.

"어떻게 잡으려고?"

역시 놀란 여을이 당황스러운 듯 물었다.

"편법으로."

품 안에서 핸드폰을 꺼낸 유제가 익숙하게 번호를 꾹꾹 눌렀다.

그래, 최민석 같은 불량청소년이 법을 무서워할 리 없다. 처음 만났을 때부터 미성년자 운운했던 놈이라면 더더욱. 무서워하는 건, 법과 어른들보다 또래 어른, 혹은 험악하게 한 주먹 할 거 같은 남자들.

강한 놈들한테는 약하고, 약한 놈들한테 강하다. 유제는 그런 생활을 아주 잘 알았으며, 민석 같은 학생들이 누구를 제일 무서워하는지도 알았다.

"여보세요?"

전화가 연결된 모양이다. 수화기 너머로 남자 목소리가 선명하게 들린다.

"오랜만에 연락드립니다. 예, 오랜만인데 부탁부터 해서 좀 미안하지만……."

유제가 잠시 멈칫하더니 여울을 바라봤다.

"사람 하나만 찾아줄 수 있겠습니까?"

사람이요? 놀란 듯 물어보는 남자 목소리가 약하게 들렸다.

"네. 사람이요. 나이는……."

책상 위에 올려두었던 걸 보며 말했다.

"열아홉이네요. 사진도 찍어서 보내줄 테니까 부탁합니다."

전화가 뚝 끊기자 그녀가 조심스럽게 물었다.

"……누구야?"

유제가 머뭇거렸다. 숨길 만한 내용은 아니지만, 숨기고 싶었다.

"아는…… 형님."

아는 형님? 그녀의 머리 위로 커다란 물음표가 생겼다.

"잡으면 어쩔 거야?"

"일단 이거 토대로."

유제가 검지로 서류를 가리켰다. 피라미 조직원이 아는 건 몇 없겠지만, 그걸 시작으로 물꼬를 틀 예정이다.

"조사하고. 가까이서 지켜봐야지."

"위에 있을 때 너 비행 청소년 상담도 해주는 좋은 검사라고 하더라."

어째 못 미더운 목소리로 진짜야? 하고 묻는 여을에 그가 눈을 도르륵 굴렸다. 뭐, 상담이라고 보면 상담이긴 한데……. 이런 방법으로도 많이 진행했던지라 졸지에 교화율이 높았던 것뿐이다.

"영광이네."

그가 모르는 척 시치미를 뚝 뗐다.

"와씨, 심장 쫄려 뒤지는 줄 알았네."

3층에 휴지가 없다는 거짓말이 먹혀서 다행이다. 민석이 발견했던 휴지들은 죄다 변기통에 집어넣었으니 검찰청 내 3층 화장실은 막혔을 게 분명했다.

1층으로 빠져나가는 게 제일 안전하겠지만, 그건 위험부담이 컸고, 무식하게 뛰어내려 발목 살짝 삐끗한 거로 구치소 신세 면할 수 있는 거면 싸게 친 거다.

"돈도 이제 이것밖에 없고."

민석은 양말 안에 숨겨두었던 오천 원을 꺼내 들었다. 시외버스터미널까지 가야 하는데, 버스 타고 나면 돈이 더 줄어든다.

예매도 못 할 게 분명하고. 구걸을 하기엔 사나이로서의 자존심이 용납 안 되고……. 민석이 다리를 절뚝이며 주위를 둘러보았다. 근방에 멍청하게 생긴 중고생들이 그의 좋은 먹잇감이다.

"아씨, 뭔 애새끼들이 하나도 없냐."

민석은 본인이 학교를 안 다닌다고 해서 다른 애들도 그렇다고 생각하는 모양이다. 형사들 뜨기 전까지는 빨리 부산을 벗어나야 했다.

민석은 문득 요금을 못 내서 끊긴 핸드폰 생각이 간절해졌다. 일전에 소매치기했을 때 여을의 핸드폰이라도 빼놓을 걸 그랬다는 아쉬움이 들 정도였다.

어찌 됐든 민석은 왠지 인상 험악해 보이던 그 검사로부터 빨리 도망쳐야 했다. 검사한테서 도망치고, 조폭의 형님들한테서 도망치고. 민석이 제 인생에서 가장 후회하는 순간이, 신부산파에 들어간 순간이다.

"야."

민석이 뒤에서 들리는 목소리를 알아채지 못하고 지나가던 찰나였다.

"마, 앞에 발 절뚝거리는 놈."

'발 절뚝거리는 놈?'

주위를 둘러봐도 그런 놈은 자신 하나밖에 없다. 민석이 우물쭈물하며 뒤를 돌아보자 덩치 좋은 아저씨 한 명이 서 있었다.

배는 남산만 하게 튀어나오고, 올백 머리에, 금목걸이까지. 영화에 나오는 틀에 박힌 조폭 같았다.

"저, 저요?"

움찔한 민석의 입에서 자연스럽게 존댓말이 나왔다.

"그래, 니."

그러고는 민석의 어깨를 꽉 잡았다. 이, 이 아저씨 왜 이래. 도망가면 먼지 나게 맞을 거 같아서 엄두도 나지 않았다.

설마 신부산파 형님인가. 하지만 한 번도 본 적 없는 얼굴인데. 머릿속에 온갖 생각을 하고 있을 때 조폭처럼 보이는 남자가 손에 쥔 핸드폰을 확인했다.

그가 핸드폰 액정과 민석을 번갈아 볼 때였다. 망했다. 신부산
파에서 저 잡으러 나온 놈들이다. 어떻게 도망가지. 민석이 눈을
질끈 감았다.

"이름 뭐고."

"예?"

"니 이름 최민석 맞나."

"누, 누구신데."

쓰읍. 남자의 얼굴이 더 험악해졌다.

"맞나, 아이가. 그것만 말해라."

"……예."

하얗게 질린 얼굴의 민석이 고개를 작게 끄덕였다.

"맞는…… 데요…….”

"그래?"

민석의 어깨를 잡은 손에 힘이 더 들어갔다. 도망가지 못하게
잡는 눈치에 그가 눈을 질끈 감았다. 정작 상대는 퍽 태평한 얼
굴로 누군가와 통화를 하고 있었다.

"예, 행님. 잡았습니더."

망했네.

"얼굴도 인마 맞는 거 같고, 지 입으로 최민석이라 하네예."

수화기 너머에서 거기가 어디냐고 뭐라 뭐라 말하는 소리가 들
려왔다. 어깨를 잡고 있는 남자의 손에는 새끼손가락이 없었다.

히익. 민석이 저도 모르게 숨을 크게 들이마셨다. 이제 자신의
앞날을 떠올렸다.

막 조폭 영화처럼 시멘트에 매달려서 바다에 빠지나? 아니면

미친 듯이 맞을까? 아니면 사라졌던 봉식이 형님처럼 쥐도 새도 모르게 저 역시 사라질까.

"아, 그럼 도련님이랑 같이 오게예?"

예, 예, 예. 그리고 이어지는 예, 라는 대답에 입안이 바짝 마르는 걸 느꼈다.

"예, 알겠습니더. 제가 붙잡아 놓고 있겠습니다."

그리고 전화가 뚝 끊기자, 민석이 덜덜 떨리는 목소리로 물었다.

"저, 저 이제 어디로 가요?"

왜 이렇게 덜덜 떠는지 모르기에 남자가 고개를 저었다.

"알아서 뭐 할라고."

"저 그럼 이제 맞나요?"

이제야 민석이 무슨 생각을 하는지 눈치챈 남자가 푸핫! 웃음소리를 시원하게 냈다.

"도련님은 사람 패는 거 안 좋아하거든."

그리고 최대한 험악한 미소를 가득 띠고는 한 마디 던졌다.

"근데 네가 비협조적이면 한 대 쥐어박힐 수는 있지."

무서웠다.

그 후 민석이 끌려 온 곳은 폐공장 뒤편이었다. 조폭 영화의 한 장면 같았다. 꽁꽁 묶어 둔 건 아니라 타이밍만 잘 보면 금방 도망갈 수 있을 것처럼 느껴졌다.

민석이 눈을 데구륵 굴리는 찰나였다.

"눈알 굴리는 소리 다− 들린다."

가장 연장자로 보이는 남성의 말에 민석이 흠칫했다. 멀찍이서 사람들의 소리가 소란스럽게 나기 시작했다.

도련님, 도련님 해대는 걸 보아하니 분명히 신부산파의 도련님일 것이다. 그런 도련님이 왜 자신 같은 피라미 조직원에 관심을 가지는 건지 모르겠다. 민석은 다시금 목이 바짝바짝 말랐다.

"도련님이라 안 부르셔도 됩니다."

"어휴, 도련님을 도련님이라 하지 뭐라고 부르겠습니까."

미묘하게 익숙한 목소리에 민석이 크게 움찔했다. 설마…….
폐공장 안에 밝은 빛이 크게 들어오자 익숙한 얼굴이 보였다.

빛을 등진 채 선 남자는 다름 아니라, 민석에게도 익숙한 윤유제 검사였다. 어디서 험악하게 생긴 사람들이 제게 우르르 몰려오기에 조폭인 줄 알았더만 검사라니. 유제를 알아봄과 동시에 민석이 고개를 푹 숙였다.

"이 자식 맞습니까?"

곁에 있던 남자 하나가 그의 턱을 꽉 잡고 번쩍 올렸다. 강제로 유제와 눈이 마주치자 민석이 저도 모르게 뒷걸음질을 쳤다.

"예, 맞네요."

대충 한 번 보더니 대답한 유제가 물었다.

"근데 빨리 찾으셨네요. 시간 걸릴 줄 알았는데."

"어휴, 이런 놈들이."

턱을 잡고 있던 손이 민석의 머리에 올라왔다.

"대갈빡 굴리는 거야, 거기서 거기 아니겠습니까."

"그건 그렇죠."

"근데 이놈이 무슨 짓 했습니까? 혹시 학교 폭…….."

"아뇨, 그런 건…….."

이번엔 유제가 멈칫했다. 자퇴하기 직전에 친구 하나 흠씬 두들겨 팼다고 경찰서에 간 적이 있기는 했다. 그가 짧게 침묵했다.

"도와주신 보답은 다음에 꼭 하겠습니다."

"어휴, 무슨 검사님한테 보답씩이나! 괜찮습니다! 담에 저희 치킨집에서 통닭 한 마리만 시켜주십쇼!"

"저희 집은 중국집 합니다!"

조폭이나 다름없을 거 같던 얼굴들로 치킨집, 중국집을 한다고 하니 민석이 짜게 식은 얼굴을 했다.

"예. 다음에 직원들이랑 같이 가서 밥 한 번 먹겠습니다."

유제가 고맙다는 듯 눈짓으로 인사를 하자, 다들 약속이라도 한 것처럼 우르르 빠져나갔다. 폐공장에 유제와 민석 단 두 사람만이 남아 있을 때였다.

"조폭이죠? 검사 아니죠? 내가 이거 다 협박으로 신고……!"

건방지게 쩽알거리는 민석에 그가 피식 웃었다. 하긴, 저렇게 한 주먹 할 거 같은 남자들과 친하다고 하면 그런 쪽으로 생각할 수밖에 없었다.

민석의 말은 주관식 문제의 정답으로 따지자면 10점 만점에 7점 정도였다. 미묘하게 답을 비껴간 말에 유제가 쿡쿡 웃다가 공장 안에 있는 먼지 쌓인 의자에 털썩 앉았다.

"그 부분은 노코멘트하고."

이번에는 좀 협조적으로 변한 얼굴에 유제가 한 마디 더 내뱉었다.

"내가 서울에 있을 때, 너 같은 타입의 애들을 좀 봤거든. 물론 너보다 더 악질이었던 애도 몇 봤고."

"……근데요."

툴툴 내뱉는 눈치에 유제가 빙그레 웃었다.

"근데 너희 같은 애들 보면, 법이나 평범한 어른들은 안 무서워하더라고."

"……."

"법보다 주먹. 뭐 이런 건가?"

농담으로 한 말이겠지만, 전혀 농담으로 들리지 않는 말이다. 여기서 자칫 잘못했다가는 밖으로 나간 우락부락한 형님들에게 흠씬 두들겨 맞을 거 같았다.

아니, 애초에 비협조적으로 굴면 머리를 한 대 쥐어박힌다는 말도 듣긴 들었다. 민석의 목울대가 크게 한 번 움직였다.

"내가 말했지? 바쁘다고."

"……네."

"난 피라미에 별 관심 없거든."

이건 무슨 말인지 정말 이해를 못해서 입을 꾹 다물었다.

"이제부터 협조적으로 굴래, 아니면."

그의 시선이 폐공장 바깥으로 한 번 향했다. 우르르 서 있을 남자들을 민석에게 다시 상기시킨 모양이다.

"비협조적으로 굴래."

민석에게 답은 정해져 있었다.

"혀, 협조적으로 굴겠습니다."

그리고 유제는 그 정해진 답을 듣기 위해 일부러 물었을 뿐이었고.

4장.
너의 모든 것들이

"도망친 이유가 뭐야."

"그게요."

계장이 유제와 민석의 앞에 머그컵을 내려놓으며 신기하다는 듯 쳐다봤다. 형사한테 말하지도 않고 정말 잡아 온 게 신기했다. 무슨 수를 쓴 거지? 계장은 고개를 갸웃하면서 조용히 집무실 문을 탁 닫고 나갔다. 민석은 꽉 닫힌 문을 보다, 뒷머리를 긁적였다. 협조하겠다고 말을 했지만 막상 말을 하자니 입이 안 떨어진다.

그래도 말을 못하는 민석을 보며 유제가 대뜸 물었다.

"신부산파 피라미 조직원이었다며?"

"그, 그걸 어떻게……."

"너 같은 피라미 멀쩡히 보내주던?"

"눈치 보면서 도망 나온 거죠."

무심결에 토로하자, 유제가 옳구나 싶어 몸을 가까이 다가갔다.

"왜 도망 나왔는데?"

"사실대로 말하면, 저 보호해 줄 거예요?"

"네가 협조적이라면 충분히."

그래, 뭐, 검사랑도 알고 지내는 사이가 됐는데 죽을 일을 겪지는 않겠지 싶어진 민석이 마른 입술을 꾹 다물었다가 달싹였다.

"친하게 지내던 형이 있었는데."

"형? 조직 안에서?"

민석이 고개를 끄덕였다. 유제를 제외하면 아무도 없는 집무실인데도 민석은 뭐가 불안한 건지 계속 눈치를 살피고 있었다. 유제가 귀를 기울였다.

"근데 그 형이 갑자기 사라졌어요."

"뭐?"

생각지도 못한 말에 유제가 눈을 크게 떴다. 사라져? 도망쳤다는 말인가. 의문은 곧, 그런데 왜 그 형이란 사람이 사라졌는데 네가 도망을 쳤냐는 물음으로 이어졌다. 유제가 검지로 테이블을 탁탁 두드렸다. 임금님 귀는 당나귀 귀라고, 민석은 자신만이 알고 있던 걸 남에게 털어놓으니 속이 조금 편했다. 하물며 그 상대가 검사라니 믿음직한 부분이 더 생기기도 했고. 계장이 가져다준 물을 벌컥벌컥 들이켰다. 바짝 타들어 가던 목이 한결 가벼워지니 말을 할 용기가 생겼다.

"그 형 죽었어요."

"……."

"자살이 아니라, 빼박 살해당한 거라고요."

민석은 아무 반응이 없는 유제를 보며 인상을 찡그렸다. 안 민는 건가? 검사란 인간들이 다 이런 건가. 민석이 어렸을 적 보았던 영화에서 검사는 늘 부정부패를 저지르는 놈들이었다.

"그 형이란 사람이, 조직 안에서 어느 정도 위치였는데? 행동대장?"

"행동 대장…… 까지는 아니고요."

머뭇거리는 모양새로 보아 큰 자리를 차지한 사람이 아닌데 죽임을 당했다는 건 설득력이 없을 거라고 생각한 모양이다.

"아, 말해도 안 믿을 건데 내가 뭐 하러 말해요. 안 할래요."

"누가 안 믿는대? 그럼 말해봐. 왜 그 형이 살해당했을 거라고 생각하는지."

또 믿어준다는 식으로 말을 하니 기분이 풀린 모양이다. 크음, 헛기침을 하던 민석이 말을 마저 이었다.

"그게 형이 사라지기 얼마 전에 말을 해줬는데, 대장이 일을 시켰대요."

"일?"

"저한테 보여줬는데, 사과박스 안에 오만 원이 다발로 엄청 있었어요."

"……."

"그래서 제가 몰래, 좀, 슬쩍 했거든요."

"그거 때문에 죽었다고?"

"하도 많아서 몇 장 챙긴 거 가져도 티가 안 날 거 같아서……. 여튼 그걸 차 안에 실었어요. 그걸 누구한테 갖다 줘야 된다고, 하면서 운전해서 갔는데……."

민석의 어깨가 축 늘어졌다.

"그날 이후로 못 봤어요."

"차는 무슨 차인지 기억해?"

"그냥 평범한 검은색 승합차요."

"네가 차에 박스 싣는 거 아는 사람 있어?"

"그거까지는 잘……."

한껏 무거워지는 얼굴의 유제에 민석이 눈치를 살폈다. 오만 원 몇 장 슬쩍 한 것 때문에 또 혼나려나.

"너 지낼 곳은 있고?"

"없는데요."

"잘됐네."

잘 곳 없다는 게 뭐가 잘됐다는 건지 모르겠다. 민석이, 뭐가요? 하고 되물으려는 찰나에 유제가 자리에서 일어났다. 창밖을 보니 이미 해가 다 진 상태였다.

"한동안 내 집에서 지내."

민석이 잘 모르겠다는 얼굴을 했다.

여을은 도대체 자신이 왜 일을 끝내고 와서 이러고 있는지 알 수 없었다. 스스로가 이해 안 가는 행동을 하고 있다는 걸 알지만, 멈출 순 없었다. 컴퓨터 화면을 몇 번 달칵 거리자 보이는 건 죄다 디케이 관련 기사였다.

바닷가 근처에 초고층 아파트를 건설한다는 이야기였다. 한눈에 봐도 비싸 보이는 아파트이긴 했다. 비싸기는 엄청 비싸겠네.

공무원인 자신이 이런 데서 과연 살 수나 있을지 모르겠다.

"죄다 좋은 기사뿐이네."

전망권이 가장 좋은, 초고층 아파트가 될 거라는 호평 일색 기사뿐이었다. 페이지 수가 뒤로 넘어갈 때마다 좋은 기사밖에 없어서 인터넷을 끄려는 찰나였다.

때마침 그녀의 눈에 들어오는 기사는 소송 기사였다. 디케이 관련 소송인가 싶었지만, 명예훼손 관련 기사였다. 웬 명예훼손이야.

"명예훼손?"

누구의 명예를 훼손했는데? 켜뒀던 기사 화면을 뒤로하고는 기자가 쓴 기사를 한참을 뒤적였다. 뭐 때문에 명예훼손인지를 알아야지. 기사가 전부 다 내려간 모양인지, 한 개도 보이지 않았다.

"사건기록 확인해 봐야 하나……?"

그녀가 기사를 쓴 기자의 이름을 메모하면서 팔을 쭉 폈다. 으으, 앓는 소리를 내던 그녀가 가볍게 카디건을 걸치고는 자리에서 일어났다.

맥주 한 캔이 생각났다. 집에 물도 없으니, 맥주 한 캔이랑 물 좀 사올까 싶어 그녀가 현관문을 벗어났다. 엘리베이터 내려가는 버튼을 꾹 누르니까 바로 위층에서 엘리베이터가 멈추는 게 보였다.

……윤유제인가. 별거 아닌데도, 여을은 괜히 엘리베이터 문 바로 옆에 붙어 있는 거울에 자신의 얼굴을 비추어보았다.

손으로 머리도 대충 빗고, 옷도 대충 훑어낼 때였다. 띵! 하고 문이 열리자 보이는 얼굴은 윤유제가 아니라…….

"네가 왜 여기에 있어?"

"그거 제가 묻고 싶은데요. 아줌마가 여기 왜 있는데요?"

다름 아니라 최민석이었다. 엘리베이터에 타지 않고 멀거니 보고만 있자 민석이 열림 버튼을 누르며 물었다.

"안 타요?"

"탈 거야."

여을이 시큰둥한 얼굴로 대꾸했다. 옆에서 힐끔거리는 시선이 한참 느껴질 때 앞을 쭉 보고 있던 그녀가 다시 한 번 물었다.

"여기 사니?"

"아뇨. 그 검사님이 한동안 자기 집에서 지내라고 데리고 왔는데요."

노골적으로 왜? 라고 물어보는 얼굴에 민석이 어깨를 으쓱였다. 아무 말도 하지 않고 집 안에서 지내라고 하는데 저가 어떻게 알겠나. 반면, 여을 역시 같은 아파트에 사는 모양이라고 생각하였다. 1층에 도착한 뒤 편의점까지 가는 길이 겹치는지라, 영 어색했는지 민석이 계속해서 말을 이어갔다.

"아줌마도 같은 아파트에서 살아요?"

"그래. 근데 유제가 너 이렇게 돌아다니는 거 알아?"

"유제?"

"윤 검사 말이야."

"아, 알아요. 그 집에 뭔 먹을 게 하나도 없어."

꼬깃꼬깃한 오천 원짜리를 꺼내는 걸 보니 또 마음이 쓰였다. 한창때인 고등학생이 편의점에서 먹어봤자 얼마나 먹을 수 있겠나 싶을뿐더러, 돈도 부모도 없다고 하는 아이이니 저 오천 원이 전 재산일 거다.

"그 집에는 원래 먹을 거 없어. 그 집에서 지내는 동안은 뭐 먹을 수 있을 거란 기대는 안 하는 게 좋아."

애초에 그녀가 지켜본 윤유제는 입이 짧았을 뿐더러, 먹는 것에 시간을 투자하는 타입도 아니다. 뭔가를 해 먹는 건 대단한 일이었고, 주로 배달을 시켜서 먹는 편이었다.

그렇구나. 작게 실망하는 민석에 그녀가 한숨을 내쉬었다. 끝까지 냉정하게 굴 수 있으면 좋으련만, 그럴 수가 없었다.

고등학교 시절 자신이 어떻게 생활했는지 떠오르기 때문이다. 폐기된 편의점 삼각김밥, 유통기한 지난 음식들이 아까워서 버리지 못하는 삶이었다.

"여기서 먹고 싶은 거 사."

"엥?"

"오천 원 네 비상금 아냐? 그건 비상금으로 놔두고."

"그건 그런데……. 왜 도와줘요?"

"싫어?"

그러면서 슬쩍 오천 원을 주머니에 넣고는 여을의 옆에 붙었다. 정말 먹어도 되냐는 민석의 눈빛에 여을이 맥주 냉장고 앞에서 대답했다.

"정말 얻어먹어도 돼요?"

"그래."

"그럼 저도 일단……."

그녀가 열었던 맥주 냉장고 안으로 민석의 손이 냉큼 들어왔다. 기가 차서 그녀가 서늘하게 민석을 보며 턱짓했다.

"미성년자는 오렌지 주스나 마셔."

유들유들하게 넘어갈 줄 알았는데. 민석이 입술을 비죽 내밀었다. 그래도 사주는 게 어딘가 싶어서 빠르게 장바구니에 물건들을 담았다.

컵라면에, 삼각김밥에, 콜라에, 샌드위치, 그리고 냉동 만두, 과자, 음료수. 한가득 담아서 눈치를 보며 제게 내미는 모습에 그녀가 아무렇지 않게 카드를 긁었다.

"맥주 여기서 마실 거죠? 그럼 제가 누나 맥주 마시는 동안 말동무 해줄게요."

언제는 아줌마라고 하더니, 지금은 또 누나란다. 제대로 된 밥을 산 것도 아니고, 그냥 편의점 간식거리 좀 사준 것뿐인데 이렇게 좋아하는 걸 보니 또 마음이 아팠다.

그녀가 편의점 바로 앞에 있는 테이블에 자리를 잡자, 민석 역시 그 맞은편에 엉덩이를 붙였다. 맥주 캔 따는 소리가 나고, 샌드위치와 삼각김밥 봉지 뜯는 소리가 그 뒤를 이었다.

"컵라면은 안 먹어?"

"이건 내일 아침에 먹을 거요."

해맑게 웃는 민석에 그녀가 한숨을 내쉬었다.

"앞으로 저녁은 나랑 같이 먹자."

"예?"

"퇴근하고 나면 같이 먹자고. 매번 시켜먹고, 컵라면으로 떼울 순 없잖아."

"진짜 그래도 돼요?"

"너 먹는 김에 나도 같이 먹는 거지."

"고맙, 고맙습니다……."

괜히 쑥스러운 느낌이다. 맨 처음 만났을 때 멱살 잡힌 점이나, 유제가 말한 걸 들어보면 엄청 냉랭하고 살벌한 사람일 줄 알았는데. 민석이 곁눈질을 하면서 맥주를 한 모금 들이켜는 여을을 바라봤다.

"열아홉이라고 했지?"

"네."

"부모님은 두 분 다 돌아가셨어?"

"엄마는 돌아가셨고요, 아빠는 할머니한테 저 맡기고 재혼했어요."

옛날 옛적이야기라 그런지 별로 슬프지도 않은 모양이다. 삼각 김밥을 와구와구 삼킨 민석이 이번에는 샌드위치 먹을 준비를 했다.

"아버지한테 돈 달라고 해. 학교 졸업할 돈은 있어야지."

"꼴 보기 싫어가지고 아는 척도 안 하려고요."

샌드위치를 한 입 먹으려던 민석이 잠깐 멈칫했다.

"샌드위치나 김밥 사주신 건 고마운데요, 막 그래도 부모를 존경해야지, 부모 꼴 보기 싫다는 말을 하면 되냐, 이런 말은 좀 사절이거든요?"

"아니야. 공감해."

"예?"

"자식이 부모 꼴 보기 싫을 수도 있지. 부모가 부모다워야 존경을 하든, 따르든 할 거 아니야."

민석이 눈을 깜빡였다. 여을은 쥐고 있던 캔을 만지작거렸다.

"꼭 사람들은 자식에게 일방적인 존경을 요구하더라."

"와, 되게 의외네. 엄청 뭐라고 할 줄 알았는데."

여을이 다시 한 번 맥주를 시원하게 들이켰다. 그녀의 목울대가 부드럽게 일렁였다.

"그래도 부모님인데, 라고 말하는 인간들은 죄다 공감 능력 결여된 인간들이야."

그녀가 손을 한 번 크게 휘저었다.

"그렇게 생각하지 않아? 자기네들은 맨 처음부터 가졌던 부모가 멀쩡하고, 좋은 부모였겠지. 부모가 나빠봤자 얼마나 나쁘겠어, 싶겠지. 애초부터 좋은 부모를 갖고 태어난 애들은, 처음부터 나쁜 부모를 갖고 태어난 애들 말에 공감하지 못해. 공감 못하면 입이라도 닥치고 있지."

살벌한 어투였다. 민석은 여을이 생각보다 다정하고 속 깊은 사람일지도 모른다는 생각에 가위표를 쳤다. 지극하게 냉정하고 이성적인 사람이다.

물론 여을이 하는 말에 공감하기는 하지만, 이렇게 노골적으로 타인의 입에서 들을 줄은 생각지도 못했던 말.

"누나 부모님도 그랬어요?"

눈치를 보며 샌드위치를 한 입 먹은 민석이 물었다.

"사채 빚 쓰고 도망치신 분이라고 하면 다 설명이 되려나?"

"……."

"나 검사가 꿈이었거든."

여을은, 사채 빌려주는 놈이나 조폭 같은 쓰레기, 가정폭력범, 아동 학대를 하는 놈들을 죄다 잡아넣어 주고 싶었다.

"진짜 빡세게 살았어."

유제가 힘들게 살았던 것만큼, 자신 역시 마찬가지로.

"고등학생 때부터 아르바이트 쭉 해왔고, 그 와중에 성적 유지한다고 코피 흘리고, 쓰러지고. 집에는 먹을 게 없어서 편의점 유통기한 지난 음식 먹고, 주말에 했던 음식점 알바에서 손님이 남긴 거 주워 먹고."

"……."

"아버지가 사채 쓰고 도망갔거든. 다 나한테 떠넘기고."

"우와……. 진짜 쓰레기다."

"나도 그렇게 생각해."

아버지가 그런 사람인데, 어떻게 괜찮다고 말할 수 있을까. 민석은 그녀의 굴곡진 인생이 궁금한 모양이었다.

민석이 샌드위치를 죄다 입에 구겨 넣고는 음료수 캔을 땄다. 벌컥벌컥 마시고 푸하! 소리를 내며 테이블 위에 올려뒀다.

"검사가 꿈이었다면서요. 아르바이트한다고 시험 떨어진 거예요?"

"대학 들어가고 나서, 은근슬쩍 얼굴 비치시더니 공부하려고 모아둔 돈 들고 도망갔거든."

"진짜 개쓰레기다."

민석의 눈에, 아버지가 쓰레기인 것과 별개로 여을은 성공한 삶을 사는 걸로 보였다. 검사는 되지 못했지만, 검찰청 내에서 일하는 공무원이다.

인정하는 것도 입 아픈 일이라 그녀가 가볍게 웃었다. 부러 취직도 지방으로 했었다. 아버지와 부딪칠 수 없는 곳으로 최대한 가고 싶었다.

"넌 그래도, 돈 줄 아버지는 있으니까 아버지한테 돈 달라고 해. 학력이 중졸일 수는 없잖아."

"에이, 저 같은 인생이 공부해 봤자 뭐 해요. 저 시험 때도 맨날 줄 세우고 잤는데."

민석이 허허 웃으면서 손을 저었다. 고등학교 시절 시험 기간에는 책 한 번 펼쳐 보지 않고 한 줄 세우기 한 것은 물론이거니와 싸움에 담배에, 술에, 땡땡이에, 나쁜 건 다 해본 듯했다.

민석의 말에 여을이 픽 웃었다. 누군가가 떠올랐기 때문이다.

"나중에 네가 진짜 뭔가를 하고 싶은 순간이 왔을 때, 성적이나 학력이 네 발목을 붙잡지는 않아야 될 거 아니야."

"……그래도……. 영……."

"열심히 학교생활도 하다 보면 첫사랑도 생길 거고."

"첫사랑은 다 미화되는 거라고 하던데."

"누가 그래?"

"네?"

"내 첫사랑은 되게 멋졌고…… 여전히 멋지던데. 오히려 더 멋져진 거 같기도 하고."

여을의 입가에 미소가 맴돌자 민석이 저도 모르게 멈칫했다.

"공부 잘하는 우등생 타입이었어요?"

"아니, 완전 공부 안 하고 생양아치 타입. 걔한테 관심 하나도 없었는데, 열심히 하는 거 보고 시선이 가고, 눈길이 가고, 그랬지. 전교 꼴등이었는데 성적 엄청 올렸을 때는 나도 같이 좋아했고."

여을이 턱을 괸 채 웃었다. 좋았지, 그리고 멋졌지. 가장 즐거웠던 순간이었던 걸로 기억한다.

"걔가 나한테 뭔가를 물어볼 때, 같이 공부하던 순간의 침묵, 아르바이트하고 있을 때 마중 나오던 기억들."

이야기를 들어보면 짝사랑은 아닌 거 같다. 말만 들었을 뿐인데, 자퇴한 자신 역시 다시 학교에 다니고 있다는 착각이 들었다. 그 몽글몽글한 감정이 민석의 가슴 한구석에 생겼다.

"그거 알아?"

"뭘요?"

"아주 찰나의 순간을 기억으로 품고 평생을 갖고 살아가는 사람이 있다는 거."

"……."

"나한테는 그게 아주 찰나의 순간이거든."

그리고 그날 밤의 일도.

일순간의 기억으로 한 평생을 살아왔던 거 같다. 즐거워하고, 아련해하고, 또 후회하고.

남은 맥주를 들이켜던 그녀가 자리에서 일어났다. 역시 모든 걸 다 먹어 치운 민석도 자리에서 일어났다.

"학교 다니게 돈 달라고 하면 줄까요?"

"안 주면 주게끔 만들면 되지. 유제한테 상담해 봐봐."

너무 늦은 거 같은데. 민석이 중얼거렸다. 아파트로 되돌아가면서 다른 생각이 들었다. 지금 다시 시작해도 늦지 않을까? 생각했던 것만큼 뒤처지는 날만 있는 건 아니겠지.

민석이 힐긋 여을을 살펴봤다. 마냥 곱게 자랐을 줄 알았는데, 그런 사정이 있을 줄은 생각지도 못했다. 동정심인지, 동병상련인지 모르겠다.

아파트 엘리베이터 앞에 선 여을이 손으로 버튼을 꾹 눌렀다. 계속 1층에 있던 엘리베이터의 문이 열리고, 여을이 제 층수와 민석이 지내는 집의 층수 버튼을 잇달아 눌렀다.

"저기요, 누나."

맨 처음 만났을 때와는 다르게 확실히 수그러든 목소리다. 띵! 소리가 나면서 엘리베이터의 문이 열렸다. 붙잡아놓고 말이 없자 그녀가 시큰둥하게 엘리베이터에서 내렸다.

"죄송했어요."

"……."

"클러치 훔쳐 간 거랑, 돈 마음대로 쓴 거랑……. 다요. 알바 시작하게 되면, 갚을게요."

"그래, 갚아라."

여을이 픽 웃었다. 진심으로 사과를 해도 저지른 일에 대해서는 책임은 져야 했다.

"갚을 때까지 닦달할 거니까."

타이밍 좋게 엘리베이터 문이 닫히고, 쭈욱 올라갔다. 민석이 제 손에 들린 편의점 봉지를 보았다. 가만 보니까, 이 부분에 대해서는 고맙단 인사를 못 했다.

다시 내려가야 하나. 하지만 그렇게 헤어졌는데, 다시 내려가기도 뭐했다. 내일 얼굴을 다시 보게 되면 꼭 고맙다고 인사해야지. 그리 생각한 민석이 익숙하게 유제의 집 안으로 들어갔다.

"저 왔어요!"

"또 도망친 줄 알았는데, 그건 아닌 모양이네."

화장실 안에서 샤워를 끝마치고 나온 유제를 보며 그가 구시렁거렸다.

"또 토끼면 또 그렇게 잡아 올 거잖아요. 검사님, 솔직하게 말해봐요."

"뭐가."

유제는 머리카락의 물기를 대충 훑어내고는 수건을 테이블 위에 툭, 던졌다.

"검사님, 본래 직업 검사 아니고 조폭이죠?"

"너 한 번 때린 적 없는데 내가 무섭냐?"

그렇다고 너무 고개를 크게 끄덕이기에는 제 자존심이 용납하지 않았다.

"아, 몰라요."

민석이 손을 대충 휘젓고는 부엌 식탁 위에 사 왔던 걸 주르륵 늘어놓았다.

"냉동 만두 드실래요?"

"너 돈 있었어? 내가 아까 전에 돈 주는 것도 깜빡했는데."

"아뇨, 여을이 누나가 사줬는데요?"

"여을이 누나?"

스스럼없는 호칭에 유제의 입에서 헛웃음이 터져 나왔다.

"오늘만 이렇게 먹고, 앞으로 저녁은 누나 집에서 먹으래요. 검사님 집에 먹을 거 없다고."

지금 당장만 해도 냉장고에 있는 게 물뿐이다. 반박할 부분을 찾지 못해서 그가 짧게 끙, 하고 앓는 소리를 냈다.

여을이가 민석에게 먹을 것을 사준 이유도 모르겠고, 왜 아줌마라던 호칭에서 여을이 누나라는 호칭으로 바뀌었는지도 모르겠다. 물어보고 싶은 게 많은데 이것저것 뒤섞이다 보니 질문이 제대로 나오지 않았다.

"근데 누나가 윤 검사님 보고 유제라고 하던데, 친한 사이에요?"

"……고등학교 동창이긴 한데, 왜?"

냉동만두를 찌기 시작하자, 집 안에 훈훈한 기운이 맴돌기 시작했다. 민석은 자연스럽게 간장을 찾았으나, 아니나 다를까 윤유제의 집에는 간장도 없었다.

접시라도 있는 점이 다행이라 여기며 민석이 한숨을 내쉬었다. 도대체 이렇게 먹을 거 없이 하루를 어떻게 지내나 몰라.

"맞다, 고등학교 동창이라고 하니까 생각난 건데요."

민석은 접시에 만두를 담고는 테이블 위에 올려두었다. 민석에게서 젓가락을 받은 유제가 턱짓했다.

"누나 첫사랑이 어떤 사람이었어요?"

"첫사랑?"

"네, 첫사랑이요. 고등학교 때 같이 공부하고, 아르바이트 끝난 후에 데리러 오고……, 그랬대요. 얘기 들어보면 쌍방통행이었던 거 같은데."

고작 삼각김밥과 샌드위치로 채워질 배가 아니었기 때문에 민석이 만두를 입에 넣었다.

"아뜨! 아, 뜨거워! 와, 겁나 뜨겁네!"

"또 뭐래?"

"또…… 어려운 말 했는데. 뭐였더라, 그 순간의 기억으로, 품고 살아간다고? 뭐, 그랬어요."

유제가 손에 쥔 젓가락을 테이블 위에 올려놓고 벌떡 일어나자 민석이 눈을 동그랗게 떴다.

"검사님?"

"잠깐 볼일 있으니까, 너 먼저 자라. 그거 네가 다 먹고."

후다닥 뛰어나갔다. 엘리베이터를 탈 필요 없이 바로 아래층인 여을의 집으로 내려간 다음, 초인종을 꾹 눌렀다.

그녀의 집 안에서 초인종 벨소리가 느릿하게 울려 퍼졌다. 조금 긴 시간이 지나도 나오지 않는 반응에 초인종을 다시 누르려고 할 때였다. 집 안쪽에서 잠깐만요! 하고 외치는 소리가 들렸다.

[누구세요?]

인터폰을 통해 들리는 여을의 목소리에 유제가 숨을 크게 한 번 마시고 대답했다.

"나야. 윤유제."

그리고 잠깐의 침묵. 무슨 일이야, 이 시간에 웬일이야, 가타부타 말이 없이 안에서 체인을 빼는 소리가 들려왔다.

"이 시간에 어쩐 일이야?"

현관문이 열리자 말간 여을의 얼굴이 보였다. 씻다가 부랴부랴 나온다고 머리에서 물기가 뚝뚝 떨어지는 상태였다. 유제가 현관문을 잡아 그 틈을 조금 더 벌렸다.

"들어가도 돼?"

안 된다고 말을 해도 들어올 생각인 듯했다. 그녀가 순순히 뒤로 물러서자 그가 안으로 들어왔다. 쾅, 소리가 나면서 문이 닫혔다.

고요한 집 안에서 두 사람이 마주 보고 있었다. 저를 뚫어지라 쳐다보고 있는 유제의 눈빛에 여을이 멈칫했다.

유제가 손을 뻗어 그녀를 자신 쪽으로 잡아당겼다. 얼결에 그의 앞으로 가까이 다가가게 됐다. 금방이라도 자신을 물어뜯을 것처럼 보는 유제에 여을이 손을 말아 쥐었다.

"내 일방통행 아니잖아."

"……."

"순간의 기억을 평생으로 만들지 말고, 앞으로의 평생을 함께 만들면 되잖아."

자신이 이렇게 인내심이 없는 놈이었나.

"못 참겠다."

"……."

"그리고 못 기다리겠고."

"……유제야."

"선택해."

제 일생일대의 순간이 될 거다. 굳이 앞에 있는데 이렇게 참을 이유가 없었다. 평생을 못 만날 사람처럼 이렇게 애틋할 이유가 무어란 말인가.

"과거의 나야, 아님 앞으로 함께할 나야."

멍청한 질문이라고 생각했다. 여을이 그를 뚫어져라 쳐다봤다. 침묵이 길어지자 목이 바짝바짝 말라왔다.

"……둘 다."

여을은 욕심쟁이라, 그 무엇도 포기할 수가 없었다. 그녀는 그의 시선을 마주한 채 똑바로 대답했다. 이 순간마저도 거짓을 말하고 싶지 않았다. 거짓을 말해도 그는 기민하게 눈치챌 거다.

"둘 다 선택할래."

그 말이 신호탄이 되었다. 유제의 손이 여을의 겨드랑이 사이로 들어가더니 그녀를 번쩍 안아 올렸다. 그는 현관문 바로 옆에 있는 높이가 낮은 신발장 위에 그녀를 앉혔다.

무드 등이 어렴풋하게 맴도는 집 안에 두 사람의 시선이 서로에게서 떨어질 줄 몰랐다. 그가 사막에서 오아시스를 발견한 사람처럼 그녀에게 입을 맞추었다.

혹여나 도망갈까, 몸을 뺄까, 그녀의 허리에 팔을 둘러 조금 더 자신 쪽으로 당겼다. 그녀의 아랫입술을 거칠게 탐하고, 말캉한 혀를 그녀의 안으로 집어넣었다.

"하아……."

숨 쉴 틈도 주지 않고 몰아붙이는 유제에, 그녀가 숨을 헐떡이면서도 최대한 그를 따라갔다. 여을이 양팔을 뻗어 유제의 목에 팔을 두르자, 그가 그녀의 허리를 번쩍 들어 올렸다.

떨어지지 않게끔 그의 몸에 꼬옥 매달렸다. 유제가 눈을 뜬 채 여을의 입술에 쪽, 쪽 소리 나게끔 맞추다가, 볼에도 한 번 맞추었다.

자연스럽게 여을의 방 안까지 들어간 그가 그녀를 침대에 눕혔다. 유제의 입술이 볼을 향했다가, 귓불을 향했다. 동시에 커다란 손이 그녀의 웃옷 안으로 들어갔다.

"웃!"

쫓기는 사람처럼 그가 그녀를 몰아붙였다. 여을이 손을 뻗어, 제 쇄골을 잘근잘근 물던 유제의 얼굴을 붙잡고 자신을 바라보게끔 했다.

"어디 안 도망가."

그의 행동이 일순 멈춘다. 이내 그녀가, 여태까지 유제가 한 것처럼 그의 볼에 입을 가볍게 맞추고, 혀를 내밀어 그의 아랫입술을 부드럽게 핥았다.

"그러니까, 조금만 천천히……."

천천히를 원했다면, 자신을 이렇게 부채질해서는 안 됐다. 그가 그녀의 손목을 잡고 손바닥에 쪽! 맞췄다.

그녀의 말에는 늘 좋아, 그래, 알겠어, 긍정의 대답을 내놓던 유제의 입에서 한 마디가 떨어졌다.

"안 돼."

여을이, 자신이 방금 말을 잘못 내뱉었나, 라는 생각을 할 때였다.

"그리고 못해."

유제의 목소리가 푹 가라앉아, 오싹하게 다가왔다.

눈을 번쩍 떴을 때는 이미 해가 중천에 떠 있는 오전이었다. 지각인가 싶어 일어나려고 했지만, 다행히 오늘은 주말이었다.

"잘 된 건지, 안 된 건지."

여을이 마른세수를 하면서 옆에 누워 있는 유제를 바라봤다. 어쩌다 보니 제집에서 자게 된 유제를 보면서 그녀가 마른침을 삼켰다.

어제 유제가 제집으로 돌아가지 않았으니, 그의 집에 있는 민석이도⋯⋯. 아아. 그녀가 앓는 소리를 내면서 손바닥으로 얼굴을 가렸다.

"윤유제, 일어나."

"음⋯⋯."

아무 말도 하지 않고 손을 뻗어 제 허리를 감싸 안는 유제의 손길에 여을이 그의 손등을 아프지 않게 꼬집었다.

"⋯⋯아파⋯⋯."

푹 잠긴 목소리로 그렇게 말해봤자 설득력이 없었다. 하물며 아프게 꼬집지도 않았고. 그제야 비척거리며 무거운 눈을 뜬 유제가 앉아 있는 여을을 보며 부드럽게 웃었다.

"⋯⋯예쁘다."

목덜미가 후끈 달아올랐다. 아무것도 걸치지 않은 점을 깨닫고 그녀가 이불로 빠르게 몸을 가렸다. 어차피 볼 거 다 본 사이인데 뭘 가리냐, 라는 눈빛이다.

"일어나, 빨리. 그리고 얼른 올라가."

"왜? 설마, 너 또⋯⋯."

"한 번 먹고 버리는 그런 거 아니고."

어차피 이번이 두 번짼데 더 이상 버릴 수도 없는 관계가 되어 버렸다. 그녀가 그의 팔뚝을 찰싹찰싹 때렸다.

"너 외박했어. 집에 민석이 있는데."

"아."

"민석이 얼굴 어떻게 볼 거야."

민망해서 더 이상 얼굴 보지도 못하겠다. 평범하게 맞이하는 주말이었으면 또 모를까, 그녀가 입술을 꽉 깨물고는 억지로 그의 몸을 일으켰다.

빨리 옷 챙겨 입고 올라가라며 등 떠미는 여을에 유제가 얼핏 작게 한숨을 내쉬었다. 드디어 쌍방통행이 되었는데, 이렇게 무드 없는 아침이라니. 구여을에게서 분위기를 바라는 게 문제인 걸까.

침대 아래에 던져 두었던 옷가지를 대충 챙겨 입은 뒤 돌아보았다.

"안 피할 거지?"

"안 피해."

부스스해진 유제의 머리 꼴이 꽤나 우습다. 그녀가 머리를 대충 정돈해 주려고 손을 뻗자, 그가 눈치껏 무릎을 굽혔다.

머리가 어느 정도 정리되자, 유제가 그녀의 이마에 입술을 꾹 눌렀다.

"나중에 봐."

"응. 나중에 내가 올라갈게."

'나중에'라고 하기에도 애매한 딱 두 시간 뒤 그녀가 유제의 집 앞에 서 있었다. 누를까, 말까 한참을 고민하다 결국 초인종을 꾹 눌렀다.

길게 울리는 초인종 소리에 안에서 후다닥 뛰어오는 소리가 들렸다. 나올 사람이 유제겠거니 생각했지만, 벌컥 열리는 문틈으로 보이는 건 민석의 얼굴이다.

"누나?"

"여을아?"

'누나'라는 호칭에 별 관심이 없던 유제 역시 얼굴을 빼꼼 내밀었다. 민석이, 들어오라는 의미로 문을 활짝 열려는 찰나였다.

어제 일이 생각나서 조금 머쓱하긴 했지만 민석에게 한 약속도 있었고. 주말에다가 유제로 인해 늦잠을 잤기 때문에.

"민석아."

"예?"

당연히 유제를 찾아올 줄 알았는데 제게 말을 걸자 조금 놀랐다. 잠깐 자리 좀 비켜 달라는 의미인가 싶어 민석이 운동화를 꺾어 신었다.

"점심 먹으러 내려와."

"점심요?"

"응. 아침 컵라면 먹었을 거 아니야. 점심은 제대로 먹어야지."

민석이 뒤에 서 있는 유제의 눈치를 살폈다. 이거 순순히 응해도 되는 식사인가. 한참을 고민하고 있는데 여을이 민석의 팔을 잡아당겼다.

"안 나오고, 뭐 해?"

"진짜 얻어먹어도 되는 거 맞아요?"

"유제 집에서 지내는 동안은 우리 집에 와서 저녁 먹으라고 했잖아."

"그런 그랬지만."

오늘 해가 다 뜬 오전이 되어서야 유제가 집에 올라왔다. 뭘 했는지 짐작하기 싫어도 대충 짐작 가능했고, 그렇다는 말은 윤 검사와 여을은 사귀는 사이라는 건데…… 민석은 왜 그녀가 초 대하는 사람이 자신인 건지 도무지 모르는 눈치였다.

그렇게 생각하는 건 비단 민석뿐만이 아니었는지, 유제가 어이 없다는 듯 따라 현관문 쪽으로 나섰다.

"구여을, 나는?"

나중에 올라온다는 의미가 최민석을 데리러 간다는 의미였나. 여을이 민석의 등을 계단 쪽으로 꾹 밀면서 반문했다.

"너?"

"그래, 나."

표정 변화가 다채롭지 않은 유제의 얼굴 위로 울컥한 감정이 떠올랐다. 너는 오지 마, 라거나 아니면 생각도 못 했다는 얼굴 일 줄 알았는데 여을이 잠깐 생각하더니 대답했다.

"너도 먹으러 내려오든가."

일련의 모습을 본 민석이 계단을 내려가면서 생각했다. 저는 유제를 잡기 위한 미끼였나 싶은 생각에 민석이 허탈한 듯 웃었 다.

너도 내려오라는 말 한마디에 유제의 얼굴이 화사해지는 것이 폐공장에서 협조적으로 굴 거냐, 비협조적으로 굴 거냐며 자신 을 협박했던 사람처럼 보이지는 않았다.

도대체 이 두 사람은 무슨 관계일까. 일방적으로 윤 검사님이 쫓아다니는 관계? 그런데 오늘 아침에 들어오는 걸 보면 마냥 일방적인 관계는 아닌 거 같은데.

"들어와."

머뭇거리는 민석에 반해, 유제는 이미 두 번이나 와본 집이었기에 아주 익숙하게 들어갔다.

"아."

민석의 시선이 식탁에 닿았다. 식탁에는 김이 나는 밥그릇 세 개가 있었다. 애초에 유제도 함께 부를 요량이었던 거다. 윤 검사님의 일방통행일 줄 알았는데, 확실히 쌍방통행이다. 그녀가 앉으라고 손짓하자 뻘쭘한 얼굴의 민석이 의자에 앉았다.

"잘 먹겠습니다."

"잘 먹을게."

민석은 밥을 크게 한 숟갈 떠서 입에 넣었다. 생각해 보면 이렇게 집밥을 먹은 게 얼마만인지 모르겠다. 조직에 있을 때도 주로 먹었던 건 배달 음식이었고, 소매치기로 연명했을 때는 죄다 편의점 음식이었다.

"맛있다."

"맛있어요!"

"다행이네."

그런 말이 없으면 섭섭할 뻔했다. 여을은 정말 며칠 굶은 사람처럼 와구와구 먹는 민석이 안쓰럽기도 하고, 안타깝기도 했다. 배가 많이 고프긴 고팠던 모양이다.

화려한 반찬이랄 건 없었지만 여을은 반찬 접시를 최대한 민석 쪽으로 내밀었다. 이것도 먹고, 저것도 먹고 하던 민석이 입에서 우물우물 거렸다.

"누나."

"아줌마라고 하던 애가 넉살 좋게 누나라고도 잘 한다."

"에이, 예쁘고 먹을 거 주면 다 누나죠. 그죠?"

방실방실 웃으면서 묻자 말문이 턱 하고 막혔다. 눈앞의 최민석이 열아홉이라서 다행이다. 만약 아홉 살이었으면…….

"누가 먹을 거 준다고 따라가지 마라."

"안 따라가거든요. 그리고 어제 먹을 거 사주셔서 감사합니다."

한껏 진지하게 말을 붙이는 민석에 여을이 멈칫했다. 고개를 들고 올려다보자 민석이 멋쩍은 듯 뒷덜미를 벅벅 긁었다.

고맙다는 말을 들으려고 한 행동은 아니었기에 조금 놀란 얼굴을 하던 여을의 입술 끝이 부드럽게 말려 올라갔다. 바로 맞은 편에서 본 민석이 숨을 헉 하고 들이켰다.

이러나저러나 이성은 낯선 편에 속했던 민석의 두 볼이 발갛게 물들었다. 그 모습을 보던 유제는 뭔가 불길한 기운에 휩싸였다. 이 자식은 왜 얼굴을 붉힐까, 할 때였다.

"그, 어제 누나가 말한 것처럼…… 학교, 다시 다니려고요."

"정말?"

"네. 그리고 공부도 다시 시작할까 싶기도 하고."

그러고는 민석이 힐끔 유제를 바라봤다. 갑자기 자신을 바라보는 시선에 유제가 턱짓을 했다. 할 말 있으면 하라는 눈치였다.

"오토바이…… 합의금이요. 그거…… 제가 아르바이트해서 갚으면 안 될까요……?"

"……."

"주인분한테도 사과드려야 하고."

"얘 갑자기 왜 이렇게 철이 들었지?"

고작 하루 만에 사람이 완전히 바뀌었다. 유제가, 어떻게 된 거냐고 여을에게 눈빛으로 쏘아 물었지만, 그녀라고 민석의 심경 변화를 어찌 알리오.

"너랑은 합의가 됐어?"

"응."

"어떻게?"

"고등학교 졸업하고 나서 알바하면서 갚겠다기에, 그러라고 했어."

허, 저는 여을의 마음을 돌리는 데 며칠이나 걸렸는데……. 유제가 민석을 흘겨봤다. 미성년자라고 해서 봐준 건가? 그런데 그가 아는 구여을은 미성년자라고 봐줄 만큼 자비롭지 않다. 도대체 어제 자신이 없는 동안 무슨 이야기를 나눈 건지. 그가 끙 앓는 소리를 냈다. 민석이 힐긋힐긋 자신을 보는 게 어째 할 이야기가 더 있는 모양이다. 유제가 밥을 한입 입에 넣을 때였다.

"그래서요, 검사님이…… 좀 도와주셨으면 해서요."

"뭘?"

유제는, 폐공장에 끌고 간 이후로 저를 줄곧 무서워하던 녀석이 이렇게 도움을 요청할 줄은 몰랐다는 얼굴이었다. 여을이 식사를 마쳤는지 수저를 내려놓고 두 사람을 쳐다봤다.

"저, 고등학교 졸업하려면 이래저래 돈…… 필요할 거 같거든요. 아, 물론 아르바이트를 하긴 할 건데……."

"빙빙 돌리지 말고 본론."

"아버지한테 돈 받고 싶어요."

"……."

"아버지한테 돈 받을 수 있게끔 좀 도와주시면 안 돼요?"

어차피 곧 있으면 성인이고, 성인이 되자마자 못 받을 돈이다. 하지만 안 받는 것보다야 훨씬 낫다. 어쩐지 입술 끝이 흐뭇하게 올라가려고 했다.

다시 학교를 다니겠다고 말하는 것도, 싫은 사람에게 자신이 숙이고 들어야 하는 순간을 아는 것도. 민석은 어제보다 훨씬 더 철이 든 것 같았다.

이제 더 이상 말하지 않아도 알아서 잘 하겠거니 생각하며, 유제는 싱크대에 다 먹은 그릇들을 올려놨다. 민석을 빤히 바라보던 유제가 시원하게 대답했다.

"그래, 도와줄게."

한 치의 고민도 없이 고개를 끄덕였다.

"고등학생이 다시 공부한다는데 못 도와줄 것도 없지. 좋아."

"고맙습니다."

"오토바이 주인하고 자리 마련할 거니까, 합의에 대한 부분은 네가 성심성의껏 보여라."

"네."

"마저 먹어라."

유제가 민석의 머리를 툭툭 쳤다. 다시 그릇에 얼굴을 박고 열심히 먹는 모습에 여을이 식탁 위로 물 잔을 내려놓았다.

"체하겠다."

양 볼에 밥을 빵빵하게 넣은 민석의 모습에 여을이 헛웃음을 터뜨렸다. 이내 밥을 꿀떡 삼킨 민석이 조금 떨리는 목소리로 되물었다.

"……다시, 공부해도 안 늦었겠죠?"

"안 늦었어."

"졸업도 안 한 애가 다시 공부한다는데, 늦었다고 말할 놈이
누가 있겠냐."

"……."

"쓸데없는 걱정은 하지 말고, 밥 먹어."

민석은 괜히 울컥하는 감정이 들었다. 생각해 보면 스스로가
매번 늦었다고 생각했다. 신부산파에서 나올 때도 너무 늦었다고
생각했고, 봉식이 형이 죽었다고 생각했을 때도 후회했다.

다 늦은 거 같았고, 주위 사람들이 민석에게 한 말 역시 너도
늦었다는 말이었다. 이미 종 친 인생이라고, 다시 되돌아가기엔
너무 멀리 왔다고.

그런데 여을이나 유제는 너무 당연하게 늦지 않았다고 말해주
니 조금 울컥했다. 제 주위에서 이렇게 따뜻한 말을 해준 사람들
은 처음이었다.

"잘 먹었습니다!"

체할 것처럼 밥을 입에 왁왁 집어넣던 민석이 시원하게 외쳤
다.

"설거지는 내가 할 테니까 치우지 말고 있어."

"그래."

굳이 말리지 않는 여을이 고무장갑을 그에게 내밀었다. 어차피
할 생각이긴 했지만, 너무 당연하게 내미니까 조금 서운하다.

"밥값은 해야지."

고무장갑을 보던 유제가 헛웃음을 흘렸다.

"잠깐만 기다리고 있어. 그렇지 않아도 과일 온 게 있으니까
그것 좀 나눠줄게. 설거지하지 말고."

고무장갑을 든 채로 집을 나서는 유제의 뒷모습에 헛웃음을

터뜨렸다. 저거 설거지하기 싫어서 일부러 도망가는 거 아니야? 여을이 그렇게 생각할 때 민석이 자연스럽게 싱크대 앞에 섰다.

"설거지 왜 네가 해?"

"밥값은 해야죠. 윤 검사님은 과일 들고 오신다는데."

마냥 부려 먹기는 불편해서 여을이 마른행주를 들고 민석의 옆에 섰다. 민석이 그릇을 깨끗이 씻으면 헹구고 닦아내는 건 여을의 일이 되었다.

"신부산파에 있을 때 설거지 담당은 저였거든요. 뭐, 제대로 된 밥 먹은 적이 별로 없긴 하지만……. 라면 그릇 같은 거 주로 제가 씻었어요. 아! 그래서 그런지 저 라면 진짜 잘 끓여요."

"……."

"근데요, 윤 검사님이랑은 사귀는 사이세요?"

"사귀는 사이?"

어젯밤에 안 들어간 거 때문인가. 뒷목이 다시 한 번 후끈거리는 걸 부러 아무렇지 않은 척 되물었다.

"그건 왜?"

"그, 좀, 윤 검사님 되게 좋으신 분인 거 알긴 아는데."

구치소에 바로 처넣지도 않고, 다른 검사가 들었으면 되도 않는 소리라고 치부했을 말을 들어줬다. 집 안에 들여놓기까지 했고. 폐공장이 임팩트가 컸지만, 나열해 보면 좋은 대접이 훨씬 많았다.

"되게 위험한 분 같아서요. 조폭같이 생긴 사람들이랑 알고 지내던데. 아시나 싶어서……."

그 편법으로 잡을 때 무슨 짓을 했기에 얘가 이런 말을 하는 건지 모르겠다. 여을이 킥킥 웃었다. 어깨 형님들과 친하게 지내고 있다는 걸 누구보다 잘 알고 있는 사람이 그녀였다.

그녀가 웃다 말고 민석을 보자, 민석이 거품 묻은 손을 휙휙 저으며 아니, 험담하고자 하는 말이 아니라요! 라며 변명했다.

"내가 어제 너한테 먹을 거 사준 일, 그리고 저녁 먹으러 오라고 한 거."

"네?"

화제가 자연스럽게 다른 쪽으로 돌아갔다. 쏴아아, 싱크대에서 물소리가 시원하게 들렸다.

"처음에는 날 닮았다고도 생각했는데, 너 내 첫사랑이랑도 닮았어."

"생김새가요? 첫사랑 잘생겼어요?"

"생긴 거 말고."

딱 잘라 아니라고 말한다. 괜히 어깨가 축 늘어진 민석이 그래서요? 하고 되물었다.

"그 상황이. 널 둘러싸고 있는 모든 상황들 말이야. 그런 게 첫사랑이랑 닮았다는 거지."

"그 정도로 첫사랑이 좋으면 그냥 한 번 연락해 보지 그래요?"

"연락 안 해도 돼. 바로 근처에 있으니까."

"네?"

그녀의 손가락이 바로 위층을 가리켰다.

"바로 위에 있거든."

"네에?! 와악! 대박, 와! 와! 어쩔! 와! 진짜요?! 윤 검사님은, 알아요?!"

"내가 뭐?"

"와씨, 깜짝아!"

"너 욕하겠다."

바로 뒤에서 들리는 목소리에 민석은 손에 들고 있던 그릇을 깨뜨릴 뻔했다. 돌아보자 양 손에 스티로폼 박스를 들고 있는 유제가 보였다.

"내 욕했어?"

그녀가 모르는 체하면서 어깨만 으쓱였다. 식탁 위에 스티로폼 박스를 올려놓고 상자 뚜껑을 열자 한라봉 비슷한 게 눈에 들어왔다.

"이거 점심 대접 고맙다는 의미로. 너 혼자 먹어."

"손질할까요?"

자연스럽게 과도를 꺼내 드는 민석에 여을이 헛웃음을 터뜨렸다. 누가 보면 신데렐라인 줄 알겠다.

"같이 먹자. 과도는 밥값 안 한 윤유제한테 주고."

그녀가 민석의 손에 있는 과도를 뺏어 들어 유제에게 넘겼다.

"잘할 수 있지?"

여을이 빙긋 웃었다. 웃으면서 물어보니, 유제는 거짓말로라도 잘한다고 말할 수밖에 없었다. 여을 앞에서는 모든 걸 할 수 있는 슈퍼맨 같은 사람이면 좋겠으니까.

"물론."

과도를 든 채 그가 비장하게 고개를 끄덕였다.

유제가 서툰 솜씨로 한라봉 껍질을 까 접시에 올려놓았다. 정작 유제는 먹지 못하고 있자, 여을이 그의 입에 한라봉 조각을 하나 넣어줬다.

"근데 어쩌다가 신부산파에 들어가게 됐냐?"

"아, 그거요. 그냥 거기 들어가서 뒤처리 같은 거 해주면 돈 준다길래 했어요."

　정말 단순한 이유였다. 자기도 그 순간이 후회되는 모양인지 민석이 죄인처럼 고개를 푹 숙였다.

　"나름 아르바이트도 구해보려고 했었는데, 잘 안 구해지더라고요. 꼴이 거지꼴이어서 그랬나. 근데 거기 들어가면 밥도 주고, 잠잘 곳도 주고, 일 처리 몇 번 하면 돈도 준다길래."

　한라봉을 다 잘라낸 유제가 민석을 빤히 바라봤다.

　"제 길은 그거뿐이라고 생각했어요. 아, 물론! 지금은 그렇게 들어간 거 후회해요!"

　"나오게 된 계기는 뭔데?"

　이번에는 여을이 물었다.

　"그게요…… . 이거, 솔직히 그냥 제 뇌 내 망상이기도 한데요."

　"응."

　"친하게 지내던 형이 죽었거든요."

　"뭐?"

　"아, 물론 진짜 죽은 건지, 어떤 건지 잘 모르겠지만!"

　더 이상 먹을 생각이 없는 건지, 아무도 한라봉 조각에 손을 대지 않았다. 조용한 집 거실에서 고해성사를 하는 듯한 소년의 목소리가 들려왔다.

　"제가 거기 처음 들어갔을 때, 친하게 지내던 형이 있었거든요. 제가 동생 같다고, 잘 챙겨줬어요."

　"조직 뒤처리하다가 죽은 거야?"

　"그거까진 잘 모르겠어요. 좀 간부급? 에 가까운 형님들은 봉식이 형이 교통사고로 죽었다고 했는데……. 너무 이상해서요."

　"뭐가 이상했는데?"

"형이 배달을 했어요."

"배달?"

"네. 형이 주로 하는 게 배달 업무였는데……. 자세한 건 어떤 건지 모르겠어요. 근데, 형이 저한테 늘 이랬거든요."

아직도 생생하다. 봉식은 민석이 꼭 어렸을 적 제 모습 같다며 아껴줬다. 최대한 힘든 일은 하지 못하도록 뒤편에 숨겨주기도 했었다.

봉식이 덕분에 민석은 피라미인데도 크게 몸 상하는 일은 하지 않았다. 하는 거라고는 그냥 노점상들을 협박하거나 가게 앞에서 죽치고 있기, 형들 잔심부름 같은 것들이었다.

실제로 패싸움을 한다거나, 누구를 패러 간다거나, 누구한테 맞는다거나 한 적은 없었다. 그나마 피라미들 중에 가장 속 편한 일이었다.

"자기도 저만 한 나이 때에 조직에 들어왔대요. 여기 조직에 몸담은 거 후회한다고, 공부할 걸 후회한대요."

처음에는 봉식의 말이 크게 다가오지 않았다. 먹고 살 만하니 그런 말을 하는 거라고 생각했다. 제 입장에서는 조직에 들어온 것만으로도 행운이었으니까. 평범한 꼰대들이 할 법한 말이라고도 생각했다.

"자기가 조직에서 나갈 때 꼭 저도 데리고 나가겠다고 했어요."

"너를? 왜?"

"몰라요. 형이 어떤 마음으로 절 아꼈는지는 잘 모르겠어요. 근데 저도 데리고 나가겠다고, 저 공부할 수 있게 도와주겠다고 했어요."

괜히 울컥해서 눈물이 나오려고 했다. 여을이나 유제에게 받앉던 위로와는 다른 감각이다. 죄책감, 미안함. 그리고 어쩌면 자신 때문에 죽었을지도 모른다는 불안감.

민석의 눈에서 눈물이 뚝 하고 떨어졌다. 보고 있던 여을이나 유제는 민석을 섣불리 위로하려 들지 않았다. 괜찮다는 말이라든가, 울지 말라는 말이라든가, 혹은 등을 쓸어준다든가, 이런 것들 말이다.

오히려 그런 것들을 해주지 않아서 다행이라는 생각이 들었다. 민석은 그냥 울고, 이 감정들을 털어내고 싶었다.

"형이."

말이 딸꾹질처럼 나왔다.

"이번 배달만 끝나면 나갈 수 있다고 말했어요. 조금만 기다리라고도 했고요."

"그럼, 그게……."

얼마 전, 민석이 지나가는 말로 유제에게 던졌던 내용이었다.

"승합차에 돈 실었다는 그날 이후?"

"네."

민석이 고개를 크게 끄덕였다. 박스 안에 오만 원짜리 다발이 엄청나게 많았었다. 가만히 이야기를 듣던 여을이 물었다.

"그러니까 돈 배달이었던 거네?"

"네. 이번 배달만 끝나면 된다고 했어요."

"그 봉식이란 형이 매번 돈 배달만 했었어?"

"그거까진 잘 모르겠어요. 어떨 때는 여자들이랑 같이 있기도 했는데, 아마 주로 돈 배달이었다고 생각해요."

"돈이 얼마큼 있었는데?"

"어……."

민석이 눈을 데구륵 굴렸다. 유제가 들고 왔던 스티로폼 박스가 눈에 들어왔다. 검지로 스티로폼 박스를 가리키자, 두 사람 모두 잘 교육받은 사람들처럼 민석이 가리킨 곳을 쳐다봤다.

"저 박스보다 폭이 이 정도 좁고."

민석이 손으로 모양새를 만들었다.

"깊이는 조금 더 깊은? 한 이 정도 박스 크기였어요. 밀감 박스, 사과 박스 크기만 했는데 그 안에 돈다발을 엄청 넣었거든요."

"그리고?"

"그리고……."

이 이후로 더 이상 할 이야기가 없다. 그날이 마지막이었으니까. 민석이 마른 입술을 달싹였다.

"그 이후로 봉식이 형이 안 들어왔어요."

"누구한테 준다는 말은 없었어?"

"그런 건 못 들었어요."

고개를 가로저었다. 민석이 아는 건 그게 전부였다. 신부산파에서 그만큼의 돈이 나올 거라고 생각하지는 않는다. 부산을 쥐락펴락하는 크기의 조직폭력배들도 아니었고.

"네가 박스 봤다는 거 아는 사람은?"

"모르겠어요."

"그때가 언제였는데?"

"어……."

여울의 물음에 민석이 눈을 데굴데굴 굴렸다. 잘 기억은 나지 않지만, 생각해 보면 대충 감이 잡혔다.

"작년 이맘때였던 거 같아요."

여을과 유제의 시선이 마주쳤다. 시선을 주고받던 두 사람이 다시 민석을 바라봤다. 디케이 부사장이 신부산파에게 돈을 주고 협박을 사주한 기사가 머릿속에 스쳐 갔다.

일단 디케이와 신부산파 사이에 어떤 커넥션이 있었던 건 확실한 듯했다. 여을과 유제의 생각에도 사과 박스, 밀감 박스를 가득 채울 돈이 신부산파에게 있을 거 같지는 않았다.

"최민석."

"예?"

혼나는 건가 싶어 민석이 펄쩍 뛰었다. 생각 없는 놈이라 욕하면 어쩌나 잔뜩 긴장할 때였다.

"한동안 집 밖으로 나다니지 마라. 밤늦게 다니지 말고. 신부산파 조직원들이 어디 자주 다니는지 알지?"

민석이 아무 말하지 않고 고개만 크게 끄덕였다.

"그런 데는 피하고 다니고. 제때제때 다녀."

"네……."

"먼저 올라가 있어."

민석이 자리에서 일어났다. 혼난 건 아니었는데 분위기는 이상하리만큼 무겁다. 눈치를 보며 슬금슬금 피하는 민석이 현관문을 닫고 자리를 벗어났다.

주절주절 이야기를 떠들던 민석이 사라지자 집 안이 순식간에 조용해졌다. 소파에 앉아 있던 여을이 엄지손톱을 잘근 물었다.

현직 검사와, 검사는 아니지만 청사 내 모든 기록물을 관리하고 있는 여을에게는 대충 어떻게 된 상황인 건지 견적이 딱 떨어졌다.

"로비 같지?"

"로비지."

"작년 이맘때쯤이라."

훈훈한 공기가 살짝 열린 창문 사이를 타고 들어왔다. 작년 이맘때 이렇다 할 사건이 있었나. 두 사람 다 골똘히 생각을 해봤지만, 딱히 떠오르는 사건이 없다.

애초에 당시 유제는 서울에 있었고, 여을은 한창 부산에서 바쁘게 살아가던 때였다. 자신보다 더 골똘히 생각하고 있는 여을을 보면서 유제가 그녀의 앞에 손을 한 번 휘저었다.

정신을 차린 그녀가 그를 바라보았다.

"너무 신경 쓰지 마. 내가 알아서 할게."

디케이면 너희 아버지 일 아니냐 질문하고 싶었다. 그녀가 꼬았던 팔을 풀면서 물었다. 괜찮아? 따위가 아닌, 다른 걸 묻고 싶었다.

"정말 너희 아버지랑 척질 생각이야?"

"척은 이미 진 거 같은데."

자신이 여기 부산까지 온 걸 보면 모르겠냐는 의미였다. 부자 간의 일에 너무 깊이 관여하는 것도 옳지 못하다고 생각하던 여을이 잠시 머뭇거리다가 한숨을 내뱉으며 대답했다.

"네가 디케이를 건드리겠다고 하면 나는 널 얼마든지 도와줄 거야."

내 개인적인 감정 때문이 아니라. 그녀가 속삭이듯 덧붙였다. 위로가 필요한 사람처럼 여을이 손을 뻗자, 유제가 자연스럽게 그녀를 안았다.

보드랍고 따뜻한 몸이다. 유제가 허리에 팔을 두르면서 그녀를 꼭 껴안았다. 사람 냄새가 난다. 고등학교 때부터 여을에게서는 늘 좋은 향이 났다.

"왜냐면…… 내가 널 좋아하니까."

허리에 두른 팔에 힘이 들어갔다. 그의 몸이 바짝 굳었다.

"좋아하니까, 조금이라도 도움이 되고 싶으니까."

"……."

"그런데 네가 이게 부담스럽다고 느껴지거나, 싫다고 생각되면 말해."

몸을 살짝 떼어내고 유제와 시선을 맞췄다. 깊은 시선이 얽혔다.

"내가 디케이 건드리는 건, 사적 감정 없이 그냥 내가 할 일을 하는 거야."

유제의 손이 슬그머니 여을의 상의 안으로 들어왔다.

"그러니까 그런 생각 안 해도 돼."

어련히 알아서 잘해왔던 윤유제다. 그러니까 이만큼 개과천선 해서 돌아왔지. 여을이 숨을 한 번 깊게 들이마셨다가 내뱉자, 유제가 조금 어리광 섞인 투로 말했다.

"그런데 너무 걔만 신경 쓰는 거 아니야?"

"질투해?"

"애한테 질투할 만큼은 아니지만, 섭섭하지."

오랜만에 만난 자신보다 민석에게 살뜰하니 조금 서운하다. 그가 소파에 앉은 여을을 바라봤다. 사랑을 갈구하는 눈빛이 뚝뚝 떨어졌다.

"오늘 데이트하고 싶었는데 말이지."

한동안 최민석이 제집에 있는 이상 마음대로 이 집에서 자고 가지도 못하겠다. 그의 말에 여을이 픽 웃으며 옷 안으로 들어오는 손등을 찰싹 때렸다.

"그리고 당분간 밤에 혼자 오는 건 금지야. 이러는 것도 금지고."

"어째서? 왜?"

마음이 맞았는데 더 이상 못 들어올 건 뭐람! 억울하다는 눈빛에 그녀가 옷을 끌어 내리며 자리에서 일어났다.

"민석이가 네 집에서 지내고 있으니까. 어제 같은 일이 빈번하면, 내가 걔 얼굴 보기 민망하니까."

여을이 그의 콧등을 툭 하고 쳤다.

"그게 뭐야."

선의로 한 행동이었지만, 졸지에 최민석의 눈치까지 봐야 하는 상황이 됐다. 결혼도 안 했고, 애도 없는데 최민석이란 아들이 생긴 기분이다.

부부의 시간을 보내려는데 엄마, 아빠랑 같이 있고 싶다며 훼방을 놓는 아들. 유제가 끙 앓는 소리를 내며 여을을 따라 일어났다.

뭔가 억울한 느낌이다. 이번엔 반대로 유제가 팔을 뻗어 그녀의 볼을 감싸 가볍게 입을 맞췄다. 새콤한 과일 향이 났다.

"여기까진 봐주기."

"……좋아."

유제는 그녀가 말랑하고 푹신한 인형이라도 되는 것처럼 꼭 껴안았다. 이 순간을 위해 내내 외로웠고, 여태까지 힘들게 달려온 모양이다. 유제에게 여을은, 기나긴 마라톤 끝에 보이는 결승점, 그리고 사막 한가운데에서 만난 오아시스와도 같았다. 그냥 이렇게 안고 있는 것만으로도 마음이 채워지는 느낌이었다.

"내가 너한테 많이 가벼운 것만큼."

그녀의 어깨에 얼굴을 파묻은 유제가 중얼거렸다.

"너도 나한테 가벼우면 좋겠다."

모든 것들이.

5장.
동병상련

장갑을 낀 손으로 판결문을 뒤적거리던 여을이 빠르게 내용을 훑었다.

'디케이가 짓는 아파트는 개발금지구역이었고, 개발금지구역의 제한이 풀린 건 디케이 쪽에서 뇌물 수수를 했기 때문이다.'라는 기사 내용이 짤막하게 쓰여 있었다.

"그런데 왜 기사 전문은 없는 거지."

납득이 안 된다는 얼굴로 기자 이름에 기사까지 검색해 봤지만 역시 나오지 않았다. 손해 배상액과 더불어 기사를 내리라는 판결문만 나왔다.

하지만 디케이 관련 내용이 있다면, 비단 이 기자뿐만이 아니라 다른 기자들도 좋은 먹잇감이라며 물어뜯었을 텐데. 고개를 한 번 갸웃한 여을이 이상하다는 듯, 흐으음 앓는 소리를 내며 턱을 한 번 쓸었다.

신문사에 관련된 기사 좀 보내달라고 하니, 이미 내린 기사라 안 된다는 답변만 받았던 터라, 그 기자 주소라도 좀 보내줄 수 있느냐고 물어볼까, 라고 생각하며 기록물을 다시 챙겨 넣고는 그녀가 같이 있는 이 선생에게 물었다.

"선생님, 커피 드실래요?"

"어어!"

마찬가지로 흰 장갑을 끼고 기록물을 확인하던 이 선생의 목소리가 크게 울렸다. 그녀가 카디건을 입고 기록실을 나섰다.

일교차가 좀 심한 편이기는 하지만, 봄은 봄인 모양인지 확실히 날이 따뜻했다. 여을이 지갑을 들고 로비에 있는 카페로 향할 때였다.

"어어! 구 선생!"

역시 로비에서 나가려다가 자신을 아는 체하는 목소리에 그녀가 몸을 돌렸다. 평소에는 데면데면한 1차장검사가 아는 척을 하니 조금 혼란스러웠다.

저한테 말을 걸거나, 아는 척을 할 이유가 없는데. 그렇다고 아는 척을 하는 이를 모른 척 넘어갈 수는 없어서 여을이 떨떠름하게 고개를 꾸벅 숙였다.

"안녕하세요."

"어, 그래. 일은 할 만해?"

"네? 아, 네."

부산에 온 지 벌써 몇 년이나 됐는데 적응을 못 할 리가. 1차장검사가 이유 없이 말을 붙이지는 않았을 거다. 따로 원하는 기록물이라도 있나? 그녀의 머리 위로 커다란 물음표가 떴을 때였다.

"총 만이천 원입니다."

카페 종업원의 말에 지갑에서 주섬주섬 카드를 꺼내려는 여을을 막은 건 차장검사 쪽이었다.

"아아, 내가 사줄게. 카드 집어넣어요."

"네?"

이쯤 되면 부탁할 게 있다는 건데. 그녀가 떨떠름하게 인상을 찌푸렸다. 1차장검사가 카드를 내밀고는 몸을 빙글 돌렸다.

"김 검한테 들었는데 말이야."

이놈의 김 검이 진짜. 그녀가 작게 욕설을 중얼거렸다. 유제는 굳이 따지자면 2차장이랑 친한 듯했고, 김 검한테 이야기를 들었다는 걸 보면 김 검은 1차장 라인인가. 아니, 검사도 뭣도 아닌 그녀가 왜 사내 정치에 대해서 신경 쓰고 있어야 하는지 모르겠다. 종업원이 커피 캐리어에 담아 커피를 건넸다.

"새로 온 윤 검이랑 고등학교 동창이었다며?"

"네."

이 선생만큼이나 입이 가벼운 놈이다. 절대로 김 검이나 이 선생 앞에서는 유제와 잘된 분위기는 내뿜지 않아야지. 여을이 속으로 굳게 다짐을 할 때, 1차장검사가 퍽 부담스럽게 치근거렸다. 1차장검사가 더 가까이 다가오자 그녀가 슬쩍 몸을 떨어뜨렸다.

"그런데 그건 왜…… 물어보세요?"

"아니, 아니. 그냥 내가 좀, 윤 검이 궁금해서. 고등학교 때 친했어?"

"고등학교 때요?"

"고등학교 때도 공부 잘했겠지? 위에서 엘리트라고 소문 확 났던데."

고등학교 때 유제는 사채업 하는 조폭을 아버지로 둔 양아치였다. 하물며 그 사채업 하던 아버지가 지금은 디케이의 윤 회장이다. 여을은 이 말을 할 수가 없었다.

이건 뭐랄까, 두 사람 사이에 있는 큰 비밀이었다. 입이 굉장히 무거운 편에 속하는 여을은 예, 라고도 아니요, 라고도 말하지 않았다.

"친했어?"

"그냥, 그냥저냥 아는 사이였어요."

친했다고 말하면 귀찮게 이것저것 물어볼 게 분명했다.

"그럼 별로 안 친해? 지금은?"

"……친하고 말고 할 만한 그런 관계는 아닌 거 같은데. 그냥 평범해요."

1차장검사는, 기다, 아니다, 이렇다 할 것 없이 빙빙 돌려 말하는 여을이 답답했다. 원하는 대답을 듣지 못하자, 그의 미간이 살짝 찌푸려졌다.

그렇지 않아도 인상이 좋은 편이 아닌 상대가 미간을 찌푸리자 꽤 위협적이게 다가왔다. 조폭이 따로 없네. 사람들이 말하는 정치검사가 1차장검사 같은 사람인가.

"그래도 다른 사람보다는 친할 거 아니야?"

"그건 그렇겠죠."

"그럼 윤 검사 지금 만나는 사람 있는지 좀 알아봐 줄 수 있어?"

"만나는 사람이요?"

그 만나는 사람이 바로 자신인데? 아닌가, 두 번 자기는 했지만 관계는 미묘하다. 아, 물론 이 나이쯤 되면 말하지 않아도 아는 그런 관계가 있기는 했다.

여을과 유제는 그런 관계였다. 지금 유제에게 우리가 무슨 관계야? 라고 물어보면 떨어져 나올 대답은 눈에 선했으니까.

반면, 제3자가 이렇게 물어보니까 어떻게 말을 해야 할지 모르겠다. 있다고 말해야 하는지, 모르겠다고 말해야 하는지, 그 상대가 자신이라고 말해야 하는지. 여을은 한참을 머리를 데굴데굴 굴렸다.

"물어보는 거야 어렵진 않지만……."

"아아, 그럼 부탁해! 꼭 좀 물어봐 줘!"

어깨를 팡팡 두드리는 1차장검사에 그녀가 윽 앓는 소리를 냈다. 그냥 김 검한테 물어봐 달라고 하면 될 걸.

아픈 어깨를 주물럭거리며 그녀가 다시 올라가기 위해 걸음을 엘리베이터 쪽으로 돌렸다. 엘리베이터에 타고는 유제가 있을 집무실 층수를 꾹 누르자 막힘없이 쭉쭉 올라가기 시작했다.

띵! 소리를 내며 문이 열리자 제일 먼저 들리는 건 유제의 목소리였다.

"예, 오신다고 고생하셨습니다."

"아유, 아니요. 별말씀을요. 와, 근데 진짜 검사님일 줄은 몰랐는데."

집무실에서 나오는 유제와 민석, 그리고 오토바이 주인이 눈에 들어왔다. 얼추 이야기가 진행된 모양인지 머리를 빡빡 민 오토바이 주인이 민석을 향해 삿대질을 했다.

"너 인마, 내가 검사님 봐서 함 넘어가 주는 줄 알아."

"네, 감사합니다."

"학교 꼬박꼬박 다니고, 그때처럼 뭐, 빵이니 뭐니 그런 얘기

하지 말고. 쯧, **빵**은 먹는 **빵**만 생각해."

그러고는 여을이 있는 쪽으로 뒷걸음질하는 남자의 모습이 보였다.

"누나!"

여을을 발견한 민석이 해맑게 웃으면서 그녀 앞으로 다가왔다.

"얘기 잘 끝낸 모양이네?"

"네. 대학 들어가서 갚는 거로, 대충 이야기 오고 갔어요."

"학교는?"

"다닐 준비 하고 있고요."

싱글벙글 웃는 민석에 그녀 역시 부드럽게 웃었다. 뒤따라 유제의 옆 집무실 문이 벌컥 하고 열렸다.

얼마 전에 이야기를 들은 '미성년자 성매매 가해자들'의 모습에 그녀가 노골적으로 인상을 찌푸렸다.

"최민석, 여기서 다 보네?"

"갈 길 가라."

상대와 별 아는 체를 하고 싶지 않았던 모양인지 민석이 손을 휘휘 저었다.

"신부산파서 빠져나왔다고 하더니 진짜 마음잡고 나온 모양이네. 각 잡고 착하게 살려고?"

비꼬는 어조에 민석이 표정을 일그러뜨렸다.

"야, 꺼져. 뒤지기 싫……."

민석은 말을 하다 말고 여을과 유제의 눈치를 살피다가 손을 한 번 휘저었다.

"꺼져, 걍."

"너 그러다가 형님들한테 걸리면 봉식이 형처럼 칼빵 맞는 거 아니냐?"

"네 앞가림이나 잘해라."

뒤따라 등장한 김 검이 학생의 등을 퍽 밀었다. 유제의 시선이 남학생에게 닿자 남학생이 퍽 건방지게 대꾸했다.

"뭘 봐요."

유제가 어떤 인물인지도 모르게 깝죽대는 남학생에 민석이 고개를 절레절레 저었다. 하룻강아지가 범 무서운 줄 모른다더니 딱 그 꼴이다. 불과 며칠 전의 제 모습을 보는 듯했다. 다만, 저녀석의 불행 중 다행인 점은 담당 검사가 유제가 아니라는 사실이었다.

"아는 사이냐?"

"같은 고등학교 출신이기도 하고, 저 거기 있을 때 룸살롱에서 몇 번 봤어요."

"룸살롱?"

"쟤들이 여자 데리고 와서 노는 꼬락서니를 몇 번 본 적이 있거든요."

가면 갈수록 목소리가 작아진다. 반성하고 새롭게 살아보려고 할 때마다 과거가 민석의 발목을 콱 하고 잡아챘다.

"근데 쟤들이 봉식이란 사람을 어떻게 알아? 그리고 그 사람 칼 맞았다고?"

"룸살롱에서 마주친 적 있어요. 봉식이 형이 저랑 쟤들이 같은 학교 출신인 거 알고 훈계 비슷한 걸 좀 해서요. 여하튼 그중에 여자애 한 명 빼서 자기들이 성매매 한 거고요. 그리고 쟤들이 그런 걸 어떻게 알아요. 그냥 한 말이에요."

결국 구치소로 가는 뒷모습까지 마저 확인한 김 검이 지친다는 듯 어깨를 축 늘어뜨렸다. 저가 판사라면 저런 놈들을 감옥에서 한 30년은 있으라고 하고 싶었다.

판사 앞에서만 반성한다는 점 그리고 미성년자라는 점 때문에 형량을 적게 받을 걸 생각하니 열불이 났다. 그리고 다시 나와서 아무렇지 않은 척, 일반 사람처럼 살아갈 걸 아니 더 답답했고. 화와 답답함이 동시에 몰려오자 고구마를 물 없이 백만 개 쯤은 먹은 기분이다.

"저것들 지인짜 비협조적이네요. 한 대 콱! 때려주고 싶은 거 참았는데."

김 검이 한숨을 푹 내쉬었다. 그러고는 유제와 민석, 그리고 여을을 번갈아 봤다.

"근데 앤 구 선생님을 어떻게 알아서 누나, 누나 합니까? 구 선생님, 합의해 주셨어요?"

"대충요."

"구 선생님이랑 친한가 보다?"

김 검의 물음에 민석이 떨떠름하게 고개를 끄덕였다.

"그야 그럴 게 저 윤 검사님 집에서 지내거든요."

"윤 검사님 댁에서? 근데 왜 구 선생님이랑 친해?"

"아, 그게 누나가⋯⋯. 윽!"

더 이상의 정보가 나가는 걸 막기 위해 여을은 민석의 등을 아프게 꼬집었다. 동시에 사람 손에 잡힌 지렁이처럼 민석이 몸을 꿈틀거렸다.

"누, 누나?"

"민석아?"

평소와 달리 다정하게 웃는 낯이다. 공부 머리는 없으나 눈치는 빠른 민석이 빠르게 입을 다물었다. 쓸데없는 정보 흘리지 말라는 눈짓이다. 대충 고개를 주억거리자, 김 검이 짧게 툴툴거렸다.

"뭐야, 왜 두 사람만의 비밀이에요. 뭐 숨기는 거 있어요?"

"딱히."

"아닌 거 같은데. 두 분 사이에 무슨 일 있는 거 같은데. 저번에 바닷가에서 윤 검사님이 외투 빌려준 것부터가 심상찮았는데?"

여을이 입을 다물었다.

"솔직하게 말씀하시죠? 두 분 고등학교 동창뿐만이 아니라 무슨 관계가 있죠?"

김 검이 계속 여을을 닦달하는 게 보기 싫었던 유제가 입술을 달싹였다.

"아뇨?"

휙! 소리가 나게끔 유제와 민석의 시선이 여을에게 쏠렸다.

"아무 사이 아닌데요."

유제는 제 어깨 위로 1톤짜리 돌덩이가 떨어진 거 같다고 생각했다.

웃으면 안 되는데 막상 유제의 얼굴을 보니 웃음이 터지려고 했다. 주먹을 말아 쥐는 걸로 웃음을 삼킨 여을은 뻔뻔한 얼굴을 했다.

뻔뻔한 여을, 뒤통수 맞은 유제, 그리고 그 사이에서 눈치를 보고 있는 민석.

아무 사이 아닌 게 아닌데 왜 이렇게 말을 하는지 몰라 두 사람 사이에서 한참 고민하던 민석은 현명하게 자리를 피하기로 했다. 민석은 김 검의 등을 꾹 밀었다.

"김 검사님, 저 스무디 사주면 안 돼요?"

"뭐야? 너 나 아는…….”

"딸기 스무디 먹고 싶어요! 근데 제가 오천 원밖에 없네!"

그러면서 계단 쪽으로 다시 한 번 밀었다.

"아니, 난 구 선생님이랑 윤 검사님한테 묻고 싶은 게……!"

"김 검사님 눈치 없다는 소리 많이 듣게 생겼는데, 실제로 많이 듣죠?"

참다못한 민석이 꽤나 직설적으로 물었다. 실제로 여자친구나 이 선생님에게 많이 들었던 소리라 김 검이 움찔했다.

"아, 아니거든!"

두 사람의 목소리가 점점 멀어졌다. 팔짱을 낀 유제가 비뚜름하게 웃었다.

"아무 사이도 아냐?"

불만스럽다는 게 노골적으로 드러났다. 생각해 보면 윤유제는 늘 자신의 앞에서만 표정 변화가 다채로웠다. 마치 지금처럼.

"두 번이나 먹고 버리겠다?"

결국 참지 못한 여을이 큽, 소리를 내면서 웃음을 터뜨렸다. 청량한 웃음소리와 더불어 재밌어 죽겠다는 여을의 표정에 유제가 인상을 찌푸렸다.

"너 그거 알아?"

작게 끅끅거리던 여을이 억지로 웃음을 멈추었다. 말을 하고 싶은데 유제의 얼굴을 보면 자꾸만 웃음부터 나왔다.

해명이 늦어질수록 유제의 심기가 불편해진다는 걸 아는데 멈출 수가 없었다.

"아, 웃기다."

그녀가 작게 중얼거렸다.

여을이 하고 싶은 말이 뭔지 알 수 없던 유제가 미간만 찌푸린 채로 그녀가 입을 열기를 기다렸다.

"뭐가?"

"너 지금 되게 귀여워. 알아?"

"귀여워? 내가?"

이 키에, 이 덩치에, 이 인상에? 믿겨지지도 않고, 믿을 수도 없었다. 유제가 검지로 스스로를 가리키며 되물었다. 그리고 그 것이 마치 '해는 동쪽에서 뜨고, 서쪽에서 진다.'처럼 당연한 진리인지 여을이 고개를 크게 끄덕였다.

사실 여을도 마찬가지였다. 저 키에, 저 덩치에, 남자다운 저 인상이 귀엽다고 느껴지는 게 놀랍긴 놀라웠다. 그녀가 입술을 꾹 다물었다가 열었다.

"너무 귀여워."

이런 게 세간에 말하는 콩깍지인 건가?

반면, 유제는 어이가 없었다. 누가 누굴 보고 귀엽다고 말하는 건지 모르겠다. 윤유제와 구여을, 둘 중에 누가 귀엽냐고 청사 내 사람들에게 모두 물어봐도 답은 정해져 있다.

가장 가까이 있는 민석이나 김 검, 그리고 이 선생부터가 여을 쪽이 훨씬 더 귀엽다고 말할 거다.

끼고 있던 팔짱을 푼 유제가 순식간에 그녀에게 훅 다가갔다. 동시에 여을이 눈을 데구르 굴리다가 한 걸음 물러섰다.

"내가 귀엽다고?"

한 발자국 더 가까이 다가오자, 당연한 수순으로 여을의 걸음도 한 발자국 더 뒤로 물러졌다.

"……음, 귀엽다는 말이 기분 나빴는지 몰라도……."

그녀가 능청스럽게 어깨를 으쓱였다.

"사실인걸?"

여을의 등이 집무실 맞은편에 있는 비상구 계단 쪽에 딱 닿았다. 그걸 노린 유제가 손을 뻗어 자연스럽게 비상구 계단 문을 열었다.

동시에 그녀가 어어! 소리를 내며 등 떠밀리듯 비상구 계단 안으로 들어갔다. 커피 캐리어 안에 있는 커피가 살짝 출렁이는 게 느껴졌다.

뒤따라 들어온 유제가 비상구 문을 닫고 여을을 바라봤다. 괜히 귀엽다고 했나. 그런데 귀여운 걸 어떡해. 누가 이렇게까지 귀여우랬나. 이건 전부 윤유제가 귀여운 탓이었다.

하지만 여을은 이 말을 꺼내면 그가 싫어할 게 분명했으므로 속에만 담아두었다.

"밤에 있었던 일 생각하면."

그가 어이없다는 듯 웃었다. 이 상황이 목이 타는 건지 목을 조이고 있던 넥타이도 살짝 느슨하게 풀어냈다. 의외로 귀여운 모습을 발견해서 즐거웠는데, 지금 이렇게 보니 또 마냥 섹시하다.

"마냥 귀엽진 않을 텐데?"

유제의 물음에 여을이 잠시 딴청을 피웠다. 밤에 있었던 일이 떠올랐기 때문이다. 확실히 밤에는 귀엽지 않았지.

거칠었고, 섹시했고, 또한 짐승 같았다. 여을이 그에게 시달렸던 기억을 잠깐 떠올렸다. 그녀가 손을 뻗어 넥타이를 잡고 제 쪽으로 잡아당겼다.

쪽, 여을의 입술이 유제의 입술에 짧게 닿았다. 바로 앞에 유제의 얼굴이 보였다. 제 립스틱이 살짝 묻은 입술이 눈에 들어왔다.

"그건 그렇지만."

유제가 느끼기에 여을은 사람 심장을 들었다, 났다가를 잘하는 여자였다. 특히나 자신의 심장을 말이다. 여기가 직장 내 비상계단인 것도 전부 잊고, 유제가 저돌적으로 다가가려고 하자 그의 입술에 그녀의 손가락이 닿았다.

막는 여을의 엄지에 그가 인상을 찌그렸다. 지금 당장 갈증이 나는데 막고 있으니 답답했다. 반면, 사람을 안달 나게 해놓고서는 혼자 태평한 여을이 보였다.

여을은 그의 입술에 묻은 립스틱 흔적을 엄지로 슥 닦아냈다.

"그래도 귀여워."

씩 웃는 여을에 유제가 움찔했다. 안달 난다는 표현으로는 부족했다. 그의 마음은 이보다 좀 더 노골적이었다.

이내 유제가 그녀의 엄지를 입에 넣고 살짝 빨아 당겼다. 손가락 끝에서 느껴지는 혀의 감촉에 그녀가 움찔했다. 엄지를 아프지 않게 앙, 한 번 문 유제가 대답했다.

"너 때문에 안달 나."

또한 흥분됐다. 그의 머릿속에서는 여기가 청사만 아니라면, 지금이 낮이 아니었다면, 이라는 생각만 둥둥 떠다녔다.

지금 누가 할 말을 누가 하는 건지. 그럼에도 불구하고 그녀는 모르는 척 손을 탁 뺐다.

"나도."

여을의 입에서 나온 말은 전혀 달랐지만. 전혀 그렇지 않은 표정으로 긍정의 대답을 하는 그녀에 유제가 놀란 얼굴을 했다.

그런 그를 뒤로한 채 그녀가 비상구 계단을 벗어났다. 그녀가 후다닥 3층으로 내려가자 위로 올라오던 김 검과 민석이 고개를 갸웃했다.

"윤 검사님은요?"

"모르겠는데."

유제 앞에서 지었던 표정은 사라지고, 평소와 다를 거 없는 얼굴이었다. 시치미를 뚝 뗀 그녀가 기록실 안으로 들어갔다.

"원두 가지러 아프리카까지 간 줄 알았다."

그녀의 기척에 이 선생이 밉지 않게 타박했다.

"죄송해요."

여을이 짤막한 사과를 하면서 테이블 위에 커피를 올려두었다. 살짝 식은 커피를 홀짝이고는 다시 흰 장갑을 양손에 끼었다.

"작년 사건기록물이 어디 있더라……."

1심 재판 날짜가 5월 말인 게 눈에 들어왔다.


"작년 이맘때였던 거 같아요."


여을은, 미묘하게 비슷한 시기라는 생각이 들었다.

"아이고~ 제가 많이 늦었습니다!"

분위기 좋은 한정식 식당의 방을 열자, 익숙한 면면들이 눈에 들어왔다. 조금 멋쩍은 듯 1차장검사가 신고 있던 구두를 벗고 안으로 들어왔다.

만나기로 약속했던 점심시간보다 그리 늦은 건 아니지만⋯⋯. 1차장검사가 크음, 헛기침을 했다. 윤 회장의 등장에 부리나케 온 이들과 비교해 보면 자신은 꽤 늦은 편에 속했다.

"앉으세요."

윤 회장이 부드럽게 웃으면서 자리를 권했다. 1차장검사는, 윤 회장이 부산에 내려오자 주인님 맞이하는 개처럼 달려온 부산 지역 국회의원 옆에 엉덩이를 붙였다.

가장 중앙은 역시 이 자리를 만든 윤 회장, 그리고 그를 둘러싼 지방 신문사의 부사장과, 국회의원 몇, 그리고 검찰청의 1차장검사인 자신까지.

"어휴, 며칠 전에 입원하셨다는 기사 봤습니다. 제가 연락을 한 번 드렸어야 했는데요."

자신이 오기 전 다른 사람들도 다 했던 말일 거다. 1차장검사의 말에 윤 회장은 별다른 반응이 없었다. 그는 기민하게 윤 회장의 기색을 살폈다.

조폭 출신으로, 기업 뒷구멍 닦아주다가 회사를 키운 사람이다. 내로라하는 대기업들처럼 성골, 진골 출신은 아니라지만 진골 출신 가깝게 다가간 인물이다.

사업 확장력이나, 기업을 키우겠다는 욕심이 어마무시했다. 조폭 보스 출신이라고 욕했지만, 밀어붙일 때 보이는 과감함이나 결단력은 모두가 인정하는 바였다.

"어떻게 부산까지 오셨습니까."

물수건으로 손을 슥슥 닦던 1차장검사가 물었다. 침묵을 유지

하던 윤 회장이 이제야 입을 한 번 열었다.

"올 때가 됐으니, 한 번 와야 하지 않겠습니까."

윤 회장이 티슈 한 장을 뽑고는 입가를 닦아냈다.

"우리 서 의원님 선거도 축하드려야 하고요."

"감사합니다."

서 의원이 빙그레 웃었다. 1차장검사는 목이 바짝 말랐다. 서 의원의 당선을 축하한다는 말을 하기는 했지만, 어째서 굳이 이렇게 내려왔으며 같이 밥 한번 먹었으면 좋겠다는 이야기를 한 건지 그는 알 수 있었다.

바로 이번에 내려온 윤유제 때문이겠지. 그 엘리트 출신이 디케이를 건드리는 바람에 괜히 저까지 심장이 쫄깃쫄깃해졌다.

"안 드시고 뭐 하십니까. 다들 드세요. 가격은 신경 쓰지 않으셔도 됩니다."

부산 사투리 사이에서 서울 말씨가 유일하게 툭툭 튀었다. 나긋하기는 했으나, 카리스마 있는 어투에 검사가 마른침을 꼴깍 삼켰다.

젓가락 움직이는 소리가 들리고, 음식 씹는 소리가 조심스럽게 들렸다. 이 숨 막히는 회동에 어느 누가 침묵을 끊어주기만을 바랄 때였다.

"이번에 디케이 아파트 건설한다는 거 빵빵 띄우고 있습니다."

자리에 있던 이들의 시선이 신문사 부사장에게 닿았다.

"바닷가가 눈앞에 있는 아파트 아닙니까, 조망권하며 브랜드 값하며, 천정부지로 값 오를 겁니다."

아직 완성되지는 않지만, 완성되는 것도 금방일 거다.

"저희가 팍팍 밀어드리겠습니다."

"저희가 성의 표시도 해야 하는데 말입니다. 서 의원께서 도와 주셔서 일이 쉽게, 쉽게 진행되네요."

"제가 윤 회장님한테 도움받은 거 생각하면 이 정도야 당연한 거 아니겠습니까."

하나둘씩 아부하는 말에 1차장검사의 입만 바짝바짝 말랐다. 소송이 끝난 지금, 자신이 윤 회장에게 보일 역할이 크게 없었다.

입이 바싹 마르는 감각에 그가 물을 한 모금 마셨다. 하물며 디케이를 건드린 윤유제가 부산으로 왔으니 더 처치 곤란한 상태였다.

"저번에 그 기자 때문에 많이 곤란하셨지요? 이거 참, 저희도 죄송해서."

"……."

윤 회장은 별말이 없었다. 생각해 보면 이 자리에 들어와서 바쁘게 입을 놀린 건 신문사 부사장과 서 의원, 그리고 검사인 자신뿐이었다.

이렇다 할 부탁도 없는 윤 회장의 모습에 다들 안절부절못하는 꼴이 퍽 안쓰럽기도 했다.

"그 기자는 저희 선에서 다 해결했으니까 너무 걱정하지 않으셔도 됩니다."

생각해 보면 저 신문사도 부사장이 저 인간으로 바뀌고 나서는 디케이 관련 기사는 죄다 호평만 올라왔다. 김 부사장이 위에서 죄다 커트 시킨 모양이리라. 아마 디케이 관련 기사를 쓴 기자도 회사에서 잘렸겠지. 쉽게 상상이 가는 처우였다.

"잘됐네요."

당연하게 해야 할 일을 큰일 했다는 듯이 말하는 부사장이 어이가 없었으나, 윤 회장은 짧게 한마디만 했다.

자신이 이 로비에 들인 돈들이 얼만데 그 정도는 부사장이나 서 의원이 자신을 위해서 당연히 해야 할 일이다. 윤 회장은 이 자리에서 슈퍼 을이었다.

보통 돈을 주며 굽신거리며 부탁을 해야 하는 입장이지만, 윤 회장이 가진 자본력이 막대하니 오히려 굽신거리는 이들이 소위 슈퍼 갑이라 할 수 있는 언론, 법, 정계의 인물들이었다.

"박 검사님."

이야기를 가만히 듣고만 있을 때 윤 회장이 저를 부르자 1차 장검사는 흠칫했다.

"예, 윤 회장님."

"그런데 새 검사 내려왔다고 하던데."

"아, 윤유제 검사 말씀하시는 거지요?"

괜히 사고치지 않게 잘 감시하라는 말이겠지.

"윤 검사는 크게 걱정 안 하셔도 됩니다. 제가 잘 말해두겠습니다."

1차장검사인 박 검사는, 윤 회장이 2차장검사랑 벌써 저녁을 한 번 먹었다는 이야기를 들었다. 어떤 이야기를 나누었는지 모르니 그의 입장에서는 꽤나 속 탈 일이었다.

"예의 주시하고 있을 터이니 너무 신경 쓰지 마시고……."

"부산에 좀 오래 있을 예정인데."

윤 회장이 그의 말을 싹둑 잘랐다. 입 다물고 듣고 있으라는 신호에 박 검이 입을 꾹 다물었다. 젓가락을 내려놓은 윤 회장이 박 검을 똑바로 바라봤다.

"윤 검사 좀 보고 싶은데 자리 좀 만들어줄 수 있나 싶어서 말입니다."

"……윤, 검사를요?"

도대체 왜? 윤 회장 입장에서는 꼴도 보기 싫을 인간일 거다. 덕분에 검찰 소환 직전까지 갔으니 더더욱.

"서울에 있을 때도 몇 번이나 만나고 싶다고 뜻을 내비쳤는데."

윤 회장이 제 컵에 물을 조르륵 따랐다. 배포가 큰 사내처럼 허허, 하고 웃는 소리가 조금 오싹하게 느껴졌다.

"들은 척도 하지를 않더군요."

"……."

"얼마나 바쁜 사람인 건지 궁금하기도 하고."

하물며 제 피가 섞인 아들 놈이다. 병원에 입원했었다는 이야기를 못 들었을 리도 없는데 안부 전화 한 통 없는 녀석에 윤 회장이 비뚜름하게 웃었다.

"제 말이 아니라 박 검사님 말이면 들을 거 같기도 하고요."

윤 회장이 만나자고 하는데 거부했다는 말이다. 디케이를 건들 때부터 알아봤지만 어지간하게 간덩이가 부은 녀석이라고 박 검이 짧게 생각했다.

"경상도 말로는 윤 검사 같은 사람을 시근머리 없는 놈이라고도 하던데, 따악 그 꼴 아닙니까?"

"그러게 말입니다."

윤 회장을 필두로 시작해서 하하! 허허! 웃는 소리가 방 안을 가득 채웠다. 윤 검을 보고 철없고 세상 물정 모른다고 노골적으로 말을 하자 박 검사도 고개를 끄덕였다.

"그러게 말입니다. 어떻게 그렇게 세상 물정 어두운지. 그 나이대는 보통 정의감이 넘쳐서 똥오줌 못 가리고 덤벼들기는 하지요!"

박 검 역시 어설프게 웃으면서 맞장구를 쳤다.

"제가 윤 검 설득하도록 하겠습니다."

"예에. 박 검사님 덕분에 든든합니다."

윤 회장이 그의 앞으로 메뉴판을 내밀었다.

"더 드시고 싶은 게 있으시면 시키시지요."

박 검이 메뉴판을 조심스럽게 받아 들고 펼칠 때였다.

"저번에 그 기자랑 한 형사소송 끝났잖습니까."

"예."

기자 쪽이 손해배상을 하는 걸로 결국 일이 마무리가 됐다. 보통 그런 판결이 쉽게 나오기도 했고. 박 검은 눈으로 메뉴판을 대충 훑었다. 평소라면 쉽게 오지 않는 고급 한정식 가게이다 보니 음식들 값이 죄다 비쌌다.

"판결문은 아직 청사에 남아 있겠지요?"

"네."

당연한 일이다. 무슨 이야기를 하고 싶은 건지 몰라 박 검이 슬쩍 고개를 들었다. 여전히 자신을 바라보고 있는 윤 회장에 그가 마른침을 삼키고는 메뉴판을 내려놓았다.

"사건기록도 아직 남아 있을 거고."

"그렇…… 지요."

"사건기록은 언제 폐기한답니까?"

"그건 제 일이 아니라서 잘 모르긴 하지만……."

그쪽 일은 청사를 나올 때 만났던 구여을같이 관리직이 하는 일이었다. 판결문이나 결정문은 영구 보존 기록물로 알고 있었고, 손해배상 같은 판결이 나올 때는 어느 정도 보관하다가 기록물을 폐기하는 걸로 알고 있다.

"3년인가 4년인가 그 정도 지나면 폐기하는 걸로 알고 있습니다."

"기록 폐기시키려면 그럼 그만큼 기다려야겠네요?"

"예."

기록물관리는 제 담당이 아니다 보니 그렇다. 시간이 지나야 없어지는 기록들이다.

"근데 생각해 보면 말입니다."

"……."

"이미 판결이 났고, 그 기자가 저희 그룹에 손해배상 하는 걸로 이야기가 마무리 되었는데."

침묵이 유지됐다. 그 기사를 나오게 했던 신문사 부사장이 눈치를 살피며 큼큼 헛기침만 했다. 이 일에는 큰 연관이 없는 서 의원은 그저 이야기만 듣고 있을 뿐이었다.

"그걸 꼭 3, 4년 지나갈 때까지 들고 있어야 될 이유는 없는 거 같은데."

"그건 그렇지만, 그게 제 담당 관리가 아니다 보니……."

"어휴, 청사에서 우리 1차장검사인 박 검 손과 눈길이 안 닿는 곳이 어디 있겠습니까."

박 검이 입술을 꽉 깨물었다.

"괜-히 윤 검사가 이미 끝난 일 뒤적거리다가, 그게 불쏘시개 노릇 하면 안 되잖습니까. 그랬다가는."

윤 회장의 시선이 신문사 부사장에게 닿았다.

"우리 부사장님도 난처해질 거고."

그 다음은 서 의원에게 닿았다.

"서 의원님도 마찬가지일 거고."

"……."

"줄에 엮인 고구마처럼 줄줄이 나올 텐데 말이죠. 게다가 이 거, 이거 괜히 잘못돼서 들어가게 되면 우리 의원님, 박 검사, 최 부사장, 누가 챙겨줍니까. 예?"

정적이 내려앉았다. 발만 담갔었느냐, 무릎까지 담갔느냐, 아 님 목까지 담갔었느냐의 차이일 뿐이지 이 자리에 있는 이들 모 두가 공범이었다.

"잘 부탁드립니다?"

윤 회장은 이내 박 검이 내려놓았던 메뉴판을 가리켰다.

"어서 고르세요."

윤 회장이 음흉하게 웃었다.


여을은 기자 쪽에서 제출했던 증거를 비롯한 사건기록들을 전 부 살피기 시작했다. 그중 증거에는 보이지 않았던 기사 내용도 있었다.

흰 장갑을 낀 채로 조심스럽게 기사를 꼼꼼히 살피던 여을의 미간이 슬쩍 좁혀졌다. 기사가 작성된 날짜는 4월 말이었다. 기 사 내용도, 1심 재판의 날짜도 전부 이맘때라는 민석의 말과 겹 쳐졌다.

"이건 뭐야……."

기사 다음에 있던 건 사진이었다. 사진과 기사를 번갈아 보던 그녀가 짤막하게 숨을 들이켰다. 기사 내용은 아주 간단했다.

국회의원이 뇌물을 받았다는 내용이었다. 서 의원은 말도 안 되는 소리라며 바로 고소 준비를 한 모양이었고……

"이 선생님."

"어어?"

"혹시 작년 이맘때 행사 뭐 있었는지 아세요?"

"검찰청 행사?"

"뭐, 아무거나요."

여전히 기록을 보고 있던 여을이 물었다. 바로 근처에 있던 이 선생에게서 글쎄, 라는 말이 흘러나왔다.

"잘 모르겠는데. 이 나이 되면 바로 일주일 전 일도 까먹고 그러더라."

"충분히 젊으신데요."

여을의 목소리에 영혼이 없었다. 보고 있던 사건기록을 전부 챙긴 여을이 고민했다. 한 질을 복사해서 유제에게 보여줘야 하나.

"이 선생님."

그녀가 바로 옆 칸에 있던 이 선생을 불렀다. 폐기될 기록물을 전부 빼고 있는 이 선생이 눈에 들어왔다.

"무슨 일이야?"

"혹시 작년 캘린더 있으세요?"

"해 바뀐 지가 언젠데 작년 캘린더가 있어."

하긴, 해가 바뀐 지 벌써 4개월이 지났다. 전부 버리고도 남을 시기였기에, 그녀가 끙 앓는 소리를 내고는 기록실 테이블 쪽으로 후다닥 뛰어 들어갔다.

저도 받긴 받았는데, 안 써서 서랍에 처박아 뒀던 기억이 어렴풋하게 남아 있었다. 서랍을 하나씩, 하나씩 뒤져 보지만 작년 캘린더는 보이지 않았다.

"개똥도 약에 쓰려면 없다더니."

그녀가 혀를 쯧, 찼다. 마지막 서랍 한 칸까지 탈탈 털어보자 재작년 캘린더와 더불어 바로 작년 캘린더가 눈에 들어왔다.

그녀가 바로 작년 달력 일정표 쪽으로 넘겨 4월을 찾았다. 4월 10일이 임시공휴일로 표시되어 있었다.

"이 선생님."

"어휴, 왜 자꾸 찾아!"

"작년에 투표하셨어요?"

"투표?"

여을은, 자신이 기억하지 못했던 이유를 알았다. 평소 만사가 귀찮은 여을이 사전투표로 먼저 투표를 끝낸 뒤 선거 당일날을 그저 평범한 휴일이라 생각하고 넘어간 탓이었다. 여을은 스스로의 멍청함에 머리를 쥐어뜯고 싶었다. 폐기될 기록물을 전부 챙긴 이 선생이 얼굴을 내밀었다.

"했지. 그러고 보니까 작년에 총선 있었네."

"……."

"근데 그건 왜?"

역시 기록물을 보는 게 정답이었다. 여을은 작년 캘린더를 덮었다. 궁금했던 부분이 속 시원하게 해결되자, 그녀가 한결 개운한 얼굴을 했다.

작년 이맘때 봉식이란 사람이 승합차에 돈을 실었고, 작년 이맘때 총선이 있었고, 기자 한 명이 뇌물 수수 사건을 기사로 썼다고 했다. 그렇다면 그 승합차가 누구에게 갔을지 눈에 선했다.

서 의원에게 갔다는 말과 일맥상통한다. 다만, 이건 여을의 가

설일 뿐이다.

"어휴, 저기 기록물 비니까 훤하다. 물론 다른 서류로 채워지 겠지만."

한가득 쌓여 있는 서류들을 두 사람이 끙차 소리를 내며 들었 다. 묵직하다.

"이제 사람 올 시간이니까 들고 내려가면 되겠네."

"네."

두 사람이 전부 들고 왔다 갔다 하기에는 많이 무거웠다. 한 손으로 억지로 문을 열고 기록실을 나오자, 검찰청이 제집인 것 처럼 스무디를 쪽쪽 빨며 돌아다니고 있는 민석이 눈에 들어왔 다.

"제가 도와드릴게요!"

"안 돼."

평소라면 도와주면 고맙다고 말하겠지만, 민석은 청사 내의 일반인이었다.

"무거울 텐데. 도울게요."

"일반인은 반출할 위험이 있어서 안 돼용."

이 선생이 장난스럽게 대꾸했다. 민석이 그런 짓 안 하는데, 라고 짧게 중얼거리자, 그녀가 조금 미안한 얼굴을 했다.

"마음은 고마워, 학생."

"아…… . 중요한 거예요?"

"나름?"

기록물로서의 역할도 오늘이 전부 끝이지만. 개인정보들이 한 가득인 사건기록물들이고, 철이 든 것처럼 보이는 민석이 그럴 거 같지는 않았지만…… . 조심해야 할 부분은 조심하는 게 좋았다.

"김 검! 와서 좀 들어!"

"아씨, 나만 부려 먹어."

김 검을 빠르게 발견한 이 선생이 그를 불러댔다. 매번 파쇄업체가 왔을 때마다 중노동을 겪은 김 검이 발목이 잡혀서는 왔다.

같은 검사는 괜찮다고 생각한 모양인지 민석이 유제의 집무실로 후다닥 뛰어갔다. 이내 3분도 채 지나지 않아, 계단으로 내려오는 유제가 여을을 발견하고는 그녀가 들고 있는 박스를 훌쩍 들었다.

"무겁잖아."

"고마워."

"더 있어?"

"어."

그녀가 기록실 안으로 들어가서는 박스를 하나 안고 다시 나왔다. 김 검, 이 선생, 여을과 유제. 이렇게 총 네 사람의 손에는 박스가 하나씩 들려 있었다.

서 의원에 관한 이야기를 하려고 해도 앞에 이 선생과 김 검이 있는 바람에 그럴 수가 없었다. 평소라면 계단으로 내려갔겠지만, 박스 때문에 네 사람 전부가 엘리베이터를 이용했다.

"근데 이거 다 뭡니까?"

"윤 검은 처음 보나 봐요? 보존 기간 만료된 사건기록물들이에요."

"오늘 파쇄 업체 오는 날이거든요. 올 때마다 일이네요, 일이야."

이 선생이 짧게 투덜거렸다. 엘리베이터가 띵! 소리를 냈다. 파쇄 전문 업체 사람들이 로비 앞에 있는 게 눈에 들어왔다. 무겁기는 진짜 무겁다. 여을의 입에서 얼핏 앓는 듯한 소리가 나오자, 유제가 말했다.

"나한테 줘."

"한 번에 두 박스 다 못 들어. 그리고 코앞인데 너한테 주는 거 되게 유난이야. 너 없을 때 다 내가 했던 거고."

바람이 불면 날아갈까, 파도가 치면 휩쓸려 갈까 걱정하는 사람 같았다. 그렇게 약하지 않은데 약한 사람처럼 보는 유제에 그녀가 픽 웃고는 정문 앞으로 걸어갔다.

"아, 차장검사님."

1차장검사를 제일 먼저 발견한 김 검이 박스를 내려놓고는 허리를 꾸벅 숙였다.

"들어오십니까."

"어어, 그래."

차장검사가 한가득 나와 있는 박스를 보며 물었다.

"이것들 다 뭐야?"

"보존 기간 만료된 서류들입니다. 파쇄 예정이어서요."

"그래?"

박스를 스윽 쳐다보던 박 검이 여을을 바라봤다. 눈이 딱 마주치는 순간, 여을이 움찔했다. 유제도 있으니 여자친구의 유무에 대해 다시 물어보려나 싶을 때였다.

"여기에, 사건기록물들도 있나?"

그러나 1차장검사의 입에서 나온 건 전혀 다른 말이었다. 평소에는 이런 거에 관심도 안 가지는 사람이 물어보니 조금 이상했다. 그녀가 약간 떨떠름하다는 느낌으로 대꾸했다.

"네."

"······그래? 알겠네. 파쇄 잘 하고······. 참, 윤 검."

"네."

같이 박스를 들고 있는 유제를 향해 차장검사가 빙긋 웃었다.

"다음에 시간 좀 내주게. 하고 싶은 말이 있어서 말이야."

"알겠습니다."

그 대답이 만족스러운지 1차장검사가 그의 어깨를 툭툭 두드리고는 안으로 들어갔다. 이상하게 꺼림칙한 기분을 지울 수가 없었다.

파쇄될 용지들을 전부 승합차에 넣은 여을의 눈에 들어오는 모습이 하나 있었다. 꾀죄죄한 차림에 얼핏 보면 노숙자라고 말을 해도 이상하지 않은 나이 든 남자였다.

"······아버지?"

"응?"

완연한 봄인데도 남자는 털모자를 꾹 눌러 쓰고 있었다. 아닌가······? 여을이 눈을 갸름하게 뜰 때였다.

"아버지라고?"

여을이 한 말을 이 선생이 되풀이했다. 여을의 시선이 닿는 곳에는 웬 노숙자 한 명뿐이었다. 여을의 아버지가 노숙자일 리는 없고······, 또 그녀는 분명 부모님 두 분 다 돌아가셨다고 했다.

"구 선생 아버지 돌아가셨다며?"

"네? 아, 네. 그, 그랬죠."

죽지 않았다. 몇 번이고 죽기를 바랐지. 여을이 어설프게 웃으며 고개를 돌렸다.

늦은 밤, 청사 앞에 와 있는 여을이 뒷목을 쓸었다. 부담스러워하면 어쩌지. 옆에는 유제가 요깃거리를 할 만한 게 손에 들려 있었다.

자신이 너무 오버하는 건가 싶기도 하고. 여기까지 왔는데 돌아가기도 뭣하고……. 한참을 고민하던 여을이 집무실 문을 열었다. 원래라면 계장이 앉아 있어야 할 자리는 텅텅 빈 상태였고, 안쪽 집무실에 불빛이 나오는 게 눈에 들어왔다.

"후."

인기척을 느낀 모양인지, 집무실 안에서 덜커덩 소리가 들리며 문이 열렸다.

"누구세……, 어?"

여을을 발견한 유제가 눈을 동그랗게 떴다.

"퇴근한 거 아니야?"

"맞아."

"근데 왜 아직 청사에 있어? 최민석이랑 사이좋게 돌아갈 땐 언제고."

여섯시 정각 땡! 하자마자 누나랑 가볼게요! 하면서 갔던 그 얄미운 얼굴이 떠올랐다. 도대체 뭐 때문에 여을이 민석에게 그렇게 잘 해주는지 모르겠다. 열아홉 고등학생을 상대로 이런 질투를 하는 게 너무 못났다. 하지만 부러웠다. 지금 최민석이 갖고 있는 이용권이 몇 개인가.

구여을이랑 같이 저녁 먹기, 같이 퇴근하기. 누가 보면 최민석이 더 남자친구라고 생각하겠다. 왜 저는 늘 일이 많아서.

"그래서 다시 돌아가?"

유제의 말에 여을이 집무실 문을 열려는 시늉을 하자, 그가 빠르게 문을 닫았다.

"가라는 말은 안 했어."

"솔직하지를 못 하네. 그냥 와줘서 고맙다고 하면 안 돼?"

"……너무 당연한 거라서 말을 안 한 건데. 들어올래?"

출근했을 때와는 다르게 조금 느슨해진 모습이다. 이미 벗어둔 재킷하며, 팔꿈치까지 걷어 올린 와이셔츠, 그리고 풀어진 넥타이.

또각, 또각. 그의 집무실 안으로 들어가는 걸음 소리가 유독 선명하게 울렸다. 작은 방에, 특히 유제의 책상 위에 서류가 한가득 있는 게 눈에 들어왔다.

맡고 있는 부분이 여러 개다 보니까 더 그런 듯했다.

"근데 숨긴 건 뭐야?"

유제의 물음에 그녀가 눈을 데구륵 굴리다가 들고 있던 걸 책상 위에 올렸다. 작은 종이백 안에 있는 건 도시락이었다.

"도시락. 주먹밥 좀 싸봤어. 민석이도 같이 했다?"

"둘이서 신혼부부 흉내 좀 내본 모양이지?"

유제가 웃으면서 물었다. 얼굴에는 미소가 있지만, 그 속내는 질척한 질투라는 걸 알기에 그녀가 기분 풀라는 듯 웃었다.

"신혼부부가 아니라, 엄마 도와주는 아들 아닐까?"

"……."

"남편은 여기 있고."

여을이 눈짓으로 유제를 가리켰다. 그녀는 늘 예상치도 못한 순간에 훅 치고 들어온다. 비상구 계단에서처럼. 기시감이 느껴지는 눈빛에 여을이 모르는 척 시치미를 뚝 뗐다.

지금 이곳, 이 시간에 비상구에서 있었던 일이 일어나면 모르는 척하면서 빠져나오기가 어려울 거다.

여을은 종이봉투 안에서 작은 도시락 통을 꺼내 뚜껑을 열었다. 모양이 예쁜 것과 조금 모난 모양의 주먹밥이 보였다. 모난 모양의 주먹밥이 민석이 만든 거겠지.

"민석이한테 같이 가자고 했는데, 하는 말이 자기는 눈치껏 빠지겠다고 하더라."

주먹밥을 하나 들어서 베어 먹은 유제가 웃었다. 그때 복도에서 김 검의 등을 꾹꾹 밀었던 걸 생각하면 확실히 눈치는 빠른 놈이다.

방 안에 고소한 냄새가 맴돌았다. 유제가 한 번 더 크게 베어 먹은 뒤 물티슈로 손을 슥슥 닦아냈다.

"김 검 앞에서 우리가 아무 사이 아니라고 말한 이유는 뭐야?"

"우리가 사귀나?"

"뭐?"

이 무슨 되도 않는 소리야.

"밥 먹고, 데이트하고, 키스하고, 잤고."

입에서 나오는 노골적인 단어들에 여을이 웃었다. 억울한지, 답답한지 가까이 다가오는 유제에 그녀가 뒷걸음질을 치다 작은 소파에 털썩 앉았다.

그렇지 않아도 키 차이가 나는데 앉게 되다 보니 더 목이 아팠다. 목이 아픈 듯 뒷덜미를 주무르는 여을이 신경 쓰인 모양인지 유제는 그녀가 내려다볼 수 있게끔 무릎을 굽혔다.

"근데 우리가 사귀는 게 아니라고?"

"너 나한테 사귀자고 했어?"

"했……!"

했어! 라고 말을 하려 했지만, 기억에 없다. 좋아한다, 예쁘다,

사랑한다 그 외의 말은 전부 했지만 사귀자는 말은 아직 안 했다.

뻘쭘한 얼굴이 된 유제가 좀 진정이 된 모양인지 푸쉬쉭 가라앉았다. 큽. 여을은 다시 한 번 웃음이 터지려는 걸 꾹 눌렀다.

"안 했네. ……나, 좋아하는 거 맞지?"

조심스럽게 확인 차 물어보는 어투에 그녀가 픽 웃었다.

"좋아해."

생각한 것 이상으로 말이 쉽게 떨어졌다. 너무 감흥 없이, 쉽게 나온 말이라 그가 눈을 느릿하게 깜빡였다.

"좋아하니까, 같이 밥 먹고, 키스하고, 같이 자고, 그리고 도시락까지 싸오지."

"……."

"넌 안 좋아하는 여자한테 그래?"

"……아니."

"봐."

으으, 유제의 입에서 앓는 소리가 흘러나왔다. 어떻게 한 번을 못 이기냐. 여을이 내뱉는 한 마디, 한 마디 때문에 심장이 계속해서 철렁거렸다. 롤러코스터를 타고 올라갔다가, 순식간에 낙하하다가. 그에게 있어 구여을이라는 존재가 너무 소중하기 때문에 고등학생 때가 다시 한 번 떠올랐다.

왜 억지로 입을 맞췄을까, 왜 울렸을까. 지금의 윤유제가 그 순간으로 돌아간다면 절대로 그러지 않을 텐데. 아니, 그런 짓을 하는 제 뺨을 내려쳤을 거다.

"최민석한테 너무 잘해주지는 마."

그가 한숨 섞인 말을 내뱉었다.

"부러우니까."

사실 질투라기보다는, 부러움에 가까운 감정이다. 부러울 게 없어서 열아홉밖에 안 된 그놈을 부러워하나.

여을이 저를 한심하게 봐도 어쩔 수 없지만, 그의 솔직한 심정이다. 그녀가 자리에서 일어나 도시락 통을 제 무릎 위에 올려둔 다음, 유제를 제 옆에 앉혔다.

"내가 민석이한테 해주는 것들, 하는 말들, 그거 다 너한테 해주고 싶었던 거야."

"……."

"열아홉의 윤유제한테 해주고 싶었던 것들이니까, 너무 부러워하지 마."

여을은 유제의 입가에 묻은 밥알을 그의 입안에 쏙 밀어 넣어줬다. 유제는 혀를 내밀어 그녀의 검지를 한 번 빨고는 촉! 소리가 나게끔 입을 맞췄다.

"어떻게 그런 말만 해."

"그런 말?"

"예쁜 말. 사람 심장 떨려 죽게 만드는 말."

"……다 후회하는 것들이니까."

고등학교 때 한 번쯤은 좋아한다고 말을 해볼걸, 그렇게 화를 내지 말걸, 앞에서 울지 말걸.

"너한테 내가 어떤 존재인지 아니까, 후회 없이 예쁜 말만 해줘야지."

봐라, 또 이렇게 예쁜 말만 한다. 초반에 그렇게 뾰족하게 굴던 여을이 맞나 싶을 정도였다. 유제는 밥을 안 먹어도 배가 부른 느낌이 어떤 건지 알 수 있었다.

또한 보고 있어도 계속 보고 싶다는 생각이 어떤 건지 알 수 있었다. 여을을 다시 보기 위해서, 이런 말을 듣기 위해서 자신이 그 긴 시간을 견뎌온 모양이다.

십 년이 넘게 지속되어 오던 외로움이 스르륵 눈 녹듯 사라졌다. 유제의 마음에 있던 눈이 녹자, 금방 봄이 온다.

아니, 여을이 온 것만으로도 봄이다. 그녀 자체가 봄이었으니까. 유제가 손을 뻗어 그녀의 아랫입술을 만지작거렸다.

"지금도 안달 난 그런 느낌이야?"

그녀가 픽 웃으며 물었다.

"늘 그래."

무거운 목소리로 말했다. 약간 긁는 듯한, 살짝 거친 목소리다.

"너만 보면 늘, 항상."

옆에 있는데도 그렇고, 보고 있는데도 그렇다. 또 헤어지게 되고 긴 시간 동안 못 보게 되지는 않을까 하는 불안감이 그를 그렇게 만든다.

"키스해도 돼?"

그가 조심스럽게 묻자, 그녀가 무릎 위에 올려두었던 도시락 뚜껑을 다시 덮으며 물었다.

"하지 말라면 안 할 거야?"

짓궂은 눈치에 그가 씩 웃었다.

"아니."

동시에 유제의 입술이 다가오고, 그녀 역시 자연스럽게 팔을 뻗어 그의 목에 둘렀다.

입술이 살짝 떨어졌다. 스르륵 눈을 뜬 유제가 여을을 바라보고, 역시 조심스럽게 눈을 뜬 여을이 마른침을 삼켰다. 은은한 분위기에 서로 눈이 마주치자 슬쩍 웃던 유제가 가볍게 그녀의 입가에 입을 다시 한 번 맞췄다.

"좋다."

그리고 습관처럼 그가 그녀를 꼬옥 안았다. 말랑말랑한 몸이 제 품에 한가득 안겨 온다.

맨 처음 만났을 때처럼 날카로운 말도, 날 선 반응도 아닌 오롯이 저를 받아주는 몸짓이다. 여을이 손을 들어 그의 등을 부드럽게 쓸었다.

유제는 꼭 스킨십을 하고 난 뒤에는 제 몸을 껴안고는 했다. 햇빛에 말린 부들부들한 이불을 껴안는 느낌인가. 저 역시 그의 품에서 안락함을 느끼고 있으니, 싫은 건 아니었기에 별말은 하지 않았다.

"네가 매번 이렇게 다정하면 좋겠다. 아니다, 아냐. 너무 다정하면 죽을지도 몰라."

유제가 중얼거리는 혼잣말에 그녀가 픽 웃었다.

"넌 조금 냉정해도 돼. 내가 네 몫만큼 다정할 테니까."

제 인생에서 이렇게 오롯이, 사랑과 다정함만을 주는 사람이 또 있을까. 그녀가 웃다가 몸을 슬쩍 떼어놓으며 물었다.

"차장검사님이 나한테 말 걸었어."

"2차장검사님이? 아니면 1차장검사님이?"

"1차장검사님이."

점심 약속이 하루도 빠짐없이 잡혀 있는 바쁜 분이다. 매번 데면데면 굴던 그가 여을에게 접근한 건 유제 때문이 분명했다.

"차장검사님이 너한테 시간 좀 내라고 한 이유, 알 거 같거든."

"뭔데?"

차장검사가 무슨 말을 할지는 전혀 궁금하지 않았다. 그의 시선은 오롯이 여을에게 향하고 있었다.

여을이 하는 말, 여을의 얼굴, 움직이는 입술 모양, 사르륵 흘러내리는 머리카락, 그의 모든 신경이 여을에게 향하고 있었다. 차장검사가 하는 말에는 관심이 없지만, 여을이 말하는 건 또 다르다.

아직도 아쉬운지 유제가 엄지로 여을의 입술을 만지작거렸다. 어떻게 사람의 몸이 이렇게 부드러울까. 솜사탕이 사람의 형태를 띠고 있다면 딱 구여을일 것이다.

"너 여자친구 있느냐고 물어보더라."

"왜 여기 사람들은 남의 여자친구 유무에 대해 궁금해하지."

"너한테도 그 말 할 거 같은데."

여을이 제 입술을 만지작거리고 있는 그의 손을 슬쩍 밀어냈다. 동시에 그가 노골적으로 섭섭한 기색을 드러냈다.

"여자친구 있느냐고 물어보면 뭐라고 말할 거야?"

"여자친구 있다고 말하면 되지."

그녀가 밉지 않게 눈을 흘겼다.

"만족스러운 대답이 아닌가?"

"김 검한테는 괜한 이야기 하지 마. 소문 퍼지니까."

"비밀로 하자고?"

"응."

"부탁하는 건가?"

……이게 부탁하는 건가? 그녀가 좀 미묘한 얼굴을 했다. 그러고는 작게 고개를 끄덕였다. 이내 유제의 입가에 기회를 잡았다

는 듯 능글맞은 미소가 떠올랐다.

"부탁 들어주면 뭐 해줄 건데?"

"좋아한다고 백번 말해줄까?"

너무 저렴하게 먹히는 거 아닌가. 그의 입에서 냉큼 긍정이 나오지 않자 그녀가 눈을 갸름하게 떴다.

"나한테 한없이 가볍기로 하지 않았어?"

"모처럼 잡은 기회잖아."

언제 한 번 여을이 제게 부탁을 하겠나. 저 말에 수락해야 할까, 말아야 할까 한참을 고민하고 있던 유제에게 그녀가 작게 속삭였다.

"네가 좋아할 만한 거 해줄게."

"내가 좋아할 만한 거? 그게 뭔 줄 알고?"

"네가 좋아하는 게 별거 있겠어?"

그녀가 슬쩍 그의 콧등을 툭 하고 쳤다.

"거기서 거기지."

"나 엄한 거 되게 좋아하는데."

그러면서 슬쩍 야하게 웃는 유제에 여을이 흠칫했다. 이내 참나, 그녀의 입에서 터지는 웃음에 그가 의아한 기색을 드러냈다.

엄한 거 좋아하는 게 저뿐인 줄 아나. 그렇게 따지면 그녀도 엄한 걸 좋아했다. 안달 나라고 부러 유제에게 말을 안 했을 뿐이지.

"잘됐네."

뭐가 잘돼? 그가 채 묻기도 전에 그녀가 그의 귓가에 작게 속삭였다.

"나도 엄한 거 좋아하거든."

여을의 목소리가 유달리 야한 거 같다는 생각이 들었다.

◬

"오늘 점심 뭐 먹을래? 제육? 된장?"

"저 따끈한 거 먹고 싶은…….."

오후 12시 30분 정각이 되자마자 자리에서 일어난 이 선생과 여을이 점심 메뉴 이야기를 하고 있을 때였다.

벌컥, 문 열리는 소리에 이 선생이 퍽 싫은 얼굴을 했다. 어떤 놈이 매너 없게 점심시간에 찾아오냐는 눈치였다.

"차장검사님?"

"어……?"

그리고 문을 연 상대가 김 검이나 계장들이 아닌 1차장검사인 박태식 검사인지라 다들 놀란 눈치였다.

1차장검사가 여기 뭣 하러 온 거지. 뭐 아는 게 있느냐는 이 선생의 눈짓에 여을도 모른다는 의미로 고개를 살짝 저었다. 설마 유제에게 여자친구가 있느냐는 물음을 하려고 여기까지 온 거는 아닐 테고.

"어쩐 일이세요? 급한 일 있으세요?"

"아니, 아니. 그런 건 아니고. 구 선생, 지금 점심 먹으러 갈 거지?"

"네."

"그럼 나랑 점심 어때?"

"……."

"내가 사지."

나이 먹을 만큼 먹은 차장검사가 삼십대의 미혼 여성에게 점심을 함께하자고 물어보면 꼭 안 좋은 생각부터 들었다.

여을이 떨떠름한 얼굴을 했다. 거절하기도 뭣하고……. 뭐, 별거 있겠나 싶은 여을이 이 선생에게 미안하다는 눈치를 보냈다. 이 선생 역시 이런 일이라면 어쩔 수 없다는 듯 고개를 끄덕였다. 여을은 카디건과 클러치를 챙기고는 태식을 따라나섰다.

도대체 할 이야기가 뭐 있나 싶어 머리를 굴렸지만, 유제에 관한 것 말고는 딱히 짐작 가는 부분이 없었다. 검찰청을 빠져나온 뒤 태식이 자연스럽게 차에 타라는 신호를 보냈다. 아, 불길한데. 이쯤 되면 윤유제가 아니라 제게 볼일이 있는 거 같았다.

여을이 머뭇거리고 있자 태식이 부러 사람 좋은 미소를 한가득 지어보았다.

"어휴, 구 선생 잡아먹는 거 아니니까 어서 타."

오히려 그 표현이 더 기분 나쁘다. 그녀가 싫은 얼굴로 차에 타자, 뒤따라 태식도 차에 올랐다. 혹시나 싶은 여을이 핸드폰을 만지작거리며 녹음기를 켰다.

애초에 사람을 잘 믿는 편이 아니기 때문에, 만일을 위한 대비였다.

"구 선생이 뭘 좋아하는지를 내가 몰라서 말이야. 초밥 집으로 예약했는데, 괜찮아?"

"네, 괜찮습니다. ……그런데 저한테 따로 하실 말씀이라도 있으세요?"

"뭐, 이야기는 밥 먹으면서 하면 되는 거고."

"혹시 윤 검사님……."

"아, 아니! 그런 건 아니야!"

태식이 손을 크게 한 번 저었다.

"윤 검사한테 볼일이 있는 게 아니라, 구 선생한테 볼일이 있는 거고. 그리고 서울에서 내려왔는데, 내가 생각해 보니까 그간 많이 못 챙겨준 거 같기도 해서."

검사가 기록관리원을 챙겨줄 이유가 뭐 있단 말인가. 챙겨줄 거였으면 애초에 발령받았을 때부터 챙겨주던가.

2차장검사야 사람 좋기로 소문이 났으니 몰라도, 1차장검사는 영 다른 소문의 주인공이었다. 재벌들하고 골프 치러 서울에도 자주 간다, 서울 라인 타려고 애를 쓰고 있다, 스폰을 받는다더라 등의 주로 카더라 통신이었지만 여을은 영 못 믿을 만한 것도 아니라고 생각했다.

"다 왔네. 내리면 돼."

분위기 좋은 일식집 앞이었다. 핸드폰을 다시 한 번 확인한 그녀가 태식을 따라 안으로 들어갔다. 종업원이, 이미 세팅이 다 되어 있는 방으로 그들을 안내했다. 장지문이 닫히고 태식이 자리에 앉자 뒤따라 여을이 자리에 앉았다.

"아이고, 이미 다 준비가 되어 있네. 어서 먹어, 구 선생."

"……네."

그녀가 조심스럽게 젓가락을 집어 들었다. 입으로 들어가는 건지, 코로 들어가는 건지 알 도리 없이 초밥 하나를 입에 넣었다.

서두는 쓸데없는 이야기였다. 부산에 온 지는 얼마나 됐냐, 부모님 안 보고 싶냐, 서울로 올라가야 하지 않느냐, 남자친구는 있느냐, 등등의 이야기.

"내가 구 선생한테 부탁을 하나 하고 싶어서 말이야."

드디어 나오는 본론이다. 그녀가 튼 핸드폰 녹음기는 아직도 잘 돌아가고 있었다.

"들어줄 수 있으려나?"

"제가 들어드릴 수 있는 부분이라면요."

"내가 영 안 되는 사람한테는 부탁을 안 하지!"

"⋯⋯."

"다름이 아니라, 이건 구 선생만 할 수 있는 거라서. 첨엔 이 선생한테 부탁할까 하다가⋯⋯. 이 선생이 좀 융통성이 없잖아?"

이 선생보다 융통성 없는 사람이 여을 쪽이었지만 일단 그녀는 태식이 하는 이야기를 가만히 듣고만 있었다.

"우리 검찰청 기록실 좀 비좁지 않나 싶어서."

"최근에 보존 기간 만료된 기록물들을 빼서 괜찮습니다."

"에이, 아니지. 내 말은 그게 아니지."

"그러면요?"

"그, 뭐다냐. 이미 끝난 사건들 사건기록물들도⋯⋯ 좀 빼는 게 어떤가 싶어서."

쩝, 태식이 혀를 차는 소리가 들렸다. 이게 본론이었다.

"사건기록물이요?"

"어어. 뭐, 나쁜 의미가 아니라 융통성 있게 하자는 거지, 내 말은."

아무 말 하지 않는 여을이 순순하다는 의미로 받아들인 모양이다. 일이 좀 쉽게 풀리겠다고 생각한 태식이 옳다구나 하면서 주절주절 말을 이었다.

"이미 끝난 사건인데 계속 사건기록물 보관하고 있으면 구 선생네나 우리나 좀 불편하잖아. 안 그래?"

"……."

"작년 7월쯤에 끝난 사건 있거든, 그거 폐기 좀 부탁해도 될까?"

"7월이요?"

"어어. 그 기자가 항소하고 막 한 게 있거든. 그거 검사나 변호사나 제출한 증거들이 너무 많아서 말이야. 물론, 부탁하는 처진데 내가 아무것도 안 해주는 건 아니고."

"……."

"구 선생, 고향 부산 아니잖아? 슬슬 서울 올라갈 준비도 해야지. 내가 위쪽에 아는 사람이 있어."

그녀가 왜 부산으로 내려왔는지 모르기에 던지는 미끼였다. 그녀에게 있어 서울로 올라갈 수 있는 승진의 기회 같은 건 하등 필요 없는 일이었다.

지금 당장 태식이 이런 부탁만 안 했어도, 그녀의 지방 생활은 평화롭기만 했을 테니까. 그녀가 쥐고 있던 젓가락을 내려놓고 태식을 똑바로 바라봤다.

"어차피 끝난 건데 계속 들고 있을 수도 없고 말이야."

"작년 7월에 끝난 사건이면, 서 의원이 기자 고소한 사건 말인가요?"

그가 흠칫한 게 눈에 들어왔다. 정곡을 찔린 모양이다. 표정이 너무 적나라하게 드러나니까, 이 일에 1차장검사가 끼어 있다는 걸 모를 수가 없었다.

"잘, 아네?"

"다른 기록물 정리하다가 우연찮게 봤습니다."

"그래, 그거 기록물 좀 어떻게 슬쩍 폐기하는 거 안 될까? 오늘도 현장 파쇄하러 온다며? 그거 구 선생이나 이 선생 동의 없이는 폐기 못한다고 하니까 하는 말이고."

"……."

"일방적으로 부탁하는 거 아니야. 이번 일 도와주면 나도 구 선생 도와줄 거고……."

"그 사건처럼 과료로 끝난 사건의 사건기록물 보존 기간이 3년입니다."

사건이 만약 7월 중순에 끝났으면, 7월 중순부터 3년을 보존하는 게 아니었다. 그 다음 해인 1월 1일부터 기록물 보존이라고 생각한다면……. 그녀가 어이없다는 듯 웃었다.

"그 사건기록물 보존한 지 반년도 안 됐습니다. 이제 막 4개월 지났고요."

"그러니까 내가 구 선생한테……."

"뭐 때문에 이런 걸 부탁하신지는 모르겠지만, 못 합니다."

그녀가 남은 초밥들을 바라봤다. 결국 밥도 제대로 못 먹고 속만 불편해지는 꼴이 됐다. 그녀가 얄팍하게 한숨을 내뱉었다.

"제가 들어드릴 수 없는 부탁이고요."

제게 범죄를 저지르라는 말과 같은데 할 수 있는 사람이 몇이나 될까. 능글맞게 웃곤 하는 이 선생도 이 부탁은 딱 잘라 거절할 거다.

그나마 자신이 상대적으로 젊다는 이유로 쉬울 거라 판단한 모양이다. 그녀가 클러치를 챙기고 핸드폰 역시 들었다. 녹음한 게 천만다행이라면 다행이다.

"먼저 가보겠습니다."

"구 선생!"

붙잡는 차장검사의 말을 못 들은 척 그녀가 카운터로 다가갔다. 딱 제 몫만 계산을 하고 나온 여을이 빠르게 택시를 붙잡았다. 녹음이 되어 있는 파일을 보면서 그녀가 뒷목을 쓸었다.

"검찰청으로 가주세요."

"네."

택시기사가 백미러를 만지작거리면서 액셀을 부드럽게 밟았다. 이어폰을 꽂아 핸드폰에 녹음된 걸 들어보니 1차장검사의 목소리와 자신의 목소리가 아주 선명하게 잘 들렸다.

일식집에서 법원까지의 거리가 그리 멀지 않아 금방 도착할 수 있었다. 택시에서 내리자마자 보이는 이 선생과 김 검, 그리고 유제에 그녀가 흠칫했다.

"구 선생? 벌써 왔어?"

"네."

차장검사가 왜 구 선생에게 같이 점심 먹자고 했느냐, 라고 물어보는 이 선생을 뒤로하고 그녀가 유제를 똑바로 바라봤다.

"잠깐 이야기 좀 가능할까요?"

그녀가 심각한 얼굴을 하고 있자, 유제가 별다른 말없이 고개를 끄덕였다.

"식사들 먼저 하세요. 전 얘기 나누고 따로 가겠습니다."

"어어……."

이 선생과 김 검이 이상하다는 듯 쳐다봤지만, 두 사람 다 신경 쓰지 않았다. 여을이 그의 팔뚝을 잡고 빠르게 검찰청 안으로 들어갔다.

"여을아."

어쩐지 쫓기는 듯한 기색에 유제가 진정하라는 듯 그녀의 이름을 불렀다. 멈춰 설 수는 있지만, 여을의 손을 내치기는 싫어 그가 순순히 끌려가면서 다시 한 번 그녀의 이름을 불렀다.

"구여을."

그제야 그녀가 자리에 우뚝 멈췄다. 2층과 3층을 잇는 계단 구석에서 그녀가 몸을 돌렸다. 다들 점심을 먹으러 간 모양인지 청사 자체가 퍽 한산했다.

어디서부터, 어떻게 말을 해야 할지 모르겠다. 그녀가 양손으로 머리를 거칠게 쓸어 넘겼다. 다행인지, 불행인지는 몰라도 다음 주부터 학교에 간다고 준비를 하겠다던 민석은 오늘 청사에 없었다.

"차장검사랑 점심 먹는다고 했잖아? 왜? 무슨 일 있었어?"

진중한 여을의 얼굴에 유제 역시 덩달아 심각해졌다. 1차장검사와는 별로 엮이고 싶지 않지만, 여을이 그와 엮였으면 또 이야기가 달라졌다.

"민석이 얘기가 맞을지도 몰라."

"뭐?"

여기서 갑자기 최민석의 이름이 왜 나오는지 모르겠다. 여을이 두근두근 뛰는 심장을 애써 진정시키면서 말을 내뱉었다.

"봉식이란 사람이 죽었을지도 모른다는 거. 그리고."

"그리고?"

"작년 이맘때 총선 있었어."

유제의 표정이 딱딱하게 굳기 시작했다. 공개적인 장소에서 나누기엔 이야기가 무겁다고 판단한 모양인지 그가 계단을 밟았다.

그의 옆에 선 여을도 유제와 마찬가지로 걷기 시작했다. 위층에 있는 그의 집무실 문을 열자 계장도 자리를 비운 채였다.

"그래서?"

그녀가 자리에 앉고, 유제가 근처 책상에 걸터앉았다.

"작년 총선이 있었고, 총선에서 이긴 사람은 서 의원이야. 그리고 총선 끝나고 얼마 안 돼서 기자 한 명이 서 의원이 불법선거 자금 받았다고 기사 썼고. 기록실에 관련 사건기록물 다 있어."

"⋯⋯."

"그 봉식이란 사람이 차에 실어 배달한 거 받은 사람이 어쩌면⋯⋯."

"서 의원일지도 모른다?"

"시기가 딱 맞아 떨어지니까."

그럼 의문 하나가 남는다. 신부산파가 왜 서 의원에게 돈을 주었는가. 그리고 그 돈이 정말 신부산파의 돈인가.

그가 알아본 바에 의하면 신부산파는 지역 내에서 그렇게 큰 힘을 발휘하는 조직이 아니었다.

"차장검사랑 이 얘기를 한 건 아닐 거 아니야."

"어. 보존 기간이 한참 남은 사건기록물 좀 폐기할 수 있도록 도와달라고 하더라."

그녀가 슬쩍 유제를 쳐다봤다. 여태까지 가만히 있다가 갑자기 폐기해 달라고 부탁을 한다면 답이 딱 하나밖에 없다.

"너 못 보게끔 하려던 거 같은데⋯⋯. 서 의원 뇌물 수수 관련 기사였어."

'유제가 못 보게끔'하기 위해서였다. 그리고 지방 발령을 받은 검사가 못 보게 하려는 이유는 딱 한 가지, 그의 전적 때문이었다.

디케이를 건드렸다는 전적. 여을과 같은 생각을 한 유제가 피식 웃었다.

그 웃음이 헛웃음인지, 아니면 투쟁심에서 나온 비웃음인지 알 수가 없었다.

"그 사건기록, 내가 좀 볼 수 있을까?"

유제가 물었다.

6장.
각자의 아버지

"저 먹을 거 사 왔어요!"

집무실 문이 벌컥 열리고 등장하는 민석의 얼굴에 유제가 멈칫했다. 네가 왜 여기 있느냐는 눈치다. 학교 갈 준비는 안 하냐? 유제의 그 눈짓을 읽은 민석이 배시시 웃었다.

"윤 검사님이랑 여을이 누나 오늘 점심 안 먹었다 해서요!"

뒤따라 등장하는 여을이 손을 들며 어이없다는 듯 웃었다. 도대체 어느 놈이 민석이한테 말을 했는지 모르겠다. 아니, 사실 대충 감은 잡힌다.

아마, 김 검이겠지. 핸드폰이 없으면 불편할 거 같아서 하나 사줬더니, 그 둘이 번호 교환을 할 줄은 생각도 못했다. 유제가 어이없다는 듯 웃으며 보고 있던 사건기록물을 서랍 안으로 넣었다.

"근데 돈이 어디 있어서?"

"저 요새 알바해요!"

"알바?"

민석이 고개를 크게 끄덕였다. 여을이 알고 있었느냐는 눈치로 유제를 보았다. 얼굴을 보니 허락한 인간이 윤유제였나 보다.

민석의 아버지에게서 보호자 대리 노릇을 하겠다고도 말한 모양이다. 민석이 싱글벙글 웃으면서 말을 마저 이었다.

"윤 검사님한테 계속 신세 질 수도 없는 노릇이고……, 저 용돈도 있어야 하고, 핸드폰 요금도 내야 하고, 하니까 시작했어요. 지금은 주말 오전에만 해요."

"유제가 너한테 눈치 주던?"

"아뇨! 그런 건 아닌데요!"

"그렇게 모진 사람 아니다."

유제가 시큰둥하게 대답하면서 자리에서 일어났다. 민석은 포장지를 슥슥 벗긴 샌드위치를 여을에게 내밀었다.

"근데 점심은 뭐 때문에 안 드신 거예요?"

"못 먹은 거야."

"어째서요?"

"그런 게 있다."

모르는 게 약이었다. 유제 역시 샌드위치 포장을 벗겨내고는 한 입 크게 베어 물었다. 신부산파가 확실하게 연관되어 있다는 걸 안 뒤로는 민석의 행동을 예의 주시해야만 했다.

점심을 아직까지 못 먹은 건 민석 역시 마찬가지였던 모양인지 샌드위치를 크게 한 입 베어 먹었다.

"학교 갈 준비 안 해?"

"할 거예요. 그렇지 않아도 오늘 교복 사려고 나왔어요. 그리고 학교 들어가면 이제 정말 공부만 하려고요."

여을과 유제는 제 계획에 대해서 일장연설을 하는 민석을 퍽 흐뭇하게 바라봤다. 차장검사 때문에 생겼던 스트레스가 조금 사라지는 기분이 들었다.

충분히 말도 잘 알아듣고, 철도 든 아이인데 애 아버지는 왜 민석의 손을 놓았는지 모르겠다. 먹고 있던 샌드위치를 내려놓은 유제가 물었다.

"저번에 김 검이 맡았던 애들이랑 아는 사이라고 했지?"

"아. 걔들이요? 친한 건 아니고 그냥 안면만 조금 튼 그런 사이요."

"그때 말한 룸살롱은 신부산파가 관리하나?"

"네? 네. 봉식이 형 말로는 저 들어올 때까지만 해도 작았대요."

"그래?"

민석이 샌드위치를 다시 한 입 먹으며 고개를 끄덕였다.

"근데 요새 점점 커지고 있다는 말만 들었어요."

"거기 룸살롱 이름이 뭔데?"

갑자기 왜 물어보는 건지 모르겠다. 민석이 눈을 깜빡이다 룸살롱 간판을 떠올리며 말했다. 서울에 있을 적에는 너무 섣부르게 디케이를 건드렸으니 이제는 아래에서부터 차근차근 들어가 볼 생각이었다.

"그때 그 봉식이란 사람이 타고 간 승합차 봤다고 했지?"

"예? 예."

유제가 핸드폰 화면을 몇 번 툭, 툭 하고 두드리더니 이내 민석에게 내밀었다.

"혹시 이거야?"

제 앞으로 다가오는 핸드폰 화면을 민석이 뚫어지라 바라봤다. 머리가 살짝 벗겨진 나이 든 아저씨와 그 옆에 승합차가 눈에 들어왔다. 검은색 승합차를 빤히 보던 민석이 고개를 끄덕였다.

"네, 이런 승합차였어요. 근데 여기 이 아저씨 누구예요?"

티비에서 자주 보는 유명 정치인들이라면 몰라도, 지방 국회의원인 서 의원은 잘 모르는 눈치였다.

모르는 게 약이라고 유제는 아무 말도 하지 않았다. 여을은 그저 정치인이라고 짤막하게만 대꾸하곤 목으로 잘 넘어가지 않는 샌드위치를 억지로 삼켰다.

콜록, 그녀가 목이 막히는 걸 바로 눈치챈 유제가 물컵을 내밀었다. 민석은 입안의 샌드위치를 우물우물 씹으며 두 사람의 눈치를 살폈다. 어째 오늘 분위기가 서늘했다.

똑똑. 뒤따라 노크하는 소리에 유제가 자리에서 일어났다. 오늘따라 손님이 많았다.

"예, 들어오세요."

티슈로 손을 슥슥 닦아내자 보이는 건 계장이었다.

"민원실 직원이 찾아왔는데요."

"민원실에서요? 절요?"

"아뇨, 정확히 따지자면."

계장의 시선이 여을에게 닿았다.

"구 선생님 찾아왔는데. 들어오라 할까요?"

"예, 그러세요."

여을 역시 고개를 끄덕이며 자리에서 일어났다. 문이 조금 더 열리자 청사 내에서 오다가다 마주쳤던 여직원 한 명이 안으로 들어왔다.

직원이 유제를 보다가 그 다음에는 한가운데 앉아서 샌드위치를 와구와구 먹고 있는 민석에게 시선을 두며 의아하다는 얼굴을 했다.

"저 찾으셨다고요?"

"이 선생님이 구 선생님 여기 있다고 하셨거든요. 찾아온 이유가 다름이 아니라⋯⋯."

"네."

말을 하라고 눈짓을 주는데 직원이 조금 어설프게 웃었다.

"손님이 찾아오셨거든요. 여기 구여을 씨 있냐고, 좀 뵙고 싶다고 하시더라고요."

"그래요?"

"네⋯⋯. 근데 좀⋯⋯ 구 선생님이랑 연관이 없을 거 같은 분이라⋯⋯."

나랑 연관 없을 거 같은 사람? 그녀가 먹고 있던 샌드위치를 내려놓았다. 나가려는 시늉에 유제 역시 따라 나갔다.

민원실 직원의 입장에서는 유제가 왜 함께 나오는지 모를 일이었지만, 별말은 하지 않은 채였다. 옆에 있는 여을을 향해 직원이 조심스럽게 말을 했다.

"행색이 좀 그래서, 구 선생님이랑 아는 사이 같지는 않았어요."

"행색이 뭐 어땠습니까?"

낮은 목소리에 흠칫한 직원이 말을 마저 이었다.

"좀 꾀죄죄한 차림의 아저씨였는데."

꾀죄죄하고 털모자 쓴 아저씨였는데. 라는 말에 얼마 전 청사 앞에서 보았던 남자 한 명이 머릿속을 지나쳐 갔다. 여을의 표정이 살짝 어두워지자, 직원이 조심스럽게 말했다.

"청사에 여을 씨 찾아왔다고…… 몇 층에서 일하느냐고 묻길래……. 순순히 대답 드렸거든요……. 어쩌지, 제가 실수한 건가 싶기도 하고……. 제가 모셔오겠다고, 잠시만 기다려 달라고 말씀드렸어요."

세 사람의 걸음이 로비에 닿았다. 청사 정문 앞에 털모자를 쓴 꾀죄죄한 사람은 어디에도 보이지 않았다.

"어? 기, 기다리겠다고 말씀하셨는데……."

갑자기 사라진 그 사람에 오히려 직원이 더 당황해했다. 변명처럼 정말 사람이 찾아왔다는 둥, 기다리겠다고 했다는 둥, 말을 잇는 직원에게 여을이 부드럽게 웃었다.

"거짓말하실 분 아니라는 거 알아요."

"……혹시 짐작 가는 사람이라도 있어요?"

"없어요."

그녀가 딱 잘라 대답했다. 유제는 오히려 더 그 대답이 이상하게만 느껴졌다. 직원이 고개를 갸웃하면서 이상하네……. 하고 중얼거릴 때, 여을이 걸음을 돌렸다.

저를 찾아온 손님도 없다는데 계속 있을 수는 없는 노릇이니까. 설마…… 아버지인가. 아버지라면 저가 여기 있는지 어떻게 알고……? 민석이는 아버지와 통화하지 않았다고 했다. 괜한 불안감에 그녀가 엄지를 잘근잘근 깨물었다.

"거짓말이지?"

뒤에서 쿡 하고 찌르는 한마디에 여을은 사고가 전부 멈추는 듯했다. 뒤로 돌아보자 저보다 계단 몇 칸 아래에 있는 유제가 눈에 들어왔다.

"아는 사람 있는 거 아니야?"

보통 아는 사람 있냐는 물음을 들으면 글쎄요, 하면서 고민하는 시늉이라도 할 텐데 여을은 그런 것도 없었다. 이미 짐작 가는 누군가가 있다는 뜻이었다.

"없어."

어제의 그 상냥함은 어디로 갔는지, 여을이 표정을 단단하게 굳히며 대답했다.

"내 말 못 믿어?"

검사라는 직업 때문인지는 모르겠지만, 정말이냐고 물어보는 윤유제는 늘 피의자를 심문하는 검사 같았다. 저가 정말 마음에 걸리는 게 없었더라면 그 행동이 기분 나빴겠지만, 찔리는 부분이 있었기 때문에 아무런 말도 할 수가 없었다.

"네 기분 언짢게 만들려고 하는 말 아니야."

"알아, 근데 없어. 진짜 없다고."

여을이 이렇게 말을 한다면 자신은 어떤 반응을 해야 할지 모르겠다. 믿어야 할까, 아니면 믿는 척을 해야 할까.

"안 믿지?"

그런 그의 생각을 읽은 모양인지 여을이 비뚜름하게 웃었다.

"믿어."

그녀가 했던 행동과 마찬가지로 유제는 고민도 하지 않고 대답했다. 재차 물어봤던 유제의 마음이 이런 걸까. 여을은 그가 자신을 믿지 않는 거 같다는 생각이 들었다.

자신을 믿는다고 말하는 그를 믿을 수가 없어 여을이 못 들은 척 고개를 돌렸다.

"서 의원 총선에서 이기고 나서, 제일 먼저 바뀐 게 뭔지 알아?"

화제를 돌리려는 그녀의 말에 유제가 계단을 크게 몇 번 밟았다. 제 앞에서 되도 않는 부탁을 하던 1차장검사를 떠올리던 그녀가 조용히 대답했다.

"디케이가 짓는 아파트 구역에 고도 제한 풀린 거야."

신부산파에 있던 돈은 아마 윤 회장 주머니에서 나온 돈일 테다. 여기까지 말을 하면, 유제가 알아서 찾아볼 게 분명했다.

유제는 마른침을 삼켰다. 자기 손을 거치지 않고 쓰는 이 방법은 윤 회장이 아직 디케이를 만들기 전, 굵직한 기업의 회장님들이 써먹던 수법이었다.

여을 역시, 자신이 검사였더라면 또 몰라도, 기록관리원인 그녀가 사건에 개입할 수 있는 부분은 한정적이었다. 자신의 한계성에 그녀가 얄팍한 한숨을 내쉬었다. 더구나 아버지가 부산에 있을지도 모른다는 생각을 하면 심경이 복잡해졌다. 유제가 제 아버지의 존재에 대해 알게 되면 어쩌지? 라는 불안감도 생겼고, 아버지가 들고 도망간 돈만 아니었어도 자신 역시 검사가 되었을지도 모른다는 막연한 가정도 떠올렸다.

"일단 신부산파부터 뒤지고, 그리고 그 봉식이란 사람 찾을 거야."

"……."

"봉식이란 사람 찾는 것만으로도 큰 증인이 되니까."

"……궁금한 게 있는데."

그녀가 복도에 멈춘 채 그를 쳐다봤다. 다정하게 웃는 모습에 여을의 심경이 복잡해졌다. 그녀는 제 아버지가 싫었다. 유제 역시 마찬가지일 거라고 생각했다.

아버지가 회장으로 있는 디케이를 쫓는 게 그 이유라고 생각했으니까. 그런데 이성적으로 가만히 바라보면 그는 썩 아버지를 미워하는 거 같지도 않았다.

"넌 아버지 밉지 않아?"

그 질문에 순간 유제는 목이 콱 막혔다. 많이 미웠고, 많이 섭섭했고, 많이 싫었다. 고등학생 때는 그 감정이 더 격렬하고는 했다.

다만, 지금은 시간이 많이 흘렀고 아버지와 같이 살지 않기 때문에, 그리고 눈앞에 구여을이 있다는 이유만으로 그 미움을 뒤로했을 뿐이다.

"지금은 딱히."

"……."

"고등학교 때는 아니었지만."

여을은 다시 나타난 유제를 보면 자신이 꼭 잘못된 거 같다는 생각이 들었다. 유제는 아버지에 대해 물어보면 두루뭉술하게 넘기고는 했다.

반면, 자신은 유제에게도 아버지가 돌아가셨다는 거짓말을 했다. 십몇 년 전에는 윤유제가 그렇게 나쁜 놈이라는 생각이 들었는데, 지금은 그보다 자신이 더 부족한 사람 같았다.

유제에 비해 자신이 많이 부족하다는 생각.

"내가 아버지를 미워했으면 해?"

원한다고 대답을 하면 꼭 그렇게 해주기라도 할 거 같은 어투였다. 제 못난 모습에 여을이 두 손으로 마른세수를 했다.

"그럴 리가 없잖아."

그녀가 속에도 없는 말을 중얼거렸다.

△

"대장!"

문을 벌컥 열고 들어오는 조직원에 커다란 의자에 앉아 있는 남자가 시큰둥하게 대꾸했다. 대장이라고 불린 남자 주변에는 엎 드려뻗친 상태의 파릇파릇한 조직원들 몇 명이 더 있었다.

망했네. 순식간에 얼굴이 질린 조직원 하나가 마른세수를 했 다.

"왜에."

한창 지폐를 세고 있는데 갑자기 쳐들어온 놈 때문에 숫자를 까먹었다.

"아, 새꺄! 너 때문에 까먹었잖아!"

"지금 그게 문제가 아니에요! 저희 지금 튀어야 해요!"

"왜, 왜, 왜! 뭐! 왜!"

"저희 지금 망했어요!"

"바쁜 거 아니면 나중⋯⋯."

"봉식이 찾는대요."

의자에 앉아 있던 남자는 그제야 상황 파악이 된 모양인지 책 상 위에 올려두었던 다리를 내리고 똑바로 제 오른팔을 바라봤 다. 신부산파의 대장이라고 할 수 있는 박 씨가 펄쩍 뛰며 물었 다.

"이봉식 그 새끼를 왜 우리한테서 찾아?!"

"모르겠어요. 이 일대에서 봉식이 사진 들이밀면서 찾는대요."

"뭐?!"

그 처맞고 토낀 새끼를 왜 여기서 찾는데! 기억상 죽이지는 않았던 거 같은데. 이봉식 그 자식 고아라고 해서 실종 신고할 사람도 없을 텐데. 형사들이 갑자기 이봉식 그 자식 찾는 이유를 몰라 곰곰이 생각하고 있을 때, 오른팔이 한 마디 덧붙였다.

"그리고 저희 룸살롱 털렸어요."

"야 이 새끼야! 그걸 이제 말하면 어떡해!"

이봉식을 찾고 있다는 것보다 더한 소식이었다.

박 씨가 들고 있던 돈다발로 퍽! 하고 오른팔의 얼굴을 때렸다. 자리에 일어서서는 부랴부랴 돈다발을 챙기기 시작하는 박 씨에 오른팔이 엎드려뻗친 상태에 있던 남자들을 향해 위협하듯이 말했다.

"너희들 안 꺼져? 확! 씨!"

"야, 어떤 새끼가 찔렀어? 어! 어떤 새끼야!?"

이번에 새로 들어온 조직원들은 죄다 어린 녀석들인지라 그저 겁에 질린 얼굴로 눈치만 볼 뿐이었다.

아, 씨, 돌겠네. 박 씨가 작게 욕설을 지껄이면서 머리를 빠르게 굴렸다. 그나마 형사들한테 찌를 놈이 누가 있지. 이봉식 그 자식은 되도 않는 소리 지껄였기 때문에 흠씬 두들겨 패준 놈이었고, 또 짐작 가는 놈은…….

"야, 그, 이봉식이 옆에 있던 쬐끄마한 새끼 누구냐. 그, 이봉식이 그놈 되도 않는 소리 지껄일 때 같이 데리고 가겠다고 하던 새끼."

"최민석이요?"

"그 새끼 어딨어?"

"그 새끼 토꼈는데……."

"토껴? 야, 넌 애들 관리를 어떻게 하고는, 진짜! 아오! 미치겠네!"

"일단 저희 도망부터 가야 될 거 같은데요."

여기 이 주변 룸살롱들이 이미 다 털렸으니, 다른 유흥주점 주인들한테 자신들에 대해 물어보면 그대로 교도소 행이다.

오른팔의 말에 박 씨가 열렬히 고개를 끄덕이며 돈다발을 가방 안에 욱여넣고 자리에서 일어날 때였다. 우르르 모여 있는 형사들에 박 씨가 숨을 들이켰다.

코는 개떡같이 예민해서.

"토끼려고?"

진짜 작정하고 자신들을 털 생각이었던 모양이다. 형사들이 우르르 몰려 있는 게 눈에 들어왔다. 창문으로 뛰어내릴까 싶어 아래를 슬쩍 보니, 밑에도 사람들이 한가득이다.

"이 새끼들, 이거, 사람 치고 있었나 보네."

허어. 앓는 듯한 소리가 흘러나왔다.

"넌 변호사 선임하고, 나는 내 일 하고. 어떠냐?"

"아이씨……."

"너 가지가지 했더라? 불법 보도방 운영에, 근처 가게 주인들 폭행에, 협박에…… 돈 뜯은 것만 해도 어마어마하던데? 요새 머릿수 좀 늘리더니 이제 하는 짓도 겁이 없네."

"돈 안 뜯었습니다."

"그건 나중에 얘기하고."

바닥에 떨어져 있는 돈다발을 주워들었다.

"이것도 협박해서 뜯어낸 돈이냐?"

"그게 아니라……."

박 씨가 부정하려는 찰나였다.

"김태민?"

다른 형사 한 명이 조직원의 이름을 불렀다. 엉덩이를 붙잡고 끙끙 앓고 있던 조직원 한 명이 고개를 들었다.

"김태민이, 맞지? 네가 왜 여기 있어?"

알 법한 사이 같지는 않은데. 이쪽 형사는 삼십대 초반이었고, 저쪽은 아무리 봐도 이십대 초반의 남학생이었다.

"아는 애야?"

"예? 예……."

가장 앞에 서 있는 형사가 묻자, 막내 형사가 고개를 끄덕였다.

"김태민이 저 자식, 열여덟인데요."

"열여덟?"

기가 찬다는 어투에 형사가 허! 소리를 내더니 박 씨를 바라봤다.

박 씨는 망했다고 말하던 제 오른팔의 심정을 십분 이해할 수 있었다.

〈30분 정도 늦을 거 같아.〉

민석에게 문자를 보내면서 그녀가 테이블을 툭툭 두드렸다. 원래라면 퇴근하고도 남을 시각이었지만, 유제를 기다린다고 30분 동안 아무도 없는 기록실에 머문 참이었다.

여을은 더 이상 기다리지 못하고 유제의 집무실 앞에 섰다. 문을 두드릴까, 말까. 같이 퇴근할 수 있느냐고 물어볼까, 말까. 복잡하게 고민하고 있을 때였다.

여을은, 자신이 아버지란 존재 때문에 너무 예민하게 반응했던 걸 스스로 알고 있었다. 한층 더 성숙해진 유제에 반해 자신은 고등학생 때와 별반 다르지 않은 거 같아 스스로가 실망스럽기도 했다. 그래서 내가 예민했다는 걸 알아도 뭐 어쩔 건데? 그녀가 스스로에게 물었다. 별달리 할 수 있는 말이 없었다.

이미 죽었다고 공공연하게 말한 아버지가 다시 살아 있다고 말할 수 있는 노릇도 아니었으니까. 그 와중에 문이 벌컥 열렸다.

"앞에서 뭐 해?"

흠칫한 유제에 여을 역시 멈칫했다.

"나 지금 퇴근하려고."

더듬더듬 말을 잇던 여을이 유제의 행색을 꼼꼼하게 살폈다. 외투는 여전히 벗어둔 채라 와이셔츠 차림이었고, 퇴근할 법한 모습은 아니었다.

"퇴근 안 하나 봐?"

"어. 일이 조금 남아 있어서."

그가 손목시계를 힐끔 봤다.

"오늘 늦게까지 일해야 할 거 같은데."

"······같이 퇴근할 수 있나 싶어서 물어보려고 했는데 안 되겠네, 그럼. 나 먼저 가볼게."

크게 다툰 것도 아닌데 유제의 얼굴을 보기가 민망했다. 먼저 몸을 돌린 그녀가 빠르게 청사를 벗어났다.

사실 사람들에게 살아 있는 아버지를 죽었다고 말했을 때 양심의 가책 같은 건 느끼지 않았다. 그런데 유제에게 들킬 거라 생각하면 가슴이 조마조마했다.

언젠가 들킬 거짓말을 했다는 점 때문인지, 남들에게 보여주기 부끄러운 아버지를 가졌다는 점 때문인지 알 수가 없었다.

"왜 하필이면 지금."

그녀가 마른세수를 하며 작게 중얼거렸다. 돈이 다 떨어져서 저를 찾아오려고 한 건지, 아니면 미안하다는 말 한마디를 하려고 찾아온 건지 모르겠다.

어느 쪽이라도 싫었다. 여태까지 그랬던 것처럼 그냥 제 앞에 나타나지를 않으면 좋겠다는 생각이 강하게 들었다.

퇴근 시간이 조금 늦어졌기 때문인지, 아니면 모두 야근을 하고 있었기 때문인지 퇴근길이 크게 복잡하지는 않았다.

집으로 돌아가는 길, 그녀는 작은 마트에 잠시 들렀다. 오늘 민석에게 받았던 번호를 꾹 누르자 얼마 지나지 않아 신호음이 갔다.

[여보세요? 누나?]

"어, 민석아. 지금 마튼데, 뭐 먹고 싶은 거 있어?"

[저 아무거나 상관없는데……. 아무것도 안 사오셔도 돼요.]

"뭐가 있어야 해 먹지."

그녀가 마트 안에 있는 카트를 질질 끌기 시작했다. 민석이 좋아할 법한 과자도 조금 사고, 음료수도 사고, 채소도 사고, 튀김 음식도 샀다.

주말이나 저녁에도 밥을 꼬박꼬박 챙겨 먹는 타입은 아니었지만, 위에 민석이랑 유제가 있다 보니 어쩐지 잘 챙겨 먹게 되는 거 같았다.

"그럼 누나 마음대로 사간다?"

[네. 아, 짐 무거울 테니까 저도 씻고 내려갈게요.]

"뭘, 안 내려와도 돼."

네 캔에 한 묶음인 맥주도 담았다. 내려오지 않아도 된다는 말을 끝으로 전화를 끊었다. 먹을 것들을 다 담다 보니 짐이 한가득이었다.

"⋯⋯내려오라고 할걸 그랬나?"

이럴 때 차가 있으면 좋을 텐데. 유제가 있었으면, 이라는 생각이 들자 그녀가 고개를 가로저었다. 요즘 따라 윤유제한테 너무 많이 의지하고 있었다.

유제에게도, 그리고 민석에게도. 전 같았으면 이런 상황에 누구의 도움 따위는 생각하지 않았을 거다. 여을은 스스로가 많이 물렁해졌음을 느꼈다. 양손 한가득 짐을 든 그녀가 마트를 나왔다.

"나오라 할걸 그랬네."

봉투 손잡이 부분 때문에 손바닥이 아팠다. 그녀가 끙끙거리면서 아파트 단지로 들어섰을 때, 그 앞을 서성거리고 있는 뒷모습이 보였다.

뭐지. 자신이 사는 동의 공동 현관 앞을 얼쩡거리고 있는 누군가의 모습에 그녀가 머뭇거렸다. 들어가야 하나, 말아야 하나, 할 때 그 앞을 어슬렁거리고 있던 사람이 몸을 돌렸다.

동시에 여을이 숨 쉬는 걸 멈추었다.

"여, 여을아."

꾀죄죄한 차림의 제 아버지였다. 부르는 소리도 못 들은 척, 얼굴도 보지 못한 척하며 안으로 들어가려고 하자 여을의 아버지가 그녀의 손목을 잡았다.

"여, 여을아. 아버지야."

"놔요."

"애, 얘기 좀 하자. 아빠 여기까지 온다고 고생했어."

"고생?"

어이가 없어서. 못 들은 척 무시하고 들어갈 수 있었으면 좋았을 텐데 여을은 끝까지 그러지 못했다. 손에 들고 있던 짐들을 아래로 툭 떨어뜨렸다. 깡, 하고 맥주 캔 찌그러지는 소리가 얼핏 들리는 듯했다.

"부산까지 온다고 고생했다고? 아님, 나 찾는다고 대한민국 다 뒤진다고 고생했다고?"

"여을아."

"고생을 나만큼 했어?"

"구여을."

"누나?"

아파트에서 나온 민석이 자신을 부르자, 그녀가 멈칫했다. 놀란 듯 눈을 뻐끔거리고 있는 민석이 눈에 들어왔다. 뭔가 이상함을 눈치챈 그가 인상을 찡그리고 냉큼 다가오려고 하자, 여을이 외쳤다.

"오지 마."

"네? 하지만……."

그렇게 중얼거리는 민석을 뒤로한 채 여을이 제 아버지의 손을 잡아 이끌었다. 오지 말라고 했으니 끝까지 따라오지는 않겠지.

그는 여을의 손에 힘없이 질질 끌려왔다. 오랜만에 얼굴을 본 아버지 덕분에 많은 감정이 느껴졌다. 분노, 억울함, 짜증. 갖가지의 감정들 중에 아버지를 향한 연민과 동정은 없었다.

자신이 모았던 학비에 손을 댄 그 순간부터 아버지에 대한 연민도 말끔하게 사라졌다. 여을이 그를 아파트 뒤편으로 이끌고 손을 탁 놨다.

"어떻게 알고 왔어요?"

"여을아, 그게……."

"아니, 왜 왔어요."

여을이 피곤하다는 듯 머리를 쓸어 넘겼다. 죄인같은 얼굴로 제 눈치를 살피는 아버지에 그녀가 꼴도 보기 싫다는 듯 고개를 돌렸다.

"누가 네 핸드폰 들고 있었는데…… 통화 버튼이 눌린 걸 몰랐나 봐. 부, 부산 뜰 거라는 말 듣고 찾아 온 거야."

"일하는 곳은 어떻게 알았어요?"

"저, 전화 들고 있던 애가 네 신분증, 이야기하는 거 들었어, 그래서……."

뒷말을 흐렸지만, 법원 주변에서 진을 치고 기다렸다는 말이었다. 그녀의 입에서 땅이 꺼질 듯한 한숨이 터져 나왔다.

아버지랑 통화하지 않았다고 말했지만, 있던 통화 기록의 정체가 이거였던 모양이다.

"여을아, 아버지가 너한테 할 말이 많아."

"할 말이 뭐가 많아요. 하나밖에 더 있어? 돈 빌려달라고?"

여을의 아버지가 입을 꾹 다물었다. 그녀가 비뚜름하게 대답했다.

"줄 돈 없어."

"구여을, 몇 년 만에 본 아버지한테 그런 말 하고 싶어?"

"아버지 노릇은 안 하고, 아버지 대접은 받고 싶어? 그래? 내 앞에 나타난 거, 이런 말 들을 각오 하고 나타난 거 아니야? 아니, 도대체 내 앞에 왜 나타난 건데!"

말을 하다 보니 쌓여 있던 울분이 왁! 하고 터졌다. 인생에 도움이라고는 된 적이 없던 아버지가 도대체 왜 다시 제 앞에 나타났는지 모르겠다.

소리를 치자 낡은 아파트에 그녀의 목소리가 메아리처럼 윙윙 울렸다. 한참을 씩씩거리던 그녀가 애써 진정하기 위해서 숨을 가다듬었다.

"내가 네 앞에 나타난 거, 이런 말 들을 거 알고 나타난 거 맞아."

힘없는 목소리였다. 여을은 아버지의 이런 모습에서 더 이상 연민과 동정이 느껴지지 않았다. 그저 지긋지긋했다.

과거의 자신이 떠올랐고, 이번에도 아버지에게 발목이 잡히면 또 고생할 미래의 자신이 떠올랐기 때문이다.

"돈 때문에 너 찾아온 것도 아니고…… 그냥, 전에 살던 집에 갔는데 네가 없어서……. 연락도 안 되고, 얼굴은 보고 싶고, 한 번쯤 어떻게 지내나 궁금하기도 해서. 그래서 온 거야."

"……."

"원래, 원래는 그냥 말 안 하고 가려고 했어!"

그녀는 변명처럼 들리는 아버지의 말을 그저 듣고 있기만 했다. 이성이 서서히 돌아오는 듯한 느낌이 들었다.

"그, 근데…… 너한테 남자친구도 생긴 거 같고……. 그, 같이 퇴근한 남자, 남자친구 맞지? 지, 직업은 뭔데? 주변에서 검사님이라고 하던데 검사야? 그래? 어휴, 너랑 잘……."

"말 안 붙이려고 했다면서."

"어? 어어. 맞아, 말 안 붙이려고 했는데……. 여을이, 네가 검사랑 아는 사이인 거 같아서…… 그, 네 남자친구한테……."

"그럼 끝까지 말 붙이지 말지."

여을이 말을 딱 잘라 대답했다. 변명처럼 말을 하던 여을의 아버지가 다시 한 번 입을 다물었다. 축 늘어지는 어깨를 본 여을이 얄팍한 한숨을 내쉬면서 대답했다.

"끝까지 말을 안 붙였어야지. 나한테 무슨 자격으로 말을 붙여. 무슨 낯으로 내 앞에 얼굴을 들이밀어."

"여을아."

"검사면 뭘 어쩌려고? 나는 돈 안 줄 거 아니까 걔한테 가서 돈 달라 하게?"

"구여을!"

"진짜 이해가 안 가. 아버지가 무슨 낯으로 내 앞에 나타난 건지. 아버지 없어지고 나서 내가 어떻게 살았는지 알면, 이렇게 뻔뻔하게 내 앞에 못 나타나."

"알아, 아는데……. 내가 다 잘못한 거 아는데……."

"뭘 알아!"

그녀가 욱하듯이 소리를 버럭 질렀다. 아무것도 모른다. 함께 그 긴 시간을 보내왔던 것도 아니고, 빚을 갚기 위해서 같이 노력했던 것도 아니었다.

엄마는 빚이 생기고 얼마 지나지 않아서 집을 나갔고, 아빠란 작자도 아이를 내버려 두고 도망갔다. 사채업자들은 오롯이 그녀가 견뎌내야 하는 몫이었다.

열아홉의 여고생이 전부 견뎌내야 하는 몫.

"그렇게 도망가고 나서, 몸까지 팔 뻔했어."

"뭐?"

"술집 끌려가서 몸까지 팔 뻔했는데."

그리고 그걸 제 첫사랑에게 들키기까지 했는데.

"겨우겨우 버티면서 살아왔는데, 대학 때 이렇게 슬금슬금 나타나서 고시 공부하려고 모아 둔 돈 다 들고 도망갔더라."

"……."

"그런데 내 앞에 어떻게 나타나? 무슨 자격으로."

여을아, 그게, 그러니까, 변명을 하듯이 이어지는 말에 그녀의 목이 막혔다. 그냥 제 모든 과거가 불쌍했다.

이제야 조금 물렁해지는 삶을 살려고 하는데 다시 가시 돋친 원래의 구여을로 돌아갈 거 같았다. 유제와 함께 돌아오지 않아서 다행이었다. 제 아버지 꼴을 유제에게 들켰더라면, 정말로 죽고 싶었을 거다.

"이제 늙고, 힘들고, 돈 없고, 집 없으니까 내가 생각나?"

여을은 말할 틈도 주지 않고 다다다 몰아붙였다. 변명을 해봤자 전부 통하지 않으리라는 걸 그녀의 아버지는 알고 있었다. 그리고 그의 모든 말들이 변명이기도 했다. 지금에야 와서 미안하다고, 그때 자신이 제정신이 아니었다고 말을 해도 여을이 이해할 수 있을 리가 없다.

"나 주변 사람들한테 아버지 죽었다고 말했어."

그가 숙이고 있던 고개를 퍼뜩 들었다. 그래도 그런 말을 하면 되느냐, 라는 힐난의 눈빛에 그녀가 지친 얼굴을 했다.

빛이라고는 한 줄기 없는, 세상의 모든 어둠을 끌어안은 얼굴이었다. 들고 왔던 무거운 짐 때문이 아닌, 아버지란 이름의 짐이

제 어깨를 꾹 눌러왔다.

"부모님 두 분 다 죽었고, 내 옆에 없다고 했어. 서운해?"

"서운…….."

"어떻게 보면 내가 원한 거기도 해. 차라리 죽어서 없었으면 좋겠다는 생각도 했어."

여을이 검지로 이마를 긁었다. 무거운 한숨을 푹푹 내쉬었다.

"도망치고 싶어서 여기로 내려온 건데, 내가 또 사라졌으면 해?"

여을이 금방이라도 꺼질 것처럼 말했다. 여을은 더 이상 할 말이 없다는 듯 몸을 돌렸고 뒤에 서 있는 유제와 눈이 마주쳤다.

"……유제야."

유제의 서늘한 시선이 여을이 아닌 그녀의 뒤에 서 있는 그녀의 아버지에게로 향했다. 아, 망했네. 그녀가 한 손으로 얼굴을 쓸어내렸다.

"민석이가 너 이상한 사람이랑 있다고 말해서 부랴부랴 왔는데."

"……."

"아버님?"

유제의 호칭에 움찔한 건 다름 아니라, 그녀의 아버지였다. 여을은 긍정도, 부정도 하지 않은 채 멀거니 서 있었다.

반면, 그녀의 아버지는 꼭 도둑질을 하다 들킨 아홉 살 남자애처럼 한참을 허둥지둥했다. 여을과 아무 사이도 아니라는 둥, 그냥 뭐 좀 물어보려고 했다는 둥, 횡설수설 말을 잇기만 했다.

"맞아."

긍정을 내린 건 여을 쪽이었다.

"죽었다고 했는데 살아 있어서 놀랐어?"

그녀가 자조적으로 중얼거렸다. 고등학생 때도 그랬지만 자신은 늘 유제의 앞에서 밑바닥만 보여주고 있다는 생각이 들었다.

금방이라도 꺼질 촛불처럼 가냘픈 얼굴을 한 여을이 고개를 숙였다. 그냥 이 세상에서 자신의 아버지가 아니라, 제 존재가 사라졌으면 좋겠다는 생각을 했다.

잘못 쓴 글을 지우개나 화이트로 지우는 것처럼 말이다. 그녀가 반쯤 포기한 얼굴로 물었다.

"아님 그렇게 말해서 정떨어져?"

딱히 대답을 듣고자 한 말이 아니다. 말문이 막혀서 아무 말도 하지 못하고 있는 유제를, 여을이 아무렇지 않게 스쳐 지나갔다.

더 이상 할 말이 없었다. 살아 있는 사람을 죽었다고 거짓말했고, 재차 물어보던 유제에게도 거짓말로 대답했다. 정이 떨어졌어도 할 말이 없었다.

"누나."

화단에 엉덩이를 붙이고 있던 민석이 그녀를 발견하자마자 자리에서 벌떡 일어났다.

"괜찮, 괜찮아요?"

민석이 눈치를 보면서 물어봤지만 여을은 아무 말도 없었다. 놔두고 갔던 마트 봉투를 그녀가 들자, 맥주 냄새가 확 났다.

아래를 확인하니, 아까 전에 떨어뜨렸던 게 잘못됐는지 맥주 캔이 찌그러져 줄줄 새는 게 눈에 들어왔다.

"이거 제가 들게요."

"구여을."

올라가려고 하던 유제가 그녀의 앞을 막아섰다. 유제가 민석을 힐긋 쳐다보니, 민석이 봉투를 챙기고 자리를 비켰다. 눈치 빠르게 엘리베이터 안으로 들어가는 민석을 바라본 유제가 얄팍한 한숨을 내쉬었다.

"얘기 좀 하자."

"거기서 내가 해야 할 얘기가 더 있어? 살아 있는 아버지 죽었다고 말한 부분에 대해서 변명해야 해?"

"여을아."

"변명이라도 듣고 싶어?"

변명이라면 몇 번이고 말을 할 수 있었다.

"살아 있어봤자 도움 안 되는 아버지라서, 있으면 내 발목만 잡는 아버지라서 죽었으면 좋겠다고 생각했어. 어차피 더 이상 날 못 찾을 거라고 생각해서 죽었다고도 말했고."

"……."

"이제 됐어?"

무슨 말을 해야 할지 모르겠다. 어떤 말을 해도 거짓말처럼 받아들일 거 같은 여을에 유제가 혀로 마른 입술을 핥았다.

"아무도 네 탓 안 했어."

여을이 볼 안쪽을 씹었다, 눈물이 왈칵 흐를 거 같은 느낌을 꾹 눌렀다. 불어오는 밤바람에 유제가 그녀의 어깨 위로 제 외투를 덮었다.

"네 탓 안 해. 정떨어지지도 않았어."

"……."

"네가 힘들게 살아온 거 알아. 죽을 만큼 고생한 것도 알아. 너 다음으로 가장 잘 아는 사람이 나라는 거, 너도 알잖아."

'근데 왜 그렇게 모질게 말해. 나한테는 물론이고 너 본인에게

까지 왜 그렇게 모질게 굴어.'

여을은 아무런 말도 하지 않고 있었다.

유제가 여을의 팔을 잡아당기자 그녀가 어정쩡하게 다가갔다. 시선을 내리깐 여을을 보며 그가 작게 중얼거렸다.

"쉽게 식을 마음이었으면, 너한테 그렇게 다가가지도 않았어."

그녀가 작게 중얼거렸다. 유제 앞에서는 늘 완벽하고 싶었다. 제 주위를 둘러싸고 있는 모든 것들이. 그리고 스스로가.

"너한텐 완벽한 모습만 보이고 싶었어."

"……."

"발목 붙잡는 아버지도, 가난한 집안도 없이, 그저 평범한 집 안의 평범한 구여을이면 좋겠다고 생각했어."

근데 네 앞에서는 내가 늘 못나. 하나도 어른스럽지가 못했다. 정말 새사람이 되었다고 봐도 무방한 유제의 앞에서 자신은 늘 열아홉의 구여을인 듯했다.

"여을아."

유제가 작게 토닥였다.

"너도 우리 아버지가 신경 쓰여?"

그가 착한 사람이라고 해도, 윤유제의 주변은 바뀌지 않으니까. 윤 회장은 겉만 번지르르한 사람이니까.

유제의 가슴팍에 머리를 댄 그녀가 고개를 저었다. 그것 보라며 유제가 작게 웃었다.

"네가 그런 것처럼 나도 마찬가지야."

"……."

"그런 거에 쉽게 흔들릴 마음이 아니니까. 아무 말도 안 할 테 니까. 그러니까, 어디 간다는 말 하지 말고……."

유제는 여을이 고개를 들지 못하도록, 그녀의 머리 위에 제 볼을 맞대었다.

"내 옆에만 있어. 그러면 돼."

여을이 눈을 꾹 감았다. 눈물은 흐르지 않았다. 한참을 그의 가슴팍에 기댄 채 서 있었다. 눈물을 보일 거란 예상과 달리 여을은 별다른 표정 변화 없이 몸을 떨어뜨렸다.

"고마워."

그녀가 짤막하게 대답했다. 오지랖 넓게 '그래도 부모님인데' 따위의 말을 하지 않아서 고맙고, 가만히 품만 빌려준 것이 고맙고, 흔들리지 않을 마음이라 말해준 게 고마웠다.

여을은 억지로 웃었다. 만약 유제가 오지랖 넓은 행태를 보였더라면, 그도 함께 잘라냈을지 몰랐다. 반면 유제는 울지 않는 그녀가 신경이 쓰였다. 마음 편하게 한 번 펑펑 울고 나면 나아지지 않을까.

"올라가자."

민석을 따라 엘리베이터에 올라탔다. 유제가 뒤를 힐끔 쳐다봤지만, 여을의 아버지의 모습은 보이지 않았다. 익숙하게 버튼을 두 개 연달아 누른 유제가 물었다.

"같이 있어줄게."

"혼자 있고 싶어."

혼자만의 시간이 필요했다. 같이 있고 싶은 건 제 욕심일지도 몰랐기에 유제가 마음을 꾹 눌렀다. 연인이라고 해서 사시사철, 밤낮 상관없이 함께 있고 싶은 건 아닐 거다.

알겠다며 고개를 끄덕이는 유제에 여을이 애써 웃었다. 처음부터 끝까지 배려해 주는 마음이 고마웠다. 자신이 사는 층수에 도착하자, 현관문 앞에 여을이 사 왔던 마트 봉투가 보였다.

아직 닫히지 않은 엘리베이터 문을 보며 그녀가 대꾸했다.

"민석이 챙겨주고. 오늘 약속 못 지켜서 미안하다고 전해줘."

"그래."

스르륵 닫히는 엘리베이터 문 사이로 여을과의 거리가 단절됐다. 띵! 다시 한 번 엘리베이터가 울리고, 그가 집 현관문을 열었다.

신발장 바로 근처에 앉아 있던 민석이 벌떡 일어났다. 유제의 뒤를 한 번 본 민석은 혼자 올라온 그에 인상을 찡그렸다.

"누나랑 같이 안 있어요? 지금 같이 있어줘야 하는 거 아니에요?"

"본인이 혼자 있고 싶대."

"그래도 같이 있어줘야죠."

민석이 어이가 없다는 듯 대꾸했다. 뒤를 졸졸 따라오며 잔소리를 해대는 민석에 유제가 넥타이를 풀다 말고 뒤를 돌아봤다.

"누나 지금 외로울 거예요."

"알아."

"남자친군데 같이 안 있어줘요?"

"같이 있어주고 싶어."

"근데요!"

왜 최민석 본인이 더 화를 내는지 모르겠다. 그가 헛웃음을 흘리며 손을 뻗어 민석의 이마에 아프지 않게 툭 하고 튕겼다.

아프지도 않은데 갑작스러운 공격에 놀란 모양인지 민석이 양손으로 자신의 이마를 가렸다. 또 한 번 튕길까 하다, 유제가 민석의 머리에 손을 툭 올렸다.

"외로운 거 알고, 지금 힘들 것도 알고, 같이 있어주고 싶기도 해."

유제의 말에 민석의 미간을 찌푸렸다. 이놈이 왜 여을의 일에 자기가 더 화를 내는지 모를 일이지만, 그가 차분하게 말을 이었다.

"그런데 구여을이 원하지 않잖아."

"……그래도……."

"상대가 원하지 않는 걸 억지로 한다면 그건 욕심이고, 이기심이야."

자기만족을 위한 이기심. 여을의 본심이 어떨지는 몰라도, 그녀가 입 밖으로 내뱉은 말은 '혼자 있고 싶다.' 였다.

"그리고 나는 지금 그 애를 기다리고 있는 거고, 배려하는 거고."

잘 모르겠다는 얼굴의 민석에 유제가 픽 웃었다. 아직 첫사랑도, 짝사랑도 어느 것도 해보지 못한 코찔찔이 청소년이 뭘 알겠나 싶었다.

머리 위에 올려두었던 손을 내려놓고는 그가 넥타이를 마저 풀고, 입고 있던 재킷을 벗었다. 지금도 여을이 집에서 홀로 운다고 생각을 하면 벌써부터 뛰쳐나가고 싶었다.

"최민석, 네가 그렇게 말하지 않아도."

민석이 입술을 삐죽 내밀며 그를 올려다 봤다.

"여을이가 혼자 있고 싶지 않다고 말하면, 내가 제일 먼저 갈 거야."

"……."

"청소년은 쓸데없는 걱정 하지 말고, 잠이나 자. 시간 늦었다."

그 말에 민석의 시선이 방에 걸린 시계로 향했다. 아직 열 시도 되지 않은 시각인데 늦기는 뭐가 늦었다는 건지 모르겠다.

툴툴거리던 민석이 유제의 침대 끄트머리에 걸터앉았다. 유제가 어쭈? 하며 쳐다보자, 이제는 대놓고 큰 대자를 그리며 누웠다.

"누나 신경 쓰이잖아요."

대화를 못 들은 것도 아니고, 전부 들었는데. 여을은 자신이 그의 첫사랑, 유제와 닮았다고 했지만……. 글쎄, 스스로가 생각하기에 자신은 오히려 여을을 더 닮은 거 같았다.

"여을이가 말한 게 심했다고 생각해?"

유제는 벗은 재킷을 민석의 몸 위로 툭 던졌다.

"별로요."

어른답지 못했다−라는 말이 나올 줄 알았다. 대 자로 누워 있던 민석이 옆으로 몸을 둥글게 말았다.

"누나가 그랬거든요. 그래도 부모님인데, 라고 말하는 것들은 죄다 공감 능력 결여된 인간이라고. 저는 누나랑 비슷한 상황이니까 그런 말 더 하기 싫어요."

"……."

"전 죽을 때까지 누나 편 할래요. 아버지 꼴 보기 싫어서 죽었다고 말한 게 뭐가 나빠요."

"……."

"부모가 나빠봤자 얼마나 나쁘겠어, 라고 말하는 인간은 안 될 거예요."

"너 말이야."

"네?"

유제가 조금 이상해진 얼굴로 쳐다봤다. 열아홉을 상대로 견제하자니 제 꼴이 좀 우스워지는 거 같아서 참고 있기는 하지만 어쩐지 기분이 썩 유쾌하지는 않았다.

"여을이랑 왜 같이 있지 않느냐는 건, 비슷한 상황이었을 때 넌."

"……."

"누가 네 옆에 있어주길 바랐던 거 아냐?"

여을이 민석을 통해서 유제를 투영하고, 스스로를 투영했듯 민석 역시 마찬가지였다. 여을의 모습에서 최민석, 자기 자신을 투영하고 있었다.

"뭐래. 그런 거 아니거든요."

들키고 싶지 않은 부분을 들켰다는 생각에 민석이 몸을 벌떡 일으켰다. 저가 왜 유제의 방에서 이런 이야기까지 하고 있는 건지 모르겠다.

솔직하게 말하자면, 두 사람 덕분에 인간다운 생활을 다시 하게 된 건 맞지만……. 두 사람의 연애사에 끼어들 만큼은 아니었다.

다만, 저를 보면서 오지 말라고 외치던 여을을 생각하면 마음 한구석이 걸렸다. 사람들이 이런 마음을 동병상련이라고 하는 듯했다.

"최민석."

"네?"

방을 나가던 민석이 다시 얼굴을 빼꼼 내밀었다. 유제의 얼굴에 근사한 미소가 떠올랐다. 남녀를 따지지 않고 근사한 사람이 지을 법한 멋진 미소였다.

"신경 써줘서 고맙다."

괜히 민석의 가슴 한구석이 간질거렸다.

⬠

제 앞에 앉아 있는 박 씨를 보며 유제가 종이를 몇 장 넘겼다. 새파랗게 어린 검사 놈과 이야기를 나눌 짬밥이 아닌데. 그리 생각한 박 씨가 껌을 쫙쫙 씹었다.

한참을 서류만 들여다보던 유제가 이윽고 박 씨에게로 시선을 돌렸다. 여전히 껄렁한 태도에 유제가 빙그레 웃었다.

"불법 보도방 운영에, 근처 상점가 협박, 폭행, 그것도 모자라 미성년자까지 조직으로 끌어들이고."

"……."

"협조를 하시는 편이 좋을 거 같은데요."

아무 말 안 하고 있는 박 씨에 유제가 잠시 침묵을 지켰다. 박 씨 같은 놈들이 하는 짓처럼 똑같이 주먹질을 하면 금방 말을 잘 들을 텐데, 이럴 때는 참 공무원이 불편하다. 상대가 죽으려고 덤벼들어도 어떻게 하지를 못하니 말이다.

여전히 비협조적인 박 씨에 유제가 나긋하게 물었다.

"흥미 없으십니까?"

"뭐어."

"그럼 이 이야기는 흥미 있을 거 같은데."

유제의 한 마디에 박 씨가 눈을 치켜떴다.

"제가 왜 신부산파가 운영하는 룸살롱만 털었는지."

이 새끼 이거……. 작게 욕설을 중얼거리던 박 씨가 몸을 고쳐 앉았다. 안 그래도 부산에 다른 조폭들도 있는데 왜 자신들만 건 드렸는지는 궁금하던 참이었다.

"관심 생깁니까?"

"들어나 봅시다. 우리가 뭐 잘못했다고."

"잘못한 건 많죠. 방금 앞에서도 말씀드렸잖아요?"

"……."

"사무실에 있는 회계장부 뒤지기 시작하면 좀 골 아플 텐데 요."

"이봐요, 검사님. 빙빙 돌리지 말고 그냥 얘기해요."

"좋습니다."

유제가 짤막하게 고개를 끄덕였다. 그가 박 씨의 앞으로 사진 한 장을 내밀었다. 예전에 민석이 찍었던 봉식의 사진이었다. 사 진을 보자마자 박 씨가 헛기침을 했다.

"이봉식 씨 어딨습니까?"

"몰라요. 이 새끼가 토낀 걸 내가 어떻게 압니까?"

"그럼."

유제가 서랍을 연 다음 다른 사진 한 장을 그의 앞에 내밀었 다.

"이 검은색 승합차는 어디 있습니까?"

봉식의 사진을 보고 헛기침을 했을 때와는 전혀 다른 반응이 나타났다. 한눈에 봐도 쩡하게 굳은 몸에 유제가 빙그레 웃었다.

서 의원에게 갔을 게 분명한 검은색 승합차다. 사건기록물에 나와 있던 기사의 복사본도 내밀었다. 서 의원이 불법 선거자금 을 받았다는 타이틀에 박 씨가 눈을 데구륵 굴렸다.

이번에 그가 꺼내든 건, 조폭을 동원해서 시행사 대표를 협박했다는 기사였다. 거기에도 멀거니 '신부산파'라는 이름이 적혀 있었다.

"이것들은 흥미 있을 거 같은데."

"거……."

다 알고서 일부러 털었다는 말이다. 입안이 쩍쩍 마르는 감각에 박 씨가 혀로 입술을 핥았다.

"차떼기 한 거 맞습니까?"

"차, 차떼기라니."

"증인 있습니다."

이봉식이 그 새끼인가? 아니면 이봉식이 그놈과 늘 함께 다니던 최민석이 그 자식? 박 씨가 손을 뻗어 물컵을 잡았다.

진짜 모든 걸 다 알고 자기들만 조진 거다. 박 씨는 눈을 질끈 감았다. 망했다는 생각과 더불어 제 뒤에는 디케이의 윤 회장이 있다는 사실을 다시 한 번 상기했다.

"아무것도 몰라요, 난."

"……."

"차떼기 뭔지 모르고, 이봉식이 그 자식은 토낀 건지, 뒤진 건지 모르겠고. 아니, 애초에 이봉식이를 왜 나한테서 찾는 건지."

나참, 허참. 어이없다는 듯 대꾸하는 박 씨의 모습에 유제가 책상 위에 있는 것들을 전부 챙겼다. 유제가 그냥 아무 말 하지 않고 보기만 하자 박 씨가 횡설수설 말을 이었다.

"서 의원 이야기 모르고, 이거 승합차도 난 모르는 사실이고, 우리는 그냥 디케이에서."

"디케이?"

"허업."

말꼬리를 잡았다는 생각에 유제가 씨익 웃었다.

"디케이."

"……"

"거기 윤 회장님을 제가 좀 알죠."

"아니, 뭐, 윤 회장님 같은 분이야 티비 틀면 여기저기서 나오는 분 아닙니까."

건들건들하던 말투가 급하게 공손해졌다. 저한테 잘 보이기 위함인지, 아니면 이 자리에도 없는 윤 회장이 두려워 이러는 건지는 알 수가 없었다.

다만 박 씨에게 확실한 건, 그가 말꼬리를 잡았다는 것과 윤유제의 눈빛이 어쩐지 윤 회장과 많이 닮았다는 생각이 들었다.

"차떼기 누가 시킨 것인지도 압니다. 신부산파에서는 그냥 운반만 한 것도 알고 있습니다."

신부산파가 운영하는 룸살롱이 점차 늘어가던 시기가, 서 의원에게 돈이 배달된 시기와 맞물린다. 신부산파는 디케이의 더러운 짓을 대신 해주는 쪽이었다.

"제가 아는 게 좀 많습니다."

유제가 의자 등받이에 몸을 편하게 기댔다.

"작정하고 한 곳만 털까요? 아니면 합의를 볼까요?"

박 씨가 입술을 꾹 다물었다. 어차피 말을 해도 조진 인생이고, 말을 안 해도 조진 인생이다. 저야 운반만 해주었다고 시인하면, 앞에 있던 것들을 묶어도 큰 형은 받지 않을 거다.

하지만 형을 얼마 받지 않는다고 해도 살고 나오면……. 윤 회장의 눈에 단단히 찍히는 것과 마찬가지였다. 박 씨는 어느 쪽이 더 제게 이득인지 머리를 굴리기 시작했다.

한눈에 봐도 머리 굴리는 소리에 유제가 무표정을 유지했다.

"윤 회장이 지켜줄 거라는 생각은 하지 않는 편이 좋습니다."

어차피 자신이 맡지 않아도 잘못한 게 워낙 많아서 실형은 불가피하다.

"윤 회장님이 이런 데 많이 능숙하거든요."

"……."

"자기도 기업 뒤처리해 주는 일이나 하다가, 지금 디케이가 됐는데……."

박 씨가 움찔움찔했다.

"과거에 여럿 회장님들 손에서 놀아났죠, 윤 회장님이."

"……."

"자기가 당했다고 윤 회장님 안 그럴 분도 아니고."

또 한 번 움찔.

"코 푼 휴지, 주머니에 소중히 보관하는 사람은 없을 거 같은데요. 안 그렇습니까?"

박 씨가 혀로 마른 입술을 다시 한 번 핥았다. 유제가 제 아버지에게서 배운 건 이런 일들이었다. 거래를 빙자한 협박, 위로하는 척하면서 하는 이간질. 박 씨 같은 놈들을 상대할 때 쓰면 잘 먹히지만, 하고 난 뒤에는 자괴감이 들고는 했다. 그러면서도 나쁜 걸 배웠지만 유용하게 잘 써먹고 있다는 생각에 유제가 비뚜름히 웃었다.

"뒤통수 맞기 전에, 먼저 치는 쪽이 안 낫습니까?"

여전히 고민하고 있는 눈치에 유제가 더 이상 말은 하지 않았다. 유제에게 있어 박 씨는 피라미에 속했다. 과거 윤 회장이 회장님들 뒤 닦아주던 시절과 비슷했다. 나쁜 짓은 골라서 하지만 아직 요령이 없는 시기. 그렇다 할 만큼 조직이 큰 것도 아니니 잘만 구슬리면 금방 넘어올 거다.

"곰곰이 생각해 보세요."

박 씨가 내리깔고 있던 시선을 들고 유제를 똑바로 봤다.

"어떻게 하는 게 박 선생님께 유리할지 말입니다."

이야기가 끝난 듯해 유제가 자리에서 일어나려는 찰나였다. 똑똑, 노크 소리가 두어 번 나더니 문이 허락도 없이 벌컥 열렸다.

당연히 계장일 줄 알았는데, 보이는 얼굴은 1차장검사 박태식이었다. 유제를 향해 살갑게 웃는 얼굴이었다.

"지금 바쁜가?"

"대충 일은 끝냈는데……. 어쩐 일이십니까?"

"아아, 오늘 저녁에 시간 되……."

태식의 눈이 자리에 앉아 있던 박 씨에게로 향했다. 그는 1차장검사로써 박 씨가 누군지도 알았으며, 디케이와 어떤 관련이 있는지도 아는 얼굴이었다.

태식이 마른침을 꿀꺽 삼켰다. 박 씨가 왜 여기에 있는지 모르겠다는 얼굴이었다. 슬쩍 책상을 봤지만, 아무것도 없이 깨끗한 상태였다.

"신부산파……?"

"네. 불법 보도방 운영이랑, 미성년자 폭행 때문에 있습니다."

"그게 전부인가? 더 없고?"

뭔가 더 있어야 하는 건가 싶었다. 유제가 아무것도 모른다는 듯 빙그레 웃었다.

"뭔가 더 있어야 합니까? 더 있는 거 같으면."

그가 힐끔 박 씨를 쳐다봤다.

"더 조사해 보도록 하겠습니다."

"아, 아니. 요새 머릿수가 늘어나는 난놈이라."

태식이 어설프게 웃었다. 오히려 박 씨는 유제의 능수능란한 연기력에 박수를 치고 싶었다. 1차장검사에게 부러 말하지 않는 듯했다. 이쯤 되면 윤유제 저 남자는 검사가 아니라 연기를 해야 할 판이었다.

태식이 큼, 기침을 한 번 하며 다시 물었다.

"오늘 저녁에 시간 좀 잠깐 내주게."

"예, 알겠습니다."

태식이 빙긋 웃고는 문을 닫았다. 태식은 입술을 잘근잘근 물면서 유제의 방을 벗어나 빠르게 아래층에 있는 기록실로 내려갔다.

위에 있을 때 디케이를 건드렸던 놈이고, 신부산파의 박 씨까지 잡아들였으면 오히려 모르는 쪽이 이상했다. 분명히 다 알고 있는데 저리 거짓말을 한 게 확실하다.

윤유제가 다시 한 번 디케이의 윤 회장을 건드리면, 눈 밖에 나는 건 자신이다.

"에이, 시벌."

기록실 문을 쾅! 소리 내며 열자 안에 있던 여을과 이 선생이 흠칫했다.

"검사님?"

기록물을 보기 위해서 안으로 성큼성큼 들어가려고 하자, 여을이 빠르게 차장검사의 앞을 막았다.

"함부로 들어가시면 안 됩니다. 찾으시는 기록물 있으시면 저한테 말씀하세요."

"검사가 청사 내에 있는 기록물을 못 보란 법 있나? 그러니까 비켜."

"못 보란 법은 없죠. 하지만 찾으시는 기록물은 저희가 꺼내드려야 합니다."

여을과 이 선생이 낀 흰 장갑은 보이지도 않는 모양이다. 말귀 못 알아듣고 융통성 없는 구여을에 태식이 머리를 거칠게 벅벅 긁었다.

"작년 7월에 종결된 사건기록물 보고 싶은데."

"서 의원 뇌물 수수 사건 말씀하시는 거죠?"

"그래!"

태식이 버럭 소리를 질렀다. 빤히 보던 여을이 짤막하게 대답했다.

"그 자료 다른 검사님이 대출하신 상탭니다."

"뭐? 누구? 누가 대출했는데?"

그녀가 짤막하게 대답했다.

"윤유제 검사님께서 대출하셨습니다."

"뭐?"

태식이 인상을 와작 구겼다. 여을이 끼고 있던 흰 장갑을 벗고는 카디건 주머니에 넣었다. 제대로 못 들은 거 같아 그녀가 다시 한 번 또박또박 대꾸했다.

"윤유제 검사님께서 대출하셨다고 말했습니다."

"왜! 어째서!"

노골적으로 대출을 왜 해줬느냐는 반응에 여을이 한숨을 내쉬었다. 이 선생은 발을 동동 구르며 여을과 태식 사이에서 눈치만 보고 있었다. 자칫 잘못하면 일이 커진다고 생각하는 모양이었다. 쓸데없는 걱정이겠지만, 이 선생의 입장에서는 충분히 그럴 수 있는 생각이었다. 그녀가 작게 한숨을 내쉬었다.

"사건 때문에 필요하다 하셔서 대출해 드렸습니다. 대출해 드리면 안 되는 특별한 이유라도 있습니까?"

"구 선생……!"

여을이나 유제나 어느 누구 할 것 없이 여우 같은 인간이었다. 특히 윤유제는 알고 있으면서도 모르는 척 내숭을 부린 거기도 했다.

태식이 미치겠다는 듯 정장 재킷을 한 번 탁 날리고는, 허리에 손을 얹었다. 이 선생이 있어서 더 이상 말을 하지 못하고 작게 읊조리듯이 이야기했다.

"진짜 이럴 건가?"

"전 제가 해야 할 일을 한 것뿐입니다. 제게 부탁하셨던 것도 제 직업상 그럴 수 없어서 거절했던 거고요."

"좋아, 그래. 자네는 자네 일 해."

말이 통하지 않는 여을을 더 이상 상대할 마음이 없는지 태식이 씩씩거렸다.

"윤 검사한테 간 자료, 돌려달라고 해. 그리고 나한테 줘."

"그럼 윤 검사님이 반납하실 때까지 기다리세요."

"뭐?"

"대출하신 지 한 달도 지나지 않았는데 독촉은 조금 무리일 듯 싶습니다. 혹 한 달 후에도 자료 반납하지 않으시면 그때 말씀 전하겠습니다."

"자네, 융통성이란 것도 없나?"

"융통성 운운할 문제가 아닌 듯합니다."

이전에 자신에게 기록물 폐기까지 부탁했던 태식이기에 여을은 더 원리 원칙대로 해야 했다.

"저한테 하셨던 부탁 생각하면 더 융통성 발휘할 문제가 아닌 듯하고요."

그 말이 끝나자마자 태식이 노골적으로 여을을 노려보았다. 그녀를 마땅찮게 보던 태식이 더 이상 할 말이 없다는 듯 기록실 문을 쾅! 닫고 나섰다.

"구 선생."

태식이 사라지자 그제야 숨을 돌릴 수가 있었는지 이 선생이 부랴부랴 그녀에게 다가왔다.

"괜찮아?"

"맞은 것도 아니고, 욕 들은 것도 아닌데요. 괜찮습니다."

이 정도쯤이야. 여을이 어깨를 으쓱하며 빙긋 웃었다. 그렇지 않아도 오늘 출근할 때부터 안색이 영 안 좋았는데, 엎친 데 덮친 격으로 1차장검사까지 이러니 미칠 노릇이었다.

"정말 괜찮은 거 맞아? 오늘 얼굴 정말 안 좋아."

"정말 괜찮아요."

"저 인간은 또 왜 저런대."

"그러게요."

대신 화를 내주는 이 선생에 기분이 조금 풀렸다. 출근할 때부터 표정이 안 좋다고 말해주는 걸 보면 어젯밤에 잠을 못 잔 게 티가 많이 나는 모양이다. 여을이 저도 모르게 얼굴을 쓸었다. 희멀겋게 질린 얼굴에 이 선생 역시 장갑을 벗고는 그녀에게 다가 갔다.

"밖에서 바람 좀 쐬고 와."

"일이 남아 있잖아요."

"어휴, 얼마나 남았다고. 이것만 마무리하면 끝이니까 잠깐 좀 쉬고 와. 오늘 날씨도 좋더라."

황사도 없이 말 그대로 쾌청한 날씨기도 했다. 머뭇거리면서 나가지 않는 여을의 등을 이 선생이 꾹꾹 밀었다.

결국 떠밀리듯 기록실에서 나온 여을이 어쩔 수 없다는 듯 로비로 내려갔다. 대학생 때 있었던 불면증이 다시 도는 듯한 착각이 들었다.

아니, 불면증이 아니라 화병인가. 아버지의 얼굴만 보고 나면 그날부터 며칠간 잠은 제대로 자지를 못 했다. 이번에도 그렇겠거니 생각한 여을은 검찰청 후문 쪽 화단에 엉덩이를 툭 걸터앉았다.

"미치겠네."

핸드폰을 꺼내니 저장되어 있지 않은 번호로 전화가 수십 통이 와 있었다. 구구절절한 문자도 있었다.

미안하다는 둥, 잘못했다는 둥, 돈 이야기 때문에 온 게 아니라는 둥, 네 얼굴이 보고 싶었다는 둥. 그렇다고 해서 죄책감이 든다거나 마음이 흔들리지는 않았다.

"뭐 해?"

"앗, 차거!"

볼에 닿는 차가운 감각에 여을의 몸이 흠칫했다.

"여기 있는 거 어떻게 알았어?"

"이 선생님이 알려주던데."

여을이 부랴부랴 핸드폰을 주머니 안으로 넣었다. 자리에서 일어서려고 하자, 유제가 그녀의 어깨를 꾹 눌렀다. 그러고는 똑같이 여을의 옆에 털썩 앉은 유제가 음료수 캔을 따고는 그녀에게 내밀었다.

"마셔. 아침에 커피 마신 거 같아서 일부러 음료수 사 왔어."

"……고마워."

여을이 탄산음료를 좋아하지 않는다는 사실을 알고 있기에 이온 음료를 사 온 참이다. 여을은 유제가 내민 음료수를 받아 한 모금 마셨다. 음료수가 목을 타고 부드럽게 흘러 넘어갔다.

"민석이가 네 걱정 많이 하더라."

"그래?"

"어."

유제가 기다란 다리를 쭉 뻗었다. 여을의 아르바이트가 끝날 때까지 기다리던 고등학교 시절인 것만 같았다. 여을과 함께 있으면 어른이 된 거 같다가, 또 그 시절의 소년이 된 거 같기도 했다.

꼭 이상한 나라로 간 앨리스처럼, 몸이 커졌다가 작아졌다가를 반복하는 느낌. 쭉 뻗은 다리를 보다 여을을 보며 픽 웃었다.

"너랑 왜 같이 안 있느냐고, 혼도 엄청 났다."

"기특한 소리도 할 줄 아네."

"그때 같이 있었으면 왠지 네가 싫어할 거 같았는데. 맞아?"

민석은 기특했고, 유제는 눈치가 빨랐다.

"응, 맞아."

그녀가 짧게 인정했다. 오히려 유제랑 같이 있었으면 더 신경이 쓰여서 제대로 된 생각을 하지 못했을 거다.

"아버지가 뭐 때문에 왔는지 모르겠어."

"……."

"늘 그렇듯 돈 때문인 건지, 아니면 변명처럼 하는 말이 맞는 건지."

그 생각 때문에 잠을 뒤척였다. 여을이 음료를 또 한 번 꼴깍 들이켰다.

"네가 남들 하는 말 안 해줘서 고마워."

그래도 아버지인데, 한 번 이야기는 나눠봐, 따위의 말들. 여을이 그렇게 말하면서 그의 어깨에 머리를 툭 기댔다.

"아버지가 너한테까지 폐 끼칠까 봐 두렵고."

유제는 여을의 작은 머리를 내려다보았다. 방금까지는 남고생이었다가, 지금은 또 어른이 되었다. 여을이 자신에게 의지할 때마다 어른이 된 기분이다. 눈을 감은 여을이 한숨 같은 말을 내뱉었다.

"네가 날 생각해서 우리 아버지 부탁을 들어주는 일이 생길까봐 무서워."

"……."

"그래서 네 얼굴을 제대로 못 보겠어."

사랑하는 사람을 마음껏 사랑하고 싶을 뿐인데 왜 이런 걱정을 하고 있어야 하는 걸까.

유제 역시 그런 일이 생길까 봐 두려워하는 마음을 모를 리가 없다. 그도 몇 번씩이나 하는 고민들이다. 혹여나 윤 회장이 여을을 부르지는 않을까, 함부로 대하지는 않을까 하는 걱정.

유제가 자연스럽게 그녀의 어깨에 팔을 둘렀다. 모든 게 다 괜찮지 않은데도 모든 게 다 괜찮다고 말하고 싶었다. 유제가 작게 중얼거렸다.

"그런 일 생기면 너한테 말할게."

유제가 눈을 내리깔았다. 제 어머니에게 돈을 주던 윤 회장의 얼굴이 떠올랐다.

"혹시 너도 그런 일이 생기면 나한테 말하고."


"기다리고 계실 줄 알았으면 더 일찍 왔을 텐데, 죄송합니다."

유제가 신발을 벗으며 방 안으로 들어왔다. 태식이 손목에 찬 시계를 한 번 보더니 아니라는 듯 고개를 저었다.

"아냐, 아냐. 괜찮아. 시간보다 일찍 왔어."

같이 밥 좀 먹었으면 한다는 말에 오기는 했지만, 이 자리가 영 내키지 않았다. 유제가 태식의 맞은편에 엉덩이를 붙였다. 세팅되어 있지 않은 테이블을 보다, 유제가 고개를 들었다.

"세팅은 내가 조금 있다가 해달라고 했는데, 괜찮지?"

"예, 괜찮습니다."

지금 당장 배가 고파서 죽을 지경도 아니었으니까. 유제가 물컵에 물을 조르륵 따르고는 한 모금 마셨다.

"이 자리에 우리 둘밖에 없으니까 터놓고 얘기하도록 하지."

빙빙 돌리지 않고 본론부터 들어가겠다는 의미였다. 유제 쪽도 그걸 원했기 때문에 나쁘지는 않았다.

탁, 소리가 나게끔 잔을 내려놓자 태식이 유제 쪽으로 몸을 가까이했다. 맨 처음 봤을 때처럼 유들게 웃는 1차장검사의 얼굴은 사라지고, 어두움만이 남은 채였다.

같은 차장검사지만, 2차장검사와는 전혀 다른 면모였다.

"신부산파 잡았잖아."

"네."

"어디까지 알게 됐는데?"

아까 전처럼 모르는 척 시치미를 뗄까 싶어 태식이 선수를 쳤다.

"구여을한테 들었어. 작년 7월에 서 의원 뇌물 수수 사건기록물 대출한 거 이미 알고 있어."

"……."

"솔직하게 말하지 그래."

2차장검사가 정말 검사로서의 '직분'을 다하는 사람이었다면, 1차장검사인 태식 쪽은 확실히 정치검사에 가까웠다.

그렇기 때문에 유제는 박태식이란 사람이 껄끄러웠다. 이렇게까지 이야기하는 걸 보면 1차장검사도 서 의원과 어느 정도 친분이 있다는 뜻이기도 했다.

"박 씨까지 잡아들인 거 보면 많이 알고 있다고 생각하는데. 주로 금융법을 담당하는 자네가 박 씨를 잡아들일 이유는 없으니까."

태식이 힐긋 유제를 쳐다보며 물었다.

"아닌가?"

"……."

"여기 우리 둘밖에 없는데 뭐 어때. 말해보게."

솔직하게 말하는 걸 원한다면 얼마든지 대답해 줄 수 있었다.

"예."

청사 내에서 보여주었던 가식은 집어치웠다. 생글 웃던 낯짝은 온데간데없고, 유제가 무뚝뚝하게 대답했다.

"대충 어떤 루트를 탔는지 짐작하고 있습니다."

신부산파의 차떼기부터 시작했고, 승합차는 서 의원에게 갔으며 돈의 주인은 디케이 윤 회장일 거라는 것도. 그 말에 태식은 목 안이 바짝바짝 마르는 게 느껴졌다. 시계를 한 번 보니 아직 윤 회장이 오기 전까지 시간이 남아 있어 물을 벌컥 들이켰다.

"신부산파 조직 안에 있던 회계장부 뒤지고 있으니까 나오면 확실해지겠죠."

"윤 검사."

박태식이 조언하듯 한 마디 내뱉었다.

"예, 차장검사님."

"그만둬."

아버지가 아들을 어르는 듯한 어투였다. 퍽 친근한 어투에 유제의 머리 위로 물음표가 떠올랐다. 무얼 그만두라는 걸 알 수 없는 게 아니라, 그가 갑자기 이런 말을 하는 이유를 알 수 없었기 때문이다.

"설치다가 훅 가고 싶어?"

"차장검사님."

"위에서 이미 디케이 건들다가, 지방 발령받은 거잖아. 안 그래?"

"……."

"그렇게 오늘내일 없이 살다가 진짜 훅 가면 어쩌려고 그래. 디케이 뒤져 봤으면 어떤지 알 거 아니야."

"……."

"거기 윤 회장, 자기 뜻대로 안 되면 사업장에 박 씨 같은 놈들 시켜서 칼 꺼내는 인간이야."

친부의 수치스러운 행동에 유제는 낯이 화끈거렸다. 물론 박태식은 그가 윤 회장의 아들이라는 사실을 모르기 때문에 하는 말이었다.

전도유망한 젊은 검사를 잃고 싶지 않다는 어투로 태식이 계속해서 말을 이어갔다. 그것이 진심인지, 아니면 그를 달래기 위함인지는 알 수가 없었다.

유제는 아마 둘 다일 거라고 생각했다. 젊은 검사가 죽을까 걱정도 되었고, 또한 괜한 개죽음이 발생하면 청사가 시끄러워지기도 했다. 디케이의 눈 밖에 나고 싶지 않기도 할 테고. 모든 게 복합적이었다.

"윤 검사도 죽고 싶진 않을 거 아니야."

"안 죽습니다."

"윤 검이 안 죽는다고 다짐해서, 안 죽어지나? 사람 일이라는 게 어떻게 될지 모르는 거야."

"……."

"지금이라도 당장 교통사고 나서 죽을 수도 있는 게 인간이고, 자빠져서 코 깨지고 죽을 수도 있는 게 인간이라고. 인명은 재천이라는 말도 있잖아."

"차장검사님."

본론으로 바로 들어갈 거라 생각했는데, 이게 서론인 것처럼 느껴졌다. 음식 세팅을 부탁한 시간이 되어가자 종업원 하나가 들어왔다.

테이블 위로 반찬들이 하나둘씩 올라오기 시작하자 대화가 잠깐 끊겼다. 수저와 반찬들 몇 가지가 준비되자 종업원 한 명이 부드럽게 미소 지었다.

"본식은 조금만 더 기다려 주세요."

"예."

태식이 고개를 끄덕이며 짧게 대꾸했다. 다시 한 번 장지문이 탁 닫히고, 말을 이어나갔다.

"이미 얘기 들었어."

"뭘 말입니까?"

자신이 윤 회장의 친아들이라는 걸 들었다는 소린가.

"위에 있을 때 말이야, 스폰 제의받았다며."

언제 적 이야기를 꺼내는 건지 모르겠다. 연예인만 스폰을 받는 게 아니라 검사도 스폰을 받고는 했다. 술값, 용돈, 주식 등을 받고 후에 스폰서가 힘을 빌리고 싶을 때 도와주는 것. 어디서나 볼 수 있는 스폰서 얘기들이었다.

다만, 유제 쪽은 디케이를 스폰서라고 지칭하기에는 무리가 있었다. 애초에 윤 회장은 자신의 아버지였고, 또 당연히 윤 회장은 그가 디케이를 도와줄 거라고 생각했던 모양이다.

"그리고 거절했다며."

"……."

"전화 몇 번이나 하고, 따로 만나는 자리 만들었으면 좋겠다고 하는 거 거절했다는 얘기 다 들었어."

"……."

"도대체 젊은 사람이 왜 그렇게 빡빡해. 구 선생도 그렇고."

갑자기 나오는 여을의 존재에 유제가 움찔했다.

"구 선생이랑 고등학교 동창이랬지? 원래부터 그랬나?"

"무슨 말씀이신지 잘 모르겠습니다."

"그 골 때리는 년 얘기는 뒤로하고."

"말씀이 좀 지나치십니다."

"어쭈? 동창이라고 챙긴다 이거야?"

"……."

"어휴, 그래, 일단 걔 얘기는 뒤로하고. 우리 좀 편하게, 쉽게, 쉽게 가자. 어?"

반응이 없는 유제를 상대로 태식이 계속 말을 이었다.

"아니, 굳이 험준한 길 가려고 하는 이유가 뭔데. 포장도로 있잖아, 거기로 편하게 가면 되지. 디케이 뒤에 두면 잘 닦인 도로에 벤츠 몰고 다니는 거랑 똑같아. 알잖아."

"차장검사님."

말을 자르려고 하는데도 차장검사는 아랑곳하지 않았다.

"윤 회장님이 윤 검 되게 좋게 보고 있어. 만나고 싶어 하셔."

"예?"

"2차장 같이 썩은 줄 잡지 말고, 내 쪽에 황금줄 잡아. 디케이 쪽 라인 타면 앞으로도 승승장구할 거고."

"……."

"만나는 여자는 있고? 듣자 하니 없는 거 같던데…… 윤 회장님한테 부탁해서 소개도 좀 받아보고. 검사에, 윤 회장 라인이면 괜찮은 집 여자들이 우르르 붙을 거야."

"괜찮습니다. 좋아하는 사람 따로 있습니다."

"좋아하는 사람이랑은 계속 만나면 되지."

"네?"

이건 또 무슨 되도 않는 소린가.

"요새 결혼하고 애인 없는 놈이 어딨어. 모지란 놈도 아니고."

헛웃음이 터져 나오려는 걸 꿀꺽 눌러 삼켰다. 그냥 자리에서 일어나야겠다 싶을 때 태식이 손목에 찬 시계를 또 한 번 봤다. 틈틈이 시간을 확인하는 꼬락서니를 보아하니 또 누가 오기로 되어 있는 모양이다. 음식에 손도 대지 않은 유제가 한숨을 내쉬었다.

"그리고 계속 부산에 있을 거야? 서울 안 올라갈 거야?"

여을이 부산에 계속 있는 이상, 유제는 서울에 안 올라가도 상관없었다.

"서울이나, 부산이나 제 할 일은 변함이 없습니다. 장소는 중요하지 않고요."

"윤 검."

"저는 제가 해야 할 일을 하는 것뿐입니다."

윤 회장이 범법을 저지르지만 않는다면, 그 역시 디케이를 건들지 않을 것이다. 하지만 조사하면 조사할수록 나오는 게 디케이 관련 비리인데 검사라는 직업을 가지고 어떻게 가만히 두고만 보고, 모르는 척을 할까.

윤 회장이 제 행동을 어떻게 생각할지 몰라도, 그는 그저 해야 할 일을 하는 것뿐이었다. 더 이상 이런 소모적인 이야기를 하고 싶지 않아 유제가 일어날 준비를 했다.

"이런 이야기 때문에 부르신 거면 먼저 일어나 보겠습니다."

"아니, 잠깐, 잠깐만……!"

태식이 그를 붙잡으려는 찰나였다. 닫혀 있던 장지문이 스르륵 열렸다.

"여깁니다."

음식을 들고 왔던 종업원이었다. 다만 이번에는 음식을 들고 온 게 아니었다.

"예, 고맙습니다."

종업원의 안내 뒤에 익숙한 목소리가 들려왔다. 유제가 일어서려다 말고 멈칫할 때 목소리의 주인공이 신발을 벗으며 안으로 들어왔다.

"아이고, 많이 기다리셨나 봅니다."

바로 유제의 친부, 윤 회장이었다.

7장.
마음의 깊이는 같을 수 없다

유제의 몸이 딱딱하게 굳었다. 이런 식으로 아버지를 보게 된 게 얼마 만이더라. 부산에 있을 거라 생각지도 못했던 사람을 이렇게 만나니 그저 놀라울 따름이었다.

윤 회장의 시선이 유제에게 슬쩍 닿았다. 제 아들이라는 걸 알리고 싶어 하지 않은 놈이었기 때문에 이런 자리에서는 모르는 체했다.

"윤 검사도 오랜만입니다."

살갑게 인사하는 윤 회장에, 유제는 모르는 척했다. 병원에 입원했다는 이야기는 재빠르게 전하면서 퇴원하고 부산으로 내려왔다는 이야기는 왜 알려주지 않는 건지 모르겠다.

"박 검사님도 이렇게 자리 만들어주셔서 너무 감사하고요."

애초에 저와 이야기를 하고 싶어 하는 사람은 태식이 아니라, 윤 회장 쪽이었던 거다. 유제가 지친 기색을 드러내며 얼굴을 쓸어내리자, 앞으로 후다닥 나온 태식이 그의 옆구리를 툭 찔렀다.

"아휴, 제가 윤 검한테는 알아듣기 쉽게 설명 잘- 해두었습니다."

"고맙습니다. 내 이렇게 박 검사님한테 도움을 받네."

"그럼……."

태식이 슬쩍 유제와 윤 회장을 번갈아 보더니 재킷을 챙겼다. 그의 임무는 이곳으로 유제를 부르는 거였기 때문에 더 이상 머물 이유가 없었다.

"저는 일 때문에 먼저 가보겠습니다."

눈치 빠르게 먼저 일어나는 태식에 윤 회장이 고개를 끄덕이며 웃었다. 그나마 제일 눈치 빠른 인간이 태식이었다.

본식을 전부 준비했는지 종업원 한 명이 들어와서 세팅을 하기 시작했다. 윤 회장은 태식이 있던 곳에 자리를 잡았고, 유제는 앉을 의사가 없다는 듯 서 있었다.

"뭐 하냐, 앉지 않고."

"부산에 언제 내려오셨습니까?"

"좀 됐다. 왜 연락 안 하고 내려와서 꼬우냐?"

유제가 얄팍한 한숨을 내쉬었다. 어쩐지 살벌한 분위기가 감돌자 종업원이 세팅을 마치자마자 부랴부랴 나갔다.

"뭐 해. 앉지 않고."

유제가 어쩔 수 없이 자리에 앉았다. 윤 회장이 먼저 수저를 들고 식사를 시작했음에도 불구하고 유제는 음식에는 손 하나 대지 않았다.

"건강해 보이는구나."

"윤 회장님도 병원에 입원했던 사람답지 않게 건강해 보이십니다.”

“비꼬는 거냐?”

“사실대로 말한 겁니다.”

탁! 젓가락을 내려놓는 소리가 선명하게 들려왔다.

“적당히 뒤져라. 지방 발령까지 받았으면 정신머리는 들어야 할 거 아니야.”

쯧, 혀 차는 소리가 선명하게 들렸다. 언제는 검사가 된 걸 좋다며 웃던 사람이었다. 아마 유제를 제 손아귀에 올려두고 마음대로 주물럭거릴 생각이었겠지. 제 아버지의 머릿속이야 어떤지 그가 누구보다 잘 알고 있었다. 하필이면 재수 없게 이런 사람 밑에서 태어나는 바람에. 유제가 한숨을 내쉬었다.

어쩌면, 그때 여을을 만나지 않았더라면 이렇게 멀쩡한 직업을 가지고 있지 않았을 거다. 쓰레기 같은 아버지 밑에서 역시 쓰레기 같은 행동을 하고 있을 게 분명했다.

“일 슬슬 마무리하고 회사 들어와.”

떨어지는 말에 유제가 고개를 들었다. 이런 말을 몇 번이나 들었지만 그때마다 유제의 답은 늘 같았다. 싫다고 하려던 찰나 윤 회장이 말을 마저 이었다.

“적당히 하고 회사로 들어와. 그러면 이참에 호적으로 올려주마.”

혼외자식이었기 때문에 윤 회장은 대외적으로 유제에 대해서 입도 벙긋하지 않았다.

고등학교 때 데리고 왔지만, 유제가 졸업을 하자마자 독립을 했을뿐더러 또 다른 일면에는 윤 회장의 고약한 자존심도 있었다. 그건 술집 여자 밑에서 낳은 아들을 자식으로 인정하고 싶지

않다는 비열한 자존심 때문이었다. 그랬기에 유제는 미혼모의
아들로만 호적이 되어 있었다.

"싫습니다."

"검사 흉내 몇 번 내봤으면 됐지, 이제 그만하고."

"제가 검사 된 거 누구보다 좋아하신 분 아니셨습니까?"

꼬박꼬박하는 말대답에 윤 회장이 인상을 찌푸렸다. 사람들
사이에서 늘 웃고 있던 모습과는 천차만별이었다.

"제가 윤 회장님 맘대로 안 돼서 이제 그만두라고 하는 겁니
까?"

"그동안은 네 의지를 본 거였어."

"……."

"그런 조건을 내밀었을 때 네가 해봤자 얼마나 하겠나 싶었다.
고작 여자 하나에 미쳐서 이러는 게 참 웃겼어. 어떻게 보면 근성
있는 놈이라고도 생각했고."

그 여자는 여울을 말하는 거였다. 고등학교 성적이 바닥을 기
었고, 쓰레기 짓만 골라서 하던 윤유제가 멀쩡한 검사가 될 줄은
누가 알았겠으며, 그 계기가 여자 한 명 때문이라는 게 놀라웠을
거다.

"검사 일보다는 쉬울 거다. 디케이는 내가 다 해놓은 일이니
거저먹는……."

"몇 번이나 말씀드렸지만 안 갈 겁니다. 안 할 거고요."

"윤유제."

이런 소모적인 일에 왜 자꾸 힘을 써야 하는 건지 모르겠다.

"그 애 아니었으면 저 사람 노릇 못 했을 겁니다."

허리를 곧추세운 유제가 제 아버지를 바라봤다. 물컵을 잡고

있던 윤 회장은 제 아들 놈이 무슨 말을 하는가 싶어 턱을 치켜세웠다.

"아버지 따라, 밑에서 일했으면 저도 쓰레기 짓이나 하고 있었겠죠."

말이 끝나자마자 유제 쪽으로 묵직한 물컵이 날아왔다. 이런 일이 한두 번이 아니었던 듯, 유제가 요령 좋게 물컵을 피했다.

챙캉, 날카로운 소리를 내며 유리컵이 깨졌다. 제 뜻대로 안 되면 사람 시켜 사업장에 칼을 들이미는 윤 회장다운 면모였다. 깨진 컵에 시선 한 번 안 준 유제가 자리에서 일어났다. 어차피 윤 회장과 대화를 하면 마무리는 늘 이런 식으로 났다.

"좋아. 그럼 내가 준비한 자리에 한 번 나가기나 해. 박 회장이 너 좋게 봤더라."

"만나는 사람 있습니다."

"구여을이 그 애 말이냐."

자리에서 일어난 유제가 흠칫했다. 문을 열다가 행동을 멈추고 윤 회장을 보자, 비뚜름하게 웃는 얼굴이 눈에 들어왔다.

"요즘 걔랑 사이 좋아 보이더구나."

"……."

"애들 소꿉장난은 재밌더냐?"

윤 회장이 모를 거라 생각은 하지 않았다. 자신이 지방 발령받고 내려간 그 순간부터 뒷조사를 했겠지. 주변 인물부터 시작해서 검찰청의 가장 높은 사람들까지. 그러니 여을의 존재를 모를 리가 없었다.

당연히 알 거라 생각했지만, 막상 이렇게 윤 회장의 입에서 구여을이라는 이름 석 자가 나오자 움찔하는 건 어쩔 수 없었다.

고등학교 때처럼 억지로 그녀를 끌고 가는 일이 생길까 두려웠다.

"뒷조사하지 마세요."

"그건 너 하는 거에 달려 있지."

윤 회장이 짤막하게 대꾸했다.

"소꿉장난은 소꿉장난으로 끝내."

협박 같은 말을 마지막으로 유제가 문을 쾅! 닫고 나섰다. 여태까지 감정조절을 잘했던 것과는 다르게 지금은 평정심을 유지할 수가 없었다.

만약 윤 회장이 여을에게 손을 댄다면? 저도 모르게 여을을 끌고 가는 일이 생긴다면? 그가 눈을 질끈 감았다. 자신이 삼백육십오 일, 이십사 시간 내내 여을의 옆을 지킬 수도 없는 노릇이었다.

"식사는 맛있게 하셨습니까?"

"예."

유제가 카운터 앞으로 가 카드를 내밀면서 말했다.

"안에 실수로 컵을 깨뜨렸으니까, 그것도 같이 계산해 주세요."

그가 초조한 마음을 그대로 드러내며 입술을 잘근 물었다.

윤 회장은 한참 동안 깨진 컵을 바라보았다. 도대체 누구 성질머리를 닮았는지 알 수가 없었다. 디케이라는 이름을 욕심냈더라면 술집 출신인 어미를 쏙 빼닮았다고 욕이라도 할 터인데.

분노를 잠재우기 위해 한참을 씩씩거리고 있던 윤 회장이 핸드폰을 꺼내 들었다. 쌓여 있는 문자나 부재중 전화들은 전부 뒤로하고 비서에게 전화를 걸었다.

달칵, 전화 받는 소리가 한 번 들렸다.

[예, 회장님.]

"윤유제 그놈 나갔다."

[예. 확인했습니다.]

"그 새끼 집에 들어가기 전에, 구여을 그거 내 앞에 당장 데려 와."

[구여을이요?]

"그래."

윤 회장은 내려놓았던 젓가락을 다시 만지작거리며 대꾸했다.

"싫다고 하면 패서라도 내 눈앞에 데려와. 당장."

나이 든 윤 회장의 아래턱이 분노로 덜덜 떨렸다.

"저희끼리 먹어도 돼요?"

소소하게 차려진 저녁 식탁을 보며 민석이 조금 조심스럽게 물었다. 아직 퇴근을 하지 않은 유제 때문에 밥을 먼저 먹기가 미안한 모양이다.

짧게 웃던 여을이 손을 한 번 휘 내젓고는, 신경 쓰지 않아도 된다는 어투로 말했다.

"걔 우리보다 비싸고, 맛있는 거 먹고 들어올 거야."

"어떻게 알아요?"

"오늘 약속 있다고 들었거든."

1차장검사가 유제에게 가서 시간 내라고 했던 말이 다 퍼졌으니까. 처음 청사로 내려왔을 때 유제는 2차장검사랑 밥을 먹었다.

아마 윤 검이 누구 라인을 타게 될지 관심이 모아지는 상태일 거다. 게다가 1차장검사랑 먹는 저녁이 순두부찌개 같은 흔한 음식도 아닐 거고.

"먹자."

먹자고 권하는 말에 민석이 고개를 끄덕이며 수저를 들었다. 여을도 밥을 먹으려고 하다, 민석을 쳐다봤다.

"얘기 들었어."

"네?"

밥을 입안에 한가득 넣고 웅얼거리는 민석에 그녀가 픽 웃었다.

"내 걱정 많이 했다며. 윤유제가 그러던데."

"아."

들키기 싫었던 부분인지, 민석의 얼굴이 홧 하고 달아올랐다. 아니, 그게, 그러니까, 변명 비슷한 어투로 손을 젓는 민석이 또래의 소년같이 귀여웠다. 그러다 이내 고개를 푹 숙이는 모습에 여을이 작게 웃음을 흘렸다. 걱정해 준 건 고마운 일인데 왜 이렇게 죄인처럼 구는 건지.

"신경 써줘서 고마워. 괜찮아."

"아버지 맞죠?"

"응."

"윤 검사님이 암말 안 해요?"

"하지. 왜 안 해."

"싫은 말은요?"

민석이 입술을 삐죽 내밀었다.

"윤 검사님 그럴 분 아니라는 거 아는데, 그래도 신경 쓰여요.

누나가 괜히 상처받는 것도 싫고.”

“철들었네. 어른 된 거야?”

“아니, 뭐, 그냥 누나랑은 동, 뭐냐, 그 같이 아픈! 그거 있잖아요.”

“동병상련?”

“어어! 그거요! 그런, 그런 감정이니까.”

“걱정 안 해도 돼.”

민석이 숙였던 고개를 들었다. 자신은 아버지를 만나러 갈 때도, 그리고 아버지를 만나고 와서도 많이 불편했는데 여을은 평온해 보였다.

어른이기 때문인 건지, 아니면 윤유제라는 의지할 곳이 있어서 그런 건지 모르겠다. 맨 처음 만났을 때 날 선 표정을 찾아볼 수 없었다.

“의지할 곳이 생겼으니까.”

여을이 짤막하게 중얼거렸다. 어깨에 기댔을 뿐인데 불안은 눈 녹듯이 녹았다. 아니, 그냥 아버지가 살아 있어도 괜찮을지 모른다는 생각을 얼핏 했다. 해주던 다정한 말도, 마르지 않는 샘물 같은 애정도.

그런 여을을 보고 있던 민석이 작게 중얼거렸다.

“저도 그런 사람이면 좋겠어요. 의지가 될 수 있는 사람.”

“될 거야.”

“…….”

“그런 사람이 생길 거고.”

지금도 이렇게 기특한 말을 하는데, 안 될 리가 없다. 다정하게 웃는 여을을 보면서 민석이 하고 싶은 말을 속으로 중얼거렸다.

자신도 여을에게 그런 사람이었으면 좋겠다는 생각을 얼핏 했다. 여을에게 유제란 존재가 있으니까…… 필요는 없겠지만.

젓가락을 움직이던 민석이 조금 씁쓸하게 웃는 찰나, 띵-동 초인종 소리가 길게 울렸다. 동시에 여을과 민석이 눈을 마주쳤다.

"손님인가?"

"윤 검사님 아네요?"

그녀가 부엌에 걸려 있는 시계를 슬쩍 쳐다봤다.

"저녁을 이렇게 빨리 먹고 끝낼 리가 없는데?"

박태식이 얼마나 말이 많은 인간인데. 민석이 일어나려고 하자 여을이 그를 억지로 앉히고 자리에서 일어났다.

"누구세요?"

밖에서 제 목소리가 안 들릴 리가 없는데 별다른 반응이 없다. 그 흔한 벨튀인가. 여기서 산 지 좀 됐지만, 이런 일은 처음이었다.

"누구……."

현관문을 벌컥 열자, 보이는 건 검은 정장을 입은 남자 몇이었다. 움찔한 그녀가 빠르게 현관문을 닫으려고 하자 발 하나가 닫지 못하게끔 사이로 끼어들었다.

"구여을 씨, 맞죠?"

껄렁껄렁한 어투였다. 여을이 살짝 인상을 찡그렸다. 문을 억지로 닫으려고 했지만 사이에 끼인 남자의 발하며, 억지로 현관문을 열려고 하는 손 때문에 그럴 수가 없었다.

"누구세요?"

"누나, 누구예요?"

"나오지 마!"

안에서 들려온 민석의 목소리에 그녀가 소리쳤다. 어제와 비슷한 상황이었지만, 위험도가 전혀 달랐다.

"나오면 안 돼!"

여을의 말에 문을 잡고 있는 남자가 씨익 웃었다. 음흉하고 살벌한 기색에 여을이 마른침을 삼켰다.

"안에 있는 건 최민석?"

누구지, 누구지. 그녀가 빠르게 머리를 굴렸다. 생김새나 풍기는 분위기, 그리고 안에 있는 사람이 민석이라는 사실을 아는 걸 보면.

"윤 검사랑 같이 산다고 듣기는 들었는데, 같이 저녁 먹을 정도로 친하신가 봅니다?"

신부산파 사람이라는 걸 쉽게 추측할 수 있었다. 김 검 말로는 신부산파의 보스라고 할 수 있는 박 씨가 잡혔다고 했는데.

"좋게 따라오시겠어요, 아니면 억지로 데리고 갈까요?"

윤 회장이 말을 안 들으면 패서라도 데리고 오라 했기에 남자는 그 어느 쪽이라도 상관없었다. 반면 여을은, 신부산파가 자신을 데리고 갈 이유가 무엇인지 골똘히 생각에 잠겼다.

"저희는 어느 쪽이라도 상관없는데."

"……."

"근데 소란 피워서 나가면 그쪽이나 우리나 좀 골 아플 거 같고."

여을이 마른침을 삼켰다. 아까 여을이 소리쳤던 것 때문인지, 오래된 복도식의 아파트에 젊은 남자의 얼굴 하나가 빼꼼 튀어나왔다.

그걸 여을을 데리러 온 남자도, 여을도 전부 쳐다봤다. 조폭처럼 생긴 남자 둘이 여자 집 앞에 있자 지레 겁을 먹고는 쏙 들어가는 게 보였다.

"안에 있는 최민석도 생각해야죠."

어느 게 현명한 선택이지. 두려움 때문인지 머리가 잘 돌아가지가 않았다. 의도적으로 오늘 온 건가.

"……따라가면, 내버려 두나요?"

여을이 안에 있는 민석을 가리키며 묻자, 남자가 고개를 끄덕였다.

"저희도 최민석한테 볼일 있는 게 아니라서."

"외투만, 챙겨올게요."

"그러세요."

남자는 문을 닫는 건 용납하지 않겠다는 듯 굴었다. 여을이 안으로 들어가자 눈을 동그랗게 뜬 민석이 그녀의 뒤를 졸졸 쫓아다녔다.

"누군데요? 제가 보고 올까요?"

"안 돼."

여을이 소파 위에 있는 외투를 대충 걸쳐 입었다.

"누나, 나가요?"

"어."

"어디 가요? 뭘 나가요!"

나가려는 여을을 민석이 빠르게 막아섰다.

"구여을 씨! 우리 시간 없습니다!"

부산 사투리가 섞인 남자의 목소리에 여을이 주먹을 꽉 쥐었다. 카디건을 입고 클러치를 챙긴 여을은 민석을 부엌 식탁에 억지로 앉혔다.

"너 누나 하는 말 잘 들어."

"네?"

"누나 오기 전까지 여기 있는 밥 다 먹고."

"누나."

위험한 거 알지만, 지금 안 가면 민석이까지 끌어들이게 된다. 이제 마음잡고 살려고 나온 애를 다시 조폭들이 드글드글 있는 곳으로 들이밀 수는 없었다.

두려운 건 성인이나, 미성년자나 매한가지였다. 그럼에도 불구하고 그녀가 오지랖 넓게 행동하는 건 민석에게서 자신과 유제를 봤고, 민석이 마음을 고쳐먹었으며, 저가 그보다 조금 더 오래 살았기 때문이다.

"이 집에서 나오지 마."

"누나!"

"나 엘리베이터 타면 문 다 잠가. 체인도 걸어. 알겠지? 누가 와서 문 열라고 하면 절대 열어주지 마."

일곱 살 남동생에게 단단히 주의를 주는 듯한 말투였다. 민석이 울먹거리며 물었다.

"저 때문에 가는 거죠?"

"아니야."

여을이 다정하게 웃으며 대답했다.

"너 때문에 그런 거 아니니까 쓸데없는 걱정 하지 말고. 넌 밥 먹고, 티비 보면서 놀고 있어."

"……."

"유제가 집에 오기 전까지는 절대 여기서 나가면 안 돼."

"누나……."

겁에 질린 얼굴이다. 만약에 여을까지 봉식이 형 꼴이 나면 어쩌지? 란 불안에서 나온 두려움이다.

"누가 보면 죽으러 가는 줄 알겠다."

여을이 퍽 장난스럽게 민석의 머리를 휘저었다. 사랑하면 닮는다더니 이런 걸 보면 영판 윤유제다.

"방금 내가 말한 주의사항 잊지 말고. 약속할 수 있지?"

민석이 훌쩍이면서 고개를 끄덕였다. 여을이 웃고는 현관문 쪽으로 나갔다. 저를 쳐다보는 남자 둘을 향해 여을이 단단한 목소리로 대답했다.

"가요."

배짱 있는 여을의 모습에 남자 하나가 휘유, 하고 휘파람을 짧게 불었다. 입고 있는 카디건을 여민 여을이 남자를 향해 물었다.

"정말 민석이는 안 건드릴 거죠?"

"걔가 뭐 중요하다고. 안 건드립니다."

똑같은 말 두 번 하게 하지 말라는 어투였다. 그들이 타고 온 승용차에 오르면서 물었다. 신부산파 사람인 거 같은데, 이런 일을 시킬 만한 사람이 누굴까.

1차장검사는 아니고, 붙잡힌 조직의 보스인 박 씨도 아니다. 전화 한 통으로 이들을 부릴 수 있는 사람은 딱 한 명만 남는다.

"윤 회장."

옆에 앉아 있던 남자의 몸이 움찔했다.

"윤 회장님이시죠?"

윤유제의 아버지. 그럼 부산에 있다는 소리와 마찬가지다.

"선생님 똑똑하시네요."

정답이라는 듯 씩 웃고 있는 남자를 보면서 그녀가 움찔했다. 그녀가 탄 승용차는 바지런히 윤 회장이 있는 곳으로 향했다. 바닷가 근처로 가는 길에 그녀가 저도 모르게 숨을 들이켰다.

윤 회장을 보는 건 고등학교 때 이후로 처음이었다. 끌고 가라고 말하는 윤 회장과, 유제의 집에서 얼핏 보았던 그의 친모의 모습은 여을의 머릿속에 단단히 각인되어 있었다.

"내리시면 됩니다."

한참을 달려왔던 차가 멈춰 섰다. 그녀가 오기만을 기다렸는지 뒷좌석의 문이 열렸다. 비서처럼 보이는 남자가 고개를 꾸벅 숙였다.

"따라오세요."

바짝 긴장이 됐다. 늘 티비로만 보던 윤 회장을 이렇게 직접 만나는 건 오랜만일뿐더러 무슨 말을 할지 감이 잡히지 않았기 때문에 더더욱.

굳게 닫혀 있던 문이 비서의 손에 의해 열리자, 자리에 앉아 있는 윤 회장이 눈에 들어왔다.

"왔나?"

"예, 회장님."

"아아, 오셨구만. 들어와요."

고등학교 때에는 말을 함부로 놓았으면서, 지금은 또 존댓말이다. 되도 않는 모습에 그녀가 비뚜름하게 웃다 말고 안으로 들어갔다.

보이는 건 음식과 더불어 깨져 있는 유리컵, 그리고 태평한 얼굴로 앉아 있는 윤 회장. 턱짓으로 맞은편을 가리키는 윤 회장에 그녀가 조심스럽게 자리에 앉았다.

"식사는 하셨나? 지금 저녁 시간대인데."

"먹고 왔습니다."

"그래. 그럼 됐고."

문이 탁 닫혔다.

"고등학교 때 이후로 처음이지?"

"네."

"많이 예뻐졌네. 이렇게 예뻐질 줄 알았으면 윤유제 그놈 부탁 따위는 안 들어줬을 텐데."

윤 회장은 자신이 룸에 들어갈 뻔했다는 걸 알고 있는 사람이기도 했다. 말만 들어도 수치스러웠다. 여을이 무릎 위에 올라간 손을 말아 쥐고는 그를 똑바로 쳐다봤다.

자신은 잘못한 것도 없고, 이렇게 수치스러워할 이유도 없다. 그리 생각하니 조금 당당해진 여을이 똑바로 대답했다.

"뭐 때문에 부르셨는지 알고 싶은데요."

"유제 때문에."

"……."

"자식 놈 때문에 아비가 부르는 건 당연한 거 아닌가."

"……."

"여자 하나에 미쳐서 고시 본다고 할 때부터 내가 알기는 했지만, 윤유제 그놈이 내 말은 안 듣고, 구 선생 자네 말은 들을 거 같아서."

말아 쥔 손이 움찔했다.

"되도 않게 검사 노릇하고 있는 거 같은데, 구 선생이 좀 말려주길 원해서 말이야."

"그 말씀 하시려고 지금 부르신 거예요?"

"그래. 자식이 효도할 생각은 안 하고 아버지 버리는 거 너무 웃기지 않아?"

아버지가 아버지다워야 그렇지 않겠느냐는 말이 목구멍에서 빙빙 맴돌았다. 제 아버지기만 했어도 그런 말을 했을 거다.

유제가 싫어하더라도, 그의 아버지였기 때문에 그런 말을 하지 않은 거기도 하고. 식사가 끝났는데도 뭔가를 따로 준비한 모양인지 술과 먹거리들이 몇 개씩 나왔다.

한 잔 마시겠냐는 시늉을 보이자 여을이 괜찮다고 짧게 대꾸했다. 여을이 따라줄 생각을 하지 않았기에 윤 회장이 자작을 하면서 말했다.

"내가 그놈 처음 봤을 때 말이야. 그놈 그거, 아주 싹수가 노랗다고 생각했어."

"……."

"지 어미를 닮아서 그런 건지 모르겠지만 말이야."

유제의 어머니가 무슨 일을 했는지 제대로 들은 건 없다. 하지만, 짐작은 하고 있었다. 진한 화장과 더불어 짙은 향수 냄새, 몸에 달라붙는 의상들. 그가 말하지 않았기 때문에 먼저 이야기를 꺼내지 않았던 것뿐이고.

"그래도 자식새끼라고는 그거 하나밖에 없어서 친모한테 돈 주고, 내가 데리고 왔지."

크으, 술이 목으로 넘어가는 소리가 들렸다. 여을은 아무런 말도 하지 않고 윤 회장이 하는 이야기를 듣기만 했다.

"그래서 먹을 거 먹이고, 입힐 거 입히고, 공부도 시키려고 했지. 그놈이 안 하긴 했지만."

"······."

"내가 그놈한테 그렇게 투자를 했으니, 본전 생각이 나겠어, 안 나겠어? 자네는 어떻게 생각해?"

여을은 아무 말도 하지 않았다. 어떻게 이 집이나, 저 집이나 부모들이 부모 같지 않은지를 모르겠다. 그녀가 제 잔에 술 대신 물을 따르고는 벌컥 들이켰다.

고등학교 시절 유제의 집에 처음 갔을 때, 그때 그의 어머니가 계셨었다. 여을은 문득, 그날 자신을 발견하고 엄청 당황해하던 그 시절의 유제가 떠올랐다.

"옛날이야기 하시려고 부른 건 아니실 텐데요."

"구여을 씨."

겁이라도 줄 생각인지 윤 회장이 끊어가며 제 이름을 불렀다. 우습게도 여을은 그런 게 무섭지는 않았다.

"하고 싶은 말씀 하세요."

"참 되바라지네. 하긴, 이 정도 되니까 자기 아버지 버리고 잘 살았겠지. 어떻게 이렇게 끼리끼리 만나는지."

"그러게요. 어느 누구 하나 평범했으면 좋았을 텐데요."

"지금 내 말이 칭찬으로 들리나 봐, 구 선생?"

"비꼬시는 거 알아요. 근데, 끼리끼리 만나서 다행이란 생각도 듭니다."

자신이 유제의 아버지라고는 생각도 하지 않는 모양이었다. 반면 여을은 이런 사람들에게 학을 뗐기에 윤 회장이 유제의 아버지든, 아버지지 않든 그런 건 상관이 없었다.

"서로의 아픈 점을 가장 잘 보듬어줄 수 있는 상대가 될 테니까요."

"……."

"유제가 아버님 뜻대로 되지는 않아도, 제 뜻대로는 될 거예요."

그게 동병상련의 아픔을 가진 사람들만의 공감이었다. 자신이 유제의 어깨를 빌렸던 것처럼, 그녀 역시 그에게 어깨를 내어줄 것이다.

"그래서 걔랑 결혼이라도 하겠다 이건가?"

"모든 사랑의 끝이 결혼은 아니죠."

"애들 소꿉장난 같은 말이군."

윤 회장이 비뚜름하게 웃었다. 그는 여을에게는 시선을 주지 않은 채 잔에 다시 술을 쪼르르 따랐다.

"유제한테 여자 한 명 소개해 줄 거야. 유제를 뒷받침해 줄 수 있는 여자. 그리고 그 여자가 유제랑 결혼하게 될 거고."

그 말에도 여을의 표정에는 변화가 없었다. 윤 회장이 어떤 사람인지 알고 있었기 때문에 대충 예상 가능한 말이기도 했다.

"그래서 유제 옆에서 떨어지라고, 드라마 같은 대사라도 하실 생각이세요?"

"그럼 그래도 옆에 있겠다고?"

윤 회장이 오버스럽게 놀란 얼굴을 했다.

"그만두라고 해서 그만둘 사람은 아닐 거고."

"……."

"첩으로 있는 거 가지고 뭐라 하진 않겠지만, 유제 발목은 잡지 말아야지."

"……."

"그리고 내가 보기엔 자기 자존심 굽혀가며 첩으로 있을 만큼 그 녀석을 좋아하는 것 같지도 않은데."

"더 이상 들을 가치가 없는 말이네요. 먼저 일어나 보겠습니다."

일어나려고 해도 윤 회장은 말을 계속 이어갔다. 엉거주춤하게 있던 여을이 다시 엉덩이를 붙였을 때였다.

"자네가 크게 착각을 하고 있는 부분이 있어. 유제가 널 보듬어줬으면 줬지, 네가 유제를 보듬어준 적은 없지 않나?"

"……."

"윤유제가 왜 검사가 됐는지 알아?"

자신 때문이란 거 알고 있다. 제가 생각 없이 내뱉었던 말들 때문일 것이다. 공무원인 사람, 월급 꼬박꼬박 받을 수 있는 직장, 이런 말들을 했기 때문이다.

"그리고 네 아버지가 진 빚, 왜 변제해 줬는지는 알고?"

듣고 싶지 않았다. 들었다가는 유제의 얼굴을 똑바로 볼 수 없을 거 같았다. 클러치 안에 있는 핸드폰이 계속 윙윙 울렸다. 보지 않았지만, 발신자가 유제일 것이라는 걸 직감했다. 아마 민석이와 통화를 하고 이야기를 나눈 상태겠지.

"네가 윤유제 친구기 때문에 내가 변제해 줬을 거 같아?"

"그렇게 인자하신 분 아니라는 거 압니다."

"맞아, 정답이야. 역시 똑똑해."

윤 회장이 껄껄 웃었다.

"윤유제가 변제해 달라고 했다. 자기가 다 갚겠다고."

울리던 전화가 뚝 끊겼다. 방 안에 침묵만 빙빙 맴돌았다.

"보면 내 자식이 맞나 싶어. 독한 거 보면 분명히 내 새끼가 맞는데, 그 이유가 사랑 때문이라니. 얼마나 같잖아."

"······유제가 전부 다 갚았다고요?"

"그래. 조건이었지. 자기 성적으로 법대에, 4년 내내 장학금, 그리고 고시 패스하겠다고. 그래도 남은 돈이 있으면 자기가 갚겠다고. 자기 공부하길 원하지 않았느냐고."

윤 회장은 깍지를 낀 손 위에 턱을 툭 올렸다. 들어올 때부터 딱딱했던 여을의 얼굴에는 여전히 큰 변화가 없었다. 하지만 그 위로 보이는 건 슬픔과 안타까움, 미안함 기타 등등의 감정이다.

"그런데 끼리끼리라, 애초에 너무 깊이가 다르지 않아?"

"······."

"자네한테 윤유제가 어울릴까?"

재회했던 그 순간부터 유제가 했던 모든 말들이 떠올랐다. 제 앞에 떳떳하게 나타나고 싶어서 정말 열심히 살았다는 말, 그녀한테만은 한없이 가벼워지겠다는 말, 쉽게 흔들리지 않겠다는 말, 괜찮다는 말.

아버지가 살아 있었다는 걸 들켰을 때보다 더 눈물이 나올 거 같았다. 윤 회장 앞에서 눈물을 보이면 긍정하는 것과 마찬가지였기 때문에 그녀가 꾹 참았다.

그는 그녀에게 한없이 무거운 사람이었다. 그 감정도, 견뎌왔던 시간도······. 모든 것들이. 눈물이 나려는 걸 꾹 삼키고 그녀가 자리에서 일어났다.

"먼저 가보겠습니다."

"아차! 이 말을 또 안 했네."

핸드폰이 다시 윙윙 소리를 내며 그녀 대신 울기 시작했다.

"아버지 부산에 계시던데."

그녀가 흠칫했다. 나가려다 말고 그녀가 뒤를 돌아보자 윤 회장이 사람 좋게 빙긋 웃었다.

"아버지는 건강하시고? 잘 지내시나?"

제 아버지가 윤 회장이랑 엮여서 좋을 거 없다. 빌린 돈을 갚지 못하고 도망갔기 때문에도 그랬고, 윤 회장으로 인해 제 아버지가 사고를 치지 않을까, 라는 걱정도 있었다.

"……저희 아버지랑 민석이한테 접근하지 마세요."

윤 회장이 가볍게 어깨를 으쓱였다.

더 이상 이 자리에 있고 싶지 않아 여을이 방을 빠져나왔다. 앞을 단단하게 지키고 있는 비서와 남자들 몇몇을 보다 말고 그녀가 가게를 벗어났다.


"윤유제가 변제 해달라고 했다. 자기가 다 갚겠다고."


식당을 빠져나온 여을은 왈칵 눈물을 터뜨릴 뻔했다. 그녀는 살면서 빚 하나 진 게 없지만, 그를 향한 모든 건 전부 자신이 진 빚이었다.

클러치 안에서 울고 있는 핸드폰을 꺼내 들었다. '윤유제'라는 이름에 아랫입술을 덜덜 떨렸다. 미안할 거 하나 없는데 모든 게 미안했다.

너무 모질게 건넸던 말들이 미안했다. 끊어질 거 같은 전화에 그녀가 다급히 통화 버튼을 눌렀다.

"여보세요?"

[구여을, 너 어디야.]

숨을 헐떡이면서 다급하게 물어보는 목소리였다.

[민석이한테 다 들었어. 너 어디야, 지금? 괜찮아? 옆에 누구

없어?]

"없어. 나 혼자야. 이제 집 갈 거야."

[데리러 갈게. 그냥 거기 가만히······.]

"유제야."

그녀의 말에 그가 멈칫했다.

"보고 싶어."

지금 당장.

핸드폰 건너편에서 유제의 얄팍한 숨소리가 들렸다.

[보러 갈 테니까, 거기 어딘지 말해.]

"오지 마."

[뭐? 구여을!]

놀란 유제에 여을이 웃었다.

"내가 너한테 갈 테니까, 넌 거기 가만히 있어."

그녀가 빠르게 걷기 시작했다. 그냥 윤유제가 너무 보고 싶었다.

품에 안기는 게 아니라 안아주고 싶었고, 좋아한다는 말이 아닌 사랑한다는 말이 하고 싶었다. 내 품이 너처럼 넓었으면 좋을 텐데. 목 안에만 빙빙 그 말이 맴돌았다.

"넌 어디야. 내가 갈게."

바닷가 근처에 있다는 대답을 들은 여을이 바닷가 쪽으로 뛰어갔다. 아마 윤 회장이 자신을 만나기 직전에 만났던 사람이 유제였겠지. 걸음이 빨라졌다. 빠른 걸음은 이내 뜀박질로 변했다. 바닷가 쪽으로 뛰어가며 수많은 사람들 사이를 지나쳐 갔다.

부모와 아이, 부부, 친구, 연인들이 제 옆을 휙휙 지나갔다. 여을의 눈에 바닷가 쪽 산책로에 서 있는 유제의 뒷모습이 들어왔다.

밤이었지만, 사람들도 많았지만, 무채색 세상에 윤유제만이 홀로 색을 부여받은 거 같았다.

"유제야!"

주위를 둘러보던 유제가 몸을 돌렸다. 이내 그녀를 발견했는지 그의 표정이 굳어졌다. 그걸 무시한 채 그녀가 그에게로 빠르게 뛰어갔다.

다가오던 그가 멈칫하고, 그녀가 그의 품 안으로 뛰어 들어갔다. 안아주려고 했는데 키 차이 때문인지 안긴 꼴이 되었다.

"여을……."

"보고 싶었어."

"……"

"진짜 보고 싶었어."

여을은 울먹거리는 목소리를 꾹 눌렀다. 미안하다는 말을 해야 하는데, 미안하다는 말을 하면 안 될 거 같았다.

"너랑 헤어지고 난 뒤에 나도 너 많이 보고 싶었어. 연락해 볼까 생각도 했어."

"……"

"근데 용기가 안 났어."

미안해, 라는 말을 꾹 삼켰다. 윤유제가 미안해라는 말을 좋아할 거 같지는 않았다. 그가 자연스럽게 그녀의 허리에 팔을 둘렀다.

"괜찮아."

"……"

"다 괜찮아. 지금 뛰어왔잖아, 나한테."

"……."

"그럼 됐어."

유제는 여을에게 늘 관대했다. 어쩌면 이렇게까지 올곧게 애정을 줄 수 있을까 납득이 되지 않을 정도였다.

연인 둘이서 포옹을 하고 있었지만, 사람들은 신경 쓰지 않았다. 밤바다 주위에 있는 이들은 거의 연인들이었으니까. 그가 그녀를 억지로 떨어뜨렸다.

"윤 회장 봤지?"

이 부분에 대해서는 솔직해지기로 했으니까 그녀가 고개를 끄덕였다.

"뭐라고 하셨지? 뭐라고 했는데? 상처받았어?"

유제 본인이 더 울 거 같은 얼굴을 했다. 그는 그녀를 깨지기 쉬운 유리처럼 보고 있는 듯했다. 걱정인지, 애정인지. 그녀가 픽 웃었다.

"안 받았어."

"누가 너 끌고 갔어? 힘 썼어?"

"그런 거 없었어."

"아버지가 뭐라고 했는데?"

"그냥, 네가 날 얼마나 좋아하는지. 그런 거 말씀하셨어."

그녀가 짧게 웃었다. 사실 틀린 말도 아니다. 못 미더운 얼굴을 한 유제를 향해 여을이 웃었다.

"못 믿어?"

"네 말은 다 믿으려고 노력하는 편인데, 이번엔 못 미더워."

유제가 아는 윤 회장은 그런 사람이 아니다. 그가 그녀의 상태를 꼼꼼하게 살폈다. 옷도 멀쩡했고, 어디 맞은 기색도 없고, 손목에 붉은 자국도 없었다. 모든 게 멀쩡했다. 다행인데, 왜 이렇게 마음이 안 놓이는 건지. 유제가 한숨을 내쉬었다. 파도 소리가 음악 소리처럼 들려왔다.

"내가 아버지한테……."

그가 당장에라도 윤 회장에게 뛰어갈 모양새로 핸드폰을 들었다.

"유제야."

여을이 그런 그의 손을 잡아 내렸다. 전화를 하려고 해도 제 이름을 지독하리만큼 다정히 부르는 여을 때문에 그럴 수가 없었다.

왜? 하고 되묻기도 전에 그녀가 팔을 뻗었다. 그의 넥타이를 잡아당기고, 목에 팔을 둘렀다. 그의 허리가 어정쩡하게 숙여지면서 여을이 발꿈치를 들었다.

"어머."

사람들의 감탄과 더불어 저기 봐, 하고 속삭이는 소리 그리고 작은 휘파람 소리도 들려왔다. 그들의 시선 따위는 아랑곳하지 않은 채 여을의 입술이 그의 입술에 닿았다.

눈을 감은 그녀의 얼굴이 눈에 들어왔다. 갑작스러운 입맞춤에 당황한 것도 잠시, 유제는 그녀가 힘들지 않게끔 허리를 받쳐주고, 자신의 허리를 좀 더 숙였다.

촉, 하고 떨어지는 입술에 여을이 낮게 속삭였다.

"유제야."

고등학교 때의 구여을이 윤유제를 부르는 거 같았다. 조금이라도 빨리 제 마음을 고백할 수 있었으면 무척이나 좋을 텐데.

그의 앞에서 무거운 마음과는 달리 가볍게 표현하고 싶었다.

"……사랑해."

바람이 선선하게 불어오는 밤바다에, 은은하게 들려오는 파도 소리, 영화 같은 배경에 영화 같은 사랑 고백이었다.

그녀의 숨결이 그의 입가에 닿았다. 이 모든 게 꿈인 건 아닐까란 생각이 들었다. 속삭이는 이 모든 말들이 꿈일까, 환상일까. 여을의 눈썹이 파르르 떨렸다.

유제가 어떤 말도 내뱉지 못한 채였다. 여전히 발꿈치를 올린 그녀가 그를 보면서 떨리는 목소리로 다시 사랑을 속삭였다.

"사랑해……. 정말로……."

힘이 들 때면 제일 먼저 떠오르는 얼굴이었다. 그녀가 몸을 조심스럽게 떼어냈다.

"이 말도 못 미더워……?"

"꿈, 아니지?"

"……."

"와, 네가, 이런 말, 해줄 거라고는 생각도 못 했는데."

제 앞에서 부끄러운 모습을 한 번도 보여주지 않았던 유제였다. 두 볼을 발갛게 물들인 모습을 보면서 그녀가 애틋하게 웃었다.

유제의 넥타이를 쥐고 있던 여을의 손이 스르륵 내려가 그의 손을 슬쩍 잡았다. 동시에 유제의 굵고 단단한 손가락이 그녀의 손가락 사이로 파고들었다.

영화 같은 입맞춤을 구경하던 사람들이 하나둘씩 물러갔다. 윤 회장과의 만남이 여을의 어느 한 부분을 건드린 모양이다.

"아버지가 뭐라고 했지?"

"……."

"뭐라고 했어? 나 정떨어질 만한 이야기 들었나?"

너무 찔리는 게 많은데. 유제가 부러 가볍게 말을 붙였다. 그의 품에 쏙 안긴 여을이 고개를 가로저었다.

"더 좋아졌어."

갑작스러운 포옹에 손을 들고 있던 유제가 머뭇거리다 함께 그녀를 안았다.

"유제야."

잘 들리지 않는 목소리였지만 그가 귀를 쫑긋 세웠다.

"응."

"있잖아, 네가 날 좋아하는 거 알아. 사실 고등학교 때도 네가 날 좋아하는 거 알았어."

"뭐?"

"솔직히 너무 티 나잖아."

그녀가 푸흐흐, 작게 웃음을 터뜨렸다. 선생님 때문에 억지로 참여했던 자습도 처음에는 도망가기 일쑤였다가, 어느 순간부터 꼬박꼬박 나왔다. 그것이 시작이었다. 관심의 첫걸음. 그리고 함께 보낸 시간, 그것들은 호감의 시작. 아르바이트가 끝나기만을 기다리며 편의점 앞에 서성거리던 것들은 애정의 시작.

"티가 너무 났어."

모르는 척을 하려야 할 수가 없었다. 여을은 비가 오는 날마다 우산을 들고 마중을 왔던 유제가 떠올랐다.

"왜 나 좋아했어?"

고등학생 때가 바로 어제의 일처럼 선명했다. 무채색 세상에 색을 들이붓게 된 날인데 생경하지 않으면 오히려 그게 더 이상했다. 유제가 중얼거렸다.

"그냥."

"……."

"그냥 처음에는 시선이 갔어. 내 소문 들었을 텐데, 아랑곳하지 않는 게 신기하기도 했고."

전학생이다 보니 이런저런 소문들에 늘 휩싸였었다. 사람 하나 패서 전학 온 거다, 사실은 우리보다 한 살이 많다더라, 아버지는 조폭 보스라더라. 뜬소문 아닌 뜬소문들.

"소문 같은 거 안 믿는다고 해서……. 그때부터 시선이 가다가, 보게 되다가, 신경 쓰이다가……."

남들과 별다를 거 없이, 평범하게 제 마음 안으로 들어왔다. 조금 낯부끄러운 이야기에 유제가 머리를 벅벅 긁었다. 품에 안겨 있던 그녀가 눈을 느릿하게 감았다.

"유제야, 있잖아. 나도 널 많이 좋아해."

그녀가 작게 중얼거렸다. 자신이 이만큼 사랑하고, 또 이만큼 사랑받을 수 있을지 모르겠다. 그런데? 유제가 조심스럽게 물었다.

"근데 너만큼 애정을 주지 못하는 건 아닐까, 네가 날 사랑하는 것만큼 널 사랑하지 않는 건 아닐까 싶어서 무서워."

윤 회장이 말한 감정의 깊이라는 게 한층 더 크게 다가왔다. 자신이 유제를 위해서 무엇을 해줄 수 있는지 모르겠다. 빛이라는 걸 알 수는 없지만, 전기를 통해서 그 존재를 실감할 수 있는 것처럼. 사랑이란 감정은 눈에 보이지 않기 때문에 행동으로 보여야만 했다.

"너만큼 사랑을 주고 싶어."

"애초에 동등한 애정이란 건 없어."

여을이 고개를 들어 유제를 바라봤다. 유제가 여을을 다시 한 번 꼭 껴안고는 천천히 모래를 밟았다.

"어느 한쪽이 조금은 더 무거워. 감정이란 게 그런 거잖아."

"……"

"내가 너한테 준 것만큼 네가 나한테 주고, 네가 나한테 준 것만큼 내가 준다면 그게 어떻게 사랑이야. 계산이지."

모래사장에는 두 사람의 사뿐한 발자국이 나란히 찍혔다.

"나는 내가 너한테 더 줄 수 있어서 다행이라고 생각해."

"……"

"아버지 말은 무시해도 돼."

지금에 와서야 아버지 노릇하려고 하는 사람은 필요 없었다. 비록 자신이 도둑일지라도 자식에게는 도둑질을 가르치고 싶지 않아 하는 게 부모라고 했다. 유제는 부모이면서도 자신에게 나쁜 짓을 하라고 부추기는 윤 회장의 곁으로 갈 생각도 없었다.

그런 사람은 부모도 아니었다. 낳았다고 다 부모가 아닌 것이다. 여을은 그에게 많은 걸 주지 못했다고 자책했지만, 글쎄. 유제가 생각하기에는 아니었다. 그리고 제 인생의 가장 중요한 순간 모든 터닝 포인트에는 여을이 있었고, 사람같이 살게끔 등을 떠민 것도 그녀였다. 그러니 생물학적 부모보다 여을이 더 중요한 건 당연한 거 아닌가.

"그리고 함부로 따라가지 마."

여을의 달달한 말에 혹해서 그냥 넘어갈 뻔했다. 갑자기 엄한 어투에 그녀가 흠칫했다.

"최민석이 울면서 전화하길래 얼마나 놀랐는지 알아? 그걸 그렇다고 덥석 따라가면 어떡해."

"그럼 안에 애가 있는데 안 따라가고 배겨?"

여을이 투덜거렸다.

"어른으로서 해야 할 행동이었어."

맞는 말이긴 한데, 속이 상한다. 여을이 새초롬한 얼굴을 하자 유제가 끄응 앓는 소리를 냈다. 정말 똑 부러지는 사람이라 걱정이다.

바람이 불면 휘어지는 게 아니라, 그대로 부러질 거 같아서. 유제가 여을을 손을 잡고 이끌었다. 애초에 그는 여을을 이길 수가 없었다.

"무슨 일 생기면 말해. 삼백육십오 일, 이십사 시간 내내 네 옆에 붙어 있으면 좋겠지만 그게 아니니까."

"······."

"그렇게 못하니까."

여을의 손을 쥔 유제의 손에 힘이 들어갔다. 하루 종일 옆에 있으면 좋겠지만, 그게 불가능한 걸 알기 때문에 걱정이다.

"그러니까 널 가장 우선시해야 해."

"너도."

여을이 한숨처럼 말을 했다.

"너도 널 우선시 여겨. 내가 아니라."

유제가 힘들어하면서까지 자신을 소중하게 여겨주는 건 그녀에게도 아픈 일이다. 그 말이 무슨 뜻인지 알았지만 유제는 별다른 대답을 하지 않았다.

지킬 수 없는 약속이기 때문이다. 긍정도, 부정도 하지 않는 건 여을 역시 마찬가지였다.

그녀에게도 지킬 수 없는 약속이기 때문이었다.

"가자."

"누나!"

문을 열자마자 보이는 건 울며불며 달려오는 민석이었다. 몇 시간 동안 얼마나 울었는지 퉁퉁 부은 눈을 보니 순간적으로 웃음이 터질 뻔했다.

"아씨, 왜 웃어요! 나는 걱정돼서 죽는 줄 알았는데!"

"미, 미안."

"아, 그리고 검사님은 왜 전화를 안 받아요!"

"전화했었나?"

그러면서 주섬주섬 핸드폰을 꺼내 들었다. 부재중 전화가 몇 십 통에 문자가 몇 개였다. 여을을 보니 마음이 풀린 민석이 털썩 주저앉았다.

"와—나, 진짜 좋아가지고. 혼자 엄청 걱정했다고요! 윤 검사님은 전화도 안 받고!"

"그래서 울었냐?"

유제가 킬킬 웃으며 놀리자, 여을이 그의 옆구리를 툭 찔렀다. 눈치껏 행동하라고 타박하는 그녀에 그가 입술을 앙다물며 고개를 끄덕였다.

구두를 벗고 안에 들어선 여을이 민석의 옆에 앉아 그의 등을 토닥였다.

"아무 일 없었어."

"무슨 일 생길 줄 알았잖아요. 괜히 저 때문에."

"뭐가 너 때문이야. 너 때문에 생긴 일 아니야."

"그래, 인마."

유제가 민석의 머리를 휘저었다.

"나쁜 놈들이 찔리는 게 있어가지고 온 거야."

"그럼 윤 검사님한테 가야지 왜 누나한테 오는데요."

쓸데없이 날카롭군. 여을이 눈을 데구륵 굴리다가 대답했다.

"내가 윤 검사님 여자친구라서?"

미묘하게 정답인 듯, 아닌 듯 정답이었다. 유제를 보는 민석의 시선이 매서웠다. 저거, 저거 진짜 구여을 좋아하는 거 아니야? 얼마 전부터 마음에 걸렸던 부분이었는데 의심이 확신처럼 몰려왔다.

한숨을 쉰 민석이 소매에 얼굴을 벅벅 닦아냈다. 괜히 애를 걱정시켰다고 생각하니 여을의 가슴에 미안함이 몽글몽글 차올랐다.

"두 분 같이 있을 거예요? 저 올라가 있을까요?"

"넌 참 쓸데없는 데서 눈치가 빨라."

유제가 어이없다는 듯 웃었다. 자리에서 일어난 민석이 훌쩍이며 신발을 신었다. 유제 역시 출근이 있기 때문에 계속 있을 수는 없어서 둘이 같이 현관문 앞에 서자 여을이 두 사람을 배웅이라도 해줄 것처럼 앞에 섰다.

"그럼 푹 쉬어."

"응. 민석아, 걱정하지 말고 푹 자."

민석이 고개를 크게 끄덕인 뒤 슬리퍼를 신고 위층으로 올라갔다. 유제 역시 눈짓으로 마지막 인사를 하고 나서려는 찰나에, 그녀가 그의 옷깃을 잡아당겼다.

"왜?"

"혼자……."

어쩐지 목소리가 가라앉은 듯했다.

"있기 싫어."

유제의 눈이 크게 떠졌다.

"안 가면, 안 돼?"

"……."

"갈 거야?"

여을이 그를 집 안으로 잡아당겼다. 그의 몸이 힘없이 안으로 이끌려 들어갔다.

"가지 마. ……내 옆에 있어."

그녀가 명령처럼 말하자, 유제가 입술을 달싹였다.

"기꺼이."

현관문이 탁, 소리가 나며 닫혔다.

◁

"잘 생각해 보셨어요?"

유제가 앞에 있는 박 씨를 보면서 다정하게 물었다. 나쁜 일을 하다 보면 인간의 가장 추접한 모습을 보게 되고, 또 별의별 또라이 같은 인간들을 다 마주하게 된다.

그런데 박 씨가 만난 인간들 중에 가장 또라이는 윤유제였다. 일단 풍기는 포스부터가 범상치 않았다.

"생각할 시간 충분히 드린 거 같은데."

"……."

"회계장부도 받았고요."

유제는 박 씨의 방에서 찾은 회계장부를 꺼내 들었다. 사실 장부 없이 은행 계좌만 털어도 사실 확인을 할 수 있는 증거는 나올 거라, 결국 박 씨가 얄팍한 한숨을 내쉬면서 말했다.

"좋아요, 말할게."

만족스러운 대답에 유제가 씩 웃었다.

"근데 내가 한 거라고는 윤 회장 뒤 닦아주고, 시킨 일 배달하는 거밖에 없거든."

"다 감안하고 기소할 테니까 걱정 안 하셔도 됩니다."

"후."

박 씨가 물을 벌컥벌컥 들이켰다. 하필이면 성격 더러워 보이는 검사한테 걸릴 건 또 뭐람. 박 씨는 유제만 있는데도 불구하고 주위를 둘러보다가 목소리를 확 낮추었다.

"이봉식이 그 새끼는 내가 진짜 모르겠고."

"……."

"윤 회장이 시켜서 배달한 건 맞아."

"서 의원한테만? 장부 보면 서 의원한테만 준 거는 아닌 것 같은데."

장부에 주르륵 적혀 있는 액수를 보면 비단 서 의원만 있는 건 아니었다.

"우리가 윤 회장 뒤 닦아준 건 맞거든. 요기, 요건 서 의원 용돈이고."

"그리고?"

"그 아래는 신문사에 부사장한테 들어간 돈이고."

"이 사람한테는 돈 왜 줬는데요?"

"모르지, 나야. 난 윤 회장이 시킨 일만 한 거니까. 그건 머리좋은 검사님이 생각할 부분이고."

비꼬는 투로 박 씨가 어깨를 으쓱였다.

"이봉식 씨는 왜 사라진 겁니까?"

"진짜 이봉식이는 우리가 손 안 댔어. 좀 손봐준 게 끝."

"손봐준 이유는?"

"서 의원한테 돈 준 거 빌미로 대가를 요구하길래. 그리고 조직에서 나가고 싶다고 하니까."

민석이 말하는 부분과 정확히 일치했다. 유제가 손가락으로 탁자를 툭툭 두드렸다.

"아, 진짜 이거밖에 모른다니까? 우리는 돈 배달한 게 전부야!"

"안 믿는다 소리 안 했습니다. 좋아요. 이만하면 됐습니다."

"이게 끝이야?"

"뭐 얘기할 거 더 있습니까?"

"나는?"

"알맞은 형량으로 기소할 테니까 처분만 기다리시면 됩니다."

"아니, 아니! 검사님! 검사 양반!"

저를 애타게 부르는 박 씨에 유제가 픽 웃었다. 확실한 거 딱 하나만 더 있으면 될 거 같은데. 유제가 짧게 앓는 소리를 냈다.

유제의 걸음이 익숙하게 여을이 있는 곳으로 향하고 있었다. 기록실 문을 열자 보이는 여을의 얼굴에 절로 미소가 지어지려는 찰나였다.

"윤 검사님."

"네?"

"이거요."

졸지에 제 품에 후두둑 떨어지는 서류들을 받아든 유제의 머리 위로 커다란 물음표가 떠올랐다. 이건 또 뭐지. 의아해하는 유제를 향해 여을이 말했다.

"필요하실 거 같아서 챙겨뒀습니다."

"이게, 뭡니까?"

"서 의원님 당선되고 나서 바뀐 법률이요."

"요새 서 의원 이야기가 자주 나오네요. 뭔 일 있어요?"

이 선생이 궁금하다는 듯 물었다. 확실히 일반 형사보존기록물은 아니었다.

"일단 신문사 내용도 있고, 바뀐 법률도 있어요."

"신문사 내용이요?"

"바뀐 법률은 일단…… 고도 제한 풀린 거, 지금 디케이 아파트 짓고 있는 곳 주거시설금지구역인데 서 의원 되자마자 풀렸어요."

"서 의원이 푼 거야?"

"아마도요."

여을의 추리였다. 그렇지 않아도 기록관리실 할 일이 많은데 그 외로 이것까지 알아오려니 힘들긴 힘들었다. 여을이 피곤한 눈을 비비면서 말했다.

"그 신문사도 안에 얘기 많은 거 같더라고요."

"아, 맞아. 우리 집이 그 앞이거든. 거기 집회 같은 것도 하더라. 부사장 나가라면서."

"정말입니까?"

"응."

이 선생이 한마디 덧붙였다. 유제는 품에 쥐고 있던 서류를 확인하면서 하나둘씩 넘기기 시작했다.

"부사장이 이번에 바뀐 거 같은데, 그 뒤로 디케이 관련 기사가 많이 났어요. 긍정적인 기사. 죄다 한 면 가득하게 아파트 분양 광고도 많이 하고."

유제가 보고 있던 서류를 한 개 집어 든 이 선생이 허얼, 소리를 냈다.

"이쯤 되면 광고비 장난 아니게 받았겠네."

"그렇겠네요."

서류 몇 장 넘기던 유제가 챙겨준 여을에게 고맙다는 말을 내뱉으려는 찰나였다. 기록실 문이 벌컥 열리자 모두들 당황한 듯 흠칫했다.

"뭐예요? 왜 다들 깜짝 놀라지?"

커피 캐리어를 들고 있는 김 검이었다.

"놀래라. 난 또 1차장검사님인 줄 알았네."

"아, 1차장검사님 하니까 떠올랐는데 구 선생님 1차장검사님이랑 뭔 일 있었어요?"

김 검이 커피 캐리어 안에 있는 커피를 여을에게 내밀었다. 무슨 일이야 많았지. 그녀가 허허 웃었다. 목격자이기도 한 이 선생이 피곤한 듯 고개를 절레절레 내저었다.

"왜요?"

정작 아무것도 모르는 유제가 캐리어 안에 있는 음료를 아무렇지 않게 제 입에 갖다 댔다. 그거 내 건데. 김 검이 울상을 짓다 벽에 등을 기댔다.

"차장검사님이 구 쌤, 엄청 씹던데요?"

"그분이야 늘 그런 분이고."

태식이 여을을 '년'이라고 지칭하던 게 떠오르자 유제의 표정이 굳어졌다.

"윤 검사님도 씹었어요."

"신경 안 씁니다."

"쿨하시군요. 근데 윤 검사님, 그거 제가 먹으려고 산 음료거든요?"

"아, 미안해요."

유제가 다시 김 검에게 내밀었다. 여을이 자연스럽게 유제에게 제 음료를 내밀었다.

"이거 먹어요. 안 마셨어요."

그 일련의 행동들을 본 김 검의 눈이 갸름하게 떠졌다. 어쩐지 야한 이야기를 들은 청소년처럼 짓궂은 김 검의 얼굴에 여을이 살짝 인상을 찡그렸다.

"그리고…… 저 봤어요."

"뭘요?"

입꼬리가 씰룩씰룩 올라가는 김 검의 모습을 보니 괜히 불안했다.

"윤 검사님이랑 구 쌤 어제 키스하는 거요."

여을이 내민 커피를 홀짝이던 유제가 저도 모르게 '쿨럭' 했다. 이 선생이 놀란 듯 "진짜야?!" 하고 되물으면서 기록실이 순식간에 소란스러워졌다.

"사귀는 사람이랑 키스하는 게 뭐 어때서요."

그녀가 어이없다는 듯 퍽 담백하게 대꾸했다.

평소와 별다를 거 없는 어투였다. 놀란 듯 눈을 끔뻑거리는 세 사람에 그녀가 이상한 듯 고개를 갸웃했다. 이 선생이랑 김 검이야 몰라서 그렇다 쳐도 윤유제는 왜 놀라는지 모르겠다.

사귀고 있다고 생각하는 거 저 혼자만의 착각이었나?

"김 검은 여자친구랑 키스 안 해요?"

"해요, 해요. 하긴, 하는데…….."

김 검이 눈을 데구르 굴렸다. 여을이 이런 재미없는 농담을 하는 사람은 아닌데. 김 검이 영 못 미더운 눈치였다.

"진짜야?"

"진짜 사귀어요?"

김 검과 이 선생의 입에서 같은 물음이 터져 나왔다.

"네."

유제의 입에서 긍정이 떨어지지 않았다. 얘가 왜 말을 안 해. 여을이 인상을 찡그리면서 그의 옆구리를 쿡 찔렀다.

"아, 네. 맞아요."

"……뭐야. 그렇고 그런 사이일 거라 예상은 했는데 진짜 사귀어?"

"왜 그렇게 놀라요."

방금 본인 입으로 예상했다고 했으면서. 어떻게 보면 허탈하기까지 한 이 선생의 반응이었다. 유제가 처음 청사로 왔을 때 제 옆구리를 쿡쿡 찌르면서 "잘생긴 미혼 검사래."라고 말한 사람 같지 않았다.

"이 선생님은 저보고 윤 검사님이랑 잘해볼 생각 없냐고 하셨잖아요."

"아니, 그건 그랬지만."

딱히 불편해할 상황도, 눈치를 볼 상황도 아닌데 자꾸 유제의 얼굴을 보게 됐다. 신기하다면 신기했다. 이 기록실에서 일한 지 여을도 꽤 오래된 편이었다.

그녀는 철의 여인이라는 소리를 들을 만큼 일도 똑 부러지게 하고, 독하고, 동시에 수많은 남자들의 대시에도 흔들리지 않는 사람이었다.

"남자 관심 없다고 했잖아."

감정 표현을 잘 하지 않는 여을이 유제 앞에만 서면 제 감정을 솔직하게 드러내고는 했다. 그게 긍정의 감정이든, 부정의 감정이든 말이다.

바람결을 따라 흔들리는 버드나무가지 같기도 했다. 그래서 과거에 무슨 사이였다던가, 그런 예상은 했었다. 유제가 여을을 마음에 둔 건 이미 처음부터 알고 있었고.

"잊지 못할 첫사랑이 있어서 그렇긴 했는데……."

아직도 꿈을 꾸고 있는 얼굴을 한 유제를 보며 그녀가 픽 웃었다.

"이젠 괜찮아져서요."

"현 남친 앞에서 첫사랑 얘기해도 돼?"

"못할 게 뭐예요."

그녀가 픽 시큰둥하게 대답했다.

"본인인데."

"헐, 대박."

입을 쩍 벌리는 김 검의 모습에 그녀가 웃음을 꾹 눌렀다. 갑자기 떨어진 폭탄 발언과 반대로 어쩐지 화기애애한 분위기였다.

기록실 문이 다시 한 번 열리자 사람들의 시선이 그쪽으로 몰렸다. 또 누군가 싶을 때 들어온 사람은 2차장검사 쪽 계장이었다.

"어쩐 일이세요?"

"아, 찾는 기록물 있어서요. 종결 난 기록인데, 전 시장 불법 선거자금 관련 자료 대출받으려고요. 될까요?"

여을이 다시 흰 장갑을 두 손에 꼈다.

"잠시만요."

자리에 앉아 있던 계장이 유제를 빤히 바라봤다. 무슨 스포트라이트를 받는 연예인처럼 제게 몰리는 시선이 부담스럽다. 이 선생님과 김 검은 제 연애 이야기 때문에 그렇다는 걸 알지만, 계장님은 왜 이렇게 쳐다보는 건지 알 수가 없었다.

"드릴 말씀이 있어서 집무실로 갔는데, 안 계시더라고요."

"아, 어쩐 일로……."

"2차장검사님이 좀 뵙고 싶어 하세요."

청사 내에서도 일 잘하기로 유명한 심 계장이 퍽 무심하게 대답했다. 이내 심 계장의 시선이 김 검에게 슬쩍 쏠렸다. 그 무심한 눈빛이 유제와는 다른 의미로 부담스러워서 김 검이 저도 모르게 시선을 피할 때였다.

"김 검사님도 같이 오라고 하셨고요. 잘됐네요. 같이 올라가면 되겠네."

관련 기록물을 챙겨온 여을이 심 계장에게 내밀었다.

"대출하실 거죠?"

"예."

따라서 서명이 필요한 서류도 내밀었다.

"가시죠."

어쩐지 가기 싫다는 김 검의 얼굴에 여을이 웃음을 꾹 삼켰다. 상사가 부르는데 안 갈 수는 없는 노릇이니 따를 수밖에. 유제가 여을에게 나중에 보자는 눈짓을 보내고는 기록실 문을 닫았다.

심 계장 뒤에 서 있던 유제가 그의 손에 있는 기록물을 힐긋 보다가 물었다.

"저도 들어드릴까요?"

"아뇨, 괜찮습니다."

기록실 바로 맞은편에 있는 엘리베이터에 올라탄 심 계장이 익숙하게 버튼을 꾹 눌렀다. 유제의 집무실을 두 층 더 지나치고 엘리베이터에서 두 사람이 내렸다.

엘리베이터에서 내리자 작게 한숨을 내뱉는 김 검을 보다, 심 계장이 먼저 들어가서는 집무실에 노크를 두어 번 했다. 안에서 "들어와요." 라는 소리가 들리고 문이 열렸다.

"아, 윤 검. 그리고……."

2차장검사의 시선이 바로 옆에 울상을 짓고 있는 김 검에게 닿았다.

"김 검도 같이 왔네. 잘됐네. 입 아프게 두 번 말할 일 없어서."

"검사님, 기록물 여기 놔두고 가겠습니다."

"네, 고마워요."

심 계장이 근처 탁자에 기록물을 올려두고는 문을 탁 닫았다. 집무실에 세 명만 남자, 2차장검사가 기록물을 올려둔 탁자 쪽으로 성큼 걸어갔다.

"1차장검사랑 밥 먹었다며?"

벌써 소문이 이쪽 귀에까지 들어간 모양이다. 2차장검사가 쿡쿡 웃었다. 뭔가 재밌는 이야기를 들었다는 어투에 유제가 고개를 한 번 갸웃했다.

"요새 엄청 씩씩거리고 있는 건 알고 있고?"

"어느 정도는 알고 있습니다."

뒤에서 씹어댄다는 소문이 돌지 않는 게 이상했다. 발 없는 말이 천 리를 간다더니 딱 그 꼴이었다. 하물며 검사들과 큰 관계가 없는 이 선생과 여을의 귀에도 들어올 소식이었으니 더더욱 그랬다.

이 소문을 동네방네 퍼뜨린 김 검이 눈치를 슥 살폈다. 퍼진 소문이 싫다거나, 그런 건 아니었기에 유제가 그냥 웃고는 2차장 검사를 바라봤다.

"디케이 건은 진전 있고?"

"예, 어느 정도는."

"요즘 두 사람 자주 같이 다닌다던데, 김 검이 윤 검 도와주고 있나 봐?"

"예?"

화들짝 놀란 김 검이 움찔했다. 하하, 얄팍하게 웃는 모습은 난처하다는 증거였다. 청사에서 가늘고 길게 사는 것이 목표인지라, 이런 큼지막한 일에는 썩 끼어들고 싶지 않았다.

유제 역시 김 검의 그런 마음을 이해했다. 김 검을 보면 스폰을 받으면서 화려하게 살고 싶어 하는 거 같지도 않았다. 그러니 크게 한 자리 차지하겠다는 욕심도 없어 보였다.

어떤 사람은 김 검 같은 사람을 보고 비겁하다고 하겠지만, 유제는 딱히 비겁하다는 생각은 들지 않았다. 대다수의 사람들이 그럴 테니까.

"아닌가?"

"아뇨, 김 검이 지금 일이 많아서요. 간간이 도와주고는 있습니다."

사람 민망하게 만드는 2차장검사의 질문에도 유제가 부드럽게 넘어갔다.

"혼자 하기는 좀 힘들 거 같은데."

2차장검사가 심 계장이 건네준 기록물을 보며 물었다.

"내가 도와줄까?"

"예?"

"나도 이쪽 관련 수사 좀 했고, 가이드라인 잡는 데 도움 줄 수 있을 거 같아서. 혼자 하기엔 양도 많을 거 같고."

"……."

"싫은가?"

"아뇨."

유제가 퍽 단호하게 대답했다.

"도와주십시오."

1차장검사가 노골적으로 싫어하는 상황에서 유제 혼자 이끌어가는 건 어느 정도 무리가 있었다. 같은 차장검사인 2차장검사가 도와주면 자신이 혼자 하는 것보다야 훨씬 수월한 게 맞기도 했다.

그 대답이 나올 거라 예상했기 때문에 2차장검사가 씩 웃었다. 어차피 지금 관련해서 보는 기록물들도 디케이의 연장선상이었다.

"그런데 김 검."

2차장검사의 시선이 김 검에게 닿았다. 윽. 김 검이 순간 앓는 소리를 냈다.

"요즘 많이 바쁜가?"

"어, 뭐, 좀, 살짝……."

"그래?"

아무 말도 하지 않고 뚫어져라 보는 2차장검사의 눈빛에 김 검이 결국 눈을 질끈 감았다.

"……저도, 도와드리고 싶은데 괜찮을까요?"

"어휴, 그럼! 물론! 바쁠 땐 고양이 손이라도 빌려야지!"

2차장검사가 호쾌하게 웃으며 김 검의 어깨를 팡팡 두드렸다. 어쩐지 도살장 끌려가는 소처럼 저를 보는 김 검에 유제가 슥 시선을 피했다.

"고마워요."

모르는 척 시치미를 뚝 떼고 말하는 유제에 김 검이 울상으로 고개를 끄덕였다.

"예……."


"문제는 서 의원인데."

직업상 야근이 잦기는 하지만, 이렇게까지 오랜 시간 할 줄은 생각도 못 했다. 김 검이 눈을 벅벅 비비며 서류를 바라봤다.

"회계장부가 끝이죠?"

"그리고 작년 7월 사건기록물에 나온 차떼기."

"증인 있다 하지 않았어요?"

"증인 있어?"

"예. 근데 그 증인도 애매한 게……."

유제가 볼펜 끝으로 이마를 긁적였다. 이 차가 서 의원에게 갔다는 확실한 증거는 아직 없었다. 민석도 유추한 것뿐이었다.

"딱, 이거다 싶은 게 없어서요."

"배달시킨 놈은 어디로 갔는데?"

"그쪽 말로는 도망쳐서 자기도 모른답니다."

죽은 거 아니야? 하고 김 검이 작게 중얼거렸다. 비밀을 너무 많이 아는 사람의 결말은 대체적으로 죽음이었다. 하물며 이렇다 할 백도, 뭣도 없으면 말 그대로 개죽음을 당하는 것이 당연지사였다. 유제는 건조해진 눈을 깜빡였다. 박 씨가 말한 것을 토대로 하면 신문사 부사장은 기소가 가능할 듯했다.

케케묵은 옛 자료까지 나온 걸 그가 뒤적거렸다. 역시 피곤해 보이는 2차장검사도 두 손으로 눈두덩이를 꾹 눌렀다.

"오늘은 일단 이거 마무리하는 걸로 하지."

"네."

"윤 검이 온 덕분에 진도가 많이 나가네."

2차장검사도 기소를 하려고 하다가 결국 유야무야된 일이었다고 했다. 2차장이 과거 준비해 두었던 자료와 유제가 조사해 온 것들 덕분에 쉽게 진행이 되고 있었다.

"근데요."

대충 마무리가 되는 분위기에 김 검이 책상에 반쯤 엎드린 채 말을 이었다.

"1차장검사님이 가만히 계실까요?"

공공연하게 스폰을 받고 있다는 이야기가 도는 상대였다. 하물며 신문사의 부사장이랑도 친분이 있다는 사람이었고. 자신들끼리 일을 진행하려고 하면 불러서는 한껏 뒤엎지 않을까란 생각도 들었다. 2차장검사가 픽 웃었다.

"그래서 내가 여기에 있는 거지."

2차장검사가 씩 웃었다. 먼저 가보겠다며 나가는 2차장검사에 김 검이 한숨을 푹 내쉬었다. 서류를 전부 정리해서 사물함에 넣고 자물쇠를 채우는 유제에 김 검이 기웃거렸다.

"저도 뭐 할 거 있습니까?"

"아뇨, 퇴근하면 됩니다."

그냥 가면 된다고 했는데도 방에서 나가지 않는 김 검에 그가 고개를 갸웃했다. 뭔가 하고 싶은 말이 있는 듯해 유제가 이상하다는 듯 물었다.

"왜, 그렇게 봅니까?"

"윤 검사님은 되게 정의감 넘치시는 거 같아서요."

"……."

"보통 이런 일 무서워서 잘 안 하려고 하잖아요. 하하, 제가 좀 비겁하긴 하지만."

김 검이 솔직하게 웃으면서 대꾸했다. 솔직히 검사가 된 것도 '사'자 직업이 갖고 싶어서였지, 정의 구현이라는 거창한 뜻이 있어서 된 건 아니었다.

"자기가 비겁하다고 솔직하게 말할 수 있는 사람도 용기 있는 겁니다."

유제가 굽혔던 무릎을 폈다. 한층 깨끗해진 방 안을 둘러보면서 김 검에게 대답했다.

"저도 딱히, 정의 구현이라든가 그런 거창한 뜻이 있어서 그런 게 아니라……."

유제가 말을 잠시 멈추었다. 아버지답지 않은 사람이다. 윤 회장 같은 사람이 제 아버지라는 게 수치스럽기도 했다.

어린 아이들이 친구들의 부모님에 비해 나이가 많다는 이유로, 아니면 가난하다는 이유로 부모를 창피해하는 것과는 달랐다. 조금 더 도덕적이고……, 그런 깊숙한 문제였다.

말을 하다가 마는 유제에 김 검이 고개를 갸웃했다. 내려앉은 침묵에 유제가 옅게 웃었다.

"그냥."

"그냥?"

"네. 어쩌다 보니 이렇게까지 왔네요."

조금 더 도덕적인 아버지를 갖고 싶었다. 부끄러운 행동을 했다면, 그것이 부끄러운 거라는 걸 아는 아버지. 자식 앞에서 못난 짓을 해도, 그것을 숨기는 내색이라도 하는 아버지.

"갑시다."

미묘하게 가라앉은 유제의 모습이 이상했다. 두 사람은 불을 켜둔 채 방을 나왔다. 유제 쪽 사람들이 아직 퇴근을 하지 않았기 때문에 일렬로 불이 켜진 채였다.

아마 자리에 있던 사람들이 전부 나가고 나면 자연스럽게 꺼지겠지. 김 검과 유제가 주차장으로 자연스럽게 걸음을 옮기려는 찰나였다.

어둠 속에서 얼핏 보이는 사람이 눈에 들었다. 처음에는 저가 피곤해서 잘못 본 건가 싶어 눈을 꾹 감았다가 떴는데 잘못 본 게 아니었다.

"윤 검사님?"

"먼저 가요."

"예?"

"위에 놔두고 온 게 있어서요."

"같이 가드릴까요?"

"아뇨, 괜찮습니다. 그럼 내일 봅시다."

시침이 12시를 지났으니 내일도 아니다. 김 검이 의아해하면서도 고개를 끄덕였다.

"으하하아암."

하품을 하며 멀어져 가는 김 검의 뒷모습을 바라보던 유제가 걸음을 옮겼다.

청사 쪽이 아닌 곳에서 얼핏 시선이 느껴졌다. 조용한 청사 앞에서 뚜벅뚜벅 유제의 구두 굽 소리만이 메아리처럼 크게 울렸다.

"……거기서 뭐 하십니까?"

## 8장.
## 007가방

몸을 숨긴 걸로 추정되는 남자에 유제가 조금 어이없다는 듯
물었다. 허허, 웃는 얼굴의 남자가 유제를 향해 물었다.

"어떻게, 알았어요?"

"다 티 나던데요."

김 검은 모르던 거 같지만. 애초에 남의 시선과 기척에 예민한
유제였기 때문에 알아챌 수 있었던 거다.

"허허……."

남자, 여을의 부친이 조금 민망하다는 듯 웃었다.

"이 시간까지 계신 거 보면 저한테 하실 말씀 있으셔서 오신 거
같은데."

"……."

"맞나요?"

여을의 부친이라는 점 때문인지, 딱딱하기 짝이 없던 유제의

말투가 조금 부드러워졌다. 머쓱한 얼굴의 여을의 부친이 뒷머리를 긁적였다.

자신이 퇴근할 때까지 기다렸다고 생각하면 꽤 오랜 시간 이곳에 있었다는 말이다. 유제가 잠시 머뭇거리다가 물었다.

"근처 카페라도 가시겠어요?"

"아, 아니. 괜찮아요. 카페 가서 할 말까지도 아니고. 내 행색도 그렇고……."

여을과 이야기했을 때랑 똑같은 옷이었다.

"식사는 하셨어요? 저녁이라도 드시는 건……."

"아니, 아니. 괜찮아요. 괜찮아. 여을이가 나랑 밥 먹은 거 알면 싫어할걸."

이내 시무룩해진 표정이 눈에 들어왔다. 여을이나 유제는 서로의 부모님이 약점이었다. 동시에 각자의 부모님은 어쩔 수 없는 그런……. 말로 표현하기 어려운 존재기도 했다.

어둠만이 내려앉은 청사에 두 사람이 멀거니 서 있었다. 친구의 부모님이라든가, 만나는 사람의 부모님을 마주한 적이 없었기 때문에 민망했고, 동시에 난처했다.

'이때는 뭘 어떻게 말해야 하지?' 하고 고민하는 찰나였다.

"그게…… 여을이한테 전화를 몇 번이나 했는데, 여을이가 안 받아서……."

그 말에 유제가 움찔했다. 자신에게 따로 부탁할 게 있는 모양인가 싶었다.

"그, 검사님한테 내가 줄 게 있어서 말이야."

말을 끝냄과 동시에 품에서 무언가를 뒤적거렸다. 안주머니에서 나오는 USB에 그가 고개를 갸웃했다. 웬 USB? 의문을 가지기도 전에 여을의 부친이 대답했다.

"원래는 딸애한테 줘서, 검사님한테 전해달라고 하려 했거든."

"……."

"근데 알다시피."

전화를 안 받는 데다가, 피한다는 걸 알고 있었다. 유제는 집으로 찾아가서 억지로 줄 수 있지도 않았느냐고 물으려다 말았다.

그 질문에 대한 답은 아마 한 가지였겠지. 여을이 싫어하니까. 해줄 게 없는 부모의 마지막 배려 비슷한 거였다.

"그래서 이거."

"이걸 왜 저한테 주시는지 모르겠는데……. 뭡니까?"

"나도 몰라."

부친이 어깨를 으쓱였다. 여을의 부친도 모르는 USB를 검사인 제게 주는 이유를 모르겠다.

"부산까지 동행했던 사람이 있었거든."

"예."

"딸이 검찰청 부근에서 일하는 거 같다고 얘기를 했더니…… 그럼 아는 검사님 있을 테니까, 이것 좀 대신 전해줄 수 없느냐고 하더라고."

"그 사람 이름이 뭔데요?"

여을의 부친이 눈을 데구룩 굴렸다.

"그건 잘 모르겠는데."

그게 거짓말이라는 걸 쉽게 알 수 있었다. 알고 있지만 말을 해주지 않겠다는 표정에 유제가 그 USB를 조심스럽게 받았다.

"지내시는 곳은 있으세요?"

"아, 어, 있어요. 그 같이 내려온 사람이랑 지내고 있으니까 너무 걱정하지는 말고."

부친이 조금 머뭇거리는 얼굴을 했다. 많은 걸 물어보고 싶은 듯한 얼굴이다. 여을이랑 언제부터 만나고 있느냐, 결혼을 염두에 두고 있느냐 따위의 말들. 그런데 그런 말들을 물어볼 자격이 없어서 입술을 꾹 물었다. 늘 그렇듯 뻔뻔하게 아비 노릇도 좀 하면서 엉덩이를 붙이려 했으나…….

술집까지 끌려갔었다는 여을의 말이 부친의 머리와 마음에 빙빙 맴돌았다.

"아, 이건 내 연락처."

옛 유물 같은 구닥다리 핸드폰을 들어 보였다.

"만약에 USB 확인하고 나서, 궁금한 게 더 있으면 이쪽으로 연락하면 돼."

"……예."

도대체 이게 뭐기에……. 유제가 의아한 듯 고개를 갸웃하려는 찰나였다.

"여을이랑…… 재밌게 만나고. 그리고 걔가 나 죽었다고 말한 거……."

부친이 시무룩한 듯 중얼거렸다.

"이해해 줘."

들을 거라 생각하지 못했던 말이라 유제의 손이 움찔했다. 여을의 부친이 고해성사처럼 중얼거렸다.

"내가 속을 좀 많이 썩였으니까, 걔 마음 같아선 그럴 수도 있지."

유제는 긍정하지도, 부정하지도 않은 채 이야기를 가만히 들고 있었다. 실제로 여을이 고생한 것을 알았기 때문이다. 그는 끝까지 여을의 편이었다. 여을의 부친이기 때문에 예의는 지키고 있으나, 그녀가 이렇게 만나고 이야기하는 것조차 싫어한다면 하지 않을 행동이었다.

아무런 말도 하지 않는 유제를 보며 여을의 부친이 웃었다. 이것저것 묻고 싶지만 제게 그런 걸 물어볼 자격이 없으니 더 이상 자리에 있을 수가 없었다.

"그럼, 난 이만 가보겠네. 그 USB 확인하고 따로 궁금한 거 있으면…… 나한테, 말해주고."

"……예."

"그럼."

"들어가십시오."

유제는 여을의 부친에게 어디서 지내냐는 말도 묻지 않았다. 어떻게 보면 매정한 유제의 모습에도 부친은 별 섭섭하지 않은 듯 걸음을 옮겼다.

여을의 부친은 뭔가 커다란 미션을 끝낸 느낌이었다. 저 USB 안에 도대체 뭐가 있는지는 모르겠지만 말이다. 딸이 검찰청에서 일을 한다고 하니 부산 사투리로 '이것 좀 갖다 줄 수 있어요?'라는 말을 했던 봉식이 떠올랐다.

여을의 부친은 컴퓨터를 할 줄 모르는 사람이었기 때문에 USB의 정체는 아직까지도 모른다. 이 안에 뭐가 있냐는 그의 물음에 봉식은 난처하게 웃으면서 '엄청난 거요.'라고 말을 했었다. 그리고 모르는 게 좋다는 말도.

그가 주머니에 손을 꽂고 터덜터덜 걸어가고 있을 때였다.

"구태영 씨?"

제 이름을 부르는 목소리에 태영이 고개를 돌렸다. 듬직한 어깨를 한 남자들에 태영이 멈칫했다. 저번에 돈을 빌렸던 그 조폭인가. 뭐지, 누구지. 부산에서 돈을 빌리거나 그런 건 없었는데.

뒷걸음질을 치면서 도망갈 기회를 엿보고 있던 태영이 마른침을 삼켰다. 소리를 지르면 도와주러 올 사람이 있을까.

"에헤이, 도망갈 생각은 하지 마시고."

"누, 누구……."

"그쪽을 보고 싶어 하는 사람이 있어서 말이요. 그냥 사이좋게 같이 가는 편이 좋을 거 같은데."

"보고 싶어 하는, 사람?"

"그쪽도 잘 아는 사람이라던데. 옛날에 본 적도 있고."

"그러니까, 누구를……."

더 이상의 정보는 흘리지 않겠다는 듯 남자가 웃으며 부친 쪽으로 턱짓을 했다.

"잡아."

범인을 검거하는 것처럼 그들이 태영의 양팔을 단단하게 묶었다. "이, 이거 놔요!" 하면서 몸부림을 쳤으나, 그들이 그 다음으로 막은 건 태영의 입이었다. 몸부림을 쳤지만, 쪽수로도 힘으로도 이길 수 없었기 때문에 결국 태영의 몸이 축 늘어졌다. 그들은 순순히 따라오는 태영을 구기듯이 차에 밀어 넣었다.

"……."

꿀꺽. 마른침을 삼킨 그가 옆을 바라봤다. 차창 너머로 차가 훅훅 지나가는 게 눈에 들어왔다. 태영이 겁에 질려 덜덜 떨면서 물었다.

"누, 누가 불러서 가는 겁니까?"

옆에 앉은 남자가 힐긋 태영을 바라봤다. 답은 주지 않고 고개를 돌리는 남자에 그가 머뭇거리다 다시 한 번 용기를 내서 물었다.

"누가 부르고, 어, 어디로 가는 건지만 말해주세요."

마음에 걸리는 게 하도 많아서 짐작할 수가 없었다. 도대체 누구지. 어디로 가는 거지. 서울 태생인 태영이 부산 지리를 알 턱이 없었다.

영문을 모르는 그는 그저 호랑이에게 잡힌 토끼처럼 바들바들 떨고 있었다. 다시 한 번 용기를 내서 물어보려고 할 때였다.

"구 선생은 똑똑하던데 아버님은 영 아니신가 봅니다."

"……예?"

무슨 소리지. 아마, 지칭하는 구 선생은 자신이 아니라 딸인 여을을 말하는 걸 거다. 머뭇거리고 있자, 남자가 다시 한 번 대답했다.

"구 선생님은 바로 아시던데 말이죠. 따님이, 엄마 쪽을 닮았나 봐요?"

"……여을이가 왜……."

"다 왔습니다."

얼마 지나지 않아 차가 멈췄다. 옆에 앉아 있던 남자가 먼저 내리고, 조수석에 앉았던 남자도 뒤따라 내렸다.

남자가 문을 연 채 어서 내리지 않고 뭐 하느냐는 눈빛을 보내자 우물쭈물거리던 태영이 차에서 내렸다. 짭조름한 바닷바람 냄새가 나고, 멀리서 얼핏 파도 소리가 들리는 거 같았다.

여기가 바닷가 근처라는 걸 쉽게 알 수 있었다. 더불어 한눈에 봐도 비싸 보이는 펜트하우스가 시야에 들어왔다.

"들어가시면 됩니다."

사람도, 그리고 소리도 없는 이 고요한 펜트하우스가 꼭 귀신의 집처럼 보였다. 스릴러 영화처럼 안에 들어가면 예상치도 못한 싸이코패스나 살인마가 숨어 있을 거 같은 그런 느낌에, 태영은 쉽사리 발을 떼지 못하고 있었다. 그런 태영이 답답했는지, 누군가 그의 등을 퍽 밀었다. 한 사람이 앞장서고, 다른 한 사람은 태영이 도망가지 못하도록 뒤를 따랐다.

엘리베이터에 타자 누군가 버튼을 꾹 눌렀다. 태영이 빠르게 머리를 굴렸다. 자신이 알고 있는 이들 중에 이런 호화로운 집에 살 법한 사람이 있는가를 말이다.

답은 '없다'였다.

"여깁니다."

약속이라도 한 것처럼 다른 사람이 마중을 나왔다. 한참을 걷다 보니 나오는 집의 문을 열자 태영이 마른침을 꼴깍 삼켰다. 이곳은 자신의 꾀죄죄한 차림과는 너무도 어울리지 않는 곳이었다.

꼭 신데렐라가 드레스와 유리구두 차림이 아니라, 거적때기 차림으로 왕실에 온 그런 느낌.

"윤 회장님. 데리고 왔습니다."

거실까지 이어지는 긴 복도를 지났을 때 한 남자의 뒷모습이 보였다. 자신과 비슷한 키, 비슷한 덩치, 흰 머리가 힐긋 보이는 머리카락.

"오셨네요, 구여을 아버님."

천천히 몸을 돌리는 사람은 태영도 잘 아는 인물이었다. 과거 그가 돈을 빌린 적이 있는 남자였다.

"십여 년 만이지요?"

"……유, 윤 사장님께서……."

"애들이 거칠게 데리고 온 건 아닐까 걱정되네요. 앉으시죠."

눈앞에 있는 남자는 과거 각목과 칼을 들고 사람을 위협하던 윤 사장이 아니었다. 티비만 틀면 나오는 윤 회장이었다. 멀거니 서 있는 태영을 어떤 남자가 억지로 앉혔다.

"도, 도, 돈, 돈 때문에 그런 거라면……."

한 번 윤 회장에게 끌려가 흠씬 맞았던 적이 있는 태영이 말을 더듬었다. 식은땀도 주륵 나기 시작했다. 어쩐지 배가 살살 아픈 느낌이다.

"그게, 유, 윤 사장님. 꼬, 꼴을 보면 아시다시피, 제, 제가 돈이, 돈이 없어, 가지고……."

"아, 돈 때문에 구 사장님 부른 거 아닙니다."

그는 과거의 윤 사장이 아니었다.

"그리고 이제는 사장이 아니고요. 호칭 똑바로 해주셔야지요."

"예? 아……."

태영은 아까 전 그의 부하 직원이 불렀던 호칭을 떠올렸다.

"예, 유, 윤 회장님."

"좋습니다."

마음에 든다는 듯 윤 회장이 박수를 짝 쳤다.

"이렇게 부른 건 십여 년 전에 갚지 않고 들고 가신 돈 때문이 아닙니다."

"……."

"그때라면 몰라도, 지금 저한테 그 돈은 푼돈이나 다름없지요."

디케이의 윤 회장이란 직함이 있었으니 푼돈과 마찬가지였다. 하지만 태영은 윤 사장이 어떤 사람인지 알았기 때문에 그 말을 그대로 믿지는 않았다. 태영이 침을 꼴깍 삼켰다.

"부탁이 있어서 말입니다. 그때 못 갚은 돈, 다른 방법으로 갚아주십사 하기도 하고요."

"……네?"

윤 회장이 손가락으로 딱! 소리를 냈다. 동시에 거실에 있는 테이블 위로 검은 상자 하나가 올라왔다.

"집 못 구하고 떠돌이 생활하는 거 알고 있습니다."

"……."

"그래서 제가 부산에 계실 동안 지낼 집이랑, 돈을 좀 드릴까 하는데……."

윤 회장이 검은 상자를 슬슬 쓸었다. 저 안에 얼마나 많은 액수가 있을지 상상도 가지 않았다.

"제 부탁은 그렇게 어려운 건 아니어서요."

"……뭐길래, 윤 회장님이 이렇게까지……."

"여을 양 보러 부산까지 내려온 거 압니다."

여을의 이름에 태영이 흠칫했다.

"유제 옆에서 댁네 따님 좀 치워주셨으면 해서요."

공손과 무례 그 어느 중간 선상에 있는 어투였다. 유제? 그 이름에 고개를 갸웃했다. 치워달라는 말을 하는 걸 보면 여을의 남자친구인 듯했다.

순간 떠오르는 남자의 얼굴에 태영이 흠칫했다. 이름이 윤유제라고 했다. 윤유제, 윤 회장. 그리고 닮지 않은 듯하면서도 미묘하게 닮은 얼굴.

아들이구나.

"아드님…… 인가요?"

"예."

윤 회장이 방긋 웃었다. 과거 쓰레기 같은 면모를 전부 봤는데, 고상한 척하는 게 역겨웠다. 동시에 달칵 소리가 나면서 검은색 가방이 열렸다. 보이는 건 말 그대로 돈다발이었다. 영화나 드라마에서 볼 법한 돈다발. 자신이 지금부터 열심히 일한다고 해도 쉽게 만질 수 없는 액수.

"유제가 선 자리에 나갈 수도 있어서 말입니다."

"……."

"두 사람이 쉽게 헤어질 거 같지도 않고……."

손을 뻗어 돈을 만졌다. 윤 회장은 구태영 같은 인간이 얼마나 욕망에 약한지 안다. 없었기에, 힘들었기에 이런 유혹에 더 쉽게 무너질 거다.

"댁 따님이 첩살이하는 건 싫으실 거 아닙니까."

태영의 목울대가 크게 일렁였다. 태영이 앞에 있는 서류 가방에 조심스럽게 손을 뻗었다. 그럼 그렇지. 윤 회장이 만족스럽게 웃었다.

"잘 설득해 주시길 바랍니다."

윤 회장과 얼굴을 마주할 수 없어 태영이 부랴부랴 그 방을 나섰다.

"쯧, 한심한 새끼."

어떻게 저런 남자 밑에서 구여을 같은 딸이 나왔는지 모르겠다. 구여을이 계집만 아니었더라면, 혹은 제 아들 놈과 만나는 여자가 아니었다면 디케이에서 이미 한 자리 차지하고도 남았을 것이다.

"회장님."

비서의 말에 윤 회장이 턱을 치켜들었다.

"박 씨는 어떻게 할까요?"

"버려."

"예?"

단호하게 떨어지는 윤 회장의 말에 비서가 눈을 크게 떴다.

자신이 박 씨 같았던 시절이 있었기 때문에 그놈이 어떤 선택을 했을지 뻔하다. 어차피 큰 조직도 아니고, 제 덕분에 서서히 자라나고 있는 조직이니 모르는 척해도 상관없었다.

"이미 우리에 대해서 말하고도 남았을 놈이니까 버려."


"어, 아저씨 왔어요?"

"어어⋯⋯."

"엄청 늦으셨네?"

대전에 있을 때부터 함께 움직인 봉식이 살갑게 말을 붙였다.

"그, USB는 건네줬죠?"

"그래⋯⋯."

허름한 여인숙 방에 도착한 태영은 외투를 벗었다. 어쩐지 넋이 나간 것처럼 보이는 태영의 모습에 봉식이 고개를 갸웃했다.

"진짜 준 거 맞아요? 제대로 줬어요?"

"그래, 인마. 딸 남자친구한테 바로 줬어."

"딸 남자친구가 뭐 하는데요?"

"검사래."

"진짜요?"

나갈 채비를 하다가 말고 털썩 앉은 봉식이 귀찮게 물었다. 검사라고요? 이름이 뭔데요? 연이어 쏟아지는 질문에 태영이 힘들다는 듯 손을 휙휙 저었다.

윤유제가 윤 회장의 아들이라니. 생각지도 못한 조합이다. 아아아, 미치겠네. 앓는 소리란 앓는 소리는 전부 낸 태영이 머리를 쥐어뜯었다.

"아저씨!"

"왜, 인마. 너 나갈 거 아니야? 넌 찾을 놈 찾았어?"

"아, 예. 찾아서 이제 보러 갈 예정이긴 한⋯⋯."

봉식의 눈길이 그의 손에 있는 검은 가방으로 향했다. 딱 봐도 뒤가 구린 냄새가 나는 007 가방이었다.

"아저씨, 이거 뭐예요?"

"네가 신경 쓸 거 없어. 가, 인마."

"뭔데 그래요?"

"야, 야, 인마⋯⋯!"

그러면서 훅 뺏어든 봉식이 가방 문을 열었다. 후두둑 떨어지는 돈다발에 봉식이 놀란 얼굴을 했다. 이 돈의 정체가 뭐냐는 눈빛이었다.

"아저씨!"

봉식의 목소리가 절로 높아졌다.

"제가 준 USB 제대로 건넨 거 맞죠? 이상한 사람한테 준 거 아니죠?"

"이 새끼가, USB 제대로 건네줬다니까?!"

"그럼 이거 뭔데요!"

태영이 가질 수 없는 돈이었다. 그것도 하루만에 손에 넣기 힘든 돈. 태영이 혀를 끌끌 차면서 떨어진 돈다발을 슥슥 모으고는 가방 안에 다시 넣었다.

"너랑 관계없는 거야, 인마."

"아저씨, 내가 목숨 나갈 뻔한 일 한 적 있어서 그런데."

"……."

"이렇게, 이런 식으로 돈 주는 놈이랑 알고 지내면 안 좋고, 그런 놈이 주는 돈 안 받아야 해요."

"나도 알아!"

이제 막 삼십대를 넘긴 봉식이 알아봤자 얼마나 알겠는가. 오랜 세월을 산 태영만큼 그런 걸 잘 알까. 구태영의 인생도 굴곡질 대로 굴곡졌다.

"나도 알아, 인마! 근데 아는데, 아는데 어쩔 수 없는 게 있잖아!"

"와, 이 아저씨 골 때리네, 진짜."

태영이 눈을 꾹 감았다. 결국 윤 회장이 건넨 돈을 받았다. 이 돈이라면 괜찮을지 모른다는 생각. 이 돈으로 여을의 시간을 보상해 줄 수 있다는 생각. 그리고 사이가 다시 풀어질 수 있을지도 모른다는 허상.

세상에 남자가 윤유제만 있는 것도 아니다. 그 순간이야 아프겠지만 시간이 지나면 나을 거다. 자존심 죄다 버리고 첩살이하는 것보다야 나았다. 게다가 그 상대가 윤유제라니. 윤 회장의 아들이라니. 그럴 듯한 검사 꼴을 하고 있지만 윤 회장과 똑같을 게 분명했다.

"이 돈, 어쩌려고요?"

"내가…… 쓸 돈 아니야."

"……."

"전부 다 갚아야 하는 돈이야."

"돈 빌렸으면 갚는 건 당연하고요."

봉식이 신부산파에 있을 때처럼 껄렁한 어투로 대답했다. 둘은 충청도에서 같이 내려오는 길에 이런저런 이야기를 많이 했었다. 두 사람이 얼마나 쓰레기 같이 살아왔는지, 쓰레기 같은 짓을 했는지. 그리고 얼마나 반성하는지, 딸에게 돌아갈 건지에 대해서도 말이다.

"대가 없이 준 돈은 아닐 거잖아요. 아저씨 이거 갚을 수 있는 능력 있어요?"

"신경 꺼, 인마."

"……."

"이 정도 돈이면, 여을이도……."

"……."

"여을이도, 괜찮다고 해줄지 몰라."

더 이상 돈 때문에 허덕이지 않아도 되니까. 돈 때문에 허덕여 본 아이니까. 열심히, 성실하게 살아온 건 아니지만 여을이 역시 사람이었고, 제 딸이었다.

자신이 이 액수에 흔들린 것처럼 딸아이도 결국 생각을 고쳐먹을 거다. 시간이 지나면 제게 고맙다고 할 거다.

"아나, 난 모르겠다. 내가 볼 땐 아저씨 딸이 좋아할 거 같지는 않지만."

봉식이 더 이상 개입하고 싶지 않다는 듯 손을 휘휘 내저었다. 자기 팔자 자기가 꼬는 거지, 더 이상 입 아프게 말하고 싶지도 않았다.

"아저씨 알아서 하세요. 저 이만 나가봅니다."

봉식이 검은색 마스크를 끼고, 모자를 썼다. 검은색 007가방을 허망하게 껴안고 있는 태영을 뒤로한 채 여인숙을 빠져 나왔다.

⬠

"민석아?"

"예?"

아르바이트 마감을 하고 있던 민석이 퍼뜩 정신을 차렸다. 야간 아르바이트 담당이 이상하다는 듯 고개를 갸웃하며 그에게 물었다.

"밖에 뭐 있어?"

"아뇨……. 요새 시선이 좀 느껴져서."

"시선?"

"네."

요새 누가 따라다니는 거 같기도 하고, 지켜보고 있는 거 같기도 하고. 여을의 집으로 신부산파 사람들이 온 뒤로 유달리 그런 느낌이 들었다.

그 일을 겪고 난 뒤 예민해져서 느껴지는 착각인지, 진짜인지는 확실하게 알 수 없었다. 뒷머리를 벅벅 긁던 민석이 시재를 전부 체크했다.

"저 먼저 들어가 보겠습니다."

"어어! 늦어서 미안!"

"아뇨, 괜찮아요."

민석이 야간 아르바이트 담당에게 꾸벅 인사하고는 편의점을 빠져나왔다. 학교를 다니면서 아르바이트를 병행하려고 하니 힘이 부치긴 부쳤다.

그렇다고 해서 안 다닐 수도 없는 노릇이고. 아버지한테 받을 돈은 정말 '학비'가 끝이었다. 그거 받아낸 것만으로도 만족해야지. 민석이 턱을 긁적였다.

힘이 들 때면 여을이 했던 말을 떠올렸다.

"고등학생 때부터 아르바이트 쭉 해왔고, 그 와중에 성적 유지한다고 코피 흘리고, 쓰러지고. 집에는 먹을 게 없어서 편의점 유통기한 지난 음식 먹고, 주말에 했던 음식점 알바에서 손님이 남긴 거 주워 먹고."

타인의 불행을 위안 삼기 위한 건 아니었다. 여을이 힘들었다고 해서, 자신이 힘들지 않은 것도 아니고 하니까.

그냥……. 지금 제 생활을 돌이켜 보면 그 시절의 여을은 외롭지 않았을까, 란 생각이 들었다. 자신이야 옆에 윤 검사님이나, 누나가 있었다지만 그때의 여을의 옆에는 아무도 없었을 거다.

뚜벅.

순간 뒤에서 걸음 소리가 느껴졌다. 등도 따끔따끔 했고. 편의점에서 나왔을 때부터 남자 하나가 계속 쫓아왔다는 사실을 알아챈 민석의 몸이 크게 흠칫했다.

'누구지? 나 따라오는 거 맞나?'

아, 찔리는 게 너무 많아서 걱정이다. 민석이 후드 주머니에 넣어두었던 핸드폰을 스리슬쩍 꺼냈다.

핸드폰에 저장된 번호는 얼마 안 되었다. 여을 누나, 윤 검사님, 김 검사님, 이 선생님. 김 검사님은 도움이 안 될 테니까 땡이고, 이 선생님이랑은 친하지 않고, 이런 일에 여을이 누나를 부를 수는 없다.

민석이 흐읍, 숨을 들이마시고 유제에게 전화하려는 찰나였다.

"최민석."

"헉!"

어깨 위에 올라오는 손과 더불어 낮게 부르는 목소리에 민석이 노골적으로 움찔했다. 마스크 너머 웅얼거리면서 들려오는 목소리가 무섭다.

"누, 누, 누구세요."

몸이 바짝 굳으면 제 뜻대로 움직여지지 않았다. 지금이라도 당장 도망가는 게 맞는데, 다리도 바짝 얼었다.

"이 새끼, 이거."

껄렁한 말투는 딱 봐도 조폭이었다.

"한동안 못 들었다고 행님 목소리도 잊어먹었냐."

"……예?"

"뒤 안 돌아보냐?"

뭐지. 무섭긴 한데, 껄렁한 말투와는 달리 알은 체 해대는 게 퍽 상냥하다. 쭈뼛거리는 몸을 천천히 돌렸다.

푹 눌러쓴 캡모자와 더불어 검은 마스크. 살짝 지저분한 옷차림. 모자와 마스크 때문에 얼굴이 쉽게 보이지 않았다. 민석이 잘 모르겠다는 듯 미간을 좁히자 남자가 허! 하고 웃었다.

"이거 진짜 내 까먹었나 보네."

민석의 어깨에 올라갔던 손이 떨어졌다. 그러고는 모자 대신 마스크를 쭉 벗어 내렸다.

"목소리도 다 까먹었나?"

"봉…… 식이…… 형?"

"그래, 인마."

"혀엉?!"

씩 웃는 봉식에 민석이 기겁을 했다. 골목길에 민석이의 목소리가 크게 울리자 행인 한 명이 흠칫했다.

그 모습을 보던 봉식이 검지를 입에 갖다 댔다.

"쉿, 쉿, 쉿!"

목소리를 낮추라는 행동에도 민석은 아랑곳하지 않았다.

"혀, 형이 왜 여기 있어? 아니, 어떻게 살아 있지?"

목소리를 낮출 걸 요구하던 봉식이 이내 하던 걸 멈추고는 어이없다는 눈빛으로 쳐다봤다.

"내가 살아 있는 게 맘에 안 드냐?"

"아니, 그게 아니라……! 형이 안 보인 지 오래니까 당연히 나는."

조직에서 나오고 눈물이 많아진 것 같았다. 주위에 모이기 시작하는 인물들이 죄다 따뜻한 사람이다 보니까, 민석은 저 역시 말랑말랑해지고 있다는 착각이 들었다.

민석의 눈에 눈물이 한가득 맺혔다. 여을이 조직원들한테 끌려갔다가 무사히 돌아왔을 때랑은 전혀 다른 느낌의 안도감이었다. 민석의 눈에서 눈물이 후두둑 떨어지자 봉식이 헛웃음을 터뜨렸다.

여을은 위로를 해줬는데, 봉식은 웃고만 있었다. 진짜 봉식이 형님이 맞는 모양이다.

"왜 연락을 안 했냐고, 이 미친놈아! 멀쩡히 살아 있으면서! 진짜 형 송정 바닷가에 가라앉아서 죽은 줄 알았단 말이야!"

"이 새끼, 이건 살아 돌아와도 이 지랄이야."

차암나, 몸 피하면서 근근이 살아온 게 얼마나 힘들었는데. 여기저기 떠돌다가 이제 슬슬 잊혀질 법해서 부산으로 내려온 거였다.

"야, 그리고 내가 전화 안 한 줄 아냐? 전화 몇 번이나 했거든. 미친놈아! 내가 사준 핸드폰은 어따 갖다 버렸는데?"

"아, 그거."

코를 훌쩍이던 민석이 중얼거렸다.

"폰값 못 내서 잘렸어……."

"미치고 팔짝 뛰겠네. 그럼 그 핸드폰은 뭔데?"

"아, 이건…… 아르바이트 해서 산 거. 알바비 가불 받았거든."

봉식이 뚫어져라 쳐다봤다. 최민석이 돌아다니는 곳은 제 손바닥 안이나 다름없었다. 찾는 건 그렇게 어렵지가 않았는데, 있는 곳이 학교와 편의점 아르바이트 같은 착실한 곳이어서 놀랐을 뿐이다.

물어보고 싶은 게 너무 많은데 정리가 안 됐다. 아오, 머리 나쁜 티를 이런 데서 내냐! 으으! 봉식이 며칠 감지 못한 제 머리를 벅벅 긁었다.

"혀, 형은 언제 부산 내려온 거야?"

"일주일 좀 넘었어."

"근데 왜 나 바로 안 찾아온 건데?"

"지금 찾아왔잖아, 인마. 아니, 아니. 지금 그게 중요한 게 아니지. 너 조직에서 나왔어?"

"응. 도망쳤는데."

"아무도 안 잡던? 학교 다니던데, 학교는 어떻게 다니게 된 거야?"

"학교는 아빠가, 학비 대주기로 했어."

"다시 집에 들어갔어?"

"그건 아니야."

히끅거리던 민석이 손등으로 눈물을 닦아냈다. 지금 들어야 할 게 너무 많은데 민석이 울고 있으니 대화가 이어지지 않았다. 조직에서는 도망쳤는데, 다른 조직원들이 민석을 잡지 않는다. 그리고 학교를 다니고 있다. 학비는 아버지가 대주기로 했다. 그런데 집에 들어간 건 아니다.

"너 어디서 자는……, 아악!"

별안간 뒤에서 누군가에게 붙잡혀 팔이 꺾인 봉식이 비명을 질렀다. 잡힌 팔과 더불어 움직일수록 어깨에 오는 통증에 봉식이 앓는 소리를 냈다.

"악! 아! 다, 당신 누구야!"

허? 뒤에서 어이없다는 기척이 느껴졌다. 잡고 있는 손이나 악력을 보면 남자가 아니라 여자 같은데. 신부산파에 여자가 있었나? 할 때였다.

"내가 묻고 싶은 말인데. 당신 누구야. 신부산파 사람이야?"

"누, 누나?"

"야, 최민석. 아는 여자야?"

"어어."

그러다가 민석이 그제야 꺾여 있는 봉식의 팔을 보면서 호들갑을 떨었다.

"누나, 누나! 풀어줘요! 이 형 괜찮은 형이에요!"

전혀 안 괜찮아 보이는데. 캡모자에 검은 마스크에 꾀죄죄한 옷차림까지. 어두운 골목에서 교복 입은 학생 붙잡고 있으니 험악하게만 보였다.

"누군데?"

여을이 여전히 의심스러운 눈빛으로 턱짓했다. 잡힌 손에 서서히 힘이 빠지기 시작하자 이때다 싶었던 봉식이 빠르게 빠져나왔다.

"와, 진짜 무식하게 힘세네! 누구냐? 아는 여자야?"

"아, 이쪽은 그러니까, 내가 도움받은 누나."

"민석아, 누구야."

여을은 딱딱한 얼굴을 하고 있었다. 그렇지 않아도 요즘 신부 산파와 더불어 윤 회장에게 시달리다 보니 예민한 성격이 한층 더 예민해졌다. 민석은 서늘해진 여을이 이제 화내기 일보직전이란 걸 눈치챘다.

"형이에요!"

"형? 너 형제 없다 했잖아."

"일전에 말씀드렸던 봉식이 형이요!"

"봉식이 형?"

무섭게 굳어가던 여을의 표정이 순식간에 풀어졌다. 이내 놀란 듯 몇 번 눈을 깜빡였다.

"죽은 거 아니었어?"

"아나, 얘나, 쟤나 사람 죽이는 취미가 있네! 안 죽었거든요!"

봉식이란 사람은 생각했던 이미지랑 너무 달랐다. 여을이 혹시나를 대비해 들고 다니던 후추 스프레이를 클러치 안에 다시 집어넣었다. 그리고 빠르게 이성을 되찾은 그녀가 봉식에게 고개를 숙였다.

"미안해요. 위험한 사람인 줄 알고."

"아니, 또 그렇게 순순히 사과하면 내가 뭐가 됩니까. 괜찮습니다. 허허……."

그러다 봉식의 시선이 물끄러미 민석에게 향했다. 도대체 이걸 몇 번이나 물어보고 있는지 모르겠다.

"누구시냐?"

"그 검찰청 기록관리실에서 일하는 누나."

"구여을이라고 합니다."

구여을? 묘하게 익숙한 이름이었지만, 어디서 들었는지를 떠올리기엔 지금 상황이 너무 복잡했다.

"근데 네가 검찰청 사람이랑 어떻게 알고 지내?"

한때 저질렀던 흑역사를 다시 꺼내려고 하니 민망해졌다.

"내가, 이 누나의 클러치를 소매치기…… 해서……. 그, 그런데 누나는 저 알바하는 데까지 어쩐 일이세요?"

"네가 하도 안 와서."

여을이 손목에 찬 시계를 힐끔 쳐다봤다. 원래 지금 쯤이면 오고도 남을 시간이었다. 열시를 훌쩍 넘긴 시각은 열한시에 가까워지고 있었다.

"혹시 무슨 일 생겼나 싶어서 데리러 왔지."

"아, 혹시 민석이랑 같이 삽니까?"

"아뇨, 민석이 아랫집에서 살고 있습니다."

"그럼 넌 어디서 지내는데?"

"누나 남자친구 집에서."

아무리 민석의 지금 상황이 더운밥, 찬밥 가리거나 물불을 헤아릴 때가 아니라지만, 민폐도 이런 민폐가 없었다.

"윤 검사님이 자기 집에서 지내라 했다, 뭐……."

"윤 검사님?"

"누나, 남자친구……."

가면 갈수록 기어들어 가는 목소리였다. 도대체 이게 어떻게 된 거야. 그리고 저 여자는 왜 저렇게 날 뚫어져라 쳐다보고 있는 건데. 머리가 나쁜 건지, 아니면 연결이 되지 않는 정보들이 너무 한꺼번에 들어와서 그런지 정리가 잘 되지 않았다.

이 모든 상황을 가만히 지켜보고 있던 여을이 핸드폰을 들었다. 시간은 늦었고, 유제에게 전화는 오고 있었다.

"여보세요?"

[집에 민석이 없어서. 혹시 너랑 같이 있어? 너도 집에 없던데.]

"어어. 나랑 같이 있어. 혹시…… 지금 밖이야?"

혹여나 봉식이 도망갈까 싶었는지 여을이 성큼성큼 그의 앞으로 다가갔다. 저보다 키가 작은 여자가 왜 이렇게 무섭게 느껴지는지 모르겠다. 꼭 형사로부터 도망 다닐 때 느꼈던 감각과 비슷했다. 여을이 덥석 그의 손목을 팍 잡았다.

[어어. 밖인데?]

"그럼 혹시 우리 있는 곳으로 와줄 수 있어?"

여을이 도망갈 생각은 하지 말라는 느낌으로 봉식을 빤히 쳐다봤다. 어차피 도망갈 생각도 없었는데, 저렇게 빤히 바라보고 있으니 무섭기 짝이 없다.

"여기 민석이 아르바이트하는 곳 앞이야."

[……알았어. 금방 갈게.]

무슨 일이야, 같은 건 물어보지도 않고 냅다 알겠다고 한다. 뚝 끊긴 전화에 민석이 물었다.

"윤 검사님 오신대요?"

"응. 곧 있음 바로 올 거야. 혹시 지금 바쁘세요?"

"예? 아, 그런 건 아닌데……."

"그럼 잠시 이야기 좀 같이 할까 하는데."

신원 확실한 사람이고, 민석이를 도와준 사람이니 나쁜 사람은 아닐 거다. 순순히 알겠다고 고개를 끄덕인 봉식이 핸드폰을 꺼내 들었다.

"그럼 저도 전화 한 통만 해도 될까요?"

"그러세요."

그 아저씨한테 모진 말만 하고 나온 것도 신경 쓰이는 데다가, 저가 안 들어온다고 혹시 경찰서 가서 신고 같은 걸 하면 인생 또 한 번 꼬이는 거였다.

봉식은 유물 같은 2G폰을 만지작거리면서 태영에게 전화를 걸었다. 길게 이어지는 신호음에 이 아저씨가 자나, 생각하던 찰나였다.

[여보세요?]

"어, 아저씨."

[왜…….]

목소리가 나올 때랑 별반 다를 것 없이 축 늘어진 상태였다. 생각해 보면 이 집 아저씨도 딸이랑 어떻게 잘해보고자 부산으로 온 걸 텐데. 괜히 모진 말만 하고 나온 건가. 봉식이 무거운 한숨을 푹 내뱉었다. 빤히 보는 여을의 시선이 괜히 서늘하게 다가왔다.

"나 오늘 늦게 들어가거나 안 들어갈 거 같으니까 먼저 자라고."

[찾을 사람 찾은 거야?]

"어어. 할 얘기가 많아서."

[……좋겠네.]

부러움이 뚝뚝 떨어지는 목소리였다. 하긴. 이 아저씨는 딸 처음 만났을 때 냉대란 냉대는 전부 받고 헤어졌다고 말했다.

[그래, 알겠다. 술 같은 거 마시지 말고.]

"아저씨 몸이나 잘 생각하세요."

전화가 쉽게 끊겼다.

"누구야?"

봉식이 민석에게 궁금한 것이 많은 것처럼 민석 역시 봉식에게 궁금한 게 많았다. 왜 그동안 연락이 안 됐는지, 어디에 있었는지, 어쩌다 도망치게 된 건지, 그리고 지금 전화를 한 사람은 누군지.

"같이 충청도에 있다가 내려온 사람."

"그래?"

"어어. 나 다쳐서 아플 때 도와줬었거든. 그래서 뭐, 이냥저냥 알게 돼서…… 그리고 행선지도 같아서 같이 내려온 거지."

"좋은 사람인가 보네."

마냥 좋은 사람 같지는 않지만, 나쁘게 말하고 싶지는 않아서 봉식은 고개를 끄덕였다. 여전히 서늘한 얼굴을 한 여을의 눈치를 살폈다. 입모양으로 '화난 거 아니지?'라고 물으니까, 민석이 고개를 저었다.

하긴, 여을은 외모로만 보면 차가운 느낌이 폴폴 나는 냉미녀였다. 유제 앞에서는 또 한없이 말랑해지는 사람이지만.

"근데 형은 날 어떻게 찾은 거야?"

"룸살롱 옆에서 가게 하는 사장님들한테 물어봤는데, 넌 안 보인 지 며칠 됐다고 하고."

처음에는 안 보인 지 며칠 됐다기에 죽은 줄 알았다. 그리고 다른 조직원들 눈에 안 들키게 묻는다고 007작전이라도 한 것 같았고.

"그래서 너랑 같이 학교 다녔던 놈들 붙잡아서 좀 물어보고, 시켰고."

"……."

"그래도 멀쩡하게 학교 다니는 거 같아서 다행이네."

봉식이 씩 웃었다. 그는 민석이 기특하기 짝이 없다. 혹여나 자신이 사라졌다는 점 때문에 더 엇나가고 있는 건 아닐까 싶어서 조마조마하면서 내려왔었는데 괜한 걱정이었다.

그리고 아마 민석이 지금처럼 마음 다잡고 사람 노릇할 수 있었던 건 눈앞의 여자 덕분이었겠지. 봉식이 모자를 벗고 꾸벅 인사했다.

"애 보살펴 주고 있어서 고맙습니다."

"아뇨, 저한테 고맙다고 안 하셔도 됩니다. 신세 지고 있는 쪽은 오히려 윤 검이고……. 학비 문제도 윤 검이 해결해 준 건데요."

"그래도 누나가 도와준 건 맞잖아요."

민석이 가볍게 툴툴거렸다.

"여을아!"

뒤에서 들리는 남자 목소리에 세 사람의 시선이 목소리의 주인에게 향했다. 운전석에 앉아서 얼굴을 빼꼼 내민 유제가 이상한 조합에 고개를 갸웃하며 내렸다.

검은 모자에 마스크, 여을을 향해서 헤실거리며 웃고 있는 낯짝까지 영 불쾌한 놈이다.

"누구야."

유제가 퍽 살벌한 얼굴로 물었다.

봉식은 저 사람이 여자의 남자친구라는 걸 단번에 알 수 있었다. 그리고 저 남자에 대한 첫인상은 아주 간단명료했다.

'검사라고?'

봉식이 유제의 얼굴을 보자마자 한 생각이었다. 아무리 봐도 검사 느낌이 나지는 않는데. 이렇게 말을 하면 검사 느낌 나는 사람이 어떤 사람이냐고 물어볼 수 있겠지만……. 아무래도 그에게서 나는 느낌은 검사보다는, 한 어깨 하시는 형님들 같았다. 도대체 왜 그렇게 생각되는 건지 모르겠지만 말이다.

검사기 때문에 몸이 움찔거리는 건지 아니면 다른 이유로 인해 몸이 움찔거리는 건지 알 수가 없었다.

"아, 이쪽은 이봉식 씨."

"이봉식?"

험악한 인상이던 유제의 표정이 살짝 풀어졌다. 그의 입에서 민석, 여을과 비슷한 반응이 나왔다.

"죽었다고……."

"그리고 봉식 씨, 이쪽은 윤유제 검사님이세요."

유제가 봉식을 빤히 바라봤다. 탐색하는 눈빛에 몸이 절로 움찔거렸다.

"우선 차에 타시죠."

"아, 예."

자연스럽게 운전석에 앉은 사람은 유제, 조수석은 여자친구인 여을이 그리고 나머지 뒷좌석은 민석과 봉식이 차지했다.

"진짜 검사인 거 확실해?"

봉식이 민석만이 들을 수 있도록 작게 속삭였다. 그가 무슨 말을 하고 싶은 건지 단번에 알 수 있었기 때문에 민석이 허허 웃었다. 저 역시 윤유제가 검사라기보다는 조폭 두목이 아닐까 하고 생각했던 적이 있었으니까. 고개를 끄덕이면서 "맞으셔."라고 민석이 짤막하게 대꾸했다.

아무리 봐도 아닌 거 같은데…….. 부드럽게 움직이는 차에서 봉식이 고개를 한 번 갸웃하자, 유제가 대뜸 물었다.

"대충 어떻게 된 건지 이야기해 줄 수 있습니까?"

"예? 아, 그게…….."

봉식은 입 아프게 여기까지 오게 된 계기를 쭉 설명해야 했다. 죽을 뻔했으나 겨우겨우 도망친 것부터 시작해서, 부산에 내려오지 못했던 이유는 조직원들이 자신을 죽이려고 눈에 불을 켜고 찾고 있었기 때문이라는 말도.

봉식이 민석에게 연락을 하지 못했던 이유는 핸드폰을 빼앗겼기 때문이었다. 유제가 룸미러를 고치면서 다시 한 번 봉식의 상태를 대충 살폈다.

한눈에 봐도 몇 달간 고생을 엄청나게 한 듯한 얼굴이었다. 유제가 아파트 주차장에 차를 자연스럽게 멈춰 세웠다.

"지내는 곳은 어딥니까?"

"근방 모텔에서 대충 지내고 있습니다."

모텔이라고 하기도 민망한, 아주 허름한 여인숙이었다. 봉식이 멋쩍게 웃으며 뒷머리를 긁적였다. 우르르 엘리베이터에 탈 때 여을이 민석을 향해 빙긋 웃었다.

"이제 한시름 났네."

"네."

죽을 줄 알았던 사람이 살아 돌아온 것만으로도 큰일이었다. 자연스럽게 네 사람이 유제의 집에 모여 앉았다. 문을 열고 들어가자 보이는 건 민석의 신발과 집에서 입는 트레이닝복이었다. ……정말 여기서 지내고 있구나. 봉식이 속으로 짧게 안도의 한숨을 내쉬었다.

"그럼 그동안은 어디에 있었던 겁니까?"

"여기저기 돌아다녔죠. 서울도 갔다가, 강원도도 갔다가……. 바로 직전에는 충청도에 있었습니다."

빳빳하게 굳은 봉식이 중얼거리듯이 말을 내뱉었다. 형사를 만난 적은 몇 번 있어도 이렇게 검사와 마주치는 건 처음이다 보니 괜히 긴장됐다. 법보다 주먹이 가까운 삶을 살아왔는데, 막상 법에 가까운 사람을 앞에 두고 있으니 두려웠다.

봉식이 마른침을 꼴깍 삼키고 있을 때 여을이 물었다.

"같이 지내는 분 있다고 하셨는데……. 그분도 신부산파 소속인가요?"

"아뇨, 아뇨. 그 아저씨는 그냥 오다가다 알게 된? 충청도에서 처음 만났는데 목적지가 같아서 움직인 거예요."

"민석이 말에 의하면 검은색 승합차, 차떼기에 쓰였다던데 맞나요?"

"아······. 예."

"서 의원한테 간 거 맞습니까?"

눈치를 보던 봉식이 아무 말도 하지 못했다. 괜한 생각이 들었기 때문이다. 영화나 드라마에서나 볼 법한 악의 무리와 손을 잡은 인간이면 어쩌나 싶었다.

"그으게, 그러, 니까······."

"형, 솔직하게 말해요."

"······저는, 그, 돈 배달을 한 게 맞는데······."

"서 의원한테 했습니까?"

노려보는 눈이 무섭다. 봉식이 더 이상 아무 말도 하지 않고 고개를 작게 끄덕였다.

"예······."

기어들어 가는 목소리에 유제가 퍽 빠르게 되물었다.

"혹시 서 의원한테 갔다는 증거 있습니까?"

"아, 있긴 있는데요. 그게······."

이렇게 만나게 될 줄 알았으면 아저씨한테 USB를 맡기는 게 아니었다. 봉식이 끙끙 앓는 소리를 냈다.

"제가 같이 온 아저씨한테 맡겼거든요."

"같이 온 아저씨요?"

"그 아저씨 딸이······, 거, 검찰청에서 일한다더라고요······. 그래서 혹시, 아는 검사한테 좀 넘겨줄 수 있느냐고 해서······."

"그래서요? 딸한테 줬답니까?"

"아, 아뇨."

만나러 갔는데 싸우고만 돌아왔다며 여인숙에서 소주 한 병을 까던 아저씨가 떠올랐다. 오늘도 마찬가지로 소주 한 병을 꺼내 들겠지. 그리고 아저씨가 들고 왔던 007가방을 생각하니 벌써부터 마음이 갑갑했다.

"아저씨가 USB를 검사한테, 딸 남자친구한테 줬대요."

"예?"

검찰청에서 일하는 딸이었다가, 검사였다가, 남자친구? 시시각각 등장하는 새 인물에 유제가 움찔했다. 그러다가 제 재킷 안 주머니에 넣어둔 USB가 떠올랐다.

"어떤, 검사랍니까?"

검찰청에서 일하는 딸, 그리고 딸의 남자친구는 검사. 미묘하게가 아니라 거의 99% 자신과 이야기가 겹쳤다.

"같이 온 아저씨 이름이 뭔데요?"

"이름은 몰라요."

"몰라요?"

여을이 기가 막히다는 듯 물었다

"그냥, 구 씨라고 부르라고 했어요. 그래서 저도 그냥 구 씨 아저씨라고 부르고 있고요."

구 씨 아저씨? 여을의 머릿속으로 순식간에 부친의 얼굴이 지나갔다. 검찰청에서 일하는 딸, 남자친구는 검사……. 여을이 유제를 바라봤다.

"딸 이름은 들었어요. 오늘도 듣고 나왔고."

"딸, 이름이 뭔데요."

그녀가 무표정하게 물었다. 유제도 USB를 받은 검사라가 자신이라는 걸 확신하고 있었다. 확인 사살을 하듯 묻는 여을에 봉식이 입술을 달싹였다.

"여…… 을이라고……. ……어?"

"어……."

자리에 있던 모든 사람들의 시선이 여을에게로 쏠렸다.

그러고 보니 저 여자 이름이 여을이라고 했지. 봉식이 눈을 깜빡였다. 그렇다면 오랜만에 찾아온 아버지한테 싸가지없이 굴었다던 그 딸이 저 여자라는 소리다.

팔을 꼬고 있던 여을이 손을 말아 쥐었다. 그녀가 옆에 앉은 유제를 바라봤다. 오늘 아버지와 만났었냐는 물음이 담긴 눈빛이었다. 그 눈빛에 유제는 조용히 고개만 끄덕였다.

"누나……. 누나 아버지……."

"잠깐 얘기 좀 하자."

이야기를 가만히 듣고 있던 유제가 자리에서 일어났다. 몸이 굳어 있던 여을이 겨우겨우 다리를 부여잡고 자리에서 일어났다.

"아버지랑 사이 많이 안 좋나?"

다른 의미로 굳어진 공기에 봉식이 민석에게 물었다. 제 가족사가 아닌 만큼 민석이 입을 꾹 다물었다. 그런 봉식의 목소리를 들었는지 여을이 힐긋 그를 보다 안방으로 들어갔다.

"어떻게 된 거야?"

화를 내거나 닦달하는 투가 아니었다. 애써 침착함을 유지하고 있는 여을이 이성적으로 또박또박 다시 물었다.

"아버지 만났어?"

"약속 잡고 만난 건 아니야. 내가 퇴근할 때까지 청사 앞에서 계속 기다리고 계시더라."

"오늘?"

"어."

유제가 주머니 안에 넣어두었던 USB를 꺼내 들었다. 원래는

봉식의 손에 있던 USB였고, 그 다음은 아버지의 손에, 마지막
으로 도착한 곳은 유제의 손이었다.

서 의원에게 돈이 갔다는 증거가 담겨 있는 USB였다. 이걸 아
버지가 들고 왔다. 어떤 표정을 지어야 할지 몰라 여을이 손으로
입가를 가렸다.

"너 만나면 바로 이야기하려고 했는데, 일이 이렇게 되다 보
니."

그의 눈짓이 거실에 앉아 있을 봉식 쪽으로 향했다. 갑작스러
운 봉식의 등장에 말할 기회가 없었다.

"원래라면 너한테 건네려고 했었는데……. 네가 만나주지를 않
아서 나한테 대신 건네준 거라고 하시더라."

"그 외에 다른 말씀은 안 하시고?"

"하셨어."

여을의 어깨가 크게 움찔했다.

"궁금해?"

그녀가 혀로 마른 입술을 핥았다. 모순적인 마음이 뒤섞였다.
알아야 한다는 생각과 듣고 싶지 않다는 생각. 혹시 유제에게 이
상한 부탁을 하지는 않았을까, 란 걱정도 들었고, 조금이라도 제
마음을 풀게 하기 위해 아버지다운 말을 했을까 싶은 생각도 들
었다.

"네가 듣고 싶고, 궁금하다면 말할게."

인간은 결국 호기심의 동물이었다. 왜 제우스가 판도라에게
준 선물이 호기심이었을까.

"뭐라고 했는데?"

뒷목소리가 덜덜 떨렸다. 꾹 닫혀 있던 유제의 입술이, 판도라

의 상자가 열리는 것처럼 벌어졌다. 그녀가 저도 모르게 숨을 훅 들이켰다.

"너 이해하라고 하셨어."

"……."

"아버지 노릇 제대로 못한 거 맞다고……. 그래서 여을이 네가 당신이 죽었다고 말하고 다닌 거, 이해해 달라고."

"……."

"여을아……?"

유제가 조심스럽게 그녀를 불렀다. 여을이 마른세수를 했다. 어떤 반응을 해야 할지 모르겠다. 이제와서 아버지 노릇이 하고 싶었던 걸까. 저런 말을 했다는 걸 들어도 큰 감흥이 없었다. 얼 었던 마음이 풀린다던가, 아니면 조금 감동했다던가. 그런 것들 은 하나도 없었다.

그저 '이런 말로 저를 어떻게 꼬여내려고 하는 걸까?'라는 생 각만 들었다. 제 속이 이렇게도 빙빙 꼬였다.

"어쩌고 싶어?"

"내가 어떻게 해야 해?"

그런 말을 들었다고 해서 여을의 반응이 바뀔 리가 없었다. 유 제의 손에 들린 것이 중요한 증거로 쓰일 USB라는 게 다행이라 면 다행이었다.

"일단, 중요 증거 얻은 거니까 다행이다."

"여을아."

"아버지가 그렇게 말했다고 해도 나 별생각 없어."

"……."

"아버지한테 고맙다거나, 시간이 이만큼 지났으니까 다시 잘

해봐야겠다거나 그런 생각 말이야."

유제 역시 여을에게 그러한 것들을 강요하고 싶은 마음이 없었다. 그가 손에 쥔 걸 다시 주머니에 넣고는 고개를 끄덕였다.

"그래. 네가 하고 싶은 대로 해."

"……."

"아버지한테 연락드리고 싶으면 하는 거고, 아니면 마는 거고."

비꼬는 투가 아니었다. 전적으로 너의 선택을 존중하겠다는 어투였다. 너의 선택을 존중하고, 그에 대한 결과는 함께하겠다는 것. 나는 언제나 너의 편이라는 것. 백 마디의 말보다 유제의 눈빛 하나가 모든 걸 말해주고 있었다. 여을이 애써 웃으며 고개를 끄덕였다.

"……고마워."

그나마 아버지가 남 창피해지는 말을 안 해서 다행이었다.

"아버지가 너한테 무리한 부탁했을까 봐 걱정했는데……. 그건 아니라서 다행이다."

여을이 문고리를 잡아 돌렸다. 문을 열자 봉식과 이야기를 나누고 있던 민석이 자리에서 일어났다. 혹여나 여을이 울지는 않았을까 싶어 얼굴을 꼼꼼하게 살피는 모습에 그녀가 픽 웃었다.

화가 났다거나, 기분이 가라앉았다는 전조는 보이지 않아 민석이 눈에 띄게 안도했다. 여을은 아이 앞에서 못 보여줄 모습을 보였던 게 마음에 걸렸다.

"내가 여기서 해야 될 건 없으니까 그럼 난 이만 가볼게요."

"아, 예."

여을이 겉옷을 챙기며 말했고 봉식이 자리에서 일어났다.

"만나 봬서 즐거웠습니다."

딱히 즐거웠던 일은 없었지만, 예의로나마 내뱉은 말이었다. 그녀가 현관문 앞으로 가자 남자 셋이 우르르 마중을 하기 위해 나왔다.

"그럼 내일 봐."

"응. 민석이도 일찍 자고."

"네, 누나."

여을이 봉식이에게 눈짓으로 인사하면서 나가려고 할 때였다.

"저기요."

붙잡는 봉식에 여을이 몸을 돌렸다.

여을 특유의 서늘한 눈빛에 봉식이 멈칫했다. 말할까 말까 망설이던 그때, 낮의 태영의 얼굴이 문득 떠올랐다.

넋이 나간 얼굴로 007가방을 꼭 잡고 있었던 모습이, 그리고 얼마 전, 빈속에 소주만 들이켜던 모습도. 봉식은 태영과 함께 부산으로 올 때 그에게서 많은 이야기를 들었다.

물론 아저씨 본인이 잘한 것 없다고 말을 했긴 했지만, 많이 반성도 하고 있는 사람이었다. 그런 사람에게 기회를 한 번쯤 주는 것도 나쁘지 않은데…… 봉식은 딸인 그녀가 너무 모질게만 굴고 있다고 생각했다.

"하실 말씀 있으세요?"

"저기……. 이런 얘기, 되게 오지랖이라고 생각할 수 있는데요."

"네."

"형."

민석이 말하지 말라는 듯 옆구리를 푹 찔렀는데도 봉식은 계속해서 이야기했다.

"그, 아버지한테 조금만 상냥하게 굴면 안 돼요?"

"……."

"아저씨가 젊었을 적에, 못 했다는 이야기 들었어요. 근데요, 같이 부산 내려오면서 아저씨 얘기 들었는데…… 아저씨 많이 반성하고 있었어요."

"형!"

민석이 다시 한 번 말렸다. 봉식의 말에 유제 역시 살짝 언짢아졌는지, 그의 말을 자르려고 하자 여을이 턱짓을 했다. 계속 이야기해 보라는 신호였다.

"아저씨가, 그쪽 처음 만나고 돌아왔을 때 빈속에 술 마셨어요."

"……."

"아버지 노릇 제대로 못한 거 미안하다고……. 사람들한테 아버지 죽었다고 말했다면서요?"

여을은 가만히 봉식의 말을 듣기만 했다. 바로 맞받아치는 사람보다, 이렇게 이야기를 전부 들어주는 쪽이 훨씬 무섭다는 걸 민석은 지금에서야 알 수 있었다.

"미운 건 이해하는데, 그래도 멀쩡히 살아 있는 아버지 죽었다는 말은 좀…… 너무한 거 아니에요?"

"말씀 다 하셨어요?"

"네? 아, 네."

여을은 흔들림 없는 얼굴이었다. 약간의 죄책감도 느끼지 않는 얼굴. 살아계신 아버지를 죽었다고 말한 걸 절대 후회하지 않는 그런 얼굴이었다.

그녀는 다시 과거로 돌아간다고 해도 사람들에게 똑같이 말했을 거였다. 여전히 아버지가 미웠고, 싫었다. 증오에 가까운 감정이다.

"본인이 말씀하신 것처럼 되게 오지랖이시네요."

"뭐……!"

언성을 높이려던 봉식이, 옆에 유제와 민석이 함께 있다는 걸 깨닫고는 목소리를 확 낮췄다.

"그쪽이 아저씨가 얼마나 미안하게 여기고 있는지 알아요?"

"그럼 그쪽은 내가 아버지 때문에 얼마나 힘들게 살아왔는지 알아요?"

"……."

"아버지가 미안하다고 하면, 자식은 무조건 지금이라도 아셨으니 다행이네요, 앞으로 함께 잘해봐요, 하면서 그냥 넘어가야 돼요?"

"그런 말이 아니라……."

"아버지 사과 한마디면, 반성이면 그동안 고생했던 내 시간이 보상돼요? 보상되지 않아도 보상받은 척, 모르는 척하면서 그냥 넘어가요?"

그녀가 무거운 한숨을 내쉬었다. 이렇게 말하는 사람들이 한둘이 아니었기 때문에 이제는 별생각도 들지 않았다. 그저 공감 능력이 떨어지는 멍청이가 또 있구나, 그 정도로 끝이었다.

"아무것도 모르면 그냥 가만히 계세요. 그럼 반이라도 갈 테니까."

서늘하게 말한 여을이 현관문을 닫고 나갔다. 엘리베이터가 아닌 계단으로 내려간 여을이 제집 현관문을 열었다.

"하아……."

그녀가 클러치 안에 넣어 둔 핸드폰을 꺼내 들었다. 그러고는 통화기록에 남아 있는 저장되지 않은 번호를 보며 망설였다.

전화, 할까? 고민하고 있던 여을이 통화를 꾹 눌렀다. 연결음이 뚜르르, 채 다 이어지기도 전에 그녀가 전화를 끊었다.

유제의 손에 있던 그 USB가 자꾸 마음에 걸렸다.

어쩌지. 핸드폰을 보고 있던 여을이 한참을 고민하다 결국 다시 한 번 용기를 냈다. 이번에도 안 받으면 그냥 전화를 안 하는 걸로 해야지. 그리 마음먹고 통화 버튼을 누른 다음 핸드폰을 귀에 갖다 댔다.

조용한 집 안에 뚜르르, 뚜르르, 통화 연결음 소리만이 크게 울렸다. 상대가 전화를 받기만을 기다리다 지친 그녀가 끊으려는 찰나였다.

[여보, 세요?]

조심스러운 목소리에 그녀가 짧게 한숨을 내쉬었다. 신발을 벗고 안으로 들어온 그녀가 외투도 대충 벗어 소파에 걸치며 말했다.

"저예요."

[여을아.]

태영은 그녀가 제게 전화를 해줄 거란 생각을 한 번도 하지 못한 듯했다. 감격에 가득 찬 목소리에 여을이 조금 머뭇거리다 말을 했다.

"유제한테 이야기 들었어요. USB 전해주셨다면서요."

[어? 아, 유, 윤 검사님이 그렇게 말해?]

"네."

[아, 그게……. 따로, 이유가 있어서 만난 게 아니라…… 별말 하지도 않았고, 그, 그냥 USB만 건네준……!]

"알아요."

그녀가 숨을 한 번 들이마시고 짤막하게 대답했다.

"그것도 들었어요."

무거운 침묵이 다시 한 번 이어졌다. 길고 긴 침묵을 끊어낸 건 여을의 한숨이었다.

"내일 저녁에 잠깐 시간 괜찮으세요?"

[뭐?]

"잠깐 뵙고 싶어서요."

[물론! 물론! 다, 당연히 되지! 며, 몇 시쯤?]

그녀가 소파에 털썩 앉았다. 벌써부터 힘이 쭉 빠지는 느낌이 들었다. 한껏 호들갑스럽게 변한 아버지의 목소리에 그녀는 느낌 이 이상했다.

감회가 새롭다든가, 마음이 조금 풀린다, 그런 게 아니었다. 그냥 미묘했다. 잘못한 게 없는데도 꼭 자신이 죄인처럼 느껴졌 다.

꼭 사형집행인이 된 느낌.

"퇴근하고 제가 아버지 있는 쪽으로 갈게요."

[그, 그래!]

"끊겠습니다."

[잠깐……!]

붙잡는 목소리가 들렸지만, 여을은 모르는 척하고 전화를 뚝 끊었다. 손에 들고 있던 핸드폰이 힘없이 소파 위로 떨어졌다. 여 을이 두 손으로 얼굴을 문지르며 눈을 꾹 감았다.

"……미치겠다."

왜 내가 죄책감에 시달려야 하는 건지.

봉식은 여을이 나간 현관문을 어처구니없다는 듯 바라보았다. 나이도 먹을 만큼 먹은 여자가 싸가지는 바가지로 없었다.

제 입으로 예의, 싸가지를 운운할 처지는 아닌 걸 알지만 봉식은 그렇게 생각했다. 정말 무례한 여자라고. 저 여자가 구 씨 아저씨가 부산으로 내려오는 동안의 모습을 알았더라면 그렇게 쉽게 말할 수 있을 리가 없었다.

"형."

뒤에서 들리는 민석의 목소리에 봉식이 몸을 돌렸다. 저보다 키가 조금 작은 민석의 표정이 심상찮았다.

"누나 가족사는 우리가 감 놔라, 배 놔라 할 문제가 아니야."

"야, 최민석."

"형 좋아하고, 잘 따르고, 고맙고 하지만 이번엔 누나 말이 맞아. 형이 오지랖이 심했어."

"아니……!"

저를 나쁜 사람으로 만드는 민석에 봉식이 답답한 얼굴을 했다. 아니, 내가 도대체 뭘 잘못했다고!

"야, 부모님 살아계시면 그래도 잘해볼 생각을 해야지. 부모님 돌아가시고 나면 전부 후회될 일이야. 검사님, 내가 뭐 나쁜 말 했어요?"

봉식이 대뜸 유제를 향해 물었다. 남자친구라고는 하지만, 그래도 '검사'지 않은가. 판사만큼은 아니더라도 꽤나 현명한 대답이 나올 거 같아 한 질문이었다.

"선택도, 후회도 전부 본인 몫입니다."

"네?"

"본인이 한 선택인 만큼, 남이 왈가왈부할 문제 아니고."

유제가 벽에 몸을 기대며 물었다.

"이봉식 씨가 살아온 삶을 들은 어떤 사람이, 원하지 않는 지적과 충고를 하면서, 힘들게 살지도 않았네, 하고 폄하하면 좋습니까?"

"폄하하려는 의도 없었어요!"

"남의 과거를 모르면 모르는 사람답게 그냥 가만히 있는 게 현명한 겁니다."

와씨, 민석이나 유제가 세트로 저를 나쁜 사람을 만들고 있었다. 한껏 억울해진 봉식이 인상을 와작 구겼다. 유제야 남자친구니 그러려니 한다지만 최민석 이놈의 자식은…… 봉식이 눈을 흘기며 민석을 바라봤다. 저가 조직에 있을 때 그렇게 잘해줬는데 이렇게 쉽게 여을의 편을 들다니.

"자고 갈 겁니까?"

"에?"

봉식은 유제의 물음에 정신을 퍼뜩 차렸다. 벽에 기댄 채 서 있는 유제가 봉식을 향해 퍽 날카롭게 물었다.

자고 가라고 해도 안 잘 건데, 저렇게 굳이 딱딱하게 물어보면서 사람 참 이상하게 만들고 있었다. 봉식이 고개를 가로저었다. 괜히 찔리는 게 많아서 애초에 검사와 가까이 있고 싶지도 않았다.

"저, 저도 집에 가서 자야죠."

"이거 제 연락첩니다."

유제가 급하게 제 명함 한 장을 꺼내서 그에게 내밀었다.

"무슨 일이 있으시면 거기에 있는 번호로 전화하시면 됩니다."

"아, 예."

봉식이 근처에 있는 볼펜으로 민석의 손등에 부랴부랴 제 번호를 써내려 갔다.

"제 연락처니까 혹시 더 필요한 게 있으시면 말씀하세요. 최대한 도울게요."

민석의 손등에 있는 전화번호를 보며 그가 고개를 끄덕였다.

"그리고 전 이렇게 혼나려고 온 거 아닌데 말이죠."

봉식이 어이없다는 듯 자조적으로 웃음을 픽 흘렸다. 봉식은 태영이 얼마나 말썽을 피웠는지 잘 모른다. 고아로 살아온 그의 내면에 '부모가 말썽을 피워봤자…….'라는 생각이 은연중에 깔려 있기 때문일지도 몰랐다.

"이만 가보겠습니다."

억울한 봉식이 입술을 삐죽 내밀었다.

"형, 또 만날 수 있지?"

"어디 안 간다."

민석은 자신이 여을의 편을 들은 것과 별개로 오랜만에 만난 봉식이 반가웠다. 여기가 만약 자신의 집이었다면 하룻밤 자고 가라 할 텐데, 민석 역시 얹혀사는 삶이기 때문에 그럴 수가 없었다.

"자고 가도 됩니다."

그런 민석을 마음을 눈치챘는지, 유제가 가볍게 대답했다. 식구가 한 명 더 늘어나도 상관없었다.

"구 씨 아저씨 저 기다리고 있어서 안 돼요. 그리고 민폐기도 하고."

유제를 빤히 바라보던 그가 입술을 달싹였다.

"민석이 잘 부탁드립니다."

민석의 보호자라도 되는 것처럼 봉식이 고개를 꾸벅 숙였다.

[차도 전부 다 해서 그냥 서 의원 집 주차장에 놔두고 오면 돼.]

[서 의원한테 연락 안 해도 됩니까?]

[차 번호 말했으니까 알아서 챙겨 갈 거야.]

[이번이 마지막인 거 맞죠?]

[그래, 그래! 몇 번을 말해. 총선만 끝나면 다 마지막이라니 까? 왜 사람 말을 못 믿어.]

[그럼 약속대로 저랑 민석이도 조직에서 빼주세요.]

[어휴, 그래, 그래! 들어준다, 이 새꺄.]

유제는 박 씨와 봉식의 대화를 껐다. USB 안에 있는 다른 음 성 녹음 파일을 켜자 또 익숙한 목소리가 들려왔다.

[이 새끼, 이거 봐라, 그래서 나 협박하려고?]

[협박이 아니라, 거래죠.]

책상에 걸터앉은 2차장검사의 표정이 진중했다. 손으로 턱을 한 번 쓰는 게 눈에 들어왔다.

[대장이 받은 돈에서 조금만 나눠 먹는 거뿐입니다. 여태까지 목숨 걸고 배달해 왔는데, 그 정도도 수고비로 못 줍니까?]

일이 끝나면 조직에서 빠져나갈 수 있었다는 민석의 말이 이거였나 보다. 배달을 끝낸 봉식이 수고비를 운운하며 조건을 걸자 박 씨네 무리가 손을 봤다는 거다. 퍼즐 조각처럼 맞춰지는 앞뒤 사정에 유제가 얄팍한 한숨을 내쉬었다. 봉식의 말을 뒤이어 박 씨의 목소리가 들렸다.

그 말을 마지막으로 USB에 담겨져 있는 음성을 껐다. 김 검의 입에서 허어, 탄식과 같은 소리가 흘러나왔다. 도대체 이런 걸 어떻게 구한 건지 모르겠다.

"이런 거 어떻게 구하셨어요? 평소에도 이런 거 되게 잘 구하시는 편이에요?"

"이번에는 약간의 운이 따라준 거뿐이에요."

유제가 픽 웃었다. 확실히 위에 있을 때보다 굵직한 증거들이 자신의 손으로 훅훅 들어왔다. 안에는 비단 서 의원뿐만이 아니라 신문사의 부사장에 대한 이야기도 있었다.

"이 정도면 영장 심사 충분히 통과할 수 있을 거 같은데요."

부사장은 물론이거니와 서 의원까지. 2차장검사가 그러게, 하면서 짤막하게 중얼거리고는 자리에서 일어났다. 신문사 부사장은 그렇다 쳐도, 국회의원인 서 의원에 대한 증거가 부족했었는데 이거면 충분했다. 세 사람의 눈빛이 일제히 통할 때 문이 쾅 열렸다.

"윤 검사, 이 새끼 어딨······!"

태식이 소리를 치면서 안으로 들어오자, 유제가 노트북을 덮고 자리에서 일어났다. 안에 있는 사람이 유제뿐만이 아니라는 걸 깨닫자, 태식이 헛웃음을 흘렸다.

독단적으로 일을 꾸민다고 생각했는데, 혼자가 아니었다. 윤 유제가 겁 없이 날뛰는 이유가 2차장의 비호가 있었기 때문이라는 걸 알자, 태식이 헛웃음을 흘렸다.

"윤 검에, 김 검에, 아주 가지가지다."

"어쩐 일이십니까?"

"구속영장 청구했다며?"

그게 신문사 부사장의 구속영장을 의미한다는 걸 잘 알았기에 유제가 아무 말도 하지 않았다. 아무 말도 하지 않고 있는 유제의 모습에 태식이 '와나, 미치겠네!'라고 하며 욕설을 지껄였다. 그 사이에서 김 검만이 눈치를 보면서 자료를 품 안에 꼭 껴안았다. 저는 2차장검사와 유제의 등쌀에 밀려 이렇게 된 것뿐이다.

고래 싸움에 새우 등 터지는 짝이네. 김 검이 울상을 지었다. 일이 잘 풀린다 싶었더니, 또 왜 이렇게 된 건지.

"예. 넣었습니다."

"그걸 왜 네 멋대로 넣어!"

"2차장검사님도 동의하셨습니다."

"야, 너 고시 패스한 거 맞냐? 왜 이렇게 머리가 안 돌아가지?"

태식의 입에서 험한 말이 툭 튀어나왔다.

"디케이 윤 회장이랑 관련된 거 모르는 사람이 누가 있어! 괜히 벌집 건드려서 쑤시니까 만족해, 어!"

곧 있으면 서 의원에 대한 것도 구속영장 신청할 거라는 말을 하면 아주 뒷목 잡고 쓰러질 기세였다. 씩씩거리고 있는 박태식을 2차장검사가 어이없다는 듯 쳐다봤다.

"누가 보면 너도 찔리는 거 있는 줄 알겠다."

"뭐?!"

"내사사건으로 진행하려는데 뭐가 문젠데. 네가 왜 이렇게 날 뛰어?"

"야, 김우경이, 넌, 윤 회장 어떤 인간인지 뻔히 알면서 말릴 생각은 안 하고……!"

2차장검사 우경이 아무 말도 하지 못했다. 유제를 향하던 분노가 이번에는 우경에게 넘어가기 시작했다. 가만히 두 사람을 보고 있던 유제가 김 검 쪽으로 시선을 돌렸다. 바들바들 떨고 있는 김 검에게 나가 있으라는 눈짓을 하자, 그가 고개를 빠르게 끄덕이고는 후다닥 밖으로 나갔다.

"검사님."

"김우경, 넌 인마, 그래서 안 되는……."

"박태식 검사님."

한 글자, 한 글자 강조하며 부르는 목소리에 태식이 "아, 왜!" 소리를 크게 외쳤다. 유제가 얄팍한 한숨을 내쉬었다.

이렇게 조마조마해하는 것도 이해가 되지 않는 건 아니다. 윤 회장은 그동안 저를 피해 다니던 아들을 태식 덕분에 보게 됐으니, 이쪽도 나름의 커넥션이 있겠지. 뒤가 구리니까 발을 동동 굴리는 거나 마찬가지였다.

"뭐, 인마. 할 말 있어?"

"윤 회장이 건드릴까 봐 자꾸 절 걱정하시는 거 같은데……."

태식이 움찔했다.

"그런 걱정 안 하셔도 됩니다."

"뭐?"

"윤 회장님 저 못 건듭니다."

"이건 또 무슨 개소리야……."

머리를 거칠게 넘기는 태식이 인상을 찡그렸다. 지금 자신이 하는 말이 농담처럼 느껴지는 건가. 그냥 가만히 있는 게, 보고도 못 본 척하는 게 길게 사는 삶이라는 걸 모르는 모양이다.

이런 걸 보고 검찰청 내 엘리트라는 말이 나돌다니. 한때 유제가 오는 걸 기뻐한 자신이 바보 멍청이 같았다.

"1차장검사님도 자식 있으시죠?"

"갑자기 내 자식 놈들 이야기가 왜 나와."

"부모가 큰 잘못을 저질렀다면, 자식 된 도리는 어떤 걸까요?"

"⋯⋯뭐?"

"모르는 척하는 게 정답일까요, 부모의 나쁜 짓에 함께 동참하는 게 맞는 걸까요. 그것도 아니면 부모의 잘못을 바로잡는 게 정답인 걸까요."

너무 정해져 있는 정답이었다. 부모가 나쁜 짓을 하더라도 자식만큼은 떳떳하고 정의롭게 살기 원하는 게 부모의 마음이었다.

윤 회장의 더러운 짓을 눈 감고, 뒷수발을 든 이유가 뭐겠는가. 본인이 잘 먹고 잘 살기 위해서이기도 했지만 제 가족, 제 자식이 편하게 살게끔 하기 위해서였다.

"야, 윤유제. 너 할 말 못 할 말⋯⋯."

"그래서 저는."

태식의 말을 그가 다시 한 번 잘랐다. 이 새끼가 이제 위아래도 없이 차장검사의 말을 함부로 자른다. 태식은 기가 막혀서 헛웃음이 나왔다.

엘리트라고 다들 오냐오냐한 모양이다. 태식이 인상을 팍 구기고 유제에게 다가가려는 찰나였다.

"야, 이 새끼⋯⋯."

"자식 된 도리로써 잘못된 일을 바로잡으려는 겁니다."

"⋯⋯뭐?"

욕을 하려던 태식이 멈칫했다. 방금 뭐라고? 자식 된 도리? 제가 잘못 들은 건가 싶어 태식이 귀를 후비적거렸다.

폭탄 발언을 했음에도 불구하고, 유제의 얼굴은 태평했다. 표정 변화가 없는 걸 보니 태식은 자신이 잘못 들은 모양이라고 생각했다. 그렇게 생각하며 고개를 절레절레 젓는데 놀란 우경의 얼굴이 보였다.

"잠깐만, 윤 검 지금 뭐라고⋯⋯."

놀란 우경의 되물음에 유제가 차분하게 다시 말했다.

"자식 된 도리로, 아버지의 잘못을 제가 바로잡겠다 했습니다."

"너, 너, 너⋯⋯!"

윤유제, 윤 회장. 생각지도 못한 관계였다. 애초에 윤 회장의 나이에 자식이 있다면 유제보다 더 나이가 많아야 했다. 그리고 유제가 윤 회장 하나만 잡겠다고 들이밀고 있었으니, 가족이라는 건 예상도 하지 못한 게 당연한 사실이었고. 태식의 얼굴이 하얗게 질렸다.

윤 회장이 유제를 보고 싶어 했던 이유가, 다른 이유가 아니라 아들이었기 때문이었다. 태식은 윤 회장 앞에서 유제의 험담 비슷하게 했던 걸 떠올렸다.

"유, 윤유제, 너 진짜⋯⋯!"

"말해야 할 필요성을 못 느꼈습니다."

아버지는 아버지고, 자신은 자신이니까. 유제의 말대로라면 윤 회장이 그를 건드릴 리가 없다.

윤 회장에게 자식은 혼외자식인 유제 하나뿐이었으니까.

"아아악!"

꼬이고 꼬인 일에 태식이 두 손으로 자신의 머리를 쥐어뜯었다.

"시발, 미치겠네!"

이제는 노골적으로 욕을 하기로 한 모양이다. 이걸 이제 뭐 어떻게 해야 해! 차라리 윤유제가 윤 회장의 아들이라는 걸 몰랐을 때가 나았다. 그렇다면 눈치 보지 않고 편하게 말렸을 텐데, 이제는 아들이라고 하니 말릴 수도 없다. 그러나 윤 회장을 생각하면 또 마냥 방관할 수도 없는 노릇이었다.

사무실 안에서 태식의 비명과도 같은 포효가 울렸다.

"미치겠다! 진짜! 야, 이 새끼야! 너는 왜 그걸 지금 말해!"

"지금처럼 당황하실 걸 알았으니까요."

"이 새끼, 이거 말은……! 하…….."

태식이 한숨을 내쉬었다.

"난 모르겠다. 이제 너 알아서 해."

"……."

"네가 다 알아서 하라고! 부사장 들이밀든, 서 의원 잡아넣든, 윤 회장을 잡아넣든! 네들 맘대로, 멋대로 하라고!"

태식이 비뚜름하게 웃었다. 자신이 말린다고 안 할 놈도 아니었다.

"대신, 일 잘못돼서 나한테 피해 오면 가만 안 둘 줄 알아. 알겠어?!"

"예."

씩씩거리던 태식이 더 이상 아무 말도 하지 않고 문을 쾅 닫았다. 김 검도 없고, 2차장검사와 유제 두 사람만 남았다.

"윤 검, 진짜…… 진짜였어?"

"미리 말씀 못 드려서 죄송합니다."

"아니, 그게…….”

허어, 우경이 당혹스러운 듯 머리를 긁적였다.

"……정말, 진행해도 되겠어?"

뒤에 '아버지잖아.'라는 말이 들리는 듯했지만, 그래도 유제는 짧게 대답했다.

"이대로 진행할 겁니다."

그는 굳건했다.

9장.
시간은 되감기가 되지 않는다

"오늘따라 소란스럽네요."

"그럴 만도 하지."

여을의 중얼거림을 들은 이 선생이 어깨를 으쓱였다. 유제와 김 검, 그리고 2차장검사가 속해 있는 팀에서 신문사 부사장에 대한 구속영장을 청구했다는 게 소문이 쫙 났다.

그것 때문에 1차장검사가 잔뜩 화가 났다는 것도 소문도 돌았고. 확실히 태식이 이걸 듣고 가만히 있을 거 같지는 않긴 했다.

"그런데 구 선생은 괜찮아?"

"네?"

여을이 눈을 느릿하게 깜빡였다.

"오늘 뭐랄까…… 넋이 좀 나간 사람 같은데."

이런 여을을 보는 건, 유제가 지방검찰청으로 처음 내려왔을 때 이후로 두 번째였다. 여을의 옆에 유제가 있으면 꼭 평소에 알고 지내던 그녀가 아닌 거 같았다.

 힐긋힐긋 쳐다보는 이 선생에 여을이 계단을 내려가다 말고 옆을 바라봤다. 하고 싶은 말이 많아 보이는 눈치였는데, 말을 하지 않는 그녀에 여을이 고개를 갸웃했다.

 "하실 말씀 있으세요?"

 "윤 검사님, 부를까?"

 "여기서 윤 검사님이 왜 나와요?"

 "아니……. 오늘따라, 좀 상태가 안 좋은 거 같아서. 이상하게 퇴근시간 가까워질수록 표정 안 좋아지는 거 같더라."

 "아……."

 친아버지를 만난다는 생각에 좀 긴장하고 있는 모양이다. 여을이 두 손으로 볼을 꾹 누르다 빙긋 웃었다.

 "아무것도 아니에요."

 "윤 검이랑 같이 퇴근 안 해도 돼?"

 여을이 걸음을 멈춘 채 뒤를 돌아봤다. 애초에 함께 퇴근할 게 못 된다.

 "그럼 저도 11시까지 기다려야 하는데요?"

 어쩌면 그것보다 더 늦어질 수도 있고. 여을의 말에 이 선생이 "그건 그렇지." 하고 조금 아쉬운 듯 대답했다. 그리고 아버지와 만날 약속도 있고……. 여을이 핸드폰을 한 번 보고는 이 선생과 함께 청사를 나섰다. 늘 가는 길과 반대방향으로 움직이자 이 선생이 대뜸 물었다.

 "오늘 어디 가? 집 그쪽 방향 아니잖아."

 "오늘 약속이 있어서요."

 "약속?"

"네."

하루 동안 표정이 안 좋았던 것도 전부 그 약속이란 것 때문이었나 보다 하고 짐작은 갔지만, 물어보면 싫어할 사람이라는 걸 알기 때문에 이 선생은 별말 없이 고개를 끄덕였다.

"알겠어. 그럼 내일 봐."

"네, 들어가세요."

늘 그랬던 것처럼 인사를 가볍게 한 여을은 아버지가 있을 카페를 향해 발을 옮겼다.

청사나 집 근처에서 만난다면 아버지의 존재에 대해 들킬 확률이 컸다. 그녀가 숨을 후욱 들이켰다. 지난번에 아파트 앞에서 아버지를 그렇게 보내고 난 뒤 처음 제대로 된 대면이었다.

사회 초년생 때 면접을 봤던 것보다 더 떨렸다. 대충 할 말을 정리하기는 했지만, 막상 얼굴을 보면 죄다 잊을 거 같았다.

"어서 오세요."

만나기로 했던 약속 장소로 들어가자, 카페 아르바이트생의 목소리가 여을을 반겼다. 그리고 여을을 발견한 태영이 손을 번쩍 들었다.

평소와 달리 꾀죄죄한 모습이 아니었다. 목욕을 다녀온 모양인지 한결 깨끗해진 얼굴과 몸에, 입고 있는 옷도 사이즈는 맞지 않았지만 평소와 다르게 깔끔했다.

"여, 여을아."

"많이 기다리셨어요?"

그녀가 의자에 앉으며 묻자 아버지가 냉큼 고개를 저었다.

"아니, 별로. 혹시 뭐 마시고 싶은 거 없어? 내가 사줄게."

태영의 주머니에서 꼬깃꼬깃한 오천 원짜리 한 장이 나왔다.

요즘 커피값도 커피값인지라 저 오천 원을 다 쓰고 나면 태영에게 남는 돈은 하나도 없을 터였다. 문득 민석이 주머니 안에서 꺼냈던 오천 원이 떠올랐다. 그녀가 한숨을 내쉬면서 짤막하게 대답했다.

"괜찮아요."

민석이 때처럼 살갑다거나, 다정한 말은 나오지 않았다. 그 말을 끝으로 다시 한 번 침묵이 내려앉았다. 어떤 말을 할지 미리 정해왔는데도 정말 아버지의 얼굴을 보니 입이 떨어지지 않았다.

그때는 죄송했다, 하지만 후회하지는 않는다? 유제 찾아왔다는 이야기를 들었다? 끊기는 문장이 머릿속에서만 빙빙 맴돌았다.

"그, 그렇잖아도 너한테 연락하려고 했었어."

침묵을 견디지 못한 쪽은 태영이었다.

"너한테…… 주고 싶은 게 있어서……."

"네?"

USB도 준 마당에 뭐가 더 있나? 이번에도 사건과 관련된 일인 거 같아 여을이 눈을 떴다. 테이블 위로 올라온 건 백화점에서 물건을 사면 흔히 받을 수 있는 종이 가방이었다.

웬 종이 가방? 여을이 안을 볼 생각을 하지 못하고 손잡이만 잡아당겼다. 안에 많은 게 있는지 묵직했다.

"우, 원래라면 사무 가방에 담아서 주고 싶었는데……."

태영이 손을 꼼지락거렸다.

"그러면 너무 눈에 띌 거 같아서."

"도대체 이게 뭔……."

여을이 엉거주춤 자리에서 일어나 종이 가방 안을 확인했다.

안에 있는 건 돈이었다. 그것도 돈다발. 이게 소품으로만 쓰이는 가짜 돈이 아니라는 걸 그녀는 확신할 수 있었다.

도대체 이렇게 많은 돈이 어떻게 아버지의 손에 있지? 아버지에게 이런 돈이 어디 있다고? 애초에 이런 돈이 있으면 제게 말하지도 않고 전부 쓰셨을 분이다. 여을이 마른침을 꼴깍 삼켰다.

"아버지 부산에 계시던데."

"아버지는 건강하시고? 잘 지내시나?"

설마, 아니지 싶었다. 정말 아버지가 인간 말종이지만 정말 자신에게 이렇게까지는 하지 않았을 것이라고 애써 생각하는 여을이었다.

"이거 아버지 돈 아니죠."

그녀가 짓씹듯이 말을 내뱉었다.

"어?"

"이거 윤 회장이 줬어요?"

부들부들 떨리는 얼굴로 태영을 똑바로 바라봤다. 아무 말 하지 못하는 걸 보니 사실인 모양이다. 그녀가 헛웃음을 내뱉었다. 여태까지 했던 긴장은 전부 쓸모없던 것이었다.

여을이 한 손으로 얼굴을 쓸고는 그의 앞으로 종이 가방을 내밀었다. 필요 없다는 의사에 태영이 눈을 동그랗게 떴다. 더 이상 할 말이 없다는 듯 여을이 벌떡 일어나자 종이 가방을 챙긴 태영이 따라나섰다.

"여을아! 여을아! 이거 들고 가!"

카페를 나온 여을이 뒤를 돌아봤다.

"누가 준 건지 솔직하게 말해요."

"그래! 윤, 윤 회장이 줬어!"

말을 덜덜 떨면서 태영이 여을의 손에 종이 가방을 쥐여 줬다. 태영도 울 거 같은 얼굴이다. 여을은 도대체 아버지가 뭐 때문에 저런 얼굴을 하는 건지 이해할 수가 없었다. 울고 싶은 건 누가 봐도 그녀였다.

"네가, 유제 좋아하는 거 알아!"

"……."

"네, 네 말처럼 나한테 자격 없는 것도 알고. 그래서 아무 말 안 했지만, 아무 말 안 하려고 했지만……."

태영이 죄인처럼 고개를 숙였다가 퍼뜩 들었다. 그의 표정은 퍽 답답해 보였다.

"그래도 첩살이는 아니지."

윤 회장에게 들었던 말이 태영의 입에서 나왔다. 어깨에서 힘이 쭉 빠졌다.

"어느 부모가 딸 첩살이하는 거 보고 싶겠어. 어?"

"그래서 첩살이하지 말고, 먹고 떨어지라고 윤 회장이 준 돈 받아왔어요?"

"여을아."

"부모 노릇하고 싶어서 윤 회장 돈으로 하시려는 거냐구요!"

여을의 목소리가 쩡하게 울렸다. 그렇게 늦은 시각이 아니었던지라 주위에 있던 사람들의 시선이 여을과 태영에게 쏠렸다. 그녀가 미치겠다는 듯 두 손으로 얼굴을 쓸었다.

"부모 노릇하고 싶었으면, 진작에 왔어야지!"

분노처럼, 한숨처럼 동시에 자조적으로 토해냈다.

"내가 힘들 때, 아버지를 가장 필요로 할 때, 그때 왔어야지! 아버지."

그녀의 손에 있는 종이 가방을 흔들었다.

"이 돈이 많아요. 근데, 이 돈으로 내 시간이, 고생이, 외로움이 보상되지는 않아요. 그리고 이거! 결과적으로 아버지가 번 돈이 아니잖아! 남의 돈이잖아! 남의 돈으로 지금 생색내는 거잖아!"

"나는, 그러니까…… 너한테 조금이라도 도움 주려고…… 너, 너 고시 공부할 돈 내가 들고 갔으니까……."

"아, 미치겠다……. 아버지, 아버지이……!"

그녀가 태영을 부르면서 발작적으로 외쳤다.

"돈 받아도 그 시절로 못 돌아가요. 지금 시간이 얼마나 지났는데 고시 공부를 다시 시작해요. 이미 늦었어요. 이미 다 늦었는데 지금에 와서! 지금에 와서야 보상한다고 다 용서돼요?!"

분노가 머리끝까지 치솟아 올랐다. 제 입으로 말을 하고 있지만, 꼭 고장 난 기계 같았다. 답답해서 미칠 지경이었다. 한때는 죽이고 싶을 정도로 아버지가 미웠던 적도 있었다.

그런데 지금은 아버지를 죽이고 싶다는 미움보다는, 그냥 스스로가 죽고 싶었다. 이 세상에 제 존재 자체를 지우고 싶었다. 그녀가 손에 있는 종이 가방을 보면서 허탈한 듯 숨을 내뱉었다.

"그래도……."

"……."

"그래도, 첩살이는 아니야……."

"상관없어요."

"……뭐?"

여을이 중얼거렸다.

"제가 유제를 그만큼 좋아해요. 첩살이 같은 것도 견딜 수 있을 정도로, 아무 상관이 없다 생각될 정도로."

"구여을. 여을아."

타이르는 듯한 어투였다. 사춘기 때 한 번도 해보지 못한 반항을 지금에 와서야 하는 거 같았다.

"아버지랑 화해를 할 거라 생각하지는 않았어요. 용서할 수 있을 거란 생각도 안 했어요. 그래도 이게 첫발은 될지 모른다고 생각했어요. 근데……."

사실 봉식의 말을 듣고 살짝 흔들리기도 했다. 저가 옆에서 지켜보지 못했던 시간 동안 봉식이 태영의 곁에 있었으니까.

"근데, 내가 너무 멍청했어요."

여을은 더 이상 말을 하고 싶지 않았다. 태영의 모습을 보던 그녀가 픽 웃었다.

"오늘 씻는 것도, 옷도 다 이 돈으로 하셨어요?"

"어? 아니야, 아니야! 이거는……!"

"아버지가 쓰신 돈은 제가 채워서 넣을게요. 늘 그랬던 것처럼."

여을이 몸을 팩 돌렸다. 태영이 빠르게 여을을 붙잡으려고 했지만, 그녀는 거의 뛰다시피 걸어 달아났다.

멀리서 태영이 여을아, 여을아! 하고 자신의 이름을 부르는 게 느껴졌지만 그녀는 신경 쓰지 않았다. 유제의 얼굴이 눈에 어른거린다. 모든 게 무거웠다. 유제의 감정도, 아버지란 짐도, 그리고 손에 들고 있는 이 종이 가방도. 그녀가 눈물이 뚝뚝 흐르는 눈가를 꾹 눌렀다.

그녀의 인생에서 늘 해왔던 일은 참는 거였다.

"……유제야……."

더 이상 어떻게 유제의 얼굴을 보지. 이 돈 때문에, 유제의 얼굴을 볼 자신이 없어졌다. 그래도 첩살이는 아니라고 말하던 태영의 목소리가 머리에서 윙윙거렸다.

여을은 그냥 주저앉아서 어린애처럼 엉엉 울고 싶었다. 아버지가 있던 곳에서 그녀가 살고 있는 집까지 거리가 꽤 됐음에도 불구하고, 그녀는 계속해서 걸었다.

종이 가방 끈이 그녀의 손바닥을 아프게 했지만, 이런 아픔 따위는 아무것도 아니었다.

"누나?"

뒤에서 들리는 목소리에 그녀가 고개를 돌렸다. 하교하는 중이던 민석이 귀에서 이어폰을 빼고는 활짝 웃었다.

"누나, 퇴근했어요?"

민석의 시선이 여을이 들고 있는 종이 가방에 닿았다. 큰 브랜드 로고가 박혀 있는 종이 가방에 그가 아무렇지 않게 물었다.

"쇼핑 했……. 어?"

차라리 지금 자신을 발견한 사람이 민석이어서 다행이었다. 고등학생 앞에서 울고 싶지는 않았지만, 그래도 유제가 아니라서 다행이었다. 저를 믿고 잘 따라와 주던 민석의 앞에서 그녀가 눈물을 후두둑 흘렸다. 제 얼굴을 보자마자 눈물을 보이는 여을에 민석이 화들짝 놀랐다.

"누, 누나. 왜 울어요? 누나."

"흐……."

무겁다. 저를 둘러싼 모든 것이. 제 삶이, 인생이, 시간이, 누

군가의 마음이 무겁다. 주저앉은 여을이 두 손으로 얼굴을 가리
고 울음을 터뜨렸다.

여을의 눈물은 처음이었던지라 민석이 이러지도 못하고, 저러
지도 못하고 따라 앉았다. 사람들이 이상하게 봤지만 신경 쓰지
않았다. 혹시나 회사 일 때문에 술이라도 마신 걸까 싶어 코를
킁킁 거렸지만, 술 냄새는 하나도 나지 않았다.

"누나, 오, 왜 울어요?"

"흐으……. 흑…… 하으…….."

여을은 아무 말도 하지 않고 듣는 사람이 아릴 정도로 울음소
리를 내고 있었다. 민석이 머뭇머뭇하며 손을 들어 그녀의 등을
툭, 툭 토닥였다.

유제가 해야 할 일을 자신이 하고 있는 기분이라 느낌이 이상
했다. 이어폰에서 나오고 있는 밝은 음악소리가 이질적으로 느껴
졌다.

"윤 검사님, 부를까요?"

이 선생님이나, 민석이나 자신의 모든 일에 윤유제를 연관 짓
는다. 저가 기쁘다면 유제 때문이라 생각하고, 슬프거나 상태가
좋지 않으면 유제가 필요하다고 생각했다.

그만큼 윤유제의 존재가 자신의 삶 깊숙하게 들어와 있었다.

주저앉아 얼굴을 묻은 채 고개를 가로저었다. 어쩌지……. 민
석이 검지로 이마를 긁적였다. 옆에 있는 쇼핑백은 또 뭐기에, 슬
쩍 쳐다보자 돈다발이 눈에 들어왔다.

"미안, 민석아…….."

"누나."

"괜찮으니까, 집에 먼저 가 있어…….."

여을은 웅얼거리듯 이야기했지만 민석의 귀에는 그 말이 확실하게 들려왔다. 민석은 우는 사람을 뒤로한 채 갈 만큼 매정한 놈이 아니었다. 그는 그냥 괜찮다는 말만 하고 여을의 옆에 있었다.

한참 동안 여을의 울음은 계속 되었다. 그친 듯하다가 숨을 헐떡이면서 울었고, 또 그게 잠잠해지다가, 어깨를 들썩였다. 그렇게 반복하기를 몇 분, 그녀가 얼굴을 천천히 들었다. 같이 울상인 민석에 그녀가 미안한 듯 웃었다.

"……미안."

푹 잠긴 목소리였다.

"괜찮아요?"

괜찮지 않을 텐데, 멍청한 물음을 내뱉었다.

"……윤 검사님, 때문에 그래요?"

여을이 우는 일이라면 유제와 관련되었을 거다. 정확히 따지자면 유제가 울렸다기보다는, 그의 주변 사람들이 유제 때문에 여을을 울린 일들. 그것도 아니면 아버지의 일.

민석이 손을 뻗어 서툴게 여을의 눈물을 닦아냈다. 태어나서 처음으로 누군가에게 건네보는 위로였다.

"누나……. 전, 누나랑 윤 검사님 두 분 다 너무 좋아하고, 존경하는데."

쓰레기 같은 제 인생을 구제해 준 사람이다.

"근데요, 누나가…… 너무 힘들면……. 헤어져도 괜찮다는 생각도 해요. 세상에 윤·검사님만 있는 건 아니니까……."

"……."

"윤 검사님이 이런 말 들으면 화내겠지만."

"……."

민석이 죄책감으로 인해 작게 중얼거렸다. 힘든데도 연인을 부르지 못한다면 그게 무슨 연인인가. 애초에 유제로 인해 여을이 위험에 빠질 뻔했던 적도 있었다.

윤유제 검사님은 그런 힘듦을 물리칠 수 있는 힘이 있지만, 여을은 아니었다. 그녀가 눈을 느릿하게 깜빡이자 눈꼬리에 매달린 눈물방울이 뚝 하고 떨어졌다. 민석이 손으로 다시 한 번 그걸 닦았다.

"민석아."

잠긴 데다 살짝 갈라진 목소리였지만 못 알아들을 정도는 아니었다.

"……힘든데도 옆에 있고 싶어."

그게 윤유제의 옆이라는 걸 민석은 바로 알 수 있었다.

그녀는 그 사람을 위해서 헤어진다는 말을 믿지 않는다. 그 사람을 너무 사랑하기 때문에 더 보내지 못하는 거였다. 그 이유가 자신의 주변 사람들 때문이라면, 유제를 보내는 게 아니라 그 사람들을 떠나보내야 했다. 이기심이라 욕할지 몰라도, 여을에게는 그게 사랑이었다.

"너무 힘든데, 너무 아픈데…… 유제가 옆에 없으면, 이것보다……."

그녀가 작게 헐떡였다.

"이것보다, 더 아플 게 분명하니까……."

그쳤다고 생각했는데 다시 한 번 눈물이 주르륵 흘러내렸다. 몸이 제 몸이 아닌 듯했다.

"그래서 못 놓는 거야."

유제가 자신을 놓는 거라면 몰라도, 저는 유제를 놓지 못했다. 윤 회장의 말이 맞았다. 자신보다 유제의 마음이 더 깊다는 걸 그녀는 인정했다. 두 번 다시 유제만큼 자신을 사랑해 줄 사람을 만나지 못한다는 걸 알기 때문에⋯⋯. 제게 조건없이 사랑을 주고, 유제만큼 품을 내어줄 사람이 없다는 걸 알기 때문에 더 그러했다.

여을은, 비 오는 날 유제가 우산을 들고 아르바이트 장소까지 저를 데리러 왔던 기억을 떠올렸다. 제 모든 추억의 중심에는 유제가 있었다. 유제가 없던 시간 동안은 어떻게든 견뎌왔지만, 지금 헤어지라고 한다면 그럴 자신이 없었다.

"이기적이지?"

여을이 픽 웃으며 물었다. 그녀가 마지막 말을 중얼거리며 고개를 푹 숙였다.

"결국엔, 내가 아픈 게 싫어서⋯⋯ 그래서 그 사람을 못 놓는 거야⋯⋯."

그 모습이 이상하게도 민석의 마음에 남았다.

열아홉, 첫사랑의 시작이었다.

숨을 애써 가다듬은 여을이 눈물을 대충 닦아내고는 자리에서 일어났다. 한창 쭈그려 앉아 있던 탓인지 몸이 휘청거렸다. 민석이 빠르게 그녀를 잡아챘다.

"누나, 괜찮아요?"

"으응, 괜찮아."

너무 많이 울어서 어지럽다. 그녀가 묵직한 종이 가방을 들자 민석이 조심스럽게 물었다.

"제가 들게요."

"아냐, 아냐. 괜찮아."

그녀가 숨을 푸우, 내뱉으며 방긋 웃었다.

"네 덕분에 그래도 한결 나아졌어."

여을의 미소에 민석이 고개를 푹 숙였다. 별거 아니었는데. 작게 중얼거린 그가 머리를 긁었다. 첫사랑이라 인지하자마자 얼굴이 화끈거렸다. 고개를 숙이고 들지 않는 그에 여을이 이상하다는 듯 물었다.

"민석아?"

"예?"

"왜 그래?"

"아, 아뇨. 아무것도, 아무것도 아니에요."

아무렇지 않은 척 헛기침을 크게 한 번 하고는 고개를 돌렸다. 그에 그녀가 약간 이상하다는 듯 웃었다.

"가자."

"네? 아, 넵."

간질간질거리는 마음을 뒤로한 채 두 사람이 아파트 안으로 들어갔다. 종종 걸어가던 민석이 작게 중얼거렸다.

"누나."

"응?"

"봉식이 형이 그렇게 말한 거…… 죄송해요."

"네가 왜 죄송해해?"

그녀가 엘리베이터 버튼을 누르고 민석을 쳐다봤다. 무엇 때문에 죄송하다 말하는 건지 알았지만, 이해가 가지 않았다. 엘리베이터가 내려오는 동안 여을이 짧게 말했다.

"네가 잘못한 일이 아닌데 잘못했다고 말하지 마."

멋쩍은 채 서 있던 민석이 고개를 들었다.

"그러면 사람들이 널 만만하게 봐."

빠르게 내려온 엘리베이터 안에 두 사람이 탔다. 버튼 두 개를 연달아서 누르고는 그녀가 마저 말을 이었다.

"네가 잘못한 일이 아니면 사과하지 마. 애초에 네가 사과할 일도 아니었잖아."

"그래도요."

"왜 이렇게 착해."

여을이 그의 등을 토닥거렸다. 착하지 않은데. 그가 작게 중얼 거렸다. 착했으면 애초에 여을의 클러치를 소매치기할 생각도 하 지 않을 것이다.

그게 나쁜 행동이었다는 걸 알면서도……. 여을의 클러치를 소 매치기해서 일이 좋은 방향으로 바뀌었다. 제 인생의 큰 전환점. 그게 여을이 되었다.

"누나가…… 제 인생의 전환점인 거 같아요."

"뭐?"

엘리베이터 문이 느릿하게 열리는 것과 동시에 그녀가 시원하 게 웃었다.

"유제가 아니라?"

실질적인 도움을 준 건 자신이 아니라 유제일 텐데도. 여을의 되물음에 민석이 고개를 가로저었다.

"누나예요."

"……그렇게 말해주는 것만으로도 너무 고맙다."

여을이 두 볼을 발갛게 물들였다. 누군가의 인생에 긍정적인 영향을 미친다면 그만큼 기쁜 일이 어디 있을까.

"누나, 이제 들어가요."

"응."

손으로 인사를 한 여을이 집 안으로 들어갔다. 현관문 닫히는 소리가 나자마자 그녀가 무거운 한숨을 내쉬었다. 아래로 털썩 떨어지는 종이 가방을 힐끔 쳐다봤다.

"첩살이는 아니야."

아버지도, 윤 회장도, 그 누구도 제 인생에 관여하지 않도록 할 것이다. 이렇게까지 더러운 수를 쓰는 윤 회장은 한결같은 인간이었다.

왜 늘 자신의 인생을 방해하는 건지 모르겠다. 돈으로 모든 게 보상되는 거라면 얼마나 좋을까. 그것도 아니면, 자신이 유제를 덜 사랑해서 이 돈을 받고 마음이 편하다면 얼마나 좋을까.

앞으로 유제의 얼굴을 어떻게 봐야 할까.

"진짜……."

유제의 얼굴을 어떻게 보지. 이 생각이 들자마자 여을의 머릿속은 새하얗게 변했다. 그때 핸드폰 진동 소리가 울렸고 그녀가 액정을 바라봤다. 아버지일 거라 예상했던 것과 달리 화면에는 '유제'라는 이름이 가득했다. 전화를 받을까, 말까. 한참을 고민하면서 진동을 껐다.

받지 않은 게 아니라, 받을 수가 없었다.

⬠

신문사 박 부사장의 구속영장이 발부되었다는 소식 때문에 아침부터 청사가 시끄러웠다. 저 증거자료들로 인해 한껏 열받아 있을 1차장검사를 생각하니 웃음이 흘러나왔다.

여을이 1차장검사의 방 앞에 선 채로 문을 똑똑 두드렸다. 여을이 안으로 들어가자 직원이 엉거주춤하게 자리에서 일어났다.

"검사님 좀 뵈려고 왔는데요. 안에 계세요?"

"안에 계시긴 한데……."

슬쩍 안을 쳐다보는 게 조금 난처하다는 기색이다.

"지금 기분이 많이 안 좋으실 텐데요."

"그래요? 그럼 지금이 딱이네요."

"네?"

기분 좋을 때 찾아온 것보다는 안 좋을 때 더 안 좋은 게 나았다. 불행도 넝쿨째 굴러오는 게 낫지 않겠나.

"들어가겠습니다."

어어! 안 되는데! 막으려는 직원에 그녀가 아랑곳하지 않고 문을 벌컥 열었다. 컴퓨터 화면을 보고 있던 태식이 몸을 팩 돌렸다. 그렇잖아도 기분이 안 좋은데, 출근하자마자 보는 얼굴이 여을이라는 점이 그를 더 화나게 만드는 듯했다.

"온다는 소리 못 들었는데."

"온다고 말씀드리면 안 만나주실 거 같아서요."

"참나."

윤유제를 등에 업더니 아예 자신을 물로 보는 모양이다. 안절부절못하는 직원에 태식이 턱짓을 했다.

"나가봐."

"아, 예."

직원은, 자신에게 큰 불똥이 떨어지지 않아서 다행이라는 듯 안심한 얼굴로 집무실 문을 닫고 나갔다. 두 사람만이 안에 남자 태식이 한숨을 내쉬었다.

"뭐 때문에 온 거야."

그렇지 않아도 태식은 오늘 아침 기사로 뜨는 박 부사장의 구속영장 소식에 한껏 예민해진 상태였다. 몰려오는 두통에 그가 이마를 꾹꾹 눌렀다.

"부탁드릴 게 있어서요."

"내 부탁은 개무시하더니."

"그 부탁은 직업 윤리적으로 안 될 부탁이었으니까요."

여기까지 와서 자신의 속을 긁으려는 건가 싶었다. 허리를 꼿꼿하게 세우고 제 얼굴을 보고 있는 여을에 그가 어이없다는 듯 웃었다. 성인군자처럼 구는 꼴에 기가 막힌 태식이 다리를 꼬았다. 들어줄 요량은 없지만, 어디 한 번 해보라는 제스처를 취했다.

"윤 회장님과 친분 있으신 거 압니다."

"윤유제가 말하던가?"

여기서 왜 유제의 이름이 나오는 건지 모르겠다. 여을이 눈을 살짝 갸름하게 떴다. 설마 두 사람이 부자 사이라는 걸 알게 된 건가. 하지만 그걸 유제가 나서서 말할 리가 없다.

"그런 건 아닙니다."

"그럼?"

"사건기록물 없애달라는 부탁, 윤 회장님한테 잘 보이고 싶으셔서 하신 부탁 같아서요."

여을은 아니라고 하겠지만 윤유제가 말한 게 분명했다. 더 이상 표정 관리를 할 자신이 없었는지, 태식이 인상을 노골적으로 찡그러고는 자리에서 일어났다.

위협할 생각이 만만이었지만, 그녀는 크게 상관하지 않았다. 쥐뿔도 없는 여자가 이렇게 당당하게 구는 이유가 뭘까.

"설마 윤유제가 마음에 뒀다는 여자가 너야?"

"대답할 의무가 없는 질문이네요. 따로 드릴 부탁은, 윤 회장님과 만나게끔 도와주세요."

"내가 왜?"

"……."

"윤유제가 윤 회장 아들인 거 알고 이렇게 당당한가?"

그녀가 움찔했다. 유제인지, 윤 회장인지 모르겠지만 말한 모양이다.

"표정 변화가 없는 거 보니까 알고 있었나 보네."

사람 둘이서 자신을 아주 바보 만들고 있었다. 알고 있으면서도 모르는 척 입을 다물고 있던 거다. 기가 막혔던 태식이 손을 휘저었다.

"그럼 윤유제한테 부탁해. 나한테 부탁하지 말고."

"윤 검한테 알리기 싫으니까 검사님한테 부탁드리는 겁니다."

"뭐?"

노려보는 태식을 뒤로한 채 여을이 핸드폰을 주섬주섬 꺼내 들었다. 대화 중에 핸드폰을 만지는 그녀의 모습에 어의가 없어 일어선 태식이 책상 귀퉁이에 걸터앉았다. 이번에는 무슨 되도 않는 소리로 저를 화나게 만들지 궁금했다. 여을이 핸드폰을 만지면서 재생 버튼을 누르자, 집무실에 그녀의 목소리가 울렸다.

[제가 들어드릴 수 있는 부분이라면요.]

이내 그녀가 녹음 내용을 조금 앞으로 당겼다.

[……없잖아? 우리 검찰청 기록실 좀 비좁지 않나 싶어서.]

그 다음 태식의 목소리가 퍼졌다. 이게 무슨 소리야. 태식이 인상을 빡 찡그렸다. 반면 여을은 태평했다.

[보존 기간 만료된 기록물들을 빼서 괜찮습니다.]

"구 선생."

그 다음 울리는 건 여을의 목소리다.

[에이, 아니지. 내 말은 그게 아니지.]

"구여을!"

[그러면요?]

[그, 뭐다냐. 이미 끝난 사건들 사건기록물들도…… 좀 빼는 게 어떤가 싶어서.]

녹음기에서는 계속해서 태식의 음성이 흘러나오고 있었다.

[작년 7월쯤에 끝난 사건 있거든, 그거 폐기 좀 부탁해도 될 까?]

[7월이요?]

[어어, 그 기자가 항소하고 막 한 게 있거든. 그거 검사나 변호 사나 제출한 증거들이 너무 많아서 말이야. 물론, 부탁하는 처진 데 내가 아무것도 안 해주는 건 아니…….]

뚝. 그 다음에 녹음기를 끈 여을이 태식을 바라봤다. 순식간 에 붉으락푸르락해진 태식의 얼굴에 그녀가 다시 한 번 강조하듯 이 말했다.

"윤 회장님이랑 자리 만들어주세요."

"너, 너, 너……!"

"안 만들어주시면…… 녹음물이 어디로 갈지 모르겠네요."

태식은 금방이라도 쓰러질 듯한 얼굴로 삿대질을 하고 있었다. 꼭 드라마 속 회장님이 화를 낼 때의 얼굴 같았다.

"너, 네, 네 까짓 게 감히……!"

금방이라도 달려올 듯한 모습에 그녀가 핸드폰을 뒤로 숨기고 한 발자국 물러섰다. 요구 조건은 간단했다. 윤 회장과의 자리를 만들어주면 이 녹음 파일은 사라진다.

여태까지 해 먹은 게 많은 걸로 보이는 태식에게 이런 녹음 내용은 별거 아닐 텐데도, 그는 한참을 씩씩 거렸다. 두 손으로 얼굴을 벅벅 비비던 그가 욕설을 중얼거리다가 핸드폰을 꺼내 들었다.

여을을 뚫어져라 노려보면서 전화를 하는 중이었다. 그게 윤 회장일 거라고 그녀는 확신했다. 전화 연결음이 이어지다 달칵 소리가 났다.

[박 검사.]

윤 회장의 목소리가 먼저 들려왔다.

"예, 윤 회장님. 저 박태식이입니다."

[박 검사, 기사 봤습니다.]

"아, 그게……."

예상과 다르게 흘러나오는 말에 그가 잠시 눈치를 살폈다.

[내가 이런 걸 기사로 봐야겠습니까.]

"조, 죄송합니다."

[전화는 뭐 때문에 한 겁니까?]

수화기 너머로 들리는 윤 회장의 목소리가 살벌했다. 여을은 전부 듣고 있으면서도 못 들은 척 가만히 있었다.

"아니, 윤 회장님을 따로 만나고 싶어 하는 사람이 있어서 말입니다."

[날?]

"예."

오늘따라 심기가 많이 불편한 건지 나오는 말마다 까칠하기 그지없었다. 이 방에 자신 혼자 있었더라면 몰라도, 여을이 있는 자리에서 노골적으로 무시를 당하고 있으니 태식의 기분이 좋을 리가 없었다.

[누굽니까?]

"검찰청 기록관리실에서 일하는 구여을이라고……, 모르시겠지만……."

[구여을?]

"……아십, 니까?"

두 손으로 핸드폰을 소중하게 받고 있던 태식이 여을을 바라봤다. 수화기에서 허어, 이것 참, 허, 하는 소리가 나왔다.

윤 회장이 이 상황이 웃겨 이러는 건지, 아니면 어이가 없어 이러는 건지 알 도리가 없었다. 여을을 알고 있는 듯한 윤 회장의 기색에 태식이 마른침을 삼켰다.

윤유제가 자신이 윤 회장의 아들이라는 걸 말했을 때처럼 큰 폭탄이 떨어지려나 싶었다. 태식이 마른침을 꼴깍 삼키고 여을을 보고 있을 때 먼저 입을 연 건 윤 회장 쪽이었다.

[구여을 그게 날 만나고 싶어 합니까?]

"예? 아……."

이내 여을을 보자, 그녀가 고개를 끄덕였다.

"예에."

[되바라진 년.]

"예?"

윤 회장의 입에서 갑작스레 나온 욕설에 당황한 건 태식이었다.

[되바라진 건 알고 있었지만, 이렇게 위아래도 모르는 년인 줄은 내가 생각도 못했네.]

아니, 도대체 무슨 사이기에 이렇게 욕까지 하는 건가. 중간에 끼어 있는 자신만 이상해지는 꼴이다. 태식은 긴장감에 목이 바싹바싹 말랐다.

[알겠습니다. 내가 알아서 구여을이한테 연락하겠다고 전해주시면 됩니다.]

"예에……."

[그리고 오늘 같은 기사 나면 재깍재깍 말씀해 주시면 고맙겠습니다, 박 검사님.]

"예에."

전화가 뚝 끊겼다. 구여을이나 윤유제 때문에 화가 났다가, 윤 회장의 욕설 때문에 당황스러웠다. 반면, 여을은 이런 욕을 들을 거라 예상한 모양인지 아무렇지도 않았다.

"구 선생."

태식이 나지막하게 그녀의 이름을 불렀지만, 그녀는 아랑곳하지 않고 핸드폰을 몇 번 터치했다.

"윤 회장이랑 아는 사이인가?"

"전에 한 번 뵌 적은 있는 분입니다."

"한 번?"

"윤 검사님 아버님이시니까요."

"아……. 두 사람 동창이랬지."

그런데 얼굴 한 번 본 거 가지고는 이런 반응이 나올 리가 없는데. 태식이 영 못 미더운 얼굴을 했다.

"녹음 파일 삭제했습니다. 도와주셔서 감사합니다."

여을이 예의바르게 인사를 하고는 몸을 돌렸다.

"잠깐, 잠깐만! 구 선생!"

"네?"

"정말 지운 거 맞지?"

"보여드릴까요?"

담담한 얼굴로 말하는 게 진짜인 듯했다. 정 못 믿겠거든 핸드폰을 뒤져 보라는 의미로 내밀자, 태식의 손이 어정쩡하게 공중에 떴다가 떨어졌다. 확인해 보라고 준다고 해서, 냉큼 받는 것도 모양새가 나지 않았다.

머뭇거리던 태식이 어휴! 소리를 내더니 가보라는 의미로 손을 저었다.

"그럼 가보겠습니다."

"그러든가!"

태식이 혀를 한 번 세게 찼다. 여을이 집무실에서 나오자 바깥에 있던 직원이 자리에서 일어났다. 괜찮냐는 눈빛에 그녀가 긍정의 의미로 고개를 한 번 끄덕이고는 방을 나섰다. 내색하지는 않았지만 긴장이 풀렸는지 그녀가 한숨을 푹 내쉬었다.

순순히 해줄 줄은 생각도 못했는데. 윤 회장이 제 번호를 모를 리가 없다고 생각한다. 오늘 내로 연락이 올 거라는 건 당연한 수순이었고. 그녀가 핸드폰으로 포털 사이트에 들어갔다.

오늘 구속영장이 발부된 박 부사장을 검색하자 자연스럽게 기사가 우르르 떴다. 보지 않아도 아는 기사들이라 그녀가 저도 모르게 마른침을 꼴깍 삼켰다.

이 사건이 완결나려면 적어도 1년은 걸릴 터였다. 그녀가 1차 장검사실에서 아래층으로 내려가자 보이는 건 자기 집무실에서 나오는 유제였다.

"여을아."

사람들이 없는지 친숙하게 이름을 부르는 그에 그녀가 부드럽게 웃었다.

"어제 전화 안 받더라. 자고 있었어?"

그 시간이 잘 시간은 아니었다. 민석이한테 여을에 대해 물어도 어째 피하는 기색이었고.

"아, 좀 피곤해서…… . 전화 온지 몰랐었어."

그녀가 어색하게 웃었다. 안 그래도 오늘따라 눈이 부은 듯해서 그가 성큼 다가가자 그녀가 한 발자국 물러났다.

"구속영장 발부됐다는 기사 봤어."

이상하게 그녀가 자신을 밀어내는 느낌이었다.

"고생하겠지만, 그래도 힘내. 잘할 수 있을 거야."

그는 그녀의 다정한 말이 묘하게 냉랭한 거 같다고 생각했다.

"그럼 먼저 가볼게."

웃으면서 3층으로 내려가는 여을의 뒷모습을 보며 유제가 고개를 갸웃했다. 확실히 평소의 여을과 많이 다른 게 분명했다.

"여을아, 잠깐만. 무슨 일 있었어?"

자신의 앞에 선 유제에 여을이 멈칫했다. 무슨 일이 있었느냐고? 아무것도 모르는 걸 보면 민석이도 별말을 하지 않은 모양이다. 윤 회장을 만나서 아버지 일이 해결될 때까지는 유제의 얼굴을 똑바로 볼 자신이 없었다. 그녀가 어설프게 웃으며 고개를 저었다.

"아니, 아무 일도 없었어."

"근데 왜 날 똑바로 못 봐?"

그녀의 몸이 흠칫했다. 슬쩍 시선을 피하는 기색에 그가 인상을 살짝 찡그리고는 몸을 숙였다. 시선을 마주치려고 하는데도 피하는 여을에 유제가 눈을 가름하게 떴다.

"나한테 뭐 숨기고 있구나."

그녀가 마른침을 꼴깍 삼켰다.

"뭐 숨기고 있지? 혼자 맛있는 거 먹었나?"

"아니야."

그녀가 피식 하고 웃는 소리를 냈다.

"그럼 마음이 식었나?"

"그건 더 아니고."

"근데 왜 시선을 못 마주쳐?"

피하면 끝까지 물고 늘어질 유제이기에 그녀가 두 주먹 불끈 쥐고 그를 바라봤다. 그녀가 고개를 번쩍 들자 오히려 그가 놀라서는 흠칫했다.

"이제 됐어?"

그런데도 뭔가 이상하다는 듯한 얼굴이다. 어쩐지 못마땅한 기색이 역력할 때였다.

"큼!"

두 사람 사이로 기침 소리 하나가 끼어들었다. 두 쌍의 눈동자가 소리의 근원지를 찾자 2차장검사가 눈에 들어왔다.

"한창 좋은 시간 보내고 있을 때 방해해서 미안한데……. 일단 내가 있는 건 알아야 할 거 같아서."

"아, 죄송합니다."

"죄송합니다."

"아니, 뭐, 죄송할 거까지는 없고."

2차장검사가 사람 좋게 웃으며 손을 저었다. 유제의 입장에는 방해였지만, 여을의 입장에서는 구세주였다. 어쩐지 궁금한 게 많아 보이는 2차장검사의 시선에 여을이 모르는 척 시치미를 뚝 뗐다.

"그럼 먼저 가보겠습니다."

"어어."

엘리베이터 대신 계단으로 빠르게 내려가는 걸 보면, 어지간히 이 자리에 있기 싫었던 모양이다. 유제는 여을의 뒷모습을 뚫어져라 보고 있었다.

두 사람의 분위기가 심상찮은 걸 보니, 아무래도 사귀고 있는 사이인 모양이다. 농담 따먹기 할 시간이 아니라는 걸 알면서도 2차장검사가 슬쩍 물었다.

"구 선생이랑 사귀고 있나 봐?"

"예? 아⋯⋯, 네."

"그런데 싸웠나? 요새 야근해 가지고 데이트 많이 못해서 그래?"

"그런 거 때문에 시선 피할 애는 아닌데⋯⋯."

오히려 말을 하면 할 사람이다. 도대체 왜 피하는 건지 알 도리가 없어서 그가 인상을 찡그렸다.

"그런데 여기까지 어쩐 일이야? 안 그래도 내려갈 참이었는데."

"서 의원 구속영장 심사 요청하려고 왔습니다."

"박 부사장 통과됐으니까 서 의원도 통과될 거 같아?"

"네."

USB가 있는 마당이기에 더더욱 확신했다. 오케이, 2차장검사가 검지로 딱! 소리를 냈다. 일이 일사천리로 진행되고 있었다.

"그런데."

"예?"

같이 회의실로 가는 길에 2차장검사가 궁금한 듯 물었다. 빤히 바라보는 시선에 유제가 멋쩍게 웃으면서 "왜 그러시는지⋯⋯." 하면서 말을 흘렸다.

"윤 회장이랑 관계 알아?"

주어를 빼도 누구를 말하는지 단번에 알 수 있었다. 일순 걸음을 멈칫했던 유제가 고개를 끄덕였다. 애초에 아버지인 윤 회장이 가장 더러운 짓을 했을 때부터 알았던 사람이 여을이다.

제 마음을 받아준 여을의 용기를 고마워해야 했다. 사람 하나만을 보고 자신을 선택하기에는 그녀에게 걸리는 것들이 너무도 많았을 테니까.

"알고 있어?"

"예."

예상했던 것과 달리 윤 회장이 여을에게 집적거리지 않는다는 점도 다행이었다.

"그래서 더 고맙고요."

유제가 작게 중얼거렸다.

인터넷 화면에 뜬 기사에 윤 회장이 한참을 씩씩거렸다. 박 부사장의 구속영장이 청구되었다는 기사와 더불어 서 의원의 '영장 실질심사'라는 타이틀에 욕을 중얼거렸다.

"박태식이 이 새끼는 받아 처먹었으면서, 돈값도 못하고⋯⋯!"

하물며 오늘 오전에 통화할 때, 이런 기사가 뜨기 전에 미리 말을 하라고까지 했었다. 그런데도 버젓이 제 눈에 이런 기사가 뜨이게 하다니, 그 머리로 어떻게 검사가 됐는지 모를 일이었다.

부산에 올 때 쓰는 사무실에서 그가 빠르게 전화를 들었다. 버튼 하나를 뻑 누르자 "예, 회장님." 하고 남자 목소리가 들렸다.

"들어와."

그리고 전화기를 세게 탁! 하고 내려놓자 얼마 지나지 않아서 남자 비서가 안으로 들어왔다.

"법무팀 움직이라고 해. 박태식이 그 새끼한테 맡겼더니 일이 제대로 되지를 않아."

그래도 한때는 일처리가 빠릿 해서 마음에 들었더니, 지금은 아무것도 못하는 바보가 됐다. 오늘 영장실질심사가 들어가는 걸 몰랐을 리가 없는데 자신에게 일언반구 한마디 없다니. 한참을 씩씩거리던 윤 회장이 의자에 편하게 등을 기댔다. 나가지 않고 계속 자리를 지키는 비서에 윤 회장이 신경질적으로 물었다.

"안 나가고 뭐 해?"

"구여을은 어떻게 할까요?"

"구여을?"

"예. 지금 1층에 있답니다. 약속 취소할까요?"

윤 회장의 시선이 벽에 걸린 시계로 향했다. 시계를 쳐다보던 윤 회장이 마른세수를 하더니 턱짓했다.

"올라오라고 해."

"올라가시면 됩니다."

1층에서 자신의 출입을 막았던 직원이 전화 한 통을 받더니 방긋 웃었다. 또 엄청나게 오는 전화에 여을이 재킷 주머니 안에서 핸드폰을 꺼내 들었다.

어지간하게 오는 아버지 전화에 그녀가 인상을 찌푸리고는 핸드폰을 몇 번 만지작거렸다. 자신의 핸드폰을 빤히 바라보던 남자가 이내 시선을 돌렸다.

그녀가 핸드폰 화면을 잠근 뒤 재킷 주머니에 다시 넣었다. 제일 꼭대기 층에서 엘리베이터가 멈춰 서자 익숙한 비서의 얼굴이 눈에 들어왔다.

"안에 계십니다."

그러고는 이내 종이 가방에 시선을 주더니 손을 내밀었다.

"그건 제가 들고 있겠습니다."

"아뇨, 이거 윤 회장님 거여서요."

"예?"

"안에 계신다고요?"

"아……."

여을과 몇 번 이야기를 나눈 적이 있었지만, 비서는 늘 그녀가 어려웠다. 아무것도 없으면서 기죽지 않는 당당함이, 표정 변화가 없는 서늘한 얼굴 그 모든 것들이. 비서가 조금 난색을 표하다 고개를 끄덕였다.

회장실에 함부로 무언가를 들고 들어가면 안 되는데, 윤 회장에게 줄 거라고 하니까 또 어떻게 뺏을 수가 없었다. 비서가 문을 열자 심기가 많이 불편한 듯한 윤 회장이 보였다.

"또 뵙네요."

여을이 윤 회장을 향해 꾸벅 인사했다. 싫은 감정은 둘째치고, 상대가 어른이었으며 동시에 유제의 아버지이기 때문에 지키는 예의였다.

"그러게, 또 왔군. 두 번 다시 안 볼 거처럼 나갔는데 말이야."

"……."

"손에 들린 종이 가방은 또 뭐야?"

"이건……."

묵직한 종이 가방을 보더니 그녀가 한숨 섞인 목소리로 말했다.

"윤 회장님 선물입니다."

"선물?"

"정확히 따지자면 제가 윤 회장님께 드리는 선물이 아니라……, 윤 회장님이 주신 선물을 반품하는 거죠."

똑 부러지게 대답하는 여을에 윤 회장이 픽 웃었다. 늘 생각하는 건데 아까운 인재다. 공부 잘했던 거야 고등학생 때부터 봤으니 알고 있는 사실이다.

여을이 남자였다면, 혹은 천성이 조금만 더 못되었더라면 제 오른팔이 되었을 거다. 웬만한 사내새끼들보다 일처리도 빠릿빠릿하고, 기죽지 않는 모습이 윤 회장의 마음에 들었다.

그녀의 천성이 악하지 않은 점, 그리고 제 아들 유제와 만나고 있다는 점 때문에 모든 게 뒤틀려 버렸다.

"받으세요."

본론부터 꺼낸 여을이 종이 가방을 윤 회장의 책상 위에 올려

두고 몇 발 물러났다. 도대체 뭔가 싶어서 윤 회장이 가방 안을 힐끔 보았다. 돈다발에 그가 픽 웃었다.

"웬 돈?"

"저희 아버지한테 주신 돈입니다."

"......"

"아버지가 조금 쓰신 거 같은데, 그 돈은 제가 채워서 넣었고요."

많이 쓴 건 아닌 것이다. 기껏해야 옷 한 벌 사고, 씻는 비용 정도. 아버지가 넙죽 받아온 돈 때문에 난처해 죽을 지경이 된 건 그녀였다.

"저희 아버지랑 만나지 마세요."

"내 성의 표시였어."

"어느 누가 성의 표시한다면서 첩살이 이야기를 꺼냅니까?"

"뭐?"

그녀가 주먹을 꽉 쥐었다. 손바닥에 땀이 송골송골 찼다. 이런 말을 해도 될까, 만약 유제가 이 사실을 알게 되면 어떻게 생각할까. 자신에게 미안해할까. 잘 모르겠다. 아마, 닮은 점이 많으니 미안해하겠지. 유제는 윤 회장의 아들이었지만, 윤 회장과는 전혀 다른 사람이었다.

그의 말처럼 개같이 열심히 살아왔고, 지금도 바로 살기 위해서 노력하는 중인 제대로 인간이 된 사람이었다.

말이 아닌 행동으로 전부 보여줬던 사람이다.

"서 의원한테 돈 주셨죠?"

"뭐?"

"서 의원하고 박 부사장한테 돈 줬던 것처럼 저도 돈으로 쉽게 살 수 있을 거라 생각하셨던 것 같아서요."

"그래."

윤 회장이 쉽게 수긍했다. 크고 비싸 보이는 의자에 앉아 있던 윤 회장이 자리에서 일어났다. 이내 책상을 짚으며 또박또박 말했다.

"그 잘난 의원들 하고, 언론인들, 검사들도 돈 먹고 내 뜻대로 됐는데."

"……."

"네 까짓 것한테 돈 먹고 떨어지라고 말한 게 뭐가 잘못됐나? 이 정도 액수면 적은 액수도 아닐 텐데."

윤 회장이 손으로 봉투를 툭 쳐 쓰러뜨렸다. 이내 가방 안에 쌓여 있던 돈다발이 우르르 떨어졌다.

"윤 회장님."

그녀가 피곤한 듯 말했다.

"윤 회장님이 저희 아버지한테 주신 돈은, 구여을의 값어치가 아니라 윤유제의 값어칩니다."

그녀가 비꼬듯이 말했다.

"회장님한테 윤유제의 값어치가 이 정도밖에 안 된다는 게 놀랍네요. 적어도 유제는 이 액수보다 값어치가 크거든요."

"……."

"절 돈으로 매수하실 거였으면, 이것보다 더 많이 주셨어야죠."

아마 이것보다 더 많은 돈을 준다고 해도 그녀가 유제를 놓지는 않을 것이다. 그리고 윤 회장이 이것보다 더 많은 돈을 주지도 않을 것이다.

"아버지한테 이런 돈 주시면서 이상한 부탁하지 마세요. 유제랑 헤어지시길 바라시는 거 같은데……."

잘난 검사 아들, 부잣집 아가씨랑 결혼시키고 싶은 마음이 있다는 건 안다.

"저는 유제가 저한테 헤어지자 할 때까지, 안 헤어질 겁니다."

여을이 단호하게 제 입장을 표명했다.

"제가 제 입장을 제대로 말하지 않아서 이러시는 거 같아서요."

"……."

"만약 제가 유제랑 헤어지길 바라신다면, 저나 저희 아버지를 매수하는 게 아니라 유제를 설득하셔야죠."

윤 회장의 눈매가 매섭게 올라갔다. 언짢아 보이는 윤 회장과는 반대로 여을은 비뚜름하게 웃으며 대답했다.

"아, 유제 쪽이 감정이 더 커서 그런 말 못하시는 건가요?"

"구여을."

"네, 구여을 여기 있습니다."

윤 회장은 이쯤 되면 신기할 정도였다. 도대체 뭘 믿고 이렇게 또박또박 말대꾸를 하는 걸까. 아들 놈과 만나고 있어서? 아니, 아들 놈과 만나지 않았어도 구여을은 원래부터 이랬다.

고등학교 때 제 앞에서 기죽지 않고 말대꾸를 하던 녀석이었으니까. 아들 놈이 구여을 덕분에 그럴 듯한 직업을 갖게 되었다는 걸 알고 있지만 인정하고 싶지 않았다.

그렇다는 말은 곧 아버지인 자신에게는 배울 게 없었다는 말과 일맥상통했으니까.

그녀가 피식 웃자 윤 회장의 눈매가 꿈틀거렸다.

"자식이라고는 유제 하나여서, 데리고 온 거라고 하셨죠?"

"뭐?"

"먹을 거 먹이고, 입힐 거 입히면서 투자하셨다고. 그래서 본전 생각이 나신다고."

맨 처음 여을과 만났을 때, 윤 회장이 했던 말이었다. 명민한 녀석 답게 그 말을 그대로 기억하고 있었다.

여을은 떨어진 돈다발을 조금 슬픈 듯이 바라봤다. 윤 회장이 유제를 어떻게 취급하는지 알 수 있었다. 제게 돈을 주면서까지 유제의 옆에서 떨어지라는 걸 보면 윤 회장은 늘 한결같은 인간이었다.

"본전 생각하지 마세요."

"……."

"인형을 원하셨으면, 인형을 사셨어야죠."

"뭐?"

"유제 사람이에요. 물건 아니고."

"……."

"제가 윤 회장님께 돈을 받아서 유제랑 헤어진다면, 제가 윤 회장님과 다를 게 뭐가 있나요."

"……."

"그리고 과거의 윤 회장님과 지금의 윤 회장님이 무슨 큰 차이가 있죠?"

여을이 똑바로 대답했다.

"어머님은 잘 모르겠지만……."

유제에게 어머니에 대한 이야기를 많이 듣지 못했으니 그녀가 섣불리 판단하고 말할 수는 없었다. 다만, 윤 회장에게서는 직접

들은 것이 있기 때문에 판단 내릴 수 있었다.

"윤 회장님은."

고등학교 시절 유제의 집에 처음 갔었을 때, 그때 그의 어머니가 계셨었다. 그리고 자신을 발견하고 당황해하던 유제도 떠올랐다. 유제 어머니에 대해서 섣불리 판단하면 안 되지만, 아마 윤 회장과 다를 바 없는 사람이라고 생각한다.

유제 어머니는 윤 회장에게 유제를 팔았고.

"어머님한테 유제를 사신 겁니다."

동시에 욱함을 참지 못한 윤 회장이 책상 위에 있는 원목 연필꽂이를 던졌다. 부웅, 소리를 내며 날아오는 물체가 미처 피하지 못한 여의 머리를 그대로 강타했다.

뒤따라 떨어진 연필꽂이가 그녀의 발 위로 떨어졌다. 느껴지는 통증에 그녀가 이마를 부여잡았다. 유리로 된 컵이 아니라 다행이란 생각이 들었다. 그녀가 어이가 없어 픽 웃었다.

"구여을. 도가 지나쳐."

아마 열아홉의 구여을이 들었더라면 무서웠을 것이다. 하지만, 낮은 목소리로 한 글자씩 제 이름을 끊어 부르는 게 무서울 나이는 이미 지났다. 그녀는 이제 십대의 구여을이 아니라 삼십대의 구여을이다.

그녀의 삶은 다사다난했고, 또한 무서운 일은 이보다 더 많았다. 지금 당장 윤 회장이 자신을 어쩌지 못한다는 걸 이 자리에 있는 그녀가 누구보다 잘 알았다.

그렇기 때문에 속에 있는 말들을 전부 내뱉을 수 있었던 거다.

"틀린 말 했다고 생각하지 않습니다."

이마에서 욱신거림이 덜해지자, 이제는 따끔함이 느껴졌다.

그녀가 이마를 붙잡고 있던 팔을 내렸다.

"드릴 거 드렸고, 드릴 말씀 드렸습니다."

"구여을!"

"이만 가보겠습니다."

자신을 부르는 윤 회장의 목소리를 뒤로한 채 그녀가 방을 빠져나왔다. 한결 가벼워진 마음에 그녀가 숨을 토해냈다. 밖에서는 당황한 얼굴의 비서가 여을을 보고 있었다. 그녀가 눈짓으로 인사를 하고 나서려고 할 때, 비서가 입술을 달싹였다.

"피…… 나십니다."

"네?"

"이마 말입니다."

그녀가 손을 들어 자신의 이마를 꾹 눌렀다. 축축한 무언가가 만져졌다. 손가락 끝에 피 몇 방울이 묻어 있었다.

"괜찮으세요?"

"네. 괜찮습니다."

안에서 물건이 와장창 부서지는 소리가 났다. 나이가 들어도 제 성질을 못 죽이는 건 여전한 사람인 모양이다.

"수고하세요. 가보겠습니다."

여을이 조금 개운해진 얼굴로 웃었다. 비서로써는 처음 보는 여을의 옅은 미소였다.

◬

"박 부사장 경우에는 증거가 확실히 있네요. 운전기사 해주신 분 메모도 있고……."

"증인은?"

"서겠대요. 안 설 수 없는 노릇이잖아요."

그럴 듯한 이유가 있어서 출석을 거부할 수 있는 것도 아니고. 김 검이 자료를 몇 장 넘기면서 지친다는 듯 대꾸했다.

지잉, 징, 지이잉, 하고 울려대는 진동 소리에 유제가 일을 하다 말고 핸드폰을 바라봤다. 액정화면에 뜨는 건 저장이 되지 않은 모르는 번호였다.

"안 받으세요?"

봉식인가? 싶었지만 봉식의 번호는 알고 있었다. 유제가 고개를 갸웃했다. 머뭇거리던 그가 핸드폰을 귀에 갖다 댔다.

"여보세요?"

전화를 받았지만 정작 하는 말이 없다. 요즘 시대에 장난전화인가 싶었다. 서류를 보고 있던 김 검이 그를 힐끔 보다가 다시 고개를 숙였다.

"여보세요?"

[……저기…….]

아무 말이 없을 줄 알았던 상대의 목소리가 들렸다. 조심스럽게 말을 붙이는 기색인 목소리였는데, 너무 작아서 잘 들리지가 않았다.

"누구십니까?"

서류에 집중하고 있던 2차장검사와 김 검의 시선이 다시 한 번 유제에게 닿았다. 이번 재판 관련 일 때문인가 싶어서 일제히 움직이던 손이 멈출 때였다.

[그, 나, 여을이 아버진데.]

전화를 하면서도 움직이던 유제의 손이 움찔했다. 아예 전화에 집중하고자 그가 핸드폰을 꼭 잡았다.

[잠깐, 만날 수 있을까? 할 얘기가 있어서.]

"아, 지금 제가 좀……."

바빠서, 만나기는 힘들 거 같다는 말을 하려는 찰나였다.

"아냐, 아냐. 윤 검 오늘은 먼저 퇴근해."

"네?"

"그동안 계속 혼자 일했잖아. 상대도 급한 거 같은데, 오늘은 먼저 퇴근해."

부사장의 증거가 없는 것도 아니다. 첫 시작이면 몰라도 지금 당장은 고양이 손을 빌릴 정도는 아니었기 때문에 유제가 머뭇거렸다.

한참을 괜찮아, 괜찮아, 말을 듣고 나서야 유제가 조심스럽게 자리에서 일어났다. 서류 가방을 들고 재킷도 제대로 입지 못한 채 2차장검사에게 꾸벅 인사하고는 문을 열었다.

[지금 바쁘면 내일이라도 괜찮은데…….]

"아뇨, 지금 괜찮습니다. 제가 어디로 가면 될까요?"

[내가 있는 곳까지 안 와도 돼.]

"예?"

만났으면 좋겠다고 말을 해놓고서는 이건 또 무슨 소리람. 유제가 당황스러워할 때였다. 태영이 조심스럽게 대답했다.

[지금 검찰청 앞이거든. 맞은편 커피숍에 있어.]

"그럼 제가 그곳으로 가겠습니다."

아마 지금 시간에 찾아온 걸 보면 여을이에게 못할 말이기 때문이겠지. 굳게 닫혀 있는 기록관리실 문을 보다 그가 부랴부랴 청사를 빠져나갔다.

어두워서 차가 잘 다니지 않는 도로를 빠른 걸음으로 걸을 때 유리창 너머로 태영의 얼굴이 보였다. 맨 처음 만났을 때와는 달리 까무잡잡한 얼굴도 아닌 깨끗하게 차려입은 모습이었다.

카페 문을 열자 들리는 딸랑 소리에 태영의 시선이 자연스레 유제 쪽으로 향했다.

"아버님."

"바쁜데, 내가 불러낸 건 아니지……? 퇴근한 건 아닌 거 같아서 청사 쪽으로 온 건데."

"아, 예. 괜찮습니다."

유제가 꾸벅 인사를 하고는 의자를 끌었다. 엉덩이를 붙이자 어색하게 웃고 있는 태영이 커피를 내밀었다.

"일단 내가 시켰는데, 입맛에 맞을지는 모르겠네."

"아……."

"가, 갑자기 전화해서 놀랐지? 내가, 윤 검사한테 내 번호를 주기는 했는데 내가 윤 검사 번호를 몰라서……. 봉식이한테 물었고."

태영이 변명처럼 말을 이었다. 딸의 남자친구 앞에서 이렇게까지 말을 해야 하나 싶었지만, 그가 여태까지 여을에게 지은 죄가 있었기 때문에 함부로 굴 수는 없었다.

"아! 돈은 내가 같이 온 봉식이한테 빌렸어. 봉식이랑 만났다며?"

"……."

"어휴, 어쩜 연이 이렇게 닿는지. 참 신기한 노릇이네."

태영이 애써 분위기를 풀기 위해 허허 웃었다. 하지만 유제의 표정에는 변화가 없었다. 원래부터 애교가 없는 성격인 건지 무뚝뚝하기 짝이 없는 모습이었다. 아니면, 여을에게 들었던 것처럼 시간이 이만큼 지났는데 이제 와서 아버지 노릇을 하려는 자신이 우스운 건가 싶기도 했다.

태영이 머뭇머뭇 거리면서 손을 꼼지락 거렸다. 번듯한 검사 아들을 둔 윤 회장이 신기했다. 또 윤 회장의 아들과 여을이 이렇게 만나게 될 거란 생각을 하지도 못했고.

"하시고 싶은 말씀이 있으셔서 부르신 거 아닙니까?"

"……맞아."

"편하게 하셔도 됩니다."

도대체 왜 망설이고 있는 건지 모르겠다. 김이 모락모락 나고 있는 아메리카노를 보던 태영이 노골적으로 물었다.

"여을이랑 결혼할 건가?"

이 말을 여을이 들었더라면 화를 버럭 냈을 것이다. 하지만 이 자리에는 여을이 없었고, 유제는 갑작스러운 물음에 조금 당황한 것처럼 보였다.

결혼? 구여을이랑 자신이? 여을과 만나고 있지만 한 번도 생각해 본 적 없는 단어였다. 유제가 그 단어를 조용히 곱씹었다.

그저 여을을 만나는 것만으로도 좋았지만……. 한집에서 살고, 눈을 뜨면 가장 먼저 볼 수 있는 사람이 그녀라는 점은 그의 가슴을 간지럽게 만들었다.

"안 할 생각인가?"

반응이 없는 유제에 태영의 얼굴이 바짝 굳었다.

"……갑자기 이렇게 물어봐서 놀랐지?"

"예? 아……. 뭐, 조금요. 하지만 아버지시니까 충분히 물어볼 수 있는 부분이라고 생각합니다."

태영이 손가락을 만지작거렸다.

"윤 검사."

"예."

"얘기 들었어."

"네?"

본론이 결혼인 줄 알았는데 그것도 아닌 모양이다. 고개를 갸웃한 그에 태영이 용기를 냈다.

"윤 검사가 윤 회장 아들이라는 거 말이야."

그 말이 떨어지자마자 유제의 얼굴이 다른 의미로 바짝 굳었다. 숨기려고 했던 건 아니지만, 이렇게 알고 오게 되리라는 생각을 못했다.

누가 말했지? 여을이? 아니다, 여을의 성격을 보면 말하지 않았을 거다. 그는 구여을이란 사람을 잘 알고 있었다. 입안이 바짝바짝 말라오자, 손을 대지 않았던 커피를 꼴깍 마셨다.

"여을이가 말해준 거 아니야. 윤 회장님…… 만났어."

"아버님."

"내가, 이렇게 참견을 할 만큼 자격이 있는 아비가 아니라는 거 아는데……."

"……."

"그래도, 아버지 노릇을 여태까지 안 했어도, 딸이 불구덩으로 들어가는 걸 어떻게 지켜만 봐."

윤 회장이 뭐라고 말했냐고 묻고 싶었다. 그런데 왜 이렇게 입이 안 떨어지는지 모르겠다. 누군가 말을 못하게 억지로 머리를 꾹 누르는 듯한 착각이 들었다.

"윤 회장님, 자네 아버님이 여을이랑 자네 만나는 거 굳이 방해할 생각은 없다고 하셨네."

그의 몸이 눈에 띄게 움찔했다. 여을이 단호하니, 그나마 이
성적이고 말이 통할 거 같은 유제를 설득해야 했다.

"그런데 자네랑 결혼할 여자는 따로 있다고 말씀하셨고."

"……."

"여을이, 모자란 아버지 두고 고생했어. 아마 좋은 집, 아니,
좋은 집이 아니라 남들만큼 살았어도 자네처럼 검사는 됐을 거
라 생각해."

자신이 고시 공부를 위해 모아둔 돈만 들고 가지 않았어도 말
이다.

"그래도 그럴듯한 직업 가지고, 열심히 일하고 있고, 그 정도
면 외모도 출중하고."

테이크아웃 잔을 쥔 유제의 손에 힘이 들어갔다.

"그런 딸이 첩살이하면 좋겠느냐고 하……, 괘, 괜찮은가?"

잔을 쥔 손이 힘 조절이 안 된 모양이었다. 와작 소리가 나면
서 테이크아웃 잔에 있던 커피가 유제의 손등 위로 쏟아졌다.

뜨거운 아메리카노라 반사적으로라도 욕이나, 비명이 나올 법
했는데도 유제는 흔들림이 없었다. 태영이 한 말에 집중할 뿐이
었다.

"윤 회장이, 아니, 아버지가 그렇게 말했다고요?"

"아니, 자네, 손이……."

발을 동동 구르던 태영이 한숨을 푹 내쉬었다. 유제의 얼굴을
보니 윤 회장의 생각을 몰랐던 모양이다.

"그렇게 말씀하셨어. 혼자만의 계획이신지, 아니신지는 모르
겠지만."

"여을이도 압니까?"

그 물음에 대해서는 침묵을 유지했다. 유제는 태영의 침묵이 곧 긍정이라는 걸 알 수 있었다. 그가 손에 있는 아메리카노를 근처에 있는 휴지로 슥 닦아냈다.

구여을은 그 말을 들었으면서 왜 자신에게 아무 얘기도 안 한 건지 모르겠다. 아니, 아까 시선을 피했던 이유가 그것 때문이었나. 다시 한 번 무거운 죄책감이 그의 가슴에 쿵 하고 떨어졌다.

"결혼에 대해서 물어보셨죠."

"어? 아, 그랬지."

"저는 여을이 의사를 제일 중요시 여길 겁니다."

"어?"

"여을이가 하고 싶다면, 저도 좋고…… 만약, 여을이가 원하지 않으면 저는 지금 이 관계로도 충분히 만족합니다."

이 이상 행복이 굴러올 수는 없단 생각이 들 정도였다. 여을이 결혼을 어떻게 생각하고 있는 건지 짐작이 갔기 때문에 부담 같은 걸 주고 싶지는 않았다. 자리에서 벌떡 일어난 유제가 태영을 향해 고개를 꾸벅 숙였다.

"죄송합니다. 먼저 일어나 보겠습니다."

태영은 유제를 붙잡지 못했다. 아니, 붙잡을 생각도 없었다. 고개를 끄덕이는 태영을 뒤로한 채 그가 빠르게 카페를 벗어났다. 차가 청사 내에 있지만 거기까지 가기에는 제 마음이 너무 급했다. 유제가 빠르게 택시를 잡고는 집주소를 읊었다.

서류 가방 안에 대충 집어넣어 뒀던 핸드폰을 꺼낸 유제가 여을의 번호를 찾았다. 전화를 할까. 전화를 하면 뭐라고 해야 해. 할 말이 없었다.

왜 모르는 척하고 있었냐고, 아무 말도 하지 않았느냐고 애꿎은 상대에게 화를 낼 거 같았다. 여을은 잘못한 게 없었다.

⟨지금 자?⟩

유제는 전화 대신 문자를 보냈다. 문자에 대한 답은 금방 왔다.

⟨아니. 아직 안 자.⟩

⟨왜?⟩

여을에게 잇달아 문자가 도착했다. 목적지에 도착하자마자 그가 부랴부랴 아파트 안으로 뛰어 들어갔다. 자신의 얼굴이 보기 싫었을까? 그 말을 처음 들었을 때 여을은 어떤 생각을 했을까? 수많은 의문들이 맴돌았다. 차라리 여을이 알고 있다는 걸 모르는 게 나았나? 자문에 그는 답을 내렸다.

아니, 죄책감이 들어도 알아야 했다. 그래야지 사과를 할 수 있었고, 위로할 수 있었고, 함께 아파할 수 있으니까. 내려오는 엘리베이터도 답답해서 그가 계단을 성큼성큼 한 번에 두 계단씩 밟으며 올라가 여을의 집 앞 문에 섰다. 허억, 헉, 거친 숨소리를 애써 정리하며 초인종을 눌렀다.

"누구세요?"

저번에 신부산파가 찾아왔던 적이 있었는데도 여을은 거리낌 없이 현관문을 열었다.

"유제야?"

"문, 하아, 함부로 열어주면 어떡해."

"올 사람이 너밖에 없을 거 같았거든."

그녀가 핸드폰을 흔들었다. 안 자고 있냐고 묻는 걸 봐서는 바로 올 줄 알았다.

"그런데 이 시간에 어쩐 일이야?"

퇴근하자마자 바로 온 듯했다. 여을이 안으로 들어오라는 듯 제스처를 취하자 그가 성큼 발을 내디뎠다. 그런 얘기를 들었으면서 왜 아무 말도 하지 않았느냐고 하려 했는데 막상 얼굴을 보니 그런 말이 쉽게 나오지 않았다.

그녀가 모르는 척을 했기 때문에 끝까지 모르는 척하는 게 좋았을까. 유제가 안으로 들어오지 않고 현관문에 그대로 선 채 여을을 바라봤다.

"왜 그렇게 봐?"

"너……."

"아, 혹시 앞머리 때문에?"

편한 옷차림의 여을을 볼 때 눈에 들어온 게 있었다. 아까까지만 해도 없던 앞머리가 이마를 덮고 있었다. 처음 내본 앞 머리카락을 그녀가 민망한 듯 만지작거렸다.

"처음 내봤는데, 어때? 별로야?"

아무런 대답을 하지 않는 걸 보아 그런 모양이다.

"민석이는 괜찮다고 했는데……."

"예쁘다."

"어?"

"너한테 안 어울리는 게 뭐가 있겠어. 다 잘 어울리지."

그가 씩 웃으며 그녀의 이마에 손을 댔다. 동시에 움찔했다. 손이 다가오자 움찔한 건지, 아니면 다른 무언가 때문에 움찔한 건지 모르겠다.

은은한 조명이 맴도는 집 안에서 여을을 빤히 볼 때였다. 살짝 내린 머리카락 사이로 보이는 건 반창고였다. 동시에 옅게 웃던 그의 표정이 굳었다.

"머리 왜 내린 거야?"

"어? 그냥, 기분전환으로."

"거짓말하지 마."

피의자를 심문하는 검사처럼 그가 그녀를 잡아당겼다. 앞 머리카락을 걷자 작은 반창고가 눈에 들어왔다.

"뭐야."

"아니, 이게······."

그녀가 낑낑거리며 벗어나려고 했으나, 얼굴을 꽉 붙잡고 놔주지 않는 유제 때문에 어쩔 도리가 없었다.

유제는, 앞을 제대로 안 보고 걷다가 근처 전봇대에 박았다 등의 되도 않는 변명을 한 귀로 듣고 한 귀로 흘렸다. 그가 한 손으로는 그녀의 얼굴을 고정하고, 다른 한 손으로는 반창고를 떼어냈다.

뭔가 모서리 같은 곳에 박은 모양인지 살짝 찢어진 데다가 상처 주위는 부어 있었다.

"누가 이랬어."

늘 다정다감하던 말투가 낮게 변했다. 심사가 뒤틀린 목소리였다.

"그냥 내 실수로······."

"왜 자꾸 숨겨."

"어?"

"윤 회장이랑 만났지? 첩살이 얘기도 들었어. 왜 말을 안 해."

"그게."

여을이 습관처럼 이마를 긁기 위해 손을 들었다. 혹여나 상처에 손을 댈까 싶어 그가 그녀의 손을 잡아 내렸다.

"설마 이것도 윤 회장님이 했어?"

"유제야, 그러니까 이게……."

"변명하지 마."

눈빛이 매섭다. 침대 위에서 볼 때와는 다른 느낌의 사나움이었다. 굳이 따지자면 윤유재를 고등학교 시절 처음 마주쳤을 때 느꼈던 매서움이다. 이내 그녀가 졌다는 듯 두 손 두 발을 들었다. 항복하는 기색에도 유제의 기세는 누그러질 생각을 하지 않았다.

"변명하려는 것도 아니고, 숨기려고 한 것도 아니라……."

"……."

"말하려고 했었어. 오늘."

"……아버지가 첩살이 얘기한 거 때문에 나 피한 거지?"

"아니야."

여을의 이마에 난 상처를 보며 그가 더 아픈 얼굴을 했다.

"아버지가 돈을 받았어."

누구에게? 물어보지 않아도 답이 나온다. 윤 회장이 줬다는 말이다. 왜 제 아버지는 늘 고개를 들지 못하게 만들까. 유제는 창피함과 수치심 때문에 얼굴이 후끈거렸다. 지금 그가 어떤 감정을 느끼고 있을지 누구보다 잘 아는 여을이 잡힌 손을 빼냈다. 그리고는 덥석 그의 두 볼을 잡았다.

"돈 돌려 드리고 왔어. 그때 너 피한 거는……, 내가, 떳떳하지를 못해서. 그래서 그런 거야."

"미안해."

"네 잘못 아니야. 누구보다 내가 제일 잘 알아."

민석이나, 유제나 자기가 잘못한 게 아닌 걸 사과하고 다녔다. 그녀가 얄팍한 한숨을 내쉬며 다독였다.

"네 잘못 아니야."

"기분 나빴잖아."

"너로 인해서 기분이 나빴던 게 아니잖아."

"……."

"뭐야, 너 정말 다른 여자랑 결혼할 거야?"

그녀가 부러 분위기를 가볍게 만들기 위해서 물었다. 이내 주인님에게 혼난 대형견 같은 얼굴로 유제가 고개를 휙휙 내저었다. 미쳤다고 자신이 그럴까.

"네가 다른 여자랑 결혼해도 너한테 안 떨어질 거야."

"……."

"껌딱지처럼 붙어 있을 거야."

아무 말 하지 않는 유제에 그녀가 물었다.

"알겠어?"

응. 작은 대답을 하며 고개를 끄덕였지만, 유제는 여을의 이마에 있는 상처가 자꾸 눈에 밟혔다. 이내 그의 입술이 그녀의 이마에 살짝 닿았다. 상처 부위를 입술로 지분거리던 그가 작게 속삭였다.

"아프지?"

"하나도 안 아파."

"내가 몰랐으면 끝까지 말 안 했을 거지."

"……."

"앞머리까지 내리고 온 거 보면 넌 말 안 했을 거야."

들켰다. 그녀가 작게 웃었다.

"진짜 말 좀 해줘."

"……."

"아무것도 몰랐다가, 남의 입으로 네 얘기 들으면 진짜 심장 철렁해."

그녀의 몸을 부드럽게 감싸 안으며 그가 작게 중얼거렸다. 여을은 자신이 껌처럼 붙어 있겠다고 말하지만…….

"네가 날 안 놔주는 게 아니라."

글쎄. 아주 만약에, 그럴 일은 추호도 없겠지만 자신이 억지로 윤 회장이 붙여준 여자와 결혼하게 된다면, 여을은 제 곁을 떠날 거다. 그리고 서울에서 부산으로 내려왔던 것처럼 또 떠나겠지. 그러니 자신이 여을의 옆에 껌딱지처럼 붙어 있어야 했다.

"내가 널 안 놔주고, 못 놓는 거야."

그녀의 귓가에 한숨처럼 속삭였다.

유제가 다시 한 번 여을의 얼굴을 바라봤다. 살짝 찢어진 이마를 보니 제 가슴이 찢어졌다. 돌아버리겠네. 아무것도 몰랐던 데다가, 아무것도 하지 못한 자신이 화가 났다.

여을 역시 유제의 얼굴을 보다 말고 눈을 살짝 내리깔았다. 유제를 보고 있으면 결국 미안하다는 말이 튀어나올 거 같았다.

"화났어?"

"나한테 화났어."

그리고 윤 회장한테도. 여을은 애꿎게 당한 것뿐이다.

"오늘 피곤했을 텐데, 쉬어. 올라갈게."

굳는 표정을 애써 관리하던 그가 그녀의 볼에 짧게 입을 맞추었다. 자신을 보고 있는 여을에 빙긋 웃고는 그가 느릿하게 현관문을 닫았다.

뜨거운 커피가 닿았던 손은 신경 쓰지도 않았다. 지금 그의 머 릿속을 가득 채우는 건 딱 두 가지였다. 여을의 찢어진 이마, 그 리고 윤 회장. 바로 위층인 자신의 집에 들어가자 민석이 얼굴을 빼꼼 내밀었다.

"윤 검사님, 오셨어요?"

"그래."

딱딱한 얼굴의 유제에 그가 저도 모르게 흠칫했다. 화, 화가 났나? 저가 여을을 좋아하고 있다는 걸 들키기라도 했나. 마른 침을 꼴깍 삼킨 민석이 유제의 주변을 서성거렸다.

"뭐 해?"

"화, 나신 거 같아서요. 무슨 일 있으셨어요?"

"……너 여을이 앞머리 낸 거 봤어?"

"네. 색다르던데."

민석이 헤헤, 퍽 바보같이 웃으며 말했다.

"예쁘시던데."

모르는 게 약이란 말이 괜히 있는 게 아니었다. 아무것도 모르 고 웃고 있는 민석을 보니 유제가 입술을 꾹 다물었다.

그래, 여을 역시 민석이 걱정해 주기를 바라지는 않을 것이다. 유제가 억지로 웃으면서 민석이 쓰는 방을 슬쩍 봤다.

"뭐 하고 있었는데?"

"공부요. 안 하던 거 하려니까 많이 힘드네요."

하하, 웃으면서 뒷머리를 긁적이는 그에 유제가 어깨를 툭툭 두드렸다. "열심히 하네. 기특하다." 짧은 말을 뒤로하면서 유제 가 자신의 방으로 들어갔다.

혼자 남게 되자, 유제의 표정이 단번에 싸늘하게 변했다. 옷을 갈아입지도 않은 채 그가 핸드폰부터 먼저 꺼내 들었다.

그의 핸드폰에는 윤 회장의 번호조차 저장되어 있지 않아 비서에게 연락을 하는 수밖에 없었다. 비서의 번호를 누르고 핸드폰을 귀에 가져갔다.

[예, 도련…….]

"아버지랑 같이 있으시죠."

[예? 그렇긴 합니…….]

"아버지 바꾸세요."

조금 난처한 듯 망설이는 비서의 목소리가 들려왔다. 이내 수화기 너머에서 작은 소리가 몇 번 들리더니 윤 회장의 목소리가 들려왔다.

[전화 바꿨다.]

"전부 들었습니다."

[뭐?]

유제가 목을 꽉 조이고 있던 넥타이를 풀고는 침대 위로 툭 던졌다.

"여태까지 사적인 감정 다 배제하고 일했습니다. 최대한 공적으로 일하려고 했고요."

[너 지금 무슨.]

"근데 이제부터는 아닐 겁니다, 아버지."

수화기 너머에서 윤 회장의 숨소리만 들려왔다.

"여을이 건드리신 거 후회하실 겁니다."

[이 새……!]

윤 회장이 무슨 말을 하든 더 이상 듣지 않기 위해 전화를 뚝 끊었다. 핸드폰을 침대 위로 툭 던지고는 유제가 바닥에 주저앉

앉다.

여을의 얼굴이, 그녀의 이마에 난 상처가 눈앞에 생생했다. 그리고 태영이 한 말 역시 귓가에 선명하게 맴돌았다. 첩살이라니. 어떻게 그 말을 여을이나, 여을의 아버지 앞에서 당당히 할 수 있는 것인지. 제 아버지는 정말로 부끄러움이라는 걸 모르는 사람인 건가. 적어도 자신이 검사가 되면, 그에 걸맞게 살기 위해 노력하실 줄 알았다.

"미치겠다, 진짜."

유제는 그래도 자신을 놓지 않을 거라는 여을이 마음에 걸렸고, 또한 미안했다.

10장.
USB

되도 않는 말만 던지던 박 부사장은 여전히 한결같은 반응이었다. 대가성이 아니었고, 그냥 친구 같은 사이였단 말 한 마디. 차라리 사실대로 실토하고 형을 적게 받는 쪽이 나을 텐데 싶었다. 윤 회장이나 서 의원 같은 사람들은 왜 이렇게 악을 향해 달려가는 건지 모르겠다.

"나는 할 말 없대도요."

아무런 반응도 없이 바라보기만 하는 유제에 박 부사장이 더 말을 이었다.

"그냥 형, 동생 하는 사이여서 술 몇 잔 마시고, 밥 몇 번 먹은 게 끝입니다."

"오늘 자 신문 못 보셨나 봅니다."

"예?"

유제가 들어올 때 함께 챙겨온 신문을 쫙 펼쳤다. 부사장이 속해 있는 신문사의 것이었다. 1면은 보여주지 않고 유제가 말을 이었다.

"디케이 윤 회장, 부사장과의 친분 전면 부인."

"……뭐요?"

"광고비를 대주지 않으면 기사를 좋게 올리지 않겠다고 협박을 했다, 친분이 있는 건 사실무근이다."

"……."

"윤 회장 측은 그렇다는데 어떻게 생각하세요?"

"그럴 리가, 그럴 리가 없어요!"

박 부사장이 유제의 손에 있는 신문을 팍 하고 뺏었다. 마치 먹이를 단번에 낚아챈 매와 같은 솜씨였다. 충분히 뺏기지 않을 수 있었지만 그는 순순히 신문을 줬다. 기사를 한 글자씩 읽어 내려가던 부사장의 몸이 부들부들 떨렸다. 윤 검사의 말을 믿지 않았는데 이렇게 눈으로 직접 보니 실감이 난 모양이다.

퍽 건방진 기색이던 박 부사장이 고개를 번쩍 들었다.

"아니에요! 이거 진짜 아닙니다! 난 억울해요!"

"아니라고요?"

"예! 오히려 그쪽에서 광고비 대줄 테니까 부탁한다고……!"

"그래서 광고비 받고, 분양 특혜 있었는데 모른 척했던 거 맞고요?"

먹이를 낚아챈 건 부사장이 아니라 유제 쪽이었다. 살벌하게 뜨인 유제의 눈에 부사장이 저도 모르게 숨을 들이켰다. 쥐고 있던 신문을 바닥으로 떨어뜨리고는 조용히 중얼거렸다.

"변호사, 불러주세요."

예상 못한 대응은 아니었기 때문에 유제가 짧게 대꾸했다.

"변호사 없이 얘기 안 하겠습니다."

"뭐, 그러십시오."

유제가 신문을 다시 걷어가면서 자리에 일어났다. 증거가 너무 많고 많은 데다, 증인도 넘쳐서 어떻게든 실형은 받게 될 거다. 허망한 듯 앉아 있는 부사장을 향해 그가 어깨를 으쓱이고는 문을 열었다. 바깥에서 지켜보고 있던 2차장검사가 옅게 웃었다.

"나가시죠."

"그래."

문을 열고 나서자 유제가 한 마디 내뱉었다.

"슬슬 윤 회장 잡을 생각입니다."

"윤 회장을?"

"예."

갑자기 왜? 신문사 부사장을 심문하러 가는 복도에서 2차장검사가 되물었다.

"증거도 충분하니까 괜찮을 거라 생각합니다."

"……."

"제가 진두지휘를 할 수 있도록 도와주십시오."

정말 부자 관계가 맞긴 한 걸까. 이쯤 되면 부모를 죽인 원수를 갚기 위해 이러는 걸로 보였다. 2차장검사가 머쓱하게 뒷머리를 긁적이다 고개를 끄덕였다.

아버지의 잘못을 바로잡기 위함인지, 아니면 다른 생각이 있기 때문인지는 모르겠으나 어떻게 해서든 윤 회장을 잡을 거라는 유제의 눈빛에 허락을 할 수밖에 없었다.

2차장검사가 헛웃음을 내뱉다 말고 신기하다는 듯 물었다.

"검사 생활하면서 윤 검만큼 공사 구분 똑바로 하는 사람 못 봤어."

"예?"

"아니, 그렇잖아? 정한 대로 밀고 나가는 뚝심도 그렇고……
충분히 흔들릴 수 있는 상황인데도 그런 게 없고. 원래부터 그렇
게 이성적인가?"

"아뇨."

아래층으로 내려가던 유제가 어설프게 웃었다. 사람들 전부가
자신을 이성적이라고 착각하고 있었다. 그러나 그는 감정적이었
고, 공과 사를 제대로 구분하지 못하는 멍청이다.

애초에 이 자리에 있는 이유가 제 감정 하나 때문이었으니 말
다한 부분이었다.

"저만큼 감정적인 사람도 없을 겁니다."

아닌 거 같은데. 2차장검사는 유제가 작게 중얼거리는 목소리
를 못 들은 척하고 발을 옮겼다. 나란히 걷던 둘은 어느새 3층에
도착했다.

"검사는 어쩌다가 된 거야?"

아버지가 윤 회장이라면 충분히 디케이에 소속되어 호의호식
하면서 살 수 있었다. 그 물음에 유제가 1초의 고민도 없이 짧게
대답했다.

"좋아하는 여자 때문에요."

"뭐?"

"검사가 되면, 좀 다르게 봐줄 수 있지 않을까 싶어서."

"……"

"이성적인 사람 아닙니다. 엄청 불순하고, 감정적이죠."

"구 선생이랑 만나면서 그런 말 해도 되나?"

분위기를 가볍게 하기 위해 한 말이었다. 유제는 그 물음에 대해서는 별다른 답변을 하지 않았다. 여을이 알아도 상관없었기 때문이었다. 애초에 그 상대가 여을이었으니 더더욱.

엘리베이터가 3층에서 멈추며 열렸다. 바로 보이는 여을의 얼굴에 그가 흠칫했다. 단정한 오피스룩에 내린 앞머리가 신경이 쓰였다.

"어, 구 선생."

"안녕하세요."

"머리 내렸네?"

2차장검사의 물음에 여을이 어색하게 웃으면서 앞머리를 만지작거렸다.

"별론가요?"

"아니~ 엄청 잘 어울리네. 아아, 타, 타."

"아뇨, 아뇨. 괜찮습니다. 윤 검사님한테 가려던 길이었거든요."

"저요?"

2차장검사의 눈이 갸름해졌다. 한창 바쁜 틈에서도 알콩달콩 연애하는 두 사람이 보기도 좋았고, 동시에 재밌기도 했다. 놀리고 싶은데 표정 변화 하나 없는 여을이 오히려 그를 이상하게 바라보았다.

"큼큼, 그럼 나도 이만 가보겠……."

"아, 아뇨. 2차장검사님도 확인하셔야 할 거 같은데요."

"어? 나?"

나름 사내연애를 즐기라는 의미로 자리를 비켜주려던 건데 붙잡는 여을이 이상했다. 엘리베이터 앞에서 할 이야기는 아님을 눈치챈 유제가 근처 자신의 집무실 쪽으로 안내했다.

"뭐야? 무슨 일인데?"

"서 의원 구속영장 발부됐는데, 이것도 좀 보셔야 할 거 같아서요."

"뭔데?"

그녀가 품에서 책자 하나를 꺼내 들었다. 지방 국립대의 홍보 책자였다. 이게 뭔데? 뭐기에 2차장인 자신까지 부른 건지 모르겠다는 얼굴이었다. 여을이 익숙한 손길로 몇 장 넘기며 대꾸했다.

"오늘 대학에서 견학 왔었거든요. 그리고 홍보 책자 받은 게 있어서 확인하다가 본 건데……."

페이지를 찾았는지 여을이 모두가 볼 수 있도록 바르게 쭉 폈다.

"여기 있어요."

책자 속에 보이는 건 서 의원이었다. 작년에 대학교 강연을 하던 중 옆에 있는 사람들과 함께 찍은 사진인 듯했다. 메인 사진과 더불어 소소하게 찍은 사진을 보니, 서 의원과 함께 사진을 찍은 사람은 봉식이었다. 봉식의 얼굴에 그의 표정이 꿈틀거렸다.

"얘가 누군데? 둘 다 아는 사람이야?"

"신부산파 사람이랑 찍은 사진이더라고요. 일단 아셔야 할 거 같아서요."

"이 사람 증인으로 세웠어?"

"아뇨, 아직."

"구 선생, 대단하네. 어떻게 알았어?"

"어쩌다 보니까요. 운이었죠, 뭐."

이쯤 되니, 2차장검사는 여을은 유제가 윤 회장의 아들인 걸 아는지 궁금해졌다. 물어보고 싶지만, 무례한 질문이었기에 목 뒤로 꿀꺽 삼켰다.

"덕분에 일이 술술 진행되겠네. 아, 그리고 USB는 언제 받을 수 있을까?"

봉식이 건네줬던 USB를 말하자 여을이 빠르게 대답했다.

"지금 한 질씩 복사하고 있는 중이니까, 내일 오전으로 받으실 수 있습니다."

"그래?"

"이거 증거자료로 쓰실 거면 이것도 복사해야 하는데. 어떻게 할까요?"

"증거로 쓰기에는 아직 빈약하니까 우선은 두고 보자고. 오케이. 알았어. 다들 열심이네."

2차장검사가 씩 웃으며 문을 열었다. 다들 이렇게 하는데 자신이 가만히 있을 수는 없었다. 여기서 이렇게 가만히 이야기를 듣는 게 아니라 일을 해야 했다. 이만 가서 제 일을 보겠다며 나가는 2차장검사에게 두 사람이 인사를 꾸벅 했다.

집무실에 두 사람만이 남자 어색한 공기가 맴돌았다.

"다친 데는 좀 괜찮아?"

"하루 만에 다 낫긴 어렵지. 근데 지금은 많이 안 아파."

대답을 마친 여을이 머뭇거렸다. 쐐기를 박는 증거가 하나 더 있지만 줘도 되는 걸까 싶었다. 여을이 입술을 꾹 깨물자 유제가 물었다.

"할 말 더 있지?"

"어?"

"할 말 더 있는 거 같은데. 하고 싶은 말 있어?"

"……너 혹시 내 생각 읽어?"

이쯤 되면 사람의 생각을 읽을 수 있는 초능력이 있는 건지도 모른다. 유제가 푸흐흐 작게 웃으며 근처 테이블에 엉덩이를 붙였다.

"그냥 너니까, 알 수 있어. 따로 생각을 읽지 않아도."

"……."

"그래서 하고 싶은 말은 뭔데?"

손가락으로 탁자를 툭, 툭 두드리던 여을이 빙긋 웃었다. 이건 그녀가 가진 마지막 패였다. 윤유제를 포함해 자신의 사람들이 궁지에 몰렸을 때 딱 한 번 쓸 수 있는 패.

히든카드, 또는 비장의 카드. 그랬기에 말하는 것도, 알려주는 것도 신중해야 했다. 여을이 꽤나 장난스럽게 웃다가 뒤를 힐끔 보더니 그의 입술에 입을 쪽, 하고 맞췄다.

갑자기 닿았다가 떨어지는 입술에 유제가 노골적으로 놀란 얼굴을 했다.

"뽀뽀하고 싶어서."

"너, 너……."

"요새 같이 있지도 못했잖아."

진짜 아무렇지 않게 훅, 훅 치고 들어온다. 봄인데 여름처럼 얼굴이 훅훅 달아올랐다. 유제가 한 손으로 자신의 얼굴을 가리며 중얼거렸다.

"……어떻게 한 번을 못 이겨……."

물론 평생 지고 살 생각이기는 했다.

"……우리 아버지 만났잖아. 아버지가, 다른 말은 안 해?"

"어?"

비단 돈을 빌려달라는 말뿐만이 아니라, 그 외의 모든 다른 말들.

"별말씀 안 하셨는데."

이성을 찾은 유제가 조용히 대답했다.

"아, 봉식 씨한테 돈을 빌려서 지니고 계신대. 그래서 목욕도 다녀오고, 구제 옷도 사셨다고."

여을이 저도 모르게 볼 안을 꾸욱 씹었다.

"오늘 씻는 것도, 옷도 다 이 돈으로 하셨어요?"

"어? 아니야, 아니야! 이거는……!"

"아버지가 쓰신 돈은 제가 채워서 넣을게요. 늘 그랬던 것처럼."

아버지에게 했던 말이 떠올랐다. 윤 회장 돈이 아니었던 거다. 그래서? 스스로 물었다. 그 사실을 알아서 어떻게 할 건데? 할수 있는 게 있어? 질문에 대한 답은 같았다.

없다. 그녀는 끝까지 아버지를 없는 사람으로 생각하고 싶었다. 유제를 통해 USB를 받았을 때도 나름 좋은 말을 하려고 나갔었다. 아버지가 돈을 받지만 않았으면, 어색하지만 나름 훈훈한 분위기를 유지할 수 있었겠지.

제 실수에 대해 사과를 하겠다는 이유로 아버지와 만나고 싶지 않았다. 그러면 또 똑같은 일이 반복될 거 같았다.

"여을아?"

어쩐지 넋이 나간 그녀에 유제가 눈앞에서 손을 한 번 스윽 흔들었다.

"어?"

"왜 그래?"

"아니, 그냥. 또, 돈을 빌리셨나 싶어서. 그 외에 다른 말은 없으셨고?"

결혼이라는 단어가 떠올랐다. 지금 이 상황에서, 여을의 상태에 그 단어를 입에 올려도 될까? 결혼이라는 단어가 여을을 부담스럽게 하는 건 아닐까란 생각이 들었다.

아침에 잠에서 깨 제일 먼저 눈을 마주한다거나 퇴근 후의 시간을 함께 보내는 건 굳이 결혼이 아니어도 할 수 있었다.

그는 지금 이 관계로도 만족했다. 아니, 만족하는 척하고 있었다.

"없었어."

여을은 지금 유제가 거짓말을 하고 있다는 걸 알 수 있었다. 유제가 여을을 오랫동안 봐왔던 것만큼, 여을 역시 유제를 오랫동안 봐왔기에 가능한 일이었다.

"참지 말고 그냥 말해."

"……."

"무슨 말을 들었는데? 아니면, 지금 나한테 하고 싶은 말이 뭔데?"

유제의 목구멍에서 여러 말이 얽혔다. 그가 아무것도 모르는 척 빙긋 웃었다.

"그냥."

"그냥?"

"사랑한다고."

그가 욕심을 꾹 누르며 대답했다.

"민석아!"

자신을 부르는 목소리에 공부를 하고 있던 민석이 고개를 퍼뜩 들었다. 다급해 보이는 담임의 얼굴에 민석이 빠르게 머리를 굴렸다.

요 며칠 자신이 사고를 친 것이 있는가. 첫 번째, 동급생의 돈을 뜯었나? 아니다. 두 번째, 지나가던 애의 돈을 뜯었나? 아니다. 세 번째, 음주와 흡연을 하였나? 그 역시 아니다.

"너 인마, 빨리 와!"

"저, 저요?"

민석의 부름에 반 아이들 역시 수군거리기 시작했다. 민석의 소문을 들은 옆자리 학생이 슬금슬금 그를 바라보았다. 요즘 모범생인 척 얌전하게 있더니 역시 오래 못 갔던 모양이다. 반 아이들의 의심 가득한 눈빛에 민석은 억울해졌다.

여을과 유제를 만난 뒤로 바르게 살기로 마음먹었기에 더더욱 억울하다. 도무지 나올 생각을 하지 않는 민석에 답답해진 담임이 안으로 들어와 그의 손목을 잡고 이끌었다.

"왜 이렇게 굼뜨냐!"

"아니, 갑자기 왜……."

담임의 손에 이끌려 가고 있는 방향은 교장실 쪽이었다. 교장실 앞에는 또 왜? 의문이 가득 맴돌고 있을 때 담임이 민석의 모습을 보았다.

단정한 머리에 교복 차림이기는 하지만 와이셔츠 단추는 몇 개 풀어져 있고 넥타이는 어디로 갔는지 모르겠다.

"야, 너 넥타이 어쨌어?"

"가방에요."

"아이고, 교복 좀 똑바로 못 입냐? 단추 채우고, 와이셔츠 바지에 넣어!"

"예?"

"얼른!"

닦달하는 담임에 민석이 꾸물거리며 옷을 집어넣었다. 단추를 채우고 있을 때 담임이 말을 붙였다.

"네 학비 장학금 내줄 분 들어왔다."

"예?"

"잘 보여야 해. 너 성적 충분히 올리고 하면, 네 대학 등록금까지 내준다고 하셨어."

"예에?"

이게 무슨 소리람. 어쩌다가 이렇게 된 건가 싶어 눈을 느릿하게 깜빡였다.

"존댓말 꼬박꼬박 하고, 공손하게 대답하고, 예의 바르게 행동해. 알겠어?"

교장선생님까지 있는 자리에, 평소처럼 틱틱 대듯 말할까 봐 걱정이 태산이다. 민석이 대충 고개를 끄덕이자 담임이 숨을 크게 한 번 들이쉬며 마호가니색 문을 똑똑 두드렸다.

"들어와요."

교장선생님의 다정한 목소리가 들려왔다. 문을 열고 들어가자, 나이 지긋한 교장선생님과 그 옆에 깔끔한 정장을 입은 남자 두 명이 보였다.

이 딱딱한 분위기에 눈치를 보고 있을 때, 교장선생님이 정장

입은 남자들의 맞은편 자리를 가리켰다. 앉으라는 신호였다. 담임이 먼저 앉고, 민석이 주춤거리며 자리에 앉았다.

"여기는 디케이 장학재단 담당자분들이에요. 민석 군, 인사해요."

"아……. 네. 안녕, 하세요."

소년이 어설프게 고개를 푹 숙였다.

"공부하기 힘든 환경에 처해 있는 학생들을 후원하는 아주 훌륭한 장학재단인데."

교장선생님은 이상하게 '훌륭한'이라는 말을 크게 강조했다.

"거기에 민석 군이 적합한 대상으로 뽑혀서요. 게다가 학교를 한 번 자퇴했다가 돌아왔기 때문에 이번에는 그러지 말고 학업에만 집중할 수 있도록……."

"나머지는 제가 설명하겠습니다."

디케이 장학재단이라는 곳에서 나온 사람이 그리 말하자 교장선생님이 고개를 크게 끄덕였다. 일단 그가 품에서 명함 한 장을 꺼내더니 민석에게 슥 내밀었다.

'디케이 장학재단 대표, 고태곤'이라고 적혀 있었다. 태어나서 명함을 처음 받아본 민석이 신기한 듯 눈을 끔뻑였다.

"저희 장학재단이 본교에서 후원하는 학생은 '특별히' 최민석 군뿐입니다."

교장선생님이 '훌륭한'을 강조했다면, 눈앞에 있는 남자는 '특별히'를 강조하고 있었다. 민석은 눈치가 빠르기 때문에 속셈이 있다는 걸 쉽게 알아차렸지만 그게 '무슨 속셈'인지까지는 알 수가 없었다.

"최민석 군이 공부하기에 좋은 환경과 더불어 학교생활 역시 꾸준하고 성실하게 할 수 있도록 후원금을 아끼지 않을 예정에 있고요."

재단의 대표와 교장선생님이 눈을 마주쳤다. 이내 교장선생님이 흐뭇하게 웃었다.

"저희는 민석 군이 좋은 대학을 갈 수 있도록 도울 것이고, 대학을 가서도 후원을 아끼지 않을 겁니다."

가만히 이야기를 듣고 있던 민석이 입술을 달싹였다.

"근데요."

좀 틱틱 내뱉는 어투였던지라, 담임이 몰래 그의 허벅지를 꼬집었다. 공손하게 말하라는 의미였다.

"제가, 좀 엇나가기도 했는데…… 성적이 썩 좋은 편이 아니라서……."

양 손으로 명함을 꼭 쥔 민석이 조심스럽게 대답했다.

"성적이 바닥을 기거든요."

"그렇지만 마음잡고 요즘 열심히! 하고 있습니다."

담임이 쓸데없는 말을 잘라내고는 '열심히'를 강조했다. 재단의 대표는 이미 다 알고 있다는 모양새로 웃었다.

그들 역시 민석이 아니라 성적이 괜찮은 다른 학생을 후원하는 게 어떻겠냐고 몇 번이나 말했었다. 그런데 장학재단에서 부득불 '최민석'을 후원하겠다고 콕 집어 말을 하니 어쩔 수 없는 노릇이다.

"괜찮습니다."

고 대표가 부드럽게 웃더니 교장에게 말했다.

"민석 군과 따로 이야기하고 싶은데, 괜찮을까요?"

"아아! 그럼요, 물론이죠! 박 선생, 자료실 안내해 드려."

"예. 따라오시면 됩니다."

앉은 지 얼마나 됐다고 일어나라고 하는 건지 모르겠다. 엉거주춤 일어난 민석이 담임을 따라 졸래졸래 걸었다. 자신과 장학재단 측이 따로 특별히 할 이야기가 뭐가 있는지 모르겠다.

교장실을 벗어나서는 근처 자료실 쪽으로 걸어갈 때, 학생들의 시선이 힐끔 민석 쪽으로 모였다. 한때 엇나갔던 학생이 포스 넘치는 어른들과 있으니 이번에도 사고를 쳐서 학부모 같은 사람들이 왔다고 생각한 모양이다.

"여기서 얘기하시면 됩니다."

"예. 자리 비켜줘서 감사합니다."

재단의 대표가 민석의 등을 툭, 하고 밀었다. 얼결에 들어간 민석이 딱딱한 의자에 앉았다.

"이렇게 민석 군하고만 있으니 말하기가 좀 편하겠네요."

"……예?"

어른들과 있을 때는 한껏 다정한 기색으로 웃던 남자의 얼굴이 음흉해졌다.

"민석 군에 대해서는 전부 들었습니다."

"예?"

"학교 자퇴했었고, 다시 다닌 지 얼마 안 됐다고 들었어요."

"아, 예……."

"한때 신부산파에 속해 있었다는 이야기도 들었고요."

또 한 번 제 과거가 얽매였다. 죄인처럼 소년이 입술을 물자, 고 대표 말고 옆에 있던 다른 사람이 대답했다.

"손 씻고 공부하기로 마음먹었다면서요? 이봉식 씨가 민석 군 공부시키려고 나름 노력 많이 한 거 같은데."

봉식의 이름까지는 아는 남자에 민석의 몸이 바짝 굳었다. 평범한 사람들이 아니라는 걸 단번에 알 수 있었다. 뭐지, 뭐지. 빠르게 머리를 굴렸지만 한계였다. 왜 이런 이야기를 나눌 때 담임이나 교장은 없는 건지 모르겠다.

"이봉식 씨랑 많이 친했던 걸로 알고 있는데."

"그런데요."

"민석 군이 협조만 잘 해주면, 대학 등록금은 물론이거니와 이봉식 씨 디케이 계열에서 일할 수 있도록 도와주겠습니다."

"……네? 그러니까 성적……."

"아, 물론 공부도 할 수 있도록 도와줄 거고요."

후원의 목적은 학업을 계속할 수 있도록 만드는 게 아니었다. 다른 속내가 있는 얼굴로 젊은 남자가 웃었다.

"윤유제 검사님 댁에서 지낸다고 들었는데."

"……."

"이봉식 씨가 윤유제 검사님한테 따로 건네준 USB가 있다고 들었습니다."

민석이 마른침을 꼴깍 삼켰다.

"그것 좀 저희가 대신 받고 싶은데. 가능할까요?"

무릎 위에 쥔 주먹에 땀이 찼다.

"나쁜 조건은 아니라고 생각하는데요."

아무 말도 하지 못하는 민석을 보며 고 대표 말고 다른 남자가 엷게 미소 지었다. 부담스러워하는 것도 안다. 윤유제 검사의 도움을 받았으면서 그를 배신하라는 말과 마찬가지였으니까.

"USB 전해줄 거면, 이 명함으로 연락 주면 됩니다."

열아홉, 소년이 듣기에는 무겁고 음침한 제안이었다.

민석이 여을의 뒷모습을 힐끔힐끔 쳐다보았다. 원래라면 저녁을 다 먹은 뒤에는 여을을 도왔을 테지만, 오늘 있었던 일 때문인지 발만 동동 구르고 있었다.

거실 탁자 위에 있는 노트북과 USB가 눈에 들어왔다. 아마, 유제가 여을에게는 모든 걸 말했을 것이다. 저 USB가 그런 USB일 수도 있고.

"윤 검사님…… 요즘 퇴근 늦죠?"

"그렇지. 요새 일이 많아서 바쁜 거 같더라."

달그락, 달그락 접시끼리 부딪치는 소리가 조용히 퍼졌다. 작은 소음인데도 불구하고, 시끄럽게 다가왔다.

"오늘 퇴근 몇 시쯤에 하실까요?"

"글쎄……. 구속영장 발부됐으니까, 오늘도 밤늦게 퇴근할걸. 어쩌면 퇴근 못 할 수도 있고."

지금 이 시간이면 한창 서 의원하고 대치하는 중일 거다.

"누나, 저 노트북 해도 돼요?"

"어어. 해도 돼."

여을의 허락이 떨어지자 민석이 탁자에 있는 노트북을 잡았다. 양심이 쿡, 쿡, 쿡, 하고 아파왔다.

고 대표란 사람과 함께 온 남자의 말에 의하면……. 이번 한 번만 도와주면 모든 걸 다 해주겠다고 했다. 아르바이트와 공부를 병행하지 않아도 되고, 등록금을 비롯한 생활비를 내줄 것이라 했다. 그리고 이미 조폭이었다는 낙인 때문에 쉽게 취직할 수도 없는 봉식이 형 역시 책임져 준다고 했다.

여을과 유제에게는 그럴 듯한 직장이 있다. 두 사람 다 공무원이니 큰일이 나지 않는 이상 잘릴 위험도 없다. 하지만 자신과 봉식은 아니지 않는가. 민석은 봉식의 손에 있던 USB가 지금은 유제에게 있다는 걸 알고 있다.

"아, 맞다. 민석아 노트북에 연결된 USB는 건들면 안 돼."

"이게, 뭔데요? 중요한 거예요?"

"그거……."

말을 하던 여을이 멈칫했다. 윤 회장과의 대화가 녹음되어 있는 녹취록이다. 그녀가 마른 입술을 한 번 핥고는 얼버무렸다.

"나중에 유제한테 줘야 하는 거."

"아……."

혹시 봉식이 준 USB가 이건가. 민석이 마른침을 삼키면서 뒤적거렸다. 안에는 '녹취기록물1'이라는 파일이 저장되어 있었다.

이거다. 다시 한 번 민석의 마음이 흔들리기 시작했다.

그런데 이 모든 일이 끝나면? 이 모든 사건들이 끝나면 봉식은 어떻게 되는 걸까. 정의를 행한 것에 대한 보상은 누가 해주는가. 그러니까…… 괜찮지 않을까.

"민석아?"

제 이름을 부르는 여을에 민석이 멈칫했다. 자신을 뚫어져라 보는 여을을 보니 다시 한 번 가슴이 찔렸다. 힘들었어도 여을은 바르게 살아왔다. 여을과 달리 편하게 선택하려는 자신에 민석이 입술을 꾹 깨물었다.

"누나……."

"왜 그래? 식은땀까지 흘리고."

대충 저녁 준비를 끝낸 그녀가 걱정이 된다는 듯 물었다. 집이 덥나? 그녀가 그 말을 짧게 중얼거리면서 거실 옆의 베란다 문을 살짝 열었다. 따뜻한 봄바람이 방 안으로 들어오고 있었다.

이런 행동을 하고 나면, 후에 여을을 똑바로 바라볼 수 있을까. 민석은 여을에게 떳떳한 사람이 되고 싶었다. 제 첫사랑이 멋지고 강인한 사람이었기 때문에, 그와 똑같은 사람이 되지는 못한다 하더라도 나쁘지 않은 사람으로 기억되고 싶었다.

"……아무것도 아니에요."

자신은 왜 열아홉의 여을만큼이나 강인하지 못하고 나약한 걸까. 알 수가 없었다.


"후우……."

집주인이 없는 집 안에서 민석이 홀로 서 있었다. 여을의 말대로라면 유제가 퇴근을 하려면 아직 시간이 남아 있었다.

민석이 제 손에 들린 USB를 보다가 눈을 질끈 감았다. 지금 이럴 때가 아니라 공부를 해야 하는데 집중은 되지 않는데다가, 들고 있는 USB나 필통 안에 있는 명함이 신경 쓰였다.

"나중에 유제한테 줘야 하는 USB야."


여을의 목소리가 느릿하게 머릿속에서 울렸다. 봉식 역시 떠올랐다. 조직에 있을 때 봉식이 제게 해주었던 모든 것들이 기억났다. 부산에 내려오자마자 자신을 찾아왔던 사람이다.

가족만큼이나, 아니 가족보다 더 친근한 사람이기도 했다. 결국 견디지 못한 민석이 받았던 명함에 적힌 번호를 꾹꾹 눌렀다.

뚜르르……. 길게 이어지는 연결음에 발로 바닥을 탁탁 두드리고 있을 때였다.

[예, 전화 받았습니다.]

"아, 안녕하세요."

[누구십니까?]

오늘 학교에서 들었던 것보다 훨씬 딱딱한 목소리였다. 쉽게 동일인물이라고 생각하지 못할 정도였다. 바짝 굳은 민석이 우렁차게 대답했다.

"오, 오늘 명함 받았던 최민석입니다."

[아, 민석 군.]

이제야 오늘 낮에처럼 다정한 목소리가 들려왔다.

[생각 다 해봤어요?]

"……네."

민석이 손에 들려 있는 USB를 쳐다봤다. 한 번 꾹 움켜쥐었다가 조심스럽게 대답했다.

[어떻게 하겠어요?]

"드리면…… 학비랑 생활비, 그리고 봉식이 형 취직도 해결해 주시는 거 맞으시죠?"

[물론이죠.]

민석이 잠시 침묵을 유지하자 상대편이 말을 마저 이었다.

[대학 가서 학점만 어느 정도 유지하면, 민석 군도 이쪽에서 일할 수 있습니다.]

"……."

[민석 군의 장래를 생각하면 나쁜 제안 아니잖아요?]

"……그렇, 죠."

매번 바닥 같은 인생을 살았기 때문에, 보장된 미래가 유달리 크고, 달콤하게 다가왔다. 생각을 끝낸 얼굴의 민석이 대답했다.

"USB 들고 있는데."

이번에는 상대편이 말이 없었다.

"이거 어떻게 드리면 돼요?"

덜덜 떨리는 민석의 목소리에 뒤에 작은 웃음소리가 들렸다. 자기가 사람을 시켜 학교 앞에서 기다리겠다는 말이 얼핏 들려왔다.

[잘 결정했습니다. 현실적인 선택이니까, 너무 죄책감 가지지 않아도 돼요.]

"……."

[일이 마무리되는 대로, 봉식 씨랑 함께 지낼 수 있는 집 구해 놓을 테니 윤 검사님 집에서 나올 준비하시고요.]

"……네."

[그럼, 내일 뵙겠습니다.]

"네."

간단한 인사를 마지막으로 전화가 끊겼다. 고작 몇 마디 나누었을 뿐인데 온몸에 기력이란 기력 전부가 빠져나간 듯했다.

민석이 바닥에 털썩 앉아 한숨을 푹 내쉬었다. 여을이나 유제는 매번 이런 사람들하고 마주쳤을 게 분명했다.

"……대단하다, 진짜."

두 사람 전부. 마른세수를 한 민석이 USB를 가방의 작은 주머니에 챙겨둘 때였다. 삑, 삑, 삑. 도어락 누르는 소리에 죄지은 사람처럼 놀란 민석이 흠칫했다.

이내 삐릭, 소리가 나면서 문이 열리자 민석이 후다닥 방에서

나왔다. 한 시간은 더 있다가 퇴근할 줄 알았던 유제가 제 앞에
있었다.

"유, 윤 검사님. 일찍 오셨네요."

"일찍?"

유제가 손목에 찬 시계를 한 번 보고는 대답했다.

"일찍 온 건 아닌데?"

그러고는 눈을 갸름하게 뜬 유제가 이상하다는 듯 대답했다.

"뭐, 죄라도 지은 얼굴이다?"

"아, 아니거든요!"

"그렇게 발끈하니까 더 그런 거 같네."

농담이겠지만, 농담 같지가 않았다. 피식 웃은 유제가 신발을
벗고는 안으로 들어왔다. 민석은 종종걸음으로 유제의 옆을 따
라갔다.

"근데 윤 검사님, 지금 하는 일 언제 끝나요?"

"글쎄. 짧게 잡으면 내년쯤에 끝나려나."

"내년이요?"

"왜?"

"아니, 내년이면 저도 이제 성인 되니까…… 나가야 하잖아요.
그래서……."

"계속 있어도 되는데?"

겉치레로 하는 말이 아니라, 정말 진심이었다. 부엌으로 들어
간 유제가 식탁 위에 있는 샌드위치를 보며 피식 웃었다. 여을이
만들었을 게 분명했다.

"그래도 어떻게 계속 신세를 져요……."

"나도 혼자 있는 것보단 같이 지내는 편이 더 좋아. 너 고등학

교 졸업할 때까지는 머물러도 괜찮고."

유제가 샌드위치를 크게 한 입 베어 물고는 웃었다. 고등학교 1학년을 끝내자마자 자퇴를 했던지라 지금은 2학년 수업을 듣고 있었다. 원래라면 1년만 있어도 될 것을, 고등학교 졸업 때까지라고 하면 2년은 더 지내도 된다는 말이었다.

"네가 불편하지 않으면 대학 가서도 여기서 지내도 돼. 집에서 나가면 여을이도 외로워할 테니까."

민석의 마음 한구석이 묵직해졌다.

고마우면서도 미안했다. 민석이 뒷목을 쓸면서 유제를 힐긋 바라봤다. 이런 행동까지 한 데다가, 자신은 여을을 좋아하기까지 하는데……. 새삼 소년의 양심이 쿡쿡 찔려왔다.

민석은 스스로가 신기하게 느껴졌다. 자퇴하기 전에는 이런 거에 양심을 찔려 하는 애가 아니었는데. 빚을 졌기 때문인 건가 싶었다.

"아니면 집 나가려는 이유."

"네?"

"구여을 때문인가?"

민석은 그게 무슨 말이냐고 물어보지 않았다. 그리고 유제 역시 굳이 덧붙이지 않았다. 아무 말 하지 않고 보기만 하는 눈빛이, 다 알고 있다고 이야기하는 것 같았다.

"따, 따, 딱히 그런 거 아닌데요."

"말 너무 많이 더듬는다."

아씨. 민석이 작게 중얼거리며 눈을 질끈 감았다. 열아홉 남고생의 첫사랑인 모양이다. 그가 킥킥 웃으면서 샌드위치를 와작 먹었다.

"이거 여을이가 만든 건가?"

민석이 유제의 외투를 받아 들면서 고개를 저었다.

"제가 만든 건데요."

"네가?"

"네."

"솜씨가 좋네."

"저 라면이랑 이런 요깃거리는 되게 잘해요."

어쩐지 자랑이 하고 싶은 눈치에 유제가 킬킬 웃었다.

"윤 검사님."

"왜?"

민석이 진지하게 저를 부르자, 유제는 방으로 들어가다 말고 그를 돌아봤다. 왜 아무 말도 하지 않고 보기만 하는 건지 모르겠다. 하고 싶은 말이 따로 있는 듯한데 입을 열지 않는 민석이 이상했다.

"죄송해요."

뭐가? 라고 묻기도 전에 민석이 말을 급히 덧붙였다.

"그리고 감사했습니다."

왜 감사 인사가 과거형이냐고 묻기도 전에 민석이 후다닥 저가 쓰는 방 안으로 들어갔다.

△

"증인 서겠다고 해주셔서 감사합니다."

"어유, 뭘요."

봉식이 머리를 벅벅 긁었다. 애초에 USB를 들고 유제의 앞에 갔을 때는 이런 것도 예상한 채였다.

"많이 바쁘신 모양이시네요."

"뭐……."

유제가 집무실 책상을 내려다보았다. 서류가 한가득인 게 한눈에 봐도 바쁜 상황이었다. 하물며 한 사건만 맡을 수는 없는 노릇이었기에 몸이 열 개라도 부족했다.

부사장과 서 의원은 어떻든 간에 구속이 될 거다. 돈을 받았던 증거가 명백했으니까. 서 의원은 뇌물 혐의로, 부사장은 뇌물과 더불어 협박죄까지 덧붙여질 거다.

관련된 사람들이 항소하는 걸 생각해 보면 최소 1년은 잡아야 할 일이었다.

"오늘 뇌물 수수 비리 기사 떴더라고요."

"굵직한 사람들이 구속영장 받았으니까 당연한 상태죠."

"저도…… 막, 구속되겠죠?"

애초에 떳떳하게 살아 온 삶이 아니었으니까 그랬다.

"정상참작 될 가능성도 있으니까 너무 우울해하지 않아도 됩니다."

제일 중요한 USB를 건네준 사람이 봉식이었으니까 당연히 정상참작 되어야 했다. 봉식이 어설프게 웃으며 뒷목을 쓸었다. 아마, 민석을 만나지 않았더라면 봉식은 여직 돈 배달이나 하면서 살았겠지.

"민석이 잘 부탁드립니다."

"……."

"제가 민석이 때문에 정신 차린 거거든요."

"민석이 때문에요?"

"네. 그냥, 민석이 보면 저 십대 때가 떠올라서요. 민석이에게서 절 본 거 같아요."

낯부끄러운 말을 하려고 하니 봉식이 부끄러운 듯 코를 한 번 훔쳤다.

"민석이가 윤 검사님 존경하는 거 같아서 다행입니다. 목표를 하는 사람이 있으면, 그 사람처럼 살려고 노력하잖아요."

봉식의 말에 별다른 부정은 하지는 않았지만 유제는 그와 생각이 달랐다. 민석이 목표를 잡은 사람은 자신이 아니라 구여을이다.

여을과의 대화로 인해 마음을 고쳐먹었고, 다시 학교를 다니겠다고 했고, 아르바이트를 시작했다. 영향을 준 사람은 자신이 아니었다. 민석은 닮은 사람이 너무 많았다. 봉식을 닮기도 했고, 그리고 유제를 닮기도 했다.

가만히 있던 유제가 입술을 달싹였다.

"고맙다는 말은 여을이한테 하는 게 좋을 거 같네요. 여을이로 인해 바뀐 거니까요."

봉식이 끙 앓는 소리를 했다.

"그리고 민석이에 대해서라면 저보다 여을이가 더 잘 알 겁니다."

늘 함께 저녁을 먹는 사람이 여을이었고, 민석이가 아르바이트가 늦게 끝난다 싶으면 데리러 가는 사람도 여을이었다.

나이 차이 많이 나는 누나, 동생 같기도 했다. 여을이 이런 말을 들었다면 아마 '누나, 동생이 아니라 이모, 조카 사이겠지.'라고 대답할 거다.

그가 테이블 위에 올려두었던 물을 한 모금 마셨다. 정작 최민석 쪽은 여을을 누나나 이모처럼 보지 않는 모양이었지만.

"3층이 기록관리실이니까 얼굴이라도 한 번 보고 가는 건 어떻습니까?"

으으, 싫지만 민석이를 잘 봐준 건 여을이었다는 이야기를 하니 그냥 무시할 수가 없었다. 봉식이 알겠다는 듯 고개를 끄덕이면서 자리에서 일어났다.

뭐라고 말하지. 그때는 미안했다? 민석이를 잘 부탁한다? 게다가 어젯밤에 전화가 와서는 미안하다고 했던 민석이 신경 쓰였다.

계단을 몇 칸 내려가자 '기록관리실'의 팻말이 걸려 있는 사무실을 보며 그가 끙 앓는 소리를 냈다. 문손잡이를 잡고 돌리려는데 뒤에서 목소리 하나가 들려왔다.

"관계자 외 출입금지입니다."

"아, 깜짝아!"

깜짝 놀라 뒤를 돌아보니 앞머리를 내린 여을이 눈에 들어왔다. 와씨, 깜짝아. 저도 모르게 욕을 내뱉을 뻔한 봉식이 제 심장을 부여잡았다.

"무슨 일이세요?"

"아, 그게, 윤 검사님 뵈러 왔다가…… 그, 뭐냐, 아, 근데 왜 갑자기 뒤에서 나타나요!"

"지금 저한테 화내신 거예요?"

"아뇨, 그건 또 아니고……. 아우, 그냥 구 선생님 뵈러 왔습니다!"

"그런 거 같네요."

봉식이 기록실에 볼일이 있는 사람이 이 선생님일 리 없으니까. 그녀가 어디 한 번 말해보라는 의미로 턱을 치켜세웠다.

"그때, 오지랖 부려서 진짜 죄송하고요."

"네."

"민석이, 보살펴 주셔서 감사합니다."

"……."

"윤 검사님한테, 민석이 마음 다잡게 한 사람 구 선생님이라 들었습니다."

자신이 이런 감사 인사를 들을 처지에 있나? 여을은 짧게 자문했다. 방금까지 민석과 전화 통화를 한 여을은 죄책감으로 인해 마음이 무거웠다.

"어른이니까, 해야 하는 행동이라고 생각해요."

"그래도…… 민석이가 소매치기까지 했다면서요? 그런데도 보살펴 주는 건 힘들잖아요."

"……."

"제가 뭘 어떻게 보답할 수 있는 부분이 있으면 좋겠는데 그런 게 없어서요."

"이봉식 씨가 증언해 주시는 것만으로도 충분합니다."

저번의 그 일 때문에 차갑게 대할 줄 알았는데 딱딱하지만 꼬박꼬박 대답을 해주는 것으로 보아 원래 성격이 차가운 건가 싶었다. 눈을 데굴데굴 굴리던 봉식이 눈치를 보다 조심스럽게 물었다.

"그…… 어제 민석이가 저한테 전화를 했거든요."

한 마디에 여을의 몸이 살짝 움찔했다.

"그런데요?"

"민석이가…… 그냥, 전화해서 자기 일 얘기하다가……. 미안하다고 하던데 혹시 아는 거 있으세요?"

"……네?"

"예를 들어서 애들 삥 뜯었거나, 학교에서 문제 일으켰거나."

학부모 같은 모양새로 안절부절못하는 봉식에 그녀의 어깨에서 힘이 주르륵 빠졌다.

"그런 일 없었습니다."

"그럼 왜 그러는지 이유는 잘 모르시고요?"

"네."

"그렇구나……. 저기, 혹시 민석이한테 무슨 일 생기면 꼭 말해주세요."

"……."

"염치없지만, 제가 부산에 있어도 이번 사건 마무리되면, 저도 형 살게 될지도 모르니까……. 아, 물론 정상참작 될 수도 있지만요."

봉식이 고개를 꾸벅 숙였다.

"계속 부탁만 드려서 죄송합니다."

"아니에요."

계속 인사만 하는 봉식에 그녀가 아니라는 듯 고개를 저었다. 그녀가 이번에 한 행동은 어른으로써 해야 하는 행동이었는지, 아니면 하지 말아야 할 행동이었는지 모르겠다.

말을 마무리한 봉식이 계단을 내려가는 게 보였다. 그 뒷모습을 빤히 보고 있을 때, 손에 쥐고 있던 핸드폰이 위잉, 울리기 시작했다.

늘 오는 아버지의 전화가 아니었다. 핸드폰 화면 가득히 뜨는 '민석이'라는 발신자에 그녀가 저도 모르게 마른침을 꼴깍 삼키며 비상구 계단 안으로 들어갔다.

"여보세요?"

[누나, 저 지금 학교 마쳤어요.]

"그럼 지금 만나러 가니?"

[네. 학교 앞으로 왔대요.]

"그래? 일단 함부로 나가지 말고, 슬쩍 봐봐."

[그렇잖아도 지금 보고 있어요. 애들이 막 비싼 차 학교에 왔다고 하고, 담임쌤이 장학재단에서 저 기다리고 있다고 말하고 있어서요.]

"혼자 왔어?"

[잠시만요…….]

수화기 건너편에서 하교 중인 아이들의 목소리가 소란스럽게 들려왔다.

[그, 대표라고 말했던 분은 안 오고요. 김 비서라는 분만 와 있어요.]

"USB는 챙겼지?"

[네.]

"그래, 혹시 모르니까 주고 나서 누나한테 다시 전화해. 알겠지?"

[누나, 근데 이거 진짜 줘도 되는 거예요?]

얼굴이 보이지 않았지만, 안절부절못하는 민석의 모습이 눈앞에서 그려졌다. 아마 그녀가 유제를 배신하는 건 아닐까, 걱정을 하고 있는 모양이다.

"줘도 되는 거야. 그거 주고 그냥 바로 나와."

[누나…….]

"너 아직 미성년자고, 네가 다치지는 않아야 할 거 아니야. 맞지?"

[하지만.]

"아무 일도 안 생길 거야. 그러니까 누나만 믿고 주고 나와."

[……네. 알았어요. 믿을게요.]

그 말을 마지막으로 전화가 뚝 끊겼다. 여을의 어깨에 힘이 바짝 들어갔다. 제발 아무 일도 없어야 할 텐데. 그녀가 눈을 질끈 감으며 기도하듯 핸드폰을 꼭 잡았다.


"……아무것도 아니에요."

"아무것도 아닌 얼굴이 아닌데? 무슨 일 있었어?"


어제 자신을 붙잡고 걱정하는 여을에 민석은 두 눈을 질끈 감을 수밖에 없었다. 적어도, 여을 앞에서만큼은 떳떳한 사람이 되고 싶었다. 그리고 자신을 도와준 유제의 발목을 잡는 사람이 되고 싶지도 않았다.

은혜를 배신으로 갚을 수는 없는 노릇이었다.


"어제, 디케이 장학재단에서 저 찾아왔었어요."

"뭐?"

"고등학교 학비랑, 대학등록금이랑 생활비까지 대준다고 했어요……. 그리고 봉식이 형 디케이 계열에 취직시켜 주겠다고."

"누가?"

"재단 대표란 사람이랑…… 그, 어떤 비서라는 분이……."

그 말을 끝내자마자 표정이 싸늘해지는 여을이 눈앞에 생경했었다. 민석이 어떤 생각을 하고 있는지도 모르는 담임은 옆에서 연신 당부를 했다.

"민석이, 너 잘하고 와. 공손하게 굴고."

제 등을 툭툭 두드리며 말하는 담임에 민석이 어설프게 웃었다. 아무것도 모르는 담임의 속은 편한 듯했다. 민석이 마른침을 꼴깍 삼켰다.

"그냥 생활비 대주겠다고는 안 했을 거 아니야? 너한테 뭐라고 했는데?"

"봉식이 형이 윤 검사님한테 준 USB가 있을 거라고……. 그거 좀 들고와 줄 수 있느냐고 했어요."

어떻게 해야 할지 모르겠다고 말하는 민석을 여을은 꼭 안아 줬다. 등을 쓸면서 괜찮다고, 얼마나 마음 졸였느냐고, 자신이 알아서 하겠다고 얘기해 주기도 했다. 안심이 되면서도 한편으로는 괜히 여을에게 말했나, 유제에게 말할 걸 그랬나, 저번처럼 신부산파 사람들에게 여을이 잡혀가는 거면 어쩌지, 그런 걱정들이 민석의 머릿속에 가득 찼다.

"이거."

그리고 여을은 민석에게 USB 하나를 쥐어줬다.

"이거 그 사람들한테 줘."

제 손에 있는 USB를 보며 민석이 숨을 크게 들이켰다. 신부산파의 일에 왜 디케이 장학재단 대표란 사람이, 비서란 사람이 끼어드는 건지 모르겠다. 그리고 하필 왜 자신에게 이러는 건지 그 이유도 모르겠다.

다만 확신할 수 있는 건, 여을이나 유제가 단순한 조폭들을 상대하고 있는 게 아니라는 점이었다.

"민석 군."

민석을 발견한 김 비서가 방긋 웃으며 그의 앞으로 다가왔다.

"차에 타요."

"아, 근데 제가 오늘 아르바이트가 있어서요……."

"아르바이트요?"

"네."

민석이 양 손으로 가방끈을 꽉 쥐었다.

"그냥 근처 카페에서 드리면 안 될까요?"

"……뭐, 저희도 빨리 받는 게 좋죠. 저녁은 안 먹어도 돼요?"

"네."

"그럼 가죠."

학교 근처에 있는 프랜차이즈 카페로 두 사람이 걸음을 옮겼다. 정말 이거 줘도 되는 거겠지. 여을이 유제를 배신할 거란 생각은 하지 않는다.

민석이 여을을 믿는 것처럼, 여을 역시 유제를 믿고, 유제 역시 여을을 믿고 있다. 그가 아는 구여을이라는 사람은 상대가 주는 믿음을 배신하는 사람이 아니었다.

학교 주변이라 그런지 카페 안에는 학생들과 학부모로 보이는 사람들이 많이 있었다. 민석이 눈치를 보며 자리에 앉자 김 비서가 물었다.

"뭐 마시고 싶은 거 있어요? 고등학생들은 뭐 좋아하지?"

"아, 전 안 마셔도 되는데……."

"괜찮아요. 마셔도 돼요. 얼마 한다고."

민석의 거절에도 김 비서가 대수롭지 않은 표정으로 음료 두 개를 주문하고는 자리에 앉았다.

"어제 통화할 때는 많이 긴장한 거 같던데. 지금은 괜찮아요?"

"아…… 네."

"그래, 너무 긴장할 필요 없어요. 민석 군은 아무것도 몰랐다는 듯이 굴면 돼요."

사람 좋게 웃는 얼굴이 끔찍하다. 모든 어른들이 여을과 유제 같지는 않다는 걸 잊고 있었다. 여태까지 안락한 삶을 영위해 왔던 거다.

"그래서 USB는?"

"여기, 있어요."

민석은 양 손에 꼭 쥐고 있던 USB를 테이블 위에 올려두었다. 김 비서가 방긋 웃으면서 USB를 받아들었다. 간단한 거래였기 때문에 더 이상 말을 주고받을 이유도 없었다.

"저, 이만 가봐도 돼요?"

"마실 건 받고 가요."

김 비서의 포스에 짓눌린 민석이 고개만 끄덕였다. 김 비서가 음료를 들고 민석에게 건넸다.

"민석 군이 도와준 거에 대한 보답은 톡톡히 할 거예요."

"……그, 학비랑 생활비 얘기요?"

"한 개 빼먹었네요."

김 비서의 입술 끝이 빙그레 올라갔다.

"이봉식 씨 취직까지요."

"……."

"줘서 고마워요."

손에 들린 USB를 가볍게 흔든 김 비서에 민석이 입술을 꾹 깨물고는 자리에서 일어났다.

"그럼 저는 이만, 아르바이트 하러 가볼게요."

허리를 꾸벅 숙였다.

"그리고 저 스무디 안 먹어서요. 김 비서님, 드세요."

받았던 스무디 역시 김 비서 쪽으로 넘기고는 민석이 부랴부랴 카페에서 빠져나왔다. 신부산파에 있을 때랑은 차원이 다른 나쁜 짓을 한 거 같았다. 혹시나 저들이 쫓아오는 건 아닐까 싶어 뒤를 힐끔 봤지만, 그들도 민석에게 볼일이 끝난 모양인지 따라오지는 않았다.

카페에서 한참 멀어지고 나서야 그가 안도한 듯 어깨를 축 늘어뜨렸다.

"졸려 뒤지는 줄 알았네."

요새는 어지간해서 욕도 안 하고 있었는데 이번만큼은 욕을 안 할 수가 없었다. 학생인 자신에게까지 이러는 걸 보면 어지간하게 나쁜 놈들인 모양이다.

휴, 마음이 살짝 놓인 민석이 핸드폰을 다시 꺼내 들고는 여을에게 전화를 걸었다. 민석의 전화를 기다리고 있었던 모양인지, 연결음은 오래 가지 않았다.

[민석아, 만났어?]

"네. 지금 주고 헤어졌어요."

[따라오지는 않고?]

"네."

[녹음은 했니?]

"하기는 했는데…….  별다른 말이 없어서요. 이게 도움이 될지는 모르겠어요."

[없는 것보단 나으니까 괜찮아.]

민석이 무사히 빠져나온 걸 안도한 모양이다. 바짝 긴장해 있던 여을의 목소리가 한결 편해졌다.

"그런데 그 사람들한테 준 USB 뭐예요?"

가장 궁금한 점이다. '녹취기록물1'이라고 저장되어 있던 걸 보면 아무 자료가 아니지는 않을 텐데.

[그 사람이 들으면 엄청 화낼 만한 거.]

"네?"

여을이 지칭하는 '그 사람'이 누군지 모르겠다. 그리고 화내다니?

[고생했어, 민석아. 이런 일 시켜서 미안해.]

"아니에요."


"저도 조금은 누나나 윤 검사님한테 도움이 된 걸까요?"


민석은, 안절부절못하며 털어놨을 때 제 손을 꼭 잡았던 여을이 떠올랐다.


"엄청. 무척이나."

여을은 전에 비할 데 없이 다정한 눈빛이었다.

"넌 엄청 큰 용기를 내서 말한 거야. 대견하다."

USB를 든 김 비서가 윤 회장이 지내는 펜트하우스 꼭대기 층으로 올라갔다. 집 앞을 지키고 있던 남자들이 김 비서를 확인하고는 고개를 꾸벅 숙였다.

부산에 내려온 지 꽤 되었지만 윤 회장은 서울로 올라갈 생각이 없는 듯했다. 김 비서가 복도를 지나 안으로 들어가자 익숙한 윤 회장의 뒷모습이 보였다.

"회장님, 다녀왔습니다."

"USB는?"

"들고 왔습니다."

"그래, 고생했다."

"이봉식이 감시는 그만둘까요?"

"아직은 계속 감시하고 있어라."

"네. ……USB 연결할까요?"

"그래, 틀어봐라."

윤 회장이 거실 소파에 엉덩이를 붙이고는 퍽 거만한 자세로 김 비서에게 턱짓을 했다. 김 비서가 노트북과 USB를 연결했다.

'녹취기록물1'이라고 되어 있는 파일을 김 비서가 몇 번 클릭

했다. 1분 남짓한 짧은 녹취물이었다. 뭔가 작업을 했는지 지지직거리는 이상한 소리가 짧게 들렸다.

[그러게, 또 왔군. 두 번 다시 안 볼 거처럼 나갔는데 말이야.]

들리는 목소리는 이봉식과 신부산파의 두목 박 씨가 아니었다. 윤 회장 본인의 목소리였다. 제 목소리가 들릴 거라 생각하지도 못한 윤 회장이 자세를 고쳐 앉으며 인상을 찡그렸다.

당황한 건 김 비서 역시 마찬가지였다. 최민석에게 말한 USB는 이게 아니었다. 음성을 끄려고 하자 윤 회장이 놔두라는 듯 손짓했다. 윤 회장과 여을의 목소리가 번갈아 들려왔다.

[아버지가 조금 쓰신 거 같은데, 그 돈은 제가 채워서 넣었고요. 저희 아버지랑 만나지 마세요.]

[내 성의 표시였어.]

음성이 또 한 번 잘리면서 지지직거리는 소리가 들렸다.

[서 의원한테 돈 주셨죠?]

[서 의원하고 박 부사장한테 돈 줬던 것처럼 저도 돈으로 쉽게 살 수 있을 거라 생각하셨던 것 같아서요.]

[그래.]

그 대화에 윤 회장이 멈칫했다. 바짝 굳은 표정과 더불어 김 비서의 얼굴 위로도 난색이 떠올랐다.

[잘난 의원들 하고, 언론인들, 검사들도 돈 먹고 내 뜻대로 됐는데.]

[네 까짓 것한테 돈 먹고 떨어지라고 말한 게 뭐가 잘못 됐나? 이 정도 액수면 적은 액수도 아닐 텐데.]

그 대화를 끝으로 음성이 끝난 거 같았다.

"이게 뭐야."

윤 회장이 벌떡 일어나서는 김 비서에게 말했다.

"이게 어떻게 된 거야!"

집 안에 윤 회장의 고함소리가 크게 울렸다. 당황한 건 김 비서 역시 마찬가지였다. 그는 분명 민석에게, 어떤 USB를 원했는지 똑똑히 설명했다.

"너 이 새끼 일처리 똑바로 못해?!"

"하지만 최민석이 준 USB는 이거였습니다."

"뭐?"

윤 회장이 화가 잔뜩 난 기색을 보일 때였다. 잠시 정적을 유지하던 USB에서 나머지 소리가 들려왔다.

[많이 당황하셨죠?]

구여을의 목소리였다. 순간 여을이 이곳에 있는 줄 알았던 윤 회장의 시선이 문 쪽으로 향하다가 이내 노트북으로 돌아왔다.

[당황해하실 윤 회장님의 모습이 눈에 선하네요.]

하하, 작은 웃음소리가 마저 들렸다. 윤 회장이 주먹을 꽉 쥐었다. 성질머리 같아서는 노트북을 던지고 싶은 마음이 컸는데, 그럴 수 없는 건 여을이 무어라 지껄이는지 아직 전부 듣지 못했기 때문이다.

[제가 말씀드렸잖아요. 아버지랑 민석이, 건들지 말라고요.]

"구여을……!"

[제가 그때 신부산파 사람들 손에 순순히 끌려간 것도, 그 사람들이 민석이는 건들지 않겠다고 말했기 때문이란 거. 잊으셨어요?]

여을의 목소리가 USB에 저장되어 있었지만, 꼭 그녀가 이곳에 실재하는 거 같았다. 김 비서는 꼭 윤 회장과 여을이 대치하는 것처럼 느껴졌다. 며칠 전 여을이 왔을 때, 사무실 문 너머로 대화가 들리던 그 순간처럼 말이다.

한낱 계집애에게 농락당했다는 점 때문인지 윤 회장의 얼굴이 분노로 시뻘게졌다.

[윤 회장님.]

그녀의 목소리에서 옅은 웃음기가 사라졌다. 여을이 차분하게 말을 마저 이었다.

[저는 유제에게 이 녹취물을 갖다 줄 겁니다.]

"뭐?"

[유제가 바른 일을 하고 싶어 한다면 그 누구보다 도와줄 거고요.]

[이건 다 회장님께서 자초하신 일입니다.]

"망할년!"

결국 참지 못한 윤 회장이 노트북을 던졌다. 펜트하우스 안에 있던 청자가 노트북과 부딪쳐 와장창! 소리와 함께 산산조각이 났다.

씩씩거리는 윤 회장을 보며 김 비서의 몸이 바짝 굳었다. 불똥이 제게 튈까 두려웠기 때문이다. 비서가 마른침을 꼴깍 삼키고 윤 회장의 분노가 잠잠해지기만을 기다릴 때였다.

"박 씨 만나고 와."

"예?"

"예는 무슨 예? 야!"

윤 회장의 손이 습관적으로 올라갔다가 스르륵 내렸다. 분노를 꾹꾹 누르며 윤 회장이 말을 이었다.

"박 씨한테 구여을이 그거 처리하라고 해."

"하지만, 회장님."

"뭐."

"너무 위험합니다."

현재 윤 검사 수중에 있는 사람을 어떻게 만나고 온단 말인가.

구여을이 청사 내에서 일하는 공무원이라는 점, 그리고 구여을 옆에 윤유제가 있다는 점. 이 두 가지가 모든 걸 위험하게 만들었다.

"도련님께서 아시면."

"야, 이 새끼야. 넌 지금 윤유제 그 새끼가 중요하단 거야? 어!"

윤 회장은 지금 이성적으로 생각할 수 있는 능력을 전부 잃어버린 사람 같았다. 숨까지 헐떡이던 그가 두 손으로 머리를 쓸어넘겼다.

"후우……."

애써 진정한 윤 회장이 부서진 청자를 보며 말했다.

"박 씨한테 전해. 밑에 놈들 시켜서 처리 성공하면 비싼 변호사 붙여주고, 한국 뜨게 해줄 거라고."

최대한 이성적으로 굴 요량인 듯했지만, 그는 아직도 비이성적인 듯했다.

"최대한 빨리 처리하라고 해. 알겠어?"

윤 회장이 짓씹듯이 중얼거렸다.

"구여을이…… 이게 사람을 갖고 놀아……."

이 계집애가 유제와 처음 만났을 때부터 이랬어야 했다.

분노로 인해 윤 회장의 아래턱이 바들바들 떨리고 있었다. 망부석처럼 서 있는 김 비서를 향해 윤 회장이 소리를 버럭 높였다.

"당장 안 가고 뭐 해!"

"예, 알겠습니다!"

바짝 굳어 있던 김 비서가 빠르게 펜트하우스를 벗어났다. 김 비서는 분노 때문에 제정신을 유지 못하고 있는 윤 회장을 보며 질린 듯한 얼굴을 했다.

지금은 차분하게 주위를 압박할 수밖에 없다고 김 비서는 생각했다. 펜트하우스를 벗어난 김 비서가 사람을 대동해서 간 곳은 박 씨의 사무실이 있던 사창가 뒤편이었다.

한 번 형사들이 쓸고 갔던 곳이라 그런지 쉬쉬하는 분위기에 김 비서가 주위를 돌아보다, 박 씨가 관리하던 룸살롱 안으로 들어갔다.

'영업 안 함'이라는 문패가 걸려 있었지만 김 비서가 아랑곳하지 않고 문을 열었다.

"장사 안 해요."

룸살롱 안에서 퍽 앙칼진 여자의 목소리가 들렸다.

"장사 안 한다니……."

까요! 라고 말을 마치려고 했으나, 룸살롱 마담은 입술을 꾹 다물 수밖에 없었다. 종종 박 씨와 함께 있던 남자였다.

"박 씨는?"

그 물음에 이내 여자의 눈이 매섭게 치켜 올라갔다.

"오빠가 당신들 필요로 할 때는 버려놓고, 아쉬운 일이 있어 찾아왔어? 나쁜 새끼들!"

씩씩거리면서 화내는 게 꼭 평범한 부부 같았다. 오랫동안 박 씨와 동거를 해온 마담을 보며 김 비서가 테이블에 걸터앉았다.

"그렇잖아도 도와드리려고 온 겁니다."

"뭐?"

"일만 성공하면 박 씨 변호사 선임 비용도 대줄 거고, 최대한 형을 적게 받도록 도와주겠습니다."

윤 회장 밑에서 일한 지 몇 년이 되다 보니, 자신의 행동 역시 그와 똑같아진 듯했다. 흔들리는 마담의 눈빛에 김 비서가 쐐기를 박듯 말했다.

"그쪽도 박 씨 수발 오랫동안 들고 싶지는 않을 거 아녜요."

"진짜, 도와주는 거예요?"

"원한다면 부산 내에서 가장 큰 법무법인의 변호사 선임하게끔 해주겠습니다."

"……뭘, 하면 되는데요?"

"박 씨 만나러 갈 겁니까?"

마담이 고개를 작게 끄덕였다. 이 말을 그대로 전해줄지, 말지는 확신은 서지 않는다. 다만, 이건 그들에게 있어 굉장히 큰 유혹일 거다.

"만약, 박 씨가 전한 말대로 해준다면 변호사부터 시작해서 잠잠해질 동안은 외국에서 지내게 해줄 겁니다. 외국에도 디케이는 있으니 거기서 그럴 듯한 외국지부 담당자처럼 보이게 해드리죠."

"그래서, 본론이 뭔데요. 뭘 하면 되는데요."

영업을 하지 않아 수수한 마담의 얼굴에 긴장감이 잔뜩 서렸다.

"검찰청 기록관리실에 일하는 구여을이라는 여자 한 명을."

"네?"

마담이 퍽 어리둥절한 얼굴을 했다.

"좀 치워줬으면 해서요."

'치운다'라는 말이 그들 사이에서는 '없앤다'와 같았으니, 이렇게만 이야기해도 박 씨는 잘 알아들을 것이다. 김 비서가 연하게 웃었다.

"전해주시겠습니까?"

마담이 홀린 듯 고개를 끄덕였다.

"구 선생, 누가 마중 나왔네."

"네?"

이 선생이 픽 웃으면서 "저기 봐." 하고 대답했다. 이 선생의 시선이 가는 곳에는 익숙한 얼굴이 보였다. 교복 바지 주머니에 손을 넣고 있는 민석이었다.

"민석아?"

청사를 나오자 들리는 여을의 목소리에 퍼뜩 고개를 든 민석이 해맑은 얼굴로 그녀의 앞에 후다닥 다가왔다.

"여기에 어쩐 일이야? 오늘 알바 없어?"

"아, 알바 있긴 있었는데……. 심야 때 형이 사정이 생겨서 오늘 하루만 바꿔달라 해서요."

사실은 거짓말이었다. 심야 때 형에게 오늘 하루만 대신해 달라고 사정사정을 했다. 그리고 이 사실을 굳이 여을에게 말하고 싶지는 않았다. 이 선생이 짓궂게 웃었다.

"구 선생 보고 싶어서 온 거 아니야? 구 선생은 능력도 좋아.

윤 검사에, 연하남에."

"그런 거 아니에요. 애가 들으면 싫어해요."

"에이, 안 싫어요."

"안 싫다는데?"

이 선생의 놀림에 민석이 유들유들하게 받아쳤다. 김 검만큼이나 민석과도 쿵짝이 잘 맞는 이 선생님에 여을이 어이없다는 듯 픽 웃었다.

"그럼 두 사람 잘 가. 난 이쪽이라 가볼게."

"네."

자연스럽게 이 선생과도 헤어지자, 민석과 여을 두 사람만이 남게 됐다. 웃으면서 제 옆을 지키는 민석이 오늘따라 이상했다.

"근데 진짜 무슨 일이야?"

"아니, 그냥요. 누나 퇴근할 때 한 번 맞춰서 와보고 싶었어요. 저 알바 늦게 끝났을 때 누나가 마중 나온 적 있잖아요."

"그건 네가 아직 어리니까."

"열아홉 살이 어리긴 뭐가 어려요."

이제 몇 개월만 지나면 어엿한 성인이다. 여을은 꼭 열아홉 살인 자신을 아홉 살로 보고 있는 듯했다. 그리 보는 게 좋기도 하고, 또 이상하게 싫기도 했다.

앞을 보면서 걸어가는 여을을 민석이 곁눈질했다. 여을이 고등학생 때 마찬가지로 고등학생이었을 유제와 함께 걸었겠지.

첫사랑이란 걸 자각하고 난 뒤, 민석은 꽤나 우울했다. 자신은 어째서 어른이 아닌 걸까, 한 생각. 여을이 잘 익은 사과라면 자신은 이제 막 붉은 기가 조금 도는 청사과였다.

"학교는 다닐 만하고?"

"네."

그렇게 물으며 여을이 옆을 힐긋 쳐다봤다.

"오늘 봉식 씨가 찾아왔더라. 너 잘 돌봐줘서 고맙다고."

"아, 진짜요?"

"응. 어제 봉식 씨한테 전화했다며. 미안해서."

민석이 뒷목을 긁적였다. 자신이 한 번만 비겁했다면 저는 몰라도 봉식은 편한 삶을 살았을 거다. 손을 씻고 안정된 직장을 구할 수 있었겠지. 자신이 편했을 상황보다는 봉식에 대한 미안함이 컸다.

어떻게 보면 봉식이 돈 배달을 하게 된 것도 본인 때문이었으니까. 자신과 함께 조직을 나가기 위해서, 저를 다시 학교에 보내기 위해서.

생각해 보면 자신은 봉식이 형에게 해준 게 없었다.

"이런 말 하면, 저한테 실망하겠지만……."

"응."

집으로 가는 길목의 바람은 조금 더웠다.

"정의감에 불타올라서 한 행동은 아니에요. 양심적이어서 한 행동도 아니고……."

"……."

"누나랑 윤 검사님한테 비난받기 싫어서 한 행동이었어요."

"……."

"제가 조금만 더 비겁했으면, 그 사람이 하는 말 들었을 지도 몰라요."

실제로 그 말을 들었을 때 몇 번이고 흔들렸다. 여을과 유제, 그리고 봉식은 완전히 다른 상황에 놓여 있었으니까. 돈 배달을 했다는 이유로 교도소에 가고, 출소하면……. 봉식의 상황은 더 나빠질 게 분명했다. 그런데도 민석은 결국 옳은 길로 움직였다.

민석이 민망한 듯 웃었다. 당당한 사람이 되고 싶어서 한 행동이었지만, 그래도 당당하지를 못했다. 유혹에 흔들렸던 자신을 알기 때문이리라.

"그래도 이렇게 하는 게 옳기에 한 행동이잖아."

"……."

"어떤 선택에도 후회는 남아."

"누나."

그녀가 작게 말을 이었다.

"다만, 후회를 더 작게 할 쪽을 선택하는 거겠지."

"……."

"네가 그 선택을 했다 해서 봉식 씨가 널 원망할 거라 생각하지는 않아. 네가 아는 봉식 씨도 그럴 거 아니야."

민석이 작게 고개를 끄덕였다. 오히려 봉식은 장한 행동을 했다고 웃을 사람이었다. 자신이 봐온 봉식은 그랬다. 제 주변에 이상하게 좋은 사람들만 다가왔다. 거지 같은 부모를 대신해서 신이 좋은 사람들을 보내는 건가 싶기도 했다. 어쩌면 이런 말을 듣고 싶었던 건지도 모른다. 민석은 괜히 울컥하는 감정을 꾹꾹 눌렀다.

"장하다."

"……."

"기특해, 민석아."

"……정말요?"

"그럼."

기특한 게 한두 가지가 아니다. 집으로 가는 교차로 횡단보도가 점차 가까이 다가왔다.

"네가 한 선택들은 하나같이 훌륭했어."

학교로 돌아가는 것도 그랬고, 공부를 시작하기로 마음먹은 것도 그랬다. 흔들렸을 게 분명했던 유혹에도 솔직하게 말해줬다.

대견하고, 자랑스러웠다. 제 자식은 아니지만 잘 자란 집안의 아이를 본 거 같았다. 여을이 부드럽게 웃었다.

"엄청 말 안 들었는데."

"어떻게 사람이 직진만 해. 길도 한 번 잃어보고 하는 거지."

"윤 검사님이나 누나는 안 그랬을 거 같아서요."

"아닌 거 누구보다 잘 알잖아."

부모님을 버렸던 여을의 과거가 그랬다. 부모를 버렸고, 동시에 부모에게서 도망쳐 왔다.

"불 바뀐다. 빨리 가자."

깜빡이기 시작하는 횡단보도를 두 사람이 빠른 걸음으로 건너기 시작했다.

"누나, 빨리 와요!"

운동화를 신은 민석이 먼저 뛰어서 횡단보도를 건넜다. 구두를 신고 뛰려니 불편했다. 깜빡거리는 게 점점 빨라지기 시작하는 불에 그녀가 달리다가 발목을 접질렸다.

"악!"

"누나!"

놀란 민석이 다가오려고 하자, 그녀가 오지 않아도 된다는 듯 손을 저었다. 발목도 꺾인 데다가 구두까지 벗겨지려고 하니 설

상가상이었다.

빨리 횡단보도를 건너라며 클랙슨을 빵! 하고 누르는 운전자들에 그녀가 허겁지겁 구두를 벗었다. 갑자기 일진이 왜 이러냐. 구두를 벗고 오는 여을에 민석이 제 운동화를 대신 줘야지 생각할 때였다.

여을이 전부 건너지도 못한 횡단보도의 불이 파란색에서 빨간색으로 바뀌었다. 차들이 움직이기 시작하자 여을이 움찔했다.

"누나!"

눈치를 보며 빨리 오라 손짓하는 민석 쪽으로 뛰어갈 때였다.

"누나, 잠깐, 잠깐만요! 오지 마요!"

"뭐라고?"

움직이는 차들의 소음에 민석의 목소리가 묻혔다. 오라는 건지, 오지 말라는 건지 다급해 보이는 민석의 모습에도 아랑곳하지 않고 여을이 몸을 움직였다.

횡단보도 중간에 계속 서 있는 것 자체가 민폐란 생각 때문이었다. 움직이는 여을에 놀란 민석이 기함할 때였다.

여을 쪽으로 속력을 줄이지 않고 차 한 대가 빠르게 달려오고 있었다.

민석은 그걸 발견했고, 여을은 그걸 발견하지 못했다.

## 11장.
## 빙 둘러가는 길

"누나! 누나!!"

이내 쾅! 하는 소리와 함께 여을을 친 차가 유유자적하게 빠져 나갔다. 더불어 두 번째 신호가 바뀌었다.

"누나! 누나!"

여전히 빨간불인데도 민석이 빠르게 쓰러진 여을 쪽으로 뛰어 갔다. 이윽고 교차로의 불이 바뀌자 다시 멈춘 차와 더불어 차주 들 몇몇이 운전석에서 내렸다.

민석이 여을의 몸을 흔들려고 하자, 어른 한 명이 빠르게 막았 다. 몸을 흔들면 안 된다고 말을 하는데도 민석의 귀에 그게 들 릴 리가 없었다.

"누가 119에 전화 좀 해요!"

"여보세요? 거기 119죠? 여기…… 지방법원 근처 사거리……."

"경찰서죠? 여기 법원 근처 사거리인데요, 뺑소니 사고가……."

교차로가 무척 소란스러움에도 민석의 귀에는 음소거가 된 것처럼 사방에 정적이 내려앉았다. 어른 중 한 명이 민석의 몸을 급하게 흔들었다.

"학생, 학생. 정신 차려요!"

교통사고 현장을 직접 목격한 건 민석의 삶에서 처음이었다. 하물며 그 상대가 자신과 친분이 있는 사이는 더더욱. 정신을 차리지 못하는 상황에서도 민석이 덜덜 떨리는 손으로 핸드폰을 꺼내 들었다.

멀리서 구급차 오는 소리가 들렸다. 유제나 여을이었다면 이 상황에서 이성적으로, 명민하게 행동할 게 분명한데 자신은 왜 이리 모자랄까. 민석은 덜덜 떨리는 손으로 유제의 번호를 꾹꾹 눌렀다. 그가 얼마나 바쁜지 함께 사는 민석이 누구보다 잘 알았다.

그래도, 유제가 아무리 바쁘더라도 여을의 일에는 발 벗고 뛰어나올 것이다. 아니, 뛰어나와야 했다. 멀리서 구급차가 오는 소리가 들렸다.

[여보세요?]

귀에서 들리는 유제의 목소리에 민석이 숨을 헐떡였다.

"유, 윤 검사님."

[민석아? 너 울어?]

당황한 유제의 음성에 민석이 울음 섞인 목소리로 웅얼거렸다.

"크, 큰일 났어요. 누, 누나가…….""

구급차가 도착하고, 민석은 구급대원들이 여을의 몸을 싣는 걸 확인했다.

"누, 누나한테 사고가 났어요…….""

함께 있던 민석이 뒤따라 구급차에 타며 울음을 터뜨렸다.

"학생, 정신 차려요."

구급대원이 민석을 다독였다. 교복을 입고 있는 걸 보니까 고등학생인 거 같은데 충격이 어마어마한 듯했다.

덜덜 떨리는 손으로 민석이 핸드폰을 꽉 잡았다. 피투성이가된 여을의 모습이 눈에 강렬하게 들어왔다. 핸드폰 너머로 유제가 말하는 게 아무것도 들리지 않았다.

[최민석! 정신 차려!]

유제의 목소리가 머리에 쨍 하고 울렸다. 그제야 민석이 눈물을 벅벅 닦아냈다. 여을을 만졌기 때문인지 민석의 손에도 피가묻어 있었다.

손에 묻은 여을의 피에 민석이 기겁을 하며 핸드폰을 떨어뜨렸다. 핸드폰을 주운 사람은 민석이 아니라 구급대원이었다.

"여보세요."

[누구세요?]

"구급대원입니다. 지금 학생이 충격을 너무 많이 받아서요. 제가 대신 알려 드려야 할 거 같아요."

구급대원이 민석을 곁눈질했다. 오열은 하지 않았지만, 민석은 눈물을 뚝뚝 흘리면서 계속 헐떡이고 있었다.

도대체 여을이 뭐 때문에 사고를 당한 거지. 여을만큼 성실하고 선량하게 살아온 사람이 어디 있다고. 왜 하필이면 오늘 사고가 난 거지? 민석의 머릿속에 의문이 돌았다.

평범한 뺑소니 사고가 아니었던 걸까. 그런 생각까지 들었다.

"지금 대학병원으로 가는 중이고, 지방법원 앞에 있는 사거리에서 뺑소니 사고를 당한 것 같습니다. 보호자세요?"

[바로 가겠습니다.]

"네."

빠르게 움직이는 구급차가 도착한 곳은 대학병원이었다. 민석의 짧은 인생에 이곳에 올 거라는 생각은 단 한 번도 하지 못했는데.

대기하고 있던 의사들이 여을의 옆에 붙었다. 수술실 쪽으로 뛰어가는 의사들을 보면서 다리에 힘이 풀린 민석이 털썩 주저앉았다. 대학병원의 응급실이다 보니, 여기저기 급한 환자들이 보였다. 민석처럼 환자의 몸을 붙잡고 우는 사람이 있는 반면에 비명 비슷한 소리가 차 있기도 했다.

의사들은 바쁜 것처럼 보였다.

"거기 비켜요!"

응급실 바닥에 주저앉아 있는 민석이 귀찮았던 모양인지 의사한 명이 신경질적으로 말했다. 민석은 힘이 들어가지 않는 다리를 부여잡고 의자에 털썩 앉았다.

피가 말라붙은 핸드폰을 교복 소매로 대충 닦아낸 민석이 핸드폰을 꾹꾹 눌렀다. 자신이 아는 어른들한테 전부 전화를 해야 했다.

윤 검사에게는 전화를 했고, 그 다음 봉식이 형……. 민석이 핸드폰을 만지작거리면서 봉식에게 문자를 남겼다.

병원 응급실에서 혼자 기다리는 건 너무 두려웠다.

무릎에 얼굴을 묻고 어른들이 오기만을 기다릴 때였다. 왜 이렇게 안 오지. 그리고 여을과 함께 들어간 의사는 왜 나오지를 않지. 시간이 지날수록 진정되기는커녕 불안함만 커졌다.

"민석아!"

익숙한 목소리에 민석이 고개를 퍼뜩 들었다. 다급하게 들어오는 유제의 모습에 민석이 자리에서 벌떡 일어났다.

"윤 검사니임!"

"어떻게 된 거……."

말이 채 이어지기도 전에 민석이 '흐어엉' 소리를 내며 울기 시작했다. 꼭 시장 한가운데서 엄마를 잃어버렸다가 겨우겨우 찾아낸 아이 같았다.

제 앞으로 다가와서 울면서 말을 더듬거리는 민석에 유제가 머리를 쓸어 넘겼다. 민석이 무슨 말을 하고는 있었지만, 그게 유제에게 제대로 들릴 리 만무했다. 아이가 어지간히 놀랐다는 걸 쉽게 알 수 있었다.

"너무, 너무 놀래가지고…… 흐어, 허엉, 보, 봉식이 형도, 온, 온다고 했는데……."

"민석아!"

"여, 여을이한테 사고라니! 여을이는!"

유제가 도착하자마자 뒤따라 봉식과 여을의 부친이 안으로 들어왔다. 민석은 울고 있고, 여을은 보이지 않았다. 민석의 교복에 피가 묻은 걸 발견한 봉식이 부랴부랴 그의 어깨를 꽉 잡았다.

"너, 너, 이게 전부 피야? 너도 다쳤어? 넌, 넌 안 다쳤어?"

"나, 나는 안 다쳤어……. 흐으……. 그, 근데 누나가……."

"여을이는? 여을이 많이 다쳤어?"

"뺑소니라니?"

태영과 유제가 연달아 물었다. 어른들이 오니 조금 진정이 된 민석이 힘겹게 입을 열었다.

"누, 누나가 횡단보도 건너고 있는데…… 불이 바뀌어서요. 그, 그런데 차가 갑자기 와서…… 그래서……"

"차는 봤어?"

"못 봤어요."

"하이고."

태영이 털썩 주저앉았다. 넋이 나갈 수밖에 없었다. 제 딸이 왜 이렇게 안타까운 일만 연달아 겪는 건지 모르겠다. 이들 중에서 그나마 제정신을 유지하고 있는 유제가 차분하게 되물었다.

"수술실 들어갔어?"

"네…… 거, 검사님…… 어, 어쩌죠. 저, 저 때문에, 여을이 누나가 저 때문에 다친 거면 어떡해요……?"

"사고가 왜 네 탓이야. 네 탓 아니야."

유제는 아무것도 모르기 때문에 할 수 있는 말이었다. 하지만 민석은 이 모든 게 자신 때문인 것처럼 느껴졌다. 유제가 마른세수를 하다 두 손으로 머리를 넘겼다.

"구여을 씨 보호자 되시는 분 누구세요?"

"제……"

유제가 손을 들려고 하다, 태영의 몸을 억지로 일으켰다.

"이분이 보호자십니다."

"수술 끝나고 입원 절차에 대해서 알려드릴게요."

"아, 예, 예."

놀란 태영이 허겁지겁 간호사를 따라갔다. 그 뒷모습을 보던 유제가 수술실 문 주변을 왔다 갔다 움직였다. 연락을 받고 바로 왔지만, 아직도 수술 중이었다. 괜찮다, 괜찮을 거다. 이렇게 스스로를 달랬지만 도무지 진정이 되지 않았다. 불안함이 유제의 정신을 지배하는 듯했다.

훌쩍이고 있는 민석은 계속해서 자신의 탓을 하고 있었다. 유제가 마른 숨을 삼키면서 의자에 주저앉았다.

"저한테."

민석이 입술을 꾹 깨물었다. 유제에게는 말하지 말라고 했지만, 말을 해야만 했다. 음모론과 비슷한 생각이지만 혹여나 이 교통사고가 오늘 일 때문에 생긴 거라면 어쩐단 말인가.

"어떤 사람이 찾아왔어요. 디, 디케이 장학재단 대표라는 사람이었는데."

간신히 진정이 됐던 민석이 다시 울음을 터뜨렸다. '디케이 장학재단'이라는 말에 유제의 몸이 고장 난 것처럼 민석을 바라봤다.

"뭐?"

"자, 장학재단 대표라는 사람이랑…… 기, 김 비서라는 사람이 저한테 와서 이상한 말을 했어요. 보, 봉식이 형이 윤 검사님한테 준 USB 자료가 있으면 건네달라고 했어요. 그, 그거 주면 생활비랑 학비 전부 대주겠다고. 흐윽, 봉, 봉식이 형도, 취, 취직시켜 주겠다고요."

봉식의 얼굴이 희게 질렸다. 새벽에 전화가 와서 미안하다고 했던 이유가 이거 때문이었나. 봉식의 몸이 덜덜 떨렸다.

"그래서? 그거 줬어? 준 거야?"

종잇장처럼 구겨진 얼굴로 우는 민석이 고개를 저었다.

"누, 누나한테 이런 제안을 받았다고 말했어요. 끅, 그, 그러니까 누나가 저한테 USB 하, 한 개 줬는데."

"줬는데?"

유제의 몸이 차갑게 식어가는 느낌이었다. 이건 민석의 탓이 아니었다.

"그거, 그걸 그 비, 비서라는 사람한테 갖다 주라고 말, 말했어요."

"……."

"그래서 갖다 줬는데……. 제가 갖다 준 것 때문에 누나가 사고가 난 건 아닌가 싶어서……. 그래서요……."

민석의 목소리가 점점 줄어들었다. 이 모든 사고는 민석 때문에 일어난 게 아니었다. 제 아버지 때문에 일어난 거다. 생각도, 머리도 점점 싸늘해졌다. 마음에 들지 않으면 회칼을 들고 사업장에 찾아간다는 소문이 도는 윤 회장이었다.

1차장검사도 몇 번이나 위험하니 그만두라는 식으로 말했었다. 그래도 괜찮다는 확신을 가진 이유는 윤 회장이 자신을 건드리지는 않을 거란 생각 때문이었다. 유제는 스스로가 너무 안일했음을 깨달았다. 자신'만' 건드리지 않을 뿐 저를 제외한 모든 사람들을 건드렸다.

유제는 정신을 차릴 수가 없었다.

"윤 검사님……."

울면서 자신을 보는 민석의 어깨에 손을 올렸다.

"네 탓이 아냐."

그래, 민석의 탓이 아니었다.

"전부 내 탓이지."

제 아버지를 너무 안일하게 봤던 자신의 탓이다.


마른세수를 하며 유제가 여을의 옆을 지켰다. 여을은 고른 숨을 내쉬면서 눈을 감고 있었다. 이렇게 편안하게 눈을 붙이고 있는 건 좋지만, 그게 사고 때문이라는 건 모두가 원하는 바가 아니었다.

"여을아⋯⋯."

유제가 여을의 손을 두 손으로 꼭 잡았다. 수술은 성공적이라고 했다. 몸도 건강하고, 젊기도 젊으니 금방 깨어날 거라고 했다. 약도 먹고, 재활치료를 하면 금방 나을 거라고 했다. 의사가 한 말을 믿어야 하는데, 그냥 눈을 감고 있다는 것 자체가 그에게 두렵게 다가왔다.

과거, 여을과 헤어졌을 때와 지금을 비교한다면 지금이 더 두려웠다. 그리고 동시에 미안했다.

"윤 검사님, 일 안 가세요?"

고작 하루 만에 사람이 이렇게 초췌해질 수 있다는 게 놀랍다면 놀라웠다. 여을의 옆에 앉아서 일어날 생각을 하지 않는 유제를 보며 민석이 한숨을 내쉬었다.

"넌? 넌 학교 안 가?"

"결석계 냈어요."

"그래, 그렇구나."

일을 가야 하는데 몸이 움직여지지가 않았다. 누군가 다리를 꼭 붙잡고 있는 듯한 느낌이었다. 눈 한 번 붙이지 않고 좀비처럼 있는 유제에 민석이 그를 흔들었다.

"윤 검사님."

"⋯⋯."

"이렇게 있으면 누나가 더 싫어할 거예요."

그래, 안다. 일도 빼고 제 옆을 지켰다는 걸 안다면 여을은 그 누구보다 싫어하겠지. 그녀는 자신의 일을 착실하게 하는 사람을 좋아했으니까.

여을을 보면 미안한 감정만 들었다. 유제가 핼쑥해진 얼굴을 쓸어내릴 때였다.

"누나는 자기 때문이라고 생각할 거예요."

"그런 너도 학교 안 가잖아."

"어느 누구 하나는 옆에 있어야 하잖아요."

"……."

"그리고 저보다는 윤 검사님이 더 중요한 일을 하고 있잖아요."

디케이 장학재단이란 사람들이 찾아온 걸 보면 더 그랬다.

"뺑소니범도 잡아야 하잖아요. 그러니까…… 윤 검사님은 일어나요."

유제가 알겠다며 자리에서 일어났다. 여을이 눈을 뜰 때까지 옆에 있고 싶었지만, 그녀는 그걸 원하지 않는 걸 알기 때문에 더 그랬다.

여을이 윤 회장에게 준 USB에는 뭐가 있을지 모르겠다. 아마, 윤 회장의 약점이 그곳에 있을 거다. 그녀가 자신을 배신하는 이유는 없을 테니까. 헝클어진 머리를 정리할 새도 없이 유제는 자리에서 일어나 병실 옆에 벗어뒀던 재킷을 입었다. 민석이 유제가 앉았던 자리에 대신 앉은 채로 그를 쳐다봤다. 시침은 여덟시에 가까워지고 있었다.

"여을이 잘 보고 있어."

"네."

"그리고."

"네?"

울어서 붕어 같은 눈이 된 민석이 유제를 바라봤다.

"그런 일이 생기면 여을이가 아니라, 나한테 말해."

"……죄송합니다."

"죄송할 것까진 없고."

아마 자신이 바빠서 집에 들어오기 힘드니까 한 선택이었겠지. 두 사람의 생각을 그는 잘 알 수 있었다.

유제가 병실을 빠져나오면서 핸드폰을 집어 들었다. 익숙하게 김 검사의 번호를 꾹꾹 눌렀다. 신호음이 몇 번 갈 때였다.

"김 검."

[아, 윤 검사님. 그렇잖아도 전화하려고 했어요. 말씀하신 뺑소니범들 잡았어요.]

"누구야."

유제가 으르렁거리듯이 대답했다. 그의 심기가 좋지 않다는 걸 단번에 눈치챈 김 검의 목소리가 바짝 굳었다.

[박 씨, 수족들인데요.]

"그래?"

유제의 말이 평소와 다르게 짧아졌지만, 김 검은 그 점을 지적할 수가 없었다. 유제가 지금 얼마나 화가 났는지 알 수 있었기 때문이다.

퇴근 시간에 지방법원 앞에서 뺑소니 사고가 일어났다는 이야기를 듣고 얼마나 놀랐는가. 그리고 그 피해자가 구여을이라고는 생각하지도 못했기에 더더욱.

"지금 바로 검찰청으로 갈 겁니다. 박 씨랑 먼저 이야기 좀 하게 준비해 줘요."

[알겠습니다.]

유제의 말이 뚝 끊겼다. 내려올 생각을 하지 않는 병원 엘리베이터에 그가 결국 비상구 쪽으로 걸음을 돌렸다. 차라리 비상구 계단을 이용하는 게 더 빠르리라 생각했기 때문이다.

그가 핸드폰으로 오늘 뜬 부산 뉴스를 확인했다. 지방 신문에는 하나같이 서 의원의 구속 사실을 메인에 띄우고 있었다. 올라오는 기사들에 그가 인상을 찡그렸다.

서 의원은 둘째치고, 윤 회장, 제 아버지가 목표였다.

병원을 나서자 차가운 바람이 그의 뺨을 스쳐 지나갔다. 이제야 정신이 조금 깨는 기분이었다. 어제 무슨 정신으로 병원에 왔더라. 바로 어제 저녁의 일도 기억이 나지 않았다.

차에 올라탄 그가 윤 회장의 번호를 꾹꾹 눌렀다. 그러한 일이 있어도 여전히 저장조차 하지 않았던 아버지의 번호다. 지금 이 순간 윤 회장은 어떤 생각을 하고 있을까.

[어쩐 일이냐.]

앞으로 지방법원 앞의 교차로를 지나갈 때마다 여을의 사고가 떠오르겠지.

"지금 기분이 어떠세요?"

[뭐?]

아침부터 전화해서 다짜고짜 기분 운운하는 유제에 윤 회장은 어처구니가 없었다.

"구여을 교통사고 소식, 아버지도 들으셨을 거 같아서요."

[……]

"정말 저'만' 건드리지 않고 모두를 다 건드리시는 분이네요."

여을의 아버지를 건드리고, 여을을 건드리고, 민석을 건드렸다. 유제가 한숨 섞인 웃음을 토해냈다. 지금 윤 회장 쪽도 머리를 굴린다고 바쁠 것이다.

영장실질심사 결과는 오늘 나올 것이고, 윤 회장은 구속을 피할 수 없을 거다.

"오늘 영장심사 결과 나오는 날이네요."

[윤유제.]

"아버지가 이걸 피할 수 있을 거라 생각하지는 않습니다."

[윤유제!]

"구여을 뺑소니에 대한 증거가 잡히는 대로 죄목이 하나 더 추가되겠네요."

[……]

"여을이가 그렇게 미우셨어요?"

대학병원을 지나 지방법원 교차로 앞에 섰다. 검찰청에 있었을 때 사고 소리를 들었었다. 그리고 별 관심을 갖지 않았던 자신이 떠올랐다.

"아들자식 사람 만들어놓은 애가 도대체 왜 미우신 건데요."

[네가 되도 않는 정의감에 차오르게 만드니까.]

"……."

[네가 하는 행동들, 전부 정의감에서 행동하는 건 맞아? 구여을 그 계집애한테 잘 보이고 싶어서 한 행동 아니냐?]

"윤 회장님."

[아비 말이라고는 듣지도 않고, 네 멋대로, 계집년 말만 듣고 있는데! 내가 그럼 어떡해!]

"그래도 건들면 안 되는 걸 건드리셨습니다."

검찰청 주차장에 차를 세워둔 유제가 얼굴을 쓸어내렸다.

"살아오면서 아버지를 존경한 적 한 번도 없습니다."

[윤유제, 네가 지금 멀쩡하게······.]

"사람 노릇할 수 있었던 건 여을이 덕분이고요."

[······.]

"아버지가 어머니한테 돈 주고 절 데리고 왔을 때부터, 그때부터 존경할 분은 아니라고 생각했는데."

[······.]

"지금은 아버지한테 혐오감마저 드네요."

아무 말도 하지 않는 윤 회장에 그가 짤막하게 말했다.

"그동안 절 많이 보고 싶어 하셨죠?"

그가 운전석에서 내리며 대답했다.

"이제부터는 얼굴 계속 보겠네요."

하나둘씩 출근하는 사람들이 눈에 들어왔다.

"검찰청에서, 그리고 법원에서요."

여자에 미쳐서 부모를 버리는 인간이라고 욕해도 상관없었다. 있으나마나 한 부모는 차라리 없는 게 나았다.

"앞으로 협조 부탁드립니다."

전화를 끊고 청사 안으로 들어가자 먼저 출근을 한 김 검이 놀란 얼굴을 했다. 너무 대놓고 놀란 얼굴에 유제가 인상을 살짝 찡그렸다.

"왜 그런 표정이에요?"

"윤 검사님 이렇게 망가진 모습은 처음이라서요."

"······."

"밤 새고 오셨어요? 세수도 안 하신 거 같은데."

확실히 유제와 김 검의 모습은 달랐다. 아무리 힘들어도 늘 새 정장을 입고 머리까지 시원하게 넘기고 오는 김 검과는 달리 유제는 초췌하기 짝이 없는 모습이었다.

애초에 씻고, 제대로 출근 준비를 할 수 있는 시간이 없기도 했었고. 유제의 손에 있는 가방이 의자 위로 툭 떨어졌다.

"구 선생님은 어떠세요? 괜찮으세요? 수술은요?"

이내 회의실 문이 벌컥 열렸다. 숨을 헐떡이는 이 선생의 얼굴에 유제가 흠칫했다.

"구 선생, 사고 당했다며? 괜찮아?"

"네."

"많이 심각해?"

의사는 생각보다 심각한 상황은 아니라고 했다. 여을이 젊고, 또한 체력이 좋기 때문에 눈만 뜨면 금방 회복할 수 있다고 했다. 정작 유제는 전혀 그렇지 않았는데.

"괜찮답니다."

"정말 괜찮은 거 맞아?"

"네. 새벽에 수술 끝났습니다."

"어휴, 다행이다. 어젯밤에 김 검한테 얘기 듣고 얼마나 놀랐는지……."

이 선생이 놀란 가슴을 쓸어내렸다. 겉으로 보기에 유제가 침착한 것처럼 보이니 큰 문제는 아닌 모양이다.

사람 일은 어떻게 될지 모른다고 하더니, 딱 그 짝이었다. 어제 민석과 함께 가는 모습은 평소와 다를 바 없었는데, 사고가 날 줄 어느 누가 알았겠는가. 유제의 눈치를 보던 김 검이 이 선생의 등을 조심스럽게 밀었다.

"일 끝나고 나면 다 같이 병문안 가요."

"그래, 그래……. 알겠어……."

터덜터덜 회의실을 나가는 이 선생을 확인하고는 회의실 문을 닫았다. 김 검이 유제의 앞으로 오늘 나온 부산신문을 올려두었다.

「서 의원, 금품비리 의혹!」이라는 타이틀이 보였다. 그리고 서 의원 옆에 보이는 건 윤 회장의 얼굴이었다. 이미 구속영장이 발부되었기 때문에 오늘부터 제대로 된 수사가 들어가야 했다.

오늘은 윤 회장의 영장 심사 결과가 나오는 날이기도 했다.

"박 씨부터 먼저 보실 거예요?"

유제가 입고 있던 재킷을 벗고 대답했다.

"네. 준비 부탁드립니다."

"아, 네."

김 검이 작게 고개를 끄덕였다. 그 말을 끝으로 유제가 회의실을 벗어나 근처에 있는 남자 화장실에 들어갔다.

화장실 거울 속에 비치는 제 얼굴이 볼품없었다. 어딘가 모르게 퀭한 얼굴이었다. 수도꼭지를 튼 유제가 찬물로 세수를 했다. 맑아지는 정신과 더불어 지저분하게 내려왔던 머리를 시원하게 뒤로 넘겼다.

뚝뚝, 흐르는 물기에도 아랑곳하지 않고는 그가 제 몸 상태를 단정히 했다. 입고 있는 와이셔츠의 단추 역시 모두 잠갔으며, 넥타이도 딱 맞게 조였다.

화장실을 나선 그가 걸음을 돌려 다시 회의실로 들어갔다.

"갑시다, 김 검사."

심문하는 곳의 문을 열었을 때 보이는 건 전과 다를 바 없이 당당한 얼굴의 박 씨였다. 주먹을 한 번 꽉 쥐었던 유제가 그의 맞은편에 앉았다.

"오랜만입니다."

"그러게요. 난 할 얘기 다 했는데, 보러 올 이유가 있나?"

디케이 돈 배달 관련 건을 대신해서 미성년자 성매매와 더불어, 협박으로 붙잡혀 있는 박 씨가 질린 얼굴을 했다. 잊을 만하면 찾아오는 유제에 박 씨는 지친 듯했다.

"무슨 부탁 받았습니까?"

"예?"

박 씨가 인상을 팍 찡그렸다. 돈이 없다는 이유로 국선변호사를 선임했던 박 씨의 변호사가 바뀌었다. 그것도 부산에서 두 번째로 큰 법무법인의 변호사로. 박 씨가 무슨 말인지 모르겠다는 얼굴로 헛기침을 했다.

"나 변호사 올 때까지 아무 얘기 안 할 겁니다."

"윤 회장한테 부탁받은 건 맞습니까?"

"아, 나 변호사 올 때까지는 아무 말도 안 할 거라니까!"

사람들을 협박할 때처럼 박 씨가 표정을 구겼다. 한껏 위협적인 얼굴을 지었지만, 유제에게는 그런 게 아무렇지도 않았다. 의자에 편안하게 등을 기댄 유제가 대답했다.

"변호사 선임에, 외국으로 뜨게 해준다고 했으려나."

그 중얼거림을 들었는지 박 씨가 움찔했다. 윤유제는 마담이 자신을 보러 왔을 때 그 자리에 없던 사람이었다. 그런데 지금은 꼭 그 자리에서 다 들은 사람 같았다.

박 씨를 만나고 간 여자가 있었다. 아마 그 여자가 윤 회장의 말을 대신 전해줬겠지. 윤 회장이 제 행동반경을 대충 이해하는 것처럼, 유제 역시 윤 회장이 어떤 조건을 내밀었을지 눈에 선했다. 제 아버지는 늘 그런 사람이었으니까. 말을 할수록 손해 보는 건 자신이라고 여긴 모양인지 박 씨가 입술을 꾹 다물었다.

"오늘 서 의원도 들어올 겁니다."

박 씨가 고개를 들었다.

"서 의원은 뇌물, 금품 비리가 끝이겠지만."

유제가 아무리 높게 구형을 해도 서 의원은 항소를 할 거다. 그렇다면 당연한 수순대로 징역이 낮아지겠지. 박 부사장도 마찬가지였다. 벌금과 징역이 생각한 것만큼 크게 나오지는 않을 거다.

"하지만 그쪽은 다르겠죠."

처음 만났을 때는 어르고 달래듯이 말하던 유제가, 이제는 그런 것 없이 딱딱하게 대답했다.

"우리 쪽에 증거가 없을 거 같습니까?"

"윤 검사님."

"그쪽은 살인 공모죄도 추가될 겁니다. 형량이 서 의원보다 더 크게 나오겠죠."

"......."

"힘없어서 돈 배달만 하고 말았다지만, 이제는 돈 배달이 아니라 살인도 꾸몄으니. 일이 조금 골치 아파지겠네요."

긴장감 때문인지 모르겠으나 꼭 누군가가 제 공기를 빼앗아가는 것처럼 박 씨의 숨소리가 거칠어졌다.

"바뀐 변호사로 자기변호 열심히 해보시길 바랍니다."

창문을 똑똑 두드리는 소리가 들렸다. 나오라는 신호에 유제가 자리에서 일어났다. 어차피 박 씨에게 하고 싶은 말도 이게 전부였던지라 더 이상 볼일은 없었다.

바깥에는 김 검과 더불어 2차장검사도 있었다. 유제가 꾸벅 인사를 하자 2차장검사가 그의 어깨를 툭툭 두드렸다. 여을의 사고 소식 때문에 이러는 것이라는 걸 쉽게 알 수 있었다.

"구 선생은 괜찮고?"

"예."

"아래 서 의원 도착했어."

그 말에 근처에 있던 창문으로 아래를 바라봤다. 몰려 있는 기자들이 서 의원에 질문을 던지는 소리가 여기까지 들려왔다. 소란스러운 청사 입구를 보다 그가 고개를 옆으로 돌렸다.

"그리고."

이야기가 하나 더 남아 있는 모양인지 2차장검사가 숨을 짧게 들이마셨다.

"윤 회장, 수색영장도 나왔고."

"……."

"어쩔래? 누가 뭘 할래. 서 의원 심문은 윤 검, 자네가 하겠나?"

그래도 '아버지'이기 때문인지 2차장검사가 부러 유제와 윤 회장을 붙여주지 않는 듯했다. 그렇다고 김 검이 윤 회장을 상대하기엔 소위 말하는 짬밥이 부족했다. 아무 말도 하지 않는 유제를 빤히 보던 2차장검사가 입술을 달싹였다.

"윤 회장은 내가……."

"윤 회장 사무실 압수수색은 제가 지휘할 수 있도록 도와주십시오."

"뭐?"

"제가 앞서서 움직이겠습니다."

마지막에 아버지라고 마음을 돌리는 건 아니겠지? 그런 의문이 잠시 2차장검사의 머릿속에 맴돌았다. 아니, 그럴 리가 없다. 애초에 그럴 사람이었으면 유제가 이만큼이나 일을 진행시키지도 않았을 거다.

윤 회장과 윤유제는 단순하게 부자 사이가 나쁜 게 아닌 듯했다. 그저 남이었다. 남과 다를 바 없는 관계. 그랬기에 2차장검사는 빠르게 의심을 거둬들였다.

"그럼, 부탁하네."

"예."


"회장님!"

헐레벌떡 뛰어오는 김 비서에 윤 회장이 몸을 돌렸다. 아래층에 검찰청에서 사람들이 우르르 몰려온 사실 때문에 더 그런 듯했다.

"도, 도련님……!"

"뭐?"

차장검사가 올 줄 알았는데, 비서의 입에서 나오는 유제의 존재에 윤 회장이 자리에서 벌떡 일어났다.

디케이 부산 지부 사무실이 검찰청에서 나온 사람들로 인해 순식간에 혼잡해졌다. 놀라서 뛰어온 김 비서의 등 뒤로 양복을 입은 사람들이 보였다. 문이 완전히 열리자 유제의 얼굴이 눈에 들어왔다.

"너……!"

"영장 들고 왔습니다. 협조 부탁드립니다."

"윤유제!"

여을의 아버지와 비교했을 때 윤 회장 쪽이 더 악질이었다. 그나마 후회의 기색이 보이던 태영과는 달리 윤 회장은 여전히 악에 받친 얼굴이었다.

"내가, 내가 이 회사를 어떻게 일궜는데……!"

"온갖 불법적인 일로 일궈내셨죠."

이에 대해서는 누구보다 유제가 제일 잘 알았다. 대기업 회장들의 뒤처리를 하면서 커왔고, 온갖 악행들을 일삼으며 몸집을 불린 게 디케이였다.

디케이 아파트를 짓기 위해 고도 제한이 풀리고, 분양 광고, 그리고 로비로 빠져나간 액수들을 생각해 보면……. 언제 무너질지 모르는 모래성 같은 것들이었다.

유제가 제 뒤에서 기다리고 있는 직원들을 보다 입술을 달싹였다.

"일을 시킬 거였으면, 똑바로 시켰어야죠."

"……."

"뇌물 수수뿐만이 아니라 살인공모로도 같이 기소될 겁니다."

"너 이 새끼……!"

습관처럼 던질 물건을 찾던 윤 회장이 부들부들 떨며 꾹 참았다.

"증거 있어?"

"없을 거 같습니까?"

유제가 이런 반응을 보인다는 건 믿는 구석이 있기 때문일 테다. 윤 회장이 마른침을 꼴깍 삼켰다. 박 씨 밑에 있던 새끼들이 일을 제대로 하지 못한 모양이었다.

저를 죽일 듯이 노려보는 윤 회장에도 유제는 무덤덤했다. 사람을 건드려도 잘못 건드렸다.

"제가 그렇게 미우셨으면, 저를 건드리셨어야죠."

"……"

"어떻게 여을이를 건드릴 생각을 하셨습니까. 그 애가 제 유일한 약점이라서, 건드리면 제가 바람 빠진 풍선처럼 포기할 거라 생각했습니까?"

겉으로는 침착함을 유지하고 있었지만, 유제의 속은 불길처럼 활활 타오르고 있었다. 자신의 무력함에 화가 났고, 이런 상황에서도 끝까지 올곧았던 여을이 존경스러웠다.

유제가 여을에게 가지는 감정은 비단 사랑뿐만이 아니었다. 그 속에는 존경도 있었으며, 부러움도 있었다. 그랬기에 평생을 함께하고 싶다 생각했다. 여을은 배울 점이 많은 사람이었으니까.

"그 애한테 상처 주신 것도 몰라서, 죽일 생각이었습니까."

"윤유제."

"여태까지 윤 회장님이."

실수로라도 아버지라고 부를 법했지만 유제는 꼬박꼬박 윤 회장님이라는 호칭을 썼다. 그는 이제 윤 회장을 버리기로 결심했다.

"부산에서 어떤 행동을 하셨는지 모르시겠지만, 저와 저희 팀이 있는 이상은 쉽게 빠져나오기는 힘들 겁니다."

"……"

"여태까지 수많은 편법과 불법으로 애쓰셨으니."

유제가 문손잡이를 잡고 돌렸다. 뒤에서 유제가 들어오라고 말하기만을 기다리는 직원들이 눈에 들어왔다.

"이번만큼은 정당한 권리로 싸우실 수 있을 겁니다. 사람이라면 누구나 가지는 권리로요."

이번만큼은 어떻게 빠져나가지 못할 것이다. 늘 뒷공작을 벌였던 것과는 별개로 지금 윤 회장이 할 수 있는 일은 아무것도 없었으니까. 그 말을 끝으로 유제가 바깥의 사람들에게 안으로 들어오라는 눈짓을 했다. 우르르 몰려온 직원들은 사무실 안을 뒤지기 시작했다.

　황망하게 이 모든 걸 지켜보고 있는 윤 회장 앞에서 검찰청 직원들은 컴퓨터를 챙기고, 안에 있는 장부들을 전부 상자에 담기 시작했다. 당황한 김 비서 역시 이러지도, 저러지도 못하는 얼굴을 하고 있었다.

　"윤 검사님. 다 챙겼습니다."

　유제가 부산 지부 사무실로 왔지만, 아마 다른 몇몇들은 지금 윤 회장이 지내고 있을 펜트하우스로 갔을 것이다.

　"윤 회장님도, 함께 가셔야죠."

　보기 흉하게 끌고 가고 싶지 않았다. 볼 안쪽을 꽉 씹은 윤 회장이 한 발자국 앞으로 내디뎠다. 윤 회장이 지내는 사무실에서 모든 걸 다 챙긴 사람들이 엘리베이터를 탔다.

　로비로 쭉 내려가던 엘리베이터가 멈춰 서자, 직원들이 하나같이 검사와 함께 움직이는 윤 회장을 기이하다는 듯 쳐다봤다.

　"변호사, 선임할 거야."

　"그러십시오."

　지금 이 상황에서 윤 회장이 행사할 수 있는 유일한 권리였다. 편법이 아닌 정당한 권리. 작은 승합차에 올라타는 윤 회장의 입모양이 느릿하게 움직였다.

　저를 욕하고 있다는 걸 단번에 알 수 있었지만, 유제는 별다른 감흥이 없었다. 승합차 뒤에 있는 승용차에 탄 유제가 핸드폰을 확인했다.

민석이나 봉식, 그리고 태영에게 온 연락은 아무것도 없었다. 아직까지 여을이 눈을 뜨지 않았다는 걸 알 수 있었다.

디케이 부산 지부를 떠나 검찰청에 도착했을 때 몰려든 기자들이 눈에 들어왔다.

차 몇 대가 일렬로 멈춰 섰다. 기자들은 어느 차에서 윤 회장이 내릴지 온 신경을 집중하고 있는 듯했다. 유제는 숨을 크게 들이마셨다. 직원들이 압수수색한 자료들을 옮기는데 셔터소리가 빠르게 들려왔다.

"윤 회장님!"

작은 승합차에서 내린 윤 회장 주변으로 기자들이 우르르 몰려들었다. 유제를 욕할 때의 독함은 어디로 갔는지, 윤 회장은 퍽 순순했다.

"서 의원의 금품 비리, 사실입니까?!"

"박 부사장은 뇌물에 대한 사실을 인정했는데 어떻게 생각하십니까!"

벌떼같이 몰려오는 기자들을 뒤로한 채 유제가 안으로 들어갔다. 회의실에서 빼꼼 나온 김 검이 손짓했다.

"윤 검사님!"

"네?"

"아까 전에 펜트하우스 쪽 CCTV 영상이 먼저 도착해서 보고 있었거든요."

"그런데요?"

"제일 최신 거부터 보고 있었는데 좀 이상한 게 있어서요."

"네?"

그게 무슨 말인지 몰라 고개를 갸웃할 때였다. 유제가 안으로 들어가서 김 검이 보던 동영상을 확인했다.

CCTV 날짜는 불과 일주일 전의 밤이었다. 웬 남자들을 양옆에 있고, 그 중간에는 허름한 차림새의 남자가 보였다. 일시정지를 누른 김 검이 손가락으로 허름한 차림의 남자를 가리켰다.

"이 사람이요."

남자의 존재를 확인하기 위해 유제가 인상을 슬쩍 찌푸렸다.

"같이 움직인 사람들은 신부산파 조직원인 거 같고."

CCTV를 또 앞으로 쭉쭉 당겼다. 윤 회장이 지내는 꼭대기 층 엘리베이터 문이 열리면서 남자들의 얼굴이 확실하게 찍힌 게 보였다.

"윤 회장이 부산에서 지내는 집으로 가거든요."

"……."

"그리고 얼마 지나지 않아 다시 나오는데, 손에 가방을 들고 나와요."

김 검이 또 한 번 시간을 앞으로 당겼다. 007 서류 가방을 들고 나오는 남자의 얼굴이 보였다. 유제는 CCTV에 찍힌 남자가 누군지 확실히 알 수 있었다. 김 검이 영 이상하다는 듯 고개를 갸웃하면서 유제에게 물었다.

"누굴까요. 행색 보면 그냥 평범한 사람 같은데."

옷차림이나, 포박하듯이 함께 가는 조직원들을 보면 쉽게 알 수 있었다. 반면 김 검은 도대체 이 남자가 누구기에 신부산파 조직원들이 이렇게 구는 건지 알 수가 없었다.

유제가 아랫입술을 잘근 물 때였다. 재킷 주머니에 넣어두었던 핸드폰이 윙윙 소리를 냈다. 발신자도 확인하지 않은 채 핸드폰을 귀에 갖다 댔다.

"여보세요?"

[윤 검사님!]

오늘 아침에 들었던 것과는 백팔십도 다른, 밝은 민석의 목소리였다.

"민석아?"

유제의 가슴이 두근거리기 시작했다. 뒤따라 민석이 하는 말이 무엇인지 예측했기 때문이다.

[누나 눈 떴어요!]

민석의 목소리가 수화기 너머로 들렸다. CCTV를 보고 있던 김 검 역시 밝아진 얼굴로 물었다.

"구 선생님 눈 떴대요?!"

[지금 눈 떠서, 의사 쌤한테 검진받고 있어요! 수술 잘 됐대요!]

유제가 별말이 없는데도 김 검과 민석이 알아서 주절주절 떠들고 있었다. 이 기쁜 소식을 이 선생님에게 알리겠다면서 김 검이 후다닥 밖으로 뛰어갔다.

[윤 검사님 오늘 병원에 올 거죠?]

민석의 물음에 유제가 머뭇거렸다. CCTV에 보이는 태영의 얼굴에 그가 얄팍한 한숨을 내쉬었다.

이걸 어떻게 해야 하지.

[윤 검사님?]

CCTV에 정확하게 찍힌 태영의 얼굴을 한 번 보다 그가 작게 중얼거렸다.

"갈게. 가야지."

일을 끝마치고 병실에 왔을 때는 12시에 가까워진 시간이었다. 수술실에서 나온 뒤에 여을이 조용히 지내기를 바라는 마음으로 1인실에 데려다 놓은 상태였다.

시간도 시간이었으니 당연히 여을이 자고 있을 줄 알았다. 문이 열리자 눈을 뜬 여을과 유제의 눈이 어둠속에서 마주쳤다.

"나 때문에 깼어?"

놀란 유제가 조심스럽게 물었다. 아직 말하기는 힘이 든 건지 여을이 고개를 저었다. 이내 조금 불편한 몸으로 뒤척이려고 하자, 유제가 빠르게 그녀의 옆으로 다가와 일으켜 세웠다.

"새벽에 어쩐 일이야?"

유제의 도움으로 겨우겨우 몸을 일으킨 여을이 그에게 물었다. 시간이 시간인데 퇴근을 했으면 바로 집에 갔어야지, 병원으로 퇴근한 그가 어이가 없었다.

기가 차다는 듯 웃는 여을에 유제가 표정 변화 없이 근처 의자를 끌고와 앉았다. 걱정 가득한 얼굴의 유제를 보며 그녀가 작게 웃었다.

"죽는 줄 알았어? 왜 그렇게 울상이야."

약간 쉰 듯한 목소리로 하는 말에 그가 발끈했다.

"그런 말 함부로……!"

동시에 하루 종일 꾹꾹 눌러뒀던 마음이 터졌다. 무너진 댐처럼, 혹은 파도가 덮치고 간 모래성처럼 그는 무너졌다.

"유제야?"

평소와 다른 목소리기는 하지만, 그녀가 다시 제 이름을 불러준다는 안도감에 눈물이 후두둑 떨어졌다. 꼴불견이라는 걸 알지만 유제는 정말로 무서웠다. 여을이 제 곁을 떠나는 줄 알고.

언젠가는, 우연이라도 다시 볼 수 있는 기대감을 갖고 살아가는 것과 이 세상에서 영원히 볼 수 없다는 생각으로 살아가는 건 전혀 다른 문제였다. 유제가 천천히 숨을 내뱉자 몸이 파르르 떨렸다.

"하지 마……."

"……."

"진짜, 내가, 죽는 줄 알았어."

여을이 자신 때문에 죽는 건 아닐까란 생각 때문에 더 무서웠다. 부산에서 만나게 된 걸 기회라고 여겼던 자신이 멍청하게 느껴졌었다.

제게는 기회였던 게, 여을에게는 불운이었던 건 아닐까란 생각이 들었다.

뚝뚝 눈물을 흘리는 유제에 여을이 애써 힘을 내며 그의 눈물을 닦아내려 했지만, 결국 부족한 힘 때문에 손이 툭 떨어졌다.

"너 눈 떴을 때, 옆에 같이 있어줘야 했는데 그러지 못해서 미안해."

"민석이가 너 일하게끔 보냈다는 얘기 들었어."

"……."

"오히려 내 옆에서 퀭하게 있었으면 더 싫었을 거야."

등을 토닥일 수가 없어, 침대 위로 올라온 그의 손을 잡았다. 힘이 들어가지 않기 때문인지 유제가 대신 그녀의 손을 꼭 잡았다.

"왜 울고 그래."

"민석이한테도 전부 얘기 들었어. 왜 그렇게 혼자서만 감당하려고 해. 어?"

"……."

"조금쯤은 나한테 기대도 되잖아. 너한테 떳떳한 사람 되고 싶
어서, 믿음직한 사람 되고 싶어서 진짜, 정말로……."

열심히 살아왔는데……. 그 말을 흘렸다. 저를 보기만 하는 여
을에게, 그리고 이제 막 눈을 뜬 여을에게 제 울분을 토해내고
있었다. 유제가 숨을 삼켰다.

이런 일을 자신에게 제일 먼저 말했어야 했다. 여을이가 민석
이에게 일을 시키고 난 뒤, 두 사람이 감당했을 두려움을 생각했
다.

"미안해. 네가 믿음직하지 못해서, 너한테 말 안 한 거 아니
야."

여을이 조금 울먹거리는 목소리로 중얼거렸다.

"나도 너한테 가장 먼저 말하고 싶었어……. 근데, 네가, 내가
하는 행동을 싫어할까 봐……. 그래서 제일 먼저 말하지 못한 거
야……."

"뭐 때문에."

"……."

"뭐 때문에 내가, 네가 하는 행동을 싫어할 거라 생각했는데."

여을의 작은 손은 그의 큰 손에 쏙 들어왔다. 유제가 붉어진
눈으로 대답이 없는 여을을 향해 말했다.

"나는 있잖아. 네가 정의로움을 보여준 것도 좋았다. 강단 있
고, 당차고, 당당했던 네 모든 게 좋았어. 존경할 수 있는 부분
이라고도 생각했어."

유제가 빠르게 말을 이었다. 법원 앞의 사거리를 지나갈 때마

다 앞으로 여을을 떠올릴 거다. 그건 민석 역시 마찬가지일 거고.

"근데, 이번 일 겪고 나서 든 생각은, 네가 불의를 보고 참았어도 나는, 널 싫어하지 않았을 거란 거야."

"……."

"네 모든 걸, 네가 하는 행동 모든 걸 응원하고, 도와주고 싶지만……. 그게 내 옆을 떠나는 거라면 싫어……. 이번 순간만큼은 네가 조금, 비겁했으면 좋겠다는 생각도 했었어."

"유제야."

"네가 비겁해도, 도망가는 사람이어도 난 괜찮아. 상관없어."

여을이 마른침을 삼켰다. 윤유제가 이렇게까지 말할 정도였더라면, 자신이 눈을 뜨기까지 얼마나 큰 두려움에 떨었는지 짐작할 수 있었다.

유제가 말을 끝내자 그의 떨리는 숨소리만 들려왔다. 내려앉은 침묵에 그가 손등으로 눈가를 벅벅 문질렀다. 그 모습이 꼭 고등학생의 윤유제를 떠올리게끔 만들었다.

"너한테…… 줄 게 있어."

그 침묵을 끝낸 건 여을이었다. 유제가 고개를 들고 여을을 보았다. 그녀가 손가락 끝으로 에코백 하나를 가리키자 그가 대신 들고 와서 침대 위에 올려주었다. 가방 안에는 노트북이 있었다. 작고 가벼운 노트북에 유제가 고개를 갸웃했다. 여을은 그걸 유제의 품 안으로 들이밀었다.

"여기에 나랑 윤 회장님이 대화한 거 저장돼 있어."

"……뭐?"

"아마, 너한테 도움이 될 거야. 그리고 동시에, 네가 윤 회장님을 더 싫어하게 될 거고."

"……."

"네가 힘들 때, 코너에 몰렸을 때 주려고 했었어. 근데 윤 회장님이 민석이를 먼저 건드린 바람에…… 이렇게 된 거고."

그녀가 숨을 한 번 크게 들이마셨다가 내뱉었다. 사고 때문인지, 수술 때문인지 온몸이 아팠다. 유제가 가방 끈을 꾹 잡았다.

"앞으론…… 너한테 제일 먼저 말할게."

유제가 여을을 빤히 바라봤다. 그냥 그는 그녀의 모든 것들이 사랑스러웠다. 예쁘고, 사랑스럽고, 안타까웠다.

자신의 아버지인 윤 회장이 어떤 존재인지 그 누구보다 잘 알고 있으면서도 결국엔 혈연이라는 이유만으로 머뭇거렸다. 유제가 느릿하게 손을 뻗어 그녀의 몸을 꼭 안았다. 품 안에 안긴 여을이 그의 옷자락을 꾹 쥐었다.

"나 냄새날 텐데."

씻지도 않아서.

"하나도 안 나."

그 대답에 그녀가 작게 웃음을 터뜨렸다.

"거짓말."

"……나도 너한테 할 말 있어."

"응."

여을이 조심스럽게 몸을 떼어냈다.

"윤 회장님 오늘 압수수색했고, 곧 있으면 기소도 되겠지."

"……."

"너희 아버님에 대한 이야기가 나올 수도 있어. CCTV에 아버님이 가방 들고 나오는 모습 찍혔거든."

유제는 머뭇거림 없이 덤덤하게 말을 했다. 이 이야기를 꺼내는 유제의 잘못도 아니었고, 여을의 잘못도 아니었다. 그녀가 응, 하고 짤막하게 고개를 끄덕였다. 유제가 하고 싶은 말이 어떤 말인 줄 알았다. 아마 여을의 부친에 대한 조사가 나올 것이다.

가방 안에 든 게 무엇인지, 윤 회장과는 무슨 사이인지, 조사하다 보면 여을의 친부라는 것도 알 수 있게 되겠지.

"괜찮겠어?"

"아버지가 뿌린 씨앗인걸."

"……"

"그럼 거두는 것도 아버지가 해야지."

그녀가 아무렇지 않은 얼굴로 대답했다. 아버지가 죽었다고 말했는데, 살아 있단 걸 알게 되면 많은 사람들이 경악하겠지. 어떤 얼굴로 자신을 볼지 눈에 선했다.

자식 된 도리도 모르는 계집애라고 손가락질할지도 모른다. 그리고 여을은 여태까지 그런 손가락질을 수도 없이 많이 받아왔다. 그랬기에 상관이 없었다.

시간이 지나면 죄다 무덤덤해지는 것들이었다.

"우리 아버지 이야기 나오면, 윤 회장님 이야기도 같이 나올 거야. 네 이야기도."

"……응. 각오한 일이야."

"1차장검사님은 이미 알고 계시던데."

"2차장검사님도 이제 아셔."

"……"

"디케이 일은 이제 2차장검사님이 진두지휘할 거야. 나는 팀에서 빠지려고."

"어째서?"

여을이 이유를 모르겠다는 듯 인상을 살짝 찡그렸다.

"내가 윤 회장님 아들이란 게 밝혀지면, 이야기가 이상하게 돌지도 모르니까."

그녀처럼 '자식' 운운하며 손가락질을 받는 정도가 아니었다. 유제 쪽은 부정부패 혹은 직업윤리와 관련된 뒷이야기가 나올 수도 있었다. 그렇지만 유제가 여을의 선택을 존중하듯, 그녀 역시 그의 선택을 존중했다. 그는 조언이 필요하지 않은 어른이었고, 이미 생각을 끝마친 사람으로 보였다.

여을이 작게 고개를 끄덕이자, 유제가 손을 들어 그녀의 볼을 만지작거렸다. 여전히 보드라운 볼이다. 볼에 입술을 맞추고 싶은 강렬한 욕구가 들었다. 그의 몸이 느릿하게 그녀에게 다가왔다.

"……냄새, 날 거야."

"안 난대도."

가까이 다가온 유제의 얼굴에 그녀가 숨을 들이켰다. 몸이 바짝 굳었다. 냄새가 나면 어쩌지. 조마조마하는 그녀의 기색을 읽은 모양인지 그가 느릿하게 웃었다.

천천히 다가오는 유제에 여을이 눈을 질끈 감았다. 여을이 무슨 생각을 하고 있는지 눈에 선했기 때문에 유제가 작게 웃음을 터뜨리고는 그녀의 볼에 짧게 입을 맞췄다.

촉, 하고 닿았다가 떨어지는 몸에 그녀가 또 한 번 움찔했다.

입술에 하는 줄…… 알았다. 놀란 그녀가 저도 모르게 손으로 제 입가를 가렸다. 혼자 이상한 생각을 한 듯했다.

"왜 그래?"

"……아무것도."

"입술에 할 줄 알았어?"

유제의 손에 놀아난 느낌이다. 그녀가 밉지 않게 흘겨보자 그가 킥킥 웃었다. 그는 그녀를 천천히 눕혀주었다. 침대 베개에 머리가 맞닿자 유제가 다시 한 번 의자에 털썩 앉았다.

"집에 안 가?"

"여기 있다가 출근하지, 뭐."

"무슨 소리야. 나도 편하게 쉬고 싶으니까 집에 가."

"내가 있음 불편해?"

"신경 쓰인단 말이야. 너도 출근할 때 불편하고."

대학병원과 검찰청 사이의 거리가 멀다 보니 더더욱. 여을이 빨리 가라는 듯 손을 휘이휘이 저었다. 꼭 파리 내쫓는 듯한 손짓이었다. 유제가 인상을 찡그리고 가고 싶지 않은 티를 팍팍 낼 때였다.

"나 퇴원할 때 데리러 와."

"……."

"그때는 네가 먼저 가겠다고 해도 안 보내줄 거니까."

"여을아."

"늦었어, 얼른."

빨리 가라고 보채는 시늉에 유제가 한숨을 내쉬고는 자리에서 일어났다. 역시 그는 그녀의 말을 따르는 사람이었다. 문이 닫히자 여을이 멍하니 병실의 천장을 바라봤다. 그러고는 민석이 대신 주고 간 핸드폰을 꺼냈다. 병원에 있으면 심심할 테니 제 핸드폰이라도 갖고 놀라는 의미였다. 또 무슨 일이 생기거든 이 핸드폰으로 연락하면 된다는 의미였다.

여을이 핸드폰 키패드를 보며 번호를 꾹꾹 누르기 시작했다. 외울 생각은 없었지만 몇 번씩 보는 바람에 저절로 머릿속에 남은 번호였다. 째깍째깍 움직이는 초침을 보고 있을 때였다. 초침이 반 바퀴를 돌 때였다.

[여보세요?]

"저예요."

[여을이?]

"네, 아버지."

[왜, 왜? 혹시 무슨 일 생겼어? 아빠가 바로 병원으로 갈까?]

수화기 건너편에서 "뭔 일 생겼대요?" 하는 봉식의 목소리가 들려왔다.

"아뇨, 무슨 일이 생긴 건 아니고요."

[어? 그…… 럼?]

여을이 침묵을 지켰다. 서로의 숨소리만 들리는 시간이 꽤 길어졌다. 태영은 여을을 닦달하지도 않고 차분히 기다렸다.

"한 번만."

그녀의 목소리가 조금 줄어들었다.

"한 번만, 도와주세요."

[그러니까 뭘……?]

약간 모르겠다는 눈치에 여을이 설명을 이었다.

"윤 회장 구속영장 받았어요. 곧, 기소될 거예요. 압수수색 들어갔으니까 아버지가 윤 회장 집으로 들어가는 CCTV 보고 아버지 찾을 거고요."

어디서 숨을 크게 들이켜는 소리가 들려왔다. 그게 태영의 것인지 아니면 바로 옆에 있는 봉식의 것인지는 알 수 없었다.

"아버지가 나서서, 먼저 말씀해 주셨으면 좋겠어요. 윤 회장이랑 어떻게 된 건지 말이에요."

[……그거 말하면.]

이번에 입을 다문 건 여을 쪽이었다.

[직원들이 내가 살아 있다는 거 알게 되는데?]

주위 사람들에게 아버지가 죽었다고 했던 그 거짓말을 들켜도 상관없냐는 물음이었다. 여을이 저도 모르게 침대 시트를 꽉 잡았다가 폈다.

"네."

[…….]

"한 번만 유제 도와주세요."

서로가 말이 없었다.

[……알겠다.]

긍정의 말이 나오자 그녀가 침을 꼴깍 삼켰다. 다시 한 번 몸이 저릿하게 아파왔다.

"그럼…… 전화 끊을게요."

통화 소리만 들리던 병실은 순식간에 고요해졌다.

## 12장.
### 긴 싸움의 시작과 끝

─디케이 시행 비리! 정계부터 시작해서 언론까지…….

대서특필된 뉴스 기사를 보던 2차장검사가 인상을 찡그렸다. 자극적인 제목을 읽은 다음, 기사 내용으로 눈을 돌린 찰나였다.

똑똑. 회의실의 문을 두드리는 소리에 사람들의 시선이 죄다 문 쪽으로 향했다. 문틈으로 보이는 건 수사관 한 명이었다.

"무슨 일이에요?"

"손님이 한 분 찾아오셔서요."

"손님?"

올 사람이 없는데. 김 검이 고개를 갸웃했다. 이봉식 씨한테도 증인 요청을 했고, 박 부사장이 속한 신문사의 기자들 몇몇에게도 증인 요청을 해뒀다. 더 이상 사람이 올 상황은 아닐 때였다.

"들어오시라고 해요."

유제의 말에 문이 조금 더 열렸다. 보이는 건 허름하지만, 최대한 깔끔하게 입은 태영이었다. 처음 보는 인물에 2차장검사와 김 검이 의아한 얼굴을 할 때였다.

"아, 그 CCTV……!"

김 검이 떠올랐다는 듯 중얼거리자, 태영이 김 검을 보다 유제에게 말을 붙였다.

"검사님한테……. 드릴 말씀이, 있어서요."

"네."

"제가, 구여을이 아버지 되는 사람입니다."

"네?!"

놀란 김 검이 펄쩍 뛰었다. 그 비명과 같은 소리에 2차장검사가 당황한 듯 김 검을 바라보았다. 김 검이 저도 모르게 자신의 입을 틀어막았다. 여을은 자신의 아버지가 죽었다고 했었다.

"죄, 죄송합니다."

"일단 앉으시죠."

유제의 권유에 태영이 조심스럽게 엉덩이를 붙였다.

"무슨 일로……."

"제가 윤 회장님께서 부르셔서 간 적이 있습니다."

여을에게 부탁받았던 대로 태영은 솔직하게 말했다. 윤 회장과 만나게 된 계기, 돈을 받았던 이유, 그리고 그 돈이 여을에게 갔다가, 다시 윤 회장에게로 돌아갔다는 말까지. 이야기를 들으면 들을수록 김 검의 표정이 굳어졌다가, 하얗게 질렸다가를 반복했다.

이제는 기절하기 일보 직전의 사람처럼 변한 얼굴이었다.

죽은 줄 알았던 여을의 아버지가 살아 있다는 것도 놀라웠고,

유제가 윤 회장의 아들이라는 점 역시 놀라웠다. 아니, 이건 오늘 자 부산신문보다 더 자극적인 내용이었다.

"예, 먼저 오셔서 말씀해 주신 점 감사합니다."

"네. 혹시 더 필요한 부분이 있으시면 이 번호로 연락 주십시오. 그럼……."

태영이 눈치를 보다가 조심스럽게 회의실을 빠져나갔다. 한차례 폭풍이 휩쓸고 갔는데도 정작 2차장검사와 유제는 놀라지 않은 얼굴이다.

둘 다 이 사실을 알고 있다는 얼굴에 김 검이 침을 꼴깍 삼키고 물었다.

"아, 안 놀라세요?"

"놀랄 게 뭐 있다고."

법조계에서 일하다 보면 이보다 더한 일들을 더 많이 접한다. 2차장검사가 평온을 유지할 때, 유제가 대뜸 물었다.

"차장님."

"응?"

유제가 고개를 들었다.

"오늘 저녁에 시간, 되십니까?"


충격적인 소식을 들었지만 일은 계속해야 했다. 부산 지부 사무실 CCTV를 전부 돌려보고 있을 때였다. 펜트하우스나 부산 지부 사무실에 노골적으로 다녀간 사람은 없었다.

"어, 구 선생님이다."

유제의 시선이 CCTV로 향했다. 종이 가방을 들고 들어갔다가, 빈손으로 나오는 모습이었다. 이때 다친 모양인지 손을 이마에 대고 있는 상태였다.

"이때가 그 돈 돌려 드리는 건가 봐요."

"그런가 봅니다."

"아버지 계실 줄은 생각도 못했어요."

김 검이 커피를 쪽쪽 빨았다. 좋아하지도 않는 커피를 마시는 이유는, 그거라도 마시지 않으면 금방 정신을 놓을 거 같았기 때문이었다. 그 옆에서 역시 커피를 마시면서 정신을 깨고 있는 유제가 김 검을 바라봤다.

테이크아웃 잔을 꼭 잡고 있는 김 검의 표정은 조금 묘했다. 충격을 받기는 했지만, 여을에 대한 실망감 같은 건 보이지 않는 듯했다.

"생각보다 이렇다 할 반응이 없네요."

유제의 중얼거림에 김 검이 어처구니없다는 듯 웃었다.

"그거 제가 할 말 같은데요. 윤 검사님은 알고 계셨죠?"

"뭐."

그가 미묘한 긍정을 내뱉었다. 김 검이 "그럴 줄 알았어요." 하고 중얼거리며 의자에 등을 기댔다. 끼그덕, 낡은 의자 소리가 다시 한 번 들렸다.

"뭐, 옆에서 오래 봐왔잖아요."

그 상대가 여을이라는 걸 김 검은 쉽게 알 수 있었다.

"이유 없이 그런 말씀 하실 분 아니라는 거 알고……. 그렇게 칼 같은 구 쌤이 그럴 정도면 이유가 있는 거겠죠."

"신뢰가 대단하네요."

"어휴, 구 쌤이 얼마나 공사 철저한데. 처음 봤을 때는 거칠기가 사포의 그것과 비슷했다니까요."

분위기를 가볍게 만드는 김 검의 농담에 유제가 픽 웃었다. 김 검이 CCTV 화면 속의 여을을 툭, 하고 건드렸다.

"게다가, 혼자서 돈 돌려주러 간 구 쌤이 이유 없이 그럴 거란 생각도 하지 않고. 사정이 있었겠죠."

"……."

"윤 회장님 독대했을 거 아니에요. 얼핏 봐도 포스 엄청난 사람이던데, 구 쌤은 어떻게 혼자 상대할 생각을 했지."

"누구보다 못난 모습을 잘 아니까요."

유제가 자리에서 일어났다. 곧 윤 회장을 심문할 시간이 다가왔다. 여을은 윤 회장이 무섭다기보다는 가소로웠을 것이다. 과거의 모습을 다 알고 있었고, 어차피 그런 사람이라는 것도 이미 알고 있었다. 온갖 더러운 짓을 하고 다녔던 사람이 멀쩡히 회장 노릇을 하고 있으니 얼마나 같잖았을까.

"구 쌤도 아시죠?"

"알고 있어요."

"……."

"제 못난 모습은 여을이가 다 알고, 여을이의 못난 모습은 제가 다 알고 있죠. 그런 사이에요."

웃음이 나올 만한 상황이 아닌데도 유제의 입가에는 옅은 미소가 걸려 있었다.

"이제 심문하러 가봅시다."

유제가 일어나자 김 검도 뒤따라 일어났다. 몇 시간 동안 심문을 하게 될지 가늠도 되지 않았다. 윤 회장인 제 아버지가 순순히 말할 사람도 아니었고.

김 검과 유제가 심문실 쪽으로 함께 걸어갔다. 드라마에서나 볼 법한 어두컴컴한 심문실 안에는 윤 회장의 뒷모습이 보였다. 이런 자리에서도 끝까지 뻔뻔한 아버지다웠다.

유제가 안에 들어가자 윤 회장이 고개를 들고 그의 얼굴을 확인했다. 왔느냐는 눈빛으로 맞은편 자리를 가리켰다. 앉으라는 신호였다. 손님이 주인 노릇을 하고 있으니 김 검은 기가 찼다.

"시작하죠."

"내 심문을 네가 하는 거냐?"

윤 회장의 물음을 무시한 채 유제가 그의 계좌를 보였다.

"신부산파 쪽으로 삼천만 원이 들어간……."

"아무리 네가 내 아들인 게 싫다 하더라도, 핏줄인 건 변함없다. 그리고 사람들이 나만 물어뜯을까? 너도 같이 물어뜯기게 될 거다."

"이런 자리에서도 자기 할 말만 하시는 윤 회장님 참 대단하시네요. 신부산파에 삼천만 원 들어간 이유가 뭡니까?"

유제가 다시 한 번 물었다.

"이 돈은 전부 서 의원 쪽으로 들어갔죠? 박 씨 시켜서 한 거 맞잖습니까."

돈을 준 리스트가 쭉 나열되어 있었다. 모르는 척하려고 해도 눈앞에 훤히 있는 증거들에 유제가 말했다.

"너무 빼도 박도 못한 증거라 부정하지도 못하실 텐데."

"내가 이것들을 인정하면."

윤 회장이 웃었다.

"나한테는 뭐가 오지?"

중간에 끼어 있는 김 검이 윤 회장과 유제의 눈치를 살폈다.

"네가 내 핏줄이기 때문에, 인정하고 사실대로 진술할 수도 있지. 어차피 네가 날 법정에 세울 수 있는 것도 아니고."

어차피 끽해야 한 자릿수로 징역을 선고받을 것이다. 윤 회장이 돈이 없는 것도 아니고, 유능한 변호사들을 선임해서 항소한다면 징역형은 더 줄어들겠지.

"그럼 넌 나한테 뭘 해줄 수 있니, 유제야."

너무 노골적인 말이었다.

"쉽게, 쉽게 갈 수도 있어."

윤 회장이 악마처럼 웃었다. 너무 노골적으로 보이는 욕망에 유제가 저도 모르게 주먹을 쥐었다가 폈다.

"어때? 괜찮지 않니?"


똑똑. 마호가니색 문을 두드린 유제가 안에서 들어오라는 소리만이 나오기를 기다리고 있었다. 구두코로 바닥을 툭툭 두드리고 있을 때, 안에서 익숙한 목소리가 들려왔다.

"들어와."

2차장검사의 목소리에 유제가 문손잡이를 잡고 조심스럽게 돌렸다. 책상에 앉아 있던 2차장검사가 들어온 유제를 향해 웃으며 자리에서 일어났다.

심문을 끝내고 온 듯했다. 윤 회장이 유제에게 감형을 조건으로 거래를 제안했다는 것도 들었다. 아마 이에 대해서 할 말이 많을 것이다. 유제나, 2차장검사 쪽이나.

2차장검사는 유제에게 자리를 권하며 먼저 소파에 앉았다.

"무슨 할 말이 있어서 이리 진지하게 온 걸까 싶네."

허허, 2차장검사가 사람 좋게 웃었다. 유제도 조심스럽게 웃었다.

"저녁이라도 같이 먹으면서 말씀을 드려야 하는데, 바쁘다 보니까……. 이렇게 되네요."

"지금 우리가 저녁 먹을 시간이 어딨나."

지방신문에서 대대적으로 나오는 기사들과 더불어, 기자와 시민단체들의 시선들이 전부 검찰청을 향하고 있었다. 한 마디로 밥 먹고, 잘 시간도 없이 빠듯하게 움직이고 있었다.

유제는 지금 저 대신 윤 회장을 심문하고 있을 김 검의 얼굴을 떠올렸다. 커피는 잘 마시지도 않던 김 검이 쓰디쓴 아메리카노를 쭉쭉 들이켜고 있는 걸 몇 번이나 봤었다.

"할 말은?"

"우선 드리고 싶은 게 있습니다."

"뭐야?"

유제가 품에서 USB를 하나 꺼내 들었다. 주고 싶다던 게 USB인 모양이다. 여기에는 또 뭐가 든 건가 싶어 2차장검사가 고개를 갸웃했다.

"구 선생과 윤 회장의 대화가 저장돼 있습니다."

"뭐?"

"여을이가 핸드폰으로 녹음해서 빼놨다더라고요. 이번에 일어난 뺑소니 사고도 윤 회장이 이것 때문에 저지른 일 같습니다."

그게 무슨……. 2차장검사가 혼란스러운 얼굴을 했다. 지금이라도 당장 연결해서 틀어보고 싶었다.

"내용은 간단합니다. 윤 회장이 서 의원을 비롯해서 사람들한테 돈을 줬다고 인정하는 게 녹취되어 있습니다."

"……."

"그리고, 이미 들으셨겠지만 진술에 대한 인정을 조건으로 감형을 요구했습니다."

사전형량조정제도를 법으로 인정하고 있지는 않으나, 다들 쉬쉬하는 경향이 조금 있었다. 윤 회장의 거래를 승낙하면 일이 조금 더 쉽게 풀릴 것이다.

지금처럼 잠도 못자고, 제대로 밥도 못 먹는 일을 계속하지는 않을 거다. 비포장도로가 아니라 순식간에 포장도로를 걷게 되겠지. 2차장검사는 아무 말도 하지 않고 유제를 보고만 있었다.

"저는, 조금 힘들더라도 돌아가고 싶습니다."

"자네가 시작한 일이니, 자네가 하고 싶은 대로 하면 되는 거 아닌가. 선택은 자네 몫인데."

"……저는 이 팀에서 빠지고 싶습니다."

"뭐?"

"이유는 아시지 않습니까."

유제는 윤 회장의 아들이기도 했다. 자신이 윤 회장의 아들이라는 걸 인정하고 싶지 않지만, 어디까지나 아들은 아들이었다. 변호사는 친족 간의 선임 제한이 없지만, 검사는 아니었다. 자신과 관련된 사람을 공소할 수 없기에 2차장검사의 이름으로 기소된 시점부터 유제는 팀에서 나와야 했다.

"제가 윤 회장과 부자지간인 거 알게 되면, 봐주기식 수사로 사람들의 눈에 비칠까 봐 걱정됩니다."

유제가 아무리 높은 구형을 요구하더라도 그 시선을 피할 수가 없을 것이다. 뒷이야기가 나올 게 분명했다. 그게 긍정적인 이야기든, 부정적인 이야기든 말이다.

"저 혼자 시작했고, 저 혼자 진행한 일이라면 어떤 손가락질이라도 받을 생각이었습니다."

혼자 짊어지고 가는 일이라면 상관이 없었다. 그는 손가락질을 받고 뒷이야기를 듣는 것에 익숙한 사람이었으니까.

"윤 회장이 저를 위해서, 제가 아들이라는 이유로 전부 인정하고 감형을 받는다 생각하면 그건 옳지 못한 일이라고 생각됩니다. 전…… 공정하고 정의롭게 윤 회장이 심판받기를 원합니다."

"……"

"그게 빙 돌아가는 길이라고 해도 말입니다."

"시작도, 끝도 자네 멋대로군."

"죄송합니다."

"일이 성공적으로 마무리돼도 자네에게 돌아가는 공은 없을 거야."

"애초에 뭔가를 원해서 시작한 일은 아닙니다."

"윤 회장 일에서 손을 떼면 뭘 할 건데? 지금 우리는 손이 부족해."

"후임은 제가 구해뒀습니다. 저는, 윤 회장 일에서 손을 떼고 신부산파 뺑소니 사건을 맡을 생각입니다."

아들이라는 걸 몰랐기 때문에 일을 진행할 수 있었지만, 아들이라는 걸 안 뒤로도 유제가 이 일에 계속 개입되는 건 무리가 있었다.

"……죄송합니다."

2차장검사가 유제를 빤히 쳐다봤다. 애초에 증거가 너무 명백한 사건이라 윤 회장의 구형은 확실했다. 어떤 반응을 해야 할지 도무지 감이 잡히지 않았다. 2차장검사가 이마를 툭툭 두드렸다.

유제가 팀에서 빠지겠다는 이유가 공적이기 때문에, 납득이 갔기 때문에 말릴 수가 없었다. 그가 윤 회장의 아들이라는 걸 알게 된 사람이 벌써 여럿이다.

윤 회장을 조사하다 보면 유제가 그의 아들이라는 것도 쉽게 알 수 있을 것이고. 그렇게 되면 그 이후가 더 혼란스러울 거다. 2차장검사가 한숨을 내뱉었다.

공정하고 정의롭게 윤 회장이 심판받기를 원한다라.

"……만약, 도움이 필요할 때는 언제든지 자네를 부를 거야."

"……."

"자네 혼자 편하게 일하는 건 못 보겠으니까 말이야."

뺑소니 사건을 파헤치는 게 쉬운 일은 아니지만, 2차장검사는 부러 그리 말을 했다.

"한동안 우리가 일하는 만큼, 사건들 자네 품에 떠넘겨 줄 테니 각오해."

2차장검사가 자리에서 일어났다.

"자네 뜻대로 해."

팀에서 빠져도 된다는 허락이었다.

"감사합니다."

유제가 테이블에 올려둔 USB를 뒤로한 채 집무실을 벗어났다. 어깨 위에 무겁게 내려앉았던 짐이 한결 가벼워진 느낌이다. 동료 검사들에게 가졌던 죄책감의 무게였다. 그가 두 손으로 얼굴을 벅벅 문질렀다. 여을을 보러 가기 위해 병원으로 향하려는데 핸드폰이 윙 울렸다. 메시지의 주인공은 민석이었다.

여을과 민석이 함께 찍은 사진을 보내왔다.

"윤 검사님, 퇴근이세요?"

"네?"

정시에 퇴근하는 유제가 신기한지 이 선생이 고개를 갸웃했다. 지금쯤 한창 바쁠 시간인데. 같은 팀에 있는 김 검은 일을 하고 있고, 유제는 퇴근이라니.

"네. 퇴근합니다."

"벌써요?"

"네."

여전히 놀라운 듯 쳐다보는 이 선생님을 뒤로한 채 유제가 가뿐한 걸음으로 검찰청을 벗어났다. 차에 올라탄 그가 익숙하게 시동을 걸고 액셀을 밟았다.

천천히 검찰청을 빠져나간 차가 이제는 익숙한 대학병원을 향하고 있었다. 유제는 잠시 신호가 멈춘 틈을 타서 다시 핸드폰을 확인했다.

또 여을과 함께 사진을 찍은 민석이 '윤 검사님만 일하는 중~' 하고 저를 놀리는 듯한 짧은 메시지를 보냈다. 한때 열심히 엇나간 녀석 답지 않게 귀여운 어투였다.

부산에 온 게 바로 벚꽃이 막 피던 시기였는데 이제는 꽃이 전부 지고 여름이 오고 있었다. 한참을 운전한 그가 병원 주차장에 차를 세우고는 안으로 들어갔다.

"엥? 윤 검사님?"

대학병원 안으로 들어가는 봉식과 눈이 마주쳤다.

"아, 구 쌤 보러 오셨구나. 구 쌤 깨어난 거 아시죠?"

"네. 어제 새벽에 다녀왔다 갔습니다."

봉식이 머리를 긁적였다.

"구 쌤, 대단하시더라고요."

"네?"

"민석이한테 들었거든요. 민석이 위해서 행동하신 거……. 저

라면 그렇게까지 못했을 거 같아서."

"……."

"내색도 없고, 어른이니까 당연히 해야 하는 행동이라고 말하는 것도 그렇고요. ……배울 점이 많은 분 같아서요."

"……."

"민석이가 따를 만했네요."

봉식은 여을을 너무 가볍게 본 거 같아서 민망했다. 두 사람의 걸음이 자연스럽게 여을이 있는 병실로 향했다.

"다음에 제대로 인사드려야 할 거 같아요."

허허, 웃는 봉식에 유제는 더 이상 아무 말 하지 않았다. 1인실 안에서 민석이 조잘조잘 떠드는 소리가 들려왔다. 여을은 맞장구치고, 때때로 웃고, 평화로운 목소리였다. 유제가 조심스럽게 문을 열자 민석이 눈을 동그랗게 떴다.

"어? 윤 검사님 퇴근했어요?"

"그래."

"와, 정시 퇴근한 게 얼마만이래요. 어, 봉식이 형도 왔네!"

"안녕하세요, 구 선생님."

"안녕하세요."

여을이 꾸벅 인사했다. 봉식이 유제와 여을을 번갈아 보더니 민석을 향해 손짓했다.

"저녁 안 먹었지? 저 민석이 저녁 좀 먹이고 오겠습니다."

일부러 자리를 비켜주는 봉식의 태도에 여을이 픽 웃었다. 병실의 문이 닫히고 두 사람만이 남았다. 유제가 자연스럽게 민석이 앉았던 자리로 다가갔다.

"그런데, 정말 어쩐 일로 정시 퇴근을 했어? 할 일 많은 거 아니었어?"

"뭐, 오늘 하루만 빠진 거지. 내일부터 다시 바쁠 거야. 몸은 좀 어때? 괜찮고?"

"응. 상처 때문에 아픈 거 빼면 멀쩡해. 이만한 게 다행이지."

유제가 자리에 털썩 앉았다. 침대 헤드에 몸을 기대고 있던 여을이 유제를 빤히 바라봤다. 윤유제가 할 말이 있다는 걸 쉽게 알 수 있었다.

"할 말 있지?"

"귀신같다."

유제가 픽 웃으며 시선을 내리깔았다.

"윤 회장님, 기소됐어. 그리고 아버님 다녀가셨고."

"……."

"네가 준 USB도 2차장검사님께 드렸고."

유제가 멋쩍은 듯 웃었다.

"네 도움, 정말 많이 받았어."

하나부터 열까지, 여을의 도움을 받지 않은 게 없었다. 유제가 머리카락을 넘겼다.

"그리고 팀에서 빠지기로 했어."

생각보다 팀에서 나오는 일이 빨라졌다. 여을이 저도 모르게 입술을 달싹였다. 왜? 라고 물어보려다가 그만뒀다.

"원래 친족 수사는 못하게 되어 있기도 하잖아."

호적상에는 자신이 윤 회장의 아들이 아니긴 하지만 말이다.

"또 윤 회장님이 '아들을 위해서' 다 인정할 테니, 감형을 요구하기시도 했고."

"……."

"이제 네 뺑소니 사건 범인 잡는 일 하려고."

"너무 사적인 감정 들어가는 거 아니야?"

"애초에 검사 된 것도 사적인 감정인데."

유제가 손을 뻗어서 그녀의 머리를 스르륵 넘겼다. 손길은 조심스럽고, 또한 애틋했다.

"여을아."

"응."

바라보는 눈빛에 여을의 목울대가 살짝 움직였다.

"이번 사건들, 재판 다 끝나고 나면."

그가 새로 맡게 될 뺑소니 사건을 말하는 게 아니었다. 디케이가 관련된 일련의 사건들을 이야기하고 있다는 걸 그녀는 쉽게 알 수 있었다.

"아마…… 넌 결혼이란 제도가 싫을 수도 있고, 또 누군가랑 함께 사는 게 달갑지 않을 수도 있겠지만."

목이 막혀왔다. 무슨 말을, 어떤 말을 해야 할지 알 수가 없었다.

"재판이 다 끝나고 나면 우리 관계 조금 더 진중하게 시작해 볼 생각, 없어?"

"유제야."

여을이 조용히 대답했다.

"나는 사실…… 다 두려워. 윤 회장님도, 우리 아버지와의 관계도……, 결혼이란 제도도……, 부모가 되는 것도……."

그녀가 주먹을 한 번 꽉 쥐었다가 폈다.

"근데 네가 내 옆에만 계속 있어준다면, 하나도 두렵지 않을 거 같아."

"……."

"네가 내 옆에만 있으면, 두려워도 괜찮을 거 같아."

여을의 입술 끝이 부드럽게 말려 올라갔다.

"모든 게 다 끝나면, 그럼, 조금만 더 진지해져 보자."

여을을 빤히 보던 유제의 눈이 그녀의 입술로 향했다. 분명히 닿아 있는데도, 더 닿고 싶었다. 함께 있는데도, 더 함께 있고 싶었다.

제 남은 모든 일생에 구여을이 있으면 좋겠다는 그런 욕심이 들었다.

"여을아, 입 맞춰도 돼?"

그 물음에 여을이 작게 웃으며 고개를 끄덕였다. 천천히 다가오는 그의 입술이 그녀의 아랫입술에 조심스레 닿았다.

그리고 그녀는 제 욕심에 응해줄 것이라고, 그는 굳게 믿었다.

유제는 핼쑥했던 어제와는 달리 깔끔한 얼굴이었다. 단정하게 넘긴 머리카락과 깔끔한 양복. 그리고 손질된 구두까지.

"윤 검사님, 오늘 되게……."

"네?"

뭐랄까, 되게 힘을 준 느낌이다. 김 검이 그 말을 뒤로 삼켰다. 아무 말도 하지 않는 김 검에 유제가 고개를 갸웃하면서 취조실로 내려갔다.

오늘을 마지막으로 이 사건에서 손을 뗀다. 유제가 디케이를 압수수색 했다는 이야기 들은 몇 사람들이 그를 힐긋힐긋 바라보고 있었다.

"윤 검사님……."

발령받은 지 몇 개월 되지 않는 검사가 검찰청의 뜨거운 감자가 되었으니 그럴 수밖에 없었다. 취조실 문을 열자 보이는 윤 회장에 그가 숨을 멈추었다.

"왔나?"

"예."

"내가 한 제안은 어떻게 생각……."

유제는 자리에 앉지 않았다. 대신, 맞은편에 자리를 잡은 건 햇병아리라고 할 수 있는 김 검이었다.

"앞으로 김 검이 윤 회장님을 상대할 겁니다."

"뭐?"

윤 회장의 미간에 살짝 주름이 졌다. 이 말의 뜻을 이해 못 할 윤 회장이 아니었다. 이 말은 즉슨, 자신이 한 제안을.

"제안은 거절하겠습니다."

"윤유제."

"윤 회장님이 인정한다고 말씀하시지 않으셔도 됩니다. 검사들은 그렇게 무능하지도, 호락호락하지도 않으니까요."

유제의 손이 김 검의 어깨에 살짝 닿았다.

"빙 돌아가는 길을 선택하겠습니다."

"윤유제. 네가 내 아들이라는 사실은 변함이 없고, 이건 여전히 너한테 변수로 적용될 거다."

윤 회장은 유제가 자신의 제안을 받아들이지 않을 거란 걸 대충 짐작은 했었다. 손을 잡을 인간이었다면 진작 잡고도 남았고, 벌써 디케이에 들어오고도 남았다.

"상관없습니다. 위기는 곧 기회란 말이 괜히 있는 게 아니니까요."

"……."

윤 회장의 눈이 매섭게 올라갔다.

"윤 회장님이 호적에 올려준다고 말할 때 거절하기를 잘했단 생각이 드네요."

"……윤유제."

"제가 윤 회장님의 혼외자식이라는 게 기사로 나간다면."

김 검이 움찔했다. 윤 회장의 아들이라는 걸 숨겼기에 복잡한 가정사가 있는 건 아닐까-란 예상은 했지만, 정말로 이럴 줄은 몰랐다.

윤 회장과 유제의 기 싸움에 김 검이 똥마려운 강아지처럼 움찔거렸다.

"저만큼이나 윤 회장님에 대한 타격도 클 테니까요."

유제가 화사하게 웃었다.

"어디, 끝까지 한 번 가봅시다."

입에서 더 이상 나오지 않을 호칭이 그의 입에서 나왔다.

"아버지."

유제의 입술 끝이 비릿하게 올라갔다.

## Epilogue1.
### 여태까지의 불행을 잊을 만큼

"징역 10년에 처한다."

판사의 마지막 말에 윤 회장이 고개를 번쩍 들었다. 판결이 이런 식으로 나올 리 없다는, 동시에 나와서는 안 된다는 얼굴이었다.

"이건 아니야!"

윤 회장의 발악에 변호사가 진정하라는 듯 손을 내려놓았다. 이 모든 판결을 보고 있던 여을이 자리에서 일어났다. 윤 회장과 여을의 시선이 얼핏 마주쳤지만, 그녀는 모르는 척 몸을 돌렸다.

횡령, 사기, 배임. 윤 회장이 저지른 짓들이 얼마나 큰 죄들인데 아니라는 건지 모르겠다. 대법원까지 갈 것이니 10년보다는 줄어들 것이다. 윤 회장은 순순히 받아들일 인간이 아니었다.

여을이 소란스러운 법정을 뒤로한 채 재판장을 빠져나왔다.

"여을아!"

오늘 있던 재판의 증인으로 참석한 태영이 여을을 멈춰 세웠다.

"그동안 고생하셨어요."

길고 긴 법정 싸움이었다. 1심에서는 12년 구형, 2심에서는 10년, 대법원까지 가면 또 어떻게 될지 모르지만, 2년 동안 태영은 계속 부산에서 지내는 중이었다.

"고생은 네가 했지."

교통사고에, 법정 싸움에, 여을까지 증인으로 자리에 섰었다. 여을은 별말이 없었다. 일이 끝났으니 제 갈 길 가자는 딸의 기색에 우물쭈물하던 태영이 용기를 내며 입을 열었다.

"잠깐, 시간 될까?"

여을이 태영을 지그시 바라보았다.

"하고 싶은 이야기가 있어서……. 시간 많이 안 뺏으마."

"그러세요."

여을이 고개를 끄덕였다. 2년 동안 부산 생활을 하다 보니, 낯설던 거리도 익숙해졌다. 법원 근처에 있는 프랜차이즈 카페에 들어가자 태영이 익숙하게 음료 두 잔을 주문하고는 그녀의 맞은편에 앉았다.

"고생했다."

"부탁 들어주셔서 감사해요."

태영은 유제에게 윤 회장과 있었던 일을 말해주었고, 법정에 증인으로 서기까지 했다. 없던 부모가 갑자기 생겼으니 법원 내에서 그녀를 아는 몇몇 사람들은 손가락질까지 했었다. 멀쩡히 살아 있는 부모를 없다고 하다니, 어떻게 그럴 수 있냐는 손가락질들이었다. 여을은 그런 욕들이 괜찮았다. 아니, 견딜 수 있었다.

자신의 옆에는 윤유제가 있었고, 민석이 있었고, 김 검과 이 선생님이 있었으니까.

"……여을아."

아이스 아메리카노를 한 번 마신 여을이 고개를 들었다.

"이제 곧 올라갈 생각이다."

"네?"

예상치도 못한 말에 그녀가 눈을 느릿하게 깜빡였다. 그리고, 라고 운을 떼었지만 뒷말은 오랫동안 들리지 않았다.

"……미안하다."

사과였다. 2년 전 부산에서 처음 만났을 때부터 들어왔던 사과였는데, 지금 듣는 건 조금 다른 느낌이었다. 조금 더 무거운 느낌의 사과에 여을이 저도 모르게 숨을 들이켰다.

"너한테 못할 일들은 많이 했어."

"……."

"사과하기엔 이미 늦었지만."

여을의 말처럼 사과한다고 해서, 많은 돈을 내민다고 해서 전부 끝나는 게 아니었다. 과거는 돌아오지 않는다. 과녁에 꽂혀 있는 화살처럼 그대로 정지되어 있겠지. 여을이 과녁에 꽂힌 화살을 뽑고, 어떻게 쓸지는 아무도 모른다.

"잘 아시네요."

"그래. ……네가 받아줄 거라 생각해서 한 사과는 아니다."

또 제 마음이 편해지기 위해 하는 사과도 아니고.

"서울로 올라가서, 원래 있던 집으로 갈 예정이야."

2년 간 부산에서 지내면서 돈도 야금야금 모았다. 이제는 대 포폰이 아니라, 남들이 쓰는 평범한 핸드폰도 가지게 되었다.

"네가 날 기다렸던 것처럼, 나도 거기서 널 기다려 보려고."

"……."

"아예 서울로 올라오지 않아도 상관없고, 언제든 올라와도 상관없고……."

미안하다. 그 뒷말이 윙윙 하고 계속해서 울려댔다. 뭘 어떻게 받아들여야 할지 몰라 그녀가 눈을 살짝 깜빡였다. 확실한 한 가지는 제 아버지가 사과를 한다고 해서 받을 생각은 없다는 거였다.

"전 계속 부산에 있을 거예요."

올라가지 않겠다는 말과 같았다.

"……그래."

그녀가 숨을 한 번 짧게 들이마셨다.

"아버지 사과에 대해서 어떻게 반응해야 할지 모르겠지만……. 일단은 알겠습니다. 따로 배웅은 안 할게요."

여을이 손목시계를 한 번 확인했다. 곧 있으면 유제가 하고 있을 재판이 끝날 시간이다.

"먼저 일어나 보겠습니다."

태영은 여을을 붙잡지 않았다. 뒤에서 자신을 빤히 바라보고 있는 아버지의 시선이 느껴졌다. 그녀는 일부러라도 뒤를 돌아보지 않았다. 무언가 울컥하고 올라올 거 같다가도, 속이 시원하다, 또 섭섭했다. 그녀는 그런 제 감정에 피식 웃음을 터뜨리고는 법원 안으로 향했다.

불효막심한 것이라는 이야기를 들어도, 숨길 게 없다고 생각하니 속이 한결 편했다. 법원 앞에는 꽤 많은 사람들이 있었다.

현수막을 들고 있는 시민단체들도 있었고, 그 다음으로 보이는 건……

"디케이 윤 회장님의 2심 판결에 대한 이야기 들으셨습니까?"

"아버지의 구속에 대해 어떻게 생각하십니까?"

"봐주기식 수사, 표적 수사라는 의혹에 대해선 어떻게 생각하십니까?"

기자들에게 둘러싸여 있는 유제였다. 유제가 빙 둘러가는 길을 선택했기 때문에, 윤 회장은 윤유제라는 카드를 꺼내 들었다. 바로 사람들이 모르고 있는 '윤유제 검사가 자신의 아들이다.'라는 이야기를 꺼낸 것이다. 검사는 친족 수사를 해서는 안 되었기 때문에 부러 꺼낸 패였다.

기자들에게 둘러싸여 있는 유제와 시선이 딱 마주쳤다. 사람들 많은 곳으로 들어가고 싶어 하지 않았기에 여을이 어깨를 한 번 으쓱였다.

"판결은 법원의 관할입니다. 봐주기식 수사라는 말에 대해서는 그저 불쾌할 뿐, 저와 윤 회장님은 어떤 관계도 아닙니다."

유제의 시선은 여전히 여을에게 향하고 있었다.

"검찰청은 충실하게 일을 이행했습니다. 그 외에 할 말은 없습니다."

"서울에 계실 때부터 표적 수사라는 의혹을 받고 계시는데 이에 대해서는……."

"더 이상 할 말 없습니다."

그 말을 끝으로 유제가 성큼성큼 내려왔다. 이내 2차장검사와 김 검을 발견한 기자들이 이번에는 유제 말고 그쪽으로 몰려가기 시작했다.

"벌써 끝난 거야?"

유제가 고개를 기울이면서 묻자 여을이 작게 고개를 끄덕였다. 결과가 어떻게 나왔느냐고 물어보려는 찰나, 징역 10년 형에 대한 구형은 정당했다는 2차장검사의 말이 들려왔다.

항소를 했음에도 불구하고 꽤나 중형이 구형된 모양이다. 윤회장의 밑바닥의 밑바닥을 보니 느낌이 영 이상했다. 유제의 표정을 보고 있던 여을이 그의 옷깃을 잡아당겼다.

"밥은 먹었어?"

"아직. 오늘 민석이 대학 발표 난다 해서. 결과 나오면 물어봐야 하는 건지, 그냥 모르는 척해야 하는 건지 모르겠네."

민석은 반 친구들보다 한 살이 많음에도 그 틈에 끼어서 열심히 공부했다. 학교에서 친한 사람이 별로 없다고 말하던 녀석이었는데, 시간이 지나니 한 살 어린 좋은 친구들이 몇 생겼다는 말도 했었다.

"열심히 했으니까 그냥 수고했다- 한 마디면 되지."

여을이 픽 웃었다. 유제가 자연스럽게 그녀의 어깨에 팔을 둘렀다. 유제가 부산에 내려온 지 2년 가까이 되어가고 있었다.

그 말은 즉, 디케이 비리 사건의 마무리가 점점 다가오고 있다는 말과 일맥상통했다.

꽃이 만연하게 피는 4월이 되면 딱 2년째다. 동시에 유제는 부산 생활에 무리 없이, 잔잔하게 스며들고 있었다. 여을이 유제의 몸에 자신의 몸을 기대며 웃었다.

"넌 재판 어떻게 됐어?"

"완벽했지."

여을의 뺑소니 사건은 살인 청부와 결탁되어 있었다. 윤 회장과 어떻게 컨택 됐는지를 증명하기가 힘들었지만, 어찌 되었든 결과는 윤 회장만큼이나 중형이었다.

집으로 돌아가는 길목에 유제가 힐긋 여을을 바라보았다. 물어보고 싶은 게 많았다. 재판이 끝나면 여을과 이야기를 나눌 거라던 태영의 말이 떠올랐다. 그녀는 그에 대해서는 꿀 먹은 벙어리처럼 입을 꾹 다물고 있었다.

결국 참지 못한 유제가 조심스럽게 물었다.

"아버님은?"

"안 물어볼 줄 알았는데."

"고민했어. 물어봐야 할지, 말아야 할지."

"그런데 물어보는 이유는?"

그녀가 걸음을 우뚝 멈췄다. 불과 한 달 전인 2월은 추운 겨울이었는데, 봄비가 내리고 나더니 어느새 봄이 되었다.

유제의 머리 위에 있는 옅은 녹색의 나뭇잎이 부드럽게 일렁였다. 유제가 멀뚱히 바라보다가 숨을 크게 들이마셨다.

"너한테 어떤 말이든 해주고 싶으니까."

"……."

"위로가 필요하면 위로를 해주고 싶고……. 내가 뭔가를 해주고 싶으니까."

"서울로 올라가신대."

여을이 짧게 대답했다. 풀었던 머리카락이 불어오는 바람에 부드럽게 일렁였다. 중간에 붕 떴다가 가라앉았다.

"미안하대."

"……."

"그리고 내가 아버지 기다린 만큼, 아버지도 나 기다리겠대. 그러니까 언제든, 마음이 내키면 올라오래."

여을이 가볍게 웃으며 어깨를 으쓱였다. 그게 끝이다. 이에 대한 이야기는 더 할 게 없었다. 뭐랄까, 아버지를 부산에서 처음 만났을 때 몰려왔던 감정은 우울함이었다. 우울함과 수치심, 분노와 창피함, 그리고 서울로 다시 올라간다는 이야기를 들었을 때 느낀 감정은 허탈함. 그녀의 어깨가 힘없이 축 늘어졌다.

"아버지가 서울로 다시 올라간다고 하면, 미안하다고 잘못했다 말했을 때 조금이라도 미안한 감정을 느낄 줄 알았어."

내리사랑은 아니더라도, 자식이 부모에게 가지는 연민 같은 것들 말이다. 유제가 손을 뻗어 그녀의 허리에 팔을 둘렀다. 병원에 입원했을 때 살이 쏙 빠지더니, 아직도 돌아오지 않은 상태였다.

"그냥, 허탈했어. ……너무 쉽게 끝나서."

근 1년 간 싸워왔던 일들이 쉽게 끝났다고 말할 수는 없었다. 그런데도 왜 이런 감정을 가지는지 알 도리가 없었다. 유제가 그런 여을의 등을 부드럽게 쓸었다. 어머니가 아이를 재울 때처럼 토닥, 토닥, 다독이는 손길이었다. 유제의 품 안에 있던 여을이 눈을 감았다.

"난 계속 있을게."

"……."

"네가 싫다고 할 때까지, 지긋지긋해서 따라다니지 말라고 말할 때까지 네 옆에 붙어 있을게."

피식, 여을에게서 바람 빠진 웃음소리가 들렸다.

"널 두고 먼저 가는 일은 없을 거야. 맹세해."

"……."

"내가 한 번 결심하면 진짜 엄청나게 들러붙는 놈인 거 알지?"

"알지."

그러니까 고등학교 때 불량했던 놈이 미친 듯이 공부하고, 검사가 돼서 제 앞에 나타났지. 말 그대로 개과천선해서 눈앞에 나타난 윤유제란 존재에 그녀가 손을 뻗어 그의 허리를 꼭 껴안았다.

"너는 정말 가면 안 돼."

"……."

"나 기다리게 만들면 안 돼."

유제의 팔에 힘이 들어갔다.

"이기적이지만, 내가 기다리는 게 아니라 네가 날 기다려 줘. 평생 내 옆에 있어줘."

유제가 여을의 머리에 가볍게 입을 맞추고 그녀를 품에 가뒀다.

"응."

윤유제의 목소리가 달큰하다. 여을의 이기적인 말 한 마디가 꼭 죄인을 용서하는 성인 같았다.

"네 옆에 평생 있을게."

누군가에게 이 말이 족쇄일지라도, 그 족쇄를 채운 사람이 여을이라면 유제에게만큼은 족쇄가 아니었다.

"빠진 거 없어?"

"없어요!"

현관문 앞에 선 민석이 활짝 웃었다. 유제의 집 안에 있던 여을이 꽤나 걱정스럽게 민석을 바라보고 있다면, 유제는 민석의 품과 현관문 앞에 있는 상자들을 신기하게 보고 있었다.

"너 여기서 지낸 지 2년밖에 안 된 거 같은데 짐이 이렇게 많아?"

"2년밖에 안 된 게 아니라, 2년이나 된 거죠."

민석이 고개를 절레절레 저으며 유제의 말을 정정했다. 2년이나 얹혀 지냈기 때문에 이렇게 짐이 많은 거다. 속옷부터 시작해서 옷, 그리고 교재들까지.

그나마 수능 준비로 인해 샀던 교재들은 전부 버려서 짐이 이 정도였다.

"봉식 씨는?"

"1층에 있어요. 형이 트럭 끌고 왔대요."

대학 입학을 앞둔 민석은 자연스럽게 유제의 집에서 나올 생각을 했다. 어느 누가 나가라고 등 떠밀지도 않았는데 말이다.

꼭 혼자서 독립을 준비하는 자식의 모습을 보는 거 같았다. 민석이 서울로 올라가는 것도 아니고, 다른 지방으로 가는 것도 아니다. 같은 부산에 있고, 만나려면 언제든지 만날 수 있는데 막상 집을 떠나간다고 하니 굉장히 섭섭했다.

든 자리는 몰라도, 난 자리는 안다고 하던데. 저가 이렇게 섭섭한데, 함께 살아왔던 유제는 얼마나 더 섭섭할지 직접 보지 않아도 눈에 선했다.

"아, 다들 되게 섭섭해하신다! 뭐, 내가 군대라도 가요? 군대 간다고 하면 둘 다 울겠네, 울겠어."

민석이 낯부끄러운 듯 퍽 과장스레 대답했다.

"그리고 오늘 이사 끝나면 같이 저녁도 먹을 건데, 뭘 그렇게 섭섭해요."

진짜 모르겠다니까. 감수성 예민한 부모님을 보는 듯한 착각마저 들었다. 민석이 킥킥 웃다가 신발장에 있던 상자를 손으로 끌어내렸다.

1층에 있을 봉식이 받아줄 거라 생각하며 박스를 엘리베이터에 먼저 태우고 보냈다. 잠시 침묵을 유지하던 민석이 멋쩍은 표정으로 볼을 긁적였다.

"2년 동안 감사했습니다."

민석이 허리를 꾸벅 숙였다.

"진짜, 진짜 고맙습니다. 두 분 아니었으면 진짜…… 아직도 나쁘게 살고 있었을 거예요."

"……."

"전 제가 대학 갈 수 있을 거라고 생각도 못했어요."

민석이 어설프게 웃었다. 1학년 때 내신 성적이 썩 좋지는 않았지만 자기소개서와 더불어 수능을 잘 본 덕분에 꽤 괜찮은 대학에 들어갈 수 있었다.

"멀쩡히 사람노릇 할 수 있는 거 두 분 덕분이에요."

"법학으로 넣었다며?"

"네."

민석이 입술을 앙 다물고 시원하게 웃었다.

"저도 윤 검사님 같은 검사 되고 싶어서요."

"나 같은 검사 되는 거 쉽지 않을 텐데."

유제가 꽤 장난스럽게 말하자 민석의 양 입술 끝이 씩 올라갔다.

"그러니까 죽을 만큼 노력해야죠."

민석의 시선이 이번에는 여을에게 닿았다.

"누나 말대로 됐어요."

"어?"

"저도 첫사랑이 시작됐어요."

"정말?"

생각도 못한 말에 여을이 눈을 동그랗게 떴다. 반면 유제의 표정은 썩 좋지 않았다. 아마 제 첫사랑이 누구인지 유제는 짐작하고 있음이라.

"네. 공부 열심히 한 것도, 대학 간 것도, 다 그 사람한테 잘 보이고 싶어서였어요."

"……"

"윤 검사님이 고등학생 때 어떤 마음으로 공부했는지 좀 알 수 있었어요."

여을이 신기하다는 듯 쳐다봤다. 늘 앳되게만 보였던 민석이 지금은 좀 성숙하게 보였다. 젖살이 빠져서 그런 건지, 아니면 성인이 됐다고 그런 건지 모르겠다.

"감사했습니다! 진짜 많이 배웠어요."

여을은 민석의 인생에 진정한 어른인 사람이었다.

"나중에 이삿짐 다 옮기고 나면 연락드릴게요. 같이 저녁 먹어요."

"그래, 입학 축하해. 새집에 도착하면 연락 한 번 해주고."

"네. 아래에 형 기다리고 있으니까 가볼게요!"

무겁지 않은 상자를 끙차! 하고 소리 내어 들고는 민석이 현관을 벗어났다. 두 사람은 마음이 허했다. 이제 민석이랑 같이 저녁을 먹는 일도, 정답게 이야기를 나누는 것도 힘들겠지.

"쓸쓸하겠다."

"······그러게."

유제의 중얼거림에 여을이 동조했다. 애초에 유제나 여을 두 사람 다 떠드는 걸 좋아하는 편이 아니었기에 민석은 두 사람의 활력소 같은 존재였다. 비타민제, 또는 상큼함을 주는 오렌지 같은 존재. 여을은 그런 존재가 사라져 순식간에 조용해진 집 안을 둘러보고는 유제의 팔에 머리를 툭 기댔다.

"유제야."

"응?"

물론 민석이 여을을 마음에 품고 있는 것 자체는 조금 괘씸하지만, 꼭 자식을 장가보낸 느낌이었다. 그가 제 팔에 머리를 기댄 여을을 보면서 대답했다.

"너 민석이 나가니까 외롭겠다."

"그렇지. 집이 넓게 느껴지겠다."

"그럼······."

그녀가 몸을 슬쩍 떨어뜨리고는 그를 올려다봤다.

"내가 여기 들어와서 살까?"

"뭐?"

"네가 그랬잖아. 재판 끝나면 우리 관계 좀 더 진중하게 생각해 보자고."

"······."

"어때? 내가 있으면 안 외로울 거 같은데."

또 한 번 그의 패배였다. 방어할 틈도 없이 훅 치고 들어오는 그녀에 그의 얼굴이 붉어졌다.

"눈을 감았다가 떴을 때 보이는 게."

여을의 손가락이 천천히 그의 손가락을 감싸 쥐었다.

"너의 자는 얼굴이면 좋겠어."

"……."

"싫어?"

그의 입에서 절대로 싫다는 말이 나올 리가 없음에도, 그녀는 부러 그리 물었다. 그가 고개를 저으며 대답했다.

"싫을 리가."

그녀가 발뒤꿈치를 살짝 올리고, 그의 입술에 입을 맞췄다.

"유제야."

여태까지의 불행을 전부 잊을 만큼.

"사랑해."

여을의 얼굴이 위로 환한 미소가 떠올랐다.

## Epilogue2.
### 짝사랑이 아닌 사랑

"혈연을 타파한 검사, 윤유제!"

지역신문에 대문짝만 하게 실린 걸 이 선생이 시원한 목소리로 읽었다. 요즘은 점심시간에 카페에서 같이 커피를 마시는 게 하루 일과가 됐다.

"얼굴이 대문짝만 하게 걸려 있네."

2차장검사의 한 마디에 유제가 멋쩍은 듯 웃었다. 좋은 기사가 있으면 나쁜 기사도 늘 있는 법이었다. 혈연을 타파했다는 기사와 반대로 표적 수사가 아니었느냐부터 시작해서 윤 회장이 호적에 올려주지 않은 것에 대한 보복 아니냐는 말까지 나왔다.

스무디를 쪽쪽 마시고 있던 김 검이 이내 부루퉁한 얼굴을 했다. 법정에 서서 끝까지 싸운 건 2차장검사님과 자신이었는데 스포트라이트는 유제 쪽으로 죄다 쏠린 것이었다.

"이렇게 스포트라이트 받으니까 좋지?"

"좋다기보다는……. 살짝 피곤합니다."

요 며칠 기자들과 방송사에 시달린 유제가 지친 얼굴을 했다. 슬슬 더워지기 시작하는 계절이었다. 여을이 아이스 아메리카노를 쪽 빨았다.

요즘 여을의 소소한 취미는 유제의 기사를 스크랩해서 모아두는 거였다. 이렇게 잘난 사람이 내 남자라는 것에 대한 뿌듯함도 있을뿐더러, 부끄러워 팔짝 뛰는 유제를 보는 재미가 쏠쏠했기 때문이었다.

"주위에서 윤 검사랑 다리 놔달라는 사람들이 얼마나 많은지 알아? 거절한다고 내가 고생했어."

"다리요?"

"그래."

2차장검사가 자식 자랑하는 것처럼 뿌듯한 얼굴로 유제의 칭찬을 쭉 나열했다. 지금은 젊고 유능한 검사로 끝이지만, 나이가 더 들고 나면 대성할 인물이라고 생각할 것이다.

그게 검찰청에서의 가장 높은 자리까지 올라가는 것이든, 아니면 정계에 입문해서 국민들의 기대를 한 몸에 받는 국회의원이 되는 것이든 말이다. 그랬기 때문에 주변에 있는 전직 판사라든가, 현직 판사라든가, 혹은 친한 변호사들이 은근하게 2차장검사의 옆구리를 쿡쿡 찌르는 일들이 많았다.

"잘생기고 키도 큰 데다 능력까지 좋다고 자기 손녀, 딸 다리 놔줄 수……."

"크흠!"

2차장검사가 주책없이 말을 이어가자 이 선생이 헛기침을 하며 잘라냈다. 2차장검사가 "응?" 하며 입을 둥글게 말자 이 선생과 김 검이 눈짓으로 옆에 있는 여을을 가리켰다. 그제야 2차장 검사가 아차 한 얼굴을 했다.

청사 내에서도 두 사람이 워낙 담백하게 구는 바람에 연애를 하고 있다는 사실을 종종 잊고는 했다.

"물론 윤 검사 만나는 사람 있다고 내가 다 거절했지."

하, 하하. 어설프게 웃는 소리가 이어졌다. 여을은 늘 그렇듯 단조로운 얼굴이었다. 언짢아 보이는 기색도 없었고, 그렇다고 질투를 하는 기색도 없었다. 마이페이스인 여을을 보며 김 검이 분위기를 띄운다고 한 마디 대답했다.

"근데 이번 사건에 구 선생님 역할도 되게 컸잖아요. 증거 수집하는 거에도 도움 많이 주시고, 판례도 이것저것 찾아주시고."

"그렇지, 그렇지. 구 선생이 도움을 많이 줬지."

"왜 이번 사건이 사람들 관심사가 높은 사건이었잖아요. 1심 재판 때 웬 남자 변호사가 구 쌤한테 가서 명함 주면서 연락처 물어봤잖아요."

김 검의 말 한 마디에 이번에는 이 선생이 그의 옆구리를 꼬집었다. 어째 우리 청사 쪽 남자 검사들은 이렇게 눈치가 없는 건지 모르겠다.

이 선생이 아는 주위 XY염색체들 중에서 눈치가 있는 사람이라고는, 윤유제와 최민석 딱 두 사람뿐이었다. 왜 그러냐는 김 검의 눈치에 이 선생이 눈짓으로 유제를 가리켰다.

난생처음 듣는 남자 이야기에 유제의 표정이 무섭다 못해 살벌해졌다. 명함을 줬던 변호사가 눈앞에 있었으면 그놈을 찢어버렸을 거 같은 얼굴이었다.

"이거 처음 듣는 이야긴데."

어떻게 보면 김 검에게 하는 말 같아 보였지만, 그게 여을을
향한 소리라는 걸 자리에 있는 모두가 쉽게 짐작했다. 웬 남자가
너한테 껄떡댔는데 왜 그걸 남자친구인 '내게' 말하지 않았느냐
는 어조였다. 신문을 보던 여을이 빨대를 물며 유제를 바라봤다.

"안 해도 될 거 같은 이야기라 생각해서요."

여을이 손목시계를 한 번 보고는 대답했다.

"점심시간 다 끝나가네요. 저 먼저 올라가 있을게요."

그녀가 자리에 남은 사람들에게 인사를 꾸벅하고는 기록실로
향했다. 여을의 뒷모습을 빤히 바라보고 있던 이 선생과 김 검이
놀랍다는 듯 중얼거렸다.

"윤 검사님."

"네."

"구 선생님은 질투 같은 거 안 해요?"

유제는 지금 질투를 하고 있는데, 여을은 평소와 별다르지 않
는 얼굴이다.

"윤 검사님은 질투의 화신이시잖아요."

"네?"

이건 또 무슨 말이야. 유제가 인상을 살짝 찡그리자 김 검이
그를 놀릴 요량인지 한 마디 툭 내뱉었다.

"민석이한테도 질투하시는 분이시잖……, 우웁!"

눈치라고는 요만큼도 없는 김 검의 입을 틀어막은 건 이 선생
이었다.

"하하……. 윤 검사님, 너무 신경 쓰지 마세요! 구 선생이 어련
히 알아서 잘 거절했을까!"

살살 달래는 어조였다.

"그러게요. 어련히 알아서 거절했겠죠."

내뱉는 말과는 달리 표정과 목소리는 살벌하기 짝이 없었다.

△

설거지를 전부 끝낸 유제가 고무장갑을 벗고는 안방으로 들어 갔다. 맨 처음 이사 왔을 때만 해도 허전했던 방이었는데 여을의 옷과 가방, 물건이 몇 개 있는 것만으로도 꽉 찬 느낌이 들었다.

바닥에 떨어져 있는 여을의 클러치에 유제가 얕팍한 한숨을 내쉬었다. 생긴 것만 보면 빈틈이라고는 요만큼도 찾을 수 없는 여을이었는데 막상 함께 지내다 보니 그녀가 생각보다 덜렁거리 는 인물이라는 걸 알 수 있었다.

아마 그 변호사라는 남자도 덜렁거리는 부분을 알아서 명함을 준 거겠지. 누군가 여을에게 번호를 물어봤다고 하니 다시 기분 이 나빠지기 시작했다. 클러치를 주워 들 때, 안에서 팔랑 거리 며 떨어지는 명함 한 장에 그의 머리 위로 물음표가 떠올랐다.

"법무법인 정성?"

그리고 밑에는 '은정성' 이라는 이름이 눈에 들어왔다.

"허!"

그가 헛웃음을 터뜨렸다. 어련히 알아서 거절했겠거니 생각했 는데.

"뭐 해? ……그거 내 클러치 아니야?"

샤워를 마친 여을이 수건으로 머리에 남은 물기를 마저 닦으며 물었다. 이내 건수를 잡았다는 얼굴이 된 유제가 손에 있는 명함 을 흔들었다.

"그때 너한테 번호 물어봤다는 남자 변호사 명함?"

"아."

"설마 번호 준 거 아니지? 거절한 거 맞지?"

"번호 안 줬고, 거절했어."

"정말이야?"

"지금 나 심문해?"

어처구니없다는 듯 웃으며 묻는 여을에 유제가 입술을 합 하고 다물었다. 머슴이 마님을 심문하다니. 말도 안 되는 일이었다. 그가 그녀를 믿고 있는 것과 별개로 기분이 나빴다. 그래, 그는 속이 밴댕이만큼 작고, 또한 치졸한 놈이었다. 김 검의 말처럼 그는 이제 막 대학생이 된 민석에게도 질투를 하는 인물이었으니까.

그의 속이 질투로 부글부글 끓고 있다는 걸 아는지 모르는지 여을은 태평하게 드라이어를 꺼내고 있었다.

"구여을."

늘상 다정하게 여을아, 하고 이름을 부르는 그가 답지 않게 딱딱한 목소리로 그녀를 불러 세웠다.

"왜 그래?"

"넌 질투 안 해?"

"무슨 말이야."

정말 질투라고는 하나도 안 하는 얼굴이다. 지금 유제가 무슨 말을 꺼내는지도 모르겠다는 얼굴.

"요즘 나 인기 많아."

"알아. 지역신문이고, 시사프로고 네 이름 안 나오는 곳 없더라."

"아무 생각 안 들어?"

뺏길까 봐, 다른 사람이 대시를 할까 봐, 그런 걱정은 밤톨만큼도 안 하는 거야? 왜 질투 같은 건 안 해? 물어보고 싶은 게 많은데 못 물어보겠다.

"안 드는데."

어째서? 입 밖으로 소리를 내지는 않지만, 유제의 얼굴이 그렇게 물어보고 있었다. 물어보고 싶은 게 많으면 그냥 솔직하게 물어보면 될 것을. 여을이 작게 웃음을 흘리며 수건을 내려놓았다.

"네가 날 두고 한눈팔 사람은 아니니까."

"……."

"오랫동안 날 그렇게 절절하게 짝사랑해 왔는데."

그녀가 그를 놀릴 요량으로 웃었다.

"네 눈에 다른 사람이 들어올 리가 없지."

너무 맞는 말이라 할 말이 없다. 유제의 눈에는 여을밖에 안 들어왔다. 맞는 말이긴 한데……. 이 복잡 미묘한 심경은 뭘까. 저만 너무 애가 타는 거 같다고 생각하다 이내 유제가 손을 뻗었다. 자연스럽게 저를 안겠거니 생각한 여을도 마찬가지로 손을 뻗고 안기려고 할 때였다.

"아하학! 하지 마, 하지 마!"

"짝사랑 아니고, 쌍방통행이었어."

여을의 옆구리를 살살 간지럽히는 유제에 그녀가 빠르게 그의 품에서 벗어나려고 움직였다.

"하지 마아……! 간지러워, 진짜, 유제야!"

"짝사랑 아니었다니까?"

"맞아! 짝사랑 아니었어! 쌍방통행 맞아!"

유제의 손가락이 여을의 몸을 간질였다. 그의 품에서 한껏 도
망치기 위해 발버둥을 치던 여을이 부랴부랴 침대 위로 올라갔
다. 그러고는 이번에는 절대로 당하지 않겠다는 의미로 이불로
몸을 돌돌 싸맸다.

"눈사람이야?"

"도망친 거야."

"도망칠 곳 없는 거 같은데."

눈을 데구룩 구르던 여을의 몸이 슬금슬금 뒤로 향했다. 등에
닿는 침대 헤드에 유제가 픽 웃으며 침대 위로 올라갔다.

"쌍방통행, 맞지?"

"맞아. 너 혼자 짝사랑한 거 아니었어. 나도 너 짝사랑했어."

그제야 기분이 좀 풀린다. 그러다가 다시 한 번 떠오르는 명함
에 그가 움찔했다.

"앞으로 번호 물어보는 사람 있으면 상대도 해주지 마. 없는
사람 취급해."

"평소에도 그렇게 했어."

유제의 눈이 갸름해졌다. 자신이 없었던 그동안 여을에게 얼
마나 많은 남자들이 구애했는지, 이 선생을 통해서 들었다.

"못 믿어? 그리고 주위에서 집적거리는 사람은 네가 더 많지,
내가 많니?"

유제의 입술이 일자로 굳게 다물어졌다. 가만히 있던 여을이
제 몸을 돌돌 싸매고 있던 이불을 스르륵 풀고는 그의 입술에
쪽! 하고 자신의 입술을 맞췄다.

"그러니까 이제 화 풀어."

"너도 질투해 줘."

"질투?"

"어."

질투를 해달라니 이건 무슨 말이야. 그녀가 잘 모르겠다는 얼굴을 하자 유제가 차분하게 한 마디씩 내뱉었다.

"내 옆에 여자가 오면 다 못 오게 하고, 시시때때로 뭐 하냐고 물어보고, 구속하고, 집착해 줘."

어린 애니? 그 물음이 목 한 가운데서 빙빙 맴돌았다. 하지만 이렇게 말을 하면 또 서운해 할 것을 알기에 여을이 고개를 크게 끄덕였다.

"알았어. 해줄게."

"그리고 난 지금 삐쳤으니까."

그가 손에 있던 변호사 명함을 팽하고 던졌다.

"달래줘."

"……어떻게?"

"엄하게."

엄하게라……. 그녀가 잠시 눈치를 살피다가 유제 쪽으로 조심스럽게 다가갔다. 손을 뻗어 그의 목에 팔을 두르고 그의 아랫입술에 자신의 입술을 맞댔다. 그러고는 아랫입술을 부드럽게 물었다. 유제의 입술이 자연스럽게 열리자 그녀의 혀가 그의 안으로 침범했다. 동시에 유제의 손이 그녀의 옷 안으로 슬그머니 들어오기 시작했다.

"……달래달라며?"

그녀가 작게 속살거리며 물었다. 느릿하게 눈을 뜬 유제가 그녀를 내려다봤다. 순식간에 갈증이 올라오기 시작했다. 구여을을 보면 늘 이런 감정에 휩싸였다.

고등학생 때도, 그리고 시간이 이만큼이나 흐른 지금도.

유제가 마른침을 삼켰다. 여을이 리드하는 대로 따르려고 했는데, 정작 이렇게 되니 참을 수가 없는 쪽은 그가 되었다.

"못 참겠어."

금방이라도 자신을 잡아먹을 듯한 시선에 여을이 느릿하게 웃었다.

"나도."

여을의 말이 신호탄이 되었다.

두 사람의 사랑은 더 이상 아프지도, 힘들지도 않았다.

## Epilogue3.
### 당신의 사랑이 늘 행복하기를

"김 검사님!"

청사 안으로 들어가자 익숙하게 보이는 김 검의 모습에 민석이 반갑게 알은 체를 했다. 동시에 스무디를 받아들었던 김 검이 노골적으로 싫은 얼굴을 했다.

"또 왔냐? 너 학교 안 가?"

"오늘 종강했는데요?"

"종강하면 종강 파티로 술을 마시러 가지, 뭐 하러 검찰청에를 와."

검찰청이 무슨 자기 집인 줄 아나. 학교 다니는 것도 바쁘면서 꼬박꼬박 검찰청으로 오는 민석에 김 검이 질리는 얼굴을 했다.

"여자친구는 안 만들어? 한창 데이트 할 시간에 무슨……."

그의 잔소리가 퍽 길어지려 하자, 민석이 작게 고개를 저었다.

"김 검사님 또 여친이랑 싸웠죠?"

"아니거든!"

발끈한 걸 보니 진짠가 보다. 2년 사이, 김 검이 여자친구랑 헤어지고, 또 다른 여자친구를 만들 동안 유제와 여을은 잔잔하게 만남을 이어가고 있었다.

검찰청 로비 게시판에 지역신문 1면을 가득 채운 유제의 얼굴이 걸려 있었다. '연고를 타파하기 위해 움직인 검사, 윤유제!'라는 기사였다.

"정작 윤 검사님은 법정에 서지도 않으셨으면서 스포트라이트는 다 받아갔다니까."

빨대를 물고 있던 김 검이 짤막하게 투덜거렸다.

"그럴 수밖에 없잖아요."

아들이 아버지의 비리를 고발한 거나 마찬가지인데. 이 2년 반의 시간 동안 얼마나 힘들었는가.

법정 싸움에 지치고, 윤 회장이 유제가 자신의 혼외자식이라 폭탄 발언을 하는 바람에 시달리고, 기자들이 봐주기식 수사를 하는 거 아니냐는 말에 막 시달렸다.

"윤 검사님 인생도 스펙터클하시네."

"거기서 내 얘기가 왜 나와요?"

뒤에서 들리는 목소리에 김 검이 손에 들고 있던 스무디를 떨어뜨릴 뻔했다.

"민석이 넌 또 왜 검찰청에 있어."

"윤 검사님 뵈러 온 거 아닌데요."

"그럼?"

유제가 인상을 찡그렸다. 유제가 아니라면 여을을 보러 왔다는 말이었다. 유제가 동시에 소년의 이마를 쭉 밀었다.

"너 남의 여자친구 보러 온다는 말 너무 대놓고 한다."

"아-아니, 제가 언제 그런 말을 했다고……."

"좋아하는 거까지는 아무 말 안 하겠는데, 티는 적당히 내."

민석이 입술을 삐죽 내밀고는 고개를 끄덕였다. 유제가 제 첫
사랑의 연인이기는 하지만, 이렇다 할 질투라던가 라이벌 의식
같은 건 느껴지지가 않았다. 유제에 비해 자신은 소위 말하는 짬
밥이 되지 않았기 때문이다. 십년이 훌쩍 넘는 세월의 사랑을 자
신이 어떻게 견딘단 말인가.

"뭐야? 너 구, 구 쌤 좋아해요?"

"김 검사님은 여전히 눈치가 없네요."

민석이 절레절레 고개를 저었다. 그리고 또 눈치가 없는 사람
이 한 명 더 있다. 바로 구여을.

"민석아?"

퇴근을 할 요량인지 엘리베이터에서 내리는 여을과 이 선생님
의 모습에 민석의 얼굴이 환해졌다.

"누나."

"나도 있는데?"

"그리고 이 쌤도 계시네요!"

"검찰청에 어쩐 일이야? 학교는?"

"오늘 종강해서요."

"종강 술자리는 없어?"

"있는데 그냥 왔어요. 오늘 누나랑 윤 검사님이랑 같이……."

민석이 슬쩍 유제를 보았다.

"저녁 먹으려고 했는데 윤 검사님은 오늘도 야근이시죠?"

이 자식 봐라? 유제가 팔을 꼬며 헛웃음을 지었다. 야근이 있

을 거 뻔히 알면서 왔다는 말과 똑같았다.

"그래."

"어, 그럼 어쩌죠?"

약은 자식. 유제가 눈을 가름하게 떴다. 여을은 민석이 고등학
교 시절의 자신과 닮았다고 했지만, 유제는 단 한 순간도 그렇게
생각한 적이 없었다. 오히려 민석 쪽이 올곧았고, 솔직했고, 순
수했다. 지금도 봐라. 온몸으로, 온 얼굴로 여을을 좋아한다고
말하지 않는가.

민석이 고등학생일 때는 '한낱 고딩을 상대로 무슨 질투야.' 이
렇게 생각했지만, 요즘의 그는 점차 위기의식을 느끼고 있었다.

이제 민석은 한낱 고딩이 아니었고, 스물한 살의 어엿한 성인
이었다.

"둘이서 먼저 먹고 있을게."

여을은 퍽 경쾌하게 말하는데, 유제는 그게 못 섭섭하게만 느
껴졌다.

"오늘도 고생해."

"……그래."

그녀의 담백함이 조금 섭섭해진다. 그럼에도 불구하고 섭섭하
다고 말할 수가 없어 그가 입술을 삐죽 내밀며 고개를 끄덕였다.

"민석아, 가자."

여을이 민석을 잡아 이끌었다. 두 사람의 뒷모습을 보며 김 검
이 눈치를 보다 물었다.

"윤 검사님, 위기의식 가져야 하는 거 아녜요?"

"……조용히 해요."

이미 알고 있으니까.

하아, 유제가 무거운 한숨을 내쉬었다.

"근데 우리끼리 먼저 먹어도 돼요?"

검찰청에서 빠져나온 민석이 신경 쓰인다는 듯 뒤를 돌아봤다. 유제를 약 올리긴 했지만, 일하는 사람을 내버려 두고 둘이서만 오순도순 먹기에는 미안한 감이 있었다.

"너 그 집에 있을 때도 둘이서 잘 먹었잖아."

"아니, 그땐……."

자신이 여을을 좋아하기 전이었고……. 지금은 유제가 노골적으로 알고 있으니까, 살짝 양심에 찔린다. 좋아한다는 걸 인식하고 있지만, 그 감정을 여을에게 강요할 생각은 없었다. 민석은 여을과 유제가 서로 사랑하는 걸 보기만 해도 행복했다.

다정한 눈빛, 조심스러운 손길, 배려하는 모습들. 여을은 다른 사람들보다 유제의 옆에서 가장 행복할 테니까.

"학관 다닐 만하고?"

"네. 아, 근데 전공 수업 때는 교수님들이 저한테만 말 걸어서 조금 싫어요."

민석이 투덜거렸다. 다른 학생들 이름은 모르면서 왜 제 이름만 외우고 있는 건지.

"어쩔 수 없잖아."

여을이 가볍게 웃으며 대답했다. 그도 그럴 수밖에 없는 게 대학 면접 때 민석이 윤유제 검사 같은 사람이 되고 싶다면서, 자신이 신부산파에 있었을 때를 이야기했기 때문이다.

또래들에 비해 역시 파란만장한 삶을 살아온 민석이었고, 성적도 좋지 않았던 녀석이 피 터지게 노력해서 지방 국립대에 면접을 보러 왔다는 게 교수들 눈에는 인상적이었던 모양이다.

"봉식 씨는?"

"형은 오후 근무라서 지금 일하고 있어요."

"오랜만에 단둘만 있겠네."

여을은 아무 생각 없이 한 말이지만, 민석은 움찔했다. 단둘. 그 말 한 마디가 주는 긴장감과 두근거림에 민석이 곤란한 듯 이마를 간질이다, 마른침을 삼켰다. 아, 역시 윤 검사님이랑 있을 때 올걸 그랬나.

예전처럼 밥을 먹으면서 여을을 보지 못할 거 같았다.

"민석아?"

"예?"

"왜 그래?"

"아뇨, 그냥……."

좋아한다. 하지만 알아채 줬으면 하지 않는다. 바라지도 않는다. 민석은 정말로 그냥 보는 것만으로도 좋았다.

"……누나도 그랬어요?"

"뭐가?"

"누나 첫사랑이 윤 검사님이라 했잖아요."

남들도 다 이런 첫사랑을 겪었을까. 첫사랑에게 첫사랑의 이야기를 묻고 듣는 게 이상했지만, 묻고 싶었다.

"누나도 윤 검사님이…… 너무 좋았어요?"

"응."

한 치의 고민도 없이 떨어지는 대답이었다.

"너무 좋아서, 울고 싶을 때가 종종 있었어."

"……."

"물론 지금이 더 좋지만."

그녀가 잘 보여주지 않는 해사한 미소를 가득 지었다. 다시 한 번 가슴이 울렁거린다. 그렇구나. 민석이 짤막하게 수긍했다. 그리고 웃었다. 제 감정의 깊이는 여을이 유제를 사랑하는 것만큼, 유제가 여을을 사랑하는 것만큼 깊지 않다고. 그렇다면 어느 정도 시간이 지나면 정리가 될 첫사랑이라고.

"그럼 누나는 윤 검……."

민석이 짧게 움찔했다. 집으로 가는 길, 여을이 사고가 났던 교차로에서 민석이 긴장으로 인해 숨을 들이켰다. 이 교차로 앞에만 오면 2년 전, 여을이 사고가 나던 그 순간으로 돌아가는 감각에 휩싸인다.

가까이 다가오는 차에 바짝 긴장되고, 신호등이 깜빡이면 건너지 않고……. 차가 여을의 몸을 치고 가던 그 순간, 피가 나오던 몸과 구급차의 사이렌 소리. 정작 사고 당사자는 가만히 있는데, 왜 자신이 이러는지 모르겠다.

"민석아."

이내 민석의 몸이 부드럽게 풀어졌다. 여을이 민석의 손을 잡고 부드럽게 웃었다.

"괜찮아."

숨이 막히는 느낌이 든다. 교차로 앞에 섰을 때와는 다른 느낌으로.

"아무렇지도 않아."

다정하게 웃는 여을에 민석은 순간 가슴이 벅차다는 걸 느꼈다.

"진짜요?"

과일을 깎던 민석이 순간 과도를 떨어뜨릴 뻔했다. 놀란 듯 눈을 깜빡이는 민석에 여을이 푸핫, 웃음을 터뜨리며 고개를 끄덕였다.

자신 역시 이 말을 유제에게 처음 들었을 때 얼마나 놀랐는지 모른다. 턱을 괸 그녀가 행복한 듯 웃었다.

"진짜래도."

"진짜, 진짜 정치 제의받았다고요?"

"응. 재밌지?"

"와……. 대박 신기하다."

사과를 깎던 손이 멈추었다. 아니, 어떻게 보면 그런 제의는 당연했다. 검사 아들이 아버지의 부정부패, 정재계의 비리를 타파하기 위해 움직였다. 그리고 2심까지의 구형은 10년. 봐주기식 수사라고 해도 무리가 있는 구형이었다. 당의 이미지를 더 젊게 만들기 위해, 그리고 신선한 인재 영입을 위해서라도 그럴 법한 제의였다.

"그래서 하겠다고 했어요?"

"아직 검찰청에 있는 거 보면 모르겠어?"

"그런가."

지역신문뿐만이 아니라 메이저 신문사에도 유제의 이름이 뜨고는 했다. 대법원 판결이 남은 지금은 유제 쪽으로 인터뷰도 많이 들어오고는 했다.

민석이 유제의 집에서 나가고 난 뒤, 두 사람은 본격적으로 동거를 시작했다. 곳곳에서 여을의 향이 나, 민석은 자신이 지내던 그 집 같지가 않아 조금 어색했다.

그때 식탁 위에 올려둔 민석의 핸드폰이 윙윙 울리기 시작했다. 핸드폰을 확인한 민석이 조금 싫다는 얼굴을 했다.

"안 받고 뭐 해?"

"아, 안 받아도 되는데."

받을 때까지 울리는 핸드폰에 민석이 결국 전화를 받았다.

"여보세요?"

[형! 왜 종강 파티 안 왔어요?]

"약속 있다고 했다이가. 니들끼리 놀아라."

또래 남자애와 이야기를 해서 그런지 민석의 입에서 툭툭 내뱉는 사투리가 나왔다.

[아, 뭐예요. 오늘 우리랑 놀기로 했잖아요. 애들이 형 보고 싶다고 난린데. 김은지도 형 안 오냐고 뭐라고 해요. 뭐, 여친이라도 있어요?]

"뭐라노. 끊는다."

민석이 더 이상 할 이야기가 없다는 듯 전화를 끊었다.

"인기 많나 보네."

"안 많아요."

"은지란 애는 또 누구야?"

"아, 같은 과 동⋯⋯. 여자친구 아니에요!"

혹시나 오해할까 싶어서 민석이 벌컥 대답했다.

"난 아무 말도 안 했다."

"아니, 괜히 오해할까⋯⋯."

생각해 보면 여을은 제게 첫사랑에 대해서 묻지 않았다. 궁금하지도 않은 건지, 아니면 이미 눈치를 채고 있는 건지 모르겠다.

"……누나는 제가 좋아하는 사람 누군지……."

안 궁금해요? 하고 채 말을 잇지 못했다.

여을이 놀란 듯 잠시 눈을 깜빡이다 그냥 웃었다. 상대가 누군지 안다는 듯한 표정에 민석이 손을 저었다.

"아니, 아니에요. 그런데요 저 궁금한 거 있는데."

"뭔데?"

"누나랑 윤 검사님이랑 사귄 지 꽤 됐잖아요. 알고 지낸 건 더 오래됐고."

"그렇지."

"결혼은…… 안 해요?"

"행복의 끝이 결혼은 아니잖아."

"더 행복해질 수도 있잖아요."

"글쎄."

결혼을 한다고 해서 바뀌는 건 없다. 여을과 유제는 늘 같을 테니까. 그녀는 이렇게 유제와 한집에서 지내는 것만으로도 좋았다. 그녀가 퍽 부드럽게 웃었다.

"이런 걸로도 만족해."

"누나는 욕심이 되게 없어요."

"아냐, 되게 욕심 많아. 지금도 그런걸. 그냥, 지금이 너무 좋아서, 벅찰 정도로 좋아서…… 그래. 아마 결혼하고, 부부가 되면 행복해서 죽을지도 몰라."

비로소 안정을 찾은 삶이다. 깨진 유리조각이 깔린 길이 아니라, 드디어 꽃길을 걷고 있었다. 윤유제라는 존재 하나만으로 삶의 안정을 느낀다니. 신기할 일이다.

민석은 옅게 웃고 있는 여을을 보며 상상을 했다.

하얀 웨딩드레스를 입고, 부케를 들고 환하게 웃는 여을을. 여을의 하객은 많지 않을 테니, 자신은 여을 쪽 사람이 되겠지. 민석은 행복한 듯 웃고 있는 여을을 생각하면 가슴이 간지럽고, 벅찼다.

그리고.

"너 울어?"

민석은 그냥 눈물이 났다. 첫사랑을 향한 제 사랑이 안타깝거나, 아파서 그런 게 아니었다. 그냥 눈물이 날 거 같았다. 드디어 이 사람이 안정을 찾고, 행복해지는구나, 라는 감각이, 드디어 힘듦은 다 버리겠구나, 라는 생각이 소년을 울게끔 만들었다.

"아니, 아니, 그냥, 이상하게……."

눈물이 나요. 형제가 없지만, 형제가 결혼하면 이럴까.

"왜 이렇게 여리니."

"누나가……."

목이 메었다.

"행복했으면 좋겠어요."

"……."

"세상에서 제일, 그 누구보다."

"……."

"행복하면 좋겠어요."

여을이 민석의 손을 잡았다.

유제로 인해서, 민석으로 인해서, 김 검과 이 선생님으로 인해서.

"충분히 행복해. 그러니까 안 울어도 돼."

여을은 민석의 첫사랑이 누군지 안다. 그렇기 때문에 부러 묻지 않았다. 자신을 좋아하는 아이에게 '왜 여자친구 안 만들어?' 라든가 '첫사랑이 누군데?'라고 묻는 게 실례로 느껴졌기 때문이다.

"누나."

"응."

"……제 첫사랑 누나예요."

혹시나 부담스러워할지 모르겠지만, 그렇게 말하고 싶었다. 피하는 건 아니겠지? 그런 걱정이 얼핏 들었다. 그러나 민석의 생각과 달리 여을은 볼을 분홍빛으로 물들이더니 이내 화사하게 웃었다.

"고마워. 영광이네."

타인으로 인해 이렇게 벅찬 감정을 느낄 줄은 몰랐다.

"저도 누나를 좋아하게 돼서."

누군가를 이렇게 벅찰 정도로 좋아하게 될지 몰랐다.

"영광이에요."

민석이 시원하게 웃었다.

민석은 울었다는 사실이 부끄러워 그런지 금방 돌아갔다. 허전해진 집에서 여을이 테이블 위에 있는 사진을 보았다. 텅 비어 있던 유제의 집은 여을과 민석으로 인해서 하나씩 채워지기 시작했다. 민석은 그림과 자신의 사진 액자를 선물했다.

한 번은 셋이서 간 벚꽃놀이 사진을 인화해서 주기도 했다.


"왔어."

"왔어?"

드디어 퇴근을 한 유제의 등장에 여을이 현관으로 걸어갔다.

그리고 유제의 손에는 꽃다발이 하나 들려 있었다.

"이게 뭐야?"

"꽃다발."

"그러니까 왜?"

"그냥 주고 싶어서."

유제는 이내 그녀의 품에 꽃다발을 안겼다.

"누가 꽃인지 모르겠네."

답지 않은 달달한 멘트였다. 인터넷에서 보고 배웠을 법한 멘트에 그녀가 시원하게 웃음을 터뜨렸다.

"그거 김 검이 가르쳐 줬어?"

"……아, 역시 웃을 줄 알았다니까."

"뭔데? 뭐 때문에 이러는 건데?"

차마 최민석 때문에 위기의식을 느껴서 그렇다고 말을 할 수가 없었다. 유제가 못 들은 척, 모르는 척하며 넥타이를 풀고 재킷을 벗었다.

"민석이 때문에 그래?"

"알면서 굳이 확인하고 싶어?"

"도대체 왜?"

아직 애잖아.

"너만 애로 봐."

"뭐?"

"검찰청에서 걔 애로 보는 거 너뿐이라고."

유제는 억울했다. 김 검도, 이 선생님도 "민석이 저게 벌써 저렇게 어른이 됐네." 혹은 "남자가 됐네."라고 말했다. 그럼에도 여을은 너무 태평했다.

"걔만큼 너 순수하게 좋아할 사람 없으니까, 괜히 불안해서 그래."

아으, 쪽팔려, 민망해. 유제가 두 손으로 마른세수를 했다.

"민석이 착하고, 순수하니까 더 그렇고."

"네가 있잖아. 그런데 왜 그렇게 생각하는데?"

"난……."

순수하지 않으니까. 올곧지도, 선량하지도 않으니까. 검사가 된 이유도, 디케이를 뒤진 이유도 다…… 순수한 감정 때문이 아니었으니까. 다 불순하니까. 그건 여을이 자신을 한 번이라도 돌아봐 주길 원해서 한 행동들이니까.

"네가 나랑 민석이가 닮았다고 해도, 난 그렇게 생각 안 하니까……. 걔가 널 좋아하는 거 너도 이미 알잖아."

눈치 빠르고, 똑똑한 여을이 모를 리가 없다. 여을이 난처하다는 듯 웃었다.

"걔는 내가 너랑 결혼하길 바라는 눈치였는데."

"뭐?"

"내가 더 행복했으면 좋겠다고. 그렇게 말했어."

행복하게 웃고 있을 자신을 생각하면 벅차다고 했다. 그래서 이상하게 눈물이 난다고 했다. 여을의 한 마디에 유제가 으으 앓는 소리를 하다 팔을 뻗어 그녀를 안았다.

"……봐, 결국 나만 유치하고 치졸한 놈이 되니까."

이내 그녀가 손을 들어 그의 등을 톡, 톡 두드렸다.

"걘 왜 그렇게 착하대."

"그러게. 왜 그렇게 착할까. 너 닮았나."

"무슨."

유제가 어이없다는 듯 웃었다.

"그럴 수도 있지. 너 같은 사람이 되길 바란다고 했으니까…….
민석이 눈에는 네가 충분히 착하고, 멋진 어른일 수도 있을 거 아
니야."

여을의 말에 유제가 입술을 꾹 깨물며 어깨에 얼굴을 묻었다.

"방금 전에, 퇴근하고 네가 마중 나오니까."

"응."

"괜히 가슴이 벅찼어."

"……."

"민석이가 널 보면서 그런 감정 느낄 거라 생각하면, 당연하다
생각하다가도, 그냥…… 싫다는 생각이 들어."

여을을 보면서 그런 감정을 가지는 사람이 나뿐이면 좋겠다는
이기심, 소유욕 같은 것들 말이다.

"……고마워."

민석이라면, 이럴 때 이렇게 말하겠지. 그가 눈을 느릿하게 감
으며 대답했다.

"내 앞에 나타나 줘서."

"……."

"고마워."

"……."

"이런 감정을 알게 해줘서."

흑백의 세상에 색상을 들이부어 준 사람이다.

"……고마워."

이번엔 여을이 대답했다.

"내 옆에 있어줘서."

그녀는 행복하길 바란다는 민석의 말을 떠올렸다.

"행복하게 해줘서."

여을이 숨을 짧게 들이마셨다.

여을은 유제의 품 안에서 눈을 감았다. 그녀의 허리를 감은 그의 팔에 힘이 들어갔다.

"고마워."

여을은 이 감정이, 행복이, 영원했으면 좋겠다는 소망을 빌었다.

안녕하세요, 윤재희입니다. 〈개과천선〉은 "너한테 떳떳하게 다시 나타나고 싶어서. 그래서 진짜 개같이 열심히 살았어." 이 한 문장에서 태어난 글입니다.

이 문장에 살을 붙이고 붙이다 보니, 구여을이라는 멋진 여자주인공과 윤유제라는 순애보 절절한 남자주인공, 그리고 제가 가장 귀엽게 여긴 최민석이라는 서브 캐릭터가 태어나게 됐네요.

〈개과천선〉은 연재하는 도중에 정말, 정말 많은 사랑을 받았던 글이었어요. 그리고 저 역시 욕심이 많았던 글이라 꼭 종이책으로 내고 싶었는데, 낼 수 있게 되어서 정말 기쁩니다.

연재 때 독자님들이 따뜻한 글이라고들 많이 말씀해 주셨는데, 책으로 읽고 계신 독자님들도 그렇게 생각해 주시면 좋겠습니다.

그리고 항상 응원해 주는 부모님, B언니, 늘 재밌다고 용기 주는 막내, 편집자님, 그리고 〈개과천선〉을 읽어주신 독자님들 정말 감사하고, 사랑합니다.

다음에도 좋은 글로 찾아뵙도록 할게요. 정말 감사하고, 사랑해요!

윤재희 드림.